F. PAUL WILSON

Der Spezialist

Buch

Als Alicia Claytons Vater bei einem Flugzeugabsturz ums Leben kommt, erbt die Kinderärztin ein dreistöckiges Backsteinhaus in New York. Aber Alicia wird mit dem Haus ihres Vaters nicht glücklich, da es böse Erinnerungen weckt. Dann taucht Alicias Halbbruder auf und sorgt für unschöne Überraschungen. Thomas hat nämlich beschlossen, das Testament anzufechten, und er hat mächtige Freunde gefunden, die ihm dabei behilflich sein wollen. Verzweifelt sucht Alicia nach Verbündeten, aber alle, die sie um Hilfe bittet, kommen unter seltsamen Umständen ums Leben. Als sich die Todesfälle häufen und Alicia nicht mehr weiterweiß, wendet sie sich an Handyman Jack. Jack ist der »Mann für alle Fälle«. Er arbeitet ausschließlich gegen Barbezahlung und scheut nicht davor zurück, sein eigenes Leben aufs Spiel zu setzen. Schon bald findet Jack heraus, daß Alicias Haus ein Geheimnis birgt, das die ganze Welt verändern könnte. Und Thomas ist nur der Handlanger einer gefährlichen Macht, die mit allen Mitteln verhindern will, daß Alicia hinter das Geheimnis kommt. Aber genau das ist ihre einzige Chance ...

Autor

F. Paul Wilson ist preisgekrönter Autor mehrerer internationaler Bestseller. Er lebt als Arzt in New Jersey.

Von F. Paul Wilson außerdem lieferbar:

Die Kommission. Roman (44258)
Die Prüfung. Roman (43583)
Leiser Verdacht. Roman (44396)
Twins. Roman (08126)

F. PAUL WILSON

Der Spezialist

Roman

Aus dem Amerikanischen
von Michael Kubiak

PORTO BELLO

Die amerikanische Originalausgabe erschien unter dem Titel
»Legacies« bei Tom Doherty Associates, Inc., New York

Umwelthinweis:
Alle bedruckten Materialien dieses Taschenbuches
sind chlorfrei und umweltschonend.

Portobello Taschenbücher erscheinen im
Wilhelm Goldmann Verlag, München, einem
Unternehmen der Verlagsgruppe Random House GmbH

Einmalige Sonderausgabe Juni 2002

Dieses Werk wurde vermittelt durch die Literarische
Agentur Thomas Schlück GmbH, 30827 Garbsen
Umschlaggestaltung: Design Team München
Umschlagfoto: Mauritius/Nonstock
Satz: deutsch-türkischer fotosatz, Berlin
Druck: Elsnerdruck, Berlin
Verlagsnummer: 55282
AL · Herstellung: Lisa Weber
Made in Germany
ISBN 3-442-55282-6
www.portobello-verlag.de

3 5 7 9 10 8 6 4 2

Vorbemerkung

Jack ist zurück.

Von meinen siebzehn Romanen hat keiner mehr Post erhalten als *Die Gruft*. Er wurde 1984 veröffentlicht, und ich erhalte immer noch einen stetigen Strom von Briefen, in denen stets die gleiche Frage gestellt wird: Wann holen Sie Handyman Jack wieder zurück?

Die Wahrheit ist, daß ich ihn ein halbes dutzendmal in Kurzgeschichten und Kurzromanen und in einer Nebenrolle in *Nightworld* habe auftreten lassen. Aber nie mehr in einem eigenen Roman.

Warum kein Handyman-Jack-Roman seit *Die Gruft*? Aus zahlreichen Gründen. Der wesentliche ist der, daß Jack mir etwas Besonderes bedeutet. Ich wollte ihn nicht mißbrauchen/abnutzen, daher habe ich ihn zurückgehalten, ihn für einen schnellen Einsatz von der Leine gelassen, ihn dann wieder versteckt und ansonsten auf die richtige Konstellation von Umständen gewartet, unter denen er im Rahmen eines ganzen Romans frei agieren könnte.

Der Spezialist ist dieser Roman.

Und das Schönste ist, daß ich festgestellt habe, daß es mir immer noch großen Spaß macht, mit Jack zu arbeiten. Irgendwann werden wir das wiederholen. Aber ich verspreche, diesmal keine anderthalb Jahrzehnte zu warten, bis ich wieder dazu komme. (Keiner von uns wird jünger, wie Sie sicherlich wissen.)

NB: Es gibt kein Center for Children with Aids auf der Seventh Avenue in der Nähe von St. Vincent's. Ich habe es erfunden. Tragischerweise brauchte ich die Kinder, die eine solche Einrichtung brauchen, nicht zu erfinden.

Der Spezialist

Freitag

1

»Es ist schon okay!« rief Alicia, als der Taxifahrer den Wagen nach links riß, um einen NYNEX-Truck zu überholen, der die Madison Avenue hinaufschlich. »Ich habe es nicht eilig!«

Der Fahrer – mit krausem Haar, einem Saddam-Hussein-Schnurrbart und dunkler Haut – ignorierte sie. Er riß seinen Wagen zwei Fahrspuren nach links, dann drei nach rechts, trat auf die Bremse und beschleunigte, bremste und gab Gas, wodurch Alicia auf dem Rücksitz nach hinten und nach vorne geschleudert wurde, nach links und nach rechts, dann machte er einen heftigen Schlenker, um einem anderen gelben Kamikazemobil auszuweichen, das sich auf ähnliche Art und Weise durch den morgendlichen Verkehr schlängelte.

Der Vorsprung, den ihr Fahrer herausholte, betrug eine Taxilänge. Ungefähr.

Alicia klopfte gegen die verschmierte, zerkratzte Plastiktrennscheibe. »Langsamer, verdammt noch mal! Ich möchte einigermaßen heil am Ziel ankommen!«

Aber der Fahrer beachtete sie nicht. Im Gegenteil, er steigerte sein Tempo sogar noch. Er schien einen Privatkrieg gegen jedes andere Auto in Manhattan zu führen. Und Gnade einem Gott, wenn man Fußgänger war.

Alicia hätte eigentlich daran gewöhnt sein müssen. Sie war in Manhattan aufgewachsen. Allerdings war sie eine ganze Weile nicht mehr hier gewesen. Sie war mit achtzehn weggezogen und aufs College gegangen, hatte anschließend ihr Medizinstudium und ihre Assistentenzeit mit den Schwerpunkten Kindermedizin und Infektionskrankheiten absolviert. Sie hatte nicht zurückkehren wollen – schließlich lebten dieser Mann und ihr Halbbruder Thomas immer noch hier –, aber das St. Vincent hatte ihr das sprichwörtliche Angebot gemacht, das sie nicht ausschlagen konnte.

So kam es, daß sie sich immer noch, nach knapp über einem Jahr, an die Veränderungen in der Stadt gewöhnen mußte. Wer hätte zum Beispiel geglaubt, daß es ihnen gelingen würde, der Schäbigkeit und des Schmutzes Herr zu werden, von denen sie angenommen hatte, daß der Times Square für immer damit geschlagen sein würde?

Dann die Taxifahrer. Was war mit ihnen geschehen? Sie waren schon immer aggressive, verwegene Fahrer gewesen – das mußte man sein, wenn man in dieser Stadt bestehen wollte –, aber diese neue Gattung zählte zur Kategorie der Irren.

Schließlich erreichten sie den Bereich der Vierziger-Straßen.

Fast am Ziel, dachte Alicia. Vielleicht ist es mir doch noch vergönnt, den nächsten Sonnenaufgang zu erleben.

Doch als sie sich der Forty-eighth näherten, bemerkte sie, daß sich das Taxi immer noch auf der Mittelspur befand und weiter beschleunigte. Zuerst glaubte sie, daß sie ihre Abzweigung verfehlen würden, dann sah sie die Lücke: zwei Fahrspuren weiter rechts, hinter einem mit Graffiti bedeckten Lieferwagen und dicht vor einem Bus, der soeben Anstalten machte, sich wieder in den Verkehr einzufädeln.

»Niemals!« schrie Alicia. »Sie haben doch nicht etwa vor ...«

Er tat es. Und er schaffte es – ganz knapp –, aber nicht ohne den Bus zu einer Vollbremsung zu zwingen und von dem Fahrer mit ohrenbetäubender Lautstärke angehupt zu werden.

Der Fahrer jagte mit Vollgas durch das freie Stück der Forty-eighth, dann lenkte er abrupt an den Bordstein. Mit quietschenden Reifen kam das Taxi vor dem Gebäude zum Stehen, dessen Adresse Alicia genannt hatte, als sie unten in Greenwich Village auf dem Rücksitz Platz genommen hatte.

»Sechs fünfundsiebzig«, sagte der Taxifahrer.

Alicia saß, vor Wut schäumend, auf der Rückbank und wünschte sich, sie wäre kräftig genug, die Trennscheibe zu zertrümmern und den Kerl zu erwürgen. Sie war es leider nicht. Aber sie konnte es ihm heimzahlen – mit gleicher Münze.

Langsam rutschte sie zur Tür auf der Bürgersteigseite, öffnete sie zögernd und stieg umständlich aus. Dann holte sie ihre Geldbörse hervor und begann ihr Kleingeld zu zählen – betont langsam. Sie bekam ungefähr zwei Dollar in Münzen zusammen. Davon zählte sie einen Dollar und fünfundsiebzig Cents ab.

»Na los, Lady«, sagte der Fahrer, lehnte sich zur Beifahrerseite hinüber und blickte durch das Seitenfenster zu ihr hoch. »Ich habe nicht den ganzen Tag Zeit.«

Alicia verriet durch keinerlei Reaktion, daß sie ihn gehört hatte, während sie fünf Ein-Dollar-Scheine aus ihrem Portemonnaie zupfte, einen ... nach ... dem ... anderen. Schließlich, als sie genau sechs fünfundsiebzig in der Hand hatte, reichte sie den Betrag durchs Fenster.

Und wartete.

Es dauerte nicht lange – drei Sekunden höchstens –, ehe der Fahrer auf seiner Seite aus der Tür schoß und sie über das Dach seines Taxis anfunkelte.

»Hey! Wo ist mein Trinkgeld?« Er hatte einen starken orientalischen Akzent.

»Wie bitte?« fragte Alicia zuckersüß. »Ich kann Sie nicht verstehen.«

»Mein Trinkgeld, Lady! Wo ist es?«

»Tut mir leid«, erwiderte sie, wobei sie eine Hand hinters Ohr hielt. »Ihre Lippen bewegen sich zwar, aber ich kann nicht verstehen, was Sie sagen. Ist irgend etwas mit Ihrem Wagen nicht in Ordnung?«

»Mein Trinkgeld, verdammt noch mal! Mein Trinkgeld! Verdammte Scheiße!«

»Ob ich die Fahrt genossen habe?« fragte sie, dann verlieh

sie ihrer Stimme einen eisigen Klang. »Auf einer Skala von eins bis zehn habe ich sie null genossen … genau die Höhe Ihres Trinkgelds.«

Er schien Anstalten zu machen, um den Wagen herumzukommen, da er wahrscheinlich annahm, er könnte diese zierliche, blasse Frau mit den feinen Gesichtszügen und dem glänzenden schwarzen Haar einschüchtern, aber Alicia zeigte keinerlei Anzeichen von Unsicherheit. Er bedachte sie mit einem giftigen Blick und schwang sich wieder hinters Lenkrad.

Während sie sich abwandte, hörte sie, wie der Taxifahrer einen unverständlichen Fluch ausstieß, seine Tür zuknallte und die Reifen durchdrehen ließ, als er davonfuhr.

Wir sind quitt, dachte sie, wobei ihr Zorn verrauchte. Aber was für eine schreckliche Art und Weise, einen wunderschönen Herbsttag zu beginnen.

Sie verdrängte den Vorfall. Sie freute sich auf dieses Treffen mit Leo Weinstein und würde sich die Laune von irgendeinem verrückten Taxifahrer nicht verderben lassen.

Endlich hatte sie einen Anwalt gefunden, der keine Angst hatte, sich mit einer großen Anwaltskanzlei anzulegen. Alle anderen, bei denen sie ihr Glück versucht hatte – es waren die wenigen, die sie sich mit ihrem begrenzten Honorarrahmen hätte leisten können –, hatten ein wenig zu ehrfürchtig reagiert, als sie die Kanzlei Hinchberger, Rainey & Guran erwähnt hatte. Nicht so Weinstein. Er zeigte sich nicht im mindesten beeindruckt. Er hatte sich das Testament durchgelesen und innerhalb eines Tages ein halbes Dutzend Vorschläge formuliert, die nach seinem Dafürhalten die Koryphäen in eine Verteidigungsposition drängen würden.

»Ihr Vater hat Ihnen das Haus vererbt«, hatte er gesagt. »Sie können es Ihnen unmöglich vorenthalten. Überlassen Sie alles mir.«

Und genau das hatte sie getan. Jetzt würde sie erfahren, was er mit der Papierflut erreicht hatte, mit der er Hinchberger, Rainey & Guran eingedeckt hatte.

Sie hörte hinter sich ein Hupen und erstarrte. Wenn dies schon wieder das Taxi war …

Sie wandte sich um und entspannte sich, als sie Leo Weinstein erkannte, der ihr durch das offene Seitenfenster eines silbermetallicfarbenen Lexus zuwinkte. Er sagte etwas, das sie nicht verstehen konnte. Sie ging ein paar Schritte auf ihn zu.

»Guten Morgen«, begrüßte sie ihn.

»Tut mir leid, daß ich mich verspätet habe«, erwiderte er. »Der LIE war total verstopft. Ich bringe nur schnell den Wagen in die Garage und bin gleich bei Ihnen.«

»Kein Problem.«

Sie hatte fast den Eingang des Gebäudes erreicht, in dem Cutter und Weinstein ihre Büroräume hatten, als sie von einem donnernden Getöse durchgeschüttelt wurde. Die Druckwelle traf ihren Rücken wie ein gigantische Faust und riß sie beinahe von den Füßen.

Als sie herumfuhr, sah sie einen Feuerball, der etwa in der Mitte des Häuserblocks gen Himmel raste, und brennende Metallteile, die um sie herum auf den Asphalt regneten. Autos bremsten quietschend, während Fußgänger sich inmitten eines Glasscherbenregens, der sich aus den Fenstern entlang der Straße ergoß, auf die Bürgersteige warfen. Alicia machte im letzten Moment einen verzweifelten Satz nach hinten, als ein qualmendes Stück einer Kofferraumhaube genau vor ihr landete und auf sie zurollte.

Eisiges Entsetzen legte sich wie eine Würgeschlinge um ihren Hals, als sie das Markenemblem des Lexus erkannte.

Sie reckte den Hals, um nach Leos Wagen Ausschau zu halten, doch er war … verschwunden.

»O nein!« schrie sie auf. »O mein Gott, *nein*!«

Sie machte taumelnd ein paar Schritte, um nachzusehen, ob sie irgend etwas tun könnte, aber … der Wagen … dort wo er gestanden hatte, war nichts mehr übriggeblieben … nur brennender, qualmender Asphalt.

»O Gott, Leo!« keuchte sie. »Oh, es tut mir so leid!«

Sie konnte nicht atmen. Wo war die Luft geblieben? Sie mußte so schnell wie möglich von hier wegkommen.

Sie zwang ihren zitternden Körper, kehrtzumachen und über den Bürgersteig zurückzurennen, weg von dem Rauch, den Flammen, den Trümmern. Sie hielt inne, als sie die Madison Avenue erreichte. Sie lehnte sich gegen einen Ampelmast und rang nach Luft. Als sie wieder ein wenig zu Atem gekommen war, blickte sie zurück.

Die Aasgeier versammelten sich bereits, liefen zu den Flammen hin und fragten sich erregt, was wohl geschehen sein mochte. Und nicht weit entfernt erklangen die ersten Sirenen.

Hier konnte sie nicht bleiben. Sie konnte Weinstein nicht mehr helfen, und sie wollte nicht als Zeugin registriert und vernommen werden. Die Polizei käme vielleicht auf die Idee, daß sie irgend etwas zu verbergen hatte, und sie würden sich vielleicht für ihre Herkunft, ihre Familie interessieren. Das durfte sie nicht zulassen. Auf gar keinen Fall.

Alicia hielt nach keinem Taxi Ausschau – die Vorstellung, in einem Auto eingesperrt zu sein, war unerträglich. Sie brauchte Raum, Licht, Luft. Sie lenkte ihre Schritte in Richtung City.

Armer Leo!

Sie schluchzte, während sie sich vorwärtsbewegte und dabei so schnell ausschritt, wie ihre Schuhe mit den niedrigen Absätzen es erlaubten. Aber selbst wenn sie ihre Turnschuhe getragen hätte, wäre sie nicht in der Lage gewesen, vor der Schuld davonzulaufen, vor dem schrecklichen Verdacht, daß sie irgendwie für Leo Weinsteins Tod verantwortlich war.

2

»Gott sei Dank, daß Sie endlich da sind!« sagte Raymond, während Alicia durch den Personaleingang des Centers eintrat. »Ich piepe Sie seit acht Uhr ständig an. Warum haben Sie nicht …?« Er beendete den Satz nicht, sondern musterte sie. »Mein Gott, Alicia, Sie sehen ja absolut gräßlich aus!« erklärte er dann.

So wie sie sich im Moment fühlte, war das eine ausgesprochen wohlwollende Einschätzung, aber sie wollte sich nicht dazu äußern.

»Vielen Dank, Raymond, aber Sie wissen nicht einmal die Hälfte.«

Sie ging nicht in ihr Büro, sondern statt dessen in den vorderen Empfangsbereich. Raymond folgte ihr.

»Wo wollen Sie hin?«

»Nur eine Minute, okay, Raymond?« schnappte sie. »Ich bin gleich zurück.«

Sie bedauerte, ihm gegenüber so kurz angebunden zu sein, aber sie hatte das Gefühl, jeden Moment die Kontrolle über sich zu verlieren. Ein winziger Impuls in die falsche Richtung, und schon wäre es passiert …

Sie bekam nur am Rande mit, daß Tiffany hallo sagte, während sie am Empfangspult vorbei zum Eingang eilte. Während sie zur Seite trat, um eine Frau mittleren Alters und ihre beiden Enkelkinder eintreten zu lassen, schaute Alicia durch die Glasscheibe nach draußen und hielt Ausschau nach dem grauen Wagen.

Sie war sicher, daß er ihr von der Forty-eighth Street gefolgt war. Zumindest glaubte sie es. Ein graues Auto – wie könnte man es nennen? Eine Limousine? Sie kannte sich mit Autos überhaupt nicht aus, konnte einen Ford nicht von einem Chevy unterscheiden. Aber was immer das Fabrikat war, sie hatte diesen grauen Wagen bemerkt, als er an ihr vorbeifuhr, während sie durch die Straßen eilte. Ein oder zwei Straßen weiter bog er ab, war dann für ein paar Minuten verschwunden und tauchte dann wieder neben ihr auf. Er kam ihr niemals zu nahe, fuhr niemals zu langsam. Verriet durch nichts, daß sie das Objekt seines Interesses war. Aber er war ständig *da*.

Sie suchte die Seventh Avenue ab und erwartete beinahe, ihn irgendwann vorbeirollen zu sehen. Auf der anderen Straßenseite und ein Stück weiter in Richtung City überprüfte sie den Bürgersteig in Höhe des von ihr ungeliebtesten Teils des St.-Vincent-Komplexes. Das O'Toole Building stand an der Ecke Twelfth Avenue. Seine weiß gekachelte, fensterlose eintönige Fassade paßte irgendwie nicht ins Village. Es sah aus, als hätte dort ein tollpatschiger Riese diese modernistische Monstrosität auf seinem Weg nach, zum Beispiel, Minneapolis versehentlich fallen gelassen.

Aber es war kein grauer Wagen zu sehen. Aber wie konnte sie sich da ganz sicher sein – angesichts der unzähligen grauen Autos auf den Straßen Manhattans?

Ihre Nerven waren bis zum Zerreißen gespannt. Sie reagierte allmählich paranoid.

Doch wer konnte ihr das nach diesem Morgen verdenken?

Sie machte sich auf den Weg zurück zu ihrem Büro. Raymond erwartete sie auf dem Flur.

»Können wir jetzt reden?«

»Entschuldigen Sie, daß ich Sie angeraunzt habe.«

»Seien Sie nicht albern, Schätzchen. Niemand raunzt mich an. Das würde niemand wagen.«

Raymond – niemals »Ray«, stets »Raymond« – Denson, NP, war einer der Betreuer der ersten Stunde im Center für aidskranke Kinder. Das Center hatte Ärzte, die den Titel »Direktor« oder »Stellvertretender Direktor« trugen, aber es war einzig und allein dieser Krankenpfleger, der den Laden in Gang hielt. Alicia bezweifelte, daß das Center überleben würde, wenn er eines Tages weggehen sollte. Raymond kannte alle Details des Alltagsbetriebs, wußte, wo er schnell und unbürokratisch Material beschaffen konnte, kannte sämtliche Leichen im Keller, wie man so schön sagt. Er war um die fünfzig, soweit sie es beurteilen konnte – wehe, man erkundigte sich nach seinem richtigen Alter –, aber er achtete darauf, möglichst jung auszusehen. Sein Haar war immer kurzgeschnitten, sein Schnurrbart makellos getrimmt, und seine Figur war durchtrainiert.

»Und was meinen Pieper betrifft«, erklärte Alicia, »den hatte ich abgeschaltet. Dr. Collins hat mich vertreten. Das wußten Sie doch.«

Er ging mit ihr durch den engen Flur bis zu ihrem Büro. Sämtliche Trennwände im Center waren in größter Eile errichtet worden, und das zeigte sich jetzt überall. Die Fugen waren unsauber verschmiert worden, und der hellgelbe Anstrich blätterte schon an zahlreichen Stellen ab. Nun, die Innendekoration war an diesem Ort das Unwichtigste.

»Ich weiß«, sagte Raymond, »aber es ging um nichts Medizinisches. Es hatte noch nicht einmal mit der Verwaltung zu tun. Es ging um etwas Kriminelles!«

Irgend etwas lag in Raymonds Stimme ... in seinen Augen. Er war zornig. Aber nicht auf sie. Weshalb dann?

Eine böse Vorahnung ließ sie frösteln. Wirkten sich ihre persönlichen Probleme etwa schon auf das Center und seinen Betrieb aus?

Während sie ihren Weg fortsetzte, bemerkte sie Gruppen von Personal – Krankenschwestern, Sekretärinnen, freiwillige Helfer –, die die Köpfe zusammensteckten und sich erregt unterhielten.

Alle waren offenbar wütend. Alicia hatte das Gefühl, von einem eisigen Windhauch erfaßt zu werden.

»Na schön, Raymond. Dann lassen Sie mal hören.«

»Die Spielsachen«, sagte er. »Irgend so ein mieses Schwein hat die Spielsachen gestohlen.« Verblüfft und ungläubig blieb Alicia abrupt stehen und starrte ihn an. Unmöglich. Das konnte nur ein grausamer, schlechter Witz sein. Aber Raymond hatte für solche Witze grundsätzlich nichts übrig.

Waren das etwa Tränen, die in seinen Augenwinkeln glitzerten.

»Die Spenden? Erzählen Sie mir bloß nicht ...«

Aber er nickte und biß sich auf die Oberlippe.

»Oh, nein.«

»Jedes noch so kleine Teil.«

Alicia spürte einen Kloß im Hals. Seltsamerweise – und sie verfluchte sich selbst dafür – traf sie das härter als der Tod Leo Weinsteins.

Ein Mann, den sie kannte, ein Mann mit einer Ehefrau und Kindern war gestorben, und dennoch ... und dennoch ... dies hier war so unendlich viel schlimmer.

Sie hatte sich nur ein paarmal mit Weinstein getroffen. Aber diese Spielsachen ... sie und Raymond – vor allem Raymond – hatten sie seit Monaten gesammelt, hatten Angestellte und Freiwillige losgeschickt, um überall in der City Spender aufzutreiben – Firmen, Kaufhäuser, einzelne Bürger, wen auch immer. Das Echo war anfangs nur bescheiden gewesen – wer dachte im Oktober schon an Weihnachtsgeschenke? Aber kaum war Thanksgiving vorüber, wurden die Spenden reichlicher. Und gestern dann hatten sie einen ganzen Lagerraum zusammengehabt: Puppen, Spielzeugautos, Raketen, Malbücher, Actionfiguren ... eben alles, was ein Kinderherz begehrte.

Und jetzt, an diesem Morgen ...

»Wie?«

»Die äußere Tür wurde aufgebrochen, und die Beute wurde durch die Gasse abtransportiert. Die müssen einen geschlossenen Lastwagen oder so etwas gehabt haben.«

Das Erdgeschoß des Gebäudes hatte einen Laden für Büroartikel beherbergt, ehe es umgebaut worden war, um das Center for Children with Aids zu beherbergen. Die Diebe hatten ihre Beute wahrscheinlich genauso auf Lieferwagen verladen, wie es die früheren Besitzer mit ihren Waren getan hatten.

»Ist diese Tür denn nicht durch eine Alarmanlage gesichert? Sind nicht alle Türen so geschützt?«

Raymond nickte. »So sollte es sein. Aber der Alarm wurde nicht aufgelöst.«

Der arme Raymond. Er hatte sein Herz an diese Aktion gehängt.

Alicia betrat ihr Büro, warf ihre Schultertasche auf den Schreibtisch und ließ sich in ihren Sessel fallen. Sie war noch immer zutiefst erschüttert. Und ihre Füße brachten sie schier um. Sie schloß die Augen. Der Vormittag war erst zur Hälfte vorbei, und sie war schon nahezu völlig erschöpft.

»Ist so etwas jemals Dr. Landis passiert?«

Raymond schüttelte den Kopf. »Niemals.«

»Na prima. Sie warten ab, bis sie nicht mehr hier ist, und *dann* schlagen sie zu.«

»Das ist auch besser so, meinen Sie nicht? Bedenken Sie doch mal ihren Zustand.«

Alicia mußte ihm beipflichten. »Ja, ich glaube, Sie haben recht.«

Dr. Rebecca Landis war die Direktorin des Centers – zumindest trug sie diesen Titel. Aber sie befand sich im dritten Trimester und entwickelte erste präeklamptische Symptome. Ihr OB hatte entschieden, daß sie zu Hause im Bett bleiben müßte.

Und das nur eine Woche, nachdem der Stellvertretende Direktor das Center verlassen hatte, um eine Stelle am Beth Israel anzutreten, so daß die Einrichtung nun von Alicia und dem anderen Kinderarzt und Spezialisten für Infektionskrankheiten, Ted Collings, »geleitet« wurde. Ted hatte sich von sämtlichen Leitungsaufgaben befreien lassen, da seine Frau vor kurzem ein Kind bekommen hatte. Und so lag die Last der administrativen Pflichten auf den Schultern der Neuen im Center: Alicia Clayton, MD.

»Besteht die Möglichkeit, daß es jemand aus dem Center gewesen ist?«

»Die Polizei kümmert sich darum«, sagte Raymond.

»Die Polizei?«

»Ja. Sie war hier und ist wieder abgerückt. Ich habe den Bericht schon geschrieben.«

»Vielen Dank, Raymond.« Der gute alte Raymond. Sie konnte sich nicht vorstellen, daß jemand noch effizienter arbeiten konnte als er. »Wie beurteilen Sie unsere Chancen, die Spielsachen wieder zurückzubekommen?«

»Sie werden sich darum kümmern, wie sie es ausgedrückt haben. Aber um auf Nummer Sicher zu gehen, daß sie es auch wirklich tun, möchte ich die Zeitungen informieren. Sind Sie damit einverstanden?«

»Ja, gute Idee. Stellen Sie es als eine Art Kapitalverbrechen dar. Vielleicht macht das den Cops Beine.«

»Prima. Ich habe bereits mit der *Post* telefoniert. Die *News* und die *Times* wollen im Laufe des späteren Vormittags ihre Leute herschicken.«

»Oh. Schön ... sehr gut. Reden Sie mit Ihnen?«

»Wenn Sie das wünschen.«

»Ich wünsche es. Erklären Sie ihnen, es wäre nicht nur ein Diebstahl, es wäre nicht nur das Berauben kleiner Kinder – es ist ein Berauben von Kindern, die schon jetzt noch weniger als nichts haben, die ihr eigenes Todesurteil im Blut mit sich herumtragen und das nächste Weihnachtsfest vielleicht gar nicht mehr erleben.«

»Das klingt ergreifend. Vielleicht sollten Sie doch ...«

»Nein, bitte, Raymond. Ich kann nicht.«

Sie fühlte sich so elend, daß sie sich kaum noch auf ihr Gegenüber konzentrieren konnte.

»Was sonst kann heute noch passieren?« murmelte sie. Aller guten – und schlechten! – Dinge sind gewöhnlich drei, nicht wahr?

Raymond stand immer noch vor ihrem Schreibtisch. »Gibt es Probleme mit dieser Familienangelegenheit, mit der Sie sich im Augenblick herumschlagen?« fragte er und fügte mit vielsagender Miene hinzu: »Ganz alleine?«

Er wußte, daß sie in letzter Zeit Anwälte aufgesucht und sich ganz auf ihre eigenen Angelegenheiten konzentriert hatte, und er schien es persönlich zu nehmen, daß sie nicht mit ihm darüber sprechen wollte. Er tat ihr leid. Er unterhielt sich mit ihr ganz offen über seine privatesten Angelegenheiten – sie wußte mehr über ihn, als ihr eigentlich lieb war –, aber sie konnte diese Offenheit nicht erwidern. Ihr eigenes Privatleben war eigentlich so gut wie nicht vorhanden, und das tödliche Katastrophengebiet, das ihre restliche Familie darstellte, war nicht gerade etwas, über das sich Alicia austauschen wollte, auch nicht mit jemandem, der so mitfühlend und neutral war wie Raymond.

»Ja«, sagte sie. »Diese Familienangelegenheit. Aber das ist nicht so wichtig wie die Frage, ob wir die Spielsachen zurückbekommen. Wir hatten für die Kinder ein ganz tolles Weihnachtsfest vorbereitet, und ich will nicht, daß es sang- und klanglos den Bach hinuntergeht. Ich will die Spielsachen zurück, Raymond, und verdammt noch mal – besorgen Sie mir die Nummer des Police Commissioners. Ich werde ihn selbst anrufen. Und zwar jeden Tag, bis diese Spielsachen wieder hier sind.«

»Ich suche sie Ihnen gleich heraus«, versprach er, verließ das Zimmer und schloß die Tür hinter sich.

Alicia verschränkte die Arme, legte sie auf die zerkratzte Platte ihres ramponierten Schreibtisches und ließ den Kopf darauf sinken. Alles schien mehr und mehr ihrer Kontrolle zu entgleiten. Sie kam sich so hilflos vor, so unfähig. Systeme ... immer waren es diese umfangreichen, komplexen, schwerfälligen Systeme, mit denen man sich herumschlagen mußte.

Die Spielsachen des Centers waren verschwunden. Sie würde sich auf die Polizei verlassen müssen, wenn sie sie zurückhaben wollte. Aber die Polizei hatte ihren eigenen Zeitplan, ihre eigenen, höherrangigen Prioritäten, und so würde sie wohl oder übel warten müssen, bis man sich ihrer Angelegenheit annahm, wenn das überhaupt jemals der Fall sein sollte. Sie könnte den Commissioner anrufen, bis sie die Tasten auf ihrem Telefon völlig abgenutzt hatte, aber er würde ihre Anrufe höchstwahrscheinlich nicht einmal entgegennehmen.

Und das Testament besagte, daß das Haus ihr gehörte, aber Thomas machte sich die verschlungenen Wege des Systems zunutze, um es ihr vorzuenthalten. Allein und auf sich gestellt wäre Alicia längst von seinen juristischen Pitbulls zerfetzt worden, daher war sie gezwungen gewesen, jemanden anzuheuern, der sie für sie abwehrte.

Leo ... o Gott, armer Leo. Sie konnte immer noch den Explosionsknall hören, konnte die hochlodernden Flammen sehen. Nach dieser Katastrophe war von ihm nichts mehr übriggeblieben.

Kalte Angst kroch in ihre Glieder. Wann bin ich an der Reihe? Wenn ich Thomas und wer immer ihn unterstützt weiter bedränge, werde ich dann die nächste sein?

Sie schlug mit der Faust auf den Schreibtisch. Verdammte Gangster!

Sie wünschte sich eines dieser großen Samuraischwerter – ein Dai-Katana –, um das Herz von ...

»Entschuldigen Sie.«

Alicia blickte auf. Eine der freiwilligen Hilfskräfte, eine hübsche Blondine Anfang Dreißig, stand in der Türöffnung und schaute sie an.

»Ich habe angeklopft, aber Sie haben mich offenbar nicht gehört.«

Alicia straffte sich und warf mit einer Kopfbewegung ihr Haar nach hinten. Sie setzte ihre dienstliche Miene auf.

»Entschuldigen Sie. Ich war eine Million Meilen weit weg und habe mir vorgestellt, wie ich die Ratten zur Strecke bringe, die diese Spielsachen gestohlen haben.«

Die schlanke Frau betrat den Raum und schloß die Tür hinter sich. Alicia wünschte sich, sie hätte ihre Figur.

Sie hatte die Frau schon des öfteren im Center gesehen. Manchmal brachte sie ihre Tochter mit – ein reizendes kleines Mädchen von sieben oder acht Jahren. Wie hießen die beiden noch?

»Sie brauchen keine Million Meilen zurückzulegen, um sie

zu finden«, meinte die Frau. »Ein oder zwei Meilen sollten eigentlich reichen.«

»Sie haben wahrscheinlich recht«, sagte Alicia.

Ihr Name … ihr Name … wie lautete ihr Name?

Ich hab's. »Gia DiLauro.«

Ein strahlendes Lächeln. Alicia wünschte sich im stillen, sie hätte ein ebensolches Lächeln. Und Gia … was für ein herrlicher Name. Alicia wünschte sich …

Genug.

»Ja, Sie und Ihre Tochter…«

»Vicky.«

»Richtig. Vicky. Sie opfern uns eine Menge Ihrer Zeit.«

Gia zuckte die Achseln. »Ich wüßte keinen Ort, wo man sie dringender braucht.«

»Da haben Sie recht.«

Das Center war ein schwarzes Loch größter Not.

»Kann ich Sie eine Minute sprechen?«

Sie musterte Gia ein wenig aufmerksamer und stellte fest, daß ihre Augen gerötet waren. Hatte sie etwa geweint?

»Klar.« Sie hatte zwar keine Zeit, aber diese Frau schenkte dem Center so viel von ihrer eigenen Zeit, daß Alicia wenigstens ein paar Minuten für sie übrighaben sollte. »Setzen Sie sich. Ist alles okay?«

»Nein«, antwortete Gia, während sie sich in dem Sessel niederließ. Ihre Augen röteten sich noch heftiger. »Ich bin so wütend, daß ich … ich wage gar nicht, mir vorzustellen, was ich mit dem Abschaum tun könnte, der diese Spielsachen gestohlen hat.«

»Es ist schon okay«, sagte Alicia beruhigend. »Die Polizei kümmert sich darum.«

»Aber Sie legen doch bestimmt nicht die Hände in den Schoß, oder?«

Alicia zuckte die Achseln und seufzte. »Nein. Ich denke nicht. Aber die Polizei ist alles, was wir haben.«

»Nicht unbedingt«, sagte Gia.

»Was meinen Sie?«

Die Frau beugte sich vor und senkte die Stimme. »Ich kenne da jemanden …«

3

Jack behielt Dwight Frye auf dem Fernsehschirm im Auge, während er die Nachrichten durchging, die auf seiner Handyman Jack Website hinterlassen worden waren.

Er feierte gerade seine Entdeckung der 1931er Version des *Malteserfalkens* mit einem Dwight-Frye-Festival. Er ließ den *Malteserfalken* im vorderen Zimmer seiner Wohnung laufen. Frye spielte in dieser Version die Rolle von Wilmer Cook, und soweit es Jack betraf, übertraf er Elisha Cooks Darstellung in der späteren John-Huston-Fassung. Aber im Augenblick agierte Ricardo Cortez auf dem Bildschirm, und er war kein besonders überragender Sam Spade.

Zurück zum World Wide Web.

Die meisten Fragen auf Jacks Homepage betrafen Kühlschränke und Mikrowellenherde, was ihn nicht störte. Web-Wanderer, die über seine Seite stolperten, nahmen an, er wäre eine Art technischer Berater für Haushaltsgeräte. Prima. Wenn sie keine Antworten auf ihre Fragen erhielten, würden sie sein URL aus ihren Bookmarks löschen.

Aber nun diese Nachricht … von einem Ratsuchenden namens »Jorge«:

ICH WURDE AUSGENOMMEN. ICH KRIEGE DAS GELD NICHT, DAS MIR FÜR MEINE GELEISTETE ARBEIT ZUSTEHT. KANN MICH AN NIEMAND ANDEREN WENDEN. KÖNNEN SIE HELFEN?

Ja. Das klang nach einem Auftrag.

Jack tippte eine Antwort und schickte sie zu Jorges E-Mail-Adresse:

Übermitteln Sie Ihre Telefon #. Ich melde mich.
H. J.

Er würde den Mann anrufen und sich anhören, um was es ging. Wenn er Probleme mit seinem Buchmacher hatte, Pech. Aber er hatte erklärt, es ginge um Geld, daß er verdient hatte. Daher war Jorge vielleicht ein potentieller Kunde.

Das Telefon klingelte, aber Jack ließ den Anrufbeantworter laufen, ohne abzunehmen. Er hörte seine Ansage ... *»Pinocchio Productions – ich bin im Augenblick nicht zu erreichen. Hinterlassen Sie nach dem Signalton eine Nachricht«* ... dann:

»Jack, hier ist Dad. Bist du da?« Eine Pause, während er darauf wartete, daß Jack sich meldete. Jack schloß die Augen und rührte sich nicht. Er hatte ein schlechtes Gewissen, daß er seinen Vater hängen ließ, aber er war im Augenblick nicht in der Stimmung für eine weitere Unterhaltung mit ihm. *»Na schön ... wenn du zurückkommst, ruf mich doch mal an. Ich habe hier unten wieder eine tolle Gelegenheit für dich gefunden.«*

Jack atmete seufzend aus, nachdem er das Klicken gehört hatte, mit dem die Verbindung unterbrochen wurde.

»Dad«, sagte er leise, »du bringst mich allmählich um den Verstand.«

Sein Vater war einige Monate zuvor nach Florida gezogen, und Jack hatte damals gedacht, es wäre eine gute Idee. Es wäre besser, da unten ein pensionierter Witwer zu sein als in Burlington County, New Jersey.

Doch sobald Dad sich dort niedergelassen und häuslich eingerichtet hatte, begann er überall Möglichkeiten und Gelegenheiten für Jack zu sehen. Seine älteren Geschwister, ein Bruder und eine Schwester, übten beide seriöse Berufe aus und waren Stützen ihrer jeweiligen Gemeinde. Sie waren respektable Leute. Aber Jack ... Dad betrachtete seinen jüngsten Sohn immer noch als unfertig, als sozusagen nicht abgeschlossenes Kapitel.

Seine Geschwister hatten ihn schon vor langer Zeit abgeschrieben. Der alljährliche Kartengruß zu Weihnachten war alles, was noch an Kontakt zwischen ihnen bestand. Aber nicht so Dad. Er gab niemals auf. Er wollte nicht mit der Vorstellung sterben, daß sein verlorener Aussteigersohn in New York als Haushaltsgerätetechniker von der Hand in den Mund lebte.

Ich habe wahrscheinlich mehr auf der hohen Kante liegen als du, Dad.

Er krümmte sich innerlich, als er sich an ihre letzte Unterhaltung erinnerte.

Du mußt dir diesen Ort mal ansehen, Jack. Er wächst und wächst wie verrückt – die reinste Goldgrube für jemanden wie dich. Du läßt dich dort mit einem zuverlässigen Reparaturdienst nieder, und in Null Komma nichts hast du eine Flotte von Servicewagen, die im ganzen County unterwegs sind ...

Genau das, was ich mir immer gewünscht habe, dachte er. Einen eigenen Wagenpark, und wenn ich es geschickt genug anstelle, komme ich vielleicht als Unternehmer des Jahres auf das Cover des *Entrepeneur*-Magazins.

Jack hatte schlankweg abgelehnt und gehofft, sein Dad würde dieses Signal verstehen, aber offensichtlich war das nicht der Fall. Wenn Jack zurückrief, würde er es seinem Vater direkt und unverblümt erklären müssen: Er würde New York auf keinen Fall verlassen. Eher würden die Jets neue Superbowl-Ringe tragen, als daß er nach Florida umzog.

Andererseits, wenn die Geschäfte nicht richtig laufen sollten, würde er diese Entscheidung wahrscheinlich noch einmal überdenken müssen.

Er hatte soeben den Anrufbeantworter unter seiner Briefkastenadresse in der Tenth Avenue abgehört. Nichts. Die Geschäfte gingen in letzter Zeit sehr schleppend. Er begann sich zu langweilen.

Wenn er sich langweilte, packte ihn eine Art Kaufrausch. Er hatte seinen jüngsten Schatz an diesem Morgen von der Post abgeholt.

Er erhob sich und rieb sich die Augen. Das Starren auf den Computermonitor machte sich unangenehm bemerkbar. Jack war eins fünfundsiebzig groß, vielleicht auch eins achtzig, wenn er sich streckte. Er hatte eine drahtige Figur, dunkelbraunes Haar, schmale Lippen und sanfte braune Augen. Jack gab sich alle Mühe, durchschnittlich auszusehen.

Er holte die Uhr aus ihrer Verpackung, um sie erneut zu betrachten.

Eine echte Shmoo-Pendel-Weckeruhr. In hervorragendem Zustand. Er strich mit den Fingern über ihre glatte, weiße, unbeschädigte Porzellanoberfläche und berührte die Augen und Schnurrhaare des lächelnden Gesichts der dargestellten Figur. Die Uhr war in ihrer originalen Verpackung geliefert worden und sah nagelneu aus.

Er könnte sie genausogut auch gleich an die Wand hängen. Aber wohin? Seine Wände waren bereits gepflastert mit gerahmten offiziellen Mitgliedsurkunden der Shadow- und Doc Savage-Fanclubs, der Captain America's Sentinels of Liberty, der Junior Justice Society of America, des David Harding Counterspy Junior Agents Club und der Don Winslow Creed.

Was soll ich dazu sagen? dachte er. Ich bin ein regelrechter Vereinsmeier.

Sein Apartment war vollgestopft mit schöngemaserten viktorianischen Eichenmöbeln. Die Bretter der Wandregale bogen sich unter dem Gewicht all der Dinge, die er im Laufe der Jahre zusammengetragen hatte, und jede horizontale Fläche auf dem Geschirrschrank, dem Sekretär und den Rauchtischen mit ihren Klauenfüßen war ebenfalls vollgestellt.

Und dann sah er die Stelle, wo die Uhr hinpassen würde:

genau über dem rosafarbenen Shmoo-Übertopf ... in den er noch immer nichts eingepflanzt hatte.

Er wollte gerade einen Hammer suchen, als das Telefon erneut klingelte. Dad, töte mir nicht den Nerv, okay?

Aber es war nicht sein Vater.

»Jack? Hier ist Gia. Bist du zu Hause?«

Irgend etwas lag in ihrer Stimme ... Jack nahm den Hörer ab.

»Für dich bin ich immer da. Was ist los?«

»Ich warte gerade auf ein Taxi. Ich wollte nur sichergehen, daß du auch da bist.«

»Ist etwas nicht in Ordnung?«

»Ich erzähl's dir, wenn ich bei dir bin.«

Dann ertönte ein Klicken.

Langsam legte Jack den Hörer auf. Sie war eindeutig aus dem Gleichgewicht. Er fragte sich, was da nicht stimmte. Nichts mit Vicky, hoffte er. Aber das hätte sie ihm sicherlich auf der Stelle mitgeteilt.

Nun, er würde es bald erfahren. Die Fahrt vom West Village zur Upper West Side war um diese Tageszeit keine allzu mühsame Angelegenheit. Ganz gleich, unter welchen Umständen er erfolgte, ein unerwarteter Besuch von Gia war immer ein ganz besonderes Vergnügen.

Er ließ das stürmische Auf und Ab ihrer Beziehung in Gedanken Revue passieren. Er war am Boden zerstört gewesen und hatte gedacht, daß es für immer vorbei war, als sie herausgefunden hatte, wie er seinen Lebensunterhalt verdiente – oder glaubte, es herausgefunden zu haben. Sie war zu dem Schluß gekommen, daß er eine Art Profikiller war, was so falsch war, wie es falscher nicht sein konnte. Auch nachdem sie erfahren hatte, was er wirklich tat, selbst nachdem er diese speziellen Fertigkeiten eingesetzt hatte, um das Leben ihrer Tochter Vicky zu retten, hatte sie es immer noch nicht gutheißen wollen.

Aber wenigstens war sie zu ihm zurückgekehrt. Jack hätte

nicht gewußt, was er ohne Gia und Vicky hätte anfangen sollen.

Kurze Zeit später hörte er Schritte auf der Treppe, die zu seinem Apartment im dritten Stock führte. Jack drehte den Knauf, der den vierfachen Sicherungsriegel zurückgleiten ließ, und öffnete die Tür.

Der Anblick Gias, wie sie auf dem Treppenabsatz stand, löste dieses warme seltsame Zucken in seiner Magengrube aus, das sich immer dann einstellte, wenn er sie sah. Ihr kurzes blondes Haar, ihre makellose Haut, ihre blauen Augen – Jack hatte das Gefühl, er könnte stundenlang dastehen und ihr Gesicht betrachten.

Doch im Augenblick waren ihre ebenmäßigen Gesichtszüge angespannt, ihre ansonsten so selbstsichere Haltung schien einen Knacks bekommen zu haben, und ihre normalerweise glatte, reine Haut wies hektische Flecken auf.

»Gia«, sagte Jack und erkannte erschrocken den Schmerz in ihren Augen, während er sie in die Diele zog. »Was ist los?«

Und dann fiel sie ihm um den Hals und klammerte sich an ihn und erzählte eine zusammenhanglose Geschichte von Weihnachtsgeschenken, die den Aids-Kindern gestohlen worden waren. Als sie schließlich zu Ende erzählt hatte, schluchzte sie haltlos.

»Hey, hey«, sagte Jack und drückte sie an sich. »Das wird sich schon alles regeln lassen.«

Er wußte, daß Gia nicht zu Gefühlsausbrüchen neigte. Sicher, sie war Italienerin, aber sie stammte aus Norditalien, und das Blut, das in ihren Adern floß, war höchstwahrscheinlich eher schweizerisch. Daß sie nun so heftig weinte … was immer auch geschehen war, es mußte sie zutiefst verletzt haben.

»Es ist diese unendliche Herzlosigkeit, die mich so verzweifelt macht«, sagte sie und schluckte krampfhaft. »Wie kann jemand nur so etwas Gemeines tun? Und wie kannst du dir das Ganze nur so verdammt ruhig anhören!«

Hm-mm.

»Du empfindest eine Menge Zorn, der offensichtlich herauswill und ein Ventil sucht. Ich weiß, daß es dich tief verletzt hat, Gia, aber nicht ich bin hier der Übeltäter.«

»Oh, ich weiß, ich weiß. Es ist nur – du warst noch nie dort unten. Hast diese Kinder noch nie gesehen. Hast sie niemals im Arm gehabt, sie gehalten. Jack, sie haben nichts. Noch nicht einmal Eltern, die sich um sie sorgen, und schon gar keine Zukunft. Wir haben diese Spielsachen gesammelt, damit sie ein schönes Weihnachten haben, ein denkwürdiges Weihnachten – für viele von ihnen das letzte Weihnachten. Und nun ...«

Ein weiteres Aufschluchzen.

Mein Gott, es war schlimm. Er mußte etwas sagen, etwas tun, irgend etwas, damit sie auf andere Gedanken kam und nicht mehr so schrecklich leiden mußte.

»Weißt du, wie die Geschenke aussahen? Ich meine, hast du so etwas wie eine Liste? Denn falls du eine hast, dann gib sie mir, und ich ersetze ...«

Sie wich zurück und starrte ihn an. »Es waren Spenden, Jack. Die meisten waren bereits in Geschenkpapier eingewickelt und bereit für die Bescherung. Es geht nicht darum, sie zu ersetzen. Wir wollen sie zurückhaben! Verstehst du?«

»Ja ... und nein.«

»Jemand muß diese Kerle aufstöbern – diejenigen, die es getan haben – und ihnen eine Lektion erteilen ... ein Exempel an ihnen statuieren ... ein öffentliches Exempel. Weißt du, was ich meine?«

Jack hatte Mühe, ein Grinsen zu unterdrücken. »Ich denke schon. Ich meine, es sollte so geschehen, daß der nächste Kerl, der die gleiche Idee hat, es sich zwei-, vielleicht sogar dreimal überlegt, ehe er eine solche Tat begeht.«

»Genau. *Ganz* genau.«

Mit übertrieben unschuldigem Gesichtsausdruck – und immer noch gegen ein Lächeln ankämpfend – sagte er: »Und wer könnte uns wohl einfallen, der ein solches Exempel statuieren könnte?«

»Das weißt du verdammt genau«, entgegnete sie und fixierte ihn mit ihren blauen Augen.

»Moi?« Und nun mußte er wirklich grinsen. »Aber ich dachte, du bist mit meinen Methoden nicht einverstanden.«

»Das bin ich auch nicht. Und ich werde es auch niemals sein. Aber nur dieses eine Mal ...«

»... könntest du damit leben.«

»Ja.« Sie wandte sich ab und verschränkte die Arme vor der Brust. »Aber nur dieses eine Mal.«

Sie wanderte in seinem Wohnzimmer umher, strich mit den Fingern ziellos über den Geschirrschrank aus Färber-Eiche, dann über das Rollpult, in dem er seinen Computer untergebracht hatte ...

»Aber, Gia ...«

»Bitte«, unterbrach sie ihn und hob die Hand. »Ich weiß, was du sagen willst. Bitte, frag mich nicht nach irgendeiner moralischen oder philosophischen Logik, wenn ich dich einerseits aufgrund dessen, was du tust, nicht heiraten will, und andererseits zu dir komme, wenn es ein Problem gibt, bei dem alles darauf hinweist, daß es nur mit Hilfe deiner speziellen Taktik gelöst werden kann. Ich kämpfe schon den ganzen Morgen mit mir – das heißt, ich versuchte zu entscheiden, ob ich es dir gegenüber überhaupt erwähnen sollte. Sogar im Taxi dachte ich daran, dem Fahrer zu sagen, er sollte in die Fiftyninth abbiegen und die ganze Angelegenheit vergessen ...«

»Das ist ja wirklich toll«, sagte er verletzt. »Das tut wirklich weh. Seit wann ist es so, daß du nicht mit praktisch allem, was dich bedrückt oder nicht bedrückt, zu mir kommen kannst?«

Sie hielt inne und sah ihn an. »Du weißt, was ich meine. Wie oft habe ich mich schon abfällig über diese ›Handyman Jack‹-Angelegenheit geäußert?«

»Etwa eine Million Male.« Eher wohl drei Millionen, dachte er, aber was sind schon ein paar Millionen unter Freunden?

»Richtig. Und darüber, wie dumm, gefährlich und gewalttätig es ist, und daß du, wenn du nicht irgendwann tot auf der Straße liegst, mit Sicherheit für den Rest deines Lebens ins Gefängnis gehen mußt. Und ich habe meine Meinung kein bißchen geändert. Daher kannst du dir vorstellen, wie tief mich diese Sache getroffen hat, wenn ich dich bitte, sie in Ordnung zu bringen.«

»Na schön«, meinte er. »Ich werde kein Wort mehr darüber verlieren.«

»Vielleicht jetzt nicht, aber ich weiß, daß du es später tun wirst.«

Jack streckte zwei Finger in die Luft. »Das werde ich nicht. Pfadfinderehrenwort.«

»Ich denke, zum Schwören braucht man drei Finger, Jack.«

»Wie auch immer, ich verspreche, daß ich es nicht tun werde.«Er griff nach ihrer Hand. »Komm mal her.«

Sie nahm seine Hand, und er zog sie auf seinen Schoß. Sie ließ sich auf seine Oberschenkel nieder, leicht wie eine Feder, und sie küßten sich – es war kein langer Kuß, aber lange genug, daß es ihm warm wurde.

»So. Das ist schon besser. Und jetzt mal zum Praktischen. Wer heuert mich an?«

»Ich habe mit Dr. Clayton gesprochen – sie ist unsere Direktorin.«

Jack spürte, wie er sich innerlich verkrampfte. »Du hast ihr erzählt, daß du mich kennst?«

Er hatte Gia in dieser Hinsicht gewarnt. *Laß niemals durchblicken, daß du mich kennst – bei niemandem. Nicht einmal bei deiner besten Freundin.* Er hatte sich im Laufe der Jahre zu viele Feinde gemacht. Und falls einer von ihnen auf die Idee kam, er könnte über Gia an ihn herankommen … oder über Vicky …

Ihm schauderte.

»Nein«, beruhigte ihn Gia. »Ich sagte nur, ich wüßte von jemandem, der uns vielleicht helfen könnte, die Spielsachen zurückzuholen. Dabei habe ich keinen Namen erwähnt. Ich sagte nur, ich würde versuchen, ihn zu erreichen und mich erkundigen, ob er im Augenblick verfügbar ist.«

Jack entspannte sich ein wenig. »Ich denke, das ist okay.«

Dennoch, wenn er in diese Sache einstieg, dann wäre – zumindest in Dr. Claytons Bewußtsein – eine Verbindung zwischen Gia und einem Burschen namens Jack vorhanden, der irgend etwas »in Ordnung brachte«. Das war vermutlich durchaus okay, aber es gefiel ihm trotzdem nicht.

»Und?« fragte sie.

»Was und?«

»Bist du frei?«

»Ich weiß es nicht.«

»Wie kommt es, daß du es nicht weißt?«

»Nun, es gibt da ein Problem. Das Center kann mich nicht engagieren, weil ich für keine offizielle Institution arbeiten darf. Solche Unternehmen führen gewöhnlich Buch über ihre Ausgaben, und ich nehme eigentlich keine Schecks an.«

Er hatte noch nicht einmal eine Sozialversicherungsnummer.

»Mach dir keine Sorgen. Ich bezahle dich.«

»Na prima. Als würde ich von dir Geld annehmen.«

»Nein, es ist mein Ernst, Jack. Das Ganze ist meine Idee. Ich will es so. Wie hoch ist denn dein übliches Honorar?«

»Vergiß es.«

»Nein, ich meine es ernst. Sag's mir.«

»Es ist besser, du weißt es nicht.«

»Bitte!«

»Na gut.« Er sagte es ihr.

Ihr Mund klappte vor Staunen auf. »Du verlangst *soviel*?«

»Wie du schon sagtest, ›es ist dumm, gefährlich und brutal‹, und wenn ich am Ende nicht auf der Strecke bleibe, werde ich wohl den Rest meines Lebens im Gefängnis verbringen müssen. Deshalb verlange ich soviel.« Er gab ihr einen Kuß. »Und ich bin jeden Penny wert.«

»Das bist du bestimmt. Okay. Abgemacht.«

»Nein, das ist es nicht. Ich habe es dir doch erklärt: ich nehme kein Geld von dir.«

»Aber du hast mir auch mal erklärt, du würdest niemals gratis arbeiten. Das wäre gegen deine Moral oder so ähnlich.«

»Das ist meine Geschäftsgrundlage. Aber vergessen wir einstweilen das Geld. Laß uns erst einmal überlegen, ob das überhaupt eine Sache ist, in der ich tätig werden kann.«

»Das ist okay.« Sie betrachtete den Fernsehschirm. »Warum kenne ich diesen Schauspieler?«

»Das ist Dwight Frye. Du hast ihn früher schon mal gesehen.«

»Hat er nicht in *Dracula* den Kerl gespielt, der dauernd Fliegen verspeist hat?«

»Bis er sich auf ›dicke, saftige Spinnen‹ verlegte. Ja. Er hat den Renfield gespielt.«

Gia vergrub ihr Gesicht an seiner Schulter. »Es ist eigentlich unfaßbar, daß ausgerechnet ich so etwas weiß. Ich glaube, ich bin schon viel zu lange mit dir zusammen.«

»Aber du hast in dieser Zeit auch eine Menge gelernt. Also ... wo kann ich diese Dr. Clayton treffen?«

»In ihrem Büro.«

»Wann?«

»Heute nachmittag um vier.«

»Woher weißt du, daß sie dann dort sein wird?«

Sie zeigte ihr typisches verhaltenes Lächeln. »Weil du um diese Uhrzeit eine Verabredung mit ihr hast.«

Jack lachte laut auf. »Warst du dir so sicher?«

»Natürlich. Und ich werde mit Vicky ebenfalls dort sein, um euch miteinander bekannt zu machen.«

Er runzelte die Stirn. »Hältst du das für klug?«

»Dich ihr vorzustellen?«

»Nein. Vicky dorthin mitzunehmen.«

»Machst du Witze? Sie liebt es, diesen Kindern zu helfen.«

»Ja, aber sie haben ... Aids.«

»Nein, sie sind HIV-positiv. Das ist ein großer Unterschied.

Und man kann sich nicht mit HIV anstecken, indem man ein Baby auf den Arm nimmt. Wie oft habe ich dir das schon erklärt?«

»Oft. Aber trotzdem ...«

»Wenn du es siehst, wirst du es verstehen. Und das wird um vier Uhr sein, okay?«

»Okay.«

Sie küßten sich, aber Jack hatte ein ungutes Gefühl, das ihn frösteln ließ. Seine Liste der Dinge, die ihm Angst einjagten, war sehr kurz, aber der HIV-Virus stand darauf an erster Stelle.

4

Jack machte einen kurzen Spaziergang hinüber zur Amsterdam Avenue.

Nachdem sie Ende der achtziger und Anfang der neunziger Jahre vorübergehend zum Stillstand gekommen war, hatte die Neubesiedlung der Upper Westside mit zahlungskräftigen Mietern und Immobilienkäufern in rasantem Tempo angezogen. Alte Backsteinbauten wurden aufwendig renoviert, neue Apartments wurden gebaut, neue Restaurants öffneten ihre Tore. In ein paar Stunden würden die Straßen und die zahlreichen neuen Freßtempel, Trattorias und Bistros mit Yuppies und Smarties überfüllt sein, die hier traditionell den Freitag ausklingen ließen, um sich anschließend in das Wochenende zu stürzen und sich von ihrer stressigen Kauf- und Verkaufstätigkeit zu erholen.

Als Individuen hatte Jack nichts gegen sie. Sicher, sie konnten ziemlich hohlköpfig sein, wenn es darum ging, in der Konsumarena und auf der Jagd nach neuen Trends die Nase vorne zu behalten, und als Gruppe neigten sie dazu, Ausstrahlung und Atmosphäre der Viertel zu zerstören, in die sie einfielen. Aber sie waren nicht von Grund auf schlecht oder böse. Zumindest die meisten von ihnen waren es nicht.

Jack schaute auf die Uhr. Kurz vor drei. Abe wäre in diesem Moment sicherlich bereit für einen kleinen Nachmittagsimbiß. Er schaute bei Nick's Nook vorbei, einem typischen Tante-Emma-Laden – in dieser Gegend eine allmählich aussterbende Gattung – und nahm eine kleine Leckerei mit.

Seine nächste Station war der Isher Sports Shop. Das Eisengitter war hochgezogen und gab den Blick auf die halbblinden Fenster frei, hinter denen sich eine Ansammlung von verblichenen Plakattafeln, staubigen Fußbällen, Tennisbällen, Tennisschlägern, Basketballringen, Torwänden, Inlineskates und anderen Schön-Wetter-Geräten auf den sonnenbeschienenen Ausstellungsflächen präsentierte.

Im Inneren des Ladens herrschte eine ähnliche Unordnung. Fahrräder hingen von der Decke herab, hier standen Drückbänke für Bodybuilder, dort lagen Taucherausrüstungen herum, und schmale Gänge wanden sich zwischen völlig überladenen Regalen hindurch.

Als Jack eintrat, bediente Abe Grossman soeben einen Kunden – oder genauer gesagt, er fertigte den Kunden ab.

Abe ging auf die Sechzig zu, und sein Gewicht näherte sich bedenklich einer Achteltonne, was gar nicht so schlimm gewesen wäre, hätte seine Körpergröße mehr als eins siebzig betragen. Bekleidet war er mit seiner üblichen Uniform – schwarze Hose und ein weißes, kurzärmeliges Hemd. Ein Stirnrunzeln furchte sein gewöhnlich freundlich dreinblickendes rundes Gesicht, ein Gesicht, das dank des unbarmherzigen Zurückweichens des Haupthaares, um so runder wirkte.

»Haken?« fragte Abe gerade. »Warum wollen Sie Haken? Können Sie sich vorstellen, welche Schmerzen es einem Fisch bereitet, wenn er auf einen solchen Haken beißt? Und diese Widerhaken. Oih! Man muß sie herausreißen! Was das für Wunden im weichen Fischmaul hinterläßt. Bohren Sie sich doch selbst mal einen Angelhaken in die Zunge, und dann entscheiden Sie, ob es Ihnen gefällt.«

Der Kunde, ein hellblonder Mitdreißiger in einer verwaschenen Jeans, starrte Abe entgeistert an. Er versuchte vergeblich, darauf etwas zu erwidern, dann machte er einen zweiten Anlauf.

»Sie belieben zu scherzen, nicht wahr?«

Abe lehnte sich über die Theke – jedenfalls soweit es ihm sein beträchtlicher Bauch gestattete – und brummte in väterlichem Ton: »Es handelt sich um einen moralisch-ethischen Standpunkt. Einen Haken mit Köder zu versehen und diese kleinen blitzenden Blinker zu benutzen, um Fische zu fangen, ist verwerflich! Denken Sie mal darüber nach. Sie präparieren einen gemeinen kleinen Haken, damit er aussieht wie etwas Eßbares, etwas zur Lebenserhaltung. Ein Fisch kommt angeschwommen, freut sich, daß er endlich sein Mittagessen gefunden hat, und *schwupps*! Schon hängt er am Haken und wird aus dem Wasser gezogen. Ist das fair? Sind Sie etwa stolz auf eine solche Tat?«

Er richtete sich auf und fixierte den jungen Mann mit seinen dunklen, braunen Augen. »Ich soll mich an einem sogenannten Sport beteiligen, der auf Täuschung und Betrug aufgebaut ist? Nein, das kann ich nicht.«

»Sie meinen es ernst!« stieß der junge Mann hervor und wich zurück. »Sie meinen das alles tatsächlich ernst!«

»Bin ich vielleicht ein Komiker?« fragte Abe. »Der Laden hier mag Ihnen von mir aus ziemlich unordentlich vorkommen, aber ich verkaufe Sportartikel. *Sport*-Artikel. Und das bedeutet mir etwas. Ein Netz ist etwas Sportliches. Man wartet, bis ein Fisch vorbeikommt, und dann schnappt man ihn mit dem Netz. Der Schnellste bleibt Sieger. Das ist ein Sport. Ein Netz verkaufe ich Ihnen gerne. Aber Haken? Von mir kriegen Sie die nicht!«

Der junge Mann machte kehrt und eilte zur Tür. »Hauen Sie lieber ab, solange Sie es noch können«, murmelte er Jack zu, als er an ihm vorbeihastete. »Dieser Heini ist völlig meschugge.«

»Tatsächlich?« fragte Jack. »Wie kommen Sie darauf?«

Während die Tür zuschlug, ging Jack zur Theke. Abe hatte es sich wieder gemütlich gemacht. Er saß wie eine fette Kröte auf einem hohen Hocker, auf dem er für den größten Teil seines Arbeitstages seine angestammte Position einnahm. Er hatte die Hände auf seine gespreizten Oberschenkel gelegt und erinnerte an einen Humpty-Dumpty im reifen Mannesalter.

Jack legte sein kleines Präsent auf die Theke.

»Entenmanns Schokoladenkuchen?« fragte Abe und hüpfte erstaunlich behende von seinem Hocker herunter. »Jack, das sollst du doch nicht tun.«

»Ich hatte mir ausgerechnet, daß dein Magen mittlerweile ziemlich knurren muß.«

»Stimmt schon, aber das hättest du wirklich nicht tun sollen. Du weißt doch, ich halte Diät.«

»Ja, aber dieser Kuchen ist völlig fettfrei.«

Abe tippte mit dem Finger auf den Aufkleber mit den entsprechenden Angaben. »Das ist er tatsächlich.« Er grinste. »Nun, in diesem Fall vielleicht ein winziges Stück.«

Seine kurzen, dicken Finger waren erstaunlich geschickt, als sie den Karton öffneten und mit einem aus dem Nichts auftauchenden Messer ein großes Stück abschnitten, das sofort in Abes Mund verschwand.

»Mmmm«, sagte er, schloß genüßlich die Augen und schluckte. »Wer würde glauben, daß diese Köstlichkeit tatsächlich fettfrei ist? Nur schade, daß sie nicht auch kalorienfrei ist.« Er deutete mit der Messerspitze auf Jack. »Möchtest du auch?«

»Nein. Ich habe ziemlich spät zu Mittag gegessen.«

»Du solltest mal kosten. Ständig bringst du mir die köstlichsten Sachen, und ich sehe dich niemals essen.«

»Das kommt daher, weil ich alles für dich mitbringe. Genieße es.«

Das tat Abe auch sofort mit einem zweiten Stück Kuchen.

»Wo ist Parabellum?« erkundigte sich Jack.

Abe antwortete mit vollem Mund: »Schläft.«

Aus irgendeinem Impuls heraus, den Jack nicht nachvollziehen konnte, hatte sich Abe einen kleinen blauen Papagei gekauft und ihn auf geradezu väterliche Art in sein Herz geschlossen.

»Er mag sowieso keine Schokolade«, meinte er und wischte sich die Hände an seinem Hemd ab. Braune Streifen gesellten sich zu gelben Streifen, die aussahen wie Senfspuren. »Hey. Willst du mal sehen, was Willenskraft ist? Paß auf.«

Er klappte den Karton zu und schob ihn von sich weg.

»Ich bin beeindruckt«, sagte Jack. »Das ist das erste Mal, daß ich dich so etwas habe tun sehen.«

»Ehe du dich versiehst, bin ich genauso dünn wie du.« Er fand einen Krümel auf der Theke und schnippte ihn sich in den Mund, dann liebkoste er den Kuchenkarton mit sehnsüchtigen Blicken. »Jawoll, Sir. Ehe du dich versiehst.«

In einem, wie Jack genau wußte, geradezu übermenschlichen Willensakt stieß Abe sich von der Theke ab und zuckte die Achseln. »Na?«

»Ich brauche ein paar Dinge.«

»Dann mal los.«

Abe verriegelte die Ladentür, drehte ein Schild mit der Aufschrift ÜBER MITTAG GESCHLOSSEN zur Straße hin und ging voraus nach hinten, indem er sich durch Regalgänge schob, die gerade breit genug waren, um seine Körpermassen durchzulassen. Jack folgte Abe ins Hinterzimmer und hinunter in den Keller. Die Neonreklame, die über der Steintreppe hing, flackerte nur, entflammte aber nie vollständig.

»Das Schild ist offenbar defekt, Abe.«

»Ich weiß, aber es macht zuviel Mühe, es zu reparieren.«

Er betätigte den Schalter, der die Beleuchtung der kleinen Waffenkammer im Keller zum Leben erweckte. Abe machte ein paar Schritte vorwärts und schob Pistolen und Gewehre in ihren Halterungen zurecht und rückte die Munitionskartons in den Regalen gerade. Hier unten herrschte eine geradezu peinliche Ordnung, ganz im Gegensatz zum Laden im Parterre über ihnen.

»Mußt du etwas auffüllen, oder brauchst du etwas Neues?«

»Etwas Neues«, sagte Jack. »Ich brauche ein paar Spezialhandschuhe, du weißt schon, was ich meine.«

»Hast du das letzte Paar, das du bei mir gekauft hast, verloren?«

»Nein, aber ich brauche ein weißes Paar.«

Abes Augenbrauen zuckten hoch. »Weiß? Von so etwas habe ich noch nie gehört. Schwarz, natürlich. Braun vielleicht. Aber weiß?«

»Sieh mal nach, ob du so etwas für mich auftreiben kannst.«

»Ich soll also nach weißen Lederhandschuhen mit einem halben Pfund feinem Stahlschrot in den Fingerlingen fragen? Möchtest du sie vielleicht auch noch in Damengröße?«

»Nein, sie sind für mich. Sie müssen zu eleganter Abendgarderobe passen.«

Abe seufzte. »Und wann brauchst du sie?«

»Wenn es geht, heute noch, aber spätestens bis morgen. Und hör dich mal um nach jemandem, der eine ganze Ladung Kinderspielzeug zu verkaufen hat, das bereits in Weihnachtspapier eingewickelt ist … und zwar billig. Ich habe auch Julio Bescheid gesagt, er soll Augen und Ohren offen halten. Falls du etwas in dieser Richtung aufschnappen solltest, mach dem Betreffenden Andeutungen, daß du vielleicht einen Käufer an der Hand hast. Jemanden, der die ganze Ladung kaufen würde.«

Abes Neugier gewann die Oberhand. »Was ist es denn diesmal, Jack, in das du deine Nase steckst?«

»Etwas, worauf ich mich wahrscheinlich lieber nicht einlassen sollte. Aber um es richtig anzufangen, muß ich wahrscheinlich irgend etwas Blödes tun.«

Abe schaute ihn fragend an, und Jack wußte, daß er unbedingt wissen wollte, wie blöde. Aber Abe würde niemals Fragen stellen, da er wußte, daß Jack ihm nachher ohnehin alles berichten würde.

Jack schaute sich um und entdeckte etwas in einem Regal in der Ecke. Und das brachte ihn auf eine Idee.

»Weißt du was? Vielleicht kann ich noch etwas anderes brauchen ...«

5

Jack fuhr mit der U-Bahn-Linie A in die City und stieg hinauf in den hektischen Dritte-Welt-Bazar, zu dem sich die Fourteenth Street mittlerweile entwickelt hatte. Er schlängelte sich zwischen dreadgelockten Dominikanern, turbangeschmückten Sikhs, saritragenden Inderinnen, in korrekte Anzüge gehüllten Koreanern, Pakistanis, Puertoricanern, Jamaikanern und vereinzelten Europäern hindurch, die sich in der kühlen Luft auf den Bürgersteigen drängten, welche von Schildern in einem halben Dutzend Sprachen gesäumt waren.

Er erreichte die Adresse in der Seventh Avenue, die Gia ihm genannt hatte, ein wenig zu früh. Ein kleines Schild an der Tür war der einzige Hinweis darauf, daß diese unauffällige Ladenfassade irgend etwas mit Aids zu tun hatte.

Er hätte wahrscheinlich die Suche nach den gestohlenen Weihnachtsgeschenken starten können, ohne hierherzukommen, aber er dachte sich, daß ein kurzer Besuch am Ort des Geschehens nicht schaden konnte. Vielleicht fand er hier sogar einen Hinweis auf die Diebe.

»Ich habe um vier Uhr eine Verabredung mit einer Dr. Clayton, glaube ich«, sagte er zu der schlanken, attraktiven schwarzen Frau am Empfangspult. Auf ihrem Namensschild stand schlicht *Tiffany.*

»Ihr Name, Sir?«

»Jack.«

»Jack wie?«

Nur Jack, wollte er schon antworten, doch das hätte unweigerlich zu weiteren Fragen geführt, und eine zweite Weigerung seinerseits hätte seine Erscheinung dem Gedächtnis seines Gegenübers noch eindringlicher eingeprägt. Dabei zog er es vor, daß niemand sich an ihn erinnerte.

Er lächelte und suchte in Gedanken nach einem Namen, der mit ›N‹ begann. Als er das letzte Mal gefragt worden war, hatte er mit ›Meyers‹ geantwortet, und da er gerne im Alphabet weiterging ...

»Niedermeyer. Jack Niedermeyer.«

»Schön, Mr. Niedermeyer. Dr. Clayton hat im Augenblick noch Besuch. Ein Reporter. Hier ist nämlich gestern abend ein Einbruch verübt worden.«

»Tatsächlich? Und was wurde gestohlen?«

»Sämtliche gespendete Kinderspielsachen. Sie sollten zu Weihnachten verschenkt werden.«

»Das gibt's doch nicht!«

»Doch, es stimmt. Die Polizei hat die Ermittlungen aufgenommen. Ich denke, Sie sollten – oh, da ist Dr. Clayton. Es sieht so aus, als wäre sie mit dem Reporter fertig.«

Jack sah eine schlanke Brünette in einem weißen Kittel, die in Begleitung eines Mannes auf ihn zukam, der eher an einen Verkaufsfahrer als an einen Reporter erinnerte. Sie begleitete ihn zur Tür, dann schaute sie sich draußen auf der Straße um, als suchte sie etwas. Was immer es sein mochte, als sie sich umdrehte und in Jacks Richtung blickte, machte sie nicht den Eindruck, als hätte sie es gefunden. Oder vielleicht hatte sie es auch gefunden. So oder so sah sie nicht besonders glücklich aus.

»Dr. Clayton, hier ist Ihr Besuch für vier Uhr: Mr. Niedermeyer.«

Aus der Nähe sah Dr. Alicia Clayton besser aus, aber trotzdem irgendwie ... farblos. Sie hatte ebenmäßige Gesichtszüge – eine schmale, gerade Nase, ausgeprägte Lippen – nicht zu schmal und nicht zu üppig – und blaugraue Augen. Ihr Haar war glatt, auf Kinnlänge geschnitten und tief, tief schwarz – nicht künstlich schwarz, wie die Grufties unter den Jugendlichen ihre Haare zu färben pflegten, sondern echt, authentisch, naturschwarz mit einem matten Glanz.

Und kein Make-up. Wenn jemand eine solche Sorgfalt auf sein Haar verwendete, sollte man annehmen, daß er auch daran interessiert ist, andere Vorzüge seiner äußeren Erscheinung hervorzuheben. Aber das galt offensichtlich nicht für Dr. Clayton.

Nun, zumindest verhalf ihr das fehlende Make-up zu einem sauberen, frischgewaschenen Aussehen, was, wie Jack annahm, für eine Ärztin durchaus positiv zu bewerten war.

Aber ihre Augen ... irgend etwas verbarg sich darin. Angst? Zorn? Vielleicht ein wenig von beidem?

Sie streckte die Hand aus. »Willkommen, Mr. Niedermeyer.«

Sie hatte einen festen Händedruck.

»Nennen Sie mich einfach Jack.«

»Sie wollen sich bestimmt den Tatort ansehen, nicht wahr?«

»Das wollte ich gerade vorschlagen.«

Sie vertrödelte keine Zeit. Kam gleich zur Sache. Das gefiel Jack.

Das Center entsprach ganz und gar nicht seinen Erwartungen. Die Flure waren hell und in fröhlichen Schattierungen von gelb und orange gestrichen.

»Sind Sie Kinderärztin?« fragte er, während sie nebeneinander hergingen.

Sie nickte. »Und außerdem spezialisiert auf Infektionskrankheiten.«

»Meine Schwester ist ebenfalls Kinderärztin.«

»Tatsächlich? Wo praktiziert sie denn?«

Jack versetzte sich in Gedanken einen Tritt in den Hintern. Weshalb zum Teufel hatte er das gesagt? Er dachte so gut wie nie an seine Schwester, die Ärztin. Oder an seinen Bruder, den Richter. Das kam sicherlich durch die Anrufe seines Vaters.

»Ich weiß es nicht genau«, antwortete er. »Wir haben wenig Kontakt miteinander.«

Dr. Clayton bedachte ihn mit einem seltsamen Blick.

Jaja, dachte er. Das klingt ziemlich lahm, ich weiß, aber meiner Schwester geht es viel besser, wenn die Verbindung zwischen uns nicht allzu eng ist.

»Dies hier ist der Tagesstätten-Bereich«, erklärte Dr. Clayton. »Wo HIV-positive Kinder mit anderen HIV-positiven Kindern spielen können und niemand sich wegen einer möglichen Ansteckung Sorgen machen muß.«

Ein kleiner Junge stürmte aus einem der Zimmer und kam schlitternd vor ihnen zum Stehen.

»Dr. Alith!« rief er. »Sehen Sie mal mein Haar! Ich hab' 'ne Igelfrisur.«

»Sehr schön, Hector. Aber du weißt, daß du immer im Spielzimmer bleiben sollst.«

Hector mochte vielleicht vier Jahre alt sein. Sein extrem kurzes hellbraunes Haar hatte etwa den gleichen Farbton wie seine Haut. Er sah unter der Farbe erschreckend blaß aus, aber sein Grinsen war ein einziges helles Strahlen.

»Fühlen Sie mal meinen Kopf!« sagte er. »Ich bin ein Igel.«

Eine korpulente Frau in einem geblümten Kittel erschien in der Türöffnung des Spielzimmers und füllte sie völlig aus. »Komm zurück, Hector«, sagte sie. »Du bist jetzt mit der Bestrahlung an der Reihe.«

»Nein, ich will, daß Dr. Alith meine Igelfrisur fühlt.«

Die Frau meinte: »Er hat gerade die Haare geschnitten bekommen, und jetzt macht er uns alle damit verrückt.«

Dr. Clayton lächelte und strich mit der Hand über Hectors stoppeligen Kopf. »Okay, Hector, ich sehe mir deinen Igelschnitt an, aber dann ...«

Ihr Lächeln versiegte, und sie legte ihm die Hand auf die Stirn. »Ich glaube, du fühlst dich ein wenig warm an.«

»Er rennt die ganze Zeit herum wie aufgedreht – ›Ich bin ein Igel! Ich bin ein Igel!‹ Er ist bestimmt ein wenig erhitzt davon.«

»Das könnte sein, Gladys, aber bringen Sie ihn auf jeden Fall noch in mein Büro, ehe er nach Hause geht, okay?«

Hector hüpfte vor Jack herum und neigte ihm den Kopf entgegen. »Fühl mal meine Igelfrisur!«

Jack zögerte. Hector war ein süßer kleiner Kerl, aber er war ein süßer kleiner Kerl mit HIV.

»Na los!«

Jack fuhr mit der Hand schnell über Hectors Haarstoppeln. Er haßte sich dafür, daß er seine Hand schnell wieder zurückzog.

»Ist das nicht toll?« fragte Hector.

»Das Tollste vom Tollsten«, versicherte ihm Jack.

Gladys brachte Hector wieder ins Spielzimmer, und sie gingen weiter zum nächsten Bereich, wo die Atmosphäre nicht so angenehm war. Jack blickte durch ein Fenster in einer Tür und schaute in ein Zimmer voller Kinder, die an intravenöse Tropfvorrichtungen angeschlossen waren.

»Das ist der klinische Bereich. Hierher kommen die Kinder zur ambulanten Therapie – wir verabreichen ihnen Infusionen, untersuchen sie eingehend, stellen fest, welche Fortschritte sie machen, und schicken sie wieder nach Hause.«

Und dann kamen sie zu einem riesigen Fenster, das in Taillenhöhe begann und bis zur Decke reichte.

»Hier bringen wir die obdachlosen oder ausgesetzten Kleinkinder unter«, erklärte Alicia. »Wir haben Freiwillige, die sie auf den Arm nehmen und ihnen ein wenig Wärme geben. Die Crack-Babys brauchen sehr viel Zuwendung.«

Jack entdeckte Gia am anderen Ende der Glasscheibe, wo sie gerade ein Baby im Arm hatte und es wiegte, aber er blieb nicht stehen. Er wollte nicht, daß sie ihn sah.

»Sie leisten hier aber eine ganze Menge«, stellte er fest, während sie ihren Weg fortsetzten.

»Ja, wir mußten alles mögliche aufbauen – eine Klinik, einen Kindergarten, ein Tagesheim und ein Waisenhaus.«

»Und alles nur wegen eines einzigen Virus.«

»Aber wir müssen uns mit viel mehr beschäftigen als nur dem Virus«, sagte Alicia. »So viele von den Kindern kommen nicht nur HIV-positiv zur Welt – als ob man ein Wort wie ›nur‹ im Zusammenhang mit ›HIV‹ benutzen könnte –, sondern auch abhängig von Crack oder Heroin. Sie werden geboren und schreien wie jedes andere Baby, das den warmen, schützenden Mutterleib verlassen muß, aber dann schreien sie weiter, weil sich die Qualen eines Rauschgiftentzugs bemerkbar machen.«

»Ein doppelter Hammer«, sagte Jack. Die armen Kinder.

»Ja. Manche Eltern hinterlassen ihren Kindern ein wertvolles Erbe, andere hinterlassen versteckte Narben. Diese Kinder haben als Vermächtnis ihrer Eltern nichts anderes als ein sicheres Todesurteil.«

Jack glaubte etwas sehr Persönliches aus dem letzten Satz herauszuhören, aber er konnte nicht entscheiden, was es gewesen sein könnte.

»Vielleicht ist ›Todesurteil‹ ein wenig übertrieben. Wir können mittlerweile sehr viel für diese Kinder tun. Die Überlebensrate nimmt ständig zu, aber trotzdem ... wenn sie erst einmal den Entzug überstanden haben, leiden sie trotzdem auch weiterhin an den Nachwirkungen der Sucht. Crack und Heroin zerstören Teile des Nervensystems. Ich will Sie jetzt nicht mit Ausführungen über Dopaminrezeptoren langweilen, aber die Folge sind zerstörte Verbindungen in den Teilen des Hirns, die Lust empfinden. Wodurch unsere kleinen Crack-Babys gereizt und mißmutig sind und unfähig, Trost und Zerstreuung in den einfachen Dingen zu finden, die normale Babys erfreuen. Daher weinen sie. Endlos. Bis die völlig überforderten Junkie-Mütter, die für ihren Zustand verantwortlich sind, sie schlagen, um sie zum Schweigen zu bringen.«

Jack begriff, daß sie diesen Vortrag wahrscheinlich allen Besuchern hielt, doch er wünschte, sie würde damit aufhören. Er verspürte zunehmend den Drang in sich, irgend jemandem wehzutun.

»Die Glücklichen« – sie räusperte sich rauh –, »versuchen Sie sich mal ein glückliches HIV-positives Crack-Baby vorzustellen – kommen hierher.«

Sie blieb vor einer fensterlosen Tür stehen.

»Dies ist der Lagerraum, in dem die Spielsachen aufbewahrt wurden.«

Sie zeigte ihm den Raum, der leer war bis auf ein paar Stücke Klebestreifen und zerrissenes Geschenkpapier.

»Waren die Spielsachen darin eingewickelt?« fragte er und prägte sich das Muster des Papiers ein.

»Die meisten, aber nicht alle.«

Er zog die Tür zur Seitengasse auf und schaute sich in der Gasse selbst um. Es war leicht zu erkennen, wie die Tat ausgeführt worden war. Der äußere Türrahmen und die Fläche rund um das Schloß waren mit tiefen Kratzern übersät und stellenweise verbeult. Es sah aus wie die Spuren eines langen Brecheisens in den Händen von jemandem, der die Behutsamkeit und Geschicklichkeit eines Orang-Utans hatte.

Er sah, wie Dr. Clayton in dem kalten Windhauch fröstelte, der durch die offene Tür hereindrang. Sie rieb die dünnen Ärmel ihres weißen Kittels. Die Frau war sehr schlank – hatte kein Gramm Fett an ihrem Körper, das die Kälte hätte abhalten können.

»Wie werden Sie in dieser Sache vorgehen?« wollte sie von Jack wissen, während er die Tür schloß.

»Nicht hier«, sagte Jack. »Können wir uns in Ihrem Büro unterhalten?«

»Folgen Sie mir.«

Auf dem Weg zu ihrem Büro machte Dr. Clayton am Eingang halt und blickte hinaus auf die Straße. Er sah, wie sie plötzlich starr wurde, als hätte sie etwas gesehen, das ihr Angst einjagte.

6

Sam Baker saß nun schon seit einer guten Stunde, seit er mit Beobachten an der Reihe war, im Wagen, testete sein Gedächtnis und überprüfte sein Haar im Innenspiegel.

Und er haßte es, in den Spiegel zu schauen. Die Leute dachten bestimmt, er wäre schwul oder so ähnlich, wenn er dauernd daran herumzupfte und herumstrich, aber verdammt noch mal, sein früher so volles und welliges blondes Haar wurde von Tag zu Tag dünner und grauer. Er war erst sechsundvierzig und konnte schon seine Kopfhaut sehen. Wenn das so weiterging, würde er völlig kahl sein, ehe er fünfzig wurde.

Baker schaute hoch und sah, wie jemand durch die Eingangstür des Aids-Centers in seine Richtung blickte. Er schaute genauer hin und widerstand dem Impuls, sich zu ducken, als er erkannte, daß es diese Clayton-Tante war. Kein Grund zur Sorge. Sie konnte das Auto sehen, aber nicht, wer darin saß.

Wenigstens war das eine Bestätigung dafür, daß sie immer noch dort war.

Nicht daß es ihn einen feuchten Dreck interessierte, wohin diese verrückte Schnalle ging. Aber der Lappenschädel, der ihn bezahlte, wollte es wissen, und das allein zählte. Er …

Das Mobiltelefon piepte. Baker griff danach und schaltete es ein.

»Ja?«

»Ich bin es.«

Scheiße. Baker hatte angenommen, es wäre einer seiner Männer. Aber es war Ahab der Araber persönlich: Kemel Mulhallal.

»Ja, Sir.«

»Ich möchte mich nach dem Status des Objektes unseres gemeinsamen Interesses erkundigen.«

»Wie bitte?«

»Die Frau. Wo ist sie?«

»Immer noch da, wo sie arbeitet.« Baker wollte sich nicht genauer ausdrücken. Ganz bestimmt nicht über ein Handy.

»Sie war bei keinem anderen Anwalt?«

»Nee.«

»Wenn sie es doch tut, möchte ich keine Wiederholung dessen, was mit ihrem letzten Anwalt passiert ist.«

»In Ordnung«, sagte Baker. »Darüber haben wir schon zur Genüge gesprochen. Und ich habe es Ihnen erklärt. Alles läuft bestens. Vertrauen Sie mir.«

Seit diesem Morgen saß er ganz tief in der Scheiße. Mein Gott, er hatte angenommen, er bekäme ein Sonderlob dafür, daß er ihren Anwalt ausgeschaltet hatte, aber nein. Kemel, der Lappenschädel, war statt dessen sauer gewesen. *Obersauer.* Sagte, das würde nur erhöhte Aufmerksamkeit auf den Fall lenken, und wollte wissen, warum Baker das Ding ohne ausdrücklichen Befehl gedreht hätte.

Hey, warum nicht? Wenn man einen ehemaligen Sprengstoffexperten der Special Forces anheuerte, dann bekam man jemanden, der eigene Entscheidungen traf. Du hast mich schon einmal eine Bombe legen lassen – und zwar eine *ganz dicke* –, und wenn du mir erklärst, daß dieser Weinstein-Wichser zuviel Ärger macht, schließe ich daraus, daß du mir sagen willst, du hättest ein Problem, das du gelöst haben möchtest. Also habe ich es gelöst. Und zwar für immer, genauso wie das andere. So haben wir solche Dinge erledigt, als ich mit der SOG in Vietnam war. Und so habe ich es auch bei all meinen Aufträgen gehalten, seit ich auf Honorarbasis arbeite. Bisher gab es keinerlei Klagen.

Und keine Sorge. Der Koks, den ich im Wagen versteckt habe, wird jeden in der völlig falschen Richtung suchen lassen.

Aber Kemel war immer noch sauer. Und das war nicht gut. Kemel hatte tiefe Taschen, und Sam Baker wollte sich mit ihm möglichst gut stellen. Tatsächlich wollte er sich für Kemel unentbehrlich machen und mit ihm nach Saudi-Arabien gehen. Denn verdammt noch mal, diese Saudis brauchten alle Sam Bakers, die sie für Geld kriegen konnten.

Sam rechnete sich aus, daß er mit Kemel im reinen wäre, wenn diese Clayton-Schnepfe nicht loszog und einen anderen Anwalt engagierte, sondern statt dessen das Haus aufgab, an dem alle so brennend interessiert waren. Dann könnte er zu ihm gehen und sagen: ›Sehen Sie? Den Anwalt vor ihren Augen in die Luft zu sprengen, hat sie am Ende abgeschreckt. Sie müssen mir glauben, Mann. Ich *weiß*, was ich tue.‹

»Ich traue Ihnen nur, wenn Sie das tun, wozu Sie den ausdrücklichen Befehl haben. Beobachten Sie sie und sonst nichts.«

»Aye, aye, Käpt'n. Zehn-vier, Roger Wilco, Ende und aus.« Er drückte auf den Ausschaltknopf. »Arschloch.«

Baker knirschte mit den Zähnen. Er war sauer und erkannte plötzlich, daß dies ein guter Moment wäre, um sein Kurzzeitgedächtnis zu testen. Mal sehen, ob das Gespräch mit diesem Lappenschädel es durcheinandergebracht hat. Er schloß die Augen und sagte auswendig die Telefonnummer vom Schild des Feinkostgeschäfts auf der gegenüberliegenden Straßenseite auf. Als er die Augen aufschlug, sah er, daß er sie sich richtig gemerkt hatte.

Gut. So scharf wie eh und je. Es würde noch lange dauern, bis er endete wie seine Mutter.

Er schaute zum Eingang des Aids-Centers und bekam mit, wie die Clayton-Tante wieder hineinging.

Wenn Mulhallal ihn darüber aufklären würde, was im Gange war, würde er den Job viel besser ausführen können. Er wußte, daß es zwei Parteien gab: Auf der einen Seite Alicia Clayton, und ihr Bruder Thomas Clayton – ein wirklich *unangenehmer* Bursche – auf der anderen. Und zwischen ihnen stand das Testament des Vaters. Auf welche Weise Kemel Mulhallal in die Affäre verwickelt war, konnte Baker sich nicht vorstellen. Aber es hatte irgend etwas mit dem Haus zu tun. Der Bruder wollte das Haus, und Kemel war bereit, viel Geld auf den Tisch zu legen, um dafür zu sorgen, daß er es auch kriegte.

Sie hatten ihn, Baker, angeheuert, um ihnen dabei zu helfen. Sie wollten, daß das Haus bewacht wurde. Niemand durfte hinein, es sei denn, er hatte die ausdrückliche Erlaubnis von Mulhallal oder dem Bruder. Sie wollten außerdem die Schwester genau im Auge behalten, aber unter absolut keinen Umständen – und das war sooft wiederholt worden, bis ihm vom Zuhören schlecht wurde – durfte er ihr irgendeinen Schaden zufügen oder auch nur zulassen, daß sich sonst jemand an ihr vergriff.

Was eigentlich nur schwer zu begreifen war. Wenn die Schwester starb, ginge das Haus dann nicht automatisch an den Bruder?

Aber der Araber und der Bruder behielten die Gründe für ihr Vorgehen für sich. Baker folgerte, daß sie hinter irgend etwas her waren, das sich in diesem Haus befand. Und was immer es war, es mußte verdammt wertvoll sein, denn sie wollten es verflucht dringend haben. Was es war, davon hatte Baker nicht die leiseste Ahnung. Das war ein weiteres ihrer Geheimnisse.

Aber das war ihm im Augenblick egal. Auf ihn wartete das große Geld, wenn das Haus schließlich dem Araber gehörte. Er würde einiges davon der Mannschaft abgeben müssen, die er angeheuert hatte, aber es wäre am Ende immer noch genug übrig, um seine derzeitigen finanziellen Probleme zu lösen und darüber hinaus seiner bedauernswert kleinen Pensionskasse sogar noch einen kleinen Betrag hinzuzufügen.

Aber ehe all das erledigt war, würde Baker dafür sorgen, daß er all ihre Geheimnisse erfuhr. Das war hundertprozentig sicher.

7

Ein eisiges Frösteln rieselte über Alicias Rücken und konzentrierte sich am unteren Ende ihrer Wirbelsäule, während sie einen grauen Wagen beobachtete, der in zweiter Reihe auf der gegenüberliegenden Straßenseite parkte. Er stand dort, von ihrem Beobachtungsplatz ein Stück die Straße hinauf, mit laufendem Motor.

War es derselbe Wagen wie heute morgen? Sie war sich nicht sicher. Beobachtete der Fahrer den Eingang des Centers, oder wartete er auf jemanden, der in einem der Warenhäuser war? Woher sollte sie das wissen? Zum Teufel, bei der grellen Sonne und den getönten Scheiben konnte sie noch nicht einmal feststellen, wie viele Leute darin saßen.

Verdammt, das war unheimlich. Worauf warteten sie? Auf eine Explosion?

Sie erschauerte. Sie hatte Tiffany befohlen, ihr die gesamte Post und sämtliche Lieferungen von UPS zu zeigen, ehe sie geöffnet wurden. Aber was würde sie tun, wenn sie auf ein Päckchen stieß, das keine Absenderadresse trug? Die Bombenspezialisten der Polizei alarmieren? Glücklicherweise brauchte sie sich heute darüber nicht den Kopf zu zerbrechen – sämtliche Sendungen kamen von den üblichen Lieferanten des Centers.

Sie zwang sich dazu, sich abzuwenden.

Dies war nun schon ihr fünfter – oder war es gar ihr sechster? – Abstecher zur Eingangstür seit ihrem Eintreffen heute morgen. Tiffany fing schon an, ihr seltsame Blicke zuzuwerfen.

Sie führte Jack Niedermeyer zurück in ihr Büro. Vielleicht bildete sie sich auch nur etwas ein. Weshalb sollte jemand sie verfolgen? Welchen Sinn hätte das? Sie tat jeden Tag die gleichen Dinge: von ihrem Apartment im Village zum Center und vom Center zu ihrem Apartment. Ein Muster an Vorhersehbarkeit.

Entspann dich, sagte sie sich. Du machst dich nur verrückt. Bleib ganz ruhig und überlege, was du als nächstes tun solltest.

»Nehmen Sie Platz«, sagte sie, während sie ihr Büro betraten.

Raymond kam vorbei, um einige Papiere auf ihren Schreibtisch zu legen. Sie machte die beiden Männer miteinander bekannt, äußerte sich aber nicht darüber, weshalb Mr. Niedermeyer im Center war.

Als Raymond gegangen war und sie sich einander gegenüber hingesetzt hatten, betrachtete sie eingehend diesen sehr durchschnittlich aussehenden braunhaarigen Mittdreißiger in Jeans und einem rötlichen Flanellhemd.

Das soll der Mann sein, der die Spielsachen wiederbeschafft, hatte Alicia gedacht, als sie ihm einen Sessel angeboten hatte. Oh, das bezweifle ich, und zwar ganz entschieden.

»Nun, Mr. Niedermeyer ...«

»Nennen Sie mich einfach Jack.«

»Okay, Einfach Jack.« *Und Sie können mich Dr. Clayton nennen.* Nein, das würde sie nicht sagen. »Ms. DiLauro erzählte mir, Sie könnten uns vielleicht helfen. Sind Sie ein Freund von ihr?«

»Nicht ganz. Ich habe mal für sie gearbeitet. Habe ihr aus gewissen Schwierigkeiten herausgeholfen.«

»Was für Schwierigkeiten?«

Er beugte sich vor. »Ich dachte, es ginge um verschwundene Spielsachen.«

Ein kurzes Aufblitzen in seinen Augen. Gut versteckt, aber Alicia hatte es bemerkt. Etwas Persönliches zwischen den beiden? Oder ging es sie ganz einfach nichts an?

Als er sich vorgebeugt hatte, hatte er die Hände auf die Schreibtischplatte gelegt. Alicia fiel die Länge seiner Daumennägel auf. Seine Hände waren sauber, seine Fingernägel gepflegt ... bis auf die Daumennägel. Sie ragten fast einen halben Zentimeter über die Fingerkuppen hinaus. Sie wollte sich danach erkundigen, hatte aber keine Ahnung, wie sie es anstellen sollte, ohne aufdringlich zu erscheinen.

»Ich wollte Sie nicht ausquetschen«, sagte sie. »Ich möchte bloß wissen, wie es möglich sein soll, daß ein einzelner Mann diese Spielsachen noch vor dem gesamten New York Police Department finden will.«

Jack zuckte die Achseln. »Zuerst einmal wird es wohl nicht das gesamte Department sein. Vielleicht nur ein oder zwei Detectives aus dem Raubdezernat – wenn Sie Glück haben.«

Alicia nickte. Er hatte recht.

»Zweitens«, fuhr er fort, »glaube ich, daß man mit einiger Sicherheit annehmen kann, daß die Kerle, die Sie beraubt haben, keine Familienväter sind, die sich Weihnachtsgeschenke für ihre eigenen Kinder beschaffen wollten. Und den Spuren an der Tür nach zu urteilen, waren es keine Profis. Ich tippe eher auf einen schnellen, spontan ausgeführten Raubzug. Ich wette, sie haben noch nicht einmal einen Hehler, bei dem sie ihre Beute loswerden können, was bedeutet, daß sie einen suchen. Ich kenne Leute ...«

Er beendete den Satz nicht. Was für Leute? fragte sie sich. Leute, die gestohlene Weihnachtsgeschenke aufkaufen? War er vielleicht auch eine Art Krimineller?

Sie musterte ihn und erkannte, daß seine freundlichen braunen Augen nichts enthüllten ... absolut nichts.

»So ... Sie ›kennen Leute‹ ... Leute, so nehme ich an, die Sie vielleicht zu den Dieben führen. Und was dann?«

»Und dann werde ich sie dazu bringen, daß sie die Geschenke zurückgeben.«

»Und wenn Sie sie nicht ›dazu bringen‹ können? Was dann? Rufen Sie die Polizei?«

Er schüttelte den Kopf. »Nein. Das ist eine der Bedingungen für meine Mithilfe: kein Kontakt zu offiziellen Organen. Wenn die Polizei die Spielsachen herbeischafft, okay. Ende gut, alles gut. Wenn ich sie zurückhole, dann ist es ein glücklicher Zufall, ein weihnachtliches Wunder. Sie wissen nicht, wer dafür verantwortlich ist, aber Gott segne alle Beteiligten. Sie haben mich nie gesehen, noch nicht einmal von mir gehört. Wenn man Sie fragen sollte, gibt es mich gar nicht.«

Alicia wurde mißtrauisch. War das vielleicht irgendeine Gaunerei? Man raubt die Spielsachen und läßt sich anschließend dafür bezahlen, daß man sie »wiederfindet«. Vielleicht erhält man sogar noch eine Belohnung.

Aber nein. Gia DiLauro würde bei so etwas niemals mitmachen. Ihr Zorn an diesem Morgen war einfach zu echt gewesen.

Aber dieser Mann, dieser »Einfach Jack«, der könnte an dem Einbruch beteiligt gewesen sein, ohne daß Gia etwas davon ahnte.

»Ich verstehe«, sagte sie. »Und was verlangen Sie für ...?«

»Das wird schon geregelt.«

»Ich verstehe nicht. Hat Gia ...?«

»Machen Sie sich keine Sorgen. Es ist alles erledigt.«

»Es wird eine Belohnung geben.«

Man hatte sich bei ihr gemeldet – Firmen und Einzelpersonen, die Spenden als Belohnung für eine erfolgreiche Suche nach den Tätern bereitstellten. Die Gesamtsumme wuchs ständig.

»Behalten Sie's. Geben Sie es für die Kinder aus.«

Alicia entspannte sich innerlich. Alles klar, es war keine Gaunerei.

»Was ich bräuchte, wären ein paar Informationen über die gestohlenen Stücke – irgend etwas Typisches über sie, damit ich schon frühzeitig erkennen kann, ob ich auf der richtigen Spur bin.«

»Nun, sie waren allesamt in Geschenkpapier eingewickelt. Wir haben nur neue Kleider und Spielsachen angenommen – alles ohne Verpackung –, und dann haben wir sie selbst verpackt, als sie bei uns eintrafen. Sie haben das Papier bereits gesehen, das wir benutzt haben. Ansonsten – was soll ich sagen? Es war ein ganzer Haufen Geschenke, eine wunderschöne, großzügige Kollektion ...«

Alicia spürte, wie erneut namenlose Wut in ihrer Kehle hochstieg und ihr die Luft raubte.

Und alles ist weg!

Der Mann stand auf und streckte ihr über den Schreibtisch hinweg die Hand entgegen. »Ich werde sehen, was ich tun kann.«

Alicia ergriff seine Hand und hielt sie fest. Sollte sie ihm von Thomas und dem Testament und dem Haus erzählen, oder von der Bombe, die Leo Weinstein getötet hatte, und daß der Diebstahl der Spielsachen vielleicht damit in Verbindung stand? Nein, sie wollte diesen Mann nicht in diese Dinge einweihen. Außerdem sprach alles dafür, daß der Einbruch nichts damit zu tun hatte.

»Wie stehen unsere Chancen?« fragte sie. »Ehrlich. Sie brauchen mich nicht zu schonen.«

»Ehrlich?« fragte er. »Die Chancen für eine Wiederbeschaffung sind gleich Null, wenn die Täter die Spielsachen bereits verhökert haben. Mager sind die Chancen, wenn sie noch keinen Käufer gefunden haben. Wenn wir das Diebesgut bis, sagen wir, Sonntag nicht aufgestöbert haben, dann schätze ich, daß die Spielsachen für immer weg sind.«

»Tut mir leid, daß ich gefragt habe.« Sie seufzte. »Aber ich denke, so läuft es hier nun mal. Diese Kinder werden unter einem denkbar schlechten Stern geboren. Ich weiß nicht, weshalb ich erwarten sollte, daß sie diesmal vom Schicksal verschont werden.«

Er drückte ihre Hand noch einmal und ließ sie dann los.

»Man kann nie wissen, Dr. Clayton.« Er lächelte flüchtig. »Selbst die schlimmsten Verlierer haben ab und zu auch mal Glück.«

Vielleicht war es das Lächeln. Es hatte seine Schutzhülle aufgerissen. Für einen kurzen Moment blickte Alicia in diesen Jack hinein – es war der winzigste Bruchteil einer Sekunde, mehr nicht –, und plötzlich keimte Hoffnung in ihrem Herzen auf. Wenn es überhaupt möglich war, die gespendeten

Spielsachen zu finden und zurückzuholen, dann war dieser Mann anscheinend davon überzeugt, daß er es schaffen würde.

Und nun begann auch Alicia daran zu glauben.

8

Nachdem er das Büro der Ärztin verlassen hatte, wandte Jack sich nach links, statt zum Eingang zu gehen, und kehrte in die Säuglingsabteilung zurück. Er zog sich in den Schatten einer Türnische gegenüber der Glasscheibe zurück und beobachtete das Geschehen dahinter.

Gia saß ihm halb zugewandt da, doch ihre Aufmerksamkeit galt ausschließlich einem in eine Decke gehüllten Bündel in ihren Armen. Sie wiegte es, lächelte, murmelte Koseworte und betrachtete dieses Bündel, als wäre es das liebste und wertvollste Kind auf dieser Welt. Es war das Baby einer anderen Frau, aber niemandem, der Gia in diesem Moment hätte sehen können, wäre es aufgefallen. Und ihr Gesichtsausdruck ... glückselig war das einzig passende Wort dafür.

Und dann hüpfte Vicky ins Bild, ein acht Jahre alter Wildfang. Ihre dunkelbraunen Zöpfe flogen, während sie ihrer Mutter eine Medikamentenflasche brachte. Jack lächelte. Er mußte jedesmal lächeln, wenn er Vicky sah. Sie war ein Schatz, und er liebte sie, als wäre sie seine eigene Tochter.

Er hatte Vickys Vater niemals kennengelernt, und nach dem zu urteilen, was er über den verstorbenen, nicht so großartigen Richard Westphalen gehört hatte, war er froh darüber. Jack wußte aus absolut zuverlässiger Quelle, daß dieser britische Bastard tot war – er kannte das Wo, Wie und Wann seines Todes –, aber seine sterblichen Überreste waren nie aufgefunden worden. Daher würde es noch Jahre dauern, bis Richard Westphalen offiziell für tot erklärt werden würde.

Gia hatte nach der Scheidung wieder ihren Mädchennamen angenommen, Vicky allerdings blieb eine Westphalen – die letzte der Linie.

Vicky schien ihn nicht zu vermissen. Warum sollte sie auch? Sie hatte ihn kaum gekannt, als er noch lebte, und nun hatte Jack seinen Platz mehr als vollständig eingenommen. Zumindest hoffte er das.

Er blieb noch ein paar Minuten länger stehen, unfähig, seinen Blick von den beiden wichtigsten Menschen in seinem Leben zu lösen. Und es machte ihm die größten Sorgen, daß sie beide sich in einem Raum mit HIV-positiven Säuglingen befanden.

Sicher, klar, er kannte sämtliche Fakten und Daten darüber, wie sicher sie vor einer Ansteckung waren. Und das mochte auch für andere Leute durchaus in Ordnung sein. Aber hier ging es um Gia und Vicky. Und die Bedrohung war ein Virus, etwas, das man nicht sehen konnte, und nicht nur irgendein Virus. Dies hier war HIV.

HIV hatte Jack von Anfang an den größten Respekt eingeflößt. Eigentlich neigte er nicht dazu, überall eine Verschwörung zu suchen oder zu vermuten, aber HIV war so verdammt wirkungsvoll. Eine Infektion, die ausgerechnet die Waffen zerstört, die dem Körper zur Verfügung stehen, um Infektionen abzuwehren ... dieses ganze Konzept sah aus wie etwas Konstruiertes, etwas künstlich Erschaffenes.

Jack war überzeugt, daß er diese beiden Menschen jenseits der Glasscheibe vor so gut wie allem beschützen konnte. Aber nicht vor einem Virus. Und sie begaben sich völlig freiwillig in seinen Wirkungsbereich.

Falls einer von beiden sich damit infizierte ... er wußte nicht, was er dann tun würde.

HIV war etwas, das er nicht in Ordnung bringen konnte.

Jack riß sich von dem Anblick los und kehrte auf dem Weg zurück, auf dem er hergekommen war.

Im Flur sah er die korpulente Gladys, die eine Gruppe von

Kindern im Vorschulalter anführte. Sie lächelte und nickte ihm grüßend zu, als sie an ihm vorbeiging, eine Gans mit ihren Gänseküken. Er entdeckte Hector, der den Schluß bildete.

»Hey«, sagte er und deutete auf ihn. »Wer ist dieser Junge mit der tollen Frisur?«

Jack hatte erwartet, erneut die Aufforderung »fühl mal meine Igel« zu hören oder zumindest ein Lächeln zu sehen. Aber Hectors Augen waren stumpf, als er zu Jack hochblickte. Und dann taumelte er gegen die Wand und sank auf die Knie. Ehe Jack reagieren konnte, übergab sich Hector.

»Hey!« rief Jack. »Hier gibt es Probleme!«

Gladys war innerhalb von Sekunden bei ihm. »Bleiben Sie zurück«, befahl sie Jack, während sie sich Gummihandschuhe überstreifte, die sie scheinbar aus dem Nichts hervorgezaubert hatte.

Sie ging an ein Wandtelefon im Flur, sagte ein paar Worte, dann kniete sie sich neben Hector auf den Fußboden. Jack konnte nicht hören, was sie sagte, aber er sah, daß Hector den Kopf schüttelte.

Und dann erschien Raymond – er hatte ebenfalls Gummihandschuhe übergestreift. Er nahm Hector auf den Arm und trug ihn durch den Flur. Während Gladys die anderen Kinder in ihr Spielzimmer zurückbrachte, erschien ein Hausmeister und begann, den Schmutz mit einer Flüssigkeit aufzuwischen, die nach einem starken Desinfektionsmittel roch.

Jack setzte seinen Weg fort. Er war in diesem Moment ein erstarrter Zuschauer gewesen, der nicht wußte, was er tun sollte. Die Angestellten hier hatten ihre eigenen Regeln und Routinen, von denen Jack keine Ahnung hatte. Er kam sich vor wie ein Fremder in einem fremden Land, dessen Sprache und Kultur ihm völlig unbekannt waren.

Er beschleunigte seine Schritte. Vor nur einer Stunde hatte Hector gelacht und fröhlich geplappert, und jetzt sah er aus wie eine alte Lumpenpuppe, der jemand die Füllung herausgerissen hatte.

Die fröhlichen Laute der Kinder in den Räumen der Tagesstätte verfolgten Jack, während er durch den Flur eilte. Jeder Ruf fühlte sich an wie ein Schuß, jedes Lachen war ein Stich mit einem Messer. Der Tod schwebte über jedem von ihnen, eine tödliche Infektion lauerte in jedem Winkel, aber sie waren ahnungslos. Und das war eigentlich auch gut so. Sie waren Kinder, und sie sollten glücklich und unbeschwert sein, so lange es ging.

Vor allem die Crack-Babys. Ihr kurzes Leben war voller Schmerzen gewesen vom Tag ihrer Geburt an, während ein Virus nach und nach ihr Immunsystem zerstörte.

Und nun hatte jemand ihnen auch noch die Spielsachen gestohlen.

Jack spürte, wie sich seine Kiefermuskeln verhärteten. Keine Sorge, Kinder ... Onkel Jack mag zwar nicht wissen, was er tun kann, wenn euch übel ist, wenn euch die Krankheit quält, aber er ist nicht so nutzlos, wie er euch vor ein paar Minuten erschienen sein mag. Er wird eure Spielsachen zurückholen. Und dabei beabsichtigt er, mit dem wertlosen Subjekt, das sie gestohlen hat, ein paar ernste Worte unter vier Augen zu wechseln.

Manchmal war das Leben etwas Schreckliches.

Aber es mußte nicht immer schrecklich sein. Manchmal konnte man durchaus das eine oder andere Problem aus der Welt schaffen.

Samstag

The Nail saß hinter dem Lenkrad seines Trucks und rieb sich die Hände, um sie anzuwärmen. Scheißkalt heute, Mann. Wirklich *scheiß*-kalt!

Aber nicht mehr lange. In einer Stunde, vielleicht schon eher, wenn der Käufer nicht zu lange versuchte, ihn herunterzuhandeln, würde er warm und gemütlich in seinem Bett liegen und hätte einen Kristall im Mund und nicht diesen armseligen Abklatsch eines Joints.

The Nail nahm einen tiefen Zug und behielt ihn in der Lunge. Er wischte das Kondenswasser von der Windschutzscheibe und wünschte sich, daß die Heizung in diesem verdammten Truck funktionieren würde. Er schnippte sein Bic-Feuerzeug an, um auf die Uhr zu schauen. Der Käufer hatte von halb zwölf gesprochen. Und jetzt war es halb zwölf.

Er hatte das Gerücht in Umlauf gebracht, daß The Nail der richtige Ansprechpartner wäre, wenn jemand an einer Ladung Kinderspielsachen, in Weihnachtspapier verpackt und fertig zum Verschenken, interessiert wäre. Auf Umwegen hatte er dann erfahren, daß ein Hehler, der der Freund eines Freundes eines Freundes war, die ganze Wagenladung haben wollte. Ja!

Er atmete aus und blickte in die Gasse, um Ausschau nach Autoscheinwerfern zu halten. Zahlreiche Fahrzeuge rollten vorbei, unterwegs zur nahegelegenen Manhattan Bridge. Er wünschte sich, daß das richtige Scheinwerferpaar endlich in die Gasse einbog, damit er das Geschäft über die Bühne bringen konnte.

Sein Kontaktmann hatte nichts dergleichen verlauten lassen, aber The Nail stellte sich vor, daß der Hehler mit seinem eigenen Lastwagen erscheinen würde. Es mußte so sein. Wie sollte er sonst das Zeug wegschaffen?

Er sollte lieber nicht daran denken, sich diesen Truck hier unter den Nagel reißen zu wollen, Mann. Er legte die Hand auf die kleine .32er Automatic in seinem Gürtel. Er sollte lieber an nichts anderes denken als daran, die Kohle auszupacken und die Ware einzusacken.

Hey, das reimt sich.

Her mit dem Geld und hinaus in die Welt.

The Nail grinste und nahm einen weiteren Zug. Zu schade, daß er nicht mehr in der Band war. Vielleicht hätten er und der Schlagzeuger einen Hit daraus machen können. Das wäre cool gewesen.

Polio fehlte ihm. Die beste verdammte Punk-Thrasher-Band der Welt, Mann, und er hatte dort Baß gespielt. Nun, jedenfalls für ein paar Monate. Bis sie ihn rausgeworfen hatten, weil er oft nicht zu den Auftritten erschienen war.

Aber es waren ein paar gute Monate gewesen. In der Zeit hatte er auch seinen Namen verpaßt bekommen, The Nail. Na ja, er hatte ihn nicht verpaßt bekommen. Er hatte angefangen, sich selbst so zu nennen. Man brauchte einen Namen wie The Nail, wenn man bei Polio spielte. Wer wollte schon einen Bassisten namens Joey DeCiglia?

Und The Nail war so ein cooler Name, er hatte eine doppelte Bedeutung und so weiter.

Aber selbst mit einem Markenzeichen wie The Nail und obwohl er bei Polio gespielt hatte, gab es da draußen keine Arbeit. Zumindest nicht für ihn. Scheiße, ja, er hatte Vorspieltermine bekommen, wenn er den Namen Polio nur kurz erwähnte, und alle waren ernsthaft daran interessiert gewesen, ihn zu hören ... bis sie ihn wirklich hörten.

Dann hieß es nur, du brauchst uns nicht anzurufen, Mann, wir melden uns schon ...

Ja, du kannst mich auch mal.

Er rauchte den Joint bis auf seine Fingerspitzen runter und schnippte dann die Kippe aus dem Fenster. Es lohnte sich nicht, den winzigen Rest aufzuheben, Mann.

Nach einigen vergeblichen Testauftritten hatte sich The Nail aus der Musikszene verabschiedet. Er hatte seinen Stolz, Mann. Aus Spaß hatte er angefangen zu klauen und das Geklaute zu verscherbeln. Am Ende verdiente er damit mehr, als ihm irgendeine der miesen, unbekannten Thrasher-Bands, die ihn niemals anriefen, gezahlt hätte.

Aber dann geht Tina hin und läßt sich schwängern und versucht ihm dann einzureden, daß das Kind von ihm sei. Klar. Sicher. So wie sie auf alles springt, das steht und hart ist, soll er diesen Scheiß glauben? Absolut nicht.

Danach dreht sie vollends durch und weigert sich, das Kind abzutreiben. Nee. Sie will es haben und die liebe Mammi spielen.

Genau. Mammi Tina. Ganz große Klasse.

Aber Überraschung! Sie zieht es tatsächlich durch. Und natürlich kommt das Kind total kaputt zur Welt. Und dann heißt es plötzlich, daß es Aids hat, Mann, Aids!

Das hieß, daß Tina den Virus hatte, und das brachte The Nail fast um den Verstand. Scheiße, er könnte ihn demnach auch haben, schließlich hatte er dauernd mit Tina gebumst und die Nadeln mit ihr geteilt. Eigentlich hätte er sich sofort testen lassen sollen, aber er hatte viel zuviel Schiß, Mann. Er wollte es ganz einfach nicht wissen.

Aber für Tina war es, als wäre sie überhaupt nicht krank und das Kind auch nicht. Ihr Schädel war völlig durch den Wind. Sie war total fertig, als sie ihr schließlich das Wurm wegnahmen.

Und sie erzählte ihm immer wieder, daß es *sein* Kind wäre. Es sähe genauso aus wie er. Und eines Tages, letzte Woche, brachte sie ihn sogar dazu, zu diesem Laden zu gehen, wo sie das Kind untergebracht haben, und es sich anzusehen. The Nail wußte nicht, was in ihn gefahren war – vielleicht lag es an diesem braunen Ceylonesen, den sie in letzter Zeit rauchten, daß er plötzlich so eine weiche Ader hatte –, aber er war froh, daß er nachgegeben hatte. Denn während er sich in dem Laden herumdrückte, sah er, wie Leute massenweise Weihnachtspakete durch eine Tür schleppten. Er schaute nach, dachte, er könnte vielleicht irgendeine Kleinigkeit mitgehen lassen, aber er sah einen ganzen Raum voller Spielsachen. Wow!

Frohe Weihnachten für The Nail.

Zwei Tage später räumte er den Laden aus.

Und das coolste an der Sache waren die Nachrichten. Scheiße, Mann, gestern konnte man kein Radio oder keinen Fernseher einschalten, ohne von dem »Aids-Kinder-Spielsachen-Diebstahl« zu hören. Stunden hatte er damit zugebracht, von Kanal zu Kanal zu springen, sich eine Nachrichtenshow nach der anderen anzusehen und dabei dämlich zu grinsen.

Er war es, von dem sie sprachen. The Nail.

Das Dumme daran war nur, daß er niemandem davon erzählen konnte. Zumindest nicht, bevor er das Zeug verkauft hatte. Danach konnte er darüber reden, soviel er wollte, denn dann wären die Spielsachen weg und niemand könnte irgend etwas beweisen.

Das einzige, was er nicht verstand, war, wie sauer und empört die Nachrichtenheinis reagierten. Als wären sie selbst betroffen. Bullenscheiße. Jeder wußte doch, wie bescheuert es war, diesen Aids-Kindern Geschenke zu machen. Also wirklich, wie lange hatten sie denn etwas davon bei ihrer Lebenserwartung? Die existierten doch nicht lange genug, um die Spielsachen richtig zu benutzen. Es wäre die totale Vergeudung, Mann.

Sie sollten es nur The Nail überlassen, dafür zu sorgen, daß das ganze Zeug seiner richtigen Verwendung zugeführt wurde.

Und es war so verdammt simpel gewesen. Er brauchte nichts weiter zu tun, als …

The Nail zuckte zusammen, als er hinter sich ein schrilles Quietschen hörte. Er drehte sich auf seinem Sitz um. Das klang wie …

Tatsächlich! Scheiße, irgend so ein Arschloch hatte die Hecktür des Lieferwagens geöffnet. Und jetzt leuchtete er mit einer Taschenlampe hinein.

Sein erster Gedanke war, daß es Polizisten sein mußten, aber einen Streifenwagen hatte er nicht vorfahren sehen. Und The Nail wußte, daß Cops bestimmte Regeln beachten mußten, was Durchsuchungen betraf.

Der Käufer? Vielleicht, aber das glaubte er eigentlich nicht. Eher schon irgendein abgefuckter Junkie, der versuchte, *ihn* zu beklauen.

The Nail zog die Automatic aus dem Gürtel und lud sie durch. Er würde diesem Scheiß ein schnelles Ende bereiten.

Er sprang aus dem Wagen und rannte nach hinten.

»Hey, Mann. Was zum Teufel denkst du dir eigentlich –?«

Niemand war dort. Und beide Hecktüren waren geschlossen. The Nail ließ seinen Blick durch die Gasse schweifen. Nicht eine Menschenseele war zu sehen.

Er konnte sich das unmöglich nur eingebildet haben. Das Gras war doch nicht so stark gewesen. Und er hatte das Geräusch deutlich gehört. Und das Licht gesehen.

Er sollte lieber nachschauen, ob irgend etwas fehlte.

Aber während The Nail die Hand nach dem Türgriff ausstreckte, sprang die rechte Tür auf, krachte gegen ihn und ließ ihn zu Boden gehen. Er landete auf dem Rücken, rollte sich zur Seite und sprang auf die Füße, wobei er die Pistole in Anschlag brachte. Er sah die offene Tür des Trucks, aber da war niemand.

Und dann hörte er eine tiefe Stimme.

»Ho-ho-ho!«

The Nail blickte hoch und sah diesen fetten Kerl mit einem weißen Bart in einem roten Anzug auf dem Dach des Trucks stehen.

Der Kerl machte noch einmal »Ho-ho-ho!«, dann rief er: »Du warst also der Mistkerl, der die Spielsachen gestohlen hat, die ich für die Aids-Babys bestimmt habe! Niemand klaut Geschenke des Weihnachtsmanns und kommt ungeschoren davon!«

Ach nein, Mann. Dieses Arschloch glaubt, er wäre Santa Claus!

The Nail riß die Pistole hoch und schoß ihm eine Kugel ins Herz.

Der verdammte Santa flog rückwärts vom Truck hinunter, als ob ihm jemand eine Schlinge um den Hals geworfen und diese nach hinten gerissen hätte.

Niemand klaut dem Weihnachtsmann Geschenke und kommt ungeschoren davon?

Scheiße, ja! Ich stehle jedem seine beschissenen Spielsachen und tue damit, was ich verdammt noch mal will, Arschloch!

The Nail umrundete den Truck. Es wurde Zeit, dem Weihnachtsmann eine zweite Kugel zu verpassen …

Aber er war nicht da.

»Was zum Teufel …?« fragte The Nail laut.

Und dann sprang etwas Rot-weißes aus dem Schatten hinter den Mülltonnen hervor und rammte ihm eine in einen weißen Handschuh gehüllte Faust mitten ins Gesicht.

The Nail hatte schon einmal davon gehört, daß man nach einer solchen Behandlung Sterne sehen könnte, es sich aber nie vorstellen können. Jetzt erlebte er es am eigenen Leib. Er hörte, wie sein Nasenbein knirschend brach, und sein Gesicht schien vor Schmerz zu explodieren, während er einen ganzen Sternenreigen sah. Er taumelte zurück, blieb mit dem Absatz eines Schuhs an irgendeinem Hindernis in der Gasse hängen und spürte, wie er hilflos nach hinten kippte.

Er ruderte mit den Armen, versuchte das Gleichgewicht zu halten, aber er hatte keine Kontrolle mehr über sich. Er stürzte schwer zu Boden.

Und als er hochschaute, beugte sich Santa Claus über ihn.

»Glaubst du etwa, du kannst Santa Claus mit einer Kugel aufhalten? Einer ordinären Kugel? Sei vernünftig, Sonny.«

Die Stimme war nicht mehr so tief und kräftig wie noch einen Moment zuvor, aber der Kerl stand noch. Und dort, keinen halben Meter vom Gesicht von The Nail entfernt, klaffte ein Einschußloch im roten Stoffs seines Anzugs. Genau über seinem Herzen.

Scheiße! Was ging hier vor? Der Wichser sollte längst tot sein, Mann.

Es sei denn, er war wirklich Santa Claus.

Aber das war völlig verrückt.

Aber das war auch der Knabe im roten Anzug! The Nail sah seine Augen zwischen dem weißen Bart und dem pelzbesetzten Rand der Mütze funkeln. Wer immer er war – zur Hölle, vielleicht war er tatsächlich Santa Claus –, er war sauer. *Stock*-sauer.

The Nail machte Anstalten, die Pistole für einen weiteren Schuß zu heben, aber Santa rammte einen Fuß auf seinen Arm.

»Gib dir keine Mühe, es noch mal zu versuchen, Sonny! Du kannst Santa Claus nicht töten!«

The Nail richtete sich halb auf und versuchte, die Pistole mit seiner freien Hand zu packen, aber Santa verpaßte ihm erneut einen rechten Schwinger, der seinen Kopf nach hinten aufs Pflaster schlagen ließ.

Santa hatte einen Schlag, der wie ein verdammter Maultiertritt war.

The Nail spürte, wie ihm die Pistole aus der Hand gerissen wurde, hörte, wie sie über den Asphalt schlitterte. Danach war alles nur noch verschwommen.

Und überaus schmerzhaft.

The Nail erinnerte sich später daran, daß er auf den Bauch gedreht, am Kragen und am Gürtel gepackt und vom Erdboden hochgehievt wurde. »Ich habe in meinem großen Buch nachgeschaut«, sagte Santa. »Hab' sogar zweimal nachgeschaut. Dort steht, daß du unartig warst, Sonny. *Sehr* unartig!«

Dann begann Santa, ihn wie einen Rammbock zu benutzen.

Rums! Mit dem Kopf voraus gegen die Stoßstange des Trucks.

»Weißt du, was dir blüht, wenn du Santa Claus bestiehlst? *Dies hier!*«

Rums! Mit dem Kopf voraus in eine Gruppe Mülltonnen, die die Gasse säumten.

»Falls ich mich entschließe, dich am Leben zu lassen, dann kannst du folgende Nachricht verbreiten: Legt euch nur ja nicht mit Santa Claus an!«

The Nail wurde herumgewirbelt und mit dem Gesicht voraus gegen eine der Backsteinmauern der Gasse geschleudert.

Er stieß ein gepeinigtes Röcheln aus, während er an der Mauer hinabrutschte. Dabei fühlte er sich wie ein zerschlagenes Hühnerei, das am Boden zerfließt.

Aber es war noch nicht vorbei. Noch lange nicht. The Nail spürte, wie sein Bewußtsein ihn während der nächsten zehn Minuten zunehmend im Stich ließ, als Santa ihn wie einen alten Putzlumpen benutzte, um damit die Gasse aufzuwischen.

Schließlich ließ Santa ihn los. The Nail sackte zu Boden, ein einziges Schmerzbündel auf dem rissigen Asphalt. Sein Atem strömte durch seinen blutenden Mund, wobei sich Speichelbläschen bildeten und zerplatzten. Er war ziemlich sicher, daß sein Unterkiefer gebrochen war. Und seine Rippen – jeder Atemzug schmerzte wie mindestens ein Dutzend Stichwunden. War es vorbei? Er hoffte es. Er schickte ein Stoßgebet zum Himmel, daß es vorbei sein möge.

Laß mich endlich in Ruhe, dachte er. Nimm die Spielsachen, von mir aus auch den ganzen verdammten Truck, und verschwinde. Spann deine verdammten Rentiere an die Stoßstange und verschwinde, wer weiß wohin. Nur quäl mich nicht mehr. Bitte!

Aber noch bevor er den Gedanken beendet hatte, spürte er,

wie sich Hände unter seine Achselhöhlen schoben und ihn hochhievten.

»Nein«, brachte er mit einem gequälten Stöhnen über seine zerschundenen Lippen. »Bitte ... aufhören.«

»Das hättest du dir eher überlegen sollen, Sonny. Kleine kranke Kinder zu bestehlen, bringt dich in Santas großes Buch der ganz, ganz bösen Kinder.«

»Es tut mir leid.« Es kam als kaum verständliches Wimmern heraus.

»Na schön. Das freut mich zu hören. Und ich werde das im nächsten Jahr zu Weihnachten berücksichtigen. Aber du hast die Dinge erheblich verschlimmert, indem du versucht hast, Santa zu töten. Das ist nun wirklich sehr böse. Santa mag es gar nicht, wenn auf ihn geschossen wird. Das macht ihn ziemlich wütend. *Sehr* wütend, genaugenommen.«

»Oh, nein ...«

Etwas Rauhes und Langes rutschte an der Wange von The Nail entlang, und Panik erfaßte ihn. Ein Seil! Oh, Scheiße, nein! Santa hatte die Absicht, ihn aufzuknüpfen!

Doch dann spürte er, wie sich das Seil unter seine Arme schob, anstatt sich um seinen Hals zu legen. Das war ein Trost. Ein kleiner. Es schmerzte immer noch wie die Hölle, als das Seil sich über seinen zerschlagenen Rippen zusammenzog. Er wurde hochgehoben, auf die wacklige Stoßstange des Trucks gesetzt und dort festgebunden.

»Was ...?«

»Ganz still, Sonny«, sagte Santa mit leiser Stimme, aus der jegliche Herzlichkeit verschwunden war. »Sag lieber nichts mehr.«

The Nail blickte hoch. Alles – Santa, die Gasse, die ganze verdammte Welt – war verschwommen ... bis auf Santas Augen. Er hatte immer angenommen, Santa Claus hätte blaue Augen, aber diese waren braun, und The Nail schien innerlich zu zerfließen, sich aufzulösen, als er die kochende Wut in diesen Augen erkannte.

Santa war nicht nur sauer. Er war rasend vor Zorn.

The Nail schloß die Augen, während Santa irgend etwas an seinen Kopf klebte. Als sich in seinem ramponierten Gehirn endlich der Gedanke formte, daß er Santa nicht gestatten dürfte – nicht einmal diesem offensichtlich mordlustigen Santa –, ihn sozusagen als Rammbock vor einen Truck zu binden, war es schon zu spät. Er versuchte, sich loszureißen, doch das Seil, daß ihn auf dem Kühlergrill fixierte, verlief kreuz und quer über seinen Körper, um die Schultern herum und zwischen seinen Beinen hindurch. Seine Beine und seine Arme waren frei, aber sämtliche Knoten befanden sich in seinem Rücken und waren unerreichbar.

Mit eisiger Gewißheit erkannte The Nail, daß er nicht mehr wegkonnte, jedenfalls nicht aus eigener Kraft.

Er erstarrte, als er hörte, wie der alte Motor in seinem Rücken rumpelnd und scheppernd zum Leben erwachte. Er begann unverständliches Zeug zu plappern, während der Truck sich ruckend in Bewegung setzte.

Santa wollte ihn offensichtlich gegen eine Mauer fahren!

Aber nein, der Truck schaukelte durch die Gasse und weiter auf die Straße. Danach war es eine alptraumhafte Fahrt durch die Lower East Side, vorbei an Leuten, die ihn erstaunt anstarrten, auf ihn deuteten und vereinzelt sogar über ihn lachten, dann ging es auf der Fourteenth quer durch die Stadt, wobei der Truck von Fahrspur zu Fahrspur wechselte, stellenweise das Rotlicht der Ampeln ignorierte, dann wieder scharf bremste, nicht selten nur Millimeter vor Stoßstangen vorausfahrender Automobile zum Stehen kam und gleich wieder mit laut aufheulendem Motor beschleunigte.

All das war schon schlimm genug, doch als der Verkehr auf den nach Westen führenden Fahrspuren Santa nicht zügig genug vorankam, lenkte er den Truck in den Gegenverkehr und raste geradewegs auf ein ramponiertes Yellow Cab zu, das ihm entgegenkam. The Nail wußte mit tödlicher Klarheit, daß der gute alte Santa nicht ausweichen würde, und für ein paar angsterfüllte, rasende Herzschläge sah es so aus, als dächte auch der Taxifahrer nicht daran, Platz zu machen. The Nail zerfloß vor hilflosem Entsetzen. Im wahrsten Sinne des Wortes. Eine warme Flüssigkeit rann an seinem linken Bein hinunter.

Aber das Taxi gab in der letzten Sekunde den Weg frei, und der Truck kehrte auf die rechte Straßenseite zurück und beschleunigte.

Ein Cop! The Nail hätte sich nie träumen lassen, daß er einmal in eine Situation geraten könnte, in der er sich wünschte, von einem Cop verfolgt zu werden, aber genau das war jetzt der Fall. Wo waren sie bloß? Weshalb war denn niemals ein verdammter Polizist in der Nähe, wenn man ihn dringend brauchte?

Der Truck fuhr schlingernd in eine weite Kurve und gelangte auf eine Straße, die The Nail als Seventh Avenue zu erkennen glaubte, aber er war sich nicht ganz sicher, denn er schloß instinktiv die Augen, als sie um Haaresbreite an einem wild hupenden Bus vorbeischossen. Dann rollte der Truck mit einem wilden Satz über den Bordstein, ließ ein paar entsetzte Fußgänger in alle Richtungen davonsprinten, ehe er mit quietschenden Reifen mitten auf dem Gehsteig zum Stehen kam.

Während das Dröhnen des Motors hinter ihm erstarb, wimmerte The Nail hilflos und wartete in panischem Entsetzen ab, was Santa als nächstes für ihn geplant hatte. Aber Santa sagte nichts, und er tat auch nichts. The Nail drehte mühsam den Kopf und blickte durch die Windschutzscheibe. Santa war verschwunden.

Aber The Nail war nicht allein. Eine Schar von Schaulustigen versammelte sich in einem Halbkreis um ihn und um den Truck herum, starrte ihn an, zeigte mit Fingern auf sein blutiges Gesicht, seine vom Urin nasse Hose und auf das, was Santa auf seinen Kopf geklebt hatte. Jemand lachte. Andere fielen in das Gelächter ein.

The Nail wollte am liebsten sterben.

Und dann hörte er die Sirenen.

Sonntag

1

»Wie geht's, Hector?«

Der kleine Hector Lopez blickte aus seinem Krankenhausbett zu Alicia hoch, lachte aber nicht.

Sie hatte ihn wegen hartnäckigen Erbrechens am Freitag in die medizinische Kinderabteilung verlegt, aber seit dem Nachmittag des Vortags behielt er flüssige Nahrung bei sich. Er sah ein wenig besser aus, hatte jedoch immer noch Fieber. Das Ergebnis seiner Rückenmarkspunktion war negativ gewesen, aber die Kultur mußte noch untersucht werden. Desgleichen die Blut- und Urinkulturen. Sie hoffte, daß es sich als ein simpler gastrointestinaler Virus entpuppte, aber sein praktisch nicht vorhandener CD-4-Wert bereitete ihr große Sorgen. Nur um auf Nummer Sicher zu gehen, hatte sie ihm einige Gamma-Globulin-Infusionen verordnet.

»Wie fühlst du dich?«

»Das tut weh«, sagte er und deutete auf seinen linken fixierten Arm, wo die Kanüle des Tropfs in einer antekubitalen Vene lag.

»Wir nehmen sie heraus, sobald es dir besser geht.«

»Heute?« fragte er, und seine Miene hellte sich auf.

»Vielleicht. Zuerst muß dein Fieber runtergehen.«

»Oh.«

Alicia wandte sich an Jeanne Sorenson, die Schwester, die sie heute auf ihren Rundgängen begleitete. Die hochgewachsene Blondine war kaum fünfundzwanzig Jahre alt, aber bereits eine schlachtenerprobte Veteranin im Krieg gegen Aids.

»Wer hat ihn bis jetzt besucht?« fragte sie mit leiser Stimme.

Sorenson zuckte die Achseln. »Niemand, soweit ich weiß. Seine Pflegemutter hat angerufen – einmal.«

»Na schön«, meinte Alicia. »Wer ist Hectors Pate in dieser Schicht?«

»Wir haben ihm noch keinen zugeteilt.«

Alicia unterdrückte eine ärgerliche Reaktion. »Ich dachte, wir hätten uns darauf geeinigt, daß alle meine Kinder einen Paten pro Schicht haben«, sagte sie ruhig.

»Wir hatten dazu noch keine Zeit gehabt, Dr. Clayton«, erwiderte Sorenson mit betretener Miene. »Es war hier ziemlich hektisch, und wir dachten, daß er ja in ein paar Tagen schon wieder rauskommt, daher ...«

»Auch wenn es nur ein einziger Tag ist, möchte ich, daß ein Pate zugeteilt wird. Wir haben das doch schon ausführlich besprochen, Sorenson.«

»Das weiß ich«, gab die Schwester mit schuldbewußter Miene zu.

»Aber offenbar ist davon nichts hängengeblieben. Sie wissen, wie furchteinflößend ein Krankenhaus schon für einen Erwachsenen ist. Nun stellen Sie sich einmal vor, Sie wären ein Kind, und müßten an einem Ort in einem Bett liegen, wo ein Haufen Fremder Ihnen die Kleider und die Schuhe weggenommen hat und ständig mit Nadeln in Sie hineinsticht und Ihnen vorschreibt, was Sie essen müssen und wann Sie die Toilette aufsuchen dürfen. Die meisten Kinder können sich wenigstens darauf verlassen, daß die Mutter oder der Vater oder sonst irgendeine vertraute Person sie besucht und ihnen ein wenig Trost spendet. Aber bei meinen Kindern ist das nicht so. Sie haben niemanden, auf den sie sich verlassen können, niemanden, der sie in dieser Situation unterstützen würde. Können Sie sich vorstellen, wie man sich dabei fühlt?«

Sorenson schüttelte den Kopf. »Ich hab's versucht, aber ...«

»Richtig. Sie können es nicht. Aber glauben Sie mir, es ist furchtbar.«

Alicia wußte Bescheid. Während ihres ersten Jahres am

College hatte sie nach ein paar Wochen ins Krankenhaus gemußt – wegen Austrocknungsgefahr infolge einer infektiösen Gastroenteritis, einem Zustand, der dem von Hector sehr ähnlich war. Sie war nur zwei Tage dort gewesen, aber es war eine schlimme Erfahrung gewesen. Kein Freund, keine anderen nahen Bekannten, niemand, der sie besucht oder sich auch nur nach ihrem Wohlergehen erkundigt hätte, und sie hätte um keinen Preis der Welt ihre Eltern angerufen. Sie würde niemals dieses Gefühl der totalen Hilflosigkeit und Isolation vergessen.

»Deshalb brauchen sie in jeder Schicht jemanden, der einmal in der Stunde zu ihnen kommt, sich mit ihnen unterhält, sie anlächelt und ihnen die Hand hält; jemanden, auf den sie sich verlassen können, damit sie sich nicht so verdammt allein fühlen. Das ist fast genauso wichtig wie die Medikamente, die wir in sie hineinpumpen.«

»Ich werde mich sofort darum kümmern«, versprach Sorenson.

»Gut. Aber tun Sie es nicht für mich. Tun Sie es für ihn.« Sie drehte sich um und fuhr mit der Hand über Hectors stoppeligen Kopf. »Hey, Freundchen. Diese Igelfrisur sieht absolut wahnsinnig aus.«

Jetzt wurde sie mit einem Lächeln belohnt. »Ja. Sie …« Er hustete. Er versuchte es ein zweites Mal, wurde jedoch erneut von einem heftigen Husten geschüttelt.

»Immer mit der Ruhe, Hector«, sagte Alicia.

Sie half ihm, sich hinzusetzen, und schob die hinteren Hälften seines Krankenhausnachthemds auseinander. Sie drückte die Muschel ihres Stethoskops gegen die Rippen und horchte nach dem zellophanartigen Knistern, das auf eine Lungenentzündung hingewiesen hätte. Sie hörte nichts als ein deutliches Pfeifen.

Alicia warf einen Blick auf Hectors Krankenkarte. Die Röntgenaufnahme des Brustkorbs hatte nichts Auffälliges zutage gefördert. Sie veranlaßte eine erneute Untersuchung sowie die Entnahme einer Speichelprobe zum Ansetzen einer Kultur und zur Analyse der Gram-Färbung.

Sie schaute besorgt auf seinen knochigen kleinen Körper hinunter. Dieser Husten gefiel ihr ganz und gar nicht.

2

»Oh, nein«, sagte Alicia, als sie um die Ecke bog und die Polizeifahrzeuge vor dem Center erblickte. »Was ist denn jetzt los?«

In der einen Hand hielt sie ihr Donut und ihren Kaffee aus der Krankenhauscafeteria, in der anderen die dicke Sonntagsausgabe der *Times*. Gewöhnlich verbrachte sie den Rest des Sonntagvormittags im Center. Auch an diesem Tag erschienen Kinder zu ihren Behandlungen, wie an jedem anderen Tag, aber es ging um einiges weniger hektisch zu als an den anderen Wochentagen – zum Beispiel gab es auch nicht annähernd so viele Anrufe wie unter der Woche –, daher nutzte sie die Zeit, um den notwendigen Papierkram zu erledigen.

Sie hatte außerdem vorgehabt, einen Teil des Tages dazu zu verwenden, sich Gedanken über ihre nächsten Schritte hinsichtlich des Testaments und des Hauses zu machen, das ihr angeblich gehörte, das ihr jedoch niemand überlassen wollte.

Aber jetzt ...

Gleich hinter der Eingangstür stieß sie mit zwei Cops zusammen, einer weiß, der andere schwarz, die sich mit Raymond unterhielten. Raymond. Er opferte sich zwar für das Center auf, aber sonntags ließ er sich selten hier blicken.

»Oh, Alicia!« rief er. »Da sind Sie ja! Ist das nicht wundervoll?«

»Was soll wundervoll sein?«

»Hat es Ihnen niemand erzählt? Die Spielsachen! Die Spielsachen sind wieder da!«

Plötzlich war Alicia zum Weinen zumute. Sie schaute die beiden Polizisten an. Raymond machte sie mit ihnen bekannt. Am liebsten hätte sie die Männer umarmt.

»Sie haben sie gefunden? Jetzt schon? Das ist ... das ist wunderbar.« Besser als wunderbar – phantastisch war genau das richtige Wort dafür.

»Ich nehme an, man kann durchaus sagen, daß wir sie gefunden haben«, meinte der schwarze Cop und kratzte sich seinen kurzgeschorenen Schädel. Auf seinem Namensschild war POMUS zu lesen. »Wenn das Wort ›finden‹ anwendbar ist auf das Öffnen eines Trucks, der auf dem Bürgersteig vor Ihrer Tür parkt.«

»Moment mal«, sagte Alicia. »Immer der Reihe nach. Welcher Truck?«

»Ein Lieferwagen, Alicia«, mischte sich Raymond ein. »Voll mit unseren Spielsachen. Die Polizei meint, es wäre derselbe Wagen, mit dem die Beute weggeschafft wurde. Jemand hat ihn gestern auf den Bürgersteig gelenkt und dort abgestellt.«

»Irgendeine Idee, wer es war?« fragte sie, obgleich sie eine ziemlich genaue Vorstellung hatte, wie die Antwort lauten würde.

Der weiße Polizist – SCHWARTZ stand auf seinem Namensschild – grinste. »Laut dem Mann, der an die Stoßstange gefesselt war, muß es Santa Claus höchstpersönlich gewesen sein.«

»Ein Mann, der an *was* gefesselt war?«

Sie berichteten von dem armen Teufel, der auf die Motorhaube des mit Spielzeug beladenen Lastwagens gebunden gewesen war. Jemand hatte »ihm die Seele aus dem Leib geprügelt«, wie Officer Pomus es ausdrückte, und ein Gummigeweih auf den Kopf geklebt. Der verprügelte Mann gab den Diebstahl zu und schwor, daß sein Gegner Santa Claus gewesen sei – er gab sogar zu, auf Santa geschossen zu haben, und erzählte weiter, er hätte ihn ins Herz getroffen, ohne ihn jedoch zu töten.

»Aber man kann Santa natürlich nicht umbringen«, meinte Officer Schwartz grinsend.

»Offenbar ist er ein Drogenkonsument, außerdem schon einmal in Sicherheitsverwahrung, daher wissen wir nicht, was wir glauben können und was nicht«, fügte Officer Pomus hinzu. »Wir haben ihn aufs Flugdeck im Bellevue gebracht, wo er unter Beobachtung ist.«

»Flugdeck?«

»Sie wissen schon – die geschlossene Abteilung. Früher oder später kriegen wir schon die ganze Geschichte aus ihm heraus.«

»Und er kriegt die Höchststrafe, wie ich hoffe.«

»Na klar«, sagte Pomus. »Keine Frage. Aber er hat offenbar schon Schlimmeres hinter sich als die Höchststrafe.« Er grinste. »Sehr viel Schlimmeres.«

»Ja«, bestätigte Officer Schwartz. »Jemand hat ihn gründlich bearbeitet, ehe er ihn hier zurückgelassen hat. Der Kerl war fast froh, als wir ihn endlich verhaftet haben.«

Nachdem sie gegangen waren, begaben sich Alicia und Raymond zum Lagerraum und schauten sich die Geschenke eingehend an. Abgesehen davon, daß bei einigen das Papier beschädigt war oder die Kartons leicht eingedrückt waren, befanden sich die meisten Spielsachen im gleichen einwandfreien Zustand wie vor dem Diebstahl. Alicia bat Raymond, einen Schlüsseldienst zu bestellen – ihr war es gleichgültig, daß Sonntag war – und ihm den Auftrag zu erteilen, die Tür zu sichern, selbst wenn dazu ein schwerer Riegel angebracht werden müßte.

Dann kehrte sie in ihr Büro zurück und trank ihren Kaffee, der mittlerweile abgekühlt und nur noch lauwarm war. Dabei dachte sie über diesen völlig unauffällig aussehenden Mann namens Jack nach – »Einfach Jack« Niedermeyer.

Am Freitagnachmittag hatte er versprochen, er werde sehen, was er tun könnte. Sechsunddreißig Stunden später war das Diebesgut wieder da, und der Dieb war verhaftet.

Ein Mann, der so etwas schaffte, würde vielleicht auch ihr anderes Problem lösen können.

Alicia suchte eine Nummer aus ihrem im Computer gespeicherten Telefonverzeichnis heraus und begann zu wählen.

3

Jack zuckte zusammen, als er nach dem Telefonhörer griff. Ihm fiel nur eine einzige Person ein, die ihn an diesem Morgen anrufen würde, daher hob er ab, ehe sich der Anrufbeantworter einschaltete.

»Jack, du bist wunderbar!« sagte Gia. »Einfach wunderbar!«

»Du bist aber auch ganz in Ordnung, Gia.«

»Nein, das ist mein Ernst. Dr. Clayton hat gerade angerufen und mir erzählt, daß die Weihnachtsgeschenke wieder aufgetaucht sind.«

»Tatsächlich? Da siehst du mal, wie gut die New Yorker Polizei ist. Wenn sie die Sache in die Hand nimmt ...«

»Richtig«, unterbrach sie ihn, und er konnte ihr Grinsen geradezu hören. »Du hattest natürlich nichts damit zu tun.«

»Kein bißchen. Du hast gesagt, daß es dir nicht paßt, also habe ich die Finger davon gelassen.«

»Okay. Wie du willst. Aber Dr. Clayton meinte, soweit sie es erkennen kann, ist jedes Teil wieder da, und der Bursche, der die Sachen gestohlen hat, sitzt hinter Schloß und Riegel. Ich weiß nicht, wie du es geschafft hast, aber ...«

»Ich habe lediglich Santa Claus eine E-Mail geschickt, und er hat den Rest erledigt.«

»Na ja, vielleicht bekommt Santa noch ein wenig mehr zu tun. Dr. Clayton hat mich um deine Telefonnummer gebeten.«

Jack war alarmiert. »Du hast sie ihr doch nicht etwa gegeben, oder?«

»Nein, das habe ich nicht. Ich habe ihr erklärt, ich wüßte sie nicht auswendig. Ich würde sie heraussuchen und mich dann wieder bei ihr melden.«

Jack entspannte sich. »Das hast du gut gemacht, Gia. Die perfekte Antwort. Hast du eine Ahnung, was sie will?«

»Irgend etwas Persönliches. Sie hat keine Einzelheiten genannt, und ich habe sie nicht danach gefragt.«

»Okay. Dann schreib mit.« Jack rasselte die Nummer der Deckadresse in der Tenth Avenue herunter. »Sag ihr, sie soll auf dem Anrufbeantworter eine Nachricht hinterlassen. Erkläre ihr, daß dies der Weg wäre, auf dem du mich gewöhnlich erreichst.«

»Mache ich. Gilt unsere Verabredung für heute nachmittag noch?«

»Klar. Westchester, richtig?«

»Nein«, sagte sie und dehnte das Wort. »FAO Schwartz.«

»Darüber müssen wir noch reden. Bis später dann.«

4

»O mein Gott!« sagte Gia. »Was ist das?«

»Nur ein kleiner Kratzer.«

Jack betrachtete den großen violetten Fleck auf seiner linken Brustseite. Verdammt. Er hatte gehofft, sie würde ihn nicht bemerken, aber hier, im warmen Nachhall ihres Liebesspiels, hatte er die Verletzung völlig vergessen.

Sie hatten Vicky nach dem Essen zu ihrem Kunstunterricht gebracht. Sie verbrachte den größten Teil jedes Sonntagnachmittags damit, die Grundbegriffe des Zeichnens, Malens und der Bildhauerei zu erlernen. Ihr Lehrer meinte, sie zeige eine echte Begabung zum Malen. Jack dachte sich, daß dies erblich bedingt sein mußte, da ihre Mutter Künstlerin war. Vicky liebte den Unterricht, und Jack liebte die Gelegenheit, an Sonntagnachmittagen mit Gia allein sein zu können.

Gewöhnlich begaben sie sich, nachdem sie Vicky abgesetzt hatten, auf schnellstem Weg in Jacks Apartment. Oft genug schafften sie es gerade noch, die Tür hinter sich zu schließen, ehe sie auch schon begannen, sich gegenseitig die Kleider vom Leib zu reißen. Danach landeten sie meistens auf der nächstbesten horizontalen Fläche. Heute jedoch hatten sie es immerhin bis ins Bett geschafft.

Jack zog die Decke bis zum Kinn hoch, aber sie schob sie wieder hinunter.

»Ich würde das kaum ›klein‹ nennen.« Er schaute zu, wie Gias Finger sachte darüber strichen. »Tut das weh?«

»Nein.«

Sie übte ein wenig Druck aus, und er zuckte zusammen.

»Stimmt«, meinte sie. »Es schmerzt kein bißchen. Wie lange hast du das schon?«

»Seit gestern.« Genaugenommen seit kurz vor Mitternacht. Er erzählte ihr, wie der Dieb auf ihn geschossen und daß die Kevlarweste ihn geschützt hatte.

»Gott sei Dank hast du sie getragen!« seufzte sie. Sie schien den Blick nicht von dem Bluterguß lösen zu können. »Aber wenn die Weste kugelsicher ist, wie kommt es dann, daß du trotzdem etwas abbekommen hast?«

»Nun ja, die Weste hat dafür gesorgt, daß die Kugel nicht in mich eindringen konnte, aber trotzdem traf das Geschoß natürlich mit enormer Wucht. Irgend etwas mußte sie auffangen, und das war ich.«

Jack konnte sich noch immer nicht erklären, weshalb er dem Impuls nachgegeben hatte, das Santa-Claus-Kostüm zu tragen. Wenn er sich verkleidete, geschah es gewöhnlich, um anzulocken oder um Mißtrauen zu zerstreuen. Die auffällige Vorstellung in der vergangenen Nacht mit dem lauten Ho-ho und dem Bart und dem roten Anzug entsprach eigentlich nicht seinem Stil.

Aber irgendwie – diesmal, bei diesem Auftrag – hatte er das Gefühl gehabt, er müßte ein Zeichen setzen.

Und er hatte gewußt, daß es töricht war. Die Erfahrung hatte ihn gelehrt, daß man, wenn man versuchte, ein Zeichen zu setzen, anstatt den Job effizient zu erledigen, das Risiko erhöhte, daß irgend etwas schiefging, was wiederum das Risiko erhöhte, daß man einen Schaden davontrug.

Daher hatte Jack Vorsichtsmaßnahmen ergriffen. Er trug niemals Schutzkleidung, doch gestern hatte er eine Ausnahme gemacht. Normalerweise hätte er eine Dose Mace geöffnet und in den Truck geworfen, um dann den oder die Täter mit einem Totschläger niederzustrecken, wenn sie aus dem Wagen sprangen. Aber die Santa-Nummer abzuziehen hatte bedeutet, daß er sich weitaus ungeschützter zeigen mußte, und er wußte verdammt genau, daß mit Sicherheit eine Pistole mit im Spiel sein würde.

Er hatte recht gehabt. Der Kerl hatte einen Schuß abgefeuert, der sich anfühlte, als hätte ihm jemand einen dicken Holzknüppel mit der Spitze voran gegen die Brust gerammt. Es hatte ihn glatt vom Truck gehauen und sämtliche Luft aus seinen Lungen getrieben, aber die zehnlagige Weste hatte die Kugel aufgehalten.

Nur gut, daß er diese präparierten Handschuhe gehabt hatte. Abe hatte keine weißen auftreiben können, aber er hatte Jack wenigstens ein Paar weiße Baumwollhandschuhe besorgt, die er über die traditionellen schwarzen aus Leder hatte ziehen können. Die Bleifüllung verdoppelte die Wucht jedes Schlages und erlaubte es ihm, mit dem Kerl kurzen Prozeß zu machen.

Und dann hatte Jack ein wenig die Übersicht verloren. Vielleicht war es der Schmerz, vielleicht war es der Gedanke, daß er jetzt tot wäre, wenn er die Weste nicht getragen hätte; vielleicht war es auch die Erinnerung an die Opfer dieses Raubzuges. Was auch immer, etwas Düsteres war aus seinem Loch geschlüpft und hatte für eine Weile die Kontrolle übernommen.

Gia legte einen Arm um ihn und zog ihn an sich. Eine ihrer

Brüste schmiegte sich an den Bluterguß. Sie liebkoste mit den Lippen seinen Hals.

»Wann wirst du endlich damit aufhören?« fragte sie.

Jack machte einen tiefen Atemzug und verspürte einen scharfen, stechenden Schmerz. Er schloß daraus, daß die Kugel beim Aufprall einen Riß in seinem Rippenknorpel hinterlassen hatte. Das passierte ihm nicht zum erstenmal, und wahrscheinlich würde es wieder geschehen.

»Ach, wir wollen doch nicht schon wieder davon anfangen, oder?« sagte er leise und strich ihr über das weiche blonde Haar.

»Es ist nur, daß ich schreckliche Angst habe, wenn ich mir vorstelle, daß irgendwelche Leute auf dich schießen.«

»So etwas geschieht doch nicht jeden Tag. Die meisten meiner Jobs werden ohne Waffengewalt erledigt.«

»Aber es besteht immer die Gefahr, daß irgend etwas schiefgehen kann. Ich meine, du hast es im Rahmen deiner Tätigkeit nicht unbedingt mit den unbescholtensten Bürgern zu tun, oder?«

»Da hast du natürlich recht.«

Vielleicht ließ sie das Thema fallen, wenn er sich einsichtig zeigte und ihr zustimmte.

»Ich weiß, ich bin Handyman Jack eine Menge schuldig, aber ...«

»Du schuldest mir gar nichts.«

»Doch, das tue ich. Vicky lebt dank ihm. Dieser wahnsinnige Inder hat Grace und Nellie umgebracht, und wenn du jemand anderer gewesen wärst, dann hätte er Vicky diesen schrecklichen Monstren vorgeworfen ...«

Sie erschauerte und drängte sich an ihn.

Jack schloß die Augen und sah den Alptraum wieder vor sich ... Kusum Bahkti war den weiten Weg aus Bengalen nach Amerika gekommen, um einen Racheschwur gegen die Westphalens zu erfüllen, der seinen Ursprung in einer grausamen Aktion während des Raj hatte. Nach dem Tod ihrer Tanten

Grace und Nellie war Vicky die letzte in der Linie der Westphalens.

Kusum war der Erfüllung seines Racheschwurs verdammt nahe gekommen.

»Ich denke, der alte HP ist Gia auch einiges schuldig. Wenn du in jener Nacht nicht hierher zurückgekommen wärst ...«

Jack hatte einiges abbekommen, als er Vicky gerettet hatte. Er hatte eine Menge Blut verloren und war zu schwach gewesen, um ans Telefon auf der anderen Seite des Zimmers heranzukommen. Wenn Gia nicht erschienen wäre, um nach ihm zu sehen, und ihn zu Doc Hargus gebracht hätte ...

»Ich würde sagen, wir sind quitt«, meinte er.

Er spürte, wie Gia an seiner Schulter den Kopf schüttelte.

»Nein. Jeder hätte dich finden und ins Krankenhaus bringen können. Aber Vicky zu retten ... wenn du Schreiner oder Verlagslektor und sogar ein Cop gewesen wärst, irgendwas anderes als das, was du bist ... dann gäbe es sie nicht mehr. Und deshalb komme ich mir so schrecklich verlogen vor, wenn ich dich bitte, deinen Handyman-Jack-Anzug endgültig wegzuhängen ...«

»Hey, Moment mal. Du stellst mich dar, als wäre ich Batman!«

»Okay, du trägst kein hautenges Trikot, aber tief in deinem Innern bist du genau das, nicht wahr?«

»Ein Kämpfer gegen das Verbrechen? Gia, du bist einer der wenigen Menschen, die ich kenne, der nicht in irgendeiner Weise kriminell ist. Ich betreibe ein Geschäft, Gia. Ein *Geschäft.* Ich berechne meine Dienste und lasse mich dafür bezahlen.«

»Für gestern abend hast du nichts berechnet.«

»Und du siehst, was ich dafür kriege! Ein Gratisjob, und plötzlich bin ich Batman. Oder dieser Wohltäter, der immer im Fernsehen auftrat – ›The Equalizer‹. Deshalb mache ich niemals Gratisjobs. Sobald sich das herumspricht, werden alle von mir erwarten, daß ich mich für sie zerreiße, nur weil sie mich brauchen.«

Gia hob den Kopf und lächelte ihn an. »O ja. Du bist ja so hart.«

Jack zuckte die Achseln. »Bargeld lacht und umsonst ist der Tod.«

»Und du machst das alles nur wegen des Geldes.«

»Wer die Dollars hat, kann über mich verfügen.«

Ihr Grinsen wurde breiter. »Und du bist gefühlsmäßig in keiner Weise engagiert, nicht wahr?«

Jack hatte Mühe, ihr Grinsen nicht zu erwidern. »Wenn man nicht absolut cool bleibt, fällt man irgendwann auf die Nase.«

Gia legte eine Hand auf den Bluterguß auf seiner Brust. »Noch so ein dämlicher Spruch, und ich drücke auf den Stopp-Knopf – aber feste.«

Er versuchte, sich von ihr wegzurollen, aber sie hielt ihn fest. »Okay. Wenn du aufhörst, höre ich auch auf.«

»Abgemacht. Aber gib es zu: du bist gefühlsmäßig beteiligt.«

»Ich versuche, es nicht zu sein. Es ist gefährlich.«

»Genau darum geht es mir. Du identifizierst dich mit jedem, den du als Klienten annimmst.«

»›Kunde‹, bitte. Anwälte und Buchhalter haben Klienten. Ich habe Kunden.«

»Na schön. Kunden. Ich jedenfalls glaube, daß du dich nicht an jeden vermietest, der zufälligerweise das notwendige Geld dafür hat.«

»Ich löse immer einen Job nach dem anderen und suche mir die Fälle aus.« Jack fühlte sich zunehmend unbehaglich. Er wollte das Thema wechseln. »Ich meine, ich muß das Gefühl haben, daß ich den Auftrag erledigen kann, anderenfalls würden wir beide wertvolle Zeit vergeuden. Ich bin nur ein kleiner Geschäftsmann, Gia.«

Sie stöhnte gequält auf und warf sich auf den Rücken. »Ein kleiner Geschäftsmann, der keine Sozialversicherungsnummer hat, der Dutzende von verschiedenen Namen führt und niemals Steuern bezahlt.«

»Ich zahle Umsatzsteuer ... manchmal.«

»Gib's doch zu, Jack, diese Handyman-Jack-Geschichte macht dir Spaß, und du bist geradezu süchtig danach.«

Jack gefiel es gar nicht, sich als jemand zu sehen, der süchtig nach Adrenalinstößen ist, aber vielleicht stimmte es ja. Er mußte zugeben, daß er in der vergangenen Nacht ein regelrechtes Hochgefühl empfunden hatte, als er den Gauner und die gestohlenen Spielsachen vor dem Center abgestellt hatte. Er hatte überhaupt nichts von seiner Blessur gespürt, bis er zu Hause war.

»Vielleicht bin ich es, vielleicht auch nicht. Aber nehmen wir mal an, ich setze mich zur Ruhe und hänge den ›Handyman-Jack-Anzug‹ an den Nagel, wie du es so schön ausgedrückt hast, was dann?«

»Dann fangen wir an, ein ganz normales gemeinsames Leben zu führen.«

Jack seufzte. Ein Leben mit Gia und Vicky ... das war wirklich verlockend.

Und so verdammt fremd. Damals, als er zwanzig war, hatte er sich niemals vorstellen könne, verheiratet zu sein oder in irgendeiner traditionellen Verbindung zu leben. Und Vater zu sein? Er? Niemals.

Aber durch seine Verbindung mit Gia und aufgrund der Tatsache, daß er sich in Vicky regelrecht verliebt hatte, war alles anders geworden, und zwar grundlegend. Er wollte sie bei sich haben, wollte selbst bei ihnen sein, ständig und ohne Unterbrechung.

Wenn das nur so einfach wäre.

»Du meinst, wir sollten heiraten?«

»Ja, ich meine, wir sollten heiraten. Ist das so schrecklich?«

»Nicht die Zeremonie als solche. Und ganz bestimmt auch nicht die damit einhergehende Verpflichtung. Aber ein städtisches Gebäude zu betreten und dort meinen Namen registrieren zu lassen...« Er tat so, als hätte er einen Anfall. »Aaaargh!«

»Du suchst dir eine deiner falschen Identitäten heraus – wir nehmen eine mit einem Namen, der gut zu Gia und Vicky paßt – und das wär's dann. Es ist ganz einfach.«

»Können wir nicht einfach zusammenleben?« fragte Jack, obgleich er die Antwort längst kannte. Aber wenigstens hatten sie das Thema gewechselt und sprachen nicht mehr über seine Tätigkeit.

»Klar. Sobald Vicky erwachsen ist und auszieht und heiratet und ihr eigenes Leben lebt. Bis dahin wird Vickys Mutter niemals mit jemandem zusammenhausen – noch nicht einmal mit diesem Mann namens Jack, den Vicky und ihre Mutter über alles lieben.«

Gia lebte schon seit vielen Jahren als Künstlerin in Manhattan und schien ein überzeugter Stadtmensch zu sein, aber es geschah immer wieder, daß das Farmgirl aus Iowa in ihr zum Vorschein kam und ihr Handeln bestimmte.

Was Jack eigentlich ganz recht war. Dieses Farmgirl aus Iowa übte einen ganz bestimmten Reiz aus und war ein wichtiger Bestandteil dessen, was sie zu der Gia machte, die er kannte und liebte.

Aber Heiraten war nicht das Problem. Handyman Jack war das eigentliche Hindernis für den Schritt, die Beziehung amtlich absegnen und somit öffentlich bekannt werden zu lassen. Denn sobald Jack mit Gia und Vicky zusammenzog – oder sie mit ihm –, wurde er verwundbar. Es kam häufig vor, daß er sich im Zuge seiner Tätigkeit Feinde machte. Er versuchte, bei seinen Jobs so weit wie möglich unerkannt und im verborgenen zu bleiben, aber in einigen Fällen war ihm das nicht gelungen. Nicht wenige Leute, die einen beachtlichen Groll gegen ihn hegten, wußten, wie er aussah. Immer wieder kam es vor, daß einer von ihnen herausbekam, wo er wohnte. Was darauf folgte, war gewöhnlich unangenehm. Aber weil Jack alleine lebte und weil er sehr vorsichtig war, was das Auftreten in der Öffentlichkeit in Begleitung von Menschen betraf, die ihm lieb und teuer waren, mußten sich diejenigen, die ihm ans Leben wollten, auch direkt an ihn halten. Prima. Das konnte er deichseln. Und tat es auch. Die meisten dieser Leute wurden nie wieder gesehen.

Aber wenn Gia und Vicky in eine enge Verbindung mit ihm gebracht werden konnten, dann würden sie zu Zielscheiben.

Und Jack hatte keine Ahnung, wie er das deichseln sollte.

Wenn einer der beiden jemals wegen ihm etwas zustoßen sollte …

»Okay«, sagte er. »Ich setze mich zur Ruhe, und wir heiraten. Was dann?«

»Leben.«

»Das sagst du so einfach. Du entwirfst weiterhin deine Buchumschläge und produzierst deine Gemälde, aber was ist mit mir? Was soll ich in der Welt der Normalen und Anständigen tun? Ich kann nichts anderes als das, was ich im Augenblick tue.«

Gia stützte sich auf einen Ellbogen, richtete sich halb auf und schaute ihn eindringlich an.

»Das liegt nur daran, daß du nie etwas anderes ausprobiert hast. Jack, du bist ein intelligenter, ideenreicher, erfinderischer Mann mit einem gesunden Körper. Du kannst alles tun, was du willst.«

Aber ich möchte nur das tun, was ich gerade tue, dachte er.

»Aber was wäre zum Beispiel mit dem Spielzeug-Raub gewesen?« fragte er. »Wenn ich mich zur Ruhe gesetzt hätte und wir verheiratet wären, was hättest du dann getan?« Er gab ihr einen freundschaftlichen Rippenstoß. »Hm? Hm? Was hättest du getan?«

»Ich hätte dich gebeten, die Sachen zurückzuholen.«

Er starrte sie verblüfft an. Nicht eine Spur von Schuldbewußtsein, kein Anzeichen dafür, daß sie einen Scherz machte. Es war ihr ernst.

»Bin ich vielleicht der einzige in diesem Zimmer, der gerade so etwas wie Inkonsequenz wahrnimmt?«

»Nein«, erwiderte sie. »Ich bin eine Heuchlerin und gebe es

ganz offen zu. Handyman Jack darfst du nur dann sein, wenn du etwas für mich tust.«

Jack war sprachlos. Was sollte er dazu sagen?

In diesem kurzen Moment der Stille drang ein kehliges Lachen aus dem Wohnzimmer zu ihnen herein. Jack spürte, wie auf Gias Arm eine Gänsehaut entstand.

»Mein Gott, Jack. Hast du das gehört?«

»Nur das Fernsehen. Das ist unser alter Freund Dwight.«

Im Rahmen des laufenden Dwight-Frye-Festivals wurde gerade *Dracula* gesendet. Jack konnte sich genau vorstellen, welche Szene im Augenblick über den Bildschirm flimmerte. Sie war eine seiner liebsten: das Schiff, das den Grafen nach England brachte, legte an, und der einzige an Bord, der noch am Leben war, war Renfield, der aus dem Laderaum hochschaute, mit Augen, in denen der Wahnsinn funkelte, während sein irres Lachen durch das Schiff hallte.

»Es ist unheimlich.«

»Das soll es auch sein. Der gute alte Dwight machte seine Sache als Renfield so gut, daß er für den Rest seiner Karriere auf diesen Typ festgelegt war. Immer wenn sie jemanden brauchten, der für alle deutlich sichtbar nicht alle Tassen im Schrank hatte, holten sie Dwight Frye.«

Gia warf einen Blick auf die Uhr. »Mein Gott, sieh mal, wie spät es schon ist. Ich möchte noch ein paar Weihnachtseinkäufe machen, ehe wir Vicky abholen müssen.«

»Ich glaube nicht, daß wir noch genug Zeit für Westchester haben«, meinte er.

»Das ist richtig. Dann eben zu FAO Schwartz.«

Jack stöhnte.

»Hör auf, dich zu beklagen.« Sie gab ihm einen Kuß, dann rollte sie sich aus dem Bett und ging in Richtung Badezimmer. »Ich dusche schnell, dann können wir aufbrechen.«

Er schaute ihr zu, wie sie durch das Zimmer schritt. Er liebte es, wenn sie nackt war, und genoß den Anblick ihrer kleinen, festen Brüste, ihrer langen Beine, des dreieckigen Kissens aus hellem Schamhaar, das bewies, daß sie von Natur aus blond war.

Jack fragte sich, wie sie wohl als Schwangere aussehen würde. Wahrscheinlich sensationell.

Seltsamerweise dachte er in letzter Zeit häufig an Babys. Seit er Gia am Freitag mit dem Aids-Kind auf dem Arm im Center gesehen hatte. Das Leuchten in ihren Augen ... dieser liebevolle Blick. Gia war eine natürliche Helferin und Pflegerin. Jack wußte das, weil er sie so häufig mit Vicky gesehen hatte. Strenggenommen war Gia eine alleinerziehende Mutter, aber sie gab Vicky mehr, als ein halbes Dutzend anderer Eltern es zusammen vermocht hätten.

Er hörte, wie die Badezimmertür ins Schloß fiel, und lauschte dem Rauschen des Wassers in den Rohren, als sie die Dusche aufdrehte.

Er schloß die Augen und stellte sich vor, wie Gia ein anderes Kind im Arm hielt ... ihr gemeinsames Kind. Er dachte daran, mit Gia und Vicky und einem neuen kleinen Menschen alt zu werden, an die Verbindung zwischen Gia und ihm, und diese Vision ließ in seinem Innern eine kleine Sonne aufgehen.

Aber um das zu erreichen, müßte er sein Leben ändern.

Jack stieg aus dem Bett und öffnete die unterste Schublade der alten Eichenkommode. Er suchte zwischen den verschiedenen Perücken, Schnurrbärten, Brillen, Nasenpolstern und anderen Gegenständen herum, bis er den Vollbart fand. Er holte ihn aus seinem Schutzbeutel und untersuchte ihn. Er sah allmählich ziemlich ausgefranst aus. Er würde sich bald einen neuen besorgen müssen.

Er hielt ihn vor sein Gesicht und schaute in den Spiegel.

Nicht gerade berauschend, aber wenn er seine Haare ein wenig anders kämmte – den Scheitel etwas weiter zur Mitte verschob –, verlieh der Bart seinen normalerweise kantigen Zügen eine ovale Form und verbarg genug von seinem Gesicht, um nicht erkannt zu werden.

Sieh dich doch an, sagte er sich. Du mußt dir einen Bart ankleben, um in der Stadt Weihnachtseinkäufe zu machen. Ständig mußt du über die Schulter blicken. Was für ein Leben ist das denn?

Wenn er sich zur Ruhe setzte, konnte er sich einen echten Bart wachsen lassen und hingehen, wohin er wollte – Gia an einem Arm und Vicky am anderen – und sich einen Teufel darum scheren, wer ihn dabei sah.

Zur Ruhe setzen …

Nun, warum nicht? Vielleicht wurde es allmählich Zeit. Er hatte genug heikle Situationen überstanden, so daß es für ein Dutzend Leben reichte, aber bisher noch keine bleibenden Schäden davongetragen. Er schrieb das seiner Sorgfalt zu, auch auf das kleinste Detail zu achten, aber vielleicht war es auch einfach nur Glück gewesen. Was sollte er tun – weitermachen und darauf warten, daß er am Ende tot oder als Krüppel auf der Strecke blieb? Was hatte er davon, wenn er immer größere Risiken einging?

Sei kein Idiot, sagte eine Stimme in ihm. Hör auf, so lange du noch intakt bist.

Die Stimme hatte wie immer recht.

Und wie immer nahm Jack ihren Rat nicht an.

Jedenfalls jetzt noch nicht.

Montag

1

Alicia stand unschlüssig vor der Bar, kniff im grellen Sonnenschein des späten Morgens die Augen zusammen, während sie durch das schmuddelige Fenster blickte, um sich einen Eindruck vom Inneren der Bar zu verschaffen.

War es das? Jack hatte ihr erklärt, das Lokal hieße »Julio's«, und genau das stand auf dem Schild über der Tür, aber es sah so schäbig aus. Sie hatte mit irgendeinem angesagten, typischen Upper-West-Side-Edelbistro gerechnet, aber die schmuddelig aussehenden Männer, die hier ein und aus gingen, waren ganz eindeutig keine Yuppies.

Alicia war davon ausgegangen, daß Jack sie in ihrem Büro aufsuchte, wie er es schon einmal getan hatte, doch er hatte ihr erklärt, daß diesmal sie in sein Büro kommen müßte. Okay. Das war nur recht und billig. Aber wer hatte schon ein Büro in einer Arbeiterkneipe?

Und könnte der Eigentümer nicht wenigstens ab und zu das große Frontfenster putzen? Es war so verschmiert, daß sie kaum hindurchschauen konnte. Und das wenige, das sie von der Inneneinrichtung erkennen konnte, war ziemlich entmutigend.

Sie sah vorwiegend Grünpflanzen – Tradeskantien, Asparagusfarn, Ampelkraut –, aber sie waren allesamt eingegangen. Eigentlich sogar noch mehr als eingegangen, nämlich mausetot. Die wenigen Blätter, die immer noch an den Ästen und Zweigen hingen, waren braun und eingerollt und mit einer dicken Staubschicht bedeckt. Was war das – etwa das, was sich eine Mumie unter einem Blumenfenster vorstellte?

Jenseits der ausgetrockneten Pflanzen herrschte die Schwärze des interstellaren Raums. Noch nicht einmal Sterne funkelten dort.

Aber das war die Adresse, die er ihr genannt hatte, und dieser Laden hieß tatsächlich Julio's …

Alicia trat zurück und schaute sich auf der Straße um. Sie war mit einem Taxi hergekommen und hatte daher kaum Gelegenheit gehabt, sich zu vergewissern, ob die graue Limousine sie wieder verfolgte. Auf der Straße sah sie den Wagen nicht. Vielleicht hatte sie sich das Ganze nur eingebildet.

Und vielleicht sollte sie sich gar nicht mit diesem Jack abgeben. Sie hatte keine Lust, die ganze Situation noch einmal erklären zu müssen und wachsam darauf zu achten, welche Details sie weitergeben konnte und welche nicht. Und sich dann den Fragen stellen – den unausweichlichen Fragen.

Weil für jemanden, der nicht wußte, was sie wußte, ihre Aktionen völlig irrational erscheinen mußten. Thomas war die einzige andere lebende Person, die alle Fakten kannte, und sogar er hielt sie für verrückt.

Sie konnte diese Fragen nicht beantworten. Und so mußte sie sich damit abfinden, daß die Leute in ihr eine Spinnerin sahen.

Wollte sie Jack dieser Liste hinzufügen?

Eigentlich nicht. Aber sie wußte nicht mehr, an wen sie sich sonst noch hätte wenden können, und sie hatte das Gefühl, daß Einfach Jack genau der Typ Mann war, der sofort zum Kern eines Problems vorstieß. Sie hatte sich einen medizinischen Bericht über den Dieb besorgt, der die Spielsachen gestohlen hatte. Die Polizisten hatten nicht übertrieben. Er war gründlichst durch die Mangel gedreht worden … zahlreiche Knochenbrüche, zahllose Prellungen. Was ihr verriet, daß Einfach Jack nichts gegen eine berechtigte Anwendung von Gewalt hatte.

Und nachdem sie gesehen hatte, was mit Leo Weinstein geschehen war, könnte dies genau das sein, was sie jetzt brauchte.

Aber das Risiko, daß sie ihn in die Gefahr brachte, genauso zu enden wie der arme Leo, ließ sie zögern.

Sie hatte nach anderen Möglichkeiten Ausschau gehalten, aber Einfach Jack schien im Augenblick die beste zu sein. Sie war alles so furchtbar leid, was mit dem Testament und dem Haus zu tun hatte, und gestern hatte sie geglaubt, einen Weg gefunden zu haben, wie die ganze Affäre erledigt werden könnte. Aber so etwas konnte kein Anwalt übernehmen. Sie war sich ziemlich sicher, daß es eher in Jacks Tätigkeitsbereich fiel.

Aber hatte sie den Mut, ihn darum zu bitten?

Alicia holte tief Luft, zog die Tür auf und trat ein.

Während sie darauf wartete, daß sich ihre Augen an das Dämmerlicht gewöhnten, hörte sie, wie die allgemeine Unterhaltung leiser wurde und erstarb ... genauso wie die Pflanzen im großen Fenster.

Allmählich bekam der Raum Konturen. Zuerst der Fernseher, auf dem offenbar gerade ESPN oder ein Abklatsch davon lief, dann die Neon-Bierreklamen – nur Bud, Rolling Rock und Miller, aber kein Bass Ale oder Zima –, die hinter der Bar leuchteten und deren Licht sich in dem Glas der Flaschen brach, die in langen Reihen auf den Ablagen aus Spiegelglas standen. Ein Schild über der Bar, dunkle Lettern, die in helles Holz geschnitzt waren ... MORGEN FREIBIER ...

Und dann die Gäste, ein halbes Dutzend grauhaariger Männer, die an der Bar lehnten, Bier- und Schnapsgläser vor sich, alle ihr zugewandt und sie anstarrend.

Was war das? Eine Schwulenbar? Hatten sie noch nie eine Frau hier drinnen gesehen?

»Sie wollen zu Jack, nicht wahr?«

Alicia musterte den kleinwüchsigen, muskelbepackten Hispanic, der aus dem Dunkeln auftauchte. Er hatte einen bleistiftstrichdünnen Schnurrbart und schwarze, wellige, mit Gel zurückgekämmte Haare. Seine Stimme war leise, die dunklen Augen blickten wachsam.

»Hm, ja. Er hat gesagt, er wäre …«

»Er ist hinten. Ich bin Julio. Folgen Sie mir.«

Erleichtert folgte sie dem vor ihr herstolzierenden Julio an der Bar vorbei und in die schattige Region dahinter. Die allgemeine Unterhaltung wurde wieder aufgenommen, kaum daß sie sich entfernt hatte. Als sie sich zwischen den Tischen im hinteren Teil der Bar ihren Weg suchte, entdeckte sie eine Gestalt, die vor der hinteren Wand saß. Als diese Gestalt sich erhob, erkannte sie Jack.

Er streckte ihr die Hand entgegen. »Schön, Sie wiederzusehen, Doktor.«

Alicia hatte plötzlich einen dicken Kloß im Hals, als sie daran dachte, wie sie gestern im Lagerraum vor den wieder aufgetauchten Geschenkstapeln gestanden hatte. Sie ergriff mit beiden Hände seine Hand und hielt sie fest.

»Ich weiß nicht, wie ich Ihnen danken soll«, stammelte sie. »Ich weiß noch nicht einmal, was überhaupt der angemessene Dank dafür wäre, daß Sie all diese Spenden wieder herbeigeschafft haben.«

»Sie brauchen sich nicht zu bedanken. Ich wurde engagiert, um einen Job zu erledigen, und das habe ich getan.«

Irgendwie glaubte Alicia ihm nicht ganz. Ganz gleich, wie beiläufig sein Tonfall jetzt sein mochte, sie hatte seine Augen am Freitag gesehen, und sie wußte, was er mit dem Dieb getan hatte. Hinterließ ein Mann, der lediglich »engagiert« worden war, »um einen Job zu erledigen«, eine solche Verwüstung?

Er bot ihr einen Kaffee an, den sie dankend ablehnte. Julio füllte Jacks angeschlagene weiße Tasse frisch auf und ließ sie dann allein.

»War alles vorhanden?« erkundigte sich Jack, während er von seinem schwarzen Kaffe trank.

Erneut fielen ihr seine langen Daumennägel auf. Vielleicht würde sie ihn später einmal fragen, weshalb er sie nicht so kurz schnitt wie die anderen Fingernägel.

»Soweit ich es überschauen kann, ja. Das Personal ist außer

sich vor Freude. Sie nennen das Ganze ein Weihnachtswunder. So steht es auch in den Zeitungen.«

»Ich hab's gesehen. Schön. Dann können wir diese Angelegenheit ja als abgeschlossen betrachten. Wie geht es übrigens diesem kleinen Jungen mit der Igelfrisur? Dem so schlecht wurde, kurz nachdem ich bei Ihnen war?«

»Hector?« Sie war verblüfft, daß er sich daran erinnerte. »Hector geht es nicht besonders gut.«

»Oh, nein. Es ist doch hoffentlich nichts Schlimmes?«

Er macht sich tatsächlich Sorgen, stellte sie erstaunt fest. Der Junge interessiert ihn ganz ernsthaft.

»Seine letzten Röntgenaufnahmen zeigen eine Lungenentzündung.«

Die Infiltrate in den Lungen hatten eine typische pneumocystische Struktur gezeigt, und die Gram-Färbung hatte bestätigt, daß es sich um den infizierenden Organismus handelte. Das war keine große Überraschung. *Pneumocystis carinii* hatte eine Vorliebe für Aids-Patienten.

Alicia hatte ihn sofort an einen Bactrim-Tropf gehängt. Eigentlich hätte er regelmäßig zur Prophylaxe eine Dosis oral verabreicht bekommen sollen, aber nicht alle Pflegeeltern waren so gewissenhaft, Kindern, die äußerlich fast gesund erschienen, ihre tägliche Medizin zu geben.

»Kommt er wieder auf die Beine?«

»Die Medizin, die er bekommt, sorgt gewöhnlich dafür.«

Gewöhnlich.

»Kann ich irgend etwas für ihn tun? Ihm ein paar Luftballons besorgen oder einen Teddybär oder irgend etwas anderes?«

Wie wäre es mit einer Mutter oder einem Vater oder, was noch besser wäre, mit einem neuen Immunsystem? dachte Alicia, antwortete jedoch: »Das wäre schön. Er hat gar nichts. Ich bin sicher, er freut sich über die kleinste Kleinigkeit.«

»Er hat nichts«, wiederholte Jack, schüttelte den Kopf und starrte mit düsterer Miene in seinen Kaffee.

Als er sie wieder ansah, erkannte Alicia, daß er verzweifelt nach Worten suchte, um die Hoffnungslosigkeit des Lebens auszudrücken, das er sich vorzustellen versuchte.

Versuch es gar nicht erst zu beschreiben, dachte sie. Du kannst es doch nicht.

»Ich weiß«, sagte sie.

Er nickte. Dann seufzte er. »Sie haben in Ihrer Nachricht angedeutet, daß Sie sich mit mir über eine persönliche Angelegenheit unterhalten wollen.«

Ja, dachte sie. Gehen wir lieber zu etwas über, was Sie aktiv beeinflussen können.

»Zuerst einmal nennen Sie mich Alicia. Und ehe wir zur Sache kommen, möchte ich mich nach diesen verwelkten Pflanzen im Fenster erkundigen. Was steckt dahinter?«

Jack warf einen flüchtigen Blick auf das Fenster. Das vertrocknete Zeug stand schon so lange dort, daß er es in letzter Zeit eigentlich gar nicht mehr bewußt wahrgenommen hatte.

»Julio benutzt die Pflanzen als Totems. Um böse Geister abzuhalten.«

»Das soll wohl ein Witz sein. Was für böse Geister?«

»Geister von der Sorte, die am liebsten Chardonnay trinken.«

Ihr Lächeln wirkte ein wenig gezwungen. »Oh, ich verstehe. Eine Macho-Bar … ein Testosteron-Tempel.«

Jack zuckte die Achseln. »Das ist einzig und allein Julios Sache. Er bevorzugt nun mal eine bestimmte Art von Gästen und versucht, andere abzuschrecken. Aber manchmal geht der Schuß nach hinten los. Manchmal locken die Pflanzen die falschen Typen geradezu an, denn sie meinen, daß dieser Laden so ›authenthisch‹ ist … was immer das heißen soll. Aber zurück zu Ihnen.«

Sie seufzte und spürte, wie ihre Anspannung wuchs. *Also los.*

»Es ist eine lange und komplizierte Geschichte, und ich möchte Sie nicht mit allen Details langweilen. Ganz kurz gefaßt: Ein Mann namens Ronald Clayton kam vor zwei Monaten bei einem Flugzeugabsturz ums Leben und hinterließ mir alles, was er besaß.«

»Wer war er?«

»Mein Erzeuger.«

»Ihr Vater? Das tut mir leid …«

»Das braucht es nicht. Wir haben einige gemeinsame Gene, aber das ist auch schon alles. Wie dem auch sei, als ich den Anruf von dem Anwalt bekam, der als Testamentsvollstrecker eingesetzt wurde, erklärte ich ihm, daß ich an seinen Gütern und allem anderen, was mit ihm in irgendeiner Verbindung steht, nicht interessiert wäre. Dann erklärte er mir, ich wäre die Alleinerbin.«

Jack hob die Augenbrauen. »Nicht Ihre Mutter?«

»Sie starb schon vor über zwanzig Jahren – und darüber dürfen Sie ruhig ihr Bedauern äußern, wenn Sie wollen.«

Alicia erinnerte sich kaum an ihre Mutter. Wenn sie doch nur nicht gestorben wäre … dann wäre einiges bestimmt ganz anders gewesen …

»Nun, egal, ich war jedenfalls geschockt. Ich hatte mindestens ein Dutzend Jahre nicht mehr mit ihm gesprochen. Ich hatte noch nicht einmal an ihn gedacht.« *Sie hatte sich ganz bewußt dagegen gewehrt.* »Ich erklärte dem Testamentsvollstrecker, daß ich mit dem verdammten Haus nichts zu tun haben wollte, und legte auf.«

Jack schwieg. Er wartete immer noch darauf, endlich etwas über das »Problem« zu erfahren, vermutete Alicia.

Keine Sorge, dachte sie. Das kommt schon.

»Das Nächste, was passierte, war, daß ich plötzlich meinen Halbbruder Thomas am Telefon hatte, und er …«

»Moment mal«, sagte Jack. »*Halb*-bruder?«

»Richtig. Er ist vier Jahre älter als ich.«

»Welche Hälfte – die mütterliche oder die väterliche?«

»Ronald Clayton ist sein Vater.«

Jack legte den Kopf schief. »Und er stand offenbar im Regen.«

»Richtig. Er bekam keinen Penny.«

»Gibt es noch andere Hälften inner- oder außerhalb der Claytonfamilie?«

»Nein. Nur Thomas. Der reicht mir auch, vielen Dank. Thomas ist also am Telefon und meint, wenn ich das Haus nicht will, ob er es dann haben könne. Ich sage nein. Ich sage, ich hätte es mir anders überlegt. Ich möchte es jetzt doch haben. Ich erzähle ihm, ich würde es dem Aids-Center spenden, um es als Außenstation zu nutzen. Er könne sich seine Pläne aus dem Kopf schlagen.«

»Ich nehme an, Sie sind mit Ihrem Bruder genausogut ausgekommen wie mit Ihrem Vater, oder?«

»Noch schlechter, wenn das überhaupt möglich ist. Am nächsten Tag ist Thomas wieder am Telefon und bietet mir zwei Millionen für das Haus an.«

Jacks Augenbrauen ruckten hoch. »Wo steht das Haus?«

»In Murray Hill.«

Er lächelte. »Also ehrlich, für Murray Hill wäre das sogar ziemlich billig.«

»Es ist ein dreistöckiger Backsteinbau. Jeden Penny wert.«

»Bis jetzt kann ich nicht erkennen, weshalb Sie mich brauchen. Nehmen Sie das Geld und werden Sie damit glücklich.«

Jetzt kam der heikle Teil der Geschichte. Jetzt fing er sicherlich an, sich Gedanken zu machen. Aber Alicia hatte die wichtigen Fragen – die unmöglichen Fragen – bei Leo Weinstein vermieden, und sie würde sie auch bei Jack vermeiden.

»Aber ich habe es nicht getan. Ich habe sein Angebot abgelehnt.«

»Sie wußten, daß der Preis steigen würde.«

»Überhaupt nicht. Aber der Preis stieg tatsächlich. Thomas meldete sich erneut und bot mir vier Millionen an. Und ich gab ihm dieselbe Antwort. Und dann sagte er, er wäre es leid, gegen sich selbst zu bieten, und ich sollte ihm endlich den ›verdammten Preis‹ nennen – seine Worte –, und ich legte einfach auf.«

»Sie haben ihn also wieder abgewimmelt! Das ist genauso, als würde man in einer Lotterie gewinnen und sich seinen Preis nicht abholen, nicht wahr?«

»Nicht ganz. Sehen Sie, Thomas besitzt selbst so gut wie keinen Penny.«

Jack beugte sich vor und fixierte sie verblüfft. *Jetzt* zeigte er echtes Interesse.

»Wissen Sie das genau?«

»Das habe ich jedenfalls angenommen. Ich meine, er hat einen ziemlich unbedeutenden Job in der Forschung bei ATT, seit er das College abgeschlossen hat. Woher sollte er eine so große Hypothek bekommen? Also habe ich ihn überprüfen lassen: Seine Kreditwürdigkeit ist gleich Null, und außerdem hat er seinen Job etwa zu dem Zeitpunkt gekündigt, als er mich das erste Mal anrief.«

»Hm ... ein Typ ohne Geld und ohne Job bietet Ihnen vier Millionen an. Ich kann es Ihnen nicht verdenken, daß Sie einfach aufgelegt haben.«

»Nein«, wandte Alicia ein, »Sie verstehen nicht. Ich denke sehr wohl, daß er das Geld hat – in bar.«

»In bar?«

»Das war es, was er mir anbot – er sagte, ich könnte es annehmen, oder er könnte es irgendeinem wohltätigen Zweck meiner Wahl spenden. Wie erklären Sie sich das?«

»Entweder ist er verrückt, oder irgend jemand steht hinter ihm.«

»Genau, aber wer? Und warum wendet sich der Betreffende nicht direkt an mich? Warum benutzt er Thomas als Mittelsmann?«

»Macht das irgendeinen Unterschied?« fragte Jack und lehnte sich zurück. »Eine wertvolle Immobilie fällt Ihnen in den Schoß. Sie können entweder selbst darin wohnen oder sie verkaufen. Sie brauchen nicht mich, Sie brauchen einen Steuerfachmann.«

Alicia spürte, daß er sich zurückzog, daß er das Interesse

verlor. Sie beeilte sich, mit dem Rest ihrer Geschichte herauszurücken.

»Aber ich kann nicht darin wohnen, und ich kann das Haus nicht verkaufen. Als ich ihn abwies, engagierte Thomas ein paar teure Anwälte, um das Testament anzufechten. Ich kann das Haus nicht in Besitz nehmen, ehe diese Angelegenheit geklärt ist. Sie haben sich sogar einen Gerichtsbeschluß besorgt, um das Haus zuzunageln, damit ich mich noch nicht einmal darin umsehen kann.« *Nicht, daß ich jemals den Wunsch gehabt hätte, so etwas zu tun.*

»Warum sollte es zugenagelt werden?«

»Offenbar ist dort eingebrochen worden, seit es leer steht. Thomas sagt, er wolle schützen, was einmal sein Eigentum sein wird, sobald über die Anfechtungsklage entschieden worden ist, und zwar zu seinen Gunsten, wie er sicher zu glauben scheint. Er hat sogar einen Sicherheitsdienst engagiert, der das Anwesen bewacht.«

Jack lächelte. »All das von einem Burschen ohne Einkommen. Ihr Halbbruder ist sehr einfallsreich.«

»Das ist nicht gerade das Wort, das auf Thomas paßt.«

»Dennoch, Sie brauchen nicht mich – Sie brauchen einen Anwalt.«

Alicia biß sich auf die Unterlippe. Nein, sie brauchte Jack für das, was sie wollte. Aber wie würde er reagieren, wenn sie ihn fragte?

Manchmal ist es ganz gut, von seiner Routine abzuweichen, dachte Jack und versuchte, eine interessierte Miene aufzusetzen. Und manchmal ist es das nicht.

Dieses Treffen hätte niemals stattgefunden, wenn er seinem üblichen Modus operandi gefolgt wäre. Er unterhielt sich stets telefonisch mit potentiellen Kunden, ehe er sich mit ihnen persönlich traf. Auf diese Art und Weise entging er den Dr. Claytons der Stadt – Leuten mit Problemen, die mit Hilfe orthodoxerer Methoden gelöst werden konnten.

Aber da er Alicia bereits kennengelernt hatte, hatte er dieses Treffen ohne die sonst üblichen Prälaminarien arrangiert.

Zwar keine totale Zeitvergeudung, dachte er, aber fast. Es war nur die Ärztin selbst, die dieses Treffen rettete.

Irgend etwas an Alicia Clayton machte ihn neugierig. Er hatte schon viele Menschen mit Geheimnissen kennengelernt. Praktisch alle seiner Kunden hatten irgend etwas zu verbergen. Er war daran gewöhnt, beim erstenmal nie die ganze Geschichte zu erfahren. Und er war ziemlich geübt darin, die Löcher sofort zu finden. Er wußte zwar nicht, was sie jeweils in ihren Geschichten ausließen, aber er wußte sofort, wann sie etwas zurückhielten.

Alicia Clayton war anders. Er konnte sich kein eindeutiges Bild von ihr machen. Entweder verbarg sie gar nichts, oder sie war so gut im Verbergen, daß sie praktisch alles verbergen konnte, sogar die Tatsache, daß sie etwas verbarg.

Jack entschied sich für letzteres. Er betrachtete sie, wie sie ihm so am Tisch gegenübersaß, und ahnte, daß sie unter diesem Mantel und dem dicken Strickpullover eine gute Figur haben mußte, aber sie versteckte sie. Tatsächlich hätte sie eine aufregende Frau sein können mit diesem fein geschnittenen Gesicht und dem dunklen Haar. Attraktiv auf eine strenge, unbeugsame Art und Weise. Aber sie hatte sich dagegen entschieden. Sie spielte ihr gutes Aussehen herunter. Sie versteckte es.

Nun, ihr Aussehen entsprach in etwa ihrem Beruf. Und sie war nicht gerade im Showbusiness tätig.

Es zahlte sich wahrscheinlich nicht aus, in diese Dinge allzuviel hineinzugeheimnissen, dachte er.

Aber sie war so total gefaßt. Zu gefaßt. Beinahe – hölzern.

Was verbarg sie sonst noch? Diese Frau war nicht nur verschlossen, sie war ihrer Umwelt gegenüber geradezu hermetisch abgeriegelt. Und das brauchte Übung. Jahrelange Übung.

All das reizte ihn. Wer war diese Frau, die offensichtlich *alles* verstecken wollte?

Aber er wußte, er würde an diesem Morgen wohl kaum all ihre geheimen Türen öffnen. Er suchte gerade nach einer eleganten Möglichkeit, dieses kleine Tête-à-tête zu beenden, als sie sich vorbeugte.

»Ich hatte einen Anwalt«, sagte Alicia. »Bis Freitag, als er ermordet wurde.«

Jack lächelte. Anwälte, die sich mit Testamenten und ähnlichem befaßten, wurden nicht ermordet. »Sie meinen, er wurde ›getötet‹, nicht wahr?«

»Nein, ich meine *ermordet.* Können Sie sich irgendeinen Umstand denken, bei dem eine Bombe in einem Auto etwas anderes ist als Mord?«

Jack richtete sich auf seinem Stuhl auf. Die Meldung war übers Radio und übers Fernsehen verbreitet worden.

»Die Autoexplosion in Midtown?« fragte er. »War das *Ihr* Anwalt?«

Alicia nickte. »Wir wollten uns an diesem Morgen treffen. Ich nehme an, jemand wollte nicht, daß er es schaffte.«

Hey-hey. Hatte er vielleicht einen Fall von Paranoia vor sich?

»Wie kommen Sie darauf, daß Sie der Grund dafür sind, daß er getötet wurde? Ich habe gelesen, man hätte in den Resten seines Handschuhfachs Kokain gefunden.«

»Ich sehe täglich eine ganze Menge Kokser«, sagte sie. Ihr Gesicht blieb starr wie eine Maske, aber Jack bemerkte, wie sich ihre rechte Hand zur Faust ballte. »Die meisten Eltern meiner Babys sind Drogenkonsumenten. Drogen sind die Ursache dafür, daß sie sich den Virus eingefangen haben, den sie an ihre Kinder weitergegeben haben. Ich habe keinerlei Anzeichen davon bei Leo Weinstein feststellen können.«

Sie lehnte sich zurück und schien sich zu entspannen – aber es kostete sie offenbar einige Mühe, dachte Jack.

»Natürlich kann ich mich täuschen. Aber Leo ist nicht der erste, der im Zusammenhang mit diesem Testament gewaltsam zu Tode gekommen ist.«

Unwillkürlich beugte Jack sich vor. »Noch ein Anwalt?«

Alicia schüttelte den Kopf. »Nein. Als ich zu dem naheliegenden Schluß kam, daß irgend jemand Thomas finanziell unterstützte, wollte ich in Erfahrung bringen, wer es war. Ich engagierte einen privaten Ermittler – Sie wissen schon, einen, der ihm folgen und herausfinden sollte, mit wem er sich trifft und so weiter, so wie es die Privatdetektive im Fernsehen immer tun. Ich hatte keine Ahnung, was ich mit dieser Information anfangen sollte, aber diese Geheimnistuerei und Verschleierungstaktik störten mich. Ich meine, wenn jemand so scharf auf das Haus dieses Mannes ist, warum wendet er sich dann nicht direkt an mich? Warum benutzt er Thomas dazu?«

»Und was haben Sie erfahren?«

»Nichts.« Ihre stahlgrauen Augen fixierten ihn. »Eines Tages, etwa zwei Wochen nachdem ich ihn engagiert hatte, wurde der Privatdetektiv getötet, während er die Seventy-fifth Street überquerte. Es war ein klassischer Fall von Fahrerflucht.«

Jack trommelte mit den Fingern auf die fleckige Tischplatte. Okay, demnach ist sie vielleicht nicht paranoid. Es könnte ein Zufall gewesen sein, aber wenn man zwei Leute engagiert, um sich mit einem bestimmten Problem zu befassen, und beide am Ende tot sind, wer kann einem dann einen Vorwurf machen, wenn man zwischen beiden Vorfällen eine Verbindung zu sehen glaubt?

Offensichtlich war jemand, der anonym bleiben wollte, hinter dem Clayton-Haus her. Er wollte es mit allen Mitteln in seinen Besitz bringen. Sie hatten das Angebot gemacht, praktisch jeden Preis zu zahlen, und als das ausgeschlagen worden war, hatten sie eine Klage eingereicht.

Aber es war schon ein ziemlich weiter Schritt zu behaupten, daß sie jeden umbringen würden, der sich ihnen in den Weg stellte. Außerdem ...

»Okay. Zwei Leute, die Sie als Helfer engagiert hatten, sind tot. Vielleicht gibt es da eine Verbindung. Aber überlegen Sie mal folgendes: Wenn jemand Leute eliminiert, die sich zwischen den Betreffenden und dieses Haus stellen, warum haben sie dann nicht das größte Hindernis entfernt – Sie?«

»Glauben Sie nur nicht, daß mir das seit Freitag keine schlaflosen Nächte bereitet hätte. Ich weiß nichts über das Testament. Ich habe an der Verlesung nicht teilgenommen. Und als ich Leo engagierte – den Anwalt, der ermordet wurde –, ließ ich einfach eine Kopie vom Büro des Testamentvollstreckers an ihn schicken. Daher habe ich das verdammte Ding nie zu Gesicht bekommen. Aber das wird sich ändern. Ich werde mir eine eigene Kopie besorgen und mir ansehen, wie die Bedingungen lauten. Ich erinnere mich daran, daß Leo meinte, das Testament wäre ›ziemlich ungewöhnlich‹.«

Eine Frage schoß ihm durch den Kopf. »Haben Sie jemals dort gewohnt? In dem Haus, meine ich.«

Sie rührte sich nicht, aber Jack hatte plötzlich das Gefühl, als wäre Alicia unendlich weit von ihm entfernt.

»Bis zu meinem achtzehnten Geburtstag. Warum?«

Er zuckte die Achseln. »Reine Neugier. Ich weiß immer noch nicht, was Sie von mir wollen. Ich arbeite nicht als Bodyguard, daher …«

»Ich möchte, daß Sie das Haus anzünden und abbrennen.«

Jack starrte sie an und versuchte, seinen Schock zu verbergen. Nicht über die Bitte an sich – viele Leute waren im Laufe der Jahre zu ihm gekommen, um ihn als Brandstifter zu engagieren –, sondern darüber, daß dieses Ansinnen so völlig unerwartet geäußert wurde. Damit hatte er weiß Gott nicht gerechnet.

Er massierte umständlich seine Schläfen, um ein wenig Zeit zu gewinnen. »Entschuldigen Sie. Ich dachte, Sie hätten soeben erklärt, Sie wollten von mir, daß ich ein Haus niederbrenne, für das man Ihnen bereits vier Millionen Dollar geboten hat.«

»Das habe ich.«

»Darf ich wissen, weshalb?«

»Nein.«

»Sie werden mir schon irgendeine Erklärung geben müssen.«

Alicia rutschte unbehaglich auf ihrem Stuhl hin und her. »Warum interessiert Sie das?«

»Das ist meine Arbeitsweise.«

Sie seufzte. »Na schön. Vielleicht bin ich nur müde. Ich mag zwar Ärztin sein, aber ich verdiene nicht sehr viel Geld. Ich könnte sicherlich mit einer privaten Praxis sehr viel mehr verdienen, aber das Center ist der Platz, an dem ich bleiben möchte. Alles, was ich nach Abzug meiner Lebenshaltungskosten und der Rückzahlung der Ausbildungsbeihilfen sparen konnte – und glauben Sie mir, da ist noch ein sechsstelliger Betrag offen –, floß in die Anzahlungen für den Privatdetektiv und für den Anwalt. Ich bin praktisch pleite, Jack. Ich möchte nicht mit einem neuen Anwalt ganz von vorne anfangen. Und ehrlich gesagt habe ich ein wenig Angst. Ich möchte nur diese ganze Sache endlich hinter mich bringen.«

Angst? Jack hatte Schwierigkeiten, sich diese Frau als ängstlich vorzustellen. Er hatte eher das Gefühl, daß sie vor nichts davonlief.

»Aber die Lösung all Ihrer finanziellen Probleme könnte durch ein einziges Telefongespräch mit Ihrem Bruder erreicht werden.«

»*Halb*-bruder. Aber ich möchte nicht an Thomas verkaufen. Und er hindert mich daran, an irgend jemand anderen zu verkaufen.«

Jack war völlig verwirrt. »Aber wenn Sie, wie Sie sagen, das Haus gar nicht wollen und sich auch nicht dafür interessieren, warum verkaufen Sie es ihm dann nicht?«

Alicias Augen schienen plötzlich Funken zu sprühen, als sie mit zusammengebissenen Zähnen hervorstieß:

»Weil ... *er* ... es ... will!«

Und fast genauso schnell erlosch das Feuer wieder.

»Und dafür werden Sie keine Erklärung hören«, sagte sie ruhig.

Jack lehnte sich zurück und betrachtete sie prüfend. Was sollte er jetzt tun? Sein Instinkt teilte ihm mit, daß er vor sich eine Lady hatte, an deren Fernsteuerung offenbar ein paar Knöpfe fehlten, und daß er schnellstens verschwinden und sich nicht mehr umdrehen sollte.

Ein guter Rat. Sie hatte ihm bereits gestanden, daß sie praktisch pleite war, ergo würde sie auch nicht sein Honorar zahlen können. Das wiederum bedeutete, daß bei der ganzen Affäre für ihn nichts anderes zu holen war als Ärger.

Aus dieser Sache herauszukommen war ganz einfach. Er brauchte ihr nur zu erklären, daß Brandstiftung nicht sein Ding wäre – was der Wahrheit entsprach –, und das wäre es dann.

Warum also sagte er es nicht? Warum hatte er es nicht gesagt, als sie zum erstenmal den Wunsch äußerte, das Haus ihres Vaters niederzubrennen?

Weil ...

Tatsächlich gab es keinen anderen Grund als den, daß Alicia ihm Rätsel aufgab und daß er von ihrem Szenario fasziniert war. Diese Lady schlug ein Vermögen aus, um ein Haus, das einem Mann gehört hatte, den sie nicht »Vater« nennen wollte, vor dem Zugriff ihres Halbbruders zu bewahren, den sie haßte. Was war mit diesem Gebäude los? War dort irgend etwas mit ihr geschehen?

Im Augenblick hatte er keine dringenden Jobs zu erledigen und Jacks Neugier war geweckt.

»Okay. Ich kann Ihnen sagen, was ich für Sie tun kann, aber eine endgültige Zusage kann ich Ihnen jetzt nicht geben. Ich kann Ihnen bestenfalls versprechen, daß ich darüber nachdenken werde. Aber ich muß erst ein paar Dinge überprüfen, ehe ich meine Entscheidung treffe.«

»Was ist da zu entscheiden?« fragte sie, und ein ungehaltener Unterton schlich sich in ihre Stimme. »Entweder Sie tun es, oder Sie tun es nicht. Bei den Spielsachen brauchten Sie nichts zu überprüfen.«

»Das war eine ganz andere Geschichte. Etwas wiederzubeschaffen unterscheidet sich ein wenig davon, etwas abzubrennen, oder finden Sie nicht? Sie reden immerhin von einem mittelprächtigen Feuer mitten in Manhattan.«

Jack beobachtete ihr Gesicht, als sie zögerte. Offenbar hatte sie erwartet, daß er lediglich ein Honorar aushandeln und dann sofort den Job in Angriff nehmen würde. Aber ihr Gesicht verriet nichts ... bis sich so etwas wie ein Lächeln zeigte. Es war kein richtiges Lächeln, denn es reichte nicht bis zu ihren Augen.

»Oh, ich verstehe«, sagte sie schließlich. »Sie müssen *mich* überprüfen.«

»Das gehört auch dazu. Mein Gefühl sagt mir, das ich Ihnen glauben kann, aber in der Vergangenheit hat es immer wieder den einen oder anderen hervorragenden Märchenerzähler gegeben, der mich für irgendwas anheuern wollte.«

Sie nickte. »Es könnte ja auch so sein, daß das Haus meinem Ex-Geliebten gehört, der fremdgegangen ist und an dem ich mich auf diese Weise rächen will.«

»Es wäre nicht das erste Mal.«

Sie ergriff ihre Schultertasche und erhob sich. »Nun, ich kann Ihnen folgendes sagen, Mr. Einfach Jack«, erklärte sie kühl. »Ich habe keinen Geliebten. Und ich lüge nicht. Stellen Sie die Recherchen an, die Sie für nötig halten, und melden Sie sich wieder bei mir, falls und sobald Sie zufrieden sind. In der Zwischenzeit sehe ich mich nach anderen Möglichkeiten um.« Ein weiteres nicht ganz vollständiges Lächeln, während sie kehrtmachte. »Vielen Dank, daß Sie überhaupt mit mir gesprochen haben.«

Jack pfiff leise durch die Zähne, während er ihr nachschaute. Diese Lady war innerlich aus Stahl.

2

Alicia ging zu Fuß zur Columbus Avenue und hielt nach einem Taxi Ausschau. Die Rush hour war vorbei, bis zur Mittagspause dauerte es noch ungefähr eine Stunde, und wenn der Verkehr auf der Upper West Side jemals merklich nachließ, dann zu dieser Tageszeit. Ein paar Kaufwillige waren unterwegs, aber sie gingen zu Fuß. Im Augenblick gab es keine große Nachfrage nach Taxis.

Sie sah eins vorbeifahren, doch es war besetzt. Sie zuckte erschrocken zusammen, als es mit kreischenden Bremsen hinter einem weißen Wagen anhielt, der mitten auf der Straße stehengeblieben war. Der Taxifahrer stützte sich auf den Hupknopf, bis der weiße Wagen endlich weiterfuhr.

Sie lächelte: das war die Musik dieser Stadt ...

Aber das Lächeln verblaßte, als ihr einfiel, was Jack gesagt hatte.

Ich muß erst ein paar Dinge überprüfen, ehe ich mich entscheide ...

Sie hatte das ungute Gefühl, daß Jack seine Entscheidung schon längst getroffen hatte und nicht interessiert war.

Verdammt. Sie hatte fest mit seiner Hilfe gerechnet.

Sie würde sich woanders nach einem Brandstifter umschauen müssen. Die Gelben Seiten würden sich dafür allerdings nicht eignen. Vielleicht könnte sie die Kontakte der Erzeuger ihrer kleinen Schutzbefohlenen im Center nutzen – allesamt nicht unbedingt die seriösesten Stützen der Gesellschaft –, aber sie hätte Jack auf jeden Fall vorgezogen. Er hatte bewiesen, daß er erfolgreich arbeiten konnte. Und wenn er sie im Augenblick auch ein wenig hinhielt, damit er sie später um so leichter im Stich lassen konnte, vertraute sie ihm.

Sie suchte die Straße ab. Keine graue Limousine. Gut. Als sie zur Columbus Avenue gelangte, sah sie ein Taxi, das um die nächste Ecke bog und auf sie zukam. Sie hob die Hand, um es heranzuwinken, dann bemerkte sie, daß das Schild erleuchtet war, das signalisierte, daß der Fahrer im Augenblick nicht im Dienst war.

Nun komm schon! Sie wollte nur schnell im Krankenhaus vorbeischauen und einen kurzen Blick auf Hector werfen, bevor sie sich wieder in den Betrieb des Centers stürzte.

Zum Schutz vor der Kälte zog sie ihren Mantel enger um sich zusammen. Vielleicht sollte sie ein Taxi herbeitelefonieren. Sie öffnete ihre Schultertasche und kramte in ihrem vielfältigen Inhalt herum. Ihr halbes Leben schien sich darin zu befinden. Nicht viel Geld, aber ihr Stethoskop, ihr Diagnosebesteck, der Pieper, Schlüssel und irgendwo, zwischen alten Kreditkartenquittungen auf dem Grund der Tasche, ihr Mobiltelefon.

Während sie sich auf ihren Tascheninhalt konzentrierte, blickte sie dorthin zurück, woher sie gekommen war – immer noch auf der Suche nach der grauen Limousine – und bemerkte drei Männer, die sich neben einem auffälligen roten Sportwagen zusammendrängten, der etwa zwanzig Meter von ihr entfernt vor dem Block stand, in dem sich Julio's befand. Ein ziemlich gemischter Haufen – ein mehrfach gepiercter Weißer, ein Schwarzer und ein Hispanic –, von dem die beiden Dunkelhäutigen den Weißen weitgehend deckten, während der ein dünnes flaches Stück Metall in den Fensterschlitz des Wagens schob, um ihn aufzuhebeln.

Alicia hatte wenig Ahnung von Automobilen, aber diese drei Kerle hatten ohne Zweifel nichts Gutes im Sinn. Offenbar wollten sie das Radio oder den Inhalt des Handschuhfachs oder sogar den ganzen Wagen stehlen. Sie schaute sich suchend um, ob irgend jemand in der Nähe war, aber der Bürgersteig lag leer und verlassen vor ihr.

Vielleicht war es sicherer, wenn sie ein Stück weiter die Straße hinunter auf ein Taxi wartete. Sobald sie sich weit genug von den drei Männern entfernt hätte, würde sie mit ihrem Handy die 911 anrufen.

Doch während sie kehrtmachte, um ihr Vorhaben in die Tat umzusetzen, entdeckte sie Jack, der soeben aus Julio's heraustrat. Er schlenderte in ihre Richtung, aber wenn er sie erkannte, so ließ er sich das nicht anmerken. Seine Augen waren auf die drei Männer gerichtet, die den Wagen aufzubrechen versuchten. Alicia bemerkte eine subtile Veränderung in seiner Gehweise, während er sich den Männern näherte ... plötzlich bewegte er sich schleichend wie eine Raubkatze vorwärts.

Er wird sich doch wohl nicht in diese Angelegenheit einmischen, oder? dachte sie. Ich hoffe, er ist ein wenig klüger.

Aber tatsächlich, Jack ging zu den drei Männern hin und baute sich vor den beiden Dunkelhäutigen auf, die Hände in den Taschen, und tat so, als schaute er ihnen beim Reifenwechseln zu.

Sie glaubte ihn sagen zu hören: »Hey, Leute, was treibt ihr denn da?«

Die Neugier war stärker als Alicias gesunder Menschenverstand. Fasziniert machte sie ein paar Schritte auf die Szene zu, um besser sehen zu können, was als nächstes passieren würde.

Der Schwarze – er hatte einen extremen Kurzhaarschnitt und eine Figur, als verbrächte er viel Zeit in einem Fitneß-Studio – schaute Jack an, als könnte er nicht glauben, daß jemand dumm genug war, ihm eine solche Frage zu stellen.

»Wie sieht es denn für dich aus, was wir hier tun?« Er deutete auf den Weißen. »Unser Freund hat sich aus seinem Wagen ausgeschlossen, und wir helfen ihm, wieder reinzukommen, okay? Bist du jetzt zufrieden?«

»Darf ich zusehen?« fragte Jack. Seine Haltung war locker und lässig. Seine Stimme klang hoch und aufdringlich.

»Nee. Sieh zu, daß du Land gewinnst.«

»Warum nicht?«

»Weil ich gleich meine Periode kriege, und dann bin ich meistens ungenießbar, und außerdem störst du unsere Konzentration, klar? Also sieh zu, daß du deinen neugierigen weißen Arsch schnellstens von hier wegbewegst.«

»Aber ich hab' noch nie gesehen, wie jemand einen Slim Jim benutzt«, sagte Jack. »Ich meine, es ist schon verdammt günstig, daß einer von euch so ein Ding gerade zur Hand hatte. Damit ihr ihm gleich helfen könnt und so weiter. Ich wußte gar nicht, daß sie gesetzlich erlaubt sind.«

Mein Gott, dachte Alicia, als sie sah, wie die drei Autodiebe erstarrten. Ist er denn völlig von Sinnen?

»Hey, du«, sagte der Weiße, richtete sich auf und machte einen Schritt auf Jack zu. Er trug eine mit Nieten besetzte schwarze Lederjacke und ultra-kurzes blondes Haar. Er hatte Ringe in beiden Ohren, in der Oberlippe und in seiner rechten Augenbraue. »Bist du ein beschissener Cop oder so was?«

»Wer, ich?« fragte Jack und lächelte furchtsam. »O nein. Ich nicht. Ich bin doch kein Cop. Aber das ist zufälligerweise der Wagen meines Freundes Julio. Und keiner von euch *ist* Julio. Also, warum sucht ihr euch nicht einen anderen Wagen zum Klauen?«

Jetzt war der Hispanic an der Reihe. Er riß den Slim Jim aus dem Fensterschlitz und fuchtelte damit vor Jacks Gesicht herum.

»Ay, bist du verrückt, Mann? Das ist der Wagen meines Freundes, und wir helfen ihm. Und jetzt verschwinde von hier, sonst schieb ich dir dieses Ding in den Hals und hol dir dein Arschloch durch die Schnauze raus.«

Sie alle schienen das für ausgesprochen lustig zu halten. Während sie lachten und sich gegenseitig auf die Schulter klopften, bemerkte Alicia, wie Jacks linke Hand aus der Tasche auftauchte.

Tu's nicht, wollte sie rufen. Das sind drei gegen einen. Sie haben nicht die geringste Chance.

Aber während sie Jack beobachtete, kamen ihr plötzlich Zweifel. Sie spürte, daß etwas Urwüchsiges und Elektrisches von ihm ausstrahlte. Er war in ihrem Büro und gerade eben in der Bar so lässig, so zurückhaltend gewesen, aber jetzt ... jetzt war er ein völlig anderer Mensch. Er schien vor innerer Anspannung zu vibrieren, als wäre er mit einem inneren Feuer erfüllt, als bestünde seine normale Existenz nur aus längeren Pausen, die er aushalten mußte, ehe ihm wieder ein Moment wie dieser gestattet wurde.

»Und wenn er mit dir fertig ist«, sagte der Weiße, nahm dem Hispanic das Werkzeug aus der Hand und hielt es Jack unter die Nase, »komme ich durch die Hintertür und hole dir auf diesem Weg die Mandeln raus.«

Eine seltsame Spannung brachte die Luft zum Knistern. Alicia hatte gehört, daß Menschen, die einen Blitzschlag überlebt hatten, von einer seltsamen Empfindung sprachen, einem Gefühl, einem Kribbeln, das ihren gesamten Körper erfaßte und ihnen die Haare zu Berge stehen ließ. Genau das empfand Alicia jetzt – als ob die Luftmoleküle schon in Erwartung dessen, was kommen würde, ionisierten ...

»Du hast so schöne blaue Augen«, sagte Jack in das erneut ausbrechende schallende Gelächter hinein. »Kriege ich eins davon?«

Ehe jemand reagieren oder darauf antworten konnte, schoß Jacks Hand auf das Gesicht des Weißen zu. Die Geste erfolgte so schnell, so unerwartet, daß Alicia ihr nicht mit den Augen folgen konnte. Sie wußte nur, daß in der einen Sekunde Jacks Hand hochzuckte, während der Weiße in der nächsten schreiend rückwärts taumelte. Er ließ den Slim Jim fallen, faßte sich ins Gesicht und brachte beinahe seinen schwarzen Kumpan zu Fall, als er sich wild im Kreis drehte.

Alicia verschlug es den Atem, und sie erschauerte, als sie einen kurzen Blick auf die hellrote, über seine Wange herabrinnende Flüssigkeit erhaschte, ehe seine Hände das Gesicht bedeckten.

Herrgott im Himmel, was hatte er getan?

»Was, zur Hölle ...?« sagte der Schwarze, dessen Blick zwischen Jack und seinem Komplizen, der auf die Knie gesunken war und mit hellroten Fingern sein Auge betastete und in einem fort schrie, hin und her ging.

Der Hispanic beugte sich zu seinem Freund hinunter. »Joey! Was hat er getan?«

»Mein Auge! O Scheiße, mein *Auge*!«

»Ich mag Augen«, sagte Jack mit einer seltsamen, verträumten Stimme. In seinen eigenen Augen lag ein merkwürdiger, trüber Ausdruck, und Alicia erkannte mit Schrecken, daß sein Mund hellrot verschmiert war. »Blaue Augen sind ganz besonders köstlich.«

Und dann öffnete er den Mund, um ein blutiges Auge zu enthüllen, das zwischen seinen Vorderzähnen klemmte.

Alicias Magen revoltierte. Sie hatte während ihrer Zeit als Assistenzärztin schon die entsetzlichsten Dinge gesehen, die die wildesten Alptraumphantasien übertrafen, aber noch nie etwas wie dies. Sie war sicher, daß der Ausdruck des Schocks in den Gesichtern des Schwarzen und des Hispanic dem in ihrem eigenen Gesicht in nichts nachstand. Sie wollte sich abwenden, schaffte es aber nicht. Sie mußte wie unter einem Zwang weiter hinsehen.

Als Kind hatte sie einmal das Pech gehabt, sich in einem Tierladen aufzuhalten, als gerade die Schlangen gefüttert wurden. Dabei war sie an dem Käfig einer Vipernatter vorbeigegangen, die soeben im Begriff war, einen Frosch mit dem Kopf voran zu verschlingen. Sie war entsetzt gewesen, fühlte sich abgestoßen, zumal die Beine des Frosches immer noch zuckten, aber sie hatte wie festgewurzelt vor dem Käfig ausgeharrt, bis der arme Frosch nicht mehr zu sehen war.

Genauso fühlte sie sich jetzt. Nur fraß diesmal der Frosch die Schlangen.

Nein ... er fraß sie nicht.

Jack spuckte den Augapfel aus. Alicia spürte ein Würgen, glaubte, sich jeden Moment übergeben zu müssen, als der Augapfel gegen das Seitenfenster des Sportwagens klatschte. Die blutige, gallertartige Masse blieb dort ein oder zwei Herzschläge lang kleben, dann begann sie langsam am Glas hinabzurutschen, wobei sie eine glänzendrote Schmierspur hinterließ.

Joeys Schreie gingen in ein wimmerndes Stöhnen über, während seine beiden Kumpane entsetzt verfolgten, wie das verformte Auge am unteren Rand des Fensters hängenblieb.

»Aber braune Augen sind auch sehr lecker«, sagte Jack mit einem blutverschmierten Grinsen, während er auf die beiden zuging.

Beide Männer sprangen zurück, wobei der Hispanic den Schwarzen in seiner Hast, aus Jacks Reichweite zu gelangen, beinahe umstieß.

»Ich verschwinde lieber, Mann!« rief er, während er weiter zurückwich.

»Yo, Ric! Was ist mit Joey?«

»Der kann mich mal!«

Der Schwarze versuchte ihn festzuhalten, aber Ric entwand sich seinem Griff und rannte über den Bürgersteig davon.

»Dieser Kerl ist absolut irre!«

Jack machte einen weiteren Schritt auf den Schwarzen zu. »Du hast so schöne große braune Augen.«

Das war der Auslöser. Der Schwarze wirbelte herum und beeilte sich, seinen Kumpel Ric einzuholen.

»Yo, Joey«, rief er seinem knienden Gefährten zu. »Wir holen dich später.«

Aber Joey schien nichts zu hören. Er kauerte vornübergebeugt da, wobei sein Gesicht fast den Asphalt berührte, und wischte sich mit fahrigen Bewegungen übers Gesicht.

Jack schaute ihnen nach, dann schüttelte er triumphierend die Faust in Richtung des Sportwagens.

»Ja!«

Während Jack etwas Rotes in den Rinnstein spuckte und sich den Mund am Ärmel abwischte, zog Alicia sich zurück. Langsam. Vorsichtig. Sie wollte auf keinen Fall Jacks Aufmerksamkeit auf sich ziehen. In was war sie da hineingeraten?

Sie war froh, daß sie ihn nicht engagiert hatte, das Haus niederzubrennen. Es war ihr egal, daß er die gestohlenen Spielsachen herbeigeschafft hatte, sie wollte mit diesem Geistesgestörten nichts mehr zu tun haben.

Doch dann drehte Jack sich um und entdeckte sie.

»Haben Sie das gesehen?« fragte er mit einem blutigen Grinsen. »Es hat gewirkt! Es hat gewirkt wie ein Zauber!«

Und dann verflog sein Grinsen. Vielleicht hatte er ihren Gesichtsausdruck gesehen. Alicia versuchte, ihre Angst und den Ekel zu verbergen, der in ihr rumorte, aber sie bezweifelte, daß es ihr besonders gut gelang.

»Hey, warten Sie!« rief er. »Sie glauben doch wohl nicht, daß ich tatsächlich ...«

Er machte Anstalten, auf sie zuzugehen. Alicia machte kehrt, um davonzurennen, spürte jedoch nach zwei Schritten eine Hand, die sich auf ihren Oberarm legte.

»Nein, bitte«, flehte sie, während er sie zurückhielt, so daß sie stehenbleiben mußte. »Lassen Sie mich gehen! Sonst schreie ich!«

»Nur einen kurzen Moment«, erwiderte Jack. »Ich will Ihnen nur etwas zeigen. Dann können Sie sofort gehen. Okay?«

Er klang so vernünftig, so ... normal. Die hohe, aufdringliche Stimme war verschwunden. Sie schaute ihn über die Schulter an. Der leere Ausdruck in seinen Augen, den sie kurz vorher bei ihm beobachtet hatte, war ebenfalls verschwunden.

Aber sein Mund war noch immer rot verschmiert.

»Sehen Sie«, sagte er und streckte ihr seine freie Hand entgegen.

Zögernd blickte Alicia nach unten.

Augen ... zwei Augen ... ein braunes, ein blaues ... weich, glänzend, klebrig aussehend ... lagen auf seiner Handfläche.

Zuerst erschrak sie, wollte schreien, dann bemerkte sie, daß kein Blut zu sehen war. Ein genauerer Blick, und sie wußte Bescheid ...

»Das sind Attrappen!«

»Natürlich sind sie das«, sagte Jack. »Man kann sie in jedem Scherzartikelladen im Village kaufen.«

Alicia blickte über die Schulter zu Joey, der sich gerade aufrichtete. Er hatte den Kopf immer noch gesenkt und eine Hand auf sein Auge gepreßt.

»Aber was haben Sie mit *ihm* gemacht?«

Jack zeigte ihr eine kleine Plastikflasche, die mit einer roten Flüssigkeit gefüllt war. »Nur ein kleiner Spritzer. Es ist Filmblut, vermischt mit zehnprozentigem Capsicum – Sie wissen schon, das ist dieser Pfefferextrakt, den sie in diesen Sprühdosen zur Selbstverteidigung verwenden. Ich fülle die Augen mit Filmblut, so daß mein Mund ganz rot wird, wenn ich darauf beiße. Entschuldigen Sie.« Er wandte sich um und spuckte einen Rest rote Flüssigkeit in den Rinnstein. »Es sieht echt aus und schmeckt abscheulich.«

»Daß es echt aussieht, stimmt. Ich hätte schwören können ...«

Jacks Augen strahlten, als er sie anschaute. »Tatsächlich? Sie haben es auch geglaubt? Eine leibhaftige Ärztin? Das ist ja toll! Ich kann Ihnen gar nicht sagen, wie lange ich darauf gewartet habe, diese Nummer einmal auszuprobieren.«

»Für einen kurzen Moment hatte ich tatsächlich angenommen, Sie würden sich mit diesen Kerlen prügeln.«

»Einer gegen drei?« Er schüttelte den Kopf. »So was gibt es nur im Kino. Man schafft es vielleicht, Sieger zu bleiben, wenn man sie vollkommen überrascht und irgendeine Waffe zur Verfügung hat. Aber wenn man so etwas im realen Leben versucht, kriegt man meistens das Gesicht zurechtgerückt. Ich habe was gegen Schmerzen. Und das hier ist doch viel hübscher und sauberer.«

Er ging zum Wagen und entfernte das falsche blutige Auge vom Seitenfenster.

»Es hat überzeugend gewirkt«, sagte er mehr zu sich selbst als zu ihr. »Einfach perfekt.«

Er ist wie ein kleiner Junge, dachte sie. Ein kleiner Junge, der irgend etwas gebastelt hat – ein Holzauto oder eine Steinschleuder – und sich jetzt freut, daß es tatsächlich funktioniert.

Sie verfolgte, wie er den Ring in Joeys Augenbraue ergriff und Joey auf die Füße zog.

»Komm schon, Freundchen«, sagte er und drehte ihn zu Alicia um. »Ich nehme an, daß die Lady mir immer noch nicht glaubt. Zeig ihr mal dein Auge.«

»Ich glaube Ihnen«, versicherte sie.

Aber Jack schien sie nicht gehört zu haben. »Na los doch, Joey. Nimm die Hände weg und zeig ihr deine hübschen babyblauen Augen.«

Die rot verschmierten Lider von Joeys linkem Auge ruckten auseinander und enthüllten ein tränendes, hochgradig gereiztes, aber intaktes Auge.

»Bist ein braver Kerl«, sagte Jack, dann drehte er Joey um und stieß ihn in die Richtung vorwärts, in die seine Freunde geflüchtet waren. »Geh und such deine Kumpels.«

Jack beobachtete für einen Moment, wie Joey davontaumelte, dann wandte er sich zu Alicia um.

»Ich lasse von mir hören.«

Er winkte ihr zum Abschied, machte kehrt und ging davon.

Alicia schaute ihm nach. Sie hoffte, daß er sich dafür entschied, ihr zu helfen. Dieser Mann war jemand, den sie um jeden Preis auf ihrer Seite haben wollte.

3

»Da bist du ja!«

Sam Baker sagte es laut in dem ansonsten leeren Wagen, als er das Clayton-Baby sichtete. Für einen kurzen unangenehmen Moment hatte er geglaubt, er hätte sie verloren.

Er lehnte sich im Fahrersitz zurück und lockerte den Griff

um das Lenkrad. Seine Schultern schmerzten. Er hatte gar nicht bemerkt, wie angespannt er gewesen war, seit der Polizist ihm befohlen hatte, weiterzufahren.

Entspann dich, sagte er sich. Wir sind wieder im Rennen.

Er war ihr vom Aids-Center zur Upper West Side gefolgt und hatte beobachtet, wie sie in dieser Spelunke namens Julio's verschwunden war. Er hatte einen Platz gefunden, von wo aus er einen ungehinderten Blick auf den Eingang hatte, und es sich bequem gemacht und auf eine längere Wartezeit eingerichtet.

Nun, er hatte nur ein paar Minuten dort gesessen und gerade angefangen, sich die Nummernschilder der in seiner Nähe parkenden Autos einzuprägen, als dieser Cop auftauchte. Es schien, als befände sich in nächster Nähe von Bakers Aussichtspunkt auch ein Feuerhydrant. Und obgleich Baker versucht hatte zu erklären, daß er lediglich auf jemanden wartete und den Motor laufen lassen würde, ließ der Cop sich nicht erweichen.

»Entweder Sie fahren weiter, oder ich lasse Sie abschleppen.«

Er hatte keine Wahl gehabt.

So hatte er seinen Standplatz verlassen und war die Straße hinuntergerollt auf der Suche nach einem freien Parkplatz. Keine Chance. Am liebsten hätte er der Bar ja ebenfalls einen kurzen Besuch abgestattet, ein schnelles Bier getrunken und sich darüber informiert, wen sie dort traf, aber er konnte es nicht riskieren, tatsächlich abgeschleppt zu werden. Daher war er in Bewegung geblieben, hatte ständig den Block umkreist und darauf gewartet, daß sie wieder herauskam.

Doch als er sie endlich durch die Tür treten sah, war er schon ein Stück an der Bar vorbeigefahren. Und als er anhielt und die Straße versperrte, hatte irgendein Taxi angefangen zu hupen, als wäre der Leibhaftige hinter ihm her. Baker fuhr diesen gemieteten weißen Plymouth nun schon seit zwei Tagen. Nachdem er am Freitag beobachtet hatte, wie diese Clayton-Schnalle ihn angestarrt hatte, war ihm klargeworden, daß sie den grauen Buick wiedererkannt hatte. Er wollte jetzt nicht auch noch ihre Aufmerksamkeit auf diesen Wagen lenken, daher hatte er erneut den Block umrunden wollen, diesmal ein wenig schneller, aber auch jetzt wurde es eine quälende Kriecherei.

Aber nun war alles wieder in Butter. Er wußte zwar nicht, was sie in der Zeit, in der er sie nicht beobachten konnte, getan hatte, aber wen interessierte das schon? Im Augenblick war sie genau dort, wo er sie zurückgelassen hatte.

Das Mobiltelefon piepte. Baker konnte sich ausrechnen, wer am anderen Ende war – der Araber saß ihm ziemlich lästig im Nacken, seitdem der Anwalt der Kleinen in die Luft geflogen war.

»Ja?«

»Sind Sie an der Frau dran?«

»Wie der Gestank an einem Stück Scheiße.«

»Wie bitte?«

»Sie ist in der Stadt unterwegs und hält in diesem Moment ein Taxi an.«

»Wo war sie? Bei einem anderen Anwalt?«

»Nein, in einer Bar.«

»In einer Bar? Wirkt sie alkoholisiert?«

»Sie meinen besoffen?« Ziemlich seltsam, wie dieser Knabe sich ausdrückte. Durch und durch Araber, aber er sprach Englisch wie ein Scheiß-Brite. »Nein. Und um ganz ehrlich zu sein, ich glaube kaum, daß es etwas mit dem zu tun hatte, woran wir interessiert sind. Wahrscheinlich hat sie sich nur mit einem Freund getroffen oder so.«

»Sie hat keinen Freund.«

Baker beobachtete, wie der lose sitzende Rock der Clayton sich über ihrem Gesäß spannte, während sie sich bückte und ins Taxi stieg. Ein hübscher Hintern.

Schwer zu glauben, daß sie völlig unbemannt war. Sie sah nicht übel aus. Zumindest das, was er bisher von ihr zu Gesicht bekommen hatte. Ein wenig Make-up, ein enger Rock, und schon würde sie die reinste Granate sein. Statt dessen …

Vielleicht war sie eine Lesbe. Das wäre auch nicht schlimm. Er fuhr auch auf Lesben ab. Er dachte, deren einziges Problem bestünde nur darin, daß sie noch nicht den richtigen Mann getroffen hatten.

»Wenn Sie das sagen.«

»Und Sie haben keine Ahnung, mit wem sie sich getroffen hat?«

»Ich hatte nicht die Gelegenheit, das rauszufinden. Aber ich glaube nicht, daß sie in diesem Schuppen mit einem Anwalt verabredet war.« Baker hätte fast hinzugefügt: *Aber man weiß ja nie*, unterließ es jedoch lieber.

Er hoffte inständig, daß er sich nicht irrte.

»Sie werden nicht fürs Denken bezahlt. Mir gefällt überhaupt nicht, was geschieht, wenn Sie zu denken versuchen.«

Jetzt geht das schon wieder los, sagte er sich. Aber der Araber schenkte sich weitere Bemerkungen.

»Wohin fährt sie?« fragte Mulhallal.

»Zurück in die Innenstadt. Ich bin dicht hinter ihr.«

»Gut. Folgen Sie ihr und tun Sie sonst nichts.«

Baker unterbrach die Verbindung und schlug mit der Hand aufs Lenkrad. Er dachte an den Batzen Geld, der als Entlohnung auf ihn wartete, und behielt ihn im Gedächtnis, während er fuhr. Ein üppiger warmer Regen, und er verdiente jeden einzelnen Penny für all den Scheiß, den er sich gefallen lassen mußte.

4

Yoshio Takita verzehrte seinen zweiten Burrito, während er Sam Bakers Wagen folgte. Er hatte sich seinen Imbiß einige Zeit vorher in einem Laden namens Burritoville geholt. Er hatte noch nie von dieser Kette gehört, war aber froh, daß er sie ausprobiert hatte. Er leckte sich die Lippen. Er hatte sich für die sogenannten »Phoenix-Rising«-Burritos entschieden. Die liebte er. Tatsächlich gab es bisher kein amerikanisches Fastfood, das er nicht mochte. Und hier drüben war alles so billig. Zu Hause in Tokio kostete es ein kleines Vermögen, in einer Filiale der zahlreichen amerikanischen Restaurantketten zu speisen, die über die ganze Stadt verteilt waren.

Er dachte mit Sorge daran, dick zu werden, aber sein Organismus schien die Kalorien genauso schnell zu verbrennen, wie er sie in sich hineinschaufelte. Das war beruhigend. Es wäre wirklich nicht gut, wenn er in seinem Gewerbe einen Schmerbauch bekäme, und das mit noch nicht einmal dreißig Jahren.

Er wischte sich die Hände und den Mund mit einer Serviette ab, dann legte er beide Hände aufs Lenkrad. Er mußte wachsam sein. Nicht wegen Baker – der Mann war ein Mietsöldner, kein ausgebildeter Agent. Sein Können als Beschatter war bestenfalls mittelprächtig, und er hatte nicht die geringste Ahnung, daß er selbst ebenfalls verfolgt wurde. Nein, das Problem war, an einer Ampel abgehängt zu werden. Wenn Yoshio nur eine Person verfolgt hätte, wäre die Aufgabe ziemlich einfach gewesen. Aber Baker zu beschatten, während dieser die Frau verfolgte, war bei dem herrschenden Verkehr eine schwierige Angelegenheit.

Aber was Baker an Eleganz und Stil fehlte, das machte er durch seine Skrupellosigkeit wett. Yoshio hatte das in der vergangenen Woche erfahren, als er ihm zu dem Haus dieses Anwalts auf Long Island gefolgt war. Er hatte beobachtet, wie Baker sich an dem Automobil des Mannes zu schaffen gemacht hatte, hatte jedoch angenommen, daß er einen Peilsender oder eine Wanze einbaute. Wenn er erkannt hätte, daß Baker eine Bombe legte, hätte er den Anwalt sicherlich angerufen, um ihn zu warnen.

Es waren schon genug Menschen gestorben.

Laut Yoshios Arbeitgeber, der Kaze-Group in Tokio, hatten aufgrund dessen, was Ronald Clayton wußte oder entdeckt hatte, schon 247 Menschen ihr Leben verloren. Yoshio war vor ein paar Wochen Zeuge des Todes eines anderen Opfers gewesen. Und letzten Freitag hatte der Tod von Leo Weinstein die Gesamtzahl auf 249 erhöht.

Offenbar wußte die Leitung der Kaze-Group nicht mehr als Yoshio. Oder zumindest taten sie so als ob. Sie erklärten ihm, sie wüßten nicht, weshalb Ronald Clayton und sein Haus für diesen Araber, Kemel Mulhallal, so wichtig wären. Aber wenn in diesem Zusammenhang so viele unschuldige Menschen ihr Leben hatten lassen müssen, dann lohnte es sich bestimmt die Mühe, sich eingehender mit dieser Angelegenheit zu befassen.

Sie wußten mehr als das, dessen war er sich sicher. Obgleich sie rein nominell nur eine einfache Holdinggesellschaft war, galt die Kaze-Group als mächtiger als die größte *keiretsu.* Sie war weltweit vertreten. Aber offenbar wußte sie nicht alles, was sie gerne wissen wollte.

Und so hatte sich die Firmenleitung an Yoshio gewandt, was sie immer tat, wenn sich ein Problem ergab, das mit Diskretion behandelt werden mußte, und hatten ihn nach Amerika geschickt, um dort mehr in Erfahrung zu bringen. Es half ihm enorm, daß Englisch eine der vier Sprachen war, die er fließend beherrschte. Sein Auftrag lautete, sich umzuhören und umzusehen. Sie hatten ihm einen Satz Diplomatennummernschilder besorgt, damit er sich innerhalb der strengen Verkehrs- und Parkvorschriften der Stadt ein wenig freier bewegen konnte. Er sollte beobachten, lauschen und alles, was er auf diese Weise erfuhr, der Zentrale berichten.

Sie hatten ihn allein auf den Weg geschickt. Er hatte keinen Helfer, doch falls es notwendig werden sollte, konnte er innerhalb weniger Stunden mit Unterstützung rechnen.

Bisher hatte er nichts Neues erfahren. Aber die Kaze-Group war geduldig. Sie plante immer auf lange Sicht. Er würde dort solange ausharren, wie sie es von ihm wünschten.

Was er sehr gerne tat. Das Essen war köstlich. Er blickte auf die Uhr seines Armaturenbretts. Nicht mehr lange bis zum Mittag. Er konnte es kaum erwarten.

5

Jack saß am vorderen Fenster im zweiten Stock von Pinky's Drive-in und beobachtete die Seventh Avenue direkt unter ihm. »Jingle Bell Rock« dröhnte aus den Lautsprechern, die zwischen den Radkappen an der Wand angebracht waren, während er einen Schluck Snapple Eistee aus der Flasche trank und den Blick über den Mob unten auf den Bürgersteigen gleiten ließ.

Und es war wirklich ein Mob. Scharen von Kauflustigen in Weihnachtsstimmung, Schulklassen, Eltern mit ihren in warme Kleidung eingepackten Kindern, die hinter ihnen herwatschelten wie wohlgenährte Entenküken, strömten aus der Penn Station in die bereits verstopften Straßen, unterwegs zu Macy's, FAO Schwartz, den Läden von Warner und Disney oder zur Weihnachtsshow in der Radio City Music Hall. Und heute war erst Montag. Wie würde es erst am Mittwoch sein – dem Matinee Day?

Die Scharen lockten Massen von Flugblattverteilern an, die wie Wellenbrecher im Geschiebe der Passanten standen und ihre bunten Zettel verteilten mit Angeboten von einem Dollar Rabatt auf jede große Portion Brathuhnschenkel über günstige Räumungsverkäufe bis hin zu Heiße Girls! – Nackt! Nackt! Nackt!

Schräg gegenüber auf der anderen Seite der Kreuzung konnte Jack Arbeiter dabei beobachten, wie sie einen riesigen Schneemann über der Markise des Madison Square Garden aufbliesen.

Weihnachtszeit im Big Apple …

Und dann entdeckte er einen Mann mit einer rosa Nelke, die im Revers seiner Jacke steckte. Er beobachtete ihn aufmerksam, um zu sehen, ob irgend jemand bei ihm war.

Nein. Es sah so aus, als wäre Jorge wie verlangt allein erschienen.

Jack ging hinüber zur Treppe und suchte den ersten Stock ab. Die Mittagspausenbesucher waren noch nicht eingetroffen. Jack sah niemanden, der den Eindruck erweckte, als gehörte er zu Jorge – nirgendwo stand geschrieben, daß man seinen zweiten Mann nicht vorausschicken durfte, wenn man mit irgendwem eine Verabredung hatte –, daher beugte er sich über das Geländer und winkte ihm zu.

»Jorge!« rief er. »Mit der Nelke. Kaufen Sie irgendwas und dann …« Er deutete mit dem Daumen auf die Treppe.

Jorge nickte.

Ein paar Minuten später kam er die Treppe herauf, fand Jack und ging zu ihm hin. Er streckte ihm die Hand entgegen.

»Mr. Jack?« fragte er mit einem deutlichen Akzent. Er trug ein Hemd, das mit einem schwarz-gelb-orangen Zufallsmuster bedruckt war. Eine schwere verchromte Stahlkette spannte sich von einer Gürtelschlaufe seiner schwarzen Jeans zu seinem Portemonnaie und einem dicken Schlüsselring. Nase und Lippen waren fleischig und ausgeprägt, die Wangen mit tiefen Pockennarben übersät. Er sah aus wie ein übergewichtiger Noriega, aber ohne dessen Miene abstoßender Selbstgefälligkeit. »Vielen Dank, daß Sie sich mit mir getroffen haben.«

»Willkommen in meinem Büro«, sagte Jack, ergriff die Hand und schüttelte sie.

Früher hatte sich Jack mit allen potentiellen Kunden bei Julio's getroffen. Es war immer noch sein Lieblingsort für eine erste persönliche Begegnung. Julio war ein hervorragender Menschenkenner – er hatte, was Menschen und ihre geheimen Absichten anging, einen siebten Sinn, und er konnte jemanden abtasten, ohne daß der Betreffende auch nur die geringste Ahnung hatte, daß er durchsucht wurde. Aber dann machte Jack sich zunehmend darüber Sorgen, daß er im Begriff war, sich zu eng an diesen Ort zu binden – und das konnte schlecht für ihn und für Julio sein.

So hatte er angefangen, den jeweiligen Ort für sein »Büro« zu wechseln. Pinky's Drive-in war so ein neuer Ort. Ihm gefiel, daß ein Laden, der keinen Parkplatz und keine Durchfahrtsmöglichkeit hatte, den Mut aufbrachte, sich Drive-in zu nennen. Ihm gefiel das leicht schäbige, altmodische Interieur mit den türkisen und weißen Kacheln, der rosa Neonbeleuchtung im Servicebereich unten und den Radkappen – keine glänzenden, neuen Radkappen, sondern alte, verbeulte Veteranen der Straße –, die hier oben im zweiten Stock mit seinem Sitzbereich an die Wände genagelt worden waren. Ihm gefiel die Lage hoch über der Straße, die Notausgangstür hinter ihm, durch die man in ein Treppenhaus gelangte, das ins Parterre führte.

Außerdem war es leicht zu finden: Gehen Sie zur Kreuzung Seventh Avenue und Thirty-third Street und halten Sie Ausschau nach einem Lokal mit einem großen Neon-Cadillac über der Tür.

Jorge stellte ein Tablett mit einem ein Viertelpfund schweren Pinky Burger und einem Glas Budweiser auf den Tisch, während er sich hinsetzte.

»Unterhalten wir uns«, sagte Jack. »Ich kenne die grundlegenden Fakten, aber ich möchte mehr Details wissen, um zu entscheiden, ob das Ganze durchführbar ist.«

Laut seinen Worten war Jorge ein Ecuadorianer, der einen Büroreinigungsservice betrieb. Nichts Großes, nur ein paar Dreier-Trupps – er arbeitete selbst in einem der Trupps –, die in den Abendstunden Büroräume putzten. Harte Arbeit, lange Arbeitszeiten, aber man konnte davon leben. Er konnte davon seine Rechnungen und seine Arbeiter bezahlen. Aber er hatte ein Problem: einen miesen Kunden namens Ramirez.

»Und was mich am meisten ärgert«, sagte Jorge, »ist, daß er ein Bruder ist.«

»Ihr *Bruder*?«

»Aber nein, Mann. Ich meine, er ist ein Bruder aus Ecuador. Er behauptete, er habe mir den Auftrag gegeben, weil ich aus demselben Land käme. Er sagte, er sei ein Bauer, der herausgekommen wäre und Erfolg gehabt hätte, und er wollte mir, einem Bruder aus der Heimat, helfen, hier ebenso wie er mein Glück zu machen.« Er trank einen Schluck aus seiner Budweiserflasche und stellte sie heftig zurück auf den Tisch. »Alles Quatsch! Der wahre Grund, weshalb er mich und meine Jungs angeheuert hat, ist der, daß er uns ausnehmen kann.«

»Sie sagten, er schuldet Ihnen sechstausend.«

»Richtig. Und ich hätte es niemals zulassen dürfen, daß der Bastard so lange seine miese Tour durchziehen konnte. Aber er erzählt mir ständig, daß sein Geschäft im Augenblick etwas schleppend geht, daß seine eigenen Kunden nicht zahlen wollen, aber daß am Ende des Jahres ein großer Auftrag käme und daß er dann alles zahlen wolle, und zwar mit Zins und Zinseszins. Und weil er aus Ecuador kommt und auch ein Bauer ist, sozusagen ein Bruder« – er spuckte das Wort regelrecht aus –, »glaube ich ihm und komme mit meiner Truppe Abend für Abend, Woche für Woche in seinen Laden.« Ein weiterer Schluck. Und wieder krachte die Flasche auf den Tisch. »Noch mehr Bullenscheiße! Er hat niemals vorgehabt, mich zu bezahlen. Niemals.«

»An dieser Stelle hapert es ein wenig mit meinem Verständnis«, meinte Jack. »Sie müssen doch so etwas wie einen Vertrag mit ihm haben.«

Jorge nickte. »Natürlich. Ich schließe immer Verträge.«

»Aber Sie erzählten doch, Sie hätten jede rechtliche Möglichkeit ausgeschöpft, um an Ihr Geld zu kommen. Wenn Sie doch einen ordnungsgemäßen Vertrag haben, dann könnten Sie ...«

»Geht nicht«, sagte Jorge kopfschüttelnd.

»Warum nicht?«

»Die Mannschaft. Zwei meiner Leute sind Cousins meiner Frau.« Sein Blick wurde unstet und schweifte ab. »Sie sind nicht, hm, legal ins Land gekommen.«

»Und dieser Ramirez weiß das?«

»Er wußte es von Anfang an.«

»Ah-ha.« Jack lehnte sich zurück und nahm einen Schluck

aus seiner Snapple-Flasche. »Wir kommen dem üblen Kern der Sache näher.«

»Hm?«

»Schon gut. Wie stehen denn jetzt die Dinge zwischen Ihnen?«

»Ich erklärte ihm schließlich, ich könnte für ihn ohne Bezahlung nicht mehr arbeiten. Er erzählte mir wieder die gleiche Geschichte von dem dicken Vertrag, der jeden Tag kommen müßte, und als ich ihm sagte, er müßte doch schon längst da sein, wird er wütend. Wir reden und reden immer wieder dasselbe, aber diesmal gebe ich nicht nach. Ich erkläre ihm, diesmal würde ich nicht mit leeren Händen von dannen ziehen wie vorher.«

»Und was tat er?«

»Er feuerte mich.«

Jack mußte lächeln. »*Er* hat *Sie* gefeuert? Das nenne ich dreist.«

Jorge fletschte die Zähne. »Es kommt noch schlimmer. Er erklärte, ich würde meine Arbeit schlecht machen. Ich! Ich kann Ihnen versichern, Mr. Jack, meine Arbeit ist *de primera*!«

Jack glaubte ihm. Er konnte den Stolz in seinen Augen funkeln sehen. Er war ein Mann, der versuchte, sich etwas aufzubauen, und zwar mehr als nur ein Geschäft – einen Ruf ... ein Leben. Jack konnte seinen Zorn verstehen, und noch etwas anderes: seine tiefe Gekränktheit. Er war von jemandem betrogen worden, dem er vertraut hatte.

»Jorge«, sagte er. »Ich glaube, Sie haben recht. Ich glaube, Ihr Freund Ramirez hat von Anfang an vorgehabt, Sie auszunehmen. Und ich wette, daß er in diesem Moment, während wir uns unterhalten, auf der Suche nach einem neuen Reinigungsdienst ist.«

»Ja. Das würde mich gar nicht überraschen. Er würde auch noch einen Sterbenden bestehlen. Aber was soll ich jetzt tun?«

»Nun«, meinte Jack, »Sie und Ihre Cousins können hingehen und ihm die Beine brechen.«

Jorge lächelte. »Ja. Daran habe ich auch schon gedacht. Wir haben sogar darüber gesprochen, ihn umzubringen, aber solche Leute sind wir nicht.«

»Eine andere Möglichkeit wäre, seinem Betrieb einen Schaden in Höhe von 6.000 Dollar zuzufügen.«

»Ja, aber ich hätte lieber das Geld. Mit dem süßen Duft der Rache kann ich meine Rechnungen nicht bezahlen. Und ich versuche außerdem, jeglichen Ärger mit der Polizei zu vermeiden. Die Wahrheit ist, Mr. Jack, daß ich eher Geld brauche als Rache. Ich will nur das, was mir gehört. Werden Sie mir helfen?«

Jack lehnte sich zurück und dachte, daß Jorge jener Kundentyp war, der ihn im Geschäft hielt. Jemand mit Mumm in den Knochen, der sich jedoch keinen Rat mehr wußte, wie er zu seinem Recht kommen sollte. Aber im Augenblick hatte Jack noch keine Idee, was er für ihn tun konnte.

»Ich werde etwas tun, wenn ich kann. Aber ich muß mehr über Ramirez wissen. Erzählen Sie mir alles, was Sie über ihn wissen. Alles, was Sie in den Monaten, in denen Sie für ihn gearbeitet haben, über ihn erfahren haben.«

Langsam, während Jorge berichtete, begann sich ein Plan abzuzeichnen …

6

Alicia hatte keinen Hunger, daher verzichtete sie auf das Mittagessen. Sie liebte diese stille Phase, wenn keine IV-Therapien in der Ambulanz angesetzt waren und die Kinder in der Tagesstätte ihr Mittagessen einnahmen. Das Personal und die freiwilligen Helfer, die nicht bei den Kindern waren, hatten das Haus verlassen, um in einem der Schnellrestaurants in der Nachbarschaft eine Kleinigkeit zu essen. Gewöhnlich blieb sie im Büro und versuchte, den dringendsten Papierkram zu erledigen. Aber heute war sie von einer seltsamen inneren Unruhe erfüllt.

Sie verließ ihren völlig überladenen Schreibtisch und machte einen Spaziergang durch die leeren Flure, tief in Gedanken versunken und überlegend, was sie als nächstes tun sollte. Auf Jack warten oder gezielt weitersuchen? Sie hatte sich den Namen von jemand anderem besorgt. Sollte sie ...?

Sie hielt inne. Sie hatte einen Laut gehört ... es klang fast wie ein Wimmern. Sie stand stocksteif da, ihr ganzer Körper zitterte, während sie lauschte.

Und dann hörte sie es wieder, schwächer. Eine leise Stimme, die etwas flüsterte ... von irgendwoher um die Ecke herum ...

Indem sie sich auf Zehensitzen vorwärts tastete und froh darüber war, daß sie Turnschuhe trug, warf Alicia einen Blick um die Ecke und sah ...

Einen leeren Flur.

Sie glaubte schon, sie hätte sich die Laute nur eingebildet, als sie das Flüstern erneut hörte ... es kam aus einem Flurschrank, der nur ein paar Schritte weit entfernt war. Die Tür stand einen Spalt breit offen, und die Stimme war eindeutig männlich ...

»Siehst du? Hab' ich dir nicht versprochen, daß es nicht weh tut? So ... ist das nicht ein schönes Gefühl?«

Während sie krampfhaft die hochsteigende Galle hinunterschluckte, an der sie beinahe erstickte, streckte Alicia die Hand nach der Tür aus. Sie betrachtete ihre Hand wie einen fremden Gegenstand, nahm zur Kenntnis, daß sie zitterte wie ein Blatt im Wind, als sie sich dem Knauf näherte. Sie zwang sich, ihn zu ergreifen und daran zu ziehen.

Und dann sah sie die beiden wie einen mit einem Blitzlicht fixierten Schnappschuß: ein weißer Mann mittleren Alters – ein freiwilliger Helfer, den sie in letzter Zeit öfter gesehen hatte, dessen Namen sie aber noch nicht kannte –, der, vom grellen Lichtschein geblendet, blinzelte. Seine Hand steckte in der

Unterhose eines kleinen schwarzen Mädchens – Kanessa Jackson hieß das Kind –, das höchstens vier Jahre alt war.

Und dann explodierte das Licht um sie herum, als ob ihre Welt sich plötzlich in ein überbelichtetes Video verwandelt hätte, in dem sie ihre Stimme rufen, schreien hörte, mit grellem Licht überall, während sie herumwirbelte, ein paar Schritte rannte und bei einem Feuerwehrschlauch und einem Feuerlöscher stehenblieb, die sich in einer in die Wand eingelassenen Nische befanden. Ihre Hände rissen die Glastür auf, packten den Feuerlöscher, holten damit gegen den Mann aus, der sich nicht schnell genug duckte, und sie erwischte ihn seitlich am Kopf, beobachtete, wie er in die eine Richtung davontaumelte, während Kanessa in die andere Richtung rannte, und Alicia folgte ihm, schlug auf seinen Kopf, seinen Rücken, schlug und schlug und schlug auf ihn ein, bis …

»Alicia! Alicia, mein Gott, Sie bringen ihn um!«

Sie spürte, wie Hände ihre Arme packten, sie zurückhielten, aber sie wollte nicht aufhören. Sie wollte ihn nicht nur bestrafen. Sie wollte seinen Tod!

»Alicia, *bitte*!«

Raymonds Stimme. Sie hörte auf, sich zu wehren. Sie starrte hinunter auf den blutenden Mann, der sich winselnd vor ihr duckte. Und plötzlich wurde ihr speiübel. Sie stolperte zurück, ließ aber den Feuerlöscher nicht los.

»Rufen Sie 911!« keuchte sie.

»Warum?« fragte Raymond. »Was ist passiert?«

Sie blickte zu Raymond und sah den Schock und die Sorge in seinen Augen. Er hatte sie noch nie in einem solchen Zustand gesehen. Natürlich nicht. Niemand hatte das. Sie war auch noch nie in einem solchen Zustand gewesen. Und es war noch nicht vorbei. Der Blutrausch dröhnte in ihren Ohren wie eine Kriegstrommel. Alicia wußte nicht, wer sich in diesem Moment mehr fürchtete – die menschliche Ratte auf dem Fußboden, Raymond oder sie selbst.

»Rufen Sie die Cops!« befahl sie. »Ich will, daß dieses

Schwein von hier weggebracht und eingesperrt wird! Und zwar auf der Stelle!«

»Okay!« sagte Raymond und wich zurück. »Seien Sie ganz ruhig, Alicia, okay? Ganz ruhig.«

»Und suchen Sie Kanessa Jackson. Eine unserer Schwestern soll sie untersuchen. Sie soll sich vergewissern, daß sie unversehrt ist.«

Während Raymond sich entfernte, fuhr sie zu dem Kinderschänder herum. Die Übelkeit verflog, als die rasende Wut erneut hochloderte.

»Und Sie«, sagte sie mit zusammengebissenen Zähnen, wobei sie ihre gesamte Energie aufwenden mußte, um sich davon abzuhalten, erneut auf ihn einzuschlagen, »Sie bleiben, wo Sie sind, sonst bringe ich Sie um, so wahr mir Gott helfe!«

7

Nachdem er sich von Jorge verabschiedet hatte – sie hatten sich darauf geeinigt, wie sie die Sache mit Ramirez anpacken würden, und auch Jacks Honoraranteil ausgehandelt –, ging Jack nach Osten, überquerte die Fifth Avenue und bog nach Murray Hill ab.

Die Gegend mit ihren Backsteinhäusern und vereinzelten Bäumen erinnerte ihn ein wenig an seine eigene Nachbarschaft. Aber Murray Hill war viel älter. Robert Murrays Farm hatte sich in revolutionäreren Zeiten an dieser Stelle befunden. Und als Jacks Wohngegend immer noch als »ländlich« galt, war dieser Bereich zwischen Park und Fifth Avenue schon das Zuhause der absoluten Spitzen der High Society New Yorks gewesen.

Murray Hill schien sich nach und nach zu verändern. Jack bemerkte, daß an einer beträchtlichen Anzahl von ehrwürdigen Backsteinbauten unauffällige Schilder hingen, die auf eine

Vielzahl von Firmen hinwiesen. Durch die Fenster konnte er in betriebsame Geschäftsräume hineinschauen, die zu Architektenbüros, Designerstudios und Werbeagenturen gehörten.

Er fand die Adresse, die Alicia ihm genannt hatte, und verschaffte sich von der gegenüberliegenden Straßenseite aus einen Eindruck von dem Bau. Seine dreistöckige Backsteinfassade fügte sich durchaus in die Reihe der anderen Häuser gleicher Art in der Thirty-eighth Street ein, aber auch ohne die unschönen Bretter, mit denen die Fenster vernagelt waren, unterschied sich das Gebäude von allen anderen. Es hatte einen Vorgarten.

Nun ja, keinen richtigen Vorgarten, noch nicht einmal so etwas wie den kleinen Vorhof, über den Jacks winziges Elternhaus in New Jersey verfügte. Aber das Clayton-Haus war ein paar Schritte vom Bürgersteig zurückgesetzt, und auf dem schmalen festgestampften Erdstreifen hinter dem niedrigen, schmiedeeisernen Zaun fristeten einige wenige Grashalme ihr kümmerliches Dasein.

Er entdeckte einen grauen Buick mit einem verblichenen CLINTON / GORE IN '96-Aufkleber auf der Stoßstange am Bordstein vor dem Haus. Zwei schattenhafte Gestalten lungerten auf den Vordersitzen herum. Der Wagen mußte dort schon eine Weile stehen. Der Asphalt neben dem Fahrerfenster war mit Zigarettenkippen übersät.

Jack schlenderte weiter, spazierte zur Ecke, überquerte die Straße und ging auf der anderen Seite zurück.

Dabei fand er einen schmalen Durchgang auf der Ostseite des Hauses, der unter einem Spaliergitter hindurchführte, das früher einmal vielleicht von Rosen umrankt gewesen war. Nun waren jedoch nur noch ein paar vertrocknete Äste übrig.

Er warf einen Blick in den Buick, als er daran vorbeiging. Ein paar ungemütlich aussehende Fleischbrocken, einer vollbärtig, der andere mit einem Schnurrbart, bevölkerten die Vordersitze. Bestimmt der private Sicherheitsdienst, den Alicia erwähnt hatte.

Jack beendete seinen kleinen Rundgang, blieb am westlichen Ende des Blocks stehen und blickte zurück. Er stellte sich das Clayton-Haus in Flammen vor, sah, wie diese Flammen sich ausbreiteten, von Gebäude zu Gebäude sprangen ...

Er fragte sich, ob Alicia daran gedacht hatte. Sie mochte ja verrückt genug sein, um dieses Haus zu zerstören, aber er glaubte nicht, daß sie den gesamten Block in Schutt und Asche legen wollte.

Vielleicht sollte er sie behutsam auf diese Möglichkeit aufmerksam machen. Er fand an der nächsten Ecke einen Münzfernsprecher und rief im Center an. Er erkannte Tiffanys Stimme, doch sie erklärte ihm, daß dort im Augenblick »ein ziemliches Durcheinander« herrsche. Ob Dr. Clayton ihn zurückrufen könne?

Er wunderte sich darüber und bat darum, mit Ms. DiLauro sprechen zu können, falls sie anwesend wäre. Sie war es.

»Ich war nicht dabei, als es passiert ist«, berichtete ihm Gia, »aber ich habe den Mann gesehen, als die Ambulanz der Polizei ihn abholte. Er sah schlimm aus.«

»Mit einem Feuerlöscher, hm?« fragte Jack grinsend. »Das gefällt mir. Es klingt, als hätte der Kerl diese Abreibung voll und ganz verdient.«

»Was ist nur mit den Menschen los, Jack?« fragte Gia, und er hörte einen verzweifelten Unterton in ihrer Stimme. »Gibt es irgendwelche Grenzen, wie tief Menschen sinken können? Es muß doch etwas geben, vor dem jeder zurückschreckt, oder?«

»Wenn es so etwas wirklich geben sollte, dann hat man es bisher noch nicht gefunden, glaube ich.« Er schüttelte den Kopf, als ihm einige menschliche Monstren einfielen, die ihm im Laufe der Jahre über den Weg gelaufen waren. »Weißt du, Gia, jedesmal, wenn man glaubt, daß es nichts Schlimmeres gibt als das, was man gerade vor sich sieht, kommt jemand, der das noch übertrifft.«

Stille am anderen Ende. Schließlich ergriff Jack wieder das Wort. »Wie geht es Alicia? Ist sie okay?«

»Ein bißchen aus den Fugen geraten. Ich glaube, mir ginge es genauso. Seltsam ist, daß sie die letzte ist, von der ich so etwas erwartet hätte – ich meine, sich selbst auf so einen Kerl zu stürzen, ihn mit einem Feuerlöscher zu verprügeln. Sie erschien immer so zurückhaltend, so kontrolliert.«

Ich müßte sie mal dazu bringen, von ihrer Familie zu erzählen, dachte Jack, sagte aber nichts. Julio's wäre sicherlich der geeignete Ort für eine solche Beichte. Was dort gesagt wurde, blieb auch dort.

Aber er spürte, daß sich in Alicia irgendwelche Dinge aufstauten. Als er ihr bei Julio's gegenübergesessen hatte, war es ihm vorgekommen, als unterhielte er sich mit einem Klumpen C-4-Sprengstoff. Mit ihrer Haltung erinnerte sie ihn lebhaft an eine durch und durch unzufriedene Postangestellte, die jeden Moment durchzudrehen und mit Stempeln und Briefmarken um sich zu werfen drohte. Aber vielleicht hatte dieser Vorfall auch sein Gutes. Vielleicht hatte sie dadurch genug Dampf abgelassen, so daß er ihr den Plan, das alte Haus ihres Vaters in Brand zu stecken, ausreden konnte.

»Ja«, sagte er so beiläufig wie möglich. »Ich hatte daran gedacht, mal bei ihr vorbeizuschauen und mit ihr zu reden.«

»Dreht es sich um diese ›persönliche Angelegenheit‹, die sie mit dir besprechen wollte?«

»Könnte sein«, antwortete er neckend. Er wußte, daß Gia wer weiß darum gegeben hätte, zu erfahren, was ihre Dr. Clayton von Handyman Jack wollte, aber niemals offen danach fragen würde.

»Klar«, sagte Gia. »Komm her. Im Augenblick ist zwar ein Detective bei ihr und nimmt ihre Aussage auf, aber ich bin sicher, wenn er fertig ist ...«

»Ist schon okay«, unterbrach Jack sie schnell. »Vielleicht später.«

Sie lachte. »Ich wußte, daß du das sagen würdest.«

Jack konnte sich ein Grinsen nicht verkneifen. »Sehr lustig. Wir sehen uns später.«

Er legte auf und ging zurück zur Ecke Thirty-eighth Street, um sich noch einmal das Clayton-Haus und seine liebenswürdigen Nachbarn anzusehen.

Nein. Ein Feuer wäre wirklich keine gute Idee.

8

Kemel Mulhallal erhob sich von seinem Abendgebet, rollte sorgfältig seinen Gebetsteppich zusammen und legte ihn zurück in den Wandschrank. Während er durchs Wohnzimmer ging, wurde sein Blick von dem Katalog angezogen, der aufgeschlagen und mit den Seiten nach unten auf dem Couchtisch lag, aber er wandte die Augen ab. Nicht jetzt. Nicht so bald nach dem Gebet.

Kemel trat ans Fenster und reckte sich, während er hinunterblickte auf die West Seventy-seventh Street fünf Stockwerke unter ihm. Es tat immer gut, diese enge, oft hinderliche westliche Kleidung abzulegen und in eine bequeme *thobe* zu schlüpfen. Er drehte die schmalen Schultern unter dem fließenden weißen, bis zum Boden reichenden Gewand hin und her, während er den Verkehr beobachtete, der unten auf der Straße vorbeikroch. Alles in dieser Stadt schien im Schnellgang zu passieren – die Art und Weise, wie die Menschen redeten, der hektische Gang ihrer Geschäfte, das atemberaubende Tempo ihres Lebens … aber ihr Straßenverkehr kam nur zentimeterweise vorwärts.

Er wandte sich vom Fenster ab, und sofort richteten sich seine Augen, seine schamlosen, ungehorsamen Augen, auf den Katalog, der ihn magisch anzog. Er kam sich vor, als hinge er an einem Draht, als würde er zum Couchtisch hingezerrt. Langsam ließ er sich auf dem Sofa nieder und starrte auf die glänzenden Umschlagseiten. Der Katalog war an die Wohnung adressiert, nicht an ihn persönlich. Wie der Hauswirt meinte, hatte der Vormieter lediglich eine Nachsendeadresse für persönliche Post hinterlassen. Alles andere wurde an das Apartment geschickt.

»Was Sie nicht wollen«, hatte der Mann ihm erklärt, »können Sie wegwerfen.«

Natürlich. Wie einfach. Aber um es »wegzuwerfen«, mußte Kemel die Post erst einmal durchsehen, um sicherzugehen, daß nichts für ihn bestimmt war. So viele Kataloge trafen im Laufe einer Woche ein. Kauften Amerikaner denn alles per Post? Oft blätterte er sie durch, staunte über die Vielfalt der Waren, die man sich mit Hilfe eines einfachen Telefonanrufs beschaffen konnte, dann warf er sie in den Müll.

Bis auf diesen. Dieser Katalog fesselte ihn. Er konnte sich nicht überwinden, ihn mit den anderen »wegzuwerfen«. Er war schwach, das wußte er, und er haßte sich für diese Schwäche. Er verfluchte die Hand, die sich ausstreckte und den Katalog umdrehte, und er haßte seine Augen dafür, daß sie den Umschlag anstarrten.

Victoria's Secret.

»Vergib mir diese Sünde«, flüsterte er, während er ihn aufschlug.

Er spürte das warme Kribbeln in seinem Schoß, als die mittlerweile vertrauten Bilder vor ihm auftauchten. Solch perfektes weibliches Fleisch, und so viel davon den Blicken dargeboten. Ihm war erzählt worden, daß Amerika ein Land des Teufels sei, dekadent bis zum dorthinaus, und dies war sicherlich ein eindeutiger Beweis dafür.

Zu Hause in Saudi-Arabien gab es keine Kabarett-Theater oder Nachtclubs. Wie denn auch? Öffentliche Unterhaltung war eine Sünde. Aber in dieser Stadt gab es einen Überfluß an öffentlichen Plätzen für Unterhaltungszwecke, viele davon überladen mit Sex. Pornographie schien überall angeboten zu werden. Die Bürgersteige waren gesäumt mit Läden, in denen man Bilder und Filme von Leuten jeglicher Rasse und jeglichen Geschlechts kaufen konnte, die miteinander Sex hatten und den unmöglichsten Perversionen frönten. Kein Akt war verpönt oder gar verboten. Doch diese Orte waren sehr leicht zu meiden. Sie warben ganz offen für ihre Ware, und jeder, der sie betrat, wußte, was ihn erwartete.

Die Magazine, die an den Zeitungsständen und in den Supermärkten zum Kauf angeboten wurden, waren nicht viel besser. Völlig harmlos aussehende Magazine boten Backrezepte neben Informationen über zwanzig Methoden, ein erfüllteres Sexualleben zu haben, an. Und in den hinteren Reihen der Auslagen lockten Cover mit nackten Frauen in aufreizenden Posen, mit dem Versprechen, daß im Inneren des jeweiligen Heftes noch freizügigere Bilder waren. Aber auch die ließen sich ohne Schwierigkeiten meiden. Man ging einfach weiter.

Aber dies hier ... *Victoria's Secret* ... kam kostenlos und wurde einem von der amerikanischen Regierung an die Tür gebracht.

Dies war ganz gewiß eine Nation, die dem sicheren Untergang geweiht war.

Während er die Seiten betrachtete, mußte Kemel sich eine Frage stellen: Ist das die Art und Weise, wie alle amerikanischen Frauen unter ihrer Straßenkleidung angezogen sind? Ist das die Art und Weise, wie ihre Ehemänner sie sehen?

Er dachte an seine eigene Ehefrau, seine Nahela, und stellte sich vor, daß sie solche knappen, dünnen Sachen unter ihrer *abaaya* trug ... vor seinem geistigen Auge sah er, wie sie den Saum des wallenden schwarzen Mantels lüftete ... und darunter war sie nur mit diesen Sachen dort bekleidet ...

Er blickte erneut in den Katalog. Unglücklicherweise würde Nahela nicht so verführerisch wie diese Frauen aussehen. Sie war sechzehn gewesen, als er sie geheiratet hatte, er achtzehn. Nun, nach acht Kindern – fünf prächtigen Söhnen – und zwanzig Jahren, die sie im *hareem* herumgesessen und importierte Schokolade gefuttert hatte, war sie breit und schwabblig geworden.

Er würde liebend gerne *Victoria's Secret* mitnehmen, wenn er nach Hause zurückkehrte … den Katalog als sein Geheimnis aufbewahren. Aber sollte er den Versuch wagen, ihn durch den Zoll zu schmuggeln?

Sein Vaterland hatte als Wächter von Mekka und Medina die heilige Pflicht, alle Gegenstände, die über seine Grenze gebracht wurden, genau zu kontrollieren und auszusortieren. Und es nahm diese Aufgabe sehr ernst. Es konnte nicht anders. Die gesamte islamische Welt schaute zu. Ein Mitglied der Herrscherfamilie, sofern es überaus vorsichtig war, könnte es vielleicht schaffen, *aurat*-Photos an den Wächtern vorbeizuschmuggeln, aber alle anderen – niemals.

Die Liste von *aurat* – verbotenen Gütern – umfaßte Schweinefleisch und Alkohol, natürlich, aber auch jede Darstellung eines unbekleideten weiblichen Arms oder Beins oder gar weiblichen Haars war verboten. Was bedeutete, daß die saudische Zollbeamten praktisch jede westliche Illustrierte auf den Flughäfen konfiszierten. Denn sogar Magazine, die sich mit Kochen oder Hauswirtschaft beschäftigten, enthielten Werbeanzeigen, auf denen zuviel entblößtes Fleisch zu sehen war. Kemel wußte, daß dieser Katalog, *Victoria's Secret,* als reinste Pornographie betrachtet werden würde.

Er zuckte zusammen, als er ein Geräusch an der Tür hörte. Ein Schlüssel wurde ins Schloß geschoben. Das konnte nur Nazer sein. Panik ergriff ihn für einen kurzen Moment. Niemand – am wenigsten von allen Khalid Nazer – durfte diesen Katalog zu Gesicht bekommen. *Victoria's Secret* mußte das bleiben, was sein Name ausdrückte – ein Geheimnis.

Er schob ihn unter das Sofa und ließ hastig seinen Blick durch den Raum schweifen, während er zur Tür eilte. War alles in Ordnung? Er überzeugte sich ein zweites Mal davon, daß keine Spur von *Victoria's Secret* zu sehen war.

Die Tür ging auf, aber die Sicherheitskette blockierte sie.

»Einen Moment«, sagte Kemel und rannte das letzte Stück zur Tür.

Verflucht sei Nazer dafür, daß er nicht den Anstand besaß anzuklopfen. Sicher, Iswid Nahr, die Organisation, die sie beschäftigte und bezahlte, besaß dieses Apartment, aber Kemel wohnte hier schon seit mehreren Monaten. Nur weil Nazer ebenfalls einen Schlüssel hatte, brauchte er nicht zu denken, daß er eintreten konnte, ohne anzuklopfen.

Er drückte die Tür ins Schloß – wobei er sich insgeheim wünschte, er würde dabei Nazers Finger einklemmen – und löste die Kette. Dann setzte er sein freundlichstes Gesicht auf.

Sei ganz ruhig, sagte er sich. Und vor allem, verströme Zuversicht.

Eigentlich war Khalid Nazer hier sein Vorgesetzter. Solange Kemel in Amerika war, mußte er sich Nazer gegenüber verantworten. Und Nazer ließ sich die Tätigkeitsberichte immer persönlich vortragen.

Im Augenblick wartete Nazer an der Tür. Er war genauso fett, wie Kemel schlank war; während Kemels Bart zerzaust und ungekürzt war – wie er es auch laut dem Propheten sein sollte –, war Nazers Bart sorgfältig gekämmt und auf eine einheitliche Länge getrimmt. Nazer entschuldigte sich damit, daß ein ungepflegter Bart seine Arbeit als Handelsattaché bei den Vereinten Nationen erheblich behindern würde. Kemel hatte den Verdacht, daß Nazer in Wirklichkeit für die ungläubigen Frauen, mit denen er in den Wochen und Monaten zusammenkam, die er fern von seiner Ehefrau verbrachte, attraktiver erscheinen wollte.

Kemel mochte diesen Mann nicht. Seine Antipathie begann mit der laxen Haltung des Mannes gegenüber dem Glauben, aber ansonsten waren die Gründe für seine Abneigung ausschließlich persönlicher Natur. Er hätte Nazers überlegenes Auftreten auch abgelehnt, wenn er ein frommer Gläubiger gewesen wäre.

Während er die Tür aufzog, lächelte Kemel und sagte: »Willkommen.«

Er trat beiseite und gestattete es Nazer, seine beträchtliche

Körpermasse durch die Tür zu wuchten, dann folgte er ihm in die Wohnung.

»Nun, Kemel«, begann Nazer, sobald die Tür geschlossen war. »Ich verreise zu einem kleinen Wochenendurlaub, und als ich zurückkomme, erfahre ich, daß der Anwalt dieser Clayton-Frau tot ist – ermordet. Wie kann so etwas geschehen?«

Kemel wurde von Nazers Direktheit überrascht. Gewöhnlich vollzogen sie ein Begrüßungsritual, zu dem gehörte, daß Kemel Kaffee und Süßigkeiten anbot und Nazer dankend ablehnte, als ob er an solchen Dingen nicht interessiert sei.

Und er verabscheute den Umgangston des Fetten. Sicher, Nazer war sein Vorgesetzter, aber nur, was seine Position bei Iswid Nahr betraf. In jeder anderen Hinsicht übertraf Kemel ihn. An Intelligenz, an Mut, an Herkunft. Sein Großvater war ein Beduine aus der Wüstenregion von Nejd, der Seite an Seite mit Abdel Aziz al-Saud in den Kriegen gefochten hatte, um das Land, das nun Saudi-Arabien hieß, zu einen. Und Kemel war nun seit fast zwanzig Jahren bei Iswid Nahr. Er war in Riad wohlbekannt und geachtet. Seine Aufgaben hatten ihn schon mehrmals mit Angehörigen der Herrscherfamilien zusammengeführt. Ja, Amerika war Nazers Domäne, aber er hatte kein Recht, Kemel zu behandeln, als wäre er ein ordinärer Mietling, genauso angeheuert wie Baker. Wer war diese fette Kröte von einem Mann überhaupt, daß er sich die Dreistigkeit herausnahm, so mit ihm umzuspringen?

»Es passierte, weil ich gezwungen bin, mit Idioten zu arbeiten«, sagte er und machte nur einem kleinen Bruchteil des Zorns Luft, der in ihm tobte. »Dieser Söldner, den Sie mir zugeteilt haben, ist wie ein rasender Skorpion, der alles sticht, was in seine Nähe kommt.«

Nazer quittierte Kemels Erwiderung mit einem trägen Blinzeln, dann zuckte er die Achseln. »Wir mußten schnell handeln. Wir hatten diesen Mann namens Baker in unseren Akten. Während des Golfkriegs hat er der Regierung seine

Dienste als Sprengstoffexperte angeboten. Wir haben mit ihm Verbindung aufgenommen. Und bisher hat er sich als sehr nützlich erwiesen.«

»Aber wir brauchen ihn nicht mehr. Wir sollten zusehen, daß wir ihn loswerden, und anschließend eine ganz normale Sicherheitsfirma engagieren, die das Anwesen überwacht.«

»Baker loswerden?« fragte Nazer kopfschüttelnd. »Nein, ich fürchte, daß wir, selbst wenn wir die Zeit hätten, andere Arrangements zu treffen, mit diesem Mann in gewissem Sinn verheiratet sind. Und wie Sie sehr wohl wissen, ist die Zeit sehr knapp bemessen. Diese ganze Angelegenheit zieht sich schon viel zu lange hin.«

Kemel wußte das, er wußte es nur zu gut. Er wollte diese Angelegenheit abschließen, und zwar nicht nur, weil das Schicksal seines Vaterlandes und der gesamten arabischen Welt davon abhing, sondern weil er nicht geschaffen war für diese Art von – Intrige.

Ja, das Blut der kriegerischen Beduinen floß in seinen Adern, aber er war ein Geschäftsmann, jemand, der verhandelte, ein – wie lautete die amerikanische Bezeichnung dafür? Ein Lobbyist. Wenn er seine Mission erfolgreich abschloß, erwartete er, dafür belohnt zu werden, *reichlich* belohnt, und dann würde er den Rest seines Lebens in Wohlstand und mit Nichtstun verbringen und vielleicht eine oder zwei neue Frauen, beide natürlich weit unter zwanzig, in seinen *hareem* aufnehmen.

Und dennoch würde er die Chance auf dieses traumhafte Leben sofort wegwerfen, wenn jemand käme und ihm anböte, die Last dieser unendlichen Verantwortung von seinen Schultern zu nehmen. Er würde dankbar alles aufgeben und dann aus diesem teuflischen Land fliehen und in seine Heimat und zu seinen Söhnen nach Riad zurückkehren.

Aber das war ein schöner Traum. Es gab niemanden, der seine Aufgabe übernehmen würde. Nur ein paar Leute bei Iswid Nahr wußten von Roland Claytons Geheimnis, und Kemel war einer von ihnen. Es auch nur einem einzigen weiteren Menschen zu offenbaren, war undenkbar.

Und daher mußte er hierbleiben, Befehle von Khalid Nazer entgegennehmen, sich mit Leuten wie Sam Baker abgeben und tun, was nötig war, um die Mission zum Erfolg zu führen.

»Baker ist gefährlich. Dies ist eine sehr delikate Angelegenheit ...«

»Vielleicht ist sie viel weniger delikat, als Sie denken«, fiel Nazer ihm ins Wort. »Vielleicht überzeugt die Tatsache, daß sie Zeugin des plötzlichen, gräßlichen Todes ihres Anwalts wurde, diese Clayton-Frau davon, daß es klüger wäre, das Haus zu verkaufen – und viel sicherer, natürlich.«

»Vielleicht«, sagte Kemel langsam. »Aber darauf würde ich mich nicht verlassen. Seit diese Affäre begann, hat sie sich nicht besonders rational verhalten. Ich wüßte keinen Grund, weshalb wir damit rechnen sollten, daß sie es jetzt tut.«

Nazer seufzte. »So etwas geschieht, wenn man zuläßt, daß Frauen den *hareem* verlassen und handeln dürfen wie Gleichrangige. Der Prophet hat es am besten ausgedrückt: ›Männer haben die Herrschaft über die Frauen, weil Allah dafür gesorgt hat, daß er dem Weib überlegen ist.‹«

Um sich nicht übertreffen zu lassen, konnte sich Kemel nicht verkneifen hinzuzufügen: »Er hat auch gesagt: ›Gib nie dem Verzagten das Gut, das Allah dir anvertraut hat.‹«

Sie schauten einander schweigend für einige Sekunden an, dann sagte Nazer: »Ist alles noch intakt?«

Kemel nickte und überspielte seine Verärgerung. »Ja, natürlich. Ich hätte Sie sofort benachrichtigt, wenn das nicht der Fall wäre.«

»Ich weiß, daß Sie das tun würden, aber ich möchte es selbst sehen.«

Kemel konnte es dem Mann nicht übelnehmen. Er sah es jeden Tag und war immer wieder wie gebannt von diesem Wunder.

»Kommen Sie.«

Und er führte Nazer in den hinteren Teil der Wohnung.

9

Yoshio Takita hörte, wie die Stimmen, die vom Wohnzimmermikrofon aufgefangen wurden, sich entfernten, daher schaltete er um auf die Wanze im Schlafzimmer. Falls Kemel Mulhallal und Khalid Nazer ihre Gewohnheit nicht geändert hatten, war dies der Ort, wohin sie sich begeben würden. Er legte das Stück Little Ceasar's Crazy Bread beiseite, wischte sich die Hände an einem Küchenhandtuch ab und setzte das Fernglas ans Auge. Er stellte das erhellte Fenster scharf ein.

Und tatsächlich, durch die offenen Schlitze in den Rollos der gegenüberliegenden Wohnung sah er, wie die beiden bärtigen Araber den Raum betraten und direkt zur Lampe gingen. Und wie immer beugten sie sich darüber und schauten auf irgend etwas hinab.

Aber auf *was*?

Yoshio hatte jede Unterhaltung und jedes Telefongespräch, sowohl eingehende als auch ausgehende, in dieser Wohnung auf Band aufgenommen, und er hatte noch immer nicht die leiseste Ahnung, was es war, das die Männer in diesem Zimmer so faszinierend fanden.

Was immer es war, es brauchte offenbar Licht, denn Kemel Mulhallal ließ die Lampe Tag und Nacht brennen. Yoshio vermutete, daß sie irgend etwas wachsen ließen – einen Pilz, eine Pflanze, eine Alge –, etwas, das Licht brauchte.

Und noch einmal – *was*?

Als er in diesem Schlafzimmer gewesen war, um die Wanzen zu installieren, hatte Yoshio dort nichts Auffälliges entdecken können. Sie mußten es demnach später hingebracht haben.

Vielleicht würde er noch einmal dorthin zurückkehren müssen, um nachzuschauen, aber nur, wenn es unbedingt nötig war. Bisher hatten die Araber keine Ahnung davon, daß sie beobachtet wurden. Oder belauscht. Yoshio kannte nur ein paar Brocken Arabisch, daher schickte er die Tonbänder in die City zu einem Büro im Bankenviertel, das von der Kaze-Group angemietet worden war. Dort wurden sie übersetzt und abgeschrieben. Ein Satz der Textseiten wurde sofort per Express nach Tokio geschickt. Ein anderer wurde ihm am nächsten Tag auf Diskette zurückgebracht. Yoshio studierte jede Abschrift aufs sorgfältigste, konnte aber in dem, was gesprochen worden war, keinen Hinweis entdecken.

Die beiden Araber redeten im Augenblick nicht.

Sagt etwas! dachte er sehnsüchtig und wünschte sich telepathische Fähigkeiten. Sagt etwas über das, was ihr gerade so interessiert anstarrt!

Aber sie hörten ihn nicht. Yoshio verfolgte, wie sie sich schweigend über die Lampe neigten und offenbar von irgend etwas gebannt waren.

Und dann verabschiedete sich der Fette und ließ Mulhallal allein. Die Lampe im Schlafzimmer blieb eingeschaltet, so wie es jeden Tag und jede Nacht der Fall war.

Warum?

Yoshio bezweifelte, daß der Araber Angst vor der Dunkelheit hatte …

Dienstag

1

Alicia zuckte beim Klang der Türglocke zusammen.

Nach dem Einbruch am Freitag, der Rückkehr der Spielsachen im Laufe des Wochenendes und dem Kindesmißbrauchsfall am Vortag brauchte sie ein wenig Abstand und hatte sich einen Tag frei genommen. Sie hatte an diesem Morgen noch ihre Visite durchgeführt, hatte ein zweijähriges Mädchen entlassen, das sich von einer infektiösen Lungenentzündung erholt hatte, und hoffte, das gleiche auch bald mit Hector tun zu können. Sein Fieber war gesunken, und die jüngsten Röntgenaufnahmen zeigten eine teilweise Heilung seiner Lungenentzündung. Er war auf dem Wege der Besserung.

Sie würde tagsüber durch Raymond mit dem Center in Verbindung bleiben und könnte sofort auf dem schnellsten Wege hinkommen, falls sich etwas ergab, mit dem Collings nicht fertig würde, aber sie konnte sich wirklich nicht überwinden, heute zum Dienst zu erscheinen.

Sie wunderte sich insgeheim über die Heftigkeit ihrer gestrigen Reaktion. Sie hatte die Kontrolle verloren – und zwar total –, und das machte ihr angst. Und was noch schlimmer war, nach diesem Vorfall war sie physisch und emotional völlig ausgebrannt.

Sie brauchte ein wenig Zeit für sich allein, ohne Telefon, ohne irgendwelche Krisen. Nur sie und ihr Apartment, wo sie sich um ihre Grünpflanzen und Bäume kümmern würde. Die brauchten sie auch. Sie hatte sie in letzter Zeit ziemlich vernachlässigt. Kein Wunder bei den wenigen Stunden, die sie in ihren eigenen vier Wänden verbringen konnte.

Sie liebte ihr Apartment im obersten Stockwerk des Hauses. Ursprünglich war es als Studio für einen Künstler geplant gewesen mit seinem halben Dutzend Oberlichtern, die sich in einer Linie von Norden nach Süden erstreckten, daher eignete es sich hervorragend für die Haltung ihrer Pflanzen. Und seine Lage in der Charles Street mitten im Village – einer Straße, in der es tatsächlich Bäume gab – war in erreichbarer Nähe zum Center.

Als die Glocke erneut ertönte, blickte sie von einem Birnenschößling hoch, den sie gerade beschneiden wollte. Jemand war unten im Foyer und betätigte den Klingelknopf zu ihrer Wohnung. Beim ersten Klingeln hatte sie eher einen Irrtum vermutet, doch dieses zweite Klingeln signalisierte, daß offenbar jemand ganz gezielt zu ihr wollte.

Wer, um alles in der Welt ...?

Sie hatte kaum einmal Gesellschaft. Sie konnte sich nicht daran erinnern, wann das letzte Mal Besuch bei ihr gewesen war.

Alicia erhob sich, ging hinüber zur Tür und studierte das Bedienungsfeld der Haussprechanlage rechts daneben. Wie funktionierte das Ding eigentlich ...? Da waren zwei Knöpfe – einer war mit SPRECHEN, der andere mit SUMMER beschriftet. Sie drückte auf SPRECHEN.

»Ja, bitte?«

»Miss Clayton?« fragte eine männliche Stimme. »Hier ist Will Matthews, der Detectice von gestern. Kann ich Sie kurz sprechen?«

Detective Matthews, dachte sie erschrocken. Was will der denn?

Er hatte gestern ihre Aussage aufgenommen. Er war noch ziemlich jung, etwa in ihrem Alter, vielleicht auch ein wenig älter. Er war gestern sehr freundlich und verständnisvoll gewesen, hatte geduldig gewartet, während sie sich allmählich beruhigte und sich von dem Adrenalinschock erholte, der sie so heftig hatte reagieren lassen.

Aber warum war er hier? Und warum ausgerechnet jetzt?

Absurderweise hatte sie plötzlich Angst, daß er von ihrem Plan erfahren haben könnte, das Haus ihres Vaters in Brand zu stecken. Sie hatte keine Ahnung, wie das hätte passieren sollen, aber vielleicht hatte er sie verfolgt, hatte sie mit Jack oder mit den Leuten in Verbindung gebracht, die sie nach der Adresse eines potentiellen Brandstifters gefragt hatte. Falls ...

»Miss Clayton?« fragte er. »Sind Sie noch da?«

»Ja«, antwortete sie. »Ja, ich bin da. Sie haben mich nur überrascht. Mehr nicht. Ich hatte Sie nicht erwartet. Worum geht es?«

»Können wir uns oben unterhalten ... in Ihrer Wohnung?«

»Natürlich«, sagte sie. »Entschuldigen Sie.«

Sie drückte auf den SUMMER-Knopf und hielt ihn ein paar Sekunden lang fest, dann ließ sie los und begann, auf und ab zu gehen.

Sei ganz ruhig, sagte sie sich. Es geht um dieses Schwein von gestern. Das muß es sein. Dieser Detective konnte unmöglich mehr von ihr wissen.

Sie schaute an sich hinab und stellte entsetzt fest, daß sie nur eine Strumpfhose trug. Sie eilte ins Schlafzimmer und schlüpfte hastig in die Hose ihres Jogginganzugs. Dabei betrachtete sie sich im Spiegel über der Frisierkommode.

Du siehst furchtbar aus, dachte sie. Sieh dir nur mal dein Haar an.

Sie nahm eine Bürste zur Hand und versuchte, die beim Schlafen entstandenen Knoten zu entwirren. Nicht, daß sie den New York Police Detective Third Grade William Matthews mit ihrem Äußeren beeindrucken wollte – alles andere als das –, aber sie wollte wenigstens halbwegs präsentabel aussehen.

Ein zweiter Blick in den Spiegel, dann ein Achselzucken – Was machst du hier eigentlich? Du kannst nur mit dem arbeiten, was du hast.

Sie ging zur Wohnungstür und öffnete sie. Sie konnte die

Schritte des Detectives auf der Treppe hören, während er sich zu ihr hochbemühte. Schließlich erschien sein Kopf über dem Absatz. Sein Gesicht war gerötet, und sein Mantel lag auf seiner Schulter. Er blieb stehen und sah sie an.

»Wie oft am Tag machen Sie das hier?« fragte er ein wenig außer Atem.

»Mindestens viermal.«

Er überwand die letzten Stufen und ging auf sie zu.

»Dann müssen Sie ja in Topform sein.«

Alicia lächelte. »Das ist mein persönlicher Trimm-dich-Pfad.«

In einem vierstöckigen Haus ohne Fahrstuhl zu wohnen, hatte seine Nachteile – allein der Einzug war eine Strapaze gewesen, und es war auch keine reine Freude, wenn sie mit Einkäufen bepackt war, aber sie würde für nichts in der Welt den Studiobereich mit seinen Oberlichtern eintauschen.

Der Detective blieb vor ihrer Tür stehen. »Darf ich?«

»Natürlich«, antwortete sie und machte ihm Platz.

Während er an ihr vorbeiging, sah Alicia, daß sich sein blondes Haar auf beiden Seiten über den Schläfen bereits lichtete. Gestern war es ihr nicht aufgefallen. Wahrscheinlich, weil er es so kurz trug. Trotzdem hatte er etwas Jungenhaftes an sich, vor allem, wenn er lächelte. Hochgewachsene sportliche Figur, reine, glatte Haut mit roten Wangen und hellblauen Augen. Die meisten Frauen fanden ihn sicherlich unwiderstehlich.

Nicht Alicia.

»Was kann ich für Sie tun, Detective?« fragte sie, während sie die Wohnungstür schloß und sich zu ihm umdrehte. »Ist etwas nicht in Ordnung?«

Sei ganz locker, sagte sie sich. Gaaaanz ... locker.

»Ja und nein.« Er schaute sich um, als suchte er nach einem Platz, wo er seinen Mantel ablegen konnte. Alicia sagte nichts. Bitte ihn nicht herein. Sie wollte nicht, daß er sich zu wohl fühlte.

»Wegen gestern?«

»Richtig. Floyd Stevens, der Mann, den Sie wegen Kindesmißbrauchs angezeigt haben – er stößt Drohungen aus.«

»Aus dem Gefängnis?«

»O nein, er ist nicht im Gefängnis. Sein Anwalt hat eine Freilassung auf Kaution erwirkt, und er war schon zum Abendessen wieder zu Hause.«

Verdammt! Sie hatte gehofft, er müßte wenigstens eine Nacht in einer Zelle zusammen mit dem Abschaum, zu dem er selbst gehörte, verbringen. Sie hatte gehört, daß Knackis mit Leuten, die sich an Kindern vergreifen, ziemlich rauh umspringen.

»Prima«, sagte sie. »Dann ist er also wieder auf der Straße, wo er Drohungen ausstoßen und Jagd auf kleine Kinder machen kann. In was für einem System leben wir eigentlich?«

»Genaugenommen stößt nicht er die Drohungen aus – sondern sein Anwalt.«

Alicia erstarrte. »Weshalb? Weil sein perverser Mandant mit der Hand in der Unterhose eines kleinen Mädchens erwischt wurde? Wo er an den Genitalien einer Vierjährigen herumfummelte?«

»Nun, natürlich, er erkärt, daß sein Mandant niemals so etwas getan hat, daß Sie sich vollkommen geirrt und den armen Mr. Stevens ohne den geringsten Anlaß angegriffen haben.«

»Was würden Sie denn anderes von einem Anwalt erwarten?«

»Ja, aber ...«

»Ja, aber was?« Alicia schluckte. Ihre Zunge fühlte sich an wie Kreppapier. »Das nehmen Sie ihm doch nicht ab, oder?«

»Nein. Aber eins muß ich Ihnen sagen – Kanessa Jackson ist keine Hilfe. Dieses kleine Mädchen ist völlig durcheinander.«

»Was erwarten Sie denn? Sie ist erst vier und hatte furchtbare Angst.«

»Und sie ist nicht ... nun ...«

Er schien Schwierigkeiten zu haben, das nächste Wort auszusprechen, daher war Alicia ihm behilflich.

»›Bei sich‹? Ist es das, was Sie sagen wollten?«

»Ich wollte geistig zurückgeblieben sagen, aber ich habe irgendwo gehört, daß dieser Begriff heute nicht mehr benutzt wird.«

»Da haben Sie richtig gehört. ›Mental gehandikapt‹ ist heute in Mode, aber Kanessas Handikaps gehen über das Mentale weit hinaus. Sie ist nicht nur HIV-positiv, sondern sie war auch ein Crack-Baby. Sie hat keinerlei postnatale Versorgung bekommen. Vor ihrer Geburt lebte sie im Leib einer Frau namens Anita Jackson, die die meiste Zeit des Tages total stoned war. Und wenn Anita nicht gerade auf Wolke Sieben schwebte, hatte sie Sex auf alle möglichen Arten, die man sich vorstellen kann, um Geld für ihre nächste Dosis Kristalle zusammenzukriegen. Endlich, nach sieben Monaten eines ständigen Drogentrips, wurde Kanessa vom Uterus ihrer Mutter in irgend einer Seitengasse in die Welt hinausgespuckt. Wir wissen den Zeitpunkt nicht genau – entweder während oder kurz nach der Geburt – jedenfalls bekam Kanessas Gehirn zuwenig Sauerstoff, wodurch sie sich nun fast ständig in einem Zustand leichter Verwirrung befindet.«

Sie beobachtete, wie Matthews die Augen schloß.

»Mein Gott«, murmelte er. »Soviel zum Thema Kindesmißbrauch.«

Er war offensichtlich zutiefst erschüttert. Das gefiel Alicia.

»Physisch und emotional«, sagte Alicia. Sie spürte, wie sich ohnmächtiger Zorn in ihr regte, was immer geschah, wenn sie an Kanessas Mutter dachte. »Anita Jackson hat sich nicht ein einziges Mal die Mühe gemacht, vorbeizukommen und nach dem Kind zu sehen. Sie hat acht Kinder geboren. Gott weiß, wo die Hälfte von ihnen abgeblieben ist.«

»Acht«, flüsterte Matthews. »Mein Gott!«

»Und sie ist schon wieder schwanger.«

»Oh, nein.«

»Jawohl. Wissen Sie, wenn Sie mich als Studentin oder auch noch als Assistenzärztin gefragt hätten, ob ich die zwangsweise Sterilisation befürworte, hätte ich Ihnen wahrscheinlich den Kopf abgerissen. Aber jetzt ... also ...«

Sie ließ das Ende des Satzes offen. Sie wollte dem Gedanken nicht dorthin folgen, wohin er sie unweigerlich führen würde. Sie hatte ihn einmal in einer Phantasiewelt durchgespielt, wo die Anita Jacksons der City gekidnappt, betäubt und sterilisiert wurden, um dann wieder auf die Straße zurückgebracht zu werden, wo sie mit sich selbst tun und lassen konnten, was sie wollten, aber ungeborenen Kindern kein Leid mehr zufügen konnten.

»Nun ja«, seufzte er. »Ich vermute, dann wissen Sie, daß Kanessa nicht in der Lage sein wird, Ihre Darstellung zu bestätigen. Am Ende läuft es darauf hinaus, daß Ihr Wort gegen das von Floyd Stevens steht.«

»Prima.«

Er schaute sie ernst an, und das verursachte Alicia Unbehagen. Es war fast so, als studierte er sie.

»Sie sind aber ganz schön hart.«

»Wenn es um diese Kinder geht? Darauf können Sie wetten.«

»Nun, das müssen Sie auch sein. Stevens' Anwalt – ein Bursche namens Barry Fineman, von dem Sie bestimmt bald hören werden, wie ich glaube – hat nach der Kautionsverhandlung herumgetönt. Ich habe gehört, wie er seinem Mandanten darlegte, daß er Sie wegen schwerer Körperverletzung anzeigen wolle, außerdem wolle er gegen Sie eine Zivilklage wegen Schmerzensgeld für die Verletzungen, die Sie seinem Mandanten zugefügt haben, anstrengen. Er sprach außerdem davon, sich an die Krankenhausverwaltung zu wenden und Sie von Ihrem Posten entfernen zu lassen, weil – und das sind seine genauen Worte – ›Ihre gewaltbereite und instabile Persönlichkeit eine Gefahr für alle Menschen in Ihrer Umgebung darstellt‹.«

Alicia spürte, wie sich ihr Magen verkrampfte, als sie nach hinten gegen die Wohnungstür sank. »Na, wie toll.«

Das war genau das, was sie jetzt gut brauchen konnte – weitere Gerichtskosten. Und außerdem war auch noch ihr Job in Gefahr. Was passierte da mit ihrem Leben?

»Aber er meinte weiter, er würde Ihnen anbieten, alle Anschuldigungen fallenzulassen, wenn Sie Ihre Anklage gegen Stevens wegen Kindesmißbrauchs zurückzögen.«

Alicia erstarrte, als die Wut an ihrer Wirbelsäule emporraste und ihre Augen auflodern ließ. »Niemals. Ich will, daß dieses Schwein als Pädophiler überführt und registriert wird, damit er sich nie mehr einem Kind nähern darf.«

Matthews Lächeln war knapp und verkniffen, aber sein zustimmendes Nicken machte ihr Mut.

»Gut für Sie. Aber ich hoffe, Sie wissen, daß Sie in dieser Sache eine ziemlich holperige Straße vor sich haben.«

Alicia wußte es. Und sie fragte sich, ob sie irgendwann ans Ende dieser Straße gelangen würde.

»Darf ich Sie mal was fragen?« sagte sie. »Welches Interesse haben Sie an dieser ganzen Sache?«

»Oh, da gibt es einiges«, erwiderte er, und sie bemerkte, daß seine Wangen sich allmählich röteten, während er antwortete. »Ich habe eine Zeitlang bei der Sitte gearbeitet, und diese Kinderfreunde waren immer am schwierigsten festzunageln. Sie haben meistens Geld und können sich gute Anwälte leisten, ihre Opfer geben im allgemeinen schlechte Zeugen ab, und sie scheinen rechtschaffene Bürger zu sein, was die ganze Sache schwierig macht ...«

»All das weiß ich nur zu gut«, fiel Alicia ihm schnell ins Wort und drängte das Gefühl der Übelkeit in ihrer Magengrube zurück. »Aber warum gerade dieser Fall?«

Seine Wangen röteten sich noch intensiver. »Weil mir die Arbeit, die Sie mit den Kindern im Center leisten, imponiert.« Er lächelte beinahe verlegen. »Und mir hat gefallen, wie Sie sich Stevens vorgenommen haben. Dazu gehörte Mut.«

Kein Mut, dachte Alicia. Ich war in dem Augenblick ein wenig verrückt.

»Und schließlich«, fuhr er fort, »wollte ich Sie im Hinblick auf das, was von diesem Stevens-Anwalt zu erwarten ist, ins Bild setzen. Damit Sie vorbereitet sind, wenn er losschlägt.«

»Danke«, sagte sie. »Das finde ich sehr nett von Ihnen.« Und so meinte sie es auch.

»Und ich wollte Sie wissen lassen, daß Sie in dieser Sache nicht allein sind. Das System dreht manchmal die falschen Leute durch die Mangel. Selbst wenn Sie im Recht sind, können die Barry Finemans dieser Welt die Gerichte dazu benutzen, Sie anstelle ihrer Klienten zu bestrafen. Aber Sie haben einen Verbündeten. Ich werde mich mal ein wenig eingehender mit Floyd Stevens befassen und sehen, was ich über ihn zutage fördern kann.«

»Meinen Sie, das hilft?«

Er zuckte die Achseln. »Das weiß man vorher nie. Manchmal ...«

Das Telefon klingelte. Wahrscheinlich das Center.

»Entschuldigen Sie mich«, sagte sie und ging an Matthew vorbei ins Wohnzimmer. Aber es war nicht Raymonds Stimme, die sie hörte, nachdem sie den Hörer abgenommen und sich gemeldet hatte.

»Alicia? Jack hier. Wir müssen reden.«

Jack! Sie blickte schuldbewußt zu dem Detective in der Diele, der dort von einem Fuß auf den anderen trat. Sie konnte sich in diesem Moment kaum über das Thema Brandstiftung unterhalten.

Sie senkte die Stimme. »Hm, ich kann im Augenblick nicht frei reden.«

»Ich möchte das sowieso nicht am Telefon abhandeln.«

»Ich komme aber ganz bestimmt nicht zu Julio's. Dort war es entsetzlich.«

»Ich dachte eher an Ihre Wohnung.«

Zwei Besucher an einem Tag? Das war ja schon fast ein Rekord. Sie fand Jack ein wenig beängstigend. Wäre es nicht ein wenig unvorsichtig, mit ihm allein zu sein?

»Also, ich weiß nicht so recht.«

»Werden Sie da sein?«

»Ja, aber …«

»Gut. Dann bei Ihnen.«

Sie gab sich geschlagen. »Okay, aber ginge es nicht … später?«

»Klar. Nach dem Mittagessen. Wie lautet Ihre Adresse?«

Sie nannte sie ihm und hoffte, keinen allzu großen Fehler begangen zu haben, dann legte sie auf und kehrte in die Vorhalle zurück.

»Ich habe noch einige Termine«, sagte sie und streckte ihre Hand aus. »Aber ich möchte mich noch einmal bei Ihnen bedanken, Detective Matthews. Das war wirklich sehr nett von Ihnen.«

»Nennen Sie mich Will«, erwiderte er, ergriff ihre Hand und hielt sie fest.

Alicia entzog sie ihm und öffnete die Tür. »Okay … Will.«

Sie fühlte sich ganz schrecklich, da sie ihn regelrecht vor die Tür setzte, aber sie hatte plötzlich den überwältigenden Drang, allein zu sein.

»Sie hören von mir«, versprach er, als er hinausging.

»Hoffentlich nur angenehme Neuigkeiten.«

Sie brachte ein freundliches Lächeln zustande, während sie die Tür schloß. Dann ließ sie es versiegen und lehnte den Kopf gegen die rauhe Oberfläche der Türinnenseite. Plötzlich fühlte sie sich unsagbar erschöpft.

Strafanzeige … ein Zivilprozeß … eine Beschwerde bei der Krankenhausverwaltung. Was konnte denn sonst noch schiefgehen?

Und dieser Besuch von einem Detective der Polizei – was hatte das überhaupt zu bedeuten? Er hätte sie auch anrufen und ihr all das am Telefon erzählen können. Warum hatte er sich die Mühe gemacht, herüberzukommen und ihr alles persönlich mitzuteilen?

Alicia stöhnte gequält auf. »Ich hoffe, er hat es nicht auf mich abgesehen.«

Aber je länger sie darüber nachdachte, desto sicherer war sie, daß es sich tatsächlich so verhielt. Das persönliche Interesse von Detective Matthews an diesem Fall war genau das und sonst nichts … rein persönlich.

»Vergiß es, Will«, murmelte sie. »Du hast ja keine Ahnung, auf was du dich einlassen würdest.«

2

Jack stürmte die Stufen hinauf und klopfte an die stabile Eichentür – genauer gesagt, an die zahllosen Farbschichten, die die Details des geschnitzten Türblatts verbargen.

Vier A lautete die Messingschrift in Augenhöhe, und er fragte sich, warum man es mit ›A‹ bezeichnet hatte. Dies war das einzige Apartment auf der Etage.

Er hatte sich beeilt, sie zu treffen, denn er wollte mehr erfahren über die rätselhafte Dr. Alicia Clayton – Wohltäterin unschuldiger Kinder mit Aids, Vernichterin von Kinderschänderschädeln und leidenschaftliche Feuerspenderin für alte Familiensitze.

Die Tür schwang in die Wohnung, und Alicia stand dort und schaute ihn an – ein wenig prüfend, wie er meinte – mit einem kühlen Ausdruck in den stahlgrauen Augen. Ihr schwarzes Haar war zu einem kurzen Pferdeschwanz nach hinten gerafft, wodurch sie fast mädchenhaft wirkte. Sie trug erdverschmierte Gartenhandschuhe.

»Sie atmen ja kaum schneller«, stellte sie fest.

»Nun, ich gebe zu, Sie sind durchaus attraktiv, aber ich glaube nicht …«

Sie lächelte. »Nein-nein. Ich meine den Weg die Treppe herauf. Die meisten Leute sind außer Atem, wenn sie hier oben ankommen.«

Außer Atem? Warum?

»Oh, ja«, beeilte er sich zu versichern. »Ich auch. Ziemlich außer Atem. Darf ich reinkommen und mich ausruhen?«

Sie zögerte.

»Ich beiße nicht«, sagte er. »Ehrenwort.«

»Tut mir leid«, meinte sie und machte Platz, um ihn einzulassen. »Es ist nur, daß man heutzutage nicht vorsichtig genug sein kann, wissen Sie?«

Während sie hinter ihm die Tür schloß, ließ Jack den Semmerling aus seinem Ärmel rutschen und reichte ihn ihr. Es verschlug ihr den Atem, als sie die winzige Pistole sah.

»Nehmen Sie sie«, forderte er sie auf. »Sie ist geladen. Der kleinste vierschüssige .45er der Welt. Halten Sie sie in Reichweite, während ich hier bin.«

Sie starrte die Waffe an, als wäre sie etwas Lebendiges und würde jeden Moment losgehen. »Das ist schon okay. Wirklich.«

»Bestimmt?«

Als sie nickte, verstaute er die Pistole wieder in seiner Tasche. Er hatte keine Ahnung, wer in diesem Moment erleichterter war: Alicia, weil er ihr die Waffe angeboten hatte, oder er selbst, weil sie sie nicht angenommen hatte. Er sah es überhaupt nicht gern, wenn jemand Fremdes mit seiner Semmerling herumhantierte.

Sie führte ihn durch den Vorraum. »Kommen Sie. Wir können hier drin reden.«

Jack folgte ihr bis zur Schwelle, dann blieb er stehen und schaute sich um.

Ein Dschungel. Ein hoher Raum, fast ein Loft, mit riesigen Oberlichtern und einer Unmenge von Grünpflanzen. Es waren keine typischen Zimmerpflanzen, sondern Bäume. Kleine Bäume, ja, aber Bäume. Bei einigen war die Krone in durchsichtige Plastikfolie eingewickelt, als steckten sie in Sauerstoffzelten, und andere trugen Bandagen um ihre Stämme.

»Was ist das denn?« fragte er. »Eine Baumklinik?«

Sie lachte, und es wurde Jack bewußt, daß dies das erste Mal war, daß er diesen Laut von ihr hörte.

»Das sollten Sie viel öfter tun«, riet er ihr.

»Was denn?«

»Lachen.«

Ihr Gesicht wurde wieder ernst. »Das wird auch bestimmt wieder geschehen … sobald das Haus weg ist.« Ehe Jack irgend etwas dazu sagen konnte, drehte sie sich um und deutete mit einer behandschuhten Hand auf den Raum. »Wie dem auch sei, das ist mein Hobby: Pflanzenpfropfung.«

»Tatsächlich?« fragte er, trat in den Raum und sah sich um. »Kann so etwas ein Hobby sein?«

»Für mich ist es das. Oder eine Art Therapie. Ganz gleich, was es ist, es schenkt mir … Freude.«

Für einen kurzen Moment hatte er das seltsame Gefühl, daß sie »Frieden« sagen würde.

»Wie kommt man ausgerechnet auf so eine Freizeitbeschäftigung?«

»Ich weiß es nicht genau. Es hat im College angefangen. Direkt vor dem Fenster in meinem Studentenheim stand ein kranker Baum. Alle anderen Bäume ringsum gediehen prächtig, nur dieser eine wirkte schwächlich und hatte viel weniger Laub als die anderen. Und die paar Blätter, die er hatte, waren verschrumpelt und viel kleiner als die seiner Nachbarn. Ich machte es mir zur Aufgabe, diesen Baum zu retten. Also goß ich ihn, düngte ihn, aber es half nichts. Es wurde nur noch schlimmer. Daher fragte ich einen der Landschaftsgärtner, woran es seiner Meinung nach liegen könnte, und er antwortete: ›Schlechte Wurzeln. Bei schlechten Wurzeln kann man nichts machen.‹ Sie wollten ihn herausreißen und an der Stelle einen neuen Baum pflanzen.«

»Erzählen Sie mir bloß nicht«, sagte Jack, »daß Sie eine Rettet-den-Baum-Bewegung ins Leben gerufen haben.«

»Ja, richtig … ›Waldmann, Waldmann, schon den Baum.‹« Sie schüttelte den Kopf. »Glauben Sie mir, neben meinen medizinischen Kursen und meinem Job als Serviererin hatte ich kaum Zeit zum Schlafen, geschweige denn, um mich als aktive

Baumschützerin zu betätigen. Nein, ich informierte mich über die Methode der Pfropfung, nahm einige Zweige – sie werden ›Stecklinge‹ genannt – von dem kranken Baum und fügte sie in einen Ast eines gesunden Baums ein, dann verschloß ich die Verbindungsstelle mit einem speziellen Baumwachs. Kurz danach fällten sie den kranken Baum und ersetzten ihn. Aber er war nicht richtig tot, wissen Sie. Ein Teil davon lebte ganz gut auf seinem Nachbarn. Als ich dann meine Abschlußprüfung ablegte, wuchs der aufgepropfte Ast wie verrückt – er war bei weitem der laubreichste Ast am ganzen Baum.«

Ihre blau-grauen Augen strahlten bei der Erinnerung.

»Ich gratuliere«, sagte Jack.

»Vielen Dank. Danach wurde es für mich zu einer Leidenschaft. Ich gehe in eine Baumschule und suche mir den mickrigsten Schößling heraus. Ich kaufe ihn für ein Trinkgeld zusammen mit einem anderen, gesünder aussehenden Exemplar der gleichen Art, bringe beide nach Hause und pfropfe den kranken auf den gesunden.«

»Das macht Sie glatt zur Florence Nightingale der Baumwelt, oder war das Frankenstein?«

»Ich hoffe doch Florence. Die Pfropfverbindung ist tatsächlich stärker als der ganze restliche Baum, und der Steckling wächst meistens schneller und üppiger als die eigenen Äste des Unterbaums. Aber vielleicht steckt in mir ein kleines Stück der Seele Frankensteins. Ich habe, was man einen ›Litronen‹-Baum nennen könnte. Ich habe einen Ast von einem kränkelnden Limonenbaum auf einen gesunden Zitronenbaum aufgepfropft. In ein paar Jahren trägt er Zitronen *und* Limonen – gleichzeitig.«

»Klar«, sagte Jack. »Und was wollen Sie für diese hübsche kleine Brücke nach Brooklyn haben?«

»Nein, es ist wahr. Man kann die gleiche Art pfropfen, aber man kann keine Gattungen kreuzen.«

»Ich glaube, ich verstehe nicht.«

»Zitronen, Limonen, Pampelmusen gehören alle zur Gruppe der Zitrusfrüchte – eine verträgt sich gewöhnlich mit einer anderen von der gleichen Art. Aber dieser Limonensteckling hätte niemals, sagen wir, auf einem Apfel- oder einem Birnbaum gedeihen können.«

Jack ging im Raum umher und untersuchte die sich erholenden Pflanzen.

»Sie nehmen also zwei Bäume und fügen sie zu einem zusammen.«

»Es ist eine sehr seltsame Form der Mathematik«, meinte Alicia. »In einem meiner Fachbücher über das Pfropfen steht: Eins plus eins gleich eins. Und das Schöne ist, es gibt keinen Verlierer. Die Wurzeln des Unterbaums werden vom Laub des Stecklings ernährt.«

»Ich wette, Sie wünschen, Sie könnten das gleiche mit Menschen tun.«

Als Alicia keine Antwort gab, drehte Jack sich um und sah, wie sie stocksteif mitten im Raum stand und ihn anstarrte. Ihr Gesicht war bleich, und ihre Stimme klang gepreßt, als sie schließlich wieder sprach.

»Was haben Sie gesagt?«

»Ich sagte, es wäre doch schön, wenn es mit Menschen auch so einfach wäre. Sie wissen schon, sie von ihren schlechten Wurzeln losschneiden und sie frei und unbehelligt von ihrer Vergangenheit aufwachsen lassen.«

Sie schien noch bleicher zu werden.

»Ist irgend etwas nicht in Ordnung?«

»Nein«, sagte sie, aber Jack konnte es ihr nicht glauben. »Ich möchte nur wissen, weshalb Sie das gesagt haben.«

»Nun, ich dachte an Ihre Aids-Kinder. Ich meine, sie haben die Krankheit von ihren Wurzeln übernommen … zu schade, daß man sie nicht auf gesunde Pflanzen aufpfropfen kann, damit sie frei von dieser Krankheit aufwachsen können.«

»Oh.« Sie entspannte sich sichtlich. »Wissen Sie, daran habe ich noch nie gedacht. Aber es ist wirklich ein wunderbarer Gedanke.«

Sie schien noch immer bedrückt zu sein, als ob sie einen Schritt in eine andere Dimension gemacht hätte und noch rein physisch in diesem Raum anwesend wäre. Jack fragte sich, welchen Nerv er da berührt hatte, aus welchem Bereich ihrer Psyche er entsprang und wohin er führte.

»Wenn das doch nur möglich wäre«, sagte sie leise an jenem anderen, fremden Ort.

»Da wir gerade von den Kindern reden«, fragte Jack, »wie geht es meinem Freund Hector?«

Und dann war sie plötzlich wieder da. »Er erholt sich«, antwortete sie. »Das Antibiotikum scheint anzuschlagen und seine Wirkung zu entfalten.« Sie klatschte einmal in die Hände. »Nun … glaube ich, müssen wir über Geschäftliches reden.«

»O ja … und nein«, erwiderte Jack.

»Also, ich glaube, was ich gleich zu hören bekomme, wird mir gar nicht gefallen.«

Er konnte genausogut auch gleich mit der Tür ins Haus fallen: »Ich habe mir gestern das Haus Ihres Vaters angesehen, und ich denke, wenn Sie es wirklich loswerden wollen, müssen Sie das mit einer anderen Methode erledigen als mit Feuer.«

»Nein«, sagte sie eisig. »Es muß Feuer sein.«

»Aber der restliche Block könnte ebenfalls in Flammen aufgehen.«

»Dafür ist doch das New York City Fire Department zuständig, oder nicht – um das zu verhindern.«

»Ja, aber mit Feuer ist das schon seltsam. Man weiß nie, was es als nächstes tun wird. Der Wind dreht sich, und schon …« Er sah ihren Gesichtsausdruck und wußte sofort, daß er auf diese Art und Weise nicht weiterkam. »Vielleicht einer dieser Abbruchexperten« – er improvisierte jetzt, sprach aus dem Stegreif – »Sie wissen schon, diese Leute, die Sprengladungen dergestalt anbringen können, daß ganze Gebäude in sich zusammenfallen? Ich kann mich für Sie umsehen, mich erkundigen, ob einer von denen …«

Alicia stand da, ihr Gesicht eine Alabastermaske, und schüttelte langsam und betont den Kopf.

»Nein. Feuer. Und wenn ich bereit bin, Sie zu bezahlen, warum wollen Sie es dann nicht erledigen?«

Jack musterte sie verblüfft. Das war in keiner Weise etwas, das er von Alicia erwartet hätte. Sie schien an so vielen Dingen aufrichtig Anteil zu nehmen und sich um das Schicksal anderer zu sorgen, warum stellte sie sich in diesem Fall so blind? Es war beinahe so, als ginge ihre Vernunft auf Tauchstation, sobald das Haus erwähnt wurde.

Aber was immer der Grund sein mochte, Jack hatte nicht die Absicht, sich in eine Diskussion darüber verwickeln zu lassen, ob er den Brand legen würde. Das war ein Thema, über das er nicht diskutieren würde.

»Weil es einzig und allein meine Sache ist, für wen ich arbeite und was ich für den betreffenden Auftraggeber zu tun bereit bin. Und ich habe mich entschieden, das von mir Verlangte in diesem Fall nicht zu tun.«

Nach einem Moment völliger Stille, in dem Alicias Augen so hell funkelten, daß Jack annahm, sie stünde kurz vor der Explosion, machte sie kehrt und ging zu ihrer Wohnungstür, öffnete sie und trat zurück.

»Dann gibt es für uns nichts mehr zu bereden. Leben Sie wohl, Jack.«

Das sah sie genau richtig. Aber als Jack an ihr vorbeiging, sagte er: »Vergessen Sie nicht, es gibt andere Möglichkeiten, diese Angelegenheit zu regeln. Holen Sie lieber ein paarmal tief Luft und denken Sie darüber nach, ehe Sie sich auf die Suche nach jemand anderem machen, der diesen Job ausführen soll.«

»Keine Sorge«, sagte sie. »Ich suche keinen anderen.«

Und dann schlug sie die Tür zu.

Jack ging langsam die Treppe hinunter. Vielleicht war es wirklich am besten, auf Distanz zu Alicia Clayton zu gehen. Das da oben in der Wohnung war eine total überspannte menschliche Feder. Er wollte lieber nicht in der Nähe sein, wenn sie zerbrach und zwischen den Wänden hin und her sprang.

Wenigstens konnte er jetzt seine gesamte Zeit auf die Lösung von Jorges Problem verwenden. Er hatte bereits einige interessante Dinge über Ramirez in Erfahrung gebracht.

Jack drehte sich um und warf einen Blick auf Alicias Wohnungstür. Dennoch ... irgend etwas hatte sie an sich, das ansprechend war. Oder vielleicht war aufreizend ein passenderes Wort.

Wie lautete der Ausdruck – hatte es nicht etwas mit einem Rätsel zu tun, das in ein Geheimnis eingehüllt ist, welches wiederum in einem Orakel steckt? Das war Alicia Clayton: ein Rätsel, eingehüllt in ein Geheimnis, das in einem Orakel verborgen war, und alles war eingebettet in eine dicke Lage Semtex.

Und letztere hatte eine extrem kurze Zündschnur.

3

»Ich brauche niemand anderen zu suchen«, flüsterte Alicia, während sie die Tür ins Schloß drückte und dann zum Telefon ging. »Weil ich bereits einen Namen und eine Nummer habe.«

Sie würde ihn jetzt anrufen und den Auftrag so schnell wie möglich erteilen. Dieses Haus war wie ein Krebsgeschwür im Antlitz der Stadt, des Planeten, ihres Lebens.

Und das einzige Heilmittel wäre ein Feuer ... die alles verzehrende, reinigende Flamme ...

Mittwoch

1

»Er hatte gestern abend eine Spitze bei 39,7°«, sagte Sorenson, als sie Hectors Zimmer betraten. »Aber das Fieber hat sehr schnell auf eine einzelne Dosis Tylenol reagiert und ist seitdem unten geblieben.«

Alicia schaute die Krankenschwester fragend an. »Eine Spitze? Mehr nicht?«

Jeanne Sorenson blätterte die Krankenakte durch und warf einen Blick auf die Fieberkurve. »Nur eine. Um zwanzig nach vier.«

Vielleicht hatte es nichts zu bedeuten. Eine Spitze konnte ein reiner Zufall sein. Sie hoffte es zumindest.

Sie deutete auf die Traube Luftballons, die an einer Ecke des Bettes befestigt waren und in der Luft sanft hin und her schwebten.

»Woher sind die denn?«

»Sie kamen gestern. Mit einer Karte ›Für Hector mit dem Wahnsinns-Igel aus der Kinderabteilung‹. Der Teddy ebenfalls. Aber als Absender stand auf der Karte nur ›von einem Freund‹.«

Alicia setzte sich auf das Bett neben Hector, der einen Teddybär im Arm hielt, der wie ein Arzt angezogen war.

Jack, dachte sie lächelnd. Er hat es nicht vergessen.

Sie strich mit der Hand über Hectors stoppeliges Haar.

»Hey, Hector.«

»Hey, Dr. Alith.«

Sie schaute ihn lächelnd an, aber ihr gefiel der Ausdruck seiner Augen nicht. Da stimmte was nicht. Sie konnte es spüren.

»Wie geht's dir, Kumpel?«

»Mein Arm tut immer noch weh. Du hast gesagt, du würdest die Nadel rausnehmen.«

»Sobald ich kann, das verspreche ich dir.«

Hector immer noch eingehend betrachtend, erkundigte sie sich bei Sorenson: »Wie war sein letztes Brustbild?«

»Fortschreitende Besserung«, antwortete Sorenson.

»Laborwerte?«

»CBC wieder normal.«

Die Röntgenaufnahmen und die Zahlen deuteten einen Aufschwung an, dennoch konnte Alicia das Gefühl nicht abschütteln, daß irgend etwas nicht in Ordnung war. Sie hatte es gelernt, sich auf dieses Gefühl zu verlassen. Trotz all der Jahre des Bücherstudiums, des Erlernens, wie man eine genaue Anamnese erstellt, wie man eine gründliche Untersuchung durchführt, wie man Testergebnisse zu interpretieren hat, muß man gelegentlich all diesen Ballast über Bord werfen und sich einzig und allein auf seine Instinkte verlassen. Manchmal kam es nur darauf an, einen Patienten anzusehen und etwas Undefinierbares in bezug auf seine Gesundheit oder Krankheit zu spüren.

Sie hörte sich die Lungen des Jungen an, tastete seine Lymphknoten, seinen Bauch ab. Alles war normal.

Immer noch voller Skepsis, die sie überspielte, setzte sie für Hector ein Lächeln auf und rieb wieder seinen Kopf.

»Du bist ein tapferer kleiner Kämpfer. Wir holen dich hier so schnell wie möglich wieder raus, Mr. Igel.«

Alicia stand auf und nickte Sorenson zu. »Machen Sie eine weitere Aufnahme von seinem Brustkorb, stellen Sie noch einmal seinen CBC-Wert fest und setzen Sie frische Urin- und Blutkulturen an.«

Sie bemerkte den fragenden Blick der Schwester, während sie zur Tür gingen. »Ich hoffe, ich irre mich«, murmelte Alicia mit leiser Stimme, »aber ich habe das dumme Gefühl, daß uns Hector noch große Sorgen bereiten wird.«

2

Alicias Bürotelefon piepte, und sie drückte auf den Kopf der Sprechanlage.

»Ein Detective Matthews ist in der Leitung«, informierte Raymond sie. »Er sagt, er müsse Sie dringend sprechen.«

Alicia versteifte sich. Nur ein Reflex. Matthew konnte unmöglich von ihrer Zusammenkunft mit dem Brandstifter am Vorabend wissen. Benny ... das war der einzige Name, den sie für diesen Mann hatte. Von den Leuten, mit denen sie in jüngster Zeit zu tun hatte, schien niemand einen Nachnamen zu haben. Er hatte ihr versprochen, sich das Haus anzusehen und sich dann wieder bei ihr zu melden. Seitdem blickte Alicia ständig über die Schulter, und zwar sowohl im übertragenen als auch im wortwörtlichen Sinne.

Was wollte Matthews dann? Hatte er vielleicht schon etwas über Floyd Stevens herausbekommen?

»Stellen Sie ihn durch.«

»Ist das nicht der Cop, der gestern hier war wegen ...?«

»Genau der.«

»Okay. Hier ist er.«

Sie nahm den Hörer ab und meldete sich: »Guten Morgen, Detective.«

»Will. Wissen Sie noch?«

»Ach ja, richtig. Ich hab's vergessen.« Eine Lüge. Sie war ganz einfach nicht sonderlich scharf darauf, auf so vertrautem Fuß mit ihm zu verkehren. »Was kann ich für Sie tun ... Will?«

»Wie versprochen habe ich mich mal ein wenig mit einem Ihrer Bekannten befaßt.«

Ihre Hand krampfte sich um den Telefonhörer. Nicht Benny, hoffte sie. Sie räusperte sich.

»Mit wem?«

»Mit jemandem, mit dem Sie vor kurzem eine heftige Auseinandersetzung hatten.«

Floyd Stevens. Warum nannte er nicht seinen Namen?

»Ach ja. Und hatten Sie Erfolg?«

»O ja. Ich denke, das Ergebnis könnte Sie interessieren.«

»Tatsächlich?« Plötzlich froh, daß er angerufen hatte, beugte sie sich vor. »Und was haben Sie gefunden?«

»Lieber nicht am Telefon. Warum treffen wir uns nicht zum Mittagessen, und dann erzähle ich Ihnen alles.«

Alicia schloß die Augen und unterdrückte ein Stöhnen. Er ist hinter mir her. Ganz eindeutig.

Aber sie war nicht interessiert. Sie hatte weder die Zeit noch die emotionale Bereitschaft für eine Beziehung mit Will Matthews oder irgendeinem anderen. Vor allem nicht ausgerechnet jetzt, zu diesem Zeitpunkt.

Und selbst in günstigeren Zeiten, auch wenn die besten Absichten vorlagen, endeten ihre Beziehungen meistens in einer Katastrophe.

Aber wie sollte sie ihn abwimmeln? Offensichtlich hatte er sich für sie abgestrampelt. Deshalb könnte sie wenigstens mit ihm Mittagessen gehen. Daraus brauchte sich nicht zwangsläufig irgend etwas zu entwickeln. Sie könnte ja durchblicken lassen, daß sie mit jemand anderem liiert wäre. Das war gut, so würde sie es darstellen ... sie lebte in einer ernsten, langfristigen Beziehung.

Und außerdem hatte am Vortag der Anwalt der Krankenhausleitung angerufen und erklärt, er hätte von Floyd Stevens' Anwalt gehört, der ihm angedeutet hätte, welche Klagen er gegen Alicia und das Krankenhaus einzureichen gedächte, ließe sie die Strafanzeige gegen seinen Mandanten nicht fallen. Der Verwaltungsrat würde sich eingehend mit dieser Angelegenheit befassen.

Seitdem hatte sie das Gefühl, daß sich ihre Eingeweide zu einem einzigen riesigen Klumpen verkrampft hatten.

»Mittagessen klingt gut«, sagte sie. »Aber nur, wenn es nicht allzulange dauert. Ich stecke bis über beide Ohren in Papierkram.«

»Kurz, knapp und zündend«, sagte er. »Versprochen.«

Sie verabredeten sich um halb eins im El Quijote.

Alicia legte auf, und ihr Blick fiel auf den FedEx-Umschlag auf ihrem Schreibtisch. Am Vortag war eine Kopie des Testaments von Leo Weinsteins Büro geschickt worden, und sie hatte vorgehabt, ihre Mittagspause mit seiner Lektüre zu verbringen. Niedergeschlagenheit bemächtigte sich ihrer, als sie sich an das erinnerte, was Jack ihr am Montag erklärt hatte: Falls Thomas und seine Hintermänner entschlossen und skrupellos genug waren, um ihren Privatdetektiv zu überfahren und ihren Anwalt in die Luft zu sprengen, warum war sie dann bisher unbehelligt geblieben?

Eine verdammt gute Frage. Und die Antwort darauf befand sich vielleicht nur ein paar Zentimeter entfernt in diesem Umschlag.

Sie hatte gehofft, an diesem Vormittag wenigstens einen kurzen Blick darauf werfen zu können, aber sie hatte im Krankenhaus sehr viel mehr Zeit als geplant bei Hector verbracht. Sie wartete noch immer auf die Ergebnisse der letzten Tests.

Vielleicht konnte sie nach dem Mittagessen ein paar Minuten für das Testament abzweigen.

3

Alicia nutzte den Fußweg zum Restaurant, um sich die Einzelheiten ihrer ersten, langfristigen Beziehung zurechtzulegen. Sie sollten so fest wie möglich in ihrem Bewußtsein verankert sein, damit sie Hinweise darauf wie selbstverständlich während ihrer Unterhaltung mit Matthews einfließen lassen konnte, sobald sich dazu eine Gelegenheit ergab.

Mal sehen ... der Mann in meinem Leben ... zuerst brauchen wir einen Namen.

Sie steckte ein paar Geldmünzen in die Sammelbüchse eines Santa Claus, der auf dem Bürgersteig auf und ab ging, und ließ den Blick auf der Suche nach einer Inspiration über die Ladenfronten gleiten. In dieser Nachbarschaft schienen englische Namen eher eine Ausnahme denn die Regel zu sein. Sie sah ein Schild für Jose Herrera Clothing.

Na schön. Mal sehen, was wir damit anfangen können. Ich möchte nicht, daß Detective Matthews das Restaurant verläßt und sein Blick sofort auf den Namen meines Galans fällt, also sollten wir den Namen ein wenig anglisieren: Joseph Hermann. Prima. Was treibt er so? Etwas, das ihn häufig außerhalb sein läßt. Importeur. Gut. Aber was importiert er?

Als sie in die Twentythird Street einbog, kam sie an einem Fachgeschäft für Computer und Mobiltelefone vorbei und sah die Vielfalt von Geräten, die das Schaufenster füllten.

Das ist es: Elektronik. Mein Freund Joseph Hermann importiert Mobiltelefone und Videorecorder und Computerspiele und solche Dinge aus dem fernen Osten. Seine ständigen Reisen sind eine große Belastung für unsere Beziehung, aber wir lieben uns sehr und werden heiraten, sobald er seine Handelsbeziehungen und Vertriebswege solide und krisensicher eingerichtet hat und seine Reisen auf ein Minimum zurückschrauben kann.

Und dann sah sie nicht weit entfernt die Markise des El Quijote. Sie war schon unzähige Male daran vorbeigegangen, aber noch nie auf die Idee gekommen, dort zu speisen, und der Grund war die zerbeulte Aluminiummarkise, die in den schrecklichsten Schattierungen von Rot und Gelb gestrichen war. Das Restaurant residierte im berühmt-berüchtigten Chelsea Hotel, dessen rote Backsteinfassade mit ihren schmiedeeisernen Balkongittern den Eindruck erweckte, als wäre es viel eher in New Orleans zu Hause. Aber das Restaurant wirkte alles andere als einladend. Es sah ... alt aus.

Sie ging hinein und gewahrte eine lange Theke, die sich links von ihr bis in den hinteren Teil des Gastraums erstreckte. Der Restaurantbereich befand sich auf der rechten Seite. Das Interieur entsprach in vielem der Außenansicht – es war alt. Und es hatte den Charme des Althergebrachten. Hohe Decken, weiße Leinentischdecken und Gemälde nach Cervantes-Motiven an den Wänden. Sie fragte sich unwillkürlich, ob die Räumlichkeiten seit den Vierziger Jahren jemals renoviert worden waren. Selbst im Tageslicht, das durch das große Fenster hereinströmte, wirkte der Innenraum irgendwie dämmrig. Sie empfand das als seltsam tröstlich.

Sie sah einen Mann die Bartheke verlassen und auf sie zukommen. Detective Matthews. Er trug einen Trenchcoat.

»Hi«, begrüßte er sie grinsend. »Ich habe uns einen Tisch reservieren lassen.«

Sie stellte fest, daß er sehr attraktiv aussah, wenn er lächelte. Sie reichte ihm die Hand.

»Detec…«

Er hob einen Finger und drohte ihr scherzhaft. »He-he-he. Will. Schon wieder vergessen?«

»Na schön. Will.« Sie holte tief Luft. Sie wußte, daß er darauf wartete, daher fuhr sie fort: »Aber nur wenn Sie mich Alicia nennen.«

Sein Lächeln vertiefte sich. »Liebend gern. Geben Sie mir Ihren Mantel, Alicia.«

Während sie aus ihrem Allwettermantel schlüpfte, hoffte sie, daß sie ihm keine falschen Signale schickte. Aber er schien ein anständiger Kerl zu sein. Was konnte es also schaden?

Er brachte ihre beiden Mäntel zur Garderobe, dann winkte er dem Oberkellner, der sie durch den halbvollen Speisesaal zu einer Nische im hinteren Teil geleitete.

Da ihr nichts anderes einfiel, meinte sie: »Hier ist es aber nett.«

»Waren Sie noch nie hier?«

Sie schüttelte den Kopf. »Gewöhnlich nehme ich mein Mittagessen am Schreibtisch ein, und zu Hause esse ich, was ich mit einem Minimum an Zeit und Aufwand zubereiten kann.

Ich esse nicht oft auswärts.« *Weil ich nur ungern allein in einem Restaurant sitze.*

Er runzelte die Stirn. »Mir ist gerade eingefallen, ich hätte Sie lieber vorher fragen sollen, ob Sie gerne Knoblauch essen. Wenn nicht, dann müssen wir uns ein anderes Restaurant suchen.«

»Ich liebe Knoblauch. Aber die mexikanische Küche ist doch nicht so besonders ...«

»Dies ist nicht mexikanisch. Hier wird spanisch gekocht.«

Alicia errötete. »Natürlich. El Quijote. Ich hätte es eigentlich wissen müssen. Es ist nur, daß für mich nach so vielen Jahren in Süd-Kalifornien jedes Restaurant, dessen Name mit ›El‹ beginnt, automatisch ein Mexikaner ist.«

»›Nach so vielen Jahren?‹ Ich dachte, Sie wären New Yorkerin.«

»Ich war es. Und ich bin es wieder. Hier geboren und aufgewachsen. Aber mit achtzehn ging ich zur USC und blieb für ein Dutzend Jahre weg.«

Sie erzählte ihm nicht, daß sie sich anfangs die Universität von Hawaii ausgesucht hatte, weil sie am weitesten von New York und dem Haus in der Thirty-eighth Street entfernt war und immer noch innerhalb der USA lag. Doch die USC hatte ihr ein besseres finanzielles Arrangement angeboten, daher hatte sie sich für Kalifornien entschieden.

Der Kellner erschien.

»Sie müssen unbedingt die Garnelen in grüner Sauce probieren«, sagte Matthews. »Sie sind das beste Gericht auf der Speisekarte – wenn Sie Knoblauch mögen.«

Sie bestellte es und dazu eine Flasche Pepsi Light. Er entschied sich für ein Bier.

Während sie auf das Essen warteten, fragte er sie über ihre Jahre an der Westküste aus, und sie stellte fest, daß sie sich tatsächlich dabei entspannen konnte, während sie von sich erzählte. Solange er sich nicht nach ihrem Leben vor dieser Zeit erkundigte. Die Einführung ins Medizinstudium, das Studium an der medizinischen Fakultät, die Zeit als Assistenzärztin ... harte, aber gute Jahre. Sie hatte New York verlassen und war als neuer Mensch nach Kalifornien gekommen. Die neue Alicia hatte keine Vergangenheit und war niemandem etwas schuldig. Als sie aus dem Flugzeug stieg, war sie als Produkt ihrer eigenen Schöpfung wiedergeboren worden.

Sie nutzte das Servieren ihrer Mahlzeit – eine Stahlschüssel, gefüllt mit fleischigen rosigen Garnelen in einer limonengrünen Sauce –, um das Thema zu wechseln.

»Aber genug von mir«, sagte sie. »Was gibt es von Floyd Stevens zu erzählen?«

»Kosten Sie erst einmal«, meinte Matthews, während er mit einem Löffel eine großzügige Portion auf ihren Teller lud. »Sie wollen doch sicher ein so gutes Essen nicht mit Gesprächen über menschlichen Abschaum ruinieren, oder?«

Alicia verbiß sich eine scharfe Erwiderung. Sie war nicht zum Essen hergekommen, sondern um sich Informationen zu holen, verdammt noch mal. Statt dessen zerteilte sie mit der Gabel eine Garnele und kostete. Mein Gott, schmeckte das gut. Unglaublich gut sogar. Schnell verzehrte sie auch die andere Hälfte. Ihr war gar nicht bewußt gewesen, wie hungrig sie war.

»Nun?« fragte er. Sie schaute hoch und stellte fest, daß er sie aufmerksam studierte. »Wie finden Sie's?«

»Himmlisch«, gestand sie. »Und zwar so gut, daß nichts, was Sie mir möglicherweise zu erzählen haben, diesen Genuß ruinieren kann.«

Er seufzte. »Okay. Ich habe folgendes erfahren: Es scheint, als wäre dies nicht das erste Mal, daß Pretty Boy Floyd dabei erwischt wurde, wie er sich an einem Kind vergreift. Sie waren nicht leicht zu finden, aber ich habe drei frühere Klagen gegen ihn ausgegraben.«

Alicia blickte erregt hoch. »Dann ist er also vorbestraft – als überführter Pädophiler. Wie konnte es dann passieren, daß wir ihn ins Center gelassen haben?«

»Immer langsam. Keine Vorstrafen. Die Klagen wurden zurückgezogen.«

»Zurückgezogen? Alle?«

Er nickte, wobei er langsam kaute. »Es scheint, als ginge es ihm finanziell sehr gut. Er hat in den achtziger Jahren an der Wall Street eine Menge Geld verdient und sich als junger Millionär mit jeder Menge Freizeit und einem Hang zu kleinen Mädchen zur Ruhe gesetzt.«

So gut das Essen auch war, so spürte Alicia jetzt doch, wie ihr Appetit nachließ. »Er kauft sich also einfach raus.«

»Oder er wirft mit Drohungen um sich, so wie er es auch bei Ihnen versucht. Er hat einen Hai von einem Anwalt. Ein richtiger Hurensohn, der einem sofort an die Gurgel geht.«

»Mit anderen Worten, es waren keine leeren Drohungen, die er ausgestoßen hat.«

»Ich fürchte nein.«

»Sie können einem richtig Mut machen.«

»Tut mir leid. Ich dachte nur, Sie sollten wissen, was Sie erwartet.«

»Ich glaube, das wußte ich längst. Fineman hat gestern angerufen.«

»Und was hat er gesagt?«

»In etwa das, was Sie mitgehört haben. Er meinte, ich könnte damit rechnen, die nächsten drei bis fünf Jahre in Gerichtssälen zu leben, dabei jeden Penny, den ich verdiene, für Anwalts- und Gerichtskosten auszugeben und den Rest meines Arbeitslebens damit zu verbringen, daß ich die Geldstrafen und Schmerzensgelder auftreibe, die das Gericht seiner Meinung nach so gut wie sicher seinem Mandanten zusprechen wird. Natürlich könnte ich all das vermeiden, wenn ich klug wäre und endlich erkennen würde, wie sehr ich mich geirrt habe, und meine Klage zurückzöge.«

»Was für ein reizender Mensch. Das beweist wieder mal, daß Anwälte stets die Mandanten kriegen, die sie verdienen.«

Alicia lehnte sich zurück und kämpfte gegen eine Woge der

Deprimiertheit an, als eine ganze Kette von Gedanken durch ihren Kopf rasselte: Kanessa war kein körperlicher Schaden zugefügt worden, und sie hatte noch zu wenig Selbstbewußtsein, um unter länger anhaltenden psychischen Beeinträchtigungen zu leiden. Und wenigstens hatte Floyd Stevens das Center endgültig verlassen, so daß die Kinder vor ihm sicher waren. Vielleicht hatte er durch die Tracht Prügel gelernt, daß er in Zukunft seine schmutzigen Hände besser bei sich behielt.

Die Tatsache, daß sie solche Überlegungen überhaupt zuließ, deprimierte Alicia noch mehr.

»Sind Sie okay?« fragte Matthews.

»Nein.«

»Wissen Sie, was Sie tun werden?«

Alicia sah ihn an. »Was denken Sie denn, was ich tun werde?«

Er erwiderte ihren Blick. »Ich kenne Sie noch nicht sehr lange, aber ich kann mir nicht vorstellen, daß Sie etwas anderes tun werden, als an der Sache dranzubleiben.«

Das plötzlich aufbrandende Gefühl der Wärme für diesen völlig Fremden überrumpelte Alicia. Es hatte zu keiner Zeit die Möglichkeit bestanden, daß sie klein beigab – bei etwas anderem vielleicht, aber niemals bei so etwas –, und das hatte er erkannt. Aus irgendeinem unerfindlichen Grund stellte sie fest, daß sie lächelte.

»Wie konnten Sie das wissen?«

»Ich *weiß* es nicht. Ich habe es *geahnt.* Das ist mit ein Grund dafür, daß ich Sie so anziehend finde.«

Hm-hm. Das war es also. Jetzt war es heraus und nicht mehr zu übersehen. Aber sie beschloß, nicht darauf einzugehen.

»Halten Sie mich vielleicht für verrückt?« fragte sie.

»Nein, ich denke eher, daß Sie feste Prinzipien haben.«

Sie wünschte, es wären Prinzipien. Ach, wenn es doch so einfach wäre.

Und dann schob er seine Hand über den Tisch und legte sie auf ihre.

»Und ich möchte, daß Sie wissen, daß ich Sie dafür bewundere. Und Sie sollten wissen, daß Sie nicht ganz allein sind. Es gibt trotz allem noch ein paar Dinge, die ich beitragen kann.«

»Was zum Beispiel?«

»Ich habe bei der Sitte einige Dinge gelernt. Eins war, daß diese Pädophilen höchst selten die Orte ihrer Aktivitäten wechseln. Man kann sie nicht kurieren. Sei es eine längere Gefängnisstrafe oder Jahre auf der Couch, betreut von einer ganzen Armee von Seelenklempnern, nichts ändert sie. Sobald sie sicher sein können, daß niemand sie sieht – oder manchmal sogar, wenn sie durchaus annehmen können, daß jemand sie beobachtet –, begeben sie sich auf die Suche nach potentiellen Opfern.«

»Sie zeigen ein zwanghaftes Verhalten.« Alicia wußte nur zu gut darüber Bescheid.

»Richtig. Und das kann sich durchaus zu unserem Vorteil auswirken.«

Unserem? Seit wann war dies auch sein Problem?

Sachte, sagte sie sich. Er will diesen Kerl mindestens genauso dringend wie du aus dem Verkehr ziehen. Also stell dich nicht so an. Er möchte helfen. Also laß ihn.

Sie überlegte, weshalb ihr das so schwerfiel. Vielleicht, weil sie schon so lange allein auf sich gestellt war, von niemandem Hilfe annahm, all ihre Entscheidungen selbst traf und auch ihre Probleme selbst löste. War das der Grund dafür, daß ein Hilfsangebot ihr beinahe erschien wie … eine unerwünschte Einmischung?

»Wie?«

»Überlassen Sie das mir.« Er lächelte.

Alicia straffte sich und ertappte sich dabei, daß sie das Lächeln erwiderte. »Wissen Sie was, Will? Ich glaube, mein Appetit kehrt zurück.«

O nein. Hatte sie ihn eben »Will« genannt? Woher kam das denn?

Aber es stimmte. Sie hatte wieder Hunger. Und sie mußte zugeben, daß es ein verdammt gutes Gefühl war, einen Verbündeten auf ihrer Seite zu wissen.

Sie aßen ihre Garnelen mit grüner Sauce auf, diskutierten aus, wer bezahlte, wobei Will Sieger blieb, weil er die längeren Arme hatte und die Rechnung einfach vom Tablett fischte. Sie trennten sich vor dem Restauranteingang, nachdem Will versprochen hatte, sich bei ihr zu melden.

Alicia hatte bereits den halben Weg zum Center zurückgelegt, als ihr bewußt wurde, daß sie überhaupt nicht dazu gekommen war, ihm von ihrer langen, ernsten Beziehung mit dem aufstrebenden Elektronikimporteur Joseph Hermann zu erzählen.

4

Ehe sie den Stapel Notizen durchblätterte, die sich während ihrer Abwesenheit vom Center auf ihrem Schreibtisch angesammelt hatten, hörte Alicia ihren Anrufbeantworter ab. Sie fand eine Nachricht vor.

»Hier ist Benny. Rufen Sie zurück.« Er hatte eine Nummer hinterlassen.

Ihr Pulsschlag beschleunigte sich. Der Brandspezialist. Sie schloß die Tür und wählte die Nummer sofort.

»Ja?« sagte dieselbe Stimme.

Sie hörte im Hintergrund Verkehrslärm. Er befand sich ohne Zweifel in einer Telefonzelle.

»Ist dort Benny? Ich habe Ihren Anruf erhalten.«

»Ja. Es geht um dieses Haus in Murray Hill, richtig?«

»Richtig.«

»Ich kann es erledigen.«

»Gut. Aber ich brauche mehr als das.« Jacks Bemerkung über ein Feuer, das den ganzen Block in Schutt und Asche legen könnte, machte ihr Sorgen. »Ich will nicht, daß es sich ausbreitet.«

»Kein Problem. Sie haben es mit einem Profi zu tun. Das Innere geht drauf. Dort wird alles zu Asche, ehe man draußen etwas sieht. Die Jungs mit dem Wasser werden bis dahin an Ort und Stelle sein, und wenn nicht, dann rufe ich sie selbst. Und das wär's dann. Ein chirurgischer Eingriff. Und niemand wird wissen, wer es war.«

»Sind Sie sicher? Absolut sicher? Und niemand wird verletzt?«

»Garantiert nicht. Ein Kinderspiel, Schätzchen. Sie werden Ihr Geld in Null Komma nichts zählen können.«

Benny nahm offenbar an, sie wolle es wegen der Versicherung tun. Sollte er.

»Prima«, sagte sie.

»Aber ich will meine Scheinchen schon heute abend sehen. Wie wir vereinbart haben, die Hälfte im voraus, die andere Hälfte am Morgen danach. In bar, haben Sie verstanden?«

»Ich habe verstanden.«

Bennys Honorar würde ihre Finanzen völlig erschöpfen. War es das wert? Wollte sie dieses Vorhaben wirklich durchziehen?

Ja.

»Wo treffen wir uns?«

5

Alicia stand auf einem Stuhl und blickte durch eines der Oberlichter in die Nacht. In nordwestliche Richtung. Nach Murray Hill.

Benny hatte gesagt, er würde den Auftrag in dieser Nacht ausführen.

»Ich habe noch einen anderen Job in einem anderen Teil der

Stadt«, hatte er gesagt. »Aber warum warten? Ihr Haus steht leer und kann jederzeit hochgehen. Ein Kinderspiel.«

Ein anderer Job ... Brandstiftung schien ein blühendes Gewerbe zu sein.

Und dann meldete sich der Polizeiscanner, den sie an diesem Nachmittag auf dem Heimweg gekauft hatte, hinter ihr. Eine Meldung über Schüsse, die in der Nähe des Madison Square Garden gefallen waren. Nicht das, was sie hören wollte.

Rauchschwaden aus einem Haus in der East Thirtyeighth.

Das war es, worauf sie wartete.

Sie wußte, daß sie von hier niemals die Flammen oder den Qualm sehen würde, aber irgend etwas zog sie trotzdem zum Fenster. Sie würde dort stehenbleiben, in die Dunkelheit starren, bis der Alarm über den Scanner ertönte. Dann würde sie nach unten rennen, mit einem Taxi nach Murray Hill fahren und sich dort in der Thirty-Eighth Street aufstellen und zusehen, wie die Flammen das Haus niederbrannten.

Ein Zittern durchlief ihren Körper, und sie schwankte auf dem Stuhl. Sie stützte sich am Rahmen des Oberlichts ab und schloß die Augen. Ihre überstrapazierten Nerven waren bis zum Zerreißen gespannt. Sie war für so etwas nicht geschaffen.

Mein Gott, was habe ich getan? Ich habe tatsächlich jemanden engagiert, um das Haus in Brand zu stecken. Bin ich eigentlich völlig von Sinnen?

Und nachdem sie heute endlich Zeit gefunden hatte, das Testament durchzulesen, fragte sie sich, ob der Wahnsinn in ihrer Familie steckte. Leo Weinstein hatte angedeutet, daß es »ziemlich ungewöhnlich« wäre, aber sie hatte nicht ahnen können, wie ungewöhnlich.

Nachdem sie es gelesen hatte, kannte sie die Antwort auf Jacks Frage, weshalb die Leute, die sie engagierte, am Ende den Tod fanden, sie jedoch unversehrt blieb.

Und nun war sie noch entschiedener davon überzeugt, daß die einzige Lösung darin bestand, das Haus zu zerstören.

Dann wäre sie befreit von Thomas' aufdringlichen Anwälten. Und falls irgendwelches Geld von der Versicherung käme, würde sie es dem Center spenden.

Und ihre Welt wäre frei von dem Haus und allem, was es verkörperte.

6

»Okay«, sagte Kenny, während er die Stufen hinunterkam. »Er ist im Kofferraum verstaut. Was nun?«

Sam Baker stand in einem Lichtkegel im Keller des Clayton-Hauses und wischte die blutige Klinge des Filetiermessers an einem Lappen ab. Er hätte am liebsten ein Stück aus Kenny herausgeschnitten und es ihm zum Fressen gegeben, weil er an diesem Abend Mist gebaut hatte. Aber Kenny gehörte zur Familie, er war der Sohn seiner älteren Schwester, ein breitschultriger Fünfundzwanzigjähriger mit dem roten Haar seiner Mutter, und man vergriff sich nicht an der Familie, noch nicht einmal, wenn sie es verdient hatte.

Er würde Kenny und seinen Partner auf andere Art und Weise bestrafen.

»Eine ganze Reihe von Dingen kommen als nächstes. Das erste ist, dir und Mott den Bonus um fünf Prozent zu kürzen.«

Kenny riß die Augen weit auf. »Fünf Prozent? Weshalb das denn, verdammt noch mal?«

»Dafür, daß du den Brandstifter an dir hast vorbeischleichen lassen.«

»Scheiße, Mann, wir haben ihn doch geschnappt, oder etwa nicht?«

»Ja, nachdem er schon drinnen und im Begriff war, seine Bonbons auszupacken. Wenn ihr nicht das Benzin gerochen hättet, würde der ganze Schuppen jetzt in Flammen stehen, und uns wäre ein schönes Geschäft durch die Lappen gegangen.« Baker zielte mit der Messerspitze auf Kennys Brust. »Er hätte eigentlich gar nicht erst das Haus betreten dürfen.«

»Der Bursche mußte ein Zauberer gewesen sein. Wir haben ihn nicht gesehen, und ich schwöre, daß wir nicht herumgealbert haben.«

»Schwöre so viel und was du willst, aber erwarte von der restlichen Mannschaft kein Mitgefühl. Wenn dieses Haus abgebrannt wäre, dann hätten *alle* hundert Prozent von ihrem Bonus verloren. Du auch. Daher werden fünf Prozent weniger dafür sorgen, daß du während der nächsten Schicht die Augen ein wenig konzentrierter offenhältst.«

»Das ist doch Scheiße, Sam.«

»Ärgere dich nicht. Ich sorge dafür, daß es an Grandma geht.«

Kenny verzog mürrisch das Gesicht. »Ja klar. Meinst du, sie denkt daran, mir ein Dankeschön zu schicken?«

In einem plötzlichen Wutanfall raffte Sam Kennys Hemdbrust zusammen und riß ihn zu sich heran. Familie oder nicht Familie, er war durchaus bereit, einen Steptanz auf dem Schädel seines Neffen zu vollführen.

»Mäßige deinen Ton, wenn du von deiner Großmutter redest, Kleiner. Verstanden?«

Kenny senkte den Blick und nickte. »Tut mir leid. Ich hab's nicht so gemeint.«

Sam ließ ihn los. »Das hoffe ich. Und jetzt schlepp den Rest von diesem Brennstoff nach oben und warte auf die anderen.«

Während Kenny die Stufen hinaufstampfte, schaute Baker sich in dem Keller um und schüttelte den Kopf. Zu knapp. Zu verdammt knapp. Er hatte sich verdammt noch mal beinahe in die Hose gemacht, als Kenny angerufen und Bescheid gesagt hatte, sie hätten im Haus einen Feuerteufel geschnappt. Er war sofort hingeeilt und hatte im Keller diesen wieselgesichtigen Heini an einen Stuhl gefesselt vorgefunden. Der Bursche hatte zwei Gallonen Brandbeschleuniger in Viertelliterflaschen in den Taschen seines Mantels gehabt.

Es hatte nicht lange gedauert, ihn zum Reden zu bringen. Erstaunlich, wie überzeugend dabei ein Filetiermesser wirken kann. Man brauchte nur ein paar schmale Streifen Haut zu entfernen, und schon fingen die Worte an zu sprudeln. Der Feuerteufel erzählte, eine Schnalle hätte ihn angeheuert. Jemand, auf den die Beschreibung der Clayton-Tussi bis aufs Haar paßte.

Scheiße!

Wußte dieses Luder denn nicht, wann es an der Zeit war, die Segel zu streichen? Was mußte man tun, um sie endgültig abzuschrecken?

Baker war nicht nur sauer gewesen, er drehte regelrecht durch. Hatte sich die nächstbeste Pistole geschnappt und zugeschlagen. Hatte dem Feuerteufel den Schädel gründlich weichgeklopft. Der war völlig weggetreten. Durchaus möglich, daß er gar nicht mehr aufwachte.

Baker hatte überlegt, ob er Kemel anrufen sollte, doch dann überlegte er es sich anders. Ahab der Araber entpuppte sich nach und nach als kleine Memme. Man brauchte sich nur anzusehen, wie er sich über die niedliche kleine Autobombe aufregte. Wahrscheinlich wäre er völlig zerbrezelt, wenn Baker ihm beschrieben hätte, wie er den Feuerteufel abzufertigen gedachte.

Kemel raffte es einfach nicht. Man scharwenzelt nicht um Probleme herum – man eliminiert sie. Auf diese Weise kommen sie nicht zurück, um einem das Leben schwerzumachen.

Wie dieser Feuerteufel, zum Beispiel.

Der Kerl hatte seine Lektion erhalten – vielleicht für immer und ewig. Aber das reichte nicht. Baker wollte der Clayton-Tussi eine weitere Botschaft schicken. Ihr über die Straße verteilter Privatdetektiv hatte wohl nicht ausgereicht. Ihr Anwalt, der vor ihren Augen explodierte, offenbar auch nicht. Vielleicht waren aller guten Dinge drei.

Aber diese Nummer zog er nicht alleine durch. Er holte dafür alle acht Leute seiner Mannschaft zusammen. Angesichts der steigenden Verluste wurde es Zeit, erhöhten Wert auf Sicherheit zu legen. Alle Leute einzusetzen. Das Risiko für die Gegenseite zu erhöhen.

Baker wußte, daß es harte, nicht so leicht unterzukriegende Jungs waren. Nicht unbedingt vom gleichen Kaliber wie die SOG-Teams, die er Anfang der siebziger Jahre nach Laos und Kambodscha begleitet hatte, aber sie kannten ihr Metier, waren sie doch allesamt Veteranen der Söldnerkriege in Mittelamerika, Afrika und am Persischen Golf. Im Laufe der Jahre hatte er sie benutzt, wenn er den verschiedenen Bossen in Cali und Medellin dabei geholfen hatte, ihre schmutzige Arbeit entlang der Drogenrouten in Mittelamerika zu erledigen.

Aber nun hatten die Mexikaner im großen Rahmen die Geschäfte übernommen, und sie zogen ihre eigenen Leute vor, wenn sie Verstärkung brauchten.

Die Musik spielte im Mittleren Osten, vor allem in Saudi-Arabien. Dort gab es viel Geld zum Ausgeben, aber keine Infrastruktur. Und nach dem, was der Irak mit Kuwait gemacht hatte, herrschte dort eine allgemeine Paranoia. Seine Kontaktleute dort drüben erzählten ihm immer wieder, daß sie keine Söldner wollten oder brauchten, aber Baker wußte es besser. Jeder Saudi, den er kennengelernt hatte, glaubte, er sollte eigentlich ein Prinz sein. Niemand wollte die schmutzige Arbeit tun. Deshalb wimmelte es im Land von Koreanern und Pakistanis, die herbeigeholt worden waren, um sämtliche niederen Arbeiten auszuführen. Wenn einem der Mercedes liegenblieb, gab es niemanden, der ihn hätte reparieren können. Aber was soll's? Man kaufte sich einfach einen neuen. Und was den Wehrdienst anging, warum sollte man seinen Arsch riskieren, wenn man einen anderen Arsch mieten konnte, der einen gerne vertrat?

Baker wurde nicht jünger. Er war es leid, selbst alle möglichen Eisen aus dem Feuer zu holen. Der Löwenanteil seines Bonus', wenn dieser Job erledigt war, würde seine Finanzen auf eine solide Basis stellen und ausreichen, um die Rechnungen für die Pflege seiner alten Mutter zu bezahlen, aber er wollte auf keinen Fall den Rest seines Lebens damit verbringen, untätig herumzusitzen und in die Glotze zu starren. Er brauchte einen Grund, um morgens aus dem Bett aufzustehen, und Saudi-Arabien schien der ideale Schauplatz für ständige, ziemlich risikolose paramilitärische Aktionen zu sein, der nur darauf wartete, erschlossen zu werden. Wenn er dieser Iswid-Nahr-Gruppe, für die Mulhallal arbeitete, demonstrierte, daß er einige heikle Dinge erledigen konnte, daß er der Mann war, den sie brauchten, dann hätte er für den Rest seines Arbeitslebens einen sicheren Posten.

Aber Baker glaubte an die Gültigkeit seines eigenen Murphyschen Gesetzes: Ganz gleich, wie tief man sie auch vergrub, man sollte niemals die Fähigkeit von Scheiße unterschätzen, irgendwann einen Ventilator zu finden, auf den sie sich fallen lassen konnte.

An diesem Abend wollte er seine gesamte Mannschaft dabeihaben. Sie konnten das Ganze als eine Art Verschwörungsritual betrachten ... eine Art Bluttaufe.

Baker grinste. Nicht Blut ... eine Feuertaufe.

Danach wären sie richtige Waffengefährten. Sie wären Komplizen, Verbündete.

Und der Araber? Baker würde Kemel Mulhallal erst später davon erzählen.

7

Yoshio stand an der Lampe in Kemel Mulhallals zweitem Schlafzimmer und schaute über den Innenhof hinweg zu seinem eigenen Apartment.

Er hatte Mulhallal weggehen sehen und war zwecks einer schnellen Durchsuchung herübergeeilt. Nichts. Er hatte jede Schublade, jeden Wandschrank, jede Ecke, jedes mögliche

Versteck geöffnet und gründlich durchgestöbert, ohne jedoch etwas Ungewöhnliches zu finden.

Und nun stand er dort, wo Mulhallal und manchmal auch sein Vorgesetzter, Khalid Nazer, fast jeden Tag standen und etwas betrachteten. Was? Was konnte sie derartig interessieren? Und warum schauten sie es immer hier an, unter dieser Lampe, die niemals ausgeschaltet wurde?

War das der Schlüssel? Die Lampe?

Yoshio griff unter den Schirm und fand den Knopf. Er drehte ihn, und die Lampe erlosch. Er drehte wieder, und die Birne flammte erneut auf.

Nur eine Lampe.

Nazer oder Mulhallal mußten das Objekt mitgenommen haben. Was immer es war, daß sie so sehr faszinierte, es war nicht mehr da, daher war das die einzige mögliche Antwort. War es so wertvoll, daß sie es nicht wagten, es in der Wohnung zurückzulassen? Vielleicht könnte er einen von ihnen abfangen und es ihm abnehmen ... und das Ganze wie einen Raubüberfall aussehen lassen ...

Aber nein, zu gefährlich. Sie könnten mißtrauisch werden, könnten zu der Vermutung gelangen, daß auch noch eine dritte Partei mitmischte ...

Yoshio seufzte und ging zur Wohnungstür. Ein überflüssiger Abstecher. Alles, was er tun konnte, war, Wache zu halten, wie er es schon seit Monaten tat.

Es war so frustrierend. Er wünschte sich, daß irgend etwas passierte. Und zwar möglichst bald.

8

Alicia hatte es aufgegeben, durch das Oberlicht hinauszuschauen. Sie hatte sich in ihren Lesesessel fallen lassen, saß zwischen ihren Pflanzen und blickte unverwandt auf den Scanner.

Aber keine Meldung von einem Feuer in Murray Hill.

Hatte Benny der Brandstifter sie begaunert? Er legte keine Brände, sondern erzählte den Leuten lediglich, daß er es tat. Dann nahm er deren Geld und machte sich aus dem Staub.

Aber andererseits, vielleicht hatten ihm die Bedingungen an Ort und Stelle nicht zugesagt. Er wußte über den Wachdienst Bescheid, den Thomas engagiert hatte, aber er hatte ihr erklärt, daß er sich ohne Schwierigkeiten an ihm vorbeischleichen könnte. Vielleicht war es doch nicht so einfach gewesen, wie er angenommen hatte.

Vielleicht würde er es morgen noch einmal versuchen.

Alicia erschauerte.

»Tu's heute«, sagte sie in das leere Zimmer hinein. »Ich weiß nicht, wie lange ich dieses Warten noch ertragen kann.«

Donnerstag

1

»Hast du schon von Benny der Fackel gehört?«

Abes lässig hingeworfene Frage ließ Jack mitten im Abbeißen innehalten.

Er war mit ein paar Bagels und einer Portion Philadelphia in den Laden gekommen – der Frischkäse war für Abe, Jack aß seine Bagels trocken. Abe sorgte für den Kaffee.

»Nein«, antwortete Jack, während eine schlimme Vorahnung an seiner Wirbelsäule hochzukriechen schien. »Was ist mit ihm?«

Aber Abes Aufmerksamkeit galt nun Parabellum, der diesmal auf seiner linken Schulter saß. Der Papagei pickte an einem Stück Bagel herum, das Abe ihm einladend hinhielt.

»Sieh dir mal den kleinen Kerl an! Er liebt Bagels. Ein koscherer Papagei.«

»Ich glaube, er hat es auf die Sesamkörner abgesehen«, meinte Jack. »Und dieses Bagel ist bedeckt damit. Aber was ist mit Benny?«

»Sie haben ihn heute morgen tot unter einer Auffahrt zur Manhattan Bridge gefunden.«

»Ist er abgestürzt?«

»Nein, er ist verbrannt. Zu einem Haufen Asche, hörte ich. Mit seinem eigenen Brandbeschleuniger.«

Das Stück Mohnbagel, das Jack gerade schluckte, blieb auf halbem Weg stecken, als sich seine Speiseröhre krampfartig verengte.

»Wie hat er denn das geschafft?«

»Oh, ich bezweifle, daß er viel damit zu tun hatte. Jemand

hat das Wort ›Brandstifter‹ neben ihm auf den Boden gebrannt.«

»Mein Gott.«

»Und es heißt, er wäre sogar noch am Leben gewesen, als er in Brand geriet.«

Jack erschauerte. Benny war ein ganz mieser Zeitgenosse gewesen, aber bei lebendigem Leib verbrannt zu werden …

»Oy, Parabellum«, schimpfte Abe. »Zeigt man so seine Dankbarkeit?«

Jack schaute hoch und sah, daß sich Parabellum auf Abes Schulter entleert hatte. Der Anzahl von Flecken nach zu urteilen war es nicht das erste Mal.

»Was reingeht, muß irgendwann rauskommen«, sagte Jack. »Und betrachte es doch einmal so: Früher hattest du nur vorne auf deinem Hemd Flecken. Jetzt hast du sie auch auf der Schulter.«

»Ich weiß, ich weiß«, sagte Abe und wischte den Klumpen mit einer Papierserviette ab. »Aber ich glaube, dieser kleine Bursche ist krank. Vielleicht hat er Colitis. Hey, hast du die Aktien gekauft, die ich dir empfohlen habe?«

»Du weißt, daß ich keine Aktien kaufen kann.«

»Nicht kann – du *willst* nicht. Du läßt dir da eine ganze Menge leicht verdientes Geld durch die Lappen gehen. Ich habe nämlich einen Spitzenbroker. Er spekuliert auf Teufel komm raus. Ordert tausend Aktien, wartet, bis sie zwei Punkte steigen, und verkauft sie. Geld für nichts. Du brauchst nur …« Er hielt inne und musterte Jack kritisch. »Du machst dieses Gesicht. Als wolltest du sagen, ›hör endlich auf mit dem Quatsch, Abe‹.«

»Wer – ich?« fragte Jack und wünschte sich tatsächlich, daß Abe endlich aufhörte.

»Ja, du. Und ich sollte sagen, ›Jack, wann wirst du endlich klug‹.«

»Mein Gott, entweder liegst du mir dauernd in den Ohren, oder es ist Gia.«

»Ich verlange doch gar nicht von dir, daß du Schluß machst. Dafür bist du ein viel zu guter Kunde. Ich rate dir nur, du solltest deine Scheiß-Goldmünzen zu Geld machen und das Geld für dich arbeiten lassen.«

»Man braucht eine Sozialversicherungsnummer, um ein Maklerkonto zu eröffnen, Abe.«

»Na und? Du hast doch jede Menge falsche Identitäten, und soweit ich weiß, haben einige sogar eigene Sozialversicherungsnummern.«

»Das sind die Nummern von Toten.«

»Prima. Du verwandelst ein paar von diesen Dukaten und Krügerrands in Dollars, benutzt die Nummer des Toten, um ein Konto bei meinem Börsenmakler zu eröffnen. Danach macht er die Geschäfte für dich und holt zwanzig Prozent im Jahr heraus.«

»Nein, danke.«

»Jack! Wie kannst du es ablehnen, wenn jemand dir anbietet, dein Geld innerhalb von vier Jahren zu verdoppeln?«

»Weil ich für diese Gewinne Steuern zahlen muß.«

»Ja, aber ...«

»Kein Aber. Ich muß es. Und mich zurücklehnen und ihnen zu gestatten, sich ihren Anteil zu holen, hieße, es gutzuheißen. Und es gutzuheißen ...«

Jack konnte das unmöglich tun. Wenn er einmal diese Grenze überschritt, selbst in einer anderen Identität, würde er ... dazugehören. Er hätte sich zu ihnen gesellt. Und sie würden ihn kennen.

»Aber du würdest doch gar nichts gutheißen. Es wäre ein falscher Typ mit der Sozialversicherungsnummer eines Toten.«

»Das wäre das gleiche, Abe.«

Abe starrte ihn für einen Moment entgeistert an, dann seufzte er. »Ich verstehe dich nicht, Jack.«

Jack lächelte. »Doch, das tust du. Und Parabellum hat soeben die nächste Portion abgeladen.«

»Oy!«

Während er zusah, wie Abe auch diesen Klumpen entfernte, sagte er: »Gibt es irgendeinen Hinweis, wer Benny erledigt haben könnte?«

Abe schüttelte den Kopf. »Nichts. Aber wenn du meine Meinung hören willst, was du sicher willst, dann würde ich darauf tippen, daß Benny vielleicht versucht hat, im falschen Gebäude zu zündeln.«

Jack hatte das ungute Gefühl, daß er genau wußte, um welches Gebäude es sich höchstwahrscheinlich handelte.

Er erinnerte sich daran, daß Alicia ihm erzählt hatte, daß zwei Leute, die sie im Zusammenhang mit ihren Testamentsproblemen engagiert hatte, am Ende den Tod gefunden hätten. Erhöhte Benny die Fackel nun die Zahl der Opfer auf drei?

Es gab nur einen Weg, das herauszufinden.

2

Alicia hatte das Gespräch mit dem Krankenhauslabor soeben beendet – bei Hectors Kulturen gab es zur Zeit noch keine Resultate, aber der kleine Kerl hielt sich tapfer, trotz mehrerer Fieberspitzen –, als Raymonds Stimme aus dem Lautsprecher der Sprechanlage drang. »Dieser Mann namens Jack ist hier und will zu Ihnen«, sagte er. »Er hätte keinen Termin, aber er meint, es wäre wichtig.« Im Hintergrund ertönte leises Murmeln, dann: »Hören Sie – er sagt, es wäre ›dringend‹.«

Alicias erster Impuls war, ihn abzuwimmeln. Er hatte sie vor zwei Tagen hängenlassen, und soweit es sie betraf, hatten sie einander nichts mehr zu sagen.

Aber das Wort »dringend« machte sie hellhörig. Es war nicht gerade ein Wort, das sie mit Jack in Verbindung brachte.

Wenn er sagte, daß es dringend war, dann meinte er es wahrscheinlich auch so.

Oh, verdammt! »Schicken Sie ihn rein.«

Ein paar Sekunden später trat Jack durch die Tür und schloß sie hinter sich.

»Haben Sie Benny die Fackel engagiert?«

Er hatte sich nicht hingesetzt, hatte sie noch nicht einmal begrüßt. Aber der Name »Benny« sorgte dafür, daß Alicia alldem keine Beachtung schenkte.

Er weiß Bescheid! Aber wie ist das möglich?

»Wovon reden Sie?« war das Beste, was ihr in ihrem Schreck einfiel.

»Er wurde heute morgen tot aufgefunden. Jemand hat ihn in der vergangenen Nacht bei lebendigem Leib verbrannt. Gibt es irgendeine Verbindung zwischen ihm und dem, um was Sie mich gebeten haben?«

»O nein!« stöhnte sie. »Nicht schon wieder!«

Jack ließ sich in den Besuchersessel fallen. »Okay. Das beantwortet meine Frage.«

Sie spürte seinen bohrenden Blick, während sie eine Woge schuldbewußter Übelkeit zurückzudrängen versuchte.

Dieser lebhafte kleine Mann, lebendig verbrannt …

Schließlich sagte er: »Ich hätte nicht gedacht, daß Sie sofort losgehen und jemand anderen suchen. Ich dachte, Sie würden sich das Ganze noch mal in Ruhe durch den Kopf gehen lassen.«

»Ich brauchte nicht zu suchen«, sagte sie. Ihre Stimme klang dumpf und als käme sie von weit weg. Es kam ihr so vor, als hörte sie sich selbst aus einem Nebenzimmer zu. »Ich hatte seinen Namen bereits. Mein Gott … ich habe ihn umgebracht …«

»Sie haben ihn nicht getötet. Aber ich denke, Sie haben nicht ganz unrecht mit Ihrer Bemerkung über die geringe Lebenserwartung von Leuten, die in diese Sache verwickelt werden. Und zwar von allen Leuten außer Ihnen. Und das ist es, was ich nicht verstehe.«

»Ich schon«, sagte sie, gab sich einen Ruck und sah ihn direkt an. »Ich habe gestern das Testament gelesen.«

»Das wurde auch allmählich Zeit. Werden dadurch alle Geheimnisse aufgeklärt?«

»Nein. Noch lange nicht. Aber es liefert die Erklärung, warum ich noch am Leben bin.«

Ihre Erinnerung ließ sie zurückkehren zum Vortag, und sie hatte wieder dieses unheimliche Gefühl, das sie erfaßt hatte, als sie die Worte dieses Mannes las und zu ergründen versuchte, was er gedacht haben mochte, während er sie niederschrieb.

»Und wie lautet diese Erklärung?«

»Daß Thomas als Erbe des Hauses nicht an nächster Stelle nach mir steht.«

Jacks Augenbrauen zuckten hoch, während er langsam nickte. »Sehr interessant. Und wer ist es?«

»Nicht wer. Was. Greenpeace.«

»Die Naturfreaks?« Er lachte. »Die ständig um die Welt segeln und Walfangschiffe rammen?«

»Genau die.«

»Kein Wunder, daß Ihr Bruder …«

»Halbbruder.«

»Richtig. Kein Wunder, daß er sauer ist. Sein Vater würde das Haus lieber einer Umweltschutzbewegung als ihm vermachen. Die beiden müssen irgendwann einmal ganz schön in Streit geraten sein.«

Alicia erinnerte sich an das Datum auf dem Testament – nur wenige Wochen vor dem Tod dieses Mannes. Hatte er sich von Thomas zu diesem Zeitpunkt distanziert – oder war Thomas schon immer »draußen« gewesen?

»Davon weiß ich nichts. Wie ich Ihnen bereits erklärte, hatte ich keinerlei Kontakt mit beiden, seit ich von hier wegging, um das College zu besuchen.« *Und ich wünschte, es wäre dabei geblieben.* »Und was die Vermutung angeht, daß dieser Mann vielleicht ein ›Grüner‹ war … das ist geradezu lachhaft.

Ich glaube nicht, daß er in seinem ganzen Leben auch nur einen einzigen Gedanken an Umweltschutzfragen verschwendet hat. Er hatte ... andere Interessen.«

Jack runzelte die Stirn und beugte sich vor. »Warum hat er dann ...?«

»Ich habe keine Ahnung. Nichts von alledem ergibt einen Sinn. So wie die Dinge formuliert sind ... ich habe nicht viel Ahnung von rechtlichen Dingen, aber ich kann mir nicht vorstellen, daß dies ein typischer Letzter Wille ist. Ich meine, es könnte einem fast so vorkommen, als hätte er damit gerechnet, daß es im Zusammenhang mit dem Haus zu irgendwelchen Gewalttaten kommen würde.«

»Wie kommen Sie darauf?«

Alicia lehnte sich zur Seite und zog das Testament aus ihrer Schultertasche. Sie hatte keine Mühe, die entsprechende Passage zu finden, auf die sie sich bezog – sie hatte sie unterstrichen.

»Hören Sie sich das nur mal an: ›Wenn Alicia stirbt, bevor sie besagtes Haus in Besitz nehmen kann, oder wenn sie stirbt, nachdem sie besagtes Haus in Besitz genommen hat, soll besagtes Haus urkundlich der international agierenden Umweltschutzbewegung, die unter dem Namen Greenpeace weltweit bekannt ist, überschrieben werden, und zwar mit der Botschaft: *Dieses Haus enthält den Schlüssel, der den Weg zu allem öffnet, was Sie erreichen wollen. Verkaufen Sie es, und Sie verlieren alles, wofür Sie sich jemals eingesetzt haben.*‹« Sie knallte das Dokument mit einer heftigen Bewegung auf den Schreibtisch. »Können Sie mir vielleicht verraten, was das verdammt noch mal bedeuten soll?«

»Darf ich mal sehen?« fragte Jack und lehnte sich vor.

Instinktiv griff Alicia nach dem Testament, um es schnell wegzustecken. Sie wollte nicht, daß irgend jemand etwas über ihre Familie erfuhr. Aber sie hielt inne, sie mußte jemandem vertrauen, und Jack war der einzige, den sie im Augenblick hatte.

Sie schob ihm das Testament über den Tisch entgegen. »Es wird Sie umhauen.«

Sie spürte, wie sich ihre Kiefermuskeln verhärteten, als sie sah, wie Jack die Seite überflog. Sie stand unter Hochspannung und wußte es. Bereit, sich mit jedem zu streiten, der ihr in die Quere kam. Sie hatte angenommen, daß sie sich von diesem Mann befreit hatte, aber sogar aus dem Grab heraus war er in der Lage, ihr Leben durcheinanderzubringen.

»Wissen Sie«, sagte Jack und nickte, »das klingt tatsächlich so, als hätte er mit Schwierigkeiten gerechnet.« Er schaute hoch. »Hat Ihr Bruder jemals im Gefängnis gesessen?«

»Nein.«

»Hatte er Drogenprobleme? War er gewalttätig?«

»Nicht daß ich wüßte.« Sicher, Thomas hatte Probleme, aber nicht diese.

Jack begann damit, den restlichen Text des Testaments durchzublättern. »Warum ist ...?« Er hielt inne, und seine Augen weiteten sich. »Was ist das? Auszüge aus Gedichten?«

»Ja! Ist so etwas zu fassen?«

Jack begann zu lesen. *»›Clay(ton) liegt still, doch das Blut, es wandert.‹«*

»Das ist von Alfred Houseman«, sagte sie. Als er sie erstaunt musterte, fügte sie hinzu: »Ich hab's nachgeschlagen.«

»Ich kenne nur John Houseman.«

»Im Original heißt es *›Clay liegt still‹*. Er hat t-o-n hinzugefügt.«

»Was soll das bedeuten? Daß Ihr Bru... Halbbruder ein ›Umherstreifender‹ ist? Daß er ein Wanderer ist? Daß er ruhelos ist? Oder was?«

»Ich weiß es nicht.« Es hatte auch sie verwirrt.

»Warten Sie«, sagte Jack. »Hier ist noch etwas anderes: *›Ziehe dahin, mein Wanderer, aber was suchest du?‹«*

»Das ist von jemandem namens Robert Bridges. Ich habe mir die Gedichte daraufhin angesehen, ob irgend etwas darin weiterhelfen könnte, aber ich habe nichts gefunden.«

»Es ist verrückt.«

»Genau das haben auch Thomas' Anwälte gesagt. Sie ziehen diese Seltsamkeiten als Beweis dafür heran, daß er nicht mehr zurechnungsfähig war, als er das Testament änderte.«

»Und wann hat er das getan?«

»Laut dem Datum hier kurz bevor er starb.«

»Nun, wie auch immer sein Geisteszustand aussah, so war er doch absolut entschlossen, dafür zu sorgen, daß Sie das Haus bekommen.«

»Da bin ich mir nicht so sicher«, widersprach sie. »Mir scheint es eher so, als wollte er es mehr als alles andere aus Thomas' Reichweite halten.«

»Fällt Ihnen irgend etwas ein im Zusammenhang mit dem Haus, das wichtig genug ist, daß Ihr Halbbruder sogar dafür morden würde? Was könnte Ihr Vater dort hinterlassen haben, das er so dringend in seinen Besitz bringen will?«

»Keine Ahnung. Und ich kenne Thomas nicht. Ich habe keine Erklärung für seine Handlungsweisen. Ich will auch gar nicht erst versuchen, eine zu finden.«

»Na schön«, meinte Jack, »dann zu Ihrem Vater. Er scheint der Ursprung für alles zu sein. Wer war Ronald Clayton? Was hat er gemacht?«

Alicia schloß die Augen und schluckte. Er wollte, daß sie über diesen Mann sprach ... wer er war ... was er tat ...

Wenn sie es doch nur wüßte ...

Jack begann sich schon zu fragen, ob irgend etwas mit Alicia nicht stimmte – sie saß so bleich und starr auf der anderen Seite des Schreibtisches –, doch dann schlug sie die Augen auf und begann zu reden.

»Die Leute nannten ihn einen brillanten Geist«, sagte sie mit ausdrucksloser Stimme, während sie über Jacks Schulter ins Leere starrte, fast als würde sie von einem TelePrompTer ablesen, der hinter ihm stand. »Sein Arbeitsgebiet war die Physik, und zu verschiedenen Zeiten seiner Karriere gehörte er den Instituten von Princeton, Columbia und der NYU an, wo er Grundlagenforschung betrieb. Irgendwann arbeitete er auch mal in den Bell Labs und bei IBM. Er folgte immer den lukrativsten Angeboten. Ich glaube schon, daß er eine überragende Intelligenz besaß, aber er war absolut skrupellos. Er wollte immer alles und sofort, und was andere Menschen betraf, die interessierten ihn nicht. Sein Sohn war nicht anders.«

Jack erkannte, daß er nie gehört hatte, daß Alicia Ronald Clayton ihren Vater genannt hätte. »Er« oder »ihn« oder »dieser Mann«, aber niemals »mein Vater«.

War sie von ihm mißbraucht worden? Von ihrem Bruder? Von beiden?

»Das klingt nicht gerade nach einer idealen Vater-Tochter-Beziehung.«

Ihre Stimme wurde kälter und noch ausdrucksloser.

»Ronald Clayton war Abschaum, eine niedere Lebensform ohne Gewissen oder Skrupel. Es ist mir egal, ob er mir sein Haus hinterlassen hat. Ich will es nicht. Es interessiert mich nicht, was er in dem Haus zurückgelassen hat. Ich will nichts von dem, was der Mann jemals berührt hat. Ich wäre am glücklichsten, wenn alle Spuren von ihm vom Antlitz der Erde weggewischt würden. Deshalb wollte ich, daß Sie das Haus anzünden. Deshalb habe ich ... ich ...«

Ihr schienen die Worte zu fehlen.

Jack war ebenfalls sprachlos. Alicias Gefühle für ihren Vater gingen über Zorn, über Wut hinaus. Sie verabscheute diesen Mann. Und nicht nur wegen seiner charakterlichen Fehler.

Was, um alles in der Welt, war in diesem Haus geschehen? Etwas Physisches? Sexuelles?

Jack beobachtete sie aufmerksam und hoffte, daß sie nicht zu weinen anfangen würde. Er wußte nie, was er mit einer weinenden Frau tun sollte – oder auch mit einem weinenden Mann. Gia könnte er in die Arme nehmen. Aber Alicia? Das wäre wohl nicht das Richtige.

Aber sie weinte nicht. Ihr kamen noch nicht einmal Tränen. Sie schloß die Augen, holte tief Luft, dann sah sie ihn an.

»Verzeihung.«

»Es ist schon gut«, erwiderte Jack und verbarg seine Erleichterung. »Was haben Sie als nächstes vor? Und versprechen Sie mir, daß der Begriff ›Feuer‹ nicht dazu gehört.«

Der vage Anflug eines müden Lächelns spielte um ihre Lippen. »Okay. Kein Feuer.« Sie seufzte. »Vielleicht sollte ich mal darüber nachdenken, ob ich nicht aufgeben soll. Ich meine, es würde mein Leben um einiges einfacher machen, wenn ich diesen verdammten Schuppen an Thomas und seine Hintermänner verkaufte. Multimillionärin zu sein würde eine ganze Menge Probleme aus der Welt schaffen.«

Jack war überrascht über seine enttäuschte Reaktion. Wer hatte den Privatdetektiv, den Anwalt und Benny die Fackel getötet? Und warum? Was in dem Haus war wertvoll genug, um dafür Menschenleben zu vernichten? Wenn Alicia kapitulierte, würden all diese Fragen unbeantwortet bleiben.

»Aber andererseits«, sagte sie nach einer Pause, wobei der stählerne Glanz in ihre Augen zurückkehrte, »vielleicht sollte ich es nicht tun. Ich mag es nicht, wenn ich unter Druck gesetzt werde. Vor allem nicht von Thomas.«

Jawohl! Jack widerstand dem Impuls, seine Faust triumphierend in die Luft zu stoßen. Statt dessen erhob er sich.

»Es ist Ihre Entscheidung«, sagte er. »Und so oder so gibt es nicht viel, was ich für Sie tun kann. Aber ich werde darüber nachdenken. Vielleicht fällt mir jemand ein, der Ihnen helfen kann.«

»Warum?« fragte sie. »Verstehen Sie mich nicht falsch. Mir ist jede Hilfe willkommen, die Sie mir anbieten können. Aber ich hatte den Eindruck, daß Sie ausschließlich gegen Bezahlung arbeiten. Warum bleiben Sie weiterhin an dieser Sache dran?«

Jack zuckte die Achseln. »Neugier.«

»Wenn man sich vor Augen hält, was mit den anderen geschah, die sich eingemischt haben, könnte Neugier sehr gefährlich werden.«

»Ich weiß«, sagte er. »Sie sind eben eine gefährliche Lady.«

Sie runzelte die Stirn, und plötzlich tat ihm diese Bemerkung leid. Sie fühlte sich sowieso schon schlecht genug. Aber es stimmte: er würde sich ständig umdrehen müssen, wenn er sich mit Alicia zusammentat. Er müßte herausbekommen, wer hinter diesen Gewalttaten stand, und dann müßte er die Betreffenden aus dem Gleichgewicht bringen, indem er ihnen eine kräftige Dosis ihrer eigenen Medizin verabreichte. Damit sie sich ständig umdrehen und darauf achten müßten, was in ihrem Rücken passierte.

»Halten Sie durch«, sagte er, während er die Tür öffnete. »Ich lasse von mir hören, wenn mir irgend etwas einfällt.«

Jack entfernte sich, wobei er über das Phänomen Neugier nachdachte. Eins seiner schlimmsten Laster. Nur selten kam es vor, daß es ihn nicht in die Bredouille brachte.

3

Jack verbrachte den größten Teil des Nachmittags mit dem Studium der Immobilienangebote. Er fand schließlich, was er suchte: ein dreistöckiges viktorianisches Stadthaus in der West Twenty-first Street zwischen Seventh und Eighth Avenue.

Das Haus hatte eine bemerkenswerte Vergangenheit, und Dolores, die rundliche Agentin von Hudak Realty, erzählte ihm die ganze schlimme Geschichte. Der vorherige Besitzer war ein Psychiater, der sich in der Nähe des Times Square eine Kugel in den Kopf gejagt und das Haus einer seiner Patientinnen hinterlassen hatte. Die Patientin erlitt später einen Unfall in dem Haus und wollte nicht dort wohnen bleiben. Daher vermietete sie es voll möbliert.

»Perfekt«, sagte Jack zu der Agentin. »Aber ich muß, ich

betone, ich muß *sofort* einziehen können. Die Proben beginnen schon morgen, und ich kann mir längere Ablenkungen absolut nicht leisten.«

Dolores meinte, das wäre sicherlich überhaupt kein Problem. Sie schien völlig aus dem Häuschen zu sein aufgrund der Tatsache, daß ihr Klient der Schauspieler war, der die Rolle des Javert in *Les Misérables* spielen sollte. Er versprach ihr Freikarten für seine erste Vorstellung. »Wenn ich die Bühne betrete, dann sitzen *Sie* im Publikum.«

Jack unterschrieb einen einjährigen Mietvertrag als Jack Ferris, dann bezahlte er einen Teil der Miete sowie eine Kaution mit dem Scheck einer Bank in Santa Monica. Er würde dem Haus längst wieder den Rücken gekehrt haben, wenn der Scheck platzte.

Beim Verlassen der Hudak-Büros gelang es ihm, ein paar Bögen Briefpapier und ein unausgefülltes Überweisungsformular mitgehen zu lassen.

Er besorgte sich eine Kodak-Einwegkamera und eilte zu der Adresse, um ein paar Photos von dem Stadthaus zu schießen, ehe die Abenddämmerung hereinbrach. Dann rief er Jorge an und verabredete sich mit ihm im Malibu Diner in der Twenty-third. Dort gab es einen hervorragenden Kaffee und eine große Auswahl an selbstgebackenem Kuchen.

Er übergab Jorge die Kamera und ein Blatt Papier mit dem Entwurf für die Flugblätter, die sie geplant hatten.

»Lassen Sie das mit dem Briefkopf von Hudak Realty als Überschrift drucken. Dann verteilen Sie sie, wie wir es besprochen haben.«

Jorge schaute auf die Kamera, dann auf die Skizze des Flugblattes und schließlich zu Jack.

»Und damit soll ich das Geld kriegen, das man mir schuldet?«

Jack zuckte die Achseln. »Es ist ein Köder. Wenn Ramirez anbeißt, haben wir eine gute Chance. Wenn nicht, dann versuchen wir etwas anderes.«

»Na schön. Wenn Sie meinen.«

Jorge verabschiedete sich und ging kopfschüttelnd hinaus.

Jack konnte ihm seine Skepsis nicht verdenken. Es war eine riskante Angelegenheit, selbst wenn Ramirez den Köder schluckte.

Er trat unter die hellorange Markise des Malibu und betrachtete für eine Weile die vorbeiströmenden Menschenscharen. Die Büros und Bekleidungsfabriken hatten Feierabend, und die Menschenmassen waren losgelassen und strömten durch die Dunkelheit in die Eingänge der Untergrundbahn oder trabten in Richtung Penn Station. Die Nacht brach in dieser Jahreszeit schon früh herein. Es war gerade kurz nach fünf, und die Sterne funkelten bereits am tintigen Nachthimmel.

Er kehrte zum Center zurück. Die ganze Zeit, die er mit der Immobilienmaklerin unterwegs gewesen war – und als er sich eigentlich auf Jorges Problem hätte konzentrieren müssen –, hatte er statt dessen an Alicia und an das Haus gedacht. Er rief sich immer wieder ins Gedächtnis, daß dies nicht seine Angelegenheit war und daß er dieses Problem nicht für sie lösen könnte.

Aber es war nicht die Sorge um Alicia, die ihn trieb. Es waren die Fragen. Es war das Haus. Was war sein Geheimnis? Was hatte es mit dieser Adresse auf sich, daß ein reicher anonymer Hintermann durch Thomas ein Vermögen dafür bot und jeden umbrachte, der sich ihm in den Weg stellte?

Jack mußte es ehrlich zugeben: die Sache fesselte ihn.

Er war nicht weit vom Center entfernt, daher schlug er die Richtung dorthin ein. Er wollte Alicia berichten, daß ihm ein Weg eingefallen war, wie sie ihre Gegner aus der Ruhe bringen könnte: Sean O'Neill. Jack kannte den wendigen kleinen Iren schon seit Jahren und wußte, daß er ein Experte in juristischen Spitzfindigkeiten war. Er würde Thomas und seinen Anwälten das Leben schwermachen. Er würde sie unter einer Papierflut begraben. Jack würde ihn warnen und ihm vom

Schicksal seiner Vorgänger erzählen, aber er bezweifelte, daß Sean sich dadurch abschrecken lassen würde.

Während Jack die Seventh Avenue hinunterging, glaubte er zu sehen, wie jemand, der aussah wie Alicia, aus der Tür des Centers trat und in Richtung Innenstadt ging. Er fiel in einen leichten Trab, um sie einzuholen, und steigerte sein Tempo, als er sah, daß sie um eine Ecke bog. Es sah aus, als wäre sie auf dem Heimweg.

Als Jack ebenfalls um die Ecke bog, entdeckte er sie einen halben Block vor sich. Sie wich gerade zum Bordstein aus, weil vor einem Laden ein Mann den Bürgersteig fegte. Dadurch geriet sie in die Nähe eines Lieferwagens. Jack sah, wie die Seitentür des Wagens aufgeschoben wurde, wie der Mann mit dem Besen diesen plötzlich fallen ließ, sich auf Alicia stürzte und sie in den Lieferwagen stieß. Er sprang hinter ihr hinein. Die Tür wurde zugeschoben, und der Lieferwagen jagte mit quietschenden Reifen davon.

Jack kam stolpernd zum Stehen und schaute sich blinzelnd um. Hatte er diese Szene tatsächlich gesehen? In der einen Sekunde war sie noch da gewesen, in der nächsten war sie bereits verschwunden.

Scheiße!

Er sprintete los, wich Menschen und Kinderwagen und Fahrradfahrern aus, während er hinter dem Lieferwagen herjagte. Er sah ihn in einiger Entfernung vor sich. Die Ampel an der Eighth Avenue schaltete soeben auf Rot. Der Wagen mußte anhalten …

Aber nein – er überfuhr das Rotsignal und bog mit kreischenden Pneus in die Eighth ab. Ein wütendes Hupkonzert verfolgte ihn.

Jack rannte weiter. Er erreichte die Eighth, blieb keuchend stehen und blickte auf den rot leuchtenden Strom von Rücklichtern, die sich von ihm wegbewegten. Er gewahrte den Lieferwagen zwei Straßen weiter. Er wurde immer kleiner.

Seine Gedanken rasten. Was nun? Er war sich ja noch nicht

einmal hundertprozentig sicher, daß die Frau Alicia gewesen war. Und selbst wenn ... er sollte sich eigentlich heraushalten. Sie allein zu verfolgen war gefährlich. Ein derart cowboyhaftes Verhalten war der sichere Weg, um mit dem Gesetz in Konflikt zu geraten und in Gewahrsam genommen zu werden – und damit wäre sein Schattendasein ein für allemal beendet. Er sollte lieber die Cops benachrichtigen – er sollte die 911 anrufen und der Polizei alles Weitere überlassen.

Aber er hatte weder das Nummernschild des Lieferwagens lesen können, noch hatte er sich irgendwelche besonderen Merkmale des Fahrzeugs eingeprägt.

Sie sitzt in irgendeinem dunklen Lieferwagen irgendwo auf der Eighth Avenue – vielleicht.

Ja, richtig. Das wäre ...

Eine Hupe ertönte links von ihm. Ein Taxi wollte sich soeben in den fließenden Verkehr einfädeln, und Jack stand ihm im Weg. Jack hob die Hand und ging auf den Fahrer zu.

4

Alicia spürte, wie ihr Herz gegen ihre Rippen hämmerte, und hörte den Atem pfeifend in ihren Nasenlöchern ein- und ausströmen, während sie sich gegen das Plastikband wehrte, mit dem sie an den Sitz gefesselt war.

Sie werden mich töten! dachte sie. Jetzt ende ich genauso wie die anderen.

Es war so schnell passiert! Der Mann hatte sie, während sie den nächsten Schritt machen wollte, einfach in den Lieferwagen geschleudert und war ihr sofort gefolgt. Ehe sie reagieren konnte, wurde die Tür geschlossen, und sie wurde auf diesen Platz gefesselt. Danach wurde ihr ein kurzes Stück Klebeband auf den Mund gepappt. Sie spürte, wie ihr die Tränen in die Augen stiegen. Was wollten sie von ihr?

Und dann erinnerte sie sich: Sie können mich nicht töten. Wenn sie es tun, dann geht das Haus an Greenpeace.

Aber wenn es nun um etwas ganz anderes geht? Wenn dies hier gar nichts mit dem Haus zu tun hat? Man hört ständig, daß Menschen spurlos verschwinden. Wenn dies zufällig irgendeine Entführung ist?

In dem Lieferwagen war es dunkel wie in einer Gruft. Sie konnte vage die Gestalt des Mannes erahnen, der sie hineingestoßen hatte, und spürte hinter sich eine zweite Person. Der erste Mann hatte ihr die Schultertasche abgenommen und schien sie zu durchwühlen – sie konnte das Klimpern des Inhalts hören, als er hin und her geschoben wurde. Nach was suchten sie? Wer waren sie überhaupt? Was wollten sie?

Und dann ergriff der, der hinter ihr saß, das Wort. Sie erkannte die näselnde Stimme sofort.

»Hallo, Schwesterlein!«

Thomas.

Zorn wallte in ihr hoch. Sie konnte ihn nicht sehen, aber sie konnte ihn sich vorstellen – sein dünnes braunes Haar, sein pockennarbiges Gesicht mit der ausgeprägten Nase, seine birnenförmige Figur. Hatte er zugenommen, seit sie ihn das letzte Mal vor einem guten Dutzend Jahren gesehen hatte? Zweifellos.

Sie wollte ihn anschreien, aber sie wußte, daß kein Laut über ihre zugeklebten Lippen dringen würde. Daher hörte sie auf, sich gegen die Fesseln zu stemmen, und zwang sich, absolut ruhig zu sein. Sie würde ihm nicht die Genugtuung geben, sie ängstlich zu sehen.

»Tut mir leid, daß wir auf diese Weise zusammentreffen«, sagte er in einem beiläufigen, lässigen Tonfall. Alicia konnte sein abfälliges Grinsen beinahe *hören.* »Aber ich wollte eine meiner Fesselungsphantasien ausleben. Und ich wollte auf unmißverständliche Weise klarmachen, wie beunruhigt wir über das sind, was du getan hast – oder was du gestern mit dem Haus zu tun versucht hast.«

Wir ... damit verriet er ihr zumindest, daß er an dieser Aktion nicht allein beteiligt war.

»Ich will das Ganze nicht als Lektion inszenieren, daher werde ich meinen Helfer anweisen, das Klebeband von deinem Mund zu entfernen. Aber wenn du anfangen solltest zu schreien oder irgendwelche Schwierigkeiten zu machen, kommt es wieder auf den Mund und bleibt dort. Ist das klar?«

Alicia weigerte sich, darauf zu reagieren.

»Ich habe gefragt, ist das klar?«

Sie wollte noch immer nicht nicken.

Dann hörte sie Thomas seufzen. »Okay. Nimm es ihr ab.«

Die dunkle Gestalt neben ihr streckte die Hand aus und riß ihr das Klebeband unsanft vom Gesicht. Den Schmerzen nach zu urteilen, war sie überzeugt davon, daß mindestens die obere Hautschicht daran hängengeblieben war.

»Du Schwein«, sagte sie leise, ohne den Kopf zu drehen. Sie wollte ihn nicht sehen. »Du dreckiges Stück ...«

»Ah-ah-ah«, unterbrach Thomas sie. »Bitte keine Beschimpfungen. Ich habe dich gewarnt.«

»Das war nur eine reine Tatsachenfeststellung, Thomas.«

»Wirklich?« Seine Stimme wurde zu einem Zischen. »Dann hör dir mal diese Tatsachenfeststellung an: Wenn du noch einmal, ein einziges Mal, versuchen solltest, diesem Haus irgendwelchen Schaden zuzufügen, dann ...«

»Was dann? Werde ich von einem Auto überfahren? Oder in die Luft gesprengt? Oder bei lebendigem Leibe verbrannt? *Was,* Thomas? Ich weiß sehr wohl, was geschieht, wenn ich sterbe. Also versuch nicht, mir zu drohen.«

»Wer hat denn von Sterben gesprochen?« fragte er. »Wie wäre es mit Wehtun? Du könntest verletzt werden. Und man könnte dich erneut verletzen. Du könntest vorübergehend oder auf Dauer geschädigt werden. Man könnte dir Narben zufügen. Du könntest verstümmelt werden. Man könnte dich blenden. Die Liste ist endlos, Alicia. Sterben ist nicht das Schlimmste, was dir zustoßen kann.«

Alicia leckte sich mit einer pelzigen Zunge über die Lippen. War das tatsächlich Thomas, der da redete? Der schwache, unfähige Thomas?

»Ich weiß, was du denkst«, fuhr Thomas fort. »Du denkst, Thomas redet nur. Thomas ist ein Schwächling. Zu solchen Dingen ist er gar nicht fähig. Aber hör gut zu, Schwester: Thomas braucht all das gar nicht zu tun. Er hat Leute, die es für ihn erledigen, und denen es sogar Spaß macht.«

Ihre Eingeweide verkrampften sich, als sie begriff, daß dies keine leeren Drohungen waren. Sie unterdrückte das Zittern, das sie durchlief. Wie war sie nur in diesen Alptraum geraten?

»Gib's auf«, sagte Thomas. »Ich habe schon so gut wie gewonnen. Es ist nur noch eine Frage der Zeit – einer sehr kurzen Zeit. Erspar mir die Mühe, das Testament außer Kraft setzen zu lassen, und du verläßt dieses Gefängnis als sehr reiche Frau. Wenn du weiter gegen mich kämpfst, wirst du hingegen am Ende gar nichts haben – kein Haus und kein Geld. Ich nenne das ganz einfach töricht, Alicia. Warum bist du so verdammt stur?«

Das müßtest du doch am besten wissen, dachte sie. Aber sie sagte: »Warum? Warum willst du das Haus so dringend?«

»Ich habe meine Gründe. Und die gehen dich nichts an.« Er beugte sich zu ihr vor und senkte die Stimme. »Ich kann dir auch auf andere Art und Weise weh tun, Alicia. Ich kann dich beruflich ruinieren. Ich kann dafür sorgen, daß dein medizinisches Diplom absolut wertlos ist.«

Alicia erstarrte, hatte Angst, sich zu bewegen, Angst, zu hören, was als nächstes kommen würde.

Thomas' Stimme sank endgültig zu einem Flüstern herab. »Ich habe sein Versteck gefunden ... die Deluxe-Sammlung. Sie gehört jetzt mir. Ich kann Teile davon an die Ärztekammer weitergeben oder an bestimmte Magazine und Zeitungen.«

Alicia wußte, wenn ihre Hände jetzt frei wären, würde sie sich umdrehen und ihm an die Gurgel gehen und versuchen, sie zu zerfetzen, um diese selbstgefällige Stimme zum Schweigen zu bringen. Aber die eisige Furcht, die sie durchströmte, raubte ihr die Stimme.

Und dann spürte sie seine Hand, die sich um ihre linke Brust legte und sie drückte.

»Erinnerst du dich noch an die schönen alten Zeiten?«

Woran Alicia sich erinnerte, war der siebzehnjährige Thomas, der nachts in ihr Zimmer geschlichen war, während sie schlief, um sie zu begrapschen. Was er schließlich unterließ, nachdem sie ihm die Handfläche mit einem Messer zerschnitten hatte, das sie ab einem bestimmten Zeitpunkt bereithielt.

Ihre Wut ließ sich nicht mehr bändigen. Sie spannte die Halsmuskeln, dann rammte sie ihren Hinterkopf in Thomas' Gesicht.

Sie hörte ihn schmerzerfüllt aufschreien, und dann hörte sie lautes Hupen, während der Lieferwagen mit quietschenden Reifen zum Stehen kam.

Auf der anderen Seite der Scheibe, die das Führerhaus vom Laderaum trennte, hörte sie leise den Fahrer über ein »gottverdammtes Taxi« fluchen, während er ausstieg.

Hinter ihr winselte Thomas. »Ich glaube, du hast mir einen Zahn abgebrochen!«

»Halt verdammt noch mal die Schnauze«, sagte der Mann neben ihm – es waren die ersten Worte, die er sprach, seit er sie in den Wagen gestoßen hatte. »Das kann Ärger geben.«

Alicia vernahm draußen laute Rufe, dann krachte etwas gegen die Seitenwand des Lieferwagens.

»Jetzt reicht's«, sagte der Mann. »Ich steige mal aus und sehe nach, was los ist. Du bleibst hier.«

Alicia hatte keine andere Wahl, als sitzenzubleiben, daher mußte er wohl mit Thomas gesprochen haben. Sie hatte gedacht, daß Thomas hier das Kommando führte, aber dieser Kerl zeigte keinen Respekt vor ihm. Wer war denn nun der Chef?

Sie erhaschte einen kurzen Blick auf die wuchtige Statur

und die groben Gesichtszüge des Mannes, während er die Seitentür aufschob, ausstieg und sie wieder hinter sich schloß.

5

Yoshio war verblüfft über den plötzlichen, bizarren Gang der Ereignisse.

Er hatte Thomas Clayton beobachtet und gesehen, wie er vor seinem Apartmenthaus in den dunklen Lieferwagen eingestiegen war. Durch die offene Tür hatte er auch Sam Baker erkannt. Da es ihm jetzt möglich war, gleich zwei seiner Überwachungsobjekte im Auge zu behalten, war er dem Wagen gefolgt.

Für eine gute halbe Stunde hatte er beobachtet, wie Baker mit einem Besen immer wieder dasselbe Stück Bürgersteig vor einem vergitterten koreanischen Großhandelsgeschäft für Spielzeug gekehrt hatte. Yoshio war gerade von einem kurzen Abstecher zu einem Imbißwagen an der Straßenecke zu seinem Auto zurückgekehrt und biß in seine Portion Souvlaki auf Fladenbrot, als er sah, wie Alicia Clayton in den Lieferwagen gestoßen wurde.

Geschockt ließ er sein Soulaki – Salat, Sauce und alles andere – einfach in seinen Schoß fallen und nahm die Verfolgung auf.

Waren die denn verrückt? Was hofften sie damit zu erreichen?

Bei der auf Rot stehenden Ampel an der nächsten Ecke blieb er hängen. Er wäre am liebsten durchgefahren wie der Lieferwagen, aber der Querverkehr war zu dicht, als er die Kreuzung erreichte.

Während er wartete, bemerkte er einen dunkelhaarigen Mann, der zur Ecke rannte und hinter dem Lieferwagen hersah. Offensichtlich war er Zeuge der Entführung gewesen und wollte irgend etwas unternehmen. Ein besorgter Bürger. In diesen Zeiten eine Seltenheit.

Sobald der Querverkehr nachließ, rollte Yoshio bei Rot durch und verfolgte den Lieferwagen, wobei er den Mann hinter sich ließ.

Er fand den Lieferwagen und folgte ihm in eine Querstraße. Plötzlich erschien ein Taxi, offenbar gelenkt von einem Wahnsinnigen, überholte ihn und schnitt dem Truck den Weg ab. Nach der Kollision sprang der Taxifahrer heraus, und Yoshio erkannte ihn: es war der besorgte Bürger von der Straßenecke.

Yoshio beobachtete ihn in sprachlosem Staunen. Von welchem Dämon war dieser Mann besessen? Was glaubte er denn, allein bewirken zu können?

6

Baker schaute sich rasch um. Er war sich nicht ganz sicher, wo sie sich befanden – irgendwo in den West Thirties wahrscheinlich. Das war der Plan gewesen: mit ihr eine Spazierfahrt zu unternehmen, ihr furchtbare Angst einzujagen und sie dann an irgendeiner dunklen, einsamen Stelle so weit westlich wie möglich rauszuwerfen.

Wenigstens gab es hier nicht allzu viele Fußgänger. Er sah, daß sich das linke vordere Ende des Lieferwagens in die hintere Tür des Taxis gebohrt hatte. Was für ein bescheuertes Manöver hatte der Taxifahrer vollführt, daß es dazu gekommen war? Hatte er sich etwa ganz bewußt rammen lassen?

Aber wie auch immer – es kam jetzt darauf an, den Lieferwagen wieder in Gang zu bringen. Keine Cops, kein Unfallbericht. Chuck hatte den verängstigt aussehenden Taxifahrer an der Seitenwand des Trucks hilflos eingeklemmt. Er war ein mittelgroßer Weißer, und Chuck war ein Monster. Der Fahrer hatte keine Chance, sich aus dieser Lage zu befreien.

Gut. Wir veranstalten eine kleine Steptanznummer auf dem Schädel dieses Heinis, dann verschwinden wir von hier.

Baker machte einen Schritt vorwärts. Er freute sich schon auf dieses kleine Intermezzo.

In diesem Moment hörte der Fahrer auf, zu fluchen und hilflos auszusehen. Er packte Chucks Handgelenk mit beiden Händen und dreht es ruckartig und kraftvoll nach hinten. Baker glaubte, einen Knochen brechen zu hören. Der Mann duckte sich unter dem linken Haken weg, zu dem Chuck ausgeholt hatte, und versetzte der Innenseite von Chucks Knie einen brutalen Fußtritt. Jetzt *wußte* Baker, daß ein Band gerissen war. Das Geräusch war unmißverständlich gewesen.

Chuck grunzte und sackte auf die Straße, während er sein Knie umklammerte. Die Aktionen überraschten Baker mindestens genauso gründlich wie Chuck. Irgend etwas lief hier absolut falsch. Anstatt wegzulaufen, kam der Mann auf ihn zu und wirkte alles andere als ängstlich. Baker hatte einen enormen Gewichtsvorteil – aber was dachte dieser Typ sich eigentlich? Doch dann war der Kerl bei ihm. Wer war er? Taxifahrer saßen doch den ganzen Tag auf ihren faulen Hintern. Sie dürften sich doch niemals so schnell bewegen ...

Baker vollführte einen rechten Schwinger und verfehlte den Mann, als dieser locker nach hinten pendelte. Er packte den Arm des Taxifahrers mit der linken Hand, um ihn für den nächsten Schlag zu fixieren, doch er war so schlüpfrig wie eine eingefettete Schlange. Er riß sich los, und Bakers Gesicht war eine einzige Schmerzexplosion, als die Handkante des Mannes von unten auf seine Nase krachte. Baker schlug blind um sich, traf, was sich wie Rippen anfühlte, aber dann knallte etwas – eine Faust oder ein Fuß, er wußte es nicht genau – in seinen Solarplexus. Er hörte sich ächzen, als die Luft explosionsartig aus ihm herausschoß. Er faßte nach seinem Gegner, während er nach vorne einknickte, hoffte, ihn mit sich zu Boden zu reißen, doch dann bohrte sich etwas, daß sich wie ein Schlagstock anfühlte, aber ein Ellbogen sein mußte, in seine rechte Niere.

Das reichte. Baker ging durch einen Nebel aus Übelkeit und Schmerz auf Tauchstation, landete auf Händen und Knien, während sein benommener Geist in einem fort murmelte: *Was passiert hier? Was passiert hier?*

7

Die ersten Hupen ertönten schrill aus der Fahrzeugschlange, die sich hinter dem Unfallort staute, als Jack zur Seitentür des Lieferwagens eilte. Er ballte die Rechte zur Faust, während er mit der linken Hand am Türgriff zog.

Außer Alicia mußte noch jemand im Wagen sein, rechnete er sich aus, und er wollte zuschlagen, solange das Überraschungsmoment noch auf seiner Seite war.

Er wünschte sich, er wäre auf diese Situation vorbereitet gewesen. Er hatte die Semmerling, natürlich, und das Messer, das an seinem Bein festgeschnallt war. Aber so beruhigend sie auch waren, viel lieber hätte er jetzt einen Zwölf-Unzen-Totschläger in der Hand gehabt.

Die erste Person, die er gewahrte, als er die Tür öffnete, war Alicia. Sie hatten sie mit Klebeband auf einen Autositz gebunden, aber ansonsten schienen sie ihr keinen Schaden zugefügt zu haben. Sie machte große Augen, als sie ihn sah.

»Jack!«

Und er hatte recht gehabt mit seiner Vermutung, daß noch eine weitere Person bei ihr war, aber der teigige Bursche mit dem blutigen Mund sah nicht so aus, als würde er ein Problem darstellen. Ein schneller Blick in den Wagen ergab, daß niemand mehr darin war.

Während Jack hineinsprang, wich Mr. Zahnlücke zurück.

»Wer sind Sie?« Seine Stimme wurde mit jedem Wort lauter und schriller. »Was wollen Sie?«

Jack zog das Messer aus der Knöchelscheide und richtete die Spitze auf ihn.

»Halt die Klappe und rühr dich nicht.«

»Jack, Gott sei Dank!« sagte Alicia, während er das Klebeband durchschnitt. »Wie, um alles in der Welt ...«

»Das erzähle ich Ihnen später.«

Sie zog die Streifen von sich ab, sobald er sie zerschnitten hatte. In Sekundenschnelle war sie frei. Aber anstatt zur Tür zu gehen, machte sie kehrt und stürzte sich auf Mr. Zahnlücke, beschimpfte ihn und attackierte sein Gesicht.

Jack zog sie von der sich duckenden Gestalt weg.

»Kommen Sie! Wir müssen von hier verschwinden.«

»Darf ich Ihnen meinen Halbbruder vorstellen?« sagte sie mit zusammengebissenen Zähnen, während Jack ihr aus dem Wagen half.

Jack warf einen Blick auf den schwammigen Körper, das lange, dünne Haar und die Knollennase.

»Er ähnelt wohl eher der anderen Seite der Familie«, stellte er fest.

»Tut er. Er ...«

Sie hielt inne, und Jack sah, daß sie die beiden Kerle anstarrte, die er kaum eine Minute zuvor ausgeschaltet hatte. Der Fahrer hatte sich in eine fötale Haltung zusammengerollt und stöhnte leise, während er mit seiner heilen Hand das linke Knie umklammerte. Der andere Bursche kämpfte sich bereits auf die Füße. Er mußte der härtere von beiden sein – ein Nierenhaken wie dieser schickte einen gewöhnlich bis zehn auf die Bretter.

Er zog wieder an Alicias Arm, zerrte sie vom Schauplatz des Geschehens fort. Die Fahrer der Autos, die sich direkt hinter dem Lieferwagen stauten, würden gleich aussteigen und nachschauen, was, zur Hölle, den Verkehrsfluß aufhielt. Er sah, wie der erste bereits die Tür seines Wagens öffnete. Jack hatte keine Lust, so lange an Ort und Stelle zu bleiben, bis jemand sich seine äußere Erscheinung einprägen konnte.

»Na los. Es wird Zeit zu verschwinden.«

8

Nach der Kollision hatte Yoshio Baker aus dem Lieferwagen steigen und nach vorne gehen sehen. Er kam nicht zurück. Dafür erschien der besorgte Bürger und befreite Alicia Clayton.

Unfähig, seine Neugier im Zaum zu halten, näherte sich Yoshio dem Lieferwagen zu Fuß. Als er einen Blick in den Laderaum warf, sah er einen Mann, in dem er Thomas Clayton erkannte, der sich das Blut vom Mund wischte. Er ging nach vorne und erblickte Baker und einen anderen Mann, beide viel größer und massiger als der besorgte Bürger, und beide sahen ziemlich ramponiert aus.

Dieses Gemetzel war bestimmt nicht das Werk eines Durchschnittsbürgers. Es schien, als hätte Ms. Clayton einen Samurai gefunden … einen *ronin.*

Und dann entdeckte Baker, der eine Hand in Höhe der rechten Niere auf den Rücken preßte, Yoshio und schnaubte: »Was glotzt du so? Verpiß dich, verdammt noch mal!«

Während Yoshio eine ängstliche Geste machte und sich zurückzog, blickte er die Straße hinunter dorthin, wo Alicia Clayton und ihr Retter in der Dunkelheit untertauchten.

Yoshios Automobil war hinter den Unfallwagen eingekeilt und würde es noch für eine ganze Weile bleiben, befürchtete er. Er konnte ihnen deshalb nicht folgen.

Aber er wünschte, er könnte es. Yoshio wollte auf jeden Fall mehr über den *ronin* erfahren.

9

»Ich weiß gar nicht, wie ich Ihnen danken soll.«

Es mußte das zwanzigste Mal gewesen sein, daß sie das sagte. Jack trank seinen Molson und erwiderte nichts. Er hatte es aufgegeben, ihr zu erwidern, sie solle sich deswegen keine Sorgen machen.

Sie waren ein paar Straßen weit gerannt, dann waren sie in einer Bar verschwunden, um von der Straße wegzukommen. Der Laden wurde von den Besuchern des Madison Square Garden frequentiert und schien ausschließlich von Neon-Bier-Reklamen erleuchtet zu sein – es mußten an die hundert sein, die an den Wänden und über der Bar hingen. Der Langhaarige mit der Schürze auf dem Sam-Adams-Schild schaute Jack über Alicias Schulter hinweg an.

Wenigstens war es hier still. Die Knicks spielten an diesem Tag nicht, daher hatten Jack und Alicia eine Ecke ganz für sich allein.

Als der Adrenalinpegel in seinem Blut sank, begann seine rechte Flanke an der Stelle zu schmerzen, wo der große hellblonde Bursche ihn getroffen hatte. Der Mann hatte schwerfällig und schon ein wenig älter ausgesehen, aber er schien ganz gut in Form zu sein. Er konnte jedenfalls ganz schön kräftig zuschlagen.

Jack hatte Alicia erklärt, wie er beobachtet hatte, daß sie in den Lieferwagen verfrachtet wurde, wie er ein Taxi angehalten und dann den Lieferwagen gejagt hatte, bis er ihm den Weg abschneiden und ihn stoppen konnte.

Sie hatte sich einen zweiten Dewar's bestellt, und als sie das Glas an die Lippen setzte, bemerkte er, daß das Adrenalinzittern in ihrer Hand nachließ.

»Wenn Sie mir wirklich Ihre Dankbarkeit zeigen wollen«, sagte er, »dann vergessen Sie einfach, zu den Cops zu gehen.«

»Aber das ist meine große Chance, dem Ganzen endlich ein

Ende zu bereiten!« erklärte sie, ballte ihre freie Hand zur Faust und hielt sie über den Tisch. »Ich hab' sie jetzt am Wickel. Sie haben mich entführt! Ich brauche mir wegen Zivilprozessen keine Sorgen zu machen. Das ist ein Verbrechen, und Sie waren Zeuge. Ich kenne diesen Detective, Will Matthews. Wir können hingehen und ...«

Jack spürte, wie seine Eingeweide sich zu einem harten Knoten verkrampften. »Nein, das können wir nicht.«

Sie blinzelte. »Warum nicht?«

»Weil ich nicht Ihr Zeuge sein kann.«

»Was meinen Sie damit? Sie haben das Ganze doch beobachtet. Sie haben mich sogar losgeschnitten.«

»Aber ich kann kein Zeuge sein, Alicia. Es gibt mich gar nicht.«

Ein weiteres Blinzeln. »Wovon reden Sie eigentlich?«

»Ich habe keine offizielle Existenz.«

Sie schüttelte den Kopf. »Wie kann das sein? Sie müssen doch eine Sozialversicherungsnummer haben. Und ein Bankkonto, eine Kreditkarte, einen Führerschein. Ohne all das können Sie doch gar nichts tun.«

»Ich habe all das. Sogar in mehrfacher Ausfertigung. Aber alles falsch.«

»Na schön, dann treten Sie eben unter einer dieser Identitäten als mein Zeuge auf.«

»Geht nicht. Diese Identitäten reichen für eine Bank aus, die möchte, daß ich bei ihr ein Konto eröffne, und hofft, daß ich in Zukunft für meine sämtlichen Einkäufe nur noch ihre Kreditkarte benutze. Oder für irgendeinen zu Tode gelangweilten Bürohengst in einer Behörde, der irgendwelche unwichtigen Dokumente, die sich auf einen Toten beziehen, an eine nicht existierende Adresse in Park Slope schicken soll. Aber sie reichen nicht aus, um einer gründlichen Überprüfung standzuhalten. Vor allem dann nicht, wenn entsprechende Anfragen an die Finanzämter gehen.«

»Sie sind dort nicht registriert?«

»Nein. Und noch eins, bitte ... Sie dürfen niemals Ihrem Freund bei der Polizei, diesem Detective, von mir erzählen.«

»Werden Sie wegen irgendwas gesucht?«

»Nein, und ich fände es gut, wenn es auch so bliebe.«

Alicia lehnte sich zurück. Sie war tief enttäuscht. »Verdammt. Für einen kurzen Moment hatte ich wirklich geglaubt ...«

»Tut mir leid«, sagte Jack.

»Mein Gott, entschuldigen Sie sich nicht dafür, daß Sie mich aus dem Wagen rausgeholt haben.«

»Aber vielleicht hätte ich es lieber nicht tun sollen«, meinte er.

»Das finde ich gar nicht lustig.«

»Ich meine es durchaus ernst. Mir ist gerade der Gedanke gekommen, daß ich alles so hätte tun sollen, wie ich es getan habe, außer Sie zu befreien. Wenn ich beispielsweise Ihren Bruder genauso verprügelt hätte wie die anderen beiden und die Lieferwagentür offen und Sie gefesselt auf dem Sitz zurückgelassen hätte, hätten Sie ganz normal um Hilfe rufen können. Irgendwer wäre dann sicher gekommen, hätte Sie gesehen und die Polizei benachrichtigt. Ich hätte mich schnellstens verdrückt, und die drei säßen längst in einer Zelle in Midtown South.«

Es ärgerte ihn jetzt, daß er nicht vorher an diese Möglichkeit gedacht hatte.

Alicia nickte langsam. »Das wäre natürlich perfekt gewesen. Aber ich bin auch nicht darauf gekommen. Ich wollte in diesem Moment nur meine Freiheit, das Klebeband loswerden und aus diesem Lieferwagen heraus.«

»Und ich dachte nur daran, mit wie vielen Kerlen ich mich noch herumschlagen müßte.«

»Ja«, sagte sie und lehnte sich jetzt vor. Ein knappes Lächeln spielte um ihre Lippen. Der Scotch entfaltete nach und nach seine Wirkung bei ihr. »Erzählen Sie doch mal. Diese beiden Männer waren doch viel größer als Sie. Und ich weiß, daß Sie diesmal nicht Ihren Augen-Trick benutzt haben. Wie haben Sie sie besiegen können? Mit Karate? Kung-fu?«

»Überraschung«, antwortete Jack. »Die beste Waffe von allen. Das Ende hätte anders aussehen können, wenn sie auf mich vorbereitet gewesen wären. Aber sie sahen einen Mann, der erschrocken, ängstlich und hilflos war. Kein ernstzunehmender Gegner. Der zweite Kerl grinste sogar, als er sah, wie hilflos ich erschien. Aber ich hatte meine weiteren Schritte genau geplant – ich attackierte die Knie und die Nasen. Es ist völlig egal, wie stark jemand ist, wenn man eins seiner Bänder im Kniegelenk zerreißt oder ihm das Nasenbein in den Schädel hineinrammt, ist er nicht mehr viel wert. Die beiden haben gepennt und wurden überrumpelt. So etwas funktioniert natürlich nur einmal. Ich werde mir wohl etwas anderes ausdenken müssen, falls sie mir noch mal in die Quere kommen.«

»Ich habe noch eine Frage, die ich Ihnen einfach stellen *muß*«, sagte sie. Jack bemerkte, wie sie auf seine Hände schaute. »Diese Daumennägel. Sie lassen sie viel länger als die anderen. Darf ich wissen, warum?«

»Ich weiß nicht, ob Ihnen meine Erklärung gefällt.«

»Doch. Ich muß es wissen.«

Jack atmete tief durch. »Manchmal gerät man in Situationen, in denen alles nicht so glatt und sauber abläuft wie heute. Manchmal landet man im Dreck und muß zusehen, daß man Tritten und Schlägen so gut wie möglich entgeht, muß jeden Trick einsetzen, um mit halbwegs heiler Haut davonzukommen. Und dann ist es gut, wenn man eine Art eingebaute Waffe bei sich hat.« Er hielt die Daumen mit den langen Nägeln hoch und wackelte mit ihnen. »Es gibt nichts Besseres als ein ausgekratztes Auge, um einen Kampf zu beenden.«

Alicia erbleichte und richtete sich ruckartig auf ihrem Stuhl auf. »Oh.«

Ich habe dich gewarnt, dachte Jack.

Er versuchte, den Burschen auf der Sam-Adams-Reklame dazu zu bringen, seinen aufdringlichen Blick zu senken. Als ihm das nicht gelang, schickte er sich an, die Unterhaltung von sich weg und auf andere, interessantere Bereiche zu lenken.

»Ich frage Sie heute schon zum zweitenmal«, sagte er, »aber seit heute morgen haben sich einige Dinge geändert. Was haben Sie als nächstes vor?«

»Ich weiß es nicht genau.«

»Sie von der Straße zu holen war eine gewagte und gefährliche Aktion. Das verrät mir, daß die Gegenseite allmählich verzweifelt reagiert. Und verzweifelte Leute tun verrückte und törichte Dinge. Sie könnten dabei etwas abbekommen.«

»Ich weiß nicht, ob der heutige Vorfall etwas mit Verzweiflung zu tun hat«, sagte sie langsam. »Thomas erklärte mir, daß sie auf jeden Fall gewinnen würden, es wäre nur eine Frage der Zeit. Ich glaube nicht, daß er geblufft hat.«

»Vielleicht tickt irgendwo eine Zeitbombe.«

»Schon möglich. Aber ich habe den Eindruck, daß die Aktion heute nichts mit den juristischen Auseinandersetzungen zu tun hatte. Ich habe irgend etwas in Thomas Stimme hören können ... als er sagte: ›Wenn du noch einmal, ein einziges Mal versuchen solltest, diesem Haus Schaden zuzufügen ...‹, er klang eher furchtsam als wütend.«

»Demnach nehmen Sie an, die Sache heute wäre eine direkte Reaktion darauf gewesen, daß Sie Benny die Fackel angeheuert haben. Das erscheint mir ein wenig weit hergeholt.«

»Das ist richtig, sicher. Aber ich glaube, es hat ihm wirklich Angst eingeflößt. Die Vorstellung, daß dieses Haus in Flammen aufgehen könnte, hat Thomas regelrecht durchdrehen lassen.«

»Und durchgedrehte Leute sind gefährlich.« Jack pochte mit der Faust sacht auf den Tisch. »Aber was gibt es denn in dem Haus, das ihn derart aus der Fassung bringt?«

Diese Frage schrie geradezu nach einer Antwort.

»Vorher war es mir eigentlich ziemlich egal«, gab Alicia zu, »aber nach dem Vorfall heute möchte ich es auch wissen. Helfen Sie mir, es rauszufinden.«

Ich hatte schon geglaubt, du würdest mich nie darum bitten.

Aber er wollte nicht zu eifrig erscheinen. Da war immer noch die Frage seines Honorars.

»Nun ...«

»Sehen Sie.« Sie beugte sich wieder über den Tisch, die Miene angespannt, die Stimme leise und eindringlich. »Thomas hat versucht, mir Angst einzujagen, mich abzuschrecken. Das kann ich nicht zulassen. Was immer sich in diesem Haus befindet, muß wertvoll sein. Sehr wertvoll sogar. Ich kann Sie nicht mit Geld bezahlen, aber Sie können behalten, was immer wir in dem Haus finden.«

»Eine Art Erfolgshonorar in Form von Naturalien oder Sachwerten«, sagte er nachdenklich und nickte langsam, als hätte er diese Möglichkeit noch nie in Erwägung gezogen. »Gewöhnlich arbeite ich auf Bargeld-Basis, aber da ich bereits in diese Angelegenheit verwickelt bin, will ich eine Ausnahme machen.«

»Super!« Sie belohnte ihn mit einem Lächeln, wie man es bei ihr höchst selten sah.

»Aber ich kann nicht alles nehmen. Rechtmäßig gehört es Ihnen.«

»Ich will es nicht.«

»Ich verlange nur zwanzig Prozent.«

»Nehmen Sie alles.«

Wie konnte er das? Es wäre nicht recht, und er hätte kein gutes Gewissen dabei. »Sie können Ihren Anteil von mir aus im Ozean versenken, aber entweder wir teilen, oder ich bin draußen.«

Er brachte sie schließlich dazu, seinen Anteil auf ein Drittel zu beschränken, und sie besiegelten die Abmachung mit einem Händedruck.

»Wann können Sie anfangen?« wollte sie wissen.

»Ich bin schon mittendrin.« Er erhob sich und warf einen Zwanziger auf den Tisch. »Kommen Sie, wir machen eine kleine Spazierfahrt.«

10

Jack brauchte den Taxifahrer nicht ausdrücklich darum zu bitten, langsam an dem Haus vorbeizufahren. Der Verkehr in der Thirty-eighth Street bewegte sich sowieso nur im Kriechtempo vorwärts.

»Da ist es«, sagte er.

Der Wagen des privaten Wachdienstes mit seinen beiden Insassen parkte noch immer davor.

Er bemerkte, daß Alicia noch nicht einmal aus dem Fenster sah. Sie saß reglos da und hatte die Arme krampfhaft vor der Brust verschränkt.

»Was meinen Sie, wann Sie sich das erste Mal auf die Suche machen?« flüsterte sie.

Das Englisch des Taxifahrers schien ziemlich bruchstückhaft zu sein, und Jack bezweifelte, daß er auf der anderen Seite seiner Plexiglastrennscheibe viel hören konnte, doch sich im Flüsterton zu verständigen, war kein schlechter Gedanke.

»Wonach?«

»Nach dem, was die anderen für so unendlich wertvoll halten.«

»Und das wäre?«

»Das ist ja die Einhundert-Millionen-Dollar-Frage.«

»Genau. Ich bin sicher, daß Ihr Bruder den Bau hinter diesen zugenagelten Fenstern gründlichst durchsucht hat. Offenbar hat er den Schatz nicht gefunden. Wie soll ich also etwas finden, daß nicht einmal er finden konnte, wo ich doch nicht einmal weiß, wonach ich Ausschau halten soll?«

Sie dachte einige Sekunden lang nach. »Vielleicht ist es gar nichts *in* dem Haus – vielleicht ist es das Haus selbst.«

»Durchaus möglich. Aber wenn ich meine Suche beginne, dann tue ich das nicht allein, sondern dann tun *wir* es.«

»O nein! Ich setze nie wieder einen Fuß in dieses Haus!«

»Doch, das tun Sie. Sie sind dort aufgewachsen. Sie kennen

jede Nische, jeden Winkel da drin. Es wäre doch ziemlich verrückt, wenn ich dort herumstolperte, während Sie mich herumführen könnten.«

Alicia schien sich regelrecht in ihrem Mantel verkriechen zu wollen, während sie ihre verschränkten Arme noch fester um sich zog.

Was ist mit dir passiert? fragte er sich. Was ist in diesem Haus vorgefallen, daß du jetzt noch nicht einmal einen Blick hineinwerfen willst?

Er beschloß, sie einstweilen nicht weiter zu bedrängen.

»Aber uns über die Suche zu unterhalten ist im Augenblick sowieso ein wenig verfrüht«, sagte er. »Wir brauchen noch viel mehr Informationen, ehe wir so etwas in Angriff nehmen können.«

Sie entspannte sich sichtlich. »Was, zum Beispiel?«

»Zum Beispiel, wer hinter Thomas steht. Wenn wir wüßten, was diese Leute im Schilde führen, kämen wir vielleicht schon ein ganzes Stück weiter in unserem Bemühen, herauszufinden, was das Ganze zu bedeuten hat. Sie sagten, sie arbeiteten mit einer großen und teuren Anwaltskanzlei zusammen?«

Sie nickte. »Hinchberger, Rainey und Guran. Leo – mein verstorbener Anwalt – erklärte mir, HRG beschäftige sich vorwiegend mit internationalem Handelsrecht. Er war total verblüfft, daß sie auch in einer Anfechtungsklage tätig sind. Er sagte, es wäre genauso, als würde F. Lee Bailey eine gebührenpflichtige Verwarnung bearbeiten. Und ich glaube ihm. Sie sollten sich mal deren Büros ansehen.«

»Waren Sie schon mal dort?«

Sie nickte. »Leo und ich hatten einen Termin mit Thomas' Anwalt in seinem Büro. Es lief nicht sehr gut.«

»Wo sind sie?«

»West Forty-fourth, nicht weit von der Fifth.«

Jack hatte eine Idee. »Dann fangen wir dort an.« Er klopfte gegen die Plexiglasscheibe. »West Forthy-fourth.«

»Dort dürfte jetzt niemand mehr sein.«

»Ich weiß. Aber ich möchte mir einen Eindruck von der Adresse verschaffen. Und ich möchte versuchen, mir eine Liste ihrer Klienten zu besorgen.«

»Sie meinen, außer Thomas?«

»Ich glaube kaum, daß Ihr Bruder ihr Klient ist – zumindest nicht im üblichen Sinn. Es sieht nicht gerade so aus, als könnte man – wie haben Sie sie genannt?«

»Leo nannte sie so – HRG. Es ist einfacher.«

»Okay. HRG. Es sieht nicht so aus, als wäre dies eine Firma, zu der man einfach hingeht, um sich in einer Testamentsangelegenheit helfen zu lassen. Daher neige ich dazu anzunehmen, daß einer ihrer Klienten – ein wichtiger, denke ich – HRG gebeten hat, diese ›kleine Sache‹ für ihn zu regeln. Wenn wir Thomas mit einem dieser wichtigen Klienten in Verbindung bringen können, finden wir vielleicht die Antworten auf einige Fragen.«

Sie schüttelte den Kopf. »Das liegt wohl auf der Hand. Aber wie kommen wir zu dieser Verbindung?«

»Ich folge ihm einfach. Aber all das kommt später. Im Augenblick müssen Sie mir noch einige Informationen geben.«

»Welche?«

»Zum Beispiel, wie Ihr Vater gestorben ist.«

»Er gehörte zu Flug 27.«

Die Worte elektrisierten Jack. »Flug 27? Als Sie erzählten, er wäre bei einem Flugzeugabsturz ums Leben gekommen, dachte ich, Sie hätten von einer kleinen Piper Cub oder Cessna gesprochen. Aber Flug 27 … mein Gott.«

JAL Flug 27 von LA nach Tokio war in den Pazifik gestürzt. Es gab keine Überlebenden, und von den 247 Leichen wurden nicht viele geborgen. Im Fernsehen und in den Zeitungen war wochenlang von nichts anderem die Rede gewesen. Es gab immer noch keinen Hinweis auf die Absturzursache. Die Maschine versank an der tiefsten Stelle des Pazifik. Und die Black Box war auch nie gefunden worden.

»Wurde seine Leiche geborgen?«

Alicia schüttelte den Kopf. »Nein. Es heißt, Haie wären den Suchmannschaften zuvorgekommen.«

»Das tut mir leid«, sagte Jack, ohne nachzudenken.

»Mir auch«, sagte sie ruhig und blickte starr geradeaus. »Für den Hai, der ihn aufgefressen hat. Der ist wahrscheinlich an Nahrungsmittelvergiftung eingegangen.«

Du bist ja wirklich eiskalt, dachte Jack. Hoffentlich hast du dafür einen guten Grund.

»Was ist mit Ihrem Bruder? Sie erwähnten, er hätte seinen Job aufgegeben. Was hat er denn gemacht, ehe er sein Leben dem Ziel widmete, dieses Haus in seinen Besitz zu bringen?«

»Was ich weiß, erfuhr ich von dem Privatdetektiv, ehe er getötet wurde. Er sagte, daß Thomas jahrelang als Elektroingenieur in der mittleren Führungsebene bei ATT gearbeitet habe.«

»Demnach hat er vom Genie Ihres Vaters nicht viel mitbekommen, oder?«

Ein weiteres Achselzucken. »Das ist bei Thomas schwer zu sagen. Als Jugendlicher hat er sich immer für den Weg des geringsten Widerstands entschieden. Unter ständiger Aufsicht und in die Ecke getrieben wie eine Ratte im Käfig konnte er sehr wohl arbeiten. Aber sobald man ihn an der langen Leine laufen ließ ...«

Eher würde ein New Yorker Taxi vor dem Wechsel der Fahrspur den Blinker betätigen, als daß Thomas von seiner Schwester irgend welches Entgegenkommen erwarten kann, dachte Jack.

Nicht, daß er nach dem Kidnapping von heute so etwas wie Entgegenkommen verdient hätte.

»Da sind wir«, sagte sie und deutete durch das Seitenfenster, während das Taxi am Bordstein ausrollte.

Jack stieg aus und bezahlte, dann betrachtete er das Gebäude.

The Hand Building war in einen Stein über dem Rundbogen des hohen Eingangs eingemeißelt. Eindrucksvolle Ornamente rankten sich um die beiden Stützsäulen. Und im Haus ...

»Sehen Sie sich mal die Decke an«, sagte Alicia, während die Drehtür sie in die geräumige, mit hellen Marmorwänden ausgestattete Lobby entließ.

Hoch über ihnen schwebten irgendwelche Götter zwischen watteweißen Wolken an einem hellblauen Himmel, der auf die gewölbte Decke gemalt war.

»Was meinen Sie, sind sie griechisch oder römisch?« fragte Alicia.

»Ich glaube, einige Menschen nehmen sich einfach viel zu ernst. Und interessiert es Sie wirklich?«

»Wenn ich es recht überlege ... nein.«

»In welchem Stockwerk residieren sie?« fragte Jack, während er mit ihr zum Mieterverzeichnis ging, das einen großen Teil der westlichen Lobbywand einnahm.

»Irgendwas in den Zwanzigern.«

Er fand die Namen. Es sah so aus, als belegte die Firma den gesamten dreiundzwanzigsten Stock.

Aus den Augenwinkeln beobachtete er den Wächter am Empfangspult, der zu ihnen herüberschaute. Es war nach Feierabend, und sie sahen nicht besonders elegant aus. Jack trug wieder einmal Jeans, und Alicia war nach dem Klebeband-Intermezzo noch ein wenig zerzaust.

»Wir sollten es heute nicht riskieren, raufzugehen. Ich möchte kein Mißtrauen wecken oder jemanden auf uns aufmerksam machen. Aber ich wünschte, ich könnte mir mal einen Lageplan ihrer Büros ansehen.«

»Da gibt es nicht viel zu sehen«, meinte Alicia. »Man steigt aus dem Fahrstuhl und steht vor einer Glaswand, auf deren anderer Seite eine Empfangsdame sitzt. Sie ist bestimmt auch schon nach Hause gegangen, aber selbst wenn sie dort wäre, kämen Sie erst durch diese Glaswand, wenn sie einen Knopf betätigt, der die Tür öffnet.«

Verdammt, dachte Jack. Eine Liste der Klienten zu besorgen, würde ziemlich schwierig werden. Vielleicht war es sogar unmöglich.

»Was denken Sie, weshalb dieser ganze Sicherheitsaufwand betrieben wird?«

Alicia hob die Schultern. »Na ja, man weiß nie, welches Gesindel hier nach Feierabend herumschleicht.«

»Oho!« sagte er. »Frau Doktor macht einen Witz!«

»Sie sollten Datum und Zeit notieren«, erwiderte sie. »Das geschieht nicht sehr oft.«

»Kann ich Ihnen behilflich sein?«

Der Wachmann war herübergekommen. Er war schwarz und eine imposante Erscheinung, und er trat sehr freundlich auf, aber Jack erkannte, daß mit ihm im Ernstfall nicht zu spaßen war. Wenn sie im *Hand Building* nichts zu suchen hätten, würde er sie auffordern, sich schnellstens nach draußen zu verziehen. Da würde er keine Gnade kennen.

»Eine faszinierende Architektur«, sagte Jack. »Wann wurde dieses Haus erbaut?«

»Keine Ahnung«, antwortete der Wachmann. »Ich glaube, hinter dem Baum neben der Tür da drüben hängt eine Tafel, der Sie das entnehmen können. Sie können sie sich ansehen, wenn Sie rausgehen.«

Jack nickte und lächelte beruhigend. »Gehört und verstanden. Wir sind schon unterwegs.«

Der Wachmann erwiderte das Lächeln. »Danke.«

Nur um den Schein zu wahren, blickte Jack hinter den Feigenbaum, der genau vor der Messingtafel stand, aber er kam nicht dazu, die Inschrift zu lesen. Etwas anderes fesselte seine Aufmerksamkeit. »Mich laust der Affe!«

»Was?« fragte Alicia. »Was ist los?«

»Sehen Sie das kleine Zeichen auf dem Ornament oberhalb der Tafel? Den schwarzen Kreis mit dem Punkt in der Mitte?«

»Dieses Ding, das aussieht wie ein magisches Symbol?«

»Genau das. Ich kenne den Burschen, der es hinterlassen hat. Sein Name ist Milkdud ... Milkdud Swigart.«

Das war gut. Das war sogar besser als gut. Das war erstklassig.

»Und ...?«

»Es bedeutet, daß das Gebäude geentert wurde.«

»Ich verstehe nicht.«

»Ich erklär's Ihnen später. Aber es bedeutet, daß wir vielleicht einen Weg gefunden haben, wie wir herausbekommen können, wer hinter Thomas steht.«

11

Kemel stöhnte, während er den Telefonhörer auflegte. Allah mußte ihn im Stich gelassen haben.

Zuerst hatte er von Bakers und Thomas Claytons heutigem verrücktem Coup erfahren. Die Schwester würde ihren Bruder deswegen sicherlich anzeigen und damit die gesamte Operation um Monate, vielleicht sogar Jahre zurückwerfen, wenn nicht gar für immer zum Scheitern bringen.

Er war so wütend gewesen, daß er sogar Baker, dessen Nase geschwollen war, erzählt hatte, daß Nazer ihn lieber in der Vorwoche hätte feuern sollen, als Kemel ihm das geraten hatte. Baker hatte das nicht sehr freundlich aufgenommen, aber das war nicht so schlimm. Dieser Mann war ein einziges wandelndes Gefahrenmoment.

Und dann hatte Jamal, Kemels Bruder, von zu Hause angerufen, und seine Wut war versickert wie Wasser, das in den heißen Sand des Rub al-Khali geschüttet wird, und wurde durch Angst um seinen ältesten Sohn ersetzt.

»Es geht um Ghali«, berichtete Jamal. »Er wurde verhaftet.«

Kemel hatte das Gefühl, als rutschte ihm das Herz aus dem Körper. Ghali? Sein achtzehnjähriger Sohn, der Stolz seines Lebens ... verhaftet? Nein, das konnte und durfte nicht sein.

»Weshalb? Was ist passiert?«

»Er wurde beschuldigt, der Frau eines amerikanischen Geschäftsmannes, der hier zu Besuch ist, einen Fotoapparat gestohlen zu haben.«

»Unmöglich! Lächerlich!«

»Das habe ich auch gesagt«, berichtete Jamal. »Aber es gibt Zeugen. Und er hatte die Kamera bei sich, als sie ihn schnappten.«

»O nein.« Kemel stöhnte verzweifelt auf und schloß die Augen, um das Licht auszusperren. »O nein, das kann doch nicht wahr sein! Warum hat er das nur getan?«

»Das weiß ich nicht, Bruder. Vielleicht, wenn du nach Hause kämst ...«

Ja! Nach Hause! Er mußte sofort zurück.

Aber er konnte nicht. Noch nicht.

»Ich komme, sobald ich kann. Aber ich komme jetzt nicht von hier weg.«

»Was könnte denn wichtiger sein als dies hier?« fragte Jamal mit ungehaltenem Unterton. Noch nie in all den Jahren hatte er so mit Kemel gesprochen. Er würde diesen Ton sicher nicht anschlagen, wenn er von der Art der Geschäfte wüßte, die Kemel hier erledigen mußte.

Kemel hätte liebend gerne seinem jüngeren Bruder mitgeteilt, weshalb er in Amerika war, aber er wagte es nicht. Jamal und seine ganze Familie wären in höchster Gefahr, wenn bekannt würde, daß Kemel ihm auch nur ein Wort verraten hatte.

»Wo ist Ghali jetzt?«

»Ich habe fast die ganze Nacht gebraucht, aber ich habe es geschafft, daß er freigelassen wurde. Er ist im Augenblick in meinem Haus – ich habe für ihn die Verantwortung übernommen.«

Kemel rechnete sich aus, daß es in Riad wegen des achtstündigen Zeitunterschieds sechs Uhr morgens sein mußte. »Ich danke dir, Jamal. Ich kann dir gar nicht genug danken.«

»Es ist alles andere als überstanden, Kemel. Ich werde tun, was immer ich kann, aber es ist möglich, daß Ghali vor Gericht gestellt wird.«

Kemel nickte, obgleich niemand in der Nähe war, der es hätte sehen können. Ja, ja, er wußte Bescheid. Vor allem, da ein Fremder beteiligt war. Die saudischen Behörden ließen sich nur selten eine Gelegenheit entgehen, die Überlegenheit der islamischen Gesetze gegenüber der westlichen Rechtsprechung zu demonstrieren. Selbst wenn diese amerikanische Frau darum bitten sollte, von einer Anklage abzusehen, würde der Prozeß wahrscheinlich trotzdem stattfinden und die Bestrafung erfolgen.

Und Strafe bedeutete, daß man Ghali die rechte Hand abhacken würde.

Wie hatte das geschehen können? Ghali war immer wild und eigensinnig gewesen, sicher, aber niemals ein Dieb. Was konnte nur in ihn gefahren sein? Er brauchte auf nichts zu verzichten, und trotzdem stahl er eine Kamera! *Einen Fotoapparat!* Dabei lagen im Haus sicherlich ein halbes Dutzend Fotoapparate herum!

Das ergab keinen Sinn.

Er mußte sich mit der Bitte um Hilfe an eine höhere Macht wenden. Morgen war Freitag, der heilige Tag. Er war dazu bestimmt worden, das Mittagsgebet in der Moschee zu sprechen. Aber morgen würde Kemel den ganzen Tag in der Moschee für seinen mißratenen Sohn beten.

Freitag

1

Nach einigen Tonbandwindungen seines Anrufbeantworters hörte er Milkduds Nachricht ab, die besagte, daß er ihn um halb elf bei Canova – nicht Canova's, nur Canova – in der West Fifty-first treffen sollte. Um diese Uhrzeit tauchte Jack auch dort auf. Er ließ sich mit der lemminghaft dahinstürmenden Masse aus Eltern und Kindern dahintreiben, die auf die rote Radio-City-Neonschrift auf der anderen Seite der Sixth Avenue zusteuerten. Nachdem Ruth's Chris hinter ihm lag und Le Bernardin auf der anderen Straßenseite, fand Jack schließlich Canova.

Er drückte die Stirn gegen das Schaufenster und schaute durch das unechte Holzgitter auf der anderen Seite der Scheibe hindurch. Es sah aus wie eins dieser Imbißrestaurants, die sich während der neunziger Jahre vermehrt hatten wie Kleiderbügel.

Er trat ein und hielt Ausschau nach Milkdud.

Canova war ein wenig perfekter organisiert als die meisten Futterkrippen seiner Art. Gewöhnlich war das Essen dort nur zum Mitnehmen gedacht – man füllte diverse Behälter an der Theke, ließ sie abwiegen und bezahlte, und schon war man wieder draußen. Canova verfügte über zwei Ausgabetheken und einen Raum, in dem die Esser sitzen konnten.

Der Betrieb war mäßig – es dauerte noch einige Zeit, bis der Mittagspausenmob zuschlagen würde –, aber Jack konnte Milkdud nirgendwo entdecken. Dabei war Milkdud kaum zu übersehen. Er klopfte einem jungen Koreaner, der gerade einen Tisch in der Nähe abwischte, auf die Schulter.

»Ich war hier mit jemandem verabredet ...«, begann er.

»Ich weiß nicht«, erwiderte der Koreaner hastig und schüttelte heftig den Kopf. »Ich weiß nicht.«

»Er ist schwarz«, sagte Jack. Er deutete auf seine Stirn. »Und da oben hat er ...«

»Oh, ja.« Der Koreaner deutete nach links auf ein Schild mit einem Pfeil und der Aufschrift SITZPLÄTZE. Jack fragte sich, wie er das nur hatte übersehen können. »Da drüben. Der da drüben.«

Jack trat durch einen Backsteinbogen und ließ den Blick durch den kleinen Speisesaal schweifen. Er entdeckte den Rücken eines hochgewachsenen schlanken schwarzen Gastes mit kurzgeschnittenem Haar, der mit dem Gesicht zur Wand saß. Jack kehrte zur Büffettheke zurück, kaufte sich eine Pepsi, dann ließ er sich Milkdud gegenüber auf den Stuhl fallen.

»Sushi zum Frühstück?« fragte Jack und deutete auf Milkduds Tablett.

»Hey, Jack«, sagte Milkdud und streckte die Hand über den briefmarkengroßen Tisch aus. »Ich muß schließlich meine schlanke, jugendliche Figur erhalten.«

»Zum Hacken, stimmt's?«

Er zuckte die Achseln. »Ein Rettungsring könnte mich schon mal daran hindern, dorthin zu gelangen, wo ich hin will. Außerdem ist das hier ein Brunch, und ich glaube kaum, daß man ein California Sandwich Sushi nennen kann.«

Sie kannten sich schon einige Jahre. Jack war diesem hochgewachsenen Burschen – Milkdud hatte damals Dreadlocks getragen – immer wieder in den Revival-Kinos überall in der City begegnet. Sie kamen miteinander ins Gespräch und schenkten einander schließlich so viel Vertrauen, daß sie sich gegenseitig Videos und Disks von Filmen ausliehen, die sie besonders schätzten. Aber falls Jack jemals den Namen gekannt haben sollte, auf den die Mutter des Mannes ihn hatte taufen lassen, so hatte er ihn längst vergessen. Für die Leute war er nur Milkdud – oder Dud. Hoch aufgeschossen, geradezu dünn, milchschokoladenbraune Haut, eine stets lässige Körperhaltung und ein freundliches Lächeln. Aber alles, woran die Leute sich bei dem Burschen erinnern konnten – sogar in der Zeit, als er noch seine volle Dreadlock-Pracht trug –, war das große schwarze Muttermal mitten auf seiner Stirn, wie man es außerdem nur von Aaron Neville kannte. Irgendein Klassenclown während seiner Jugend mußte es einmal mit einer bestimmten Marke Schoko-Karamelbonbons verglichen haben, und seitdem war er mit diesem Namen gesegnet.

»Vielen Dank für diese erschöpfende Aufklärung«, sagte Jack. »Und was treibst du zur Zeit?«

»Ich arbeite im Coconuts, ein Stück die Straße rauf.«

»Stellen die mittlerweile sogar MIT-Absolventen ein?«

Milkdud zuckte die Achseln. »Ich bin in der Laserdisk-Abteilung. Ich kann mir die Arbeitszeit aussuchen, und der Angestelltenrabatt erlaubt es mir, meine Sammlung auf dem neuesten Stand zu halten.«

Jack nickte. Flexible Arbeitszeit ... das war es, was Milkdud für seine wahre Leidenschaft brauchte. Ja, er war ein Filmfreak, aber seine große Liebe gehörte alten Häusern.

»Wie viele Disks besitzt du jetzt?«

Ein weiteres Achselzucken. »Ich habe aufgehört zu zählen. Aber ich bin froh, daß du angerufen hast. Ich wollte dich sowieso wegen einer meiner jüngsten Erwerbungen sprechen.«

Jack wurde hellhörig. »Irgendwas von meiner Wunschliste?«

Milkdud griff nach unten und holte eine Plastiktüte mit Coconuts-Aufdruck unter dem Tisch hervor. Er reichte sie Jack.

»Ja!« sagte Jack begeistert, als er hineinschaute. Er holte eine Laserdisk von *Eine entheiratete Frau* heraus. »Wie bist du denn an die gekommen?«

Das Jill-Clayburgh-Alan-Bates-Drama von 1978 war einer von Gias liebsten Filmen. Sein Reiz entzog sich Jacks Verständnis – er war noch nie von einem von Paul Mazurskys Werken besonders beeindruckt gewesen –, aber hatte seit Jahren versucht, eine Kopie für Gia aufzunehmen oder zu kaufen.

Gewissenhaft überwachte er die Sendepläne der Film-Kabelkanäle, die er empfing – TCM, AMC, TMC, Cinemax, Starz, Encore und alle anderen –, aber sie führten ihn nur selten im Programm, und wenn sie es taten, fand er es immer zu spät heraus, um seinen Videorecorder entsprechend zu programmieren.

»Eins von diesen Antiquariaten auf der McDougal«, erzählte Milkdud. »Es ist eine ganz gute Kopie, aber sie kommt aus Hongkong.«

»Das sehe ich. Nicht synchronisiert, hoffe ich doch.«

»Nein – nur Untertitel in Kantonesisch.«

»Untertitel sind nicht so schlimm. Kann ich ihn geliehen haben?«

»Klar. Solange du willst. Vergiß nur nicht, von wem du ihn geborgt hast.«

»Dir gefällt er?« Jack kannte Milkdud als leidenschaftlichen Liebhaber anstößigster Italostreifen. Er schwärmte für Argento, Bava und Fulci. Schwer zu glauben, daß er es schaffte, sich *Eine entheiratete Frau* bis zum Ende anzusehen, geschweige denn diesen Film in seiner Sammlung haben zu wollen.

»Nee. Aber er ist so schwer aufzutreiben, und ich denke, ich sollte eine Kopie besitzen. Verrückt, nicht wahr?«

»Nur die Sammlerkrankheit.«

Jack verstand das sehr gut; er litt selbst darunter. »Dein Timing ist einfach perfekt, Dud.« Nun hätte er wenigstens ein Weihnachtsgeschenk für Gia, mit dem sie nicht rechnete. »Ich ziehe davon eine Kopie und gebe ihn dir zurück, so schnell ich kann.« Jack zögerte und fühlte sich nicht besonders wohl bei dem Gedanken, Milkdud um einen weiteren Gefallen zu bitten, nachdem er Gias Lieblingsfilm für ihn gefunden hatte, aber er hatte keine Wahl. »Und … ich brauche deine Hilfe.«

»In deiner Nachricht erwähntest du einen Hausbesuch.«

»Richtig. Ich habe dein Zeichen gestern am *Hand Building* gefunden.«

Milkduds Augen leuchteten, als er zu lächeln begann. »Das *Hand Building* ... der fünfundzwanzig Stockwerke hohe Stahlbetonbau in der Forty-fifth. Ja, das ist eine Schönheit. Ein erstklassiges Beispiel für städtische Nachkriegsarchitektur. Ist meine Kennung immer noch da? Cool. Hab' das Haus vor etwa drei Jahren gehackt. Ich hätte meine Aufzeichnungen mitbringen sollen, dann könnte ich dir das genaue Datum und einige Details nennen. Ein absolut cooler Bau. In dem Kasten gibt es jede Menge toten Raum.«

»Du machst dir Aufzeichnungen?« fragte Jack. Das waren hervorragende Neuigkeiten. »Etwa so eine Art Hacker-Tagebuch?«

»Ich betrachte es ganz einfach als ›Erforschen‹. Wir haben es damals in den Siebzigern Hacken genannt, aber dann kamen die Computerfreaks und übernahmen den Ausdruck. Mir gefällt der Vergleich nicht. Computerhacken bedeutet Schädigen, Stören und sich strafbar machen.«

»Nicht in seiner reinen Form«, sagte Jack.

»Stimmt schon. Der reine Computerhacker ist ein Forscher. Er will sich Zutritt verschaffen, will alle Türen öffnen, alle versteckten Winkel finden, alle Geheimnisse lüften und am Ende alles weitestgehend so hinterlassen, wie er es vorgefunden hat. Genau das ist es auch, was ich tue. Ich dringe in ein Gebäude ein und sehe mir alle Winkel und Räume an, die die normalen Bewohner und Benutzer niemals zu sehen bekommen, von deren Existenz sie meistens noch nicht einmal wissen, und dann verschwinde ich wieder.«

»Aber nicht ohne dein ganz persönliches Zeichen zu hinterlassen.«

Milkdud grinste. »Was wir, indem wir uns vor der CB-Kultur verneigen, eine ›Kennung‹ nennen.«

»Wie, zum Teufel, bist du überhaupt dazu gekommen?«

Ein Achselzucken. »Es ist eine Art Durchgangsritus am MIT.«

»Für jeden?«

»Verdammt, nein. Es ist nicht ohne Risiko. Zuerst einmal kann man dabei den Tod finden. Wir benutzen sehr oft Dächer und Fahrstuhlschächte, und letztere sind verdammt gefährlich. Zweitens ist es verboten. Man will nichts Schlimmes, will nichts beschädigen, aber erklär das mal der Polizei. Geringstenfalls ist es unbefugtes Betreten. Schlimmstenfalls versuchter Raub. Und dann sollte man lieber nicht unter Klaustrophobie leiden, denn die Wege, die man bei uns benutzt, sind die Luftschächte und Heizungszüge.«

Jack nickte. »Ich kann mir schon vorstellen, daß das eine ganze Reihe Leute abschreckt.«

»Das kannst du wohl annehmen. Und zu denen kannst du noch die hinzuzählen, die es ganz einfach nicht begreifen.«

Jack schlug sich in komischem Entsetzen vor die Stirn. »Du machst Witze. Du meinst, es gibt da draußen tatsächlich Leute, die nicht der Meinung sind, daß es das ultimative Vergnügen ist, durch Luftschächte zu kriechen?«

Milkdud lächelte. »Ein oder zwei bestimmt. Aber die, die uns wirklich verstehen, sind die Computerhacker. Und es gibt eine ganze Reihe von ihnen, die zu uns überwechseln. Eine erstaunliche Zahl von Keyboardfreaks, zumindest diejenigen, die nichts mit Agoraphobie oder Klaustrophobie zu schaffen haben, hacken auch Gebäude. Damals an der MIT ging ich immer mit einem Typen Namens Mike McLaglen auf Hackertour – ein abgefahrener Freak mit Eis in den Adern, wenn es darum ging, Gebäude zu hacken. Aber er war kein reiner Geist, Mann. Im Gebäudehacken läßt sich kein Geld verdienen. Er stieg aus, um Videochips zu hacken. Keine Ahnung, wo er abgeblieben ist. Aber er war gut.«

»So gut wie du?«

»Zum Teufel, nein.«

»Und du hackst noch immer?«

»Ja. Das ist wahrscheinlich meine neugierige Ader.« Er seufzte. »Aber es wird von Tag zu Tag schwieriger. Die Sicherheitsmaßnahmen werden immer besser. Dennoch, wenn man im richtigen Gebäude ist« – sein Blick schien plötzlich in die Ferne zu schweifen –, »du weißt schon, eins, das im Laufe der Jahre Dutzende von Malen umgebaut wurde – und man findet plötzlich all diese toten Räume in den Ecken und Nischen, Treppenhäuser ins Nichts und vielleicht sogar einen winzigen abgeschlossenen Raum mitten zwischen den Stockwerken, und du weißt, daß du der absolut erste Hacker an dieser Stelle bist, denn dein Zeichen ist das erste, das schließlich auf den Innenwänden dieser Räume zu sehen ist ... ich kann dir flüstern, Jack, es gibt nichts, was damit vergleichbar wäre.«

Jack schüttelte den Kopf. Ein brillanter Knabe, aber er hatte offenbar einige leichte Sprünge in der Schüssel.

»Paß mal auf, ich möchte auf irgendeine Art und Weise in eine Besprechung in einem bestimmten Büro im einundzwanzigsten Stock des *Hand Building* hineinhören. Könntest du mir dabei helfen?«

»Klar.«

Hervorragend, dachte Jack. Das ging ja viel leichter, als ich annahm.

»Demnach könntest du eine Optik und eine Mikro hinter einem Lüftungsschlitz verstecken, von wo aus sich beobachten läßt, was in dem Raum vor sich geht?«

Milkdud schüttelte den Kopf. »Niemals.«

Jack machte den Mund auf, dann schloß er ihn wieder. Das war nicht die Antwort, die er erwartet hatte.

»Niemals? Ich dachte, du hättest gerade gesagt ...«

»Ich sagte, ich helfe dir, aber ich werde die Hütte nicht für dich verwanzen. Das verstößt gegen den Kodex.«

»Gegen welchen Kodex?« Jack versuchte, seine Enttäuschung zu verbergen, aber er war sicher, daß ihm etwas davon anzumerken war. »Der Ehrenkodex des offiziellen Gebäude-Hackers?«

»Schon möglich.« Milkdud blieb ganz ruhig. »Von einem offiziellen Kodex weiß ich nichts, aber ich weiß, daß es gegen Milkduds Kodex verstößt.«

Jack lehnte sich zurück und trank seine Pepsi. »Verdammt, Milkdud, ich habe auf dich gezählt.«

»Wenn du heutzutage jemanden belauschen willst, brauchst du nichts mehr in dem betreffenden Raum zu installieren. Du lenkst einfach einen Laserstrahl auf das Fensterglas, so daß er reflektiert wird, und schon hörst du jedes Wort, das sie da drin reden.«

»Mir sind gerade heute morgen die Laser ausgegangen.«

»Du kannst sie dutzendweise in einem dieser Sicherheitsläden überall in der Stadt kaufen. Ich glaube, es gibt sogar einen in der Fifth Avenue, ein paar Schritte um die Ecke vom *Hand Building* entfernt.«

»Mein Betrieb zeichnet sich nicht gerade durch High-Tech-Werkzeug aus. Ich könnte unmöglich auf der Forty-fifth Street einen Laser aufstellen. Diesen Blödsinn sieht man doch ständig im Fernsehen, aber ich arbeite in der realen Welt. Und außerdem brauche ich mehr als nur Tonaufnahmen. Ich möchte in dieses Büro hineinschauen. Das Treffen an sich ist nicht so wichtig als vielmehr, wer alles daran teilnimmt und *was nach* dem Treffen gesagt wird.«

»Und«, sagte Milkdud, »warum gehst du nicht selbst rein und hörst zu?«

»Ich ... soll mein erstes Gebäude ... mitten in der Stadt ... während der Bürostunden ... hacken? Wie du meinst.«

Jack hatte eine Vision von sich selbst, wie er in einem Belüftungsschacht festhing und dort schrie wie ein verirrtes Kätzchen, während sich Feuerwehrleute und Katastrophenschutz durch Mauern fraßen und mit Schweißbrennern durch Stahl schnitten, um ihn zu befreien.

Und dann sein Bild auf der Titelseite der *Post* und der *Daily News*. Er sah die Schlagzeile vor sich:

LUFTSCHACHT-LOVER
WIRD ERWISCHT!

Er schüttelte sich.

»Nein, danke.«

»Ich helfe dir«, schlug Milkdud vor.

»Und was ist mit dem Mildud-Kodex?«

»Er besagt, daß ich für dich keine Wanzen oder sonstige Überwachungsgeräte installiere, aber er besagt nicht, daß ich dir nicht zeigen kann, wie man ein Gebäude hackt. Das würde mich zu einem Verfechter des Gebäude-Hackens machen. Ich wäre ... St. Milkdud, ein Missionar, der den nicht Erleuchteten das Wort Gottes predigt, Leute zum Übertreten animiert ...«

»Okay«, sagte Jack und hob die Hände. »Ich verstehe schon.«

Er dachte über das Angebot nach. Wenn Milkdud ihn zu einer Stelle bringen könnte, von wo aus er sehen und hören konnte, was im Büro von Thomas Claytons Anwälten geschah ...

»Nur um klarzustellen, ob ich richtig verstanden habe«, sagte Jack. »Du bietest mir an, mich als Führer in die Eingeweide des *Hand Building* ...«

»Pfadfinder wäre etwas treffender. Pistensucher würde es noch genauer beschreiben.«

»Was bedeutet?«

»Ich nehme mir an diesem Wochenende meine Notizen vor und gehe noch einmal ins *Hand* hinein. Du erklärst mir, wohin du willst, und ich sehe, ob ich einen Weg für dich finde, dorthin zu gelangen. Wenn ich einen finde, bringe ich dich am Morgen der Besprechung ins Gebäude und zeige dir die richtige Route.«

»Du meinst, du kommst nicht mit?«

Milkdud schüttelte den Kopf. »Hm-hm. Der Kodex, du weißt schon.«

»Aber wenn ich mich verlaufe oder« – die Vision von Jack als kleines Kätzchen auf einem Baum tauchte erneut vor seinem geistigen Auge auf – »steckenbleibe?«

»Ich zeichne deine Route auf und markiere den Verlauf.

Wenn du den Richtungsangaben und den Wegbezeichnungen folgen kannst, solltest du eigentlich keine Probleme haben. Und falls du dich dann sicherer fühlst, nimm in Gottes Namen ein Handy mit. Ich bin draußen. Wenn du in Schwierigkeiten gerätst, ruf mich.«

Jack trommelte mit den Fingern auf die Tischplatte und dachte nach. Sein Instinkt riet ihm, eine andere Möglichkeit zu suchen. Er litt nicht unter klaustrophobischen Anfällen – er hatte schon früher mehrere Stunden an einem Stück an extrem engen Orten verbracht –, aber er bevorzugte mehrfache Fluchtwege, wann immer er sich in eine gefährliche Lage begab. Wenn Milkdud sich hingegen bereithielt, um ihm im Notfall zu helfen … vielleicht klappte es ja.

»Na schön«, sagte Jack. »Dann laß uns einen Plan machen.«

»Zuerst muß ich den Ort kennen, wo diese Besprechung stattfindet. Und zwar den *genauen* Ort.«

»Den kriege ich heraus.« *Ich glaube es zumindest.*

»Gut. Als nächstes besorg dir ein paar anständige Klamotten zum Hacken.«

»Was, zum Beispiel?«

»Nun, im Sommer, wenn die Klimaanlagen laufen, trage ich lange Unterhosen. Aber im Winter kann es in den Lüftungszügen ziemlich heiß werden. Sogar in den Rückführschächten. Daher empfehle ich einen leichtgewichtigen Overall – ohne Knöpfe, oder ein Rugbyhemd und eine Strumpfhose.«

»Eine Strumpfhose? Mein Gott, Dud!«

»Du kriechst auf dem Bauch in allen möglichen Winkeln und Ecken herum, Jack. Du mußt durchrutschen können, Mann.«

»Ja, sicher … aber eine Strumpfhose?«

Eine weitere *Post*-Schlagzeile erschien vor seinem geistigen Auge:

STRUMPFHOSEN-SPANNER
IN DER KLEMME!

Jack sagte: »Ich glaube, ich nehme lieber einen Overall. Was brauche ich sonst noch?«

»Einen dreiteiligen Anzug.«

»Oh, nein!«

2

»Wo wir uns getroffen haben?« fragte Alicia, klemmte sich den Telefonhörer zwischen Ohr und Schulter, während sie ein Truthahnsandwich, das sie sich von Blimpie's nebenan mit heraufgebracht hatte, zur Hälfte auswickelte. »In Gordon Haffners Büro. Er ist Thomas' Anwalt.«

Sie hatte den ganzen Morgen auf ein Zeichen von Jack gewartet. Er war am Vorabend so aufgeregt gewesen, nachdem er dieses Geheimzeichen in der Lobby des Hand Building gefunden hatte. Er hatte dann von Gebäudehackern erzählt – was immer sie auch sein mochten – und von jemandem namens Milkdud. Er hatte sie nach Hause gebracht, ihre Wohnung kontrolliert, um sicher sein zu können, daß sich kein Eindringling darin befand, und hatte sich dann verabschiedet und versprochen, sie am Morgen anzurufen.

Nun, er hatte nicht angerufen. Und sie hatte ein paar sehr unruhige Momente gehabt, als sie an diesem Morgen zum Krankenhaus gegangen war. Sie hatte sich sorgfältig in der Mitte des Bürgersteigs gehalten, hatte jeden Lieferwagen am Bordstein, jeden Passanten mißtrauisch beäugt und war jedesmal, wenn sie eilige Schritte hinter sich hörte, unwillkürlich erstarrt. Sie war noch nie so erleichtert gewesen, den Wächter am Krankenhauseingang zu sehen.

Ihre Erleichterung hatte sich in Bestürzung verwandelt, als sie den Befund von Hectors Blutuntersuchung las: *Candida albicans,* dieser hinterlistige Pilz, der Aids-Patienten meistens im Gefolge anderer Infektionen heimsuchte. Sie hatte eine

Einheit Amphotecerin B dem Medikamentenmix beigefügt, der Hector bereits intravenös verabreicht wurde, und sich aufs Daumendrücken verlegt.

Seine Pflegemutter hatte ihm wahrscheinlich auch nicht das Didlucan zur Prophylaxe verabreicht. Zumindest hoffte Alicia, daß dies die Ursache der Infektion war. Wenn nicht, dann bedeutete es, daß er einen resistenten Ableger aufgefangen hatte, und das konnte schlimm sein. Sehr schlimm sogar.

Sie nahm einen Bissen von ihrem Sandwich. Sie hatte am Vortag nicht zu Abend gegessen und an diesem Morgen keinen Krümel zum Frühstück hinunterbekommen. Es hatte bis Mittag gedauert, ehe sie wieder an Essen gedacht hatte. Und nun, gerade als sie im Begriff war, am Schreibtisch ihr Mittagessen einzunehmen, rief Jack an.

»Gordon Haffner«, sagte Jack. »Wo genau auf der Etage liegt sein Büro?«

Sie schluckte. »Ich weiß es nicht genau.«

»Es ist wichtig, Alicia.«

»Na schön. Dann lassen Sie mich mal nachdenken.«

Sie rief sich den Nachmittag noch einmal ins Gedächtnis zurück, schritt zusammen mit Leo Weinstein durch die Glastür im einundzwanzigsten Stock, saß ein paar Minuten am Empfang und wurde dann durch einen Flur in Haffners Büro geführt. Sie entsann sich, durchs Fenster geschaut und die blaue Markise über dem Eingang zum Chemist's Club auf der anderen Straßenseite gesehen zu haben.

»Er sieht auf die Forty-fifth Street hinunter.«

»Das ist doch schon ein Anfang. Aber ich muß es ganz genau wissen. Ist es ein Eckbüro?«

»Nein. Aber es liegt direkt *neben* einem Eckbüro – und zwar an der Ostecke.«

»Sind Sie sicher?«

»Absolut. Ich kann mich daran erinnern, gedacht zu haben, daß Thomas wohl nicht den besten Mann in der Firma, aber zumindest jemanden hat, der ziemlich weit oben steht.«

»Das Büro neben der östlichen Ecke, das auf die Forty-fifth hinausgeht«, sagte Jack. »Verstanden.«

»Was ist los?« fragte sie.

»Sie werden sich am Montag mit Mr. Haffner treffen, und Sie werden ihm mitteilen, daß Sie bereit sind, das Haus zu verkaufen.«

Sie verschluckte sich beinahe an einem Mundvoll Truthahnfleisch. Sie hustete und schluckte es hinunter.

»Einen Teufel werde ich tun.«

»Ganz ruhig. Hören Sie doch erst mal zu. Sie werden eine völlig absurde Summe verlangen, sagen wir, zehn Millionen.«

»Das zahlen die doch niemals.«

»Natürlich nicht. Die Forderung ist nicht der Punkt. Es ist das Treffen, das wir wollen. Ich erkläre Ihnen die Einzelheiten später. Im Augenblick sollten Sie nur dafür sorgen, daß Sie am Montag frei sind, um dort zu sein. Ein Mann namens Sean O'Neill wird Sie heute nachmittag anrufen. Er wird am Montag als Ihr Anwalt mitkommen.«

»Mein Anwalt? Aber er weiß doch gar nichts über ...«

»Das braucht er auch nicht, und glauben Sie mir, er will es auch gar nicht. Seans größtes Vergnügen besteht darin, andere Anwälte in den Wahnsinn zu treiben. Er arrangiert das Treffen für Sie.«

Sie schaute auf den Kalender. Montagvormittag – sie müßte sich dann bei der monatlichen Besprechung der Abteilung für Infektionskrankheiten entschuldigen –, aber ansonsten gab es nichts Dringendes.

»Okay. Das schaffe ich. Aber je früher, desto besser.«

»Gut. Dann sind wir schon zu zweit.«

»Das ist alles sehr merkwürdig, Jack. Ich möchte gerne wissen, was los ist.«

»Ich erläutere Ihnen alles am Sonntagabend, wenn wir unsere Probe veranstalten.«

»Eine Probe?«

»Ja. Sie, ich und Sean. Aber wichtig ist im Augenblick für

Sie, daß Sie wissen, daß Ihnen die Verabredung zu dem Treffen mit den Anwälten ein wenig Luft verschafft. Niemand wird sich erneut an Ihnen vergreifen oder Ihnen drohen, wenn sie glauben, daß am Montag vielleicht eine Einigung erzielt werden kann. Das heißt, Sie brauchen nicht mehr ständig über die Schulter zu blicken – zumindest für die Dauer des Wochenendes nicht.«

»Das ist beruhigend.«

»Für uns beide ist es das. Ich muß jetzt los. Wir reden später.«

Und dann hatte er auch schon aufgelegt.

Alicia legte ebenfalls auf und widmete sich mit wiedererwachtem Appetit ihrem Sandwich. Sie hatte das Gefühl, als wäre eine schwere Last aus ihrer Magengrube entfernt worden: Sie brauchte die nächsten beiden Tage nicht wie ein verfolgter Flüchtling zu leben.

Aber was, um alles in der Welt, plante Jack? Und wie zuverlässig war er? Klar, er schien, was den Einsatz von Brachialgewalt betraf, Außerordentliches zu leisten, aber dies hier war etwas anderes: er würde es mit einer bedeutenden Anwaltskanzlei und einigen enorm intelligenten Gegnern zu tun haben. Könnte ein ganz normaler Durchschnittsmensch die Harvard-Absolventen im einundzwanzigsten Stockwerk überlisten?

Sie hatte keine Ahnung, aber hätte sie eine Wette abschließen müssen, dann hätte Alicia ihr Geld nicht für diese Sache riskiert.

3

»Ist er das?« fragte Jack, während eine neue Stimme aus dem Lautsprecher des Kassettenspielers erklang.

Jorge schüttelte seinen großen Kopf. Er trug seine Arbeitskleidung – sein Dienst begann, wenn die Büros sich leerten –, die im wesentlichen aus einem Sweatshirt mit abgeschnittenen Ärmeln bestand, das seine kräftigen Arme bis zu den Schultern entblößte.

Die beiden saßen in dem kleinen zweiten Zimmer von Jorges Apartment, das gleichzeitig als Büro diente. Am Ende der Diele war seine Frau dabei, den Abendbrottisch abzuräumen, während seine beiden Söhne vor dem Fernseher saßen und die neueste Super-Mario-Version spielten. In der Wohnung hing immer noch der würzige Duft des Abendessens.

Jack ließ das Tonband vorlaufen, stoppte und startete einige Male, bis er eine neue Stimme hörte.

»Und was ist mit diesem Burschen?«

Ein weiteres Kopfschütteln. »Nein. Nicht Ramirez.«

»Er sollte lieber bald kommen«, meinte Jack. »Das Band ist gleich zu Ende.«

Jorge hatte einen seiner Cousins die Flugblätter unter jede Wohnungstür in Ramirez' Wohnhaus schieben lassen. Diese Taktik war nötig gewesen, um Ramirez nicht mißtrauisch zu machen. Das Flugblatt trug den Briefkopf von Hudak Realty, allerdings mit einer Telefonnummer, die Jack als Mailbox gemietet hatte, unter der die Nachricht zu hören war, daß der Anrufer zu David Johns weitergeschaltet würde, der das Haus exklusiv in seinem Angebot hatte. Außerdem hatte Jack eine Nachricht hinterlassen, daß Mr. Johns zur Zeit mit einem Kunden unterwegs wäre, sich aber so bald wie möglich melden würde.

Er hatte eine Tonbandkassette mit allen Anrufen zu Jorge mitgenommen.

»Vielleicht ist er gar nicht interessiert«, vermutete Jorge.

»Wenn das, was Sie mir von ihm erzählt haben, zutrifft«, sagte Jack, »dann ruft er an. Er wird nicht widerstehen können. Sehen Sie sich doch nur mal all die anderen …«

»Da!« unterbrach ihn Jorge, als sich auf dem Band ein neuer Anrufer meldete. »Das ist er. Das ist dieser *hijo de puta*!«

Jack konnte nur wenig Spanisch, aber er wußte, was Jorge meinte. Er lehnte sich zurück und lauschte Ramirez' öliger Stimme, die nur noch einen leichten Akzent hatte. Offenbar war er schon länger im Lande als Jorge.

»Ja, Mr. Johns. Ich würde mich gerne mit Ihnen über die Immobilie unterhalten, die Sie auf Ihrem Flugblatt beschreiben. Ich habe am Wochenende geschäftlich außerhalb zu tun und würde mir die Immobilie noch vor meiner Abreise gerne einmal ansehen.«

Danach nannte Ramirez sowohl seine Privat- als auch seine Geschäftsnummer.

Na prima, dachte Jack. Wahrscheinlich war er schon dort gewesen und hatte sich das Haus von außen angesehen. Er weiß, daß es ein Schnäppchen ist, und er will es haben. Deshalb benutzt er eine angebliche Geschäftsreise als Vorwand, um es genauer inspizieren zu können, ohne zu gierig zu erscheinen.

Aus dem, was er von Jorge gehört hatte, folgerte er, daß Mr. Paco Ramirez sich für einen abgebrühten Kaufmann hielt, vor allem im Immobiliengeschäft. Er war ständig auf der Suche nach günstigen Angeboten, die er schnell wieder mit Profit losschlagen konnte. Typen wie er hielten ständig Ausschau nach Leuten, die es mit dem Verkaufen eilig hatten. Jacks Flugblatt bot ein Geschäft an, bei dem Mr. Ramirez das Wasser im Munde zusammenlaufen mußte.

»Sehr schön«, sagte Jack. »Er schnuppert schon am Köder. Nun brauchen wir nur noch dafür zu sorgen, daß er den Haken schluckt, und ihn dann an Land zu ziehen.«

Von Jorges Telefon aus rief er Ramirez' Büro an. Der Mann meldete sich bereits, kaum daß Jack der Empfangsdame gesagt hatte, er wäre David Johns. Nach einigen höflichen Floskeln kam Ramirez sofort zur Sache, und sie vereinbarten einen Termin am nächsten Morgen um neun Uhr, um die Immobilie zu besichtigen.

»Was tun wir jetzt?« fragte Jorge.

»›Wir‹ tun gar nichts«, erwiderte Jack. »Von jetzt an mache ich allein weiter. Das Wichtigste ist, daß Sie sich von diesem Haus so weit wie möglich fernhalten. Sollte Ramirez nur den geringsten Verdacht schöpfen, daß Sie an dieser Sache beteiligt sind, springt er sofort ab. Sie bleiben morgen hier und passen aufs Telefon auf. Möglicherweise muß ich ein Gespräch führen. Ich werde dann irgendwelche Fragen stellen, die Sie beantworten können, wie Sie wollen. Von mir aus geben Sie mir den Wetterbericht durch, mir ist es gleich. Ich brauche nichts anderes als eine Stimme am anderen Ende der Leitung.«

Jorge schürzte die fleischigen Lippen. »Erklären Sie mir noch mal, *por favor*, wie ich auf diese Art und Weise an mein Geld kommen soll?«

»Okay. Also noch mal. Ich hole Ihr Geld, indem ich Ramirez dazu bringen, eine hohe Vorauszahlung in bar für das Haus zu leisten.«

Jorge schüttelte den Kopf. »Aber er ist nicht dumm, Mr. Jack.«

»Natürlich ist er das nicht. Aber ich kenne Typen wie ihn. Ihm macht es Spaß, Leute aufs Kreuz zu legen. Er sucht sich harmlose Leute oder jemanden, der in der Klemme ist, und nimmt sie nach Strich und Faden aus. Er hätte Sie schon längst für Ihre Arbeit bezahlen können, aber er hat es nicht getan. Warum? Weil er bei Ihnen einen schwachen Punkt entdeckt hat – Ihre Verwandten, die illegal im Lande sind und für Sie arbeiten –, und er konnte sich die Gelegenheit einfach nicht entgehen lassen, das zu seinem Vorteil auszunutzen. Es ist für ihn ein reiner Machttrip.«

»Kennen Sie noch andere wie Ramirez?«

Jack nickte. »Aber klar. Die sorgen doch dafür, daß ich im Geschäft bleibe. Ich habe mich im Laufe der Zeit auf diese Leute spezialisiert. Ich tue nichts anderes, als Ramirez mit seinen eigenen Waffen zu schlagen. Ich präsentiere ihm ein unwiderstehliches Geschäft und wiege ihn in dem Glauben, daß er jemanden bei diesem Handel austrickst.«

»Aber Bargeld? Er gibt Ihnen keinen Penny.«

»Er tut es, wenn er glaubt, daß ich es nicht haben will.«

Jorge schüttelte erneut den Kopf. Jack sah diese Reaktion in letzter Zeit häufiger bei ihm.

»Vertrauen Sie mir«, sagte er jetzt. »Selbst wenn es nicht funktionieren sollte, machen wir uns immer noch einen Spaß mit Ramirez.«

Jorges finstere Miene verriet, daß seinen Spaß zu haben das letzte war, was er im Sinn hatte.

4

Das Telefon klingelte, als Alicia gerade im Begriff war, Feierabend zu machen. Raymond war bereits gegangen, daher nahm sie den Anruf selbst an.

»Hier ist Detective Will Matthews. Sind Sie das, Alicia?«

»Ja«, antwortete sie so aufgeräumt wie möglich. »Wie geht es Ihnen?«

O Gott. Noch mehr schlechte Nachrichten?

Sie war an diesem Morgen bereits vom Rechtsanwalt des Krankenhauses angerufen und gefragt worden, ob sie es sich vielleicht mit der Mißbrauchsklage überlegt hätte. Was jetzt noch?

»Mir geht es gut«, sagte er. »Nun, der Grund meines Anrufs ist der, daß ich wahrscheinlich gute Neuigkeiten für Sie habe.«

»Über Stevens?«

»Genau den.«

»Bekennt er sich schuldig?«

»Nein, aber es ist fast genausogut. Ich würde Ihnen alles gern beim Dinner erzählen.«

Alicia spürte, wie sich ihre Borsten sofort aufrichteten. »Will ... wenn es um meine Anzeige geht, glauben Sie nicht, daß ich ...«

»Es hat nicht *direkt* mit Ihrer Anzeige zu tun. Wenn Sie darauf bestehen, erzähle ich es Ihnen hier und jetzt, aber wenn Sie keine anderen Pläne haben, würde ich es lieber während eines frühen Dinners tun. Ich verspreche Ihnen, Sie werden ganz bestimmt nicht enttäuscht sein.«

Alicia zögerte. Zuerst ein Mittagessen, nun ein Dinner, dann ... was?

Ich habe keine Zeit für so etwas.

Aber wenn er in seiner Freizeit Nachforschungen über Stevens angestellt und etwas Hilfreiches herausbekommen hatte, wie konnte sie dann ablehnen?

»Okay«, sagte sie. »Gehen wir zusammen essen. Wann und wo?«

Er fragte sie, ob sie italienische Küche mochte. Als sie das bejahte, nannte er ihr die Adresse einer Trattoria auf der Seventh Avenue, etwa zehn Blocks vom Center entfernt. Er würde sie in einer halben Stunde dort erwarten.

Es sind gute Neuigkeiten, versprach er ihr. Sie hoffte es inständig. Sie hatte sie nämlich dringend nötig.

5

»Sie essen wohl sehr oft hier«, stellte Alicia fest, während sie in einer Nische Platz nahmen, die groß genug war für vier Personen.

Alicia war ein wenig zu früh gekommen. Normalerweise wäre sie zu Fuß gegangen. Aber trotz Jacks Versicherung, daß niemand sie vor ihrem montäglichen Treffen mit den Anwälten behelligen würde, hatte sie ein Taxi genommen.

Will erschien ein paar Minuten später. Der Oberkellner begrüßte ihn mit einem strahlenden Lächeln, und drei Gäste hatten ihm von der Bar aus zugewinkt.

Er zuckte die Achseln. »Ich glaube, wenn ich schon mal

ausgehe, dann immer hierher. Aber das geschieht nicht öfter als ein- oder zweimal die Woche.«

War er vielleicht auch gestern abend hier? überlegte sie. Wenn er anstelle von Jack hinter mir hergekommen wäre, dann säßen Thomas und seine Schläger jetzt im Gefängnis, und die ganze Angelegenheit wäre geregelt.

»Ich dachte, Polizisten frequentieren vorwiegend Polizistenbars.«

»Das tun sie auch. Ich habe zwei Jahre lang mein Geld in die liebste Kneipe des Reviers Midtown South getragen, aber Sie müssen wissen, daß man das ständige Polizistengequatsche irgendwann mal leid ist. Zumindest kann ich das für mich sagen. Hier bin ich nur Will Matthews, der zufälligerweise Cop ist.«

Ein Kellner brachte einen Korb mit Pizzabrötchen und langen, dünnen italienischen Brotstangen. Nachdem er sich nach ihren Vorlieben in bezug auf Wein erkundigt hatte, bestellte Will schließlich eine Flasche Chianti Classico, dann lehnte er sich vor.

»Kommen wir gleich zu den neuesten Nachrichten über Floyd Stevens.«

Er hielt ihr einladend den Brotkorb hin, und sie entschied sich für eine Brotstange.

»Bitte.« Sie biß das Ende der Brotstange mit einem deutlichen Knacken ab. »Ich habe ihn längere Zeit beschattet.«

»Das hat man Ihnen gestattet?« fragte sie erstaunt. »Ich meine, wo doch täglich so viele Verbrechen begangen werden …«

»Ich wünschte, sie hätten es getan. Ich hab's in meiner Freizeit gemacht.«

»In Ihrer Freizeit?« War Alicia vor Sekunden noch überrascht gewesen, so war sie jetzt deutlich schockiert. »Aber warum?«

»Ich hab's Ihnen doch erzählt. Ich habe mal bei der Sitte gearbeitet, und ich kenne diese Schweine. Sie sind nicht zu kontrollieren. Sie haben ihn gestört, daher denke ich, daß er vielleicht nicht gekriegt hatte, was er wollte. Und das bedeutete, daß er schon bald wieder auf die Suche gehen würde. Als ich nun Feierabend hatte, bin ich sofort zur Upper West Side gefahren und habe mich vor seinem Haus postiert und darauf gewartet, daß er entweder reinging oder herauskam.«

»Und?«

»Gestern abend ging er aus. Er marschierte runter in die Garage, wo er seinen Wagen parkt, und fuhr schnurstracks zum Minnesota Strip.«

»Was ist das?«

»Ein Platz, den Sie wahrscheinlich niemals sehen werden. Es ist eine Art Supermarkt für Sex. Es wimmelt dort von Prostituierten jederlei Alters und Geschlechts.«

»*Jederlei* Geschlechts? Ich kenne nur zwei.«

»Nun, es gibt dazwischen eine ganze Palette verschiedenster Varianten. Mal sehen ... wie drücke ich es am besten aus ... zum Beispiel gibt es Kerle, die sind obenherum völlig verändert – Sie wissen schon, Brustimplantate und Hormonbehandlung der Haut –, die aber unten herum vollständig ausgestattet sind ... sie sind auf dem Strip ganz besonders heiß begehrt.«

Will zuckte die Achseln. »Das Volk da unten ist ziemlich schrill, aber persönlich berührt mich das nicht sosehr. Jeder kann machen, was er will, um seinen Spaß zu haben. Aber wenn die Zuhälter anfangen, Kinder für die Hühnerhabichte bereitzuhalten ...«

»Hühnerhabichte?« Das ist wie eine eigene neue Sprache, dachte Alicia. »Was ist das?«

»Eigentlich sind damit Schwule gemeint, die auf sehr junge männliche Prostituierte fliegen, aber ich benutze den Begriff für jeden, hetero oder nicht, der auf Kinder aus ist.«

»Hühner«, sagte Alicia und spürte, wie ihr übel wurde. »Jung, zart, wehrlos.«

Sie betrachtete Will verstohlen. So sauber, fast jungenhaft

aussehend mit seinem kurzen blonden Haar. Sein Job brachte ihn tagtäglich mit den schlimmsten Exemplaren der menschlichen Rasse in Kontakt, dennoch schien er davon irgendwie unberührt geblieben zu sein.

»Genauso ist es. Und Floyd Stevens ist einer von ihnen. Ich bin ihm gefolgt. Er wußte genau, wo er hin wollte – tatsächlich glaube ich sogar, daß er vorher angerufen und sein Kommen angekündigt hat, denn an einer Ecke wartete schon jemand mit einem *sehr* jung aussehenden Mädchen auf ihn. Er hielt dort an, die Kleine stieg in den Wagen, und die beiden fuhren weg.«

Die Brotstange zerkrümelte zwischen Alicias Fingern, als in ihr die nackte Wut hochloderte. »Und Sie haben ihn in Ruhe gelassen?«

»Natürlich nicht. Ich wollte die Dinge nicht noch komplizierter machen, indem ich ihn selbst schnappte – ich wollte nicht, daß dieser Anwalt auch noch von Nötigung oder Anstifung zu einer Straftat zu faseln beginnt –, daher benachrichtigte ich zwei Leute von der Sitte, die ich von früher kenne, während ich ihm zu den Docks folgte. Sie warteten, bis er geparkt hatte, schlichen sich an und erwischten ihn sozusagen in flagranti.«

»Jetzt wird ihn doch hoffentlich jemand von der Straße holen, nicht wahr?« sagte sie und wischte sich die Brotkrümel vom Revers ihrer Kostümjacke.

»Er ist schon von der Straße weg. Zumindest vorerst. Er wurde wegen sexueller Handlungen mit einer Minderjährigen verhaftet.«

»Und das ist Ihre gute Neuigkeit? Daß ein weiteres armes Kind von diesem Schwein mißbraucht wurde?«

»Ja, sehen Sie es denn nicht?« fragte Will und wirkte ein wenig verletzt. »Aus dieser Sache kann er sich nicht herauswinden. Nun hat er sich schon zwei Mißbrauchsvorwürfe in einer Woche eingehandelt. Er kann sich weder durch Drohungen noch durch Bestechung aus dieser Sache herauswinden, wenn die Zeugen Polizisten sind. Er wird viel zu sehr damit beschäftigt sein, sich zu verteidigen, um sich auf Sie einzuschießen. Sie sind vom Haken.«

... Vom Haken ...

Alicia ließ sich gegen die gepolsterte Rückenlehne der Nische sinken, als die Bedeutung von Wills Worten durch ihre Wut auf Floyd Stevens hindurchsickerte.

»O mein Gott«, sagte sie leise. »Sie haben recht. Er kann nicht behaupten, daß er Kanessa nicht angefaßt hat. Er kann auch nicht behaupten, ich hätte mir das alles nur eingebildet und völlig übertrieben reagiert.«

»Und das beste ist«, sagte Will, »für gestern abend bekommt er einen Denkzettel. Er wird ganz sicher ins Gefängnis müssen.«

Alicia schloß die Augen und atmete tief durch. Sie hatte das Gefühl, als wäre ein Stein von der Größe eines kleinen Planeten von ihrem Herzen gerollt.

»Vielen Dank«, sagte sie und sah Will an. Ein durch und durch warmes Gefühl für diesen freundlichen und fähigen Polizisten rührte sich plötzlich in ihr. »Was Sie getan haben, ist mehr, als Ihre Pflicht von Ihnen verlangt. Ich ... ich weiß nicht, was ich dazu sagen soll.« Impulsiv streckte sie den Arm aus und ergriff seine Hand. »Ich danke Ihnen.«

Er schüttelte den Kopf. »Ich habe nur einen Perversen aus dem Verkehr gezogen und einer ganz besonderen jungen Lady aus einer Klemme geholfen. Glauben Sie mir, das Vergnügen ist ganz auf meiner Seite.«

Alicia bemerkte, daß Will ihre Hand mit seinen beiden Händen ergriffen hatte. Sie konnte sie jetzt schlecht wegziehen ... und war sich nicht ganz sicher, ob sie es überhaupt wollte.

Der Kellner brach den Zauber dieses Moments, als er den Wein an den Tisch brachte.

Will ließ mit großartiger Geste den Schluck Chianti, der ihm zum Kosten eingeschenkt worden war, in seinem Glas kreisen, um ihn mit Luft in Berührung zu bringen, prüfte seine Farbe, roch daran, »kaute« ihn regelrecht in seinem Mund, machte alles mögliche damit, außer damit zu gurgeln, dann schluckte er ihn und verzog angeekelt das Gesicht.

»Das ist ja das reinste Spülwasser!« erklärte er dem Kellner. »Nehmen Sie die Flasche wieder mit und schütten sie sie wer weiß wohin, nur weg!«

Der Kellner schnaubte erbost. »Jawohl«, knurrte er mit einem schiefen Lächeln. »Als hätten Sie Ahnung davon!«

Er schenkte den Wein in Alicias Glas, dann füllte er Wills Glas damit auf.

»Ich bin hier wie Rodney Dangerfield«, sagte Will und schüttelte den Kopf. »Keiner hat Respekt vor mir.«

»Bei Bier magst du vielleicht ein wenig Bescheid wissen«, sagte der Kellner. »Aber bei Wein? Das kannst du wohl vergessen.«

Er ließ die Flasche auf dem Tisch stehen und entfernte sich.

»Sie kommen wirklich oft hierher.«

Will lachte. »Ja, Joey ist der Neffe des Eigentümers. Wir kennen uns schon lange.«

Alicia trank von ihrem Wein und fand den ersten Schluck ein wenig herb, aber der zweite war nicht übel.

»So«, sagte sie und tastete sich an eine Frage heran, die sie auf einmal zunehmend beschäftigte. »Ich kann mir vorstellen, daß es sich nachhaltig auf Ihre sozialen Kontakte auswirkt, wenn Sie den ganzen Tag arbeiten und abends und nachts irgendwelchen Leuten hinterhersteigen.«

»Soziale Kontakte? Was ist das?«

»Sie wissen doch – Freunde, Familie, eine Freundin … solche Dinge.«

»Es war kein Opfer, glauben Sie mir. Meine Freunde haben mich nicht vermißt, meine Familie hat sich in South Carolina zur Ruhe gesetzt, und was die Frau in meinem Leben angeht« – er drehte sein Glas zwischen den Fingern und starrte gedankenverloren in die hin und her schwappende rote Flüssigkeit –, »sie hat sich vor fast einem Jahr aus dem Staub gemacht.«

»Das tut mir leid«, meinte Alicia und gab sich im Geiste einen Tritt, weil sie so neugierig gefragt hatte. Sie suchte nach irgendeiner passenden Bemerkung. »Ich – ich vermute, die langen Dienststunden eines Polizisten sind für eine Beziehung nicht gerade förderlich.«

Will schüttelte den Kopf. »Ich wünschte, das wäre es gewesen. Damit wäre ich zurecht gekommen, ich hätte vielleicht sogar etwas ändern können. Nein ... es war etwa um diese Zeit vor einem Jahr, als sie nach Vermont flog, um ihre Eltern zu besuchen – sie leben in einer kleinen Stadt namens Brownsville –, und dort einen guten alten Freund traf. Sie schauten einander tief in die Augen, sahen, daß das alte Feuer noch brannte, und schon hing sie am Telefon und erzählte mir alles und teilte mir zum Schluß mit, sie käme nicht mehr zurück nach New York, sie bliebe in Vermont und würde den Knaben heiraten.«

»Das muß sehr weh getan haben«, sagte Alicia mitfühlend. Er hatte die Geschichte äußerlich ruhig und sachlich erzählt, aber sie spürte den Schmerz, der bei ihm immer noch vorhanden war.

»Das tat es. Es waren ungefähr eine Million Telefongespräche und am Ende sogar ein Trip nach Vermont nötig, ehe ich kapierte, daß sie es tatsächlich ernst meinte.« Er richtete sich auf und sah sie an, als wollte er damit seine Erinnerungen vertreiben. »Aber das war damals. Ich hab's überwunden. Das Leben geht weiter.«

Und jetzt denkst du sicher, du solltest dir jemand anderen suchen, überlegte Alicia. Bitte vergaff dich nicht in mich, Will Matthews. Du hast schon genug Verdruß gehabt.

»Wie steht's denn mit Ihnen?« fragte er. »Wie sieht Ihr Liebesleben aus?«

Alicia wiederholte seine vorherige Antwort. »Liebesleben? Was ist das?« Sie zwang sich zu einem Lächeln. »Vor allem, wenn man verheiratet ist.«

Er blinzelte. »Verheiratet? Ich dachte ...«

Für einen Moment erlag sie beinahe der Versuchung, ihre Geschichte von einem umherreisenden Geliebten auf einen umherreisenden Ehemann umzumünzen, aber sie konnte ihn nicht anlügen. Nicht nach dem, was er für sie getan hatte.

»Aber Sie haben meinen Partner bereits kennengelernt«, sagte sie und lächelte, nachdem sie seine verblüffte Miene einige Sekunden lang gemustert hatte. Dann erlöste sie ihn. »Das Center. Wir sind unzertrennlich, wissen Sie.«

»Oh!«

Er lachte. »Mit dem Job verheiratet«, meinte er und nickte. »Das kenne ich sehr gut. Dieses Problem habe ich auch gelegentlich.«

Es ist nicht immer ein Problem, dachte sie. Manchmal ist es eine Lösung.

Sie konnte erkennen, daß er sich entspannte. Das war gut – und es war schlecht. Er nahm wahrscheinlich an, daß er nun freie Bahn hatte.

Während des Essens und noch eine ganze Stunde danach unterhielten sie sich, wobei Will versuchte, mehr über sie und ihr Leben zu erfahren, während Alicia ihm ständig auswich und dafür mit einem ständigen Strom von Fragen konterte, die ihn dazu zwangen, von sich selbst zu erzählen.

Das Fazit des Abends war, daß Alicia das Porträt eines durch und durch anständigen Mannes geliefert bekam, der gerne Bier trank, mit Begeisterung Barsche angelte und ein Basketball-Fan war. Außerdem war er ein engagierter Detective, der es geschafft hatte – bis jetzt zumindest –, sich nicht von dem beißenden Zynismus anstecken zu lassen, der die meisten Großstadtcops zu infizieren schien.

Und Will? Als sie das Restaurant verließen, bezweifelte Alicia, daß er nun viel mehr über sie wußte als zu dem Zeitpunkt, als er das Restaurant betreten hatte.

Während der Heimfahrt betrachtete Alicia aus dem Augenwinkel seine Hände, die das Lenkrad umfaßten. Es waren starke Hände und starke Arme. Sie fragte sich unwillkürlich, wie diese Arme sich wohl anfühlten, wenn sie sich um sie legten. Es machte ihr nur selten etwas aus, allein zu sein, und die meiste Zeit war sie ohnehin viel zu beschäftigt, um zu bemerken, daß sie allein *war*.

Aber es gab Zeiten, meistens nachts, wo sie den unwiderstehlichen Drang verspürte, sich an jemandem festzuhalten, schützende Arme um sich zu spüren. Oder sich ganz einfach nur wünschte, festgehalten zu werden.

Sie fühlte sich entspannt und sicher, als Will vor ihrem Apartmenthaus anhielt. Und sie war innerlich hin und her gerissen: Sollte sie ihn heraufbitten? … sollte sie ihn fragen, ob er noch mit heraufkommen wollte?

Und dann erklang ein Pieper.

Will schaute auf seinen Gürtel. »Meiner ist es nicht.«

Alicia fischte ihren aus der Schultertasche und spürte, wie ihre gute Stimmung schlagartig verflog, als sie die Nummer auf dem Display erkannte.

Hectors Station. Es konnte nur einen einzigen Grund geben, weshalb man sie um diese Uhrzeit rief.

»Will, können Sie mich zum St. Vincent's fahren? Schnell? Und nicht nur das, sondern so schnell es geht?«

Anstelle einer Antwort ließ er in einem Alarmstart die Reifen durchdrehen.

Samstag

1

Nach nur drei Stunden Schlaf war Alicia wieder im Krankenhaus, diesmal auf der Intensivstation für Kinder. Der kleine Hector Lopez hatte in der vorangegangenen Nacht einen Rückfall gehabt – schwere Anfälle und Atemstillstand. Sie und das Personal hatten ihn wieder hingekriegt – aber nur ganz knapp.

Will hatte stundenlang unten im Parterre in der Wartezone gesessen. Er kannte Hector nicht, hatte ihn noch nie gesehen, dennoch schien er aufrichtig besorgt zu sein. Schließlich konnte Alicia ihn dazu überreden, nach Hause zu fahren.

Er hatte sie an sich gedrückt und ihr viel Glück gewünscht. Und sie hatte ihm nachgeschaut und bei sich gedacht, daß er wirklich etwas ganz Besonderes war.

Aber nun betrachtete sie Hector. Er war bewußtlos, hatte einen dünnen endotrachealen Schlauch im Mund, der sich zu einem dickeren Schlauch schlängelte. Seine knochige Brust hob und senkte sich im zischenden Rhythmus des Atemgeräts neben seinem Bett.

Sie hörte ein Klopfen an der gläsernen Trennwand zu ihrer Linken, drehte sich um und sah Harry Wolf, der ihr von der anderen Seite aus irgendwelche Zeichen machte. Sie hatte ihn wegen der Anfälle um Rat gebeten. Er hatte eine Rückenmarkspunktion vorgenommen. Hectors zentraler Nervendruck war ziemlich hoch, und die Flüssigkeit war leicht getrübt gewesen. Nicht gut, überhaupt nicht gut …

Alicia ging zur Tür und zog die Schutzmaske bis zum Kinn hinunter. »Harry. Was haben Sie gefunden?«

Sein Gesichtsausdruck war ernst. »Candida im CSF.«

Alicia seufzte. *Verdammt.* Das war die Erklärung für den Anfall. Obgleich es sie eigentlich nicht völlig überraschte, hatte sie gehofft, daß der Kinderneurologe etwas finden würde, das sich ein wenig einfacher behandeln ließ.

»Hat er noch mal einen Anfall gehabt?« wollte er wissen.

»Nein. Aber es wird sicherlich bald wieder losgehen, wenn ich diesen Hefepilz nicht unter Kontrolle kriege. Das Problem ist, daß sich sein Immunsystem sozusagen im freien Fall befindet.«

»Ich komme wieder her und schaue nach. Viel Glück.«

»Danke, Harry.«

Sie wandte sich um und schaute auf Hector. Sie war offenbar im Begriff, ihn zu verlieren. Verdammt noch mal, daß war das Terrain, auf dem sie zu Hause war, gegenwärtig der einzige Ort in ihrem Leben, wo sie alles unter Kontrolle hatte. Aber die schien sie auch hier nach und nach zu verlieren.

Es mußte doch eine Möglichkeit geben, etwas dagegen zu tun. Aber welche?

2

Ramirez erschien ein paar Minuten zu früh, aber Jack war schon bereit und wartete vor dem Haus, ausstaffiert mit einem grünen Blazer, weißem Oberhemd, gestreifter Krawatte, Baumwollhose, leichten Sportslippern und einem überfreundlichen, selbstzufriedenen Grinsen.

Er war schon seit etwa einer Stunde hier und hatte sich mit dem Objekt vertraut gemacht. Das Haus brauchte sich nicht zu verstecken, es war in einem perfekten Zustand. Alle Wand- und Kleiderschränke waren mit Kleidern gefüllt. Wer immer das Haus von Dr. Gates geerbt hatte, hatte nicht ein einziges Teil herausgeholt.

Die einzige Kleinigkeit, die er dem Stilleben hinzufügte, war ein Foto, das er in einem Secondhandladen gefunden hatte. Es zeigte zwei Männer, die nebeneinander auf einem Baumstamm saßen. Er hatte es im großen Schlafzimmer aufgestellt. Dann hatte er das Wohnzimmer neben der Eingangshalle mit einem Kartentisch ausgestattet, auf dem er einige Schnellhefter und Einzahlungsformulare ausgebreitet hatte, die er sich mit Hilfe einiger Fotokopien vom echten Formular der Hudak Realty hergestellt hatte.

Ramirez trug einen langen schwarzen Ledermantel. Eine einzelne dicke Goldkette funkelte im offenen Kragen seines Golfhemdes. Er hatte breite Schultern und war ein wenig feist um die Hüften. Er begrüßte Jack mit einem breiten Grinsen, das seine Jackettkronen zeigte, doch seine dunklen Augen waren ständig in Bewegung, nahmen jedes Detail in der Eingangshalle wahr – das kunstvoll geätzte Glas in der Eingangstür, den Kristallüster an der Decke, die Messingstangen, die den Teppich auf den Treppenstufen fixierten.

Jack reichte Ramirez eine Visitenkarte – es war eine Kopie von Dolores' Karte, nur hatte er den Namen in David Johns umgeändert – und führte ihn durch das Haus. Dabei wiederholte er einiges von dem Geplapper, das er am Donnerstag von Doris gehört hatte. Er registrierte, wie Ramirez mit der Hand über das edle Holz der Stilmöbel strich, während sie von Zimmer zu Zimmer schlenderten.

Als sie in das Behelfsbüro im Wohnzimmer neben der Halle zurückkehrten, erwähnte Jack beiläufig, daß eine Bedingung des Verkaufs darin bestand, daß das Geschäft innerhalb von dreißig Tagen abgeschlossen sein müßte.

»Dreißig Tage«, staunte Ramirez. »Warum hat der Eigentümer es denn so eilig?«

Jack hielt inne, als müßte er überlegen, wieviel er über die Hintergründe preisgeben dürfte, dann zuckte er die Achseln.

»Na schön, ich sag's Ihnen. Er will deshalb so schnell verkaufen, weil er dringend Geld braucht.«

»Steckt er in finanziellen Schwierigkeiten?« erkundigte sich Ramirez.

»Nein-nein.« Jack senkte die Stimme, als ob er ein Geheimnis verraten wollte, das auf keinen Fall diesen Raum verlassen durfte. »Er liegt zur Zeit im Krankenhaus. Der arme Mann braucht das Geld, um die Arztkosten zahlen zu können.«

»Tatsächlich?« Ramirez' Tonfall war angemessen mitfühlend. Der plötzliche Glanz in seinen Augen war jedoch alles andere als das. »Das ist aber wirklich schlimm.«

Jack konnte fast sehen, wie die Räder in Ramirez' Kopf zu rotieren begannen: *im Krankenhaus ... Arztkosten ... das Foto von den beiden Männern im Schlafzimmer ...*

Er gelangte zu einer naheliegenden Diagnose.

»Und Sie sagen, daß der Kaufpreis auch die Möbel mit einschließt?«

»Ja. Alles gediegenste europäische Stilmöbel. Bei dem geforderten Preis, das kann ich Ihnen versichern, ist es ein absolutes Schnäppchen.«

Ramirez zuckte die Achseln. »Also ich weiß nicht so recht. Es ist doch sehr alt. Haben Sie schon viele Interessenten für diese Immobilie?«

»Seltsamerweise nein. Ich verstehe das auch nicht«, antwortete Jack zögernd, dann tat er so, als hätte er sich bei einer Dummheit ertappt. »Nicht daß es überhaupt keine Interessenten gibt. Eigentlich sind es doch einige.«

Ramirez lächelte. »Wie ich schon bemerkte, es ist ein sehr altes Haus. Aber dieser arme kranke Mann tut mir aufrichtig leid. Ich werde das Haus nehmen. Aber nicht für den geforderten Preis, fürchte ich.«

Jack verzog das Gesicht. »Der Preis liegt ohnehin schon weit unter dem Marktwert.«

»Da muß ich Ihnen leider widersprechen«, entgegnete Ramirez.

Und dann machte er ein armseliges Angebot, das gut zwanzig Prozent unter dem geforderten Preis lag.

Du Schwein, dachte Jack. Jorge hatte erzählt, er würde auch noch einem Toten das Geld aus der Tasche holen, und Ramirez hatte soeben bewiesen, wie recht sein Landsmann mit dieser Einschätzung hatte.

Jack fing allmählich an, seinen imaginären Klienten als eine reale Person zu sehen, daher brauchte er gar nicht so zu tun, als wäre er indigniert. Er war es wirklich.

»Das steht völlig außer Frage. Mein Klient würde einen solchen Preis niemals akzeptieren.«

»Können Sie ihn nicht anrufen und ihn fragen?«

»Nein. Ihr Angebot ist eine Beleidigung für dieses Sahnestück von einem Haus.«

»Nun, wenn Sie schon ein besseres Angebot haben«, meinte Ramirez mit einem Achselzucken, »dann gehe ich jetzt. Aber wenn Sie keines haben, dann ist es, so denke ich, Ihre Pflicht, Ihren Klienten zu fragen.«

»Genau das werde ich jetzt tun«, sagte Jack.

Er holte ein Mobiltelefon hervor und wählte Jorges Nummer.

Als er sich meldete, sagte Jack: »Verbinden Sie mich bitte mit Mr. Gates' Zimmer.« Während er so tat, als wartete er auf eine Verbindung, wandte er sich an Ramirez. »Sogar aus dem Krankenhausbett wird sich Mr. Gates ziemlich unfreundlich zu Ihrem Angebot äußern. Dessen bin ich mir absolut sicher.«

Ein weiteres Achselzucken von Ramirez. »Ich biete nur an, was ich mir leisten kann.«

Dann sprach Jack ins Telefon. »Ja. Hallo, Mr. Gates. Hier ist David. Tut mir leid, daß ich Sie schon so früh anrufen muß, aber ich hatte ein Angebot für das Haus.« Pause. »Ja, nun, ich bin mir nicht so sicher, daß Sie das auch sagen werden, wenn Sie es gehört haben.« Er nannte die Zahl und wartete, als ob er lauschte. »Aber ...«, sagte er, dann brach er ab. »Aber ...«

Jack runzelte die Stirn, blickte kurz zu Ramirez, wandte ihm dann den Rücken zu und entfernte sich ein Stück.

»Aber dieses Angebot ist eine Beleidigung!« flüsterte er betont laut. »Das können Sie doch unmöglich ernsthaft in Erwägung ziehen!«

Aus dem Augenwinkel sah er, wie Ramirez' Jackettkronen hinter einem leichten Grinsen auftauchten. O ja, du Schwein. Jetzt feierst du Geburtstag und Weihnachten an einem Tag, nicht wahr – du machst das Geschäft deines Lebens und legst dabei noch einen armen kranken Teufel aufs Kreuz.

Jack sagte: »Ja … ja, ich verstehe … na schön …«, er seufzte. »Ich bestelle es ihm.«

Jack betätigte die Aus-Taste des Telefons, machte einen dramatischen tiefen Atemzug, dann drehte er sich zu Ramirez um und sah ihn an.

»Nun«, druckste er herum. »Mr. Gates hat Interesse an Ihrem Angebot bekundet – allerdings ein nur ganz vages. Aber er hat zwei Bedingungen, wenn er zu diesem Preis verkauft.«

»Ja?« Ramirez gab sich betont ruhig, aber Jack bemerkte sehr wohl, daß er gleich einen Freudentanz aufführen würde.

»Das Geschäft muß in fünfzehn Tagen über die Bühne sein.«

Ramirez polierte seinen Brillantring am Ärmel seines Blazers. »Das ist durchaus möglich.«

»Und …« Jetzt kam das i-Tüpfelchen. Jack wußte genau, daß er nun Ramirez an Land ziehen konnte oder ihn für immer verlieren würde. »Er möchte eine Anzahlung von zwölftausend Dollar in bar.«

Ramirez hörte auf zu polieren und schaute hoch. »In bar? Das ist eine höchst ungewöhnliche Bitte. In meinen zahlreichen Immobiliengeschäften habe ich niemals eine Barzahlung geleistet.«

»Ja«, sagte Jack, »Sie haben absolut recht. Das ist wirklich sehr ungewöhnlich. Mehr noch, das ist absurd, und ich bin überzeugt, daß Sie sich auf so etwas nicht einlassen werden.«

Nun war Jack derjenige, der die Rolle dessen spielte, der nicht so leicht einzufangen war. Riskant, aber der einzige Weg, um Ramirez dazu zu bringen, am Ende doch das Bargeld auf den Tisch zu legen. Er faßte Ramirez am Ellbogen und geleitete ihn aus dem Wohnzimmer in die Vorhalle.

»Vielen Dank für Ihr Interesse, Mr. Ramirez. Ich werde Mr. Gates dahingehend informieren, daß Sie damit nicht einverstanden waren ...«

Ramirez machte sich los. »Einen Moment. Ich habe nicht gesagt, daß es unannehmbar ist. Ich sprach nur von ungewöhnlich. Vielleicht reicht ein kleinerer Betrag in bar aus.«

»Nein, ich fürchte nicht. Zwölftausend ist das, was Mr. Gates gesagt hat, und zwölftausend werden es dann wohl sein müssen. Wenn Ihnen das zuviel ist ...«

Die Türklingel ertönte.

Was, zum Teufel ...?

Jack schob den Kopf durch die Tür und blickte in die Halle.

Jemand stand vor der Haustür. Jack konnte durch das geätzte Glas nicht erkennen, wer es war, aber er wußte, daß dieser Besucher Verdruß bedeutete. Eigentlich sollte nämlich niemand anderer im Haus sein als Ramirez und er.

Vielleicht, wenn er das Klingeln einfach ignorierte ...

Es klingelte zum zweitenmal.

Zähneknirschend und einen Fluch murmelnd, trat er in die Vorhalle und öffnete die Tür.

Ein rundlicher Asiate in einem ausgesprochen teuren anthrazitgrauen Straßenanzug und einem schwarzen Filzhut stand auf dem Treppenabsatz. Er erinnerte an Harold Sakata, der in *Goldfinger* den Mr. Oddjob gespielt hatte.

»Ich suche einen David Johns«, sagte der Mann. »Ist er da?«

Wer ist das? dachte Jack angestrengt. Etwa jemand von Hudak Realty?

Er hatte das untrügliche Gefühl, daß sein kleines Schwindelunternehmen jeden Moment in sich zusammenbrechen würde ... Aber er konnte sich nicht dumm stellen ... schon gar nicht, während Ramirez in Hörweite war.

»Darf ich fragen, wer ...?«

Er sah, wie der Mann erstarrte, als er über Jacks Schulter blickte.

»Mr. Ramirez«, sagte der Asiate.

Jack fuhr herum. Ramirez stand in der Eingangshalle und starrte den Besucher an.

»Hallo ... Sung.«

Die Szene erzeugte eine seltsame Déjà-vu-Atmosphäre, als träfen Jerry und Newman in einer *Seinfeld*-Folge in der Dritten Welt aufeinander.

Als sich Jack wieder dem Asiaten zuwandte, sah er, daß der Mann bereits die Vorhalle betreten hatte.

»Ich möchte mir die Immobilie ansehen«, verlangte er.

Das war schlecht – schlecht, weil Jack absolut keine Verwendung für einen dritten Mitspieler hatte. Dieser neue Interessent war nicht nur eine Wildcard, er war eine Wildcard, die Ramirez kannte.

»Es tut mir leid ... Mr. Sung, nicht wahr? Eine Besichtigung ist nur nach vorheriger Absprache möglich.«

»Aber ich habe versucht, bei Ihnen einen Termin zu bekommen. Ich habe dreimal angerufen, aber niemand hat sich bei mir gemeldet.«

»Tatsächlich?« sagte Jack langsam, wohl wissend, daß Ramirez genau zuhörte. »Das ist seltsam. Ich habe Ihre Nachricht nicht erhalten. Vielleicht funktioniert der Anrufbeantworter wieder mal nicht richtig.« Er schnippte mit den Fingern, als hätte er soeben eine Erleuchtung. »Deswegen waren die Anrufe so schlecht zu verstehen! Das Gerät ist wahrscheinlich defekt.«

»Vielleicht«, sagte Sung. »Deshalb habe ich beschlossen, auf gut Glück herzukommen und nachzusehen, ob jemand hier ist.«

»Und jetzt haben Sie es gesehen«, ergriff Ramirez das Wort. »Ich bin hier, also können Sie gehen.«

Die beiden waren nicht gerade die besten Freunde, dachte

Jack. Und lag da vielleicht sogar ein Hauch von Nervosität in Ramirez' kalten dunklen Augen? Offenbar hatten beide ihre Büros im selben Gebäude – das war die einzige Möglichkeit, wie Sung an ein Flugblatt gelangt sein konnte.

Und vielleicht waren sie einander schon bei früheren Immobiliengeschäften ins Gehege gekommen.

Jack kam der Gedanke, daß er diese Wildcard in die eigene Hand nehmen und gegen Ramirez ausspielen könnte.

»Ich bin froh, daß Sie das getan haben, Mr. Sung. Mr. Ramirez war gerade im Begriff zu gehen, daher bin ich gleich für Sie frei, um ...«

»Moment mal«, sagte Ramirez. »Ich habe ein Angebot gemacht, und es wurde akzeptiert. Wir haben einen Handel abgeschlossen.«

»Aber Sie erklärten doch, daß Sie niemals eine Anzahlung in bar leisten.«

»Ich sagte, daß ich das noch nie getan hätte. Ich habe nicht gesagt, daß ich es niemals tun werde.« Er deutete hinter sich ins Wohnzimmer. »Kommen Sie, wir müssen noch einige Punkte klären.«

Sung verschränkte die Arme vor der Brust. »Ich warte gerne.«

Jack ging mit Ramirez in sein Behelfsbüro zurück und schloß die Tür hinter sich.

»Ich gebe Ihnen einen Scheck«, sagte Ramirez.

Jetzt hab' ich dich, dachte Jack.

Nun konnte er sich zieren und so tun, als ließe er sich nicht so leicht überreden.

Er schüttelte den Kopf. »Tut mir leid. Mr. Gates hat darauf bestanden, daß die Zahlung in bar erfolgen muß.«

»Ich habe soviel Geld niemals bei mir. Das hat niemand. Warum muß es denn Bargeld sein?«

»Ich kann Ihnen schlecht Mr. Gates' Beweggründe erläutern«, erwiderte Jack mit einem Achselzucken. »Er bekommt starke Medikamente, und vielleicht haben sie Nebenwirkungen, die seinen Verstand ein wenig trüben. Aber wenn es das ist, was er will, dann bekommt er es auch.«

»Aber welche Sicherheiten habe ich?«

Jack straffte sich und musterte Ramirez empört. »Sir, Sie haben die Garantie, daß hinter jeder Transaktion die Hudak Realty Company steht. Sie erhalten selbstverständlich eine Einzahlungsquittung. Und das Geld kommt natürlich auf ein Treuhandkonto. Aber ich gebe ganz offen zu, daß es eine höchst unorthodoxe Bedingung ist.« Er griff nach dem Türknauf. »Vielen Dank für Ihren Besuch.«

Daraufhin bekam Ramirez einen Tobsuchtsanfall, stürmte durch das Wohnzimmer und beschwerte sich brüllend, daß sie schließlich ein Geschäft abgeschlossen hätten, daß er ein Angebot gemacht hätte und daß der Verkäufer ihm zugestimmt hätte und daß Jack ihn jetzt nicht so einfach abwimmeln könnte, weil er vielleicht annahm, daß in der Halle draußen jemand mit einem besseren Angebot wartete.

Erstaunlich, dachte Jack und hatte Mühe, ernst zu bleiben. Je heftiger ich ihn davon abzuhalten versuche, mir das Bargeld zu geben, desto dringender will er zahlen.

»Sie kriegen Ihre zwölftausend in bar«, sagte Ramirez und beruhigte sich endlich. »In einer Stunde bin ich zurück.«

Das solltest du auch lieber sein, sonst habe ich mir für nichts und wieder nichts all diese Mühe gemacht.

Ramirez drehte sich an der Tür noch einmal um. »Aber ich warne Sie, Mr. Johns. Wenn ich zurückkomme und feststellen sollte, daß Sie das Geschäft mit jemand anderem gemacht haben, wird das ernste Konsequenzen für Sie haben.«

»Drohungen sind nicht notwendig, Mr. Ramirez«, sagte Jack leise. Er warf einen Blick auf seine Uhr. »In einer Stunde dann.«

Ramirez inszenierte einen schnellen Abgang und blieb nur kurz stehen, um den Mann anzufauchen, der draußen wartete. »Sie können ruhig wieder nach Hause gehen, Sung. Die Hütte ist verkauft.«

Sung verbeugte sich knapp vor ihm. »Herzlichen Glückwunsch, Mr. Ramirez. Aber ich möchte mir das Haus trotzdem ansehen ... für den Fall, daß Sie es sich anders überlegen.«

»Das wird nicht geschehen«, versprach Ramirez, und dann fiel die Haustür hinter ihm ins Schloß.

Jack wandte sich zu Sung um.

»Wir haben das Geschäft gemacht«, erklärte er ihm. »Es hat keinen Sinn, wenn Sie warten. Und ich fürchte, daß ich nicht die Zeit habe, um Sie herumzuführen.«

Er machte kehrt und begab sich ins Wohnzimmer. Er hatte keine Lust, noch für jemand anderen den Immobilienmakler zu mimen. Er wollte, daß Sung das Feld räumte.

Aber Sung folgte ihm in den Raum.

»Ich brauche mir den Rest nicht anzusehen, um zu wissen, daß ich die Bedingungen, die Sie mit Ramirez ausgehandelt haben, erfüllen und sogar noch übertreffen werde.«

»Woher wissen Sie ...?«

Der Asiate lächelte. »Ich konnte nicht umhin, zu hören, was dieser Mann in seiner Aufregung alles von sich gegeben hat.«

»Nun ja, also ...«

»Sie werden keine Stunde warten müssen.« Sung holte eine längliche Brieftasche aus der Brusttasche seines Anzugs. »Ich kann Ihnen die Anzahlung sofort geben.«

»Diese Bedingungen galten ausschließlich für Mr. Ramirez«, sagte er, während Sung zwölf Eintausenddollarscheine auf den Tisch legte. »Dem Eigentümer geht es nicht sehr gut, und ich fürchte, er hat Mr. Ramirez' Angebot viel zu schnell akzeptiert. Wenn Mr. Ramirez nicht zurückkommt, werden neue Bedingungen ausgehandelt werden müssen.«

»Kennt der Eigentümer den Namen des Mannes, der das Angebot gemacht hat?«

»Nein, aber ...«

»Dann wird er auch nicht wissen, daß das Geld von jemand anderem kommt.«

»Aber er ist krank«, sagte Jack und fragte sich, ob er so etwas wie Mitgefühl in Sung wecken konnte. »Es ist ein geradezu grotesk niedriger Preis.«

»Da ist mehr«, sagte Sung und legte drei weitere Eintausenddollarscheine zu den anderen auf dem Tisch ... aber er legte sie separat hin. »Wenn Sie meinen, daß der Verkäufer mehr bekommen soll, dann geben Sie ihm dies.«

Jack wollte ihm mitten ins Gesicht lachen. Zusätzliche dreitausend? Was war das, wenn man es zu Ramirez' niedrigem Preis hinzuzählte? Nichts.

Und dann fügte Sung hinzu: »Ich bitte jedoch nur um eine Quittung für zwölftausend.«

Und nun war klar, was dieser Schachzug zu bedeuten hatte: Sung war ebenfalls ein gerissener Geschäftsmann, und was sich hier abspielte, war die reinste Trickserorgie. Pfeif auf den Eigentümer, pfeif auf Ramirez, geben Sie mir das Haus für den Notverkaufspreis, und die drei Riesen gehören Ihnen.

Falls Ramirez und Sung sich einmal um den Titel des abgebrühtesten Immobilienhais bewerben sollten, war sich Jack nicht sicher, wer gewinnen würde.

»Mr. Sung«, sagte Jack. »Sie haben soeben ein Haus gekauft.«

Mr. Sung deutete eine Verbeugung an. Jack verbeugte sich ebenfalls und raffte die Dollarscheine zusammen.

»Es ist ein Vergnügen, mit Ihnen Geschäfte zu machen.«

3

Nachdem Sung mit seiner Einzahlungsquittung abgezogen war, hatte Jack immer noch eine halbe Stunde Zeit. Er spazierte hinunter in den Keller. Etwas schien da unten nicht in Ordnung zu sein. Das war ihm schon vorher aufgefallen, als er Ramirez herumgeführt hatte.

Er hatte den Fußboden im oberen Stockwerk abgeschritten, aber als er jetzt den Boden im Keller abschritt, stellte er fest, daß die sichtbare Fußbodenfläche nicht mit den offiziellen Maßen übereinstimmte. Nachdem er herumgesucht hatte, entdeckte er einen geheimen Raum, der vom restlichen Keller durch eine Wand abgetrennt war. Seltsam.

Da befand er sich also in einem Haus, das jemand vom kürzlich verstorbenen Dr. Gates geerbt hatte – ein Haus mit einem Geheimnis. Genauso wie das Haus, das Alicia Clayton geerbt hatte. War es üblich, daß alte Häuser Geheimnisse bargen? Er hatte dieses hier entdeckt – ein Geheimnis, das eigentlich noch ziemlich harmlos war.

Aber was war mit dem Clayton-Haus?

Er verdrängte den Gedanken. Eins nach dem anderen. Hier war er fast fertig. Dann würde er wieder über das Clayton-Haus nachdenken können.

4

Ramirez kehrte sogar fünf Minuten früher zurück, als er sich ausbedungen hatte. Er schien erleichtert zu sein, daß Sung gegangen war. Er überreichte die geforderte Summe Bargeld und verschwand fünf Minuten später mit seiner offiziellen Hudak-Quittung in der Tasche.

Nachdem der vermeintliche neue Eigentümer das Haus verlassen hatte, brach Jack in schallendes Gelächter aus und vollführte einen kurzen Freudentanz in der Vorhalle. Hätte es noch besser laufen können als so? Nein, ganz bestimmt nicht.

Er bedauerte lediglich, daß er nicht eine Fliege an der Wand in der Hudak Agency sein konnte, wenn Ramirez und Sung dort erschienen und nach Mr. David Johns fragten.

Sonntag

1

Als erstes rief Kemel morgens zu Hause an und sprach mit seinem Bruder Jamal. In Riad war Nachmittag. Seinen vier anderen Söhnen ging es gut. Seiner Frau und den Töchtern ebenfalls, aber mit ihnen sprach er nicht. Die Neuigkeiten über Ghali waren nicht gut.

»Sie werden ihn wohl anklagen«, berichtete Jamal.

Kemel schlug mit der Hand auf den Tisch. Der Telefonapparat hüpfte hoch, so kraftvoll war der Schlag.

»Nein! Das dürfen sie nicht!«

»Er braucht dich hier, Bruder. Ich habe getan, was ich konnte, aber du kennst Leute in den einflußreichen Stellungen, an die ich nicht herankomme.«

Und ich auch nicht, dachte Kemel.

Er hatte den größten Teil des Vortags damit verbracht, jeden, den er in Riad kannte und von dem er wußte, daß er Einfluß am Hofe oder gar Beziehungen zur Herrscherfamilie hatte, anzurufen. Niemand war bereit, Ghali in irgendeiner Form zu helfen.

Wenn ich doch nur dort wäre. Dann könnte ich diese Leute persönlich aufsuchen, ihnen mein Anliegen vortragen und sie dazu bewegen, mir – und Ghali – zu helfen.

»Ich komme in Kürze nach Hause.«

»Wann?« fragte Jamal.

»Sobald ich irgendwie kann.«

»Ich hoffe, daß es rechtzeitig sein wird.«

Kemel legte auf und sank auf das Sofa zurück. All seine Gebete am Freitag hatten nichts bewirkt.

Er richtete sich auf, als er jäh erkannte, daß seine Gebete vielleicht doch erhört worden waren. Nicht gerade in Form eines blitzartigen Wunders, sondern eher durch die Schaffung günstigerer Umstände.

Den ganzen Freitag über, während er in der Moschee betete, hatte er mit der Nachricht gerechnet, daß diese Clayton-Frau gegen Baker und ihren Bruder Anzeige wegen des versuchten Kidnappings erstattet hätte. Aber nichts dergleichen war ihm zu Ohren gekommen.

Und später am Tag hatte Kemel dann von Iswid Nahrs Anwaltskanzlei erfahren, daß Alicia Claytons neuer Anwalt um einen Gesprächstermin am Montag gebeten hatte, um, wie er es ausdrückte, »diese leidige Affäre endlich aus der Welt zu schaffen«.

Keine Strafanzeige und das Angebot zu einer Einigung. Darin konnte er durchaus die gütige Hand Allahs erkennen.

Erleichterung ließ ihn vom Sofa aufstehen und zu einem Dankgebet auf die Knie sinken.

Sie wollte einlenken. Und Kemel würde sich mit ihr einigen. Sie würde kriegen, was sie wollte, damit diese verrückte, streitsüchtige amerikanische Frau endlich zufrieden war und sich zurückzog. Sobald er das Haus gekauft und auf Thomas Claytons Namen eingetragen hatte, lag es praktisch in seiner Hand, die Zukunft der arabischen Welt zu sichern.

Seine Arbeit wäre damit natürlich noch nicht beendet, aber wenigstens hätte er ein wenig Zeit gewonnen, um nach Riad zu fliegen und die Ehre seiner Familie zu retten … und die rechte Hand seines Sohnes.

2

Alicia verbrachte den Vormittag bei Hector in der Kinder-Intensivstation. Die gute Nachricht war, daß er keine weiteren Anfälle mehr gehabt hatte. Die schlechte Nachricht war, daß bei seiner Candidainfektion noch keine Besserung eingetreten war. Sie hatten mittlerweile mit Proben aus seinem Blut, seinem Urin, aus der Brust, der Speiseröhre und von zahlreichen anderen Punkten Kulturen angesetzt.

Sie fühlte sich ziemlich erschöpft und deprimiert, als sie mit ihrer Sonntagsausgabe der *Times* und ihrem Kaffee ins Center kam, aber ein Anruf von Will munterte sie auf. Er hatte schon am Vortag angerufen, um sich nach Hector zu erkundigen, und wollte jetzt hören, welche Fortschritte er gemacht hätte. Es war ein Vergnügen, sich mit ihm zu unterhalten.

Er äußerte den Wunsch, sich an diesem Abend mit ihr zu treffen, aber sie konnte nicht. Sie hatte sich mit Jack und diesem neuen Anwalt, Sean O'Neill verabredet. Will schlug daraufhin den Montagabend vor – er sprach von einem armenischen Restaurant namens Zov's, wo es das köstlichste Lammfleisch geben sollte –, und sie willigte schließlich ein.

Sie fühlte sich zunehmend wohler in dem Bewußtsein, daß es ihn gab und daß er für sie da war. Sie wußte allerdings nicht, ob das gut war.

3

Jack erwiderte keinen von Jorges drei Anrufen an diesem Vormittag. Der Mann wollte sich unbedingt dafür bedanken, daß er ihm die ganzen sechstausend Dollar die Ramirez ihm geschuldet hatte, wiederbeschafft hatte; weiterhin wollte er wissen, weshalb sich Jack nicht seinen Anteil abgezogen hätte.

Jack hatte ihm schon einmal erklärt, daß sein Honorar von den »Zinsen« gedeckt wurde, die er Ramirez berechnet hatte. Er wollte das Ganze nicht noch einmal herbeten müssen.

Ein Anruf, den er erwiderte, kam von seinem Vater in Florida, und die Diskussion verlief im Kreis wie immer – Dad drängte ihn, zu ihm zu kommen und die »phantastischen Gelegenheiten«, die in Florida auf ihn warteten, wahrzunehmen und damit viel Geld zu verdienen, und Jack wich ihm ständig aus und versprach schließlich, ihm »schon bald« einen Besuch zu machen.

Danach nahm er sich die Zeit, fünfhundert Dollar in bar in einen Briefumschlag zu stecken und an Dolores in der Hudak Agency zu schicken. Er fügte eine kurze, nicht unterschriebene Nachricht hinzu, welche lautete: »Für Ihre Unannehmlichkeiten.«

Und dann mußte er in die Stadt, um einiges an Ausrüstungsgegenständen zu besorgen, die er laut Milkdud dringend brauchte. Danach freute er sich schon auf einige Stunden, die er mit Gia allein verbringen konnte, da Vicky wieder ihren Kunstunterricht absolvierte.

4

»Hi, Ma«, sagte Sam Baker, während er das Zimmer seiner Mutter betrat.

»Bleib von dem Zaun weg!« rief seine Mutter und schaute an ihm vorbei.

Sie war eine dünne, knochige Frau mit funkelnden blauen Augen. Das Personal des Altersheims hatte sie mit einer aus einem feinmaschigen Nylonnetz gefertigten Weste, die kurz »Posy« genannt wurde, in ihrem Sessel gesichert. Ihre knochigen Finger kneteten unaufhörlich den Saum der Decke, die um ihre Beine gewickelt war.

»Ich hab' dir Blumen mitgebracht, Ma«, sagte er und zeigte ihr ein halbes Dutzend kurzstieliger Rosen, die er in der City gekauft hatte.

»Und hol auch Janey dort weg!« rief sie.

Baker seufzte und ließ sich auf das Bett sinken – behutsam. Seine Rückseite pulsierte noch immer schmerzhaft wie ein riesiger entzündeter Zahn von jenem Schlag in die Nieren am Donnerstagabend. Er schraubte die Kappe von der Flasche Selterswasser, die er mitgebracht hatte. Er haßte Selterswasser, aber es war immer noch besser, als einfaches Leitungswasser zu trinken.

Er trank einen Schluck und betrachtete die Frau, die ihn großgezogen hatte. Sie würde im nächsten Februar achtundsechzig. Obwohl sie körperlich noch nicht so alt war, hatte ihr Geist schon vor zehn Jahren begonnen, allmählich zu verkümmern. Nun war er völlig zerstört. Vor zwei Jahren hatte er sie dann in dieses Pflegeheim einweisen lassen müssen, und es blutete ihn regelrecht aus.

Er hatte gehört, daß die Alzheimersche Krankheit erblich war und in bestimmten Familien gehäuft auftrat, und das machte ihm furchtbare Angst. Jedesmal, wenn er etwas vergaß, woran er sich eigentlich ohne Schwierigkeiten hätte erinnern müssen, fragte er sich: *Ist das jetzt der Anfang?*

Es überlief ihn jedesmal eiskalt. Er hoffte, daß er noch klar genug sein würde, um sich den Lauf einer Tec-9 in den Mund zu stecken, bevor er so würde wie sie.

»Ich warne dich, Janey!« rief sie jetzt.

»Wer zum Teufel ist Janey, Ma?« fragte er leise.

»Es ist ihre neueste imaginäre Spielgefährtin«, antwortete eine Stimme hinter ihm.

Oh, Scheiße, dachte Baker. Karen.

Er drehte sich um und sah seine ältere Schwester in der Türöffnung stehen. Und die füllte sie zum größten Teil völlig aus. Mein Gott, seine Schwester, der ewige Hippie, hatte sich in letzter Zeit verdammt noch mal entsetzlich gehenlassen. Sie hatte schon seit einiger Zeit ein Doppelkinn, doch nun sah es so aus, als wäre sie auf dem bestem Weg, ihr drittes zu bekommen. Und wenn sie schon ihre Haare färben mußte, dann sollte sie es doch wenigstens sorgfältig und regelmäßig tun. Nachgewachsenes graues Haar und rote Spitzen – war das vielleicht der letzte Schrei für alternde Hippiegirls?

Karen sagte: »Du würdest über Janey Bescheid wissen, wenn du öfter zu Besuch kämst.«

»Hör auf«, sagte er, »ich komme her, wann immer ich kann. Jedenfalls sehe ich dich nicht jeden Monat mit einem Scheck antanzen.«

Es war ein alter Streitpunkt, und er war es unendlich leid. Das Pflegeheim befand sich in New Brunswick, New Jersey. Karen wohnte in der benachbarten Stadt. Baker mußte jedesmal eine endlose Fahrt aus der Stadt hierher unternehmen.

Sie deutete auf seine Selterswasserflasche. »Hältst du Diät oder was?«

Ja, dachte er. Ich wette, in Diäten kennst du dich bestens aus.

»Nein, ich habe nur Durst.«

Er hatte nicht vor, ihr zu erzählen, daß er damit eine schwer lädierte Niere behandelte. Er trank das Wasser, weil es dafür sorgte, daß er ständig auf die Toilette mußte. Und jedesmal, wenn er pinkelte, sah er rot – im Wasser und in seinem Geist. Er hatte keinen Arzt aufgesucht, aber er dachte sich, daß alles, was das Blut aus seiner schmerzenden Niere schwemmte, nicht ausgesprochen schlecht sein konnte.

Karen trat näher an ihn heran und studierte eingehend sein Gesicht. »Was ist mit deiner Nase passiert?«

Gebrochen. Etwa zum fünftenmal. Aber diesmal ganz schlimm.

Das war auch etwas, was er diesem Kerl verdankte, diesem Taxifahrer oder was immer er war. Er hatte ihn gründlich ausgetrickst.

Geschieht mir nur recht, weil ich mich so einfach habe

überlisten lassen, dachte er, aber das nächste Mal passiert mir das nicht. Und es *wird* ein nächstes Mal geben.

Baker würde schon dafür sorgen.

Und dann würde sein kleines Filetiermesser ins Spiel kommen …

»Ich bin vor eine Tür gerannt.«

»Nein, Sam. Du hast was abbekommen.« Ihr Gesicht zeigte Besorgnis, aber er wußte, daß sie nicht ihm galt. »Was ist mit Kenny? Hat er auch etwas abgekriegt?«

»Kenny ist okay.«

Tatsächlich wünschte sich Baker, daß Kenny und nicht Chuck den Lieferwagen gefahren hätte. Kenny hätte sich nicht von dem Taxifahrer überrennen lassen.

»Das sollte er auch lieber sein. Ich weiß nicht, in was du ihn diesmal wieder hineingezogen hast, aber wenn ihm irgend etwas zustößt …«

Ich habe ihn an einem guten Geschäft beteiligt, dachte Sam. Weil er zur Familie gehört. Weil man immer für seine eigenen Leute sorgt.

Das galt auch für die anderen Burschen im Team. Er hatte immer wieder mal mit ihnen zusammengearbeitet. Sie bildeten eine kleine, verschworene Bruderschaft. Wenn ihnen so etwas wie diese Clayton-Sache in den Schoß fiel, dann würden sie ihn rufen.

»Er ist ein erwachsener Mann, Karen.«

»Er ist immer noch mein Baby!« widersprach sie, wobei ihr Gesicht sich verzog.

O nein, dachte er. Nicht schon wieder so eine Heulnummer.

»Er ist mein Baby, und du hast ein Monster aus ihm gemacht. Ich werde nie begreifen, warum er jemals zu dir aufgeschaut hat.«

»Vielleicht deshalb, weil ich der einzige Mann war, der für mehr als ein oder zwei Jahre in seinem Leben geblieben ist.«

»Du hast ihn dazu gebracht, zu den Marines zu gehen!«

»Ich habe ihn zu überhaupt nichts gebracht. Er wollte ganz einfach nicht so werden wie diese Scheißkerle, die ständig durch die Drehtür in deiner Bude kamen und gingen. Er wollte etwas Stabiles, Sicheres. Die Marines haben einen Mann aus ihm gemacht.«

»Schöner Mann! Er ist ein verdammter Söldner. Wenn ihm irgend etwas zustößt, Sam, dann mache ich dich dafür verantwortlich!«

»Mach dir keine Sorgen. Ich passe schon auf ihn auf. Und zwar um einiges besser, als du während seiner Kindheit auf ihn aufgepaßt hast.«

Sie stieß einen lauten Seufzer aus und verließ eilends das Zimmer.

Baker saß da und betrachtete seine Mutter. Nur zu, Karen. Sprich's aus, als wäre es ein Schimpfwort, aber dieser Coup wird immerhin sicherstellen, daß Mutter für den Rest ihres Lebens bestens versorgt ist. Und selbst wenn mir etwas zustoßen sollte, ist da immer noch meine Lebensversicherung, die dasselbe leisten wird.

Man sorgt immer für seine Familie. Ganz gleich, welche Mühe es kostet und was man alles dafür tun muß.

Er erhob sich und krümmte sich bei dem Schmerz, der durch seine Niere schnitt. Er trank einen weiteren Schluck Selterswasser. Er sollte lieber auf Bier umsteigen, wenn er wieder in seiner Wohnung in der Stadt war. Wenn er sich beeilte, würde er noch den Anstoß des Matches Giants gegen Cowboys mitbekommen.

»Bye, Ma. Bis nächste Woche.«

Mom schaute sich um. »Wo ist Janey?«

5

Yoshio Takita konnte Sam Baker nicht finden, daher suchte er sich für diesen Tag Thomas Clayton als Überwachungsobjekt aus. Er leerte eine Tüte Krispy Kreme Doughnuts, während er vor Claytons Apartmenthaus auf der Avenue saß und wartete. Sie waren alle erfreulich wohlschmeckend und machten satt, aber die mit Waldbeerglasur waren bei weitem die besten.

Er war schon im Begriff, die Überwachungsaktion abzubrechen und Feierabend zu machen, als er sah, daß Clayton das Gebäude verließ und sich nach Osten wandte. Er schien es nicht eilig zu haben.

Yoshio folgte ihm zu den West Twenties, wo er ihn in einem Club namens Prancers – »Total live! Total nackt! Den ganzen Tag!« – verschwinden sah.

Yoshio seufzte. Er kannte diese Routine.

Er entdeckte ein Schild, das auf einen Dojo im ersten Stock hinwies, zu dem eine ganze Reihe von Fenstern gehörte, die sich fast über den gesamten Block erstreckte. Um die Zeit totzuschlagen, stieg er die Treppe hinauf und warf einen Blick hinein. Nachdem er dem faulen, übergewichtigen Lehrer nur wenige Minuten zugeschaut hatte, verließ Yoshio den Dojo rasend vor Wut. Wenn dies die typische Art und Weise war, wie Kampftechniken in Amerika gelehrt wurden, dann ... dann ...

Dann brauchten sie jemanden, der wirklich wußte, um was es ging. Jemanden wie ...

Mich. Yoshio grinste bei dem Gedanken. Meine Schüler wären die besten. Mein Dojo würde jedem anderen Dojo in diesem Land die Reisstrohmatten um die Ohren hauen.

Und ich käme ständig an dieses wundervolle, köstliche Essen heran, jeden Tag, für den Rest meines Lebens.

Es war ein Aspekt, über den es sich nachzudenken lohnte.

6

»Willst du wirklich nach Florida?« wollte Gia wissen.

Jack lag auf der Couch in seinem Apartment, zufrieden und völlig ausgepumpt nach einer entspannten Stunde hemmungsloser Leidenschaft mit Gia. Sie schmiegte sich an ihn, hatte den Kopf auf seine Schulter gelegt, und er spürte ihren warmen Atem auf seiner Brust.

»Nur um ihm eine Freude zu machen.«

»Und vielleicht auch deshalb, damit er endlich mit seinen ständigen Vorschlägen aufhört.«

»Es wäre schön, wenn mir das gelänge.«

»Wo ist denn dieser feste Entschluß geblieben, ihm unmißverständlich klarzumachen, daß du niemals nach Florida ziehen wirst?«

Jack zuckte die Achseln, und diese Bewegung brachte Gia dazu, den Kopf zu heben.

»Ich hab's versucht«, sagte er, »aber ich konnte es einfach nicht. Der arme Kerl ist so aufrichtig besorgt. Er möchte so sehr, daß ich Erfolg im Leben habe.«

»Hält er dich denn für so einen schlimmen Versager?«

»Nein, weniger für einen Versager als für jemanden ohne Plan, ohne Ziele, ohne Kurs sozusagen. Und in dieser Hinsicht scheint er zu denken, daß *er* mich im Stich gelassen hat.« Jack spürte, wie sich seine ausgeglichene, zufriedene Stimmung verflüchtigte. Warum hatte Gia nur davon angefangen? »Das ist es ja, was das Ganze so schwierig macht. Es wäre ganz leicht, ihn einfach zurückzuweisen, als wäre er ein schlechter Vater gewesen. Aber er war ein guter Vater, ständig darum bemüht, am Leben seiner Kinder Anteil zu nehmen, und er kann einfach nicht verstehen, was er mit seinem Jüngsten falsch gemacht hat. Also versucht er es weiter und stellt sich wohl vor, daß er es eines Tages schon hinkriegen wird.«

»Er hat dir doch eine Art Kurs hinterlassen«, sagte Gia und

schaute ihn mit ihren großen blauen Augen mitfühlend an. »Du hast einen moralischen Kompaß, ein Wertesystem. Das muß doch von irgend jemandem gekommen sein.«

»Nicht von ihm. Er ist ein anständiger, Steuern zahlender Veteran aus dem Koreakrieg, der immer noch jeden Sonntag in die Kirche geht. Er bekäme einen Herzinfarkt, wenn er die Wahrheit über mich wüßte.«

»Bist du dir da ganz sicher?«

»Absolut, total, hundertprozentig sicher.«

»Und deshalb gehst du nach Florida.«

»Es sieht verdammt noch mal ganz danach aus.«

»Können Vicky und ich mitkommen? Wenigstens bis nach Orlando?«

»Hey, das ist eine gute Idee«, sagte er, und seine Miene hellte sich auf. Er küßte sie auf die Stirn. »Disney World. Wir waren noch nie dort. Und auch nicht in den Universal Studios. Ich möchte endlich mal ›Terminator 3-D‹ sehen.«

Vielleicht wäre Florida am Ende doch gar nicht so übel. Für eine Woche jedenfalls.

»Das tun wir. Versprochen.«

Und dann wurde es Zeit, daß sie sich wieder anzogen und Vicky abholten.

Aber das »3-D« blieb aus irgendeinem Grund in Jacks Bewußtsein haften, und am Spätnachmittag besuchte er mit Gia und Vicky einen IMAX 3-D-Film.

Vicky war begeistert, aber Jack kam doch ein wenig enttäuscht aus dem Kino. Da war nur eine Leinwand gewesen, und dann hatten sie diese schrecklichen 3-D-Brillen tragen müssen ... man sollte doch annehmen, daß sie heute ein wenig mehr zeigen können müßten als ein paar Nahaufnahmen von Insekten und Fischen. Warum nicht einen richtigen, abendfüllenden Film – wie zum Beispiel einen klassischen Horrorstreifen in 3-D IMAX-Technik? Das wäre wirklich mal was Besonderes.

Sie fanden in der Nähe ein Restaurant namens Picholine,

wo sie zu Abend aßen und Pläne für ihre Reise nach Florida schmiedeten. Vicky konnte sich vor Aufregung kaum halten, und Jack ertappte sich dabei, wie er anfing, sich auf den Trip zu freuen.

Welche bessere Art und Weise gab es, sich Disney World anzusehen, als zusammen mit einem Kind, dachte er und weidete sich an ihrem Lachen und ihren strahlenden Augen.

Der einzige Moment, in dem Vicky nicht über Mickey Mouse und Donald Duck plapperte, kam, als der berühmte Dessertwagen an ihren Tisch geschoben wurde. Vicky griff gleich zweimal zu …

7

Thomas Clayton tauchte nach geschlagenen zwei Stunden wieder aus dem Striplokal auf und kehrte schnurstracks zu seiner Wohnung zurück.

Dies, so hatte Yoshio im Laufe der Zeit feststellen können, war eine der typischen Gewohnheiten in Thomas Claytons Leben. Sehr traurig, dachte er. Er wußte nicht viel über ihn, aber er hatte Mitleid mit ihm. Er war offenbar ein sehr, sehr einsamer Mann.

Und bei diesem Gedanken empfand Yoshio ebenfalls Einsamkeit. Er verspürte eine schlagartig einsetzende quälende Sehnsucht nach zu Hause. Nicht nach Familie, denn er hatte keine, und auch nicht nach Tokio, denn New York hatte in ihm das befriedigt, was er an Bedürfnis nach Großstädten in sich gehabt hatte. Nein, er wünschte sich, er könnte sich ein Zimmer in einem kleinen *ryokan* auf Shikoku mieten und das Panorama der wabernden Nebelschwaden über dem Binnenmeer genießen.

Er erkannte, daß er den Tag vergeudet hatte. Sämtliche handelnden Personen schienen in einer Art Halteposition zu verharren, als ob sie auf etwas Bestimmtes warteten. Aber auf was? Vielleicht auf den morgigen Tag?

Wenn ja, dann würde Yoshio mit ihnen warten.

In seinem Magen rumorte es unangenehm. Vielleicht lag es an dem Fett in diesem Shish-Kebab-Fleisch – angeblich war es vom Lamm gewesen –, das er an diesem Nachmittag gegessen hatte, während er auf Thomas Clayton wartete. Er beschloß, für einige Zeit jegliche amerikanischen Speisen zu meiden. Er machte an einem Restaurant in den East Fifties Halt, das, wie er wußte, über eine hervorragende Sushi-Bar verfügte. Er verbrachte dort zwei Stunden, trank echtes Sapporo vom Faß, knabberte ein paar Sashimi und sprach endlich wieder einmal Japanisch.

Dann kehrte er in seine Wohnung zurück und beobachtete, wie Kemel Mulhallal und sein Vorgesetzter vor der Lampe im Hinterzimmer von Mulhallals Wohnung standen und ihr geheimnisvolles Objekt mehr oder weniger ratlos betrachteten.

8

Jack setzte Gia und Vicky vor ihrem Haus ab, dann beeilte er sich, zu Alicia zu fahren, da er sich mit ihr und ihrem neuen Anwalt, Sean O'Neill, treffen wollte.

Während er durch die Tür marschierte, reichte Jack ihr einen Umschlag. Er freute sich über ihre großen Augen, als sie ihn öffnete und Mr. Sungs fünfzehn Eintausenddollarscheine herauszog. Er erklärte ihr, es wäre eine Spende für das Center. Sie glaubte, das Geld käme von ihm, aber er versicherte ihr, daß es nicht der Fall war. Er erklärte ihr statt dessen, der Spender wäre ein ausgesprochen mitfühlender Immobilienmakler, der gerne anonym bleiben wollte.

»Er möchte, daß Sie den Kindern ein paar ›schöne Sachen‹

kaufen«, erklärte Jack ihr. »Suchen Sie etwas aus, was Sie für geeignet halten.«

Jack saß für etwa eine Stunde mit Sean und Alicia zusammen und skizzierte mit ihnen den Plan für Montagvormittag. Sean hatte am Freitag Gordon Haffner bei HRG angerufen und für halb zehn einen Termin zusammen mit seiner neuen Klientin, Alicia Clayton, vereinbart. Er hatte dabei unmißverständlich klargemacht, daß seine Klientin es unter keinen Umständen dulden würde, daß auch ihr Bruder an dieser Besprechung teilnahm. Sie würden ausschließlich mit Mr. Haffner verhandeln, und er könnte Thomas Clayton ja nachher vom Inhalt des Gesprächs in Kenntnis setzen.

Und dann, nachdem alles für den nächsten Tag besprochen und vorbereitet war, kehrte Jack nach Hause zurück, bereit und willens, dieses ausgesprochen schöne Wochenende mit einem weiteren Beitrag des Dwight-Frye-Festivals zu beschließen. Vielleicht mit *Der Blutsauger.*

Dann rief Milkdud an und berichtete, er wäre soeben von einem erfolgreichen Ausflug ins *Hand Building* zurückgekehrt. Jack fand das ausgesprochen erfreulich. Bis Milkdud ihm in allen Einzelheiten erklärte, was er am nächsten Tag zu tun hätte.

Montag

1

»Bist du ausgeruht und bereit für diesen Einsatz?« fragte Milkdud, während er und Jack in ihren Anzügen, die Aktenkoffer in der Hand, die Forty-fifth Street hinuntergingen.

»Nein.«

Als sie sich dem Eingang des *Hand Buildings* näherten, sagte Jack: »Du bist ganz sicher, daß es keinen anderen Weg gibt, diese Sache durchzuziehen?«

»Falls es einen geben sollte, dann kenne ich ihn jedenfalls nicht.«

»Ich muß völlig verrückt sein.«

Milkdud lachte. »Mach dir keine Sorgen. Es wird alles glattgehen.«

Jack wünschte sich, er könnte sich dessen absolut sicher sein.

Sie betraten durch die Drehtür die Lobby, sahen aus, als gehörten sie wie selbstverständlich dorthin, und stolzierten am Sicherheitsschalter vorbei, wo zwei Uniformierte Kaffee tranken und in die Footballberichte in den Morgenzeitungen vertieft waren.

»Auf diese Weise gewinnt man eine ganz neue Achtung vor dem Wert des organisierten Sports, nicht wahr?« sagte Jack, während sie auf die Fahrstühle zugingen.

»Vor allem vor dem Football.« Milkdud schaute auf seine Armbanduhr. »Viertel vor acht. Schichtwechsel. Das ist eine zusätzliche Hilfe.«

»Mindestens genau wie das Fehlen der Dreadlocks, die du getragen hast, als ich dich das erste Mal sah.«

Milkdud lächelte. »Ich habe auf die harte Art und Weise gelernt, daß Dreads und Hacken nicht zusammenpassen. Sie bleiben an engen Stellen überall hängen oder verfangen sich. Außerdem kriegt man einen Teil des Hackens gar nicht richtig mit.«

»Ja. Und ich kann mir vorstellen, daß es ziemlich mühsam ist, wenn man so etwas wie einen behaarten Oktopus auf dem Kopf mit sich herumträgt.«

Eine Glocke erklang zu ihrer Linken, und die Türen des mittleren Fahrstuhls glitten auf. Jack wollte einsteigen, aber Milkdud hielt ihn zurück.

»Hm-m. Wir nehmen den linken da drüben.«

»Was ist der Unterschied?«

»Das ist der Fahrstuhl, der dich dem Punkt am nächsten bringt, zu dem du hinwillst.«

»Das ist natürlich genau in meinem Sinn«, meinte Jack.

Milkdud griff in den mittleren Fahrstuhl hinein, drückte auf einen Knopf und schickte so die Kabine wieder auf die Reise.

Eine halbe Minute später öffneten sich die Türen des linken Fahrstuhls.

»Das ist unserer«, sagte Milkdud.

Während sie darauf zugingen, bemerkte Jack eine rothaarige Frau, die um die Ecke bog. Sie kam auf sie zu.

»Beeil dich, Dud«, flüsterte er. »Wir kriegen Gesellschaft.«

Sie hatten sich besonders früh eingefunden, damit es ihnen auch gelang, eine leere Fahrstuhlkabine zu finden. Diese rothaarige Frühaufsteherin war im Begriff, ihre Pläne zu vereiteln.

Sie drängten sich durch die Türen. Sobald sie im Fahrstuhl waren, drückte Milkdud auf den Knopf mit der Nummer 7 und stützte sich dann auf den Knopf, der die Tür schloß.

»Warten Sie, bitte!« rief die Frau von draußen.

»Sorry«, sagte Milkdud leise, während die Türen zuglitten und der Fahrstuhl seinen Aufstieg begann. »Aber wir brauchen diese Kabine exklusiv für uns.«

»Das war knapp«, stellte Jack fest.

Er spürte, wie er sich innerlich allmählich verkrampfte, während die Stockwerkzahlen auf der Anzeigetafel wechselten. Auf die nächsten Schritte freute er sich nicht unbedingt.

Milkdud hockte sich hin und öffnete seinen Aktenkoffer. Er holte ein Stück Metall heraus, das aussah wie der Haken eines Kleiderbügels. Ein Stück langer Schnur war an einem Ende befestigt.

»In Ordnung, da ist dein Haken. Du erinnerst dich doch noch daran, wie er funktioniert?«

»Ja. Ich glaube schon.« *Ich hoffe es.*

»Genauso wie wir es in der vergangenen Nacht geübt haben.« Er reichte Jack den Haken und die Schnur, und dann ließ er seinen Aktenkoffer zuschnappen. »Und du hast deine Ersatzausrüstung mit Kleidern, Taschenlampe, Stirnlampe und Mobiltelefon, klar?«

»Klar.«

»Okay. Dann los.«

Jack schluckte. »In welchem Stockwerk?«

»Im siebten. Ein neuer Mieter läßt renovieren, ehe er einzieht. Die Arbeiter erscheinen vermutlich nicht vor acht Uhr, daher …«

»Wahrscheinlich?«

Milkdud zuckte die Achseln. »Ich war gestern hier und habe alles gecheckt. Sie arbeiten nicht am Sonntag, was soll ich also sonst sagen?«

»Okay, dann laß uns annehmen, daß sie noch nicht da sind.«

»Richtig. Was ja auch ganz gut ist. Auf diese Art und Weise wirst du nicht zu sehr gehetzt.«

Die Kabine bremste und kam schließlich zum Stehen.

Milkdud stieß einen Daumen nach oben. »Okay, Hacker Jack, mach dich an die Arbeit. Ich fahre wieder runter, und du läßt dich nicht von der Warnglocke aus den Schuhen hauen.«

Eine Glocke ist im Augenblick die geringste meiner Sorgen, dachte Jack.

Mit dem Haken und der Schnur in einer Hand und seinem Aktenkoffer in der anderen trat Jack durch die offenen Türen.

Im siebten Stockwerk wurde tatsächlich heftig gebaut und renoviert. Es herrschte ein Durcheinander von Holzbrettern und Wandplatten, alles mit einer dünnen Schicht Sägemehl und Gipsstaub bedeckt.

Und noch waren keine Arbeiter zu sehen.

Sobald sich die Fahrstuhltüren geschlossen hatten, stellte Jack den Aktenkoffer ab und begann damit, den Haken in den Spalt zwischen dem stählernen Türsturz und der oberen Kante der Fahrstuhltüren zu schieben. Er und Milkdud hatten das am Vorabend im Fahrstuhl von Milkduds Apartmenthaus mindestens ein dutzendmal geübt. Hier war der obere Spalt erheblich enger.

Und dann begann die Fahrstuhlglocke zu klingeln, während Milkdud auf den Notknopf drückte und die Kabine zwischen dem sechsten und siebten Stockwerk stoppte. Jack hatte das erwartet, aber er erschrak trotzdem.

Er wußte, daß er Zeit hatte, aber die Glocke war ein Ansporn und trieb ihn zur Eile. Schließlich rutschte der Haken in den Spalt hinein und fiel auf der anderen Seite der Tür hinunter.

Und fiel weiter und zog die Schnur hinter sich her.

Er hatte vergessen, sich die verdammte Schnur um das Handgelenk zu wickeln.

»Himmel!«

Jack schnappte danach und erwischte das letzte Ende der Schnur, kurz bevor es in der Dunkelheit des Fahrstuhlschachts verschwand.

Und die ganze Zeit über nervte die Notglocke mit ihrem schrillen, aufdringlichen Klingeln.

Er atmete aus. Der nächste Schritt würde ein wenig schwieriger sein.

Jack zog die Schnur ein, bis er hörte, wie der Haken klirrend gegen die andere Seite der Tür schlug, dann bewegte er ihn auf und ab und drehte dabei die Schnur, während er nachließ und einzog.

Schließlich spürte er, wie der Haken faßte, aber genau in diesem Moment hörte er eine andere Glocke, ein *Ding!* Er drehte sich um und sah den Aufwärtspfeil über der Tür der rechten äußeren Fahrstuhltür aufleuchten. Jemand kam.

Jack zerrte an der Kordel und schickte ein Stoßgebet zum Himmel, daß sie sich im Schacht auf der Seite des Sicherheitsgriffs festgehakt hatte.

Sie hatte. Die Fahrstuhltüren rutschten ein paar Zentimeter auseinander. Das war alles, was Jack brauchte. Er stellte seinen Fuß zwischen, dann schob er sie mit den Händen ganz auf.

Die Notglocke erklang jetzt noch lauter. Er blickte nach unten.

Einen guten halben Meter unter seinen Füßen wartete das Dach der Fahrstuhlkabine.

Jetzt kam der schwierige Teil. Der wirklich heikle Teil.

Jack zögerte – *Ich muß total den Verstand verloren haben!* – und hätte liebend gerne noch ein wenig länger gezögert, wenn er die Zeit dazu gehabt hätte, aber die Türen der anderen Fahrstuhlkabine begannen sich zu öffnen. Indem er seine Türen mit den Füßen aufschob, ergriff er seinen Aktenkoffer und stieg hinunter auf das Dach der Fahrstuhlkabine. Während die Türen sich wieder hinter ihm schlossen, fand er den Schalter für die Lampe auf der Fahrstuhlkabine und betätigte ihn, wobei er hoffte, daß die Glühbirne nicht durchgebrannt war.

»Ja«, flüsterte er triumphierend, als die Birne in ihrem Drahtkäfig aufflammte.

Er nahm den Haken vom Sicherheitsgriff und zog die restliche Kordel durch. Er schlug auf das Dach der Kabine, um Milkdud das Zeichen zu geben, den nächsten Schritt ihres Plans auszuführen, dann ging er in die Knie.

Urplötzlich verstummte die Alarmglocke.

Und ein paar Herzschläge lang herrschte eine paradiesische Stille.

Dann setzte sich die Kabine mit einem heftigen Ruck nach unten in Bewegung.

»Oh, Scheiße!«

Abwärts zu fahren, war nicht das Problem. Die Kabine sollte auch nach unten fahren. Das gehörte zu ihrem Plan. Milkdud hatte die Kabine nach unten geschickt, ehe er sie zwischen den Stockwerken angehalten hatte, daher mußte sie in diese Richtung weiterfahren. Sobald er unten angekommen wäre, würde er wieder nach oben fahren, und zwar bis ganz oben.

Das Problem war, daß Jacks Frühstück zwischen dem sechsten und dem siebten Stockwerk bleiben wollte. Er biß knirschend die Zähne aufeinander und zwang das Käsebrötchen und den Kaffee dazu, in seinem Magen zu bleiben. Mit der freien Hand klammerte er sich an die schwere Stahlstange, die quer über das Dach der Kabine verlief. Sie sah aus wie ein kleiner I-Träger. Sie mußte ausgesprochen kräftig sein – an ihr waren die Zugkabel befestigt. Rechts und links ratterten die Führungsrollen leise, während sie durch ihre Schienen rollten.

Die Kabine beschleunigte.

»Oh, Scheiße!«

Er flüsterte die beiden Worte in einem fort während der gesamten Abwärtsfahrt. Er hatte Angst. Nicht daß er dies jemals irgendwem gegenüber eingestanden hätte, noch nicht einmal Gia – niemals würde er Gia von dem hier ein Sterbenswörtchen verraten –, aber er gab sich selbst gegenüber ganz offen zu, daß er in diesem Moment, an diesem Ort, nackte, ungeminderte, entsetzliche Angst hatte.

Es war nicht die Höhe, die ihm Unbehagen bereitete, denn er konnte gar nicht bis auf den Grund des Schachts blicken. Und in einem solchen Betonschacht eingeschlossen zu sein, war auch nicht so wahnsinnig schlimm, denn die Lampe auf dem Kabinendach ließ ihn immerhin erkennen, wo er sich gerade befand.

Es war die ganze Mission: Da war er, bekleidet mit einem Straßenanzug, einen Aktenkoffer krampfhaft festhaltend, während er auf einer Fahrstuhlkabine hockte und damit spazierenfuhr. Sicher, es mußte für alles ein erstes Mal geben, aber Jack schwor sich, daß dieses erste Mal auch gleichzeitig das letzte Mal wäre.

Bei seinen Aktionen war es ihm am liebsten, stets die volle Kontrolle über alles zu haben, und im Augenblick hatte er alles andere als die Kontrolle über irgend etwas.

Und er sah auch keinen schnellen Ausweg aus dieser Situation.

Hinzu kam, daß er nicht anders konnte, als sich große Sorgen darüber zu machen, was ihn wohl an seinem Ziel nämlich am oberen Ende des Fahrstuhlschachts, erwartete.

Schließlich ertönte ein schwaches *Ding!*, und die Kabine bremste ihre Fahrt nach und nach ab. Er hörte das Zischen, als die Türen sich öffneten, dann hörte er, wie Milkdud irgend jemandem erklärte, der Not-Halt wäre seine Schuld gewesen, daß die Kabine sich abwärts in Bewegung gesetzt hatte, während er eigentlich nach oben wollte, und daß er daher auf den Stopp-Knopf gedrückt hatte. Es täte ihm leid. Es wäre doch hoffentlich nichts passiert? Keine Sorge, diesen Fehler würde er kein zweites Mal machen.

Jack nutzte die Zeit, in der die Kabine stand, um den Haken und die Kordel einzupacken, dann den Gürtel seiner Hose durch den Handgriff des Aktenkoffers zu fädeln und den Gürtel wieder zu schließen. Er hörte, wie sich mehrere Personen in die Fahrstuhlkabine drängten, hörte, wie die Türen sich schlossen, und dann begann die Kabine wieder zu steigen.

Wenn die Abwärtsfahrt schon schlimm gewesen war, so war die Fahrt nach oben noch zehn-, zwanzig-, hundertmal schlimmer. Klar, Milkdud hatte alles genau erklärt, hatte ein paar Skizzen angefertigt und darin dargestellt, wieviel Platz neben und über dem Stützträger am oberen Ende des Schachtes freigelassen worden war, aber Jack sah sich trotzdem schon zerquetscht wie ein lästiger Käfer auf dem Kabinendach liegen.

Die mittlere Fahrstuhlkabine kam auf ihrem Weg nach unten an ihnen vorbei, und das Gegengewicht seiner eigenen Kabine flitzte hinter der Rückwand der Kabine irgendwann zwischen zwei der sieben Stopps auf dem Weg nach oben vorbei. Wenn er seine Hand zu weit ausgestreckt hätte, hätte er sie wahrscheinlich verloren. Mit dem Bummelzug zu fahren, machte Jack gewöhnlich verrückt, wenn er drinnen saß. Aber hier, außen auf der Kabine machte es ihm nichts aus.

»Nimm dir Zeit«, flüsterte er. »Nimm dir alle Zeit, die du brauchst.«

Aber nach dem sechzehnten Stock – Jack hatte die Nummer über der Tür lesen können – fuhr die Kabine wieder aufwärts und hielt diesmal nicht an.

Während er dem oberen Ende des Schachts entgegenschwebte, kauerte Jack sich hin und starrte in die Schatten in der Hoffnung, irgend etwas erkennen zu können. Und dann entdeckte er den Hauptstützpfeiler über der Mündung des Schachtes. Während er sich ihm näherte, erkannte Jack das Mehrfach-Führungsrad in der Mitte des Stützpfeilers, das sich rasend schnell drehte, während es die durchlaufenden Zugkabel aufnahm und weiterleitete.

Und dann hielt die Kabine an. Sechsundzwanzigstes Stockwerk. Endstation.

Jack stieß die Luft aus, die er die ganze Zeit angehalten hatte. Milkdud hatte mit seiner Schilderung des zusätzlichen freien Raums am oberen Ende des Schachtes nicht übertrieben. Die Kabine hielt ein Stück vor dem Stützpfeiler an, und der Schacht selbst ging nach oben noch etwa sechs bis sieben Meter weiter.

Jack wußte, daß Dud sich auf den TÜR-AUF-Knopf stützte, um ihm noch ein wenig zusätzliche Zeit zu verschaffen, aber er würde ihn nicht für ewige Zeiten bedienen können. Jack schaute sich um und entdeckte eine Stahlleiter, die in die linke Schachtwand eingelassen war und zu einer Tür hinaufführte – sie befand sich genau an der Stelle, die Milkdud beschrieben hatte.

Er packte eine Sprosse, verließ das Kabinendach und kletterte zu der Tür hinauf. Dud hatte erklärt, sie wäre ungesichert und er würde sie offenlassen, so daß Jack sie jetzt benutzen konnte.

Er schloß die Tür hinter sich und stand für einen kurzen Moment in der Dunkelheit und genoß das Gefühl, festen Boden unter den Füßen zu haben, während sich der hektische Rhythmus seines Herzschlags beruhigte.

Was für eine Teufelsfahrt. Nur ein paar Minuten an realer Zeit, aber eine, wenn nicht gar zwei Ewigkeiten in seinem subjektiven Erleben.

Aber er hatte sie überlebt. Das Schlimmste war vorüber. Von jetzt an würde er alles ein wenig mehr unter Kontrolle haben.

Bis er aussteigen mußte.

Aber darüber würde er sich später den Kopf zerbrechen.

Er tastete sich an der Wand entlang und fand den Lichtschalter. Eine Reihe nackter Leuchtstoffröhren flammte flackernd über seinem Kopf auf.

Er war an einer Stelle, die Milkdud den HVAC-Bereich nannte – Heizung, Ventilation, Air-Conditioning. Direkt vor ihm befanden sich die Luftfilter des Systems, jeder etwa so groß wie ein Lieferwagen. Fast drei Meter weite Rohre führten zu ihnen hin und von ihnen weg.

Jack ging zum nächsten Rohr hinüber und löste den Aktenkoffer von seinem Hosengürtel. Er klappte ihn auf und entnahm ihm einen einteiligen Overall – sollte Dud, wenn es ihm gefiel, Strumpfhosen tragen. Jack bevorzugte Overalls. Er legte seine Anzugjacke, die Hose und die Krawatte ab, dann schlüpfte er in den Overall und zog den Reißverschluß bis zum Hals zu. Er tauschte seine Straßenschuhe gegen Turnschuhe aus. Das kleine Mobiltelefon verstaute er in seiner Brusttasche. Er befestigte die Stirnlampe an seinem Kopf und steckte das Batteriepack in die rechte Gesäßtasche. Er justierte die Kopfhörer auf seinen Ohren, dann schaltete er den Walkman ein und verstaute diesen in seiner linken Gesäßtasche.

In seinen Ohren erklang leise Milkduds Stimme.

»Okay, Jack. Wenn du dies hier hörst, dann bedeutet es, wie ich vermute, daß du nicht als zerschmetterter Haufen Knochen auf dem Grund des Fahrstuhlschachts liegst.« Danach kicherte er verhalten.

»Ha, ha, ha«, äffte Jack ihn erbost nach.

»Geh zu dem großen Rückrohr, das an den linken Luftfilter angeschlossen ist, und öffne die Servicetür. Wir benutzen das Rücklaufsystem, weil es die kühlere Luft enthält. Sieh genau hin, und du wirst erkennen, daß ich es mit meiner Kennung markiert habe.«

Jack erreichte die Tür und stellte fest, daß die Klinke mit Duds kleinem schwarzen Punkt in einem schwarzen Kreis markiert war. Er zog die Tür auf und schaute durch die Öffnung. Dunkel. Sehr dunkel.

»Duster, nicht wahr? Aber nicht lange. Rechts von der Tür befindet sich ein Lichtschalter. Betätige ihn.«

Jack tat es, und eine Glühbirne flammte innerhalb des Rohrs auf – einem quadratischen galvanisierten Metallschacht mit knapp drei Metern Seitenlänge. Ungefähr fünf Meter links von ihm knickte es im rechten Winkel nach unten ab.

»Gaff nicht untätig herum, Jack. Steig hinein, schließ die Tür hinter dir und setz dich in Bewegung.«

Jack gehorchte und tastete sich bis zur Kante des Abwärtsschachts vor. Gleich hinter dem Rand verlief eine Stahlleiter an der Innenwand des Schachts abwärts. Die Sprossen wurden von der Dunkelheit jenseits des Lichtkegels verschluckt, der von der einzelnen Lampe erzeugt wurde.

»Benutze die Leiter, um bis ins einundzwanzigste Stockwerk zu gelangen. Mach dir wegen der Dunkelheit keine Sorgen. Darum kümmern wir uns, während wir unterwegs sind.«

»Wenn du meinst«, murmelte Jack. Er schwang sich über die Kante und begann mit dem Abstieg. Während er sich der Dunkelheit unter ihm näherte …

»Die Techniker, die dieses System renoviert haben, waren

ungewöhnlich umsichtig. Es gibt in den Rohren nicht nur keine Bewegungsmelder oder Gitter – was ich empfehlen würde, wenn ich versuchen würde, Leute, wie wir es sind, draußen zu halten –, sondern sie haben in jedem Stockwerk eine Lampe installiert, genauso wie im Fahrstuhlschacht. Aber diese müssen manuell eingeschaltet werden. Achte auf die Schachtwand rechts neben der Leiter, wenn du eine der Hauptschweißnähte passierst. Du wirst dort gelegentlich zwei Lichtschalter entdecken. Einer steuert die Birne über dir, der andere die Birne unten.«

»Ich liebe diese umsichtigen Techniker«, sagte Jack, als er die Schalter fand und den betätigte, der den Schachtabschnitt unter ihm erhellte.

»Achte darauf, Energie zu sparen, Jack. Knipse das Licht in jedem Abschnitt wieder aus, wenn du ihn passiert hast.«

»Du machst es auf deine Art und Weise, Dud, ich mache es auf meine. Ich ziehe es vor, sehen zu können, wo ich gerade gewesen bin.«

»Schalte mich jetzt aus, bis du meine Kennung im einundzwanzigsten Stockwerk siehst.«

Jack fand den Ausschaltknopf und setzte seinen Abstieg ohne laufenden Kommentar fort. Die einzigen Geräusche waren seine leisen, widerhallenden Schritte und sein Atmen. Weiter unten entdeckte er eine große »21« in roter Farbe unter den Leitersprossen. Duds Kennung klebte wie ein einzelnes freischwebendes Auge unter dem Bogen der »2«.

Jack schaltete den Walkman wieder ein.

»Okay, Jack. Wenn du im einundzwanzigsten Stockwerk bist, wird es nun Zeit, den dicken vertikalen Schacht zu verlassen und durch diese Öffnung links von dir in die Quergänge vorzudringen. Diese werden im weiteren Verlauf immer enger und sind unglücklicherweise nicht beleuchtet, daher wirst du deine Stirnlampe einschalten müssen.«

Jack schwang sich von der Leiter in die kleinere Röhre. Sie hatte etwa den halben Durchmesser des vertikalen Schachts.

Er stellte den Strahl der Stirnlampe auf breiteste Streuung und begann zu kriechen.

»An der ersten Kreuzung wendest du dich nach links. Ich habe den Staub weggewischt und einen deutlichen Pfeil hinterlassen. Das habe ich an jeder Kreuzung getan – die schwarzen Pfeile gelten für den Weg hinein, die roten zeigen den Weg nach draußen – nur für den Fall, daß der Walkman nicht funktioniert oder aus irgendeinem Grund streiken sollte.«

»Was für ein tröstlicher Gedanke«, murmelte Jack. Aber er war dankbar für Milkduds Gründlichkeit.

Er fand das erste Paar Pfeile – sie rahmten Duds Kennung ein – und bog um die Ecke.

»Und das ist im Grunde schon alles, Jack. Die Pfeile führen dich zu dem Rücklaufrohr, das Haffners Büro entlüftet. Falls du irgendwelche Hilfe brauchst, hast du ja dein Handy. Es kommt darauf an, daß du dich langsam und vorsichtig vorwärtsbewegst, dich langsam durch die Röhre schiebst. Heftige, unbedachte Bewegungen, die dich gegen die Seitenwände stoßen lassen, erzeugen einen Lärm, der weithin zu hören ist. Die meisten Leute ignorieren ein gelegentliches Poltern oder Klappern von einem Ventil oder einem Schieber, aber sobald sie eine ganze Reihe von Geräuschen hören, die sich über ihnen an der Decke entlangbewegen, werden sie aufmerksam und fragen sich, was da im Gange ist. Also laß dir Zeit und werde nicht unvorsichtig, Jack. Du brauchst dich nicht zu beeilen. Und jetzt gutes Hacken, Mann. Milkdud verabschiedet sich.«

Der hält sich wohl für Walter Cronkite oder einen von der Sorte, dachte Jack, während er den Walkman ausschaltete und seinen Kriechweg fortsetzte.

Während er durch die dunklen Röhren rutschte und dem schwankenden Lichtstrahl folgte, der vor ihm herglitt, lernte er schnell, den Nutzen des Overalls zu schätzen. Seine knopffreie Vorderseite gestattete es ihm, sich leicht und lautlos vorwärtszuschieben.

Die Rohre wurden tatsächlich, wie Dud vorausgesagt hatte, immer enger. Aber Jack folgte den Pfeilen. Er war, das mußte er offen zugeben, völlig orientierungslos. Er wußte zwar, daß er sich im einundzwanzigsten Stockwerk des *Hand Buildings* befand und daß sein Körper eine horizontale Lage einnahm, aber alles andere an Orientierung war ein reines Ratespiel. War er nach Osten oder nach Westen unterwegs, in Richtung City oder Stadtrand? Er hatte keine Ahnung.

Daß Dud es geschafft hatte, dieses Haus zu hacken – den Einstieg über den Fahrstuhl und dann den Weg durch das Röhrensystem –, und dazu noch ganz allein, war erstaunlich.

Daß irgend jemand an so etwas Gefallen finden konnte, wollte Jack einfach nicht in den Kopf.

Und dann gelangte Jack zu einem Pfeil, der nach links wies, und sah – im wahrsten Sinne des Wortes – das Licht am Ende des Tunnels.

Schmale Streifen Neonlichts drangen durch die Schlitze eines Gitters am Ende eines engen Gangs. Jack hörte Stimmen aus dem Raum darunter, konnte die Worte jedoch nicht verstehen. Und selbst, wenn er es gekonnt hätte, Hören war nicht genug. Er wollte sehen, wer sich in dem Raum aufhielt, wollte genau wissen, wer was sagte.

Und das konnte er von hier aus nicht.

Er mußte näher heran, und das bedeutete, daß er in die letzte Röhre eindringen mußte. Diese *enge* letzte Röhre.

Jack blickte skeptisch in das enge, etwa zwei Meter lange Stahlverlies ... es hatte in etwa die Länge eines Sarges. Aber Särge waren trotz allem immer noch ein wenig geräumiger. Was war, wenn er darin steckenblieb?

Milkdud hatte ihm ein paar Tips gegeben, wie man sich am besten unter extrem beengten Verhältnissen bewegte. Dies könnte der Moment sein, das Gehörte einmal auszuprobieren.

Jack schaltete die Stirnlampe aus. Dann, den rechten Arm nach vorne gestreckt und den linken eng an die Seite gelegt, zwängte er sich in die Röhre.

Eng. Sehr eng.

Nun konnte er in vollem Umfang nachvollziehen, was Dud mit der Feststellung gemeint hatte, daß Klaustrophobie ein großes Hindernis fürs Hacken darstellte.

Langsam, leise schob er sich vorwärts, bis er etwa achtzig Prozent des Büros überblicken konnte.

Ein rundlicher rothaariger Mann in einem weißen Oberhemd – Gordon Haffner, wie Jack inständig hoffte – saß am Schreibtisch und telefonierte. Jack konnte ihn genau hören. Während er seinen Blick kurz durch den Raum schweifen ließ, traten zwei andere Männer ein. Jack erkannte einen der Burschen aus dem Lieferwagen am Donnerstagabend: Thomas Clayton. Der andere war neu – dunkelhäutig, dunkelhaarig, bärtig, mit einem durchdringenden Blick und einem Akzent, der auf den Mittleren Osten hinwies.

Jack lächelte. Er dachte sich, daß er Thomas Claytons Hintermann vor sich hatte – den Kerl, der jeden umbrachte, der sich zwischen ihn und das Clayton-Haus stellte. Hervorragend. Nun, wenn sie jetzt endlich so freundlich wären und in allen Einzelheiten darüber reden würden, weshalb sie das Haus so dringend haben wollten, könnte Jack endlich von dort verschwinden.

Aber sie taten es nicht. Sie sprachen von Alicia und davon, daß sie hofften, sie würde an diesem Morgen mit einer anständigen Preisforderung zu ihnen kommen, damit sie die Frage der Eigentümerschaft endlich regeln konnten, aber der Grund wurde mit keinem Sterbenswörtchen erwähnt.

Und was hatte Thomas hier zu suchen? Sean hatte Haffner mitgeteilt, daß Alicia nicht wollte, daß ihr Bruder an dem Treffen teilnahm. Aber da war er nun, und die Uhr tickte unaufhaltsam, und es war kurz vor halb zehn. Er war sicher, daß Alicia einen Wutanfall kriegen würde, wenn sie ihn dort sah. Dies war keine Art, sie zur Kooperation zu bewegen. Was dachten die sich nur?

Und dann summte Haffners Bürosprechanlage und meldete: »Mr. O'Neill und Ms. Clayton.« Haffner stand auf, zog sich seine Anzugjacke über und sagte, er wäre zurück, sobald er mit ihr gesprochen hätte.

Jacks Kopf zuckte hoch und stieß beinahe gegen die Innenwand der Röhre.

Was?

Das Treffen sollte doch in Haffners Büro stattfinden, also auf der anderen Seite des Gitters. Wohin zum Teufel wollte er jetzt?

Nicht, daß das Treffen selbst von großer Bedeutung war. Alicia konnte ihn später über alles Wichtige ins Bild setzen. Jack war durch diese Röhren gekrochen, um Näheres über das Testament zu erfahren. Wenn er überhaupt eine Chance hatte, ein paar interessante Informationen über das Clayton-Haus aufzuschnappen, dann war dies der geeignete Zeitpunkt.

Aber wenn das Treffen woanders veranstaltet wurde, dann würde auch das möglicherweise aufschlußreiche Gespräch an anderer Stelle geführt werden.

Er lauschte eine Weile in der Hoffnung, daß Thomas und sein orientalischer Geldgeber irgend etwas von sich gaben, das für ihn interessant war, aber sie schienen einander nicht allzuviel zu sagen zu haben. Thomas las in einer Zeitung, während der Fremde am Fenster stand und auf die Straße hinunterschaute.

Jack zog sich so leise wie möglich in die größere Röhre zurück und überdachte seine Möglichkeiten.

2

»Was tun wir hier?« fragte Alicia, während Gordon Haffner sie in einen mahagonigetäfelten Konferenzraum schob.

»Wir haben eine Besprechung«, antwortete Haffner. Er

schaute ein wenig verwirrt drein, während er einen Schnellhefter auf die glänzende Platte des ovalen Mahagonitisches legte. »Haben Sie es nicht selbst so genannt? Sie hätten den Wunsch, sich mit uns zu besprechen?«

»Wir haben uns das letzte Mal in Ihrem Büro getroffen, daher nahm ich an …«

»Hier ist es viel geräumiger.«

Alicia blickte zu Sean O'Neill, der mit einem kaum wahrnehmbaren Achselzucken reagierte.

»Ist etwas nicht in Ordnung?« wollte Haffner wissen.

Ja, aber Alicia konnte ihm schlecht erklären, was nicht in Ordnung war. Sie hatten um diese Besprechung gebeten, damit Jack mit eigenen Augen sehen konnte, wer hinter Thomas stand. Aber wenn sich die Hintermänner nach der Besprechung hier trafen anstatt in Haffners Büro? Jack würde dann ein leeres Büro belauschen.

Wenn sie verlangte, die Besprechung in Haffners Büro stattfinden zu lassen, würde ihn das vielleicht mißtrauisch machen. Und was würde das nützen, wenn die Hintermänner sich anschließend doch hier treffen würden?

Jack mußte irgendeine Information über diesen Konferenzraum erhalten. Und ihr fiel nur eine einzige Möglichkeit ein, wie sie ihm diese Information zukommen lassen konnte.

»Nicht in Ordnung?« fragte Alicia und erhob ihre Stimme. »Sie wollen wissen, ob etwas nicht in Ordnung ist? Ich will Ihnen gerne erklären, was nicht die Ordnung ist!« Sie steigerte die Lautstärke, bis sie beinahe schrie. »Ihr Klient, mein Halbbruder Thomas Clayton, ist es, der nicht in Ordnung ist! Haben Sie eine Ahnung, was für einen Widerling Sie vertreten? Wissen Sie, was er am Donnerstag mit mir gemacht hat?«

Sie sah, wie sich O'Neill zu ihr umdrehte und ihr grinsend zuzwinkerte.

Aber als sie die Einzelheiten der Entführung zu schildern begann, stellte sie fest, daß sie sich gar nicht mehr dazu zwingen mußte, mit gesteigerter Lautstärke zu reden oder die Wütende zu spielen. Plötzlich war ihr Zorn echt, und ihre Lautstärke nahm zu.

Gordon Haffners Gesicht wurde ein wenig bleich, und Sean O'Neills Lächeln verflog.

Alicia hörte ihre eigene Stimme … kreischen …

3

Du bist wundervoll, Alicia.

Jack lächelte, während er verfolgte, wie sie sich nach ihrem Wutanfall allmählich wieder beruhigte. Er hatte vor dem Rückführungsrohr von Haffners Büro gekauert und über seine nächsten Schritt nachgedacht, als er eine Frau schreien gehört hatte. Er hatte die Stimme anfangs nicht erkannt – ein Schrei war ein Schrei –, doch er war dem Klang gefolgt. Schließlich sollte niemand im Büro eines Anwalts derartig schreien, es sei denn, es war ein Klient, der soeben die Anwaltsrechnung erhalten hatte.

Ein paarmal nach rechts, ein paarmal nach links, und da war sie schon, durch die Schlitze eines Lüftungsgitters in der Wand eines Konferenzraumes in Streifen zerlegt, wie sie gerade ihre überzeugende Version einer gewohnheitsmäßigen Hysterikerin darbot.

Schließlich hatte sie genug Dampf abgelassen. Während sie sich wieder beruhigte, zog sich Jack in die größere Röhre zurück und drehte sich in die Richtung, aus der er gekommen war. Er knipste die Stirnlampe an und bündelte den Lichtstrahl, um auf seine Uhr zu schauen. Kurz nach halb zehn. Demnach wäre er schon vor elf Uhr wieder auf der Straße – hoffentlich mit den Antworten auf einige seiner Fragen.

Er brauchte nur zu warten, bis die Besprechung beendet war, und dann zu sehen, wo sich die andere Seite über Alicias Vorschlag beraten würde.

Jack brauchte nicht lange zu warten oder weit zu gehen. Sean nannte Alicias Preisforderung von zehn Millionen Dollar, Haffner reagierte geschockt – durchaus echt, dessen war Jack sich sicher –, dann versuchte er, sie herunterzuhandeln. Aber Alicia blieb bei ihrer Forderung, und schließlich sagte Haffner, herzlichen Dank und auf Wiedersehen, und dann leerte sich der Raum.

Jack ließ ihnen ein paar Minuten Zeit und wollte gerade zurück zu Haffners Büro kriechen, als er hörte, wie die Tür des Konferenzraums geöffnet wurde.

»Sie können den Raum so lange haben, wie Sie wollen«, sagte Haffner. »Ich bin in meinem Büro für den Fall, daß Sie mich brauchen sollten.«

Jack zwängte sich gerade noch rechtzeitig in die Röhre, um mitzuerleben, wie sich die Tür schloß und Thomas und der Orientale allein zurückblieben. Keiner der beiden setzte sich.

»Zehn Millionen«, sagte Thomas und schüttelte den Kopf mit einem Ausdruck, der durchaus an Bewunderung grenzte. »Lieber Himmel, sie hat Courage.« Er sah seinen Genossen an. »Nun, Kemel, was passiert jetzt? Werden Ihre Leute mitziehen?

»Ich kann nicht erkennen, daß wir eine andere Wahl haben«, erwiderte der Mann namens Kemel. Sein Akzent wies auf den Mittleren Osten hin, aber sein Englisch hatte einen leichten britischen Akzent. Er sprach sehr schnell und verschluckte ganze Silben.

»Sie machen wohl einen schlechten Witz! Sie haben Haffner gehört. Er ist überzeugt, daß er das Testament außer Kraft setzen kann. Zehn Millionen für diese Hütte? Das ist total verrückt.«

Jack war ebenfalls schockiert. Er hatte diesen Preis einfach aus der Luft gegriffen und nicht einmal im Traum daran gedacht, daß sie ihn ernsthaft in Erwägung ziehen würden.

»Meine Leute wollen diese Angelegenheit endlich geregelt haben. Das Ganze zieht sich schon viel zu lange hin. Und was sind schließlich zehn Millionen gegen das, was wir verdienen werden, indem wir es nicht in falsche Hände geraten lassen? Ein lächerliches Taschengeld.«

Falsche Hände? dachte Jack und rieb sich in Gedanken die eigenen Hände. Ihm war heiß, er schwitzte und er war am ganzen Körper verkrampft, aber plötzlich war das alles gar nicht mehr so schlimm. Nun kommen wir endlich zum Thema. Macht nur weiter so.

»Für Sie vielleicht ein Taschengeld. Aber verdammt viel Geld für etwas, das vielleicht gar nicht dort ist.«

»Wenn es das nicht ist, dann ist es nicht Ihr Verlust. Es ist nicht Ihr Geld.«

»Aber dann wird Alicia Millionärin sein, und ich habe nichts. Weniger als nichts. Ich habe meinen Job aufgegeben, um Ihnen bei dieser Sache behilflich zu sein.«

»Und Sie werden dafür fürstlich entlohnt. Und vergessen Sie nicht, daß Sie am Ende das Haus haben – schließlich kaufen wir es ja in Ihrem Namen.«

»Ja – das Haus«, sagte Thomas. »Zumindest das, was davon noch übrig ist. Ich meine, wir haben es völlig auf den Kopf gestellt – zumindest so gründlich, wie man es irgendwie schaffen kann, ohne daß es auf den ersten Blick zu erkennen ist –, und wir standen am Ende mit leeren Händen da. Wenn wir es noch viel weiter treiben, riskieren wir, daß wir wegen unbefugten Betretens und Sachbeschädigung verhaftet werden.«

»Irgend etwas *ist* dort«, sagte Kemel. »Vielleicht nicht die Pläne und Diagramme selbst, aber wenn nicht, dann glaube ich, daß es durchaus vernünftig ist anzunehmen, daß Ihr Vater irgendeinen Hinweis auf ihren Verbleib hinterlassen hat.«

»Das ist aber eine ziemlich kostspielige Annahme.«

»Das Testament drückt es genauso aus. Man darf die Botschaft Ihres Vaters an diese Ökologiegruppe – wie heißt sie noch?«

»*Greenpeace.*«

»Ja. *Greenpeace.* Eine seltsame Bewegung. In meinem Land

gibt es solche Gruppen nicht. Aber Ihr Vater hat etwas dazu gesagt, nämlich ›Dieses Haus enthält den Schlüssel, der Ihnen den Weg zu allem weist, das Sie erreichen wollen. Verkaufen Sie es, und Sie verlieren alles, wofür Sie gearbeitet haben.‹ Für mich ist das Beweis genug, daß in dem Haus irgend etwas versteckt ist.«

»Schön. Aber wir müssen es finden.«

»Keine Angst. Wir finden es schon. Sobald das Haus uns gehört, beginnen wir mit einer äußerst gründlichen Suche. Wenn nötig, reißen wir sogar die Wände ein. Und wenn wir es dann immer noch nicht gefunden haben, nehmen wir das Haus Stein für Stein, Eisenträger für Eisenträger auseinander, bis wir Erfolg haben.«

»Und wenn nicht?«

»Dann haben wir wenigstens andere davon abgehalten, es zu finden und zu benutzen.«

»Ja, aber dann erlebe ich keinen Zahltag.«

»Nun, Sie erwarten doch nicht etwa, daß wir etwas kaufen, das Sie gar nicht haben. Oder?«

Thomas zuckte die Achseln. »Was unternehmen Sie als nächstes?«

»Ich wende mich an meine Vorgesetzten, um mir das Okay für den Kaufpreis zu holen – eine reine Formalität, versichere ich Ihnen –, und dann lassen wir Mr. Haffner die Details regeln.«

»Zehn Millionen Dollar«, sagte Thomas und schüttelte den Kopf, wie er es schon zu Beginn dieses kleinen Tête-à-tête getan hatte. »Nun, ich nehme an, ich sollte dankbar sein, daß meine liebe Schwester keine Ahnung hat, hinter was wir her sind. Wenn sie es wüßte, würde sie sicherlich zehn Millionen pro Ziegelstein verlangen.«

»Ja«, sagte Kemel. »Und auch das wäre noch immer ein günstiges Angebot.«

Er übertreibt ganz gewiß, dachte Jack. Aber irgendwie hatte er seine Zweifel.

Während er dalag und überlegte, was zum Teufel so wertvoll und zugleich so klein sein konnte, um es in einem Haus zu verstecken, bemerkte er, wie Thomas und Kemel zur Tür gingen.

Jack hätte beinahe laut gefragt: »War das schon alles?«

Was hatte er hier erfahren?

Nun, er hatte Kemel gesehen. Das war schon etwas. Und er hatte erfahren, daß was immer sich im Clayton-Haus befand, für einige reiche Leute im Mittleren Osten von nahezu unschätzbarem Wert war. Und er hatte erfahren, daß Thomas' Leute nicht die einzigen waren, die sich dafür interessierten. Sie machten sich Sorgen, daß es »in falsche Hände« gelangen könnte. Wem gehörten diese »falschen« Hände? Er glaubte nicht, daß damit Alicias Hände gemeint waren. Eine andere Macht im Mittleren Osten? Israel? Oder jemand anderes?

Aber er hatte sich mehr erhofft, vor allem nachdem er seinen Hals in einem Fahrstuhlschacht riskiert hatte und durch dreckige Heizungsrohre gekrochen war und sich in Nischen hineingezwängt hatte, in denen er kaum hatte atmen können.

Er verfluchte sie dafür, daß sie sich so unklar ausdrückten. Was war dieses rätselhafte *es*? Warum konnten sie nicht einfach offen aussprechen, was sich in dem Haus befand? Er grinste – zum Teufel, es war ja nicht so, daß irgend jemand sie belauschte, oder?

Aber vielleicht war dieses *es*, hinter dem sie her waren, so wichtig, so wertvoll, daß sie es instinktiv vermieden, es beim Namen zu nennen.

Während Jack sich den Schweiß aus den Augen wischte, blieb sein Ärmel an der Linse seiner Stirnlampe hängen und löste sie aus der Halterung. Jack schnappte danach, aber sie rutschte ihm durch die Finger und landete mit einem deutlichen Klirren auf der Rohrwandung.

Jack erstarrte, als Kemel an der Türschwelle stehenblieb und herumfuhr.

»Was war das?«

»Was war das?« fragte Thomas und schob den Kopf aus dem Flur ins Zimmer.

»Dieses Geräusch.« Kemel umrundete den Konferenztisch und ging genau auf Jacks Versteck zu. »Es kam von dort drüben. Aus dem Heizungsschacht, glaube ich.«

Jack ergriff die Linse und rutschte so weit wie möglich zurück, ohne das Rohr ganz zu verlassen, denn er glaubte nicht, daß er das schaffen würde, ohne ein weiteres Geräusch zu verursachen, daher blieb er reglos liegen und wartete.

Er hielt die Luft an, als hinter dem Lüftungsgitter ein bärtiges Gesicht erschien.

»Es kam von dort«, sagte Kemel. »Ich bin mir ganz sicher.«

»Und?« sagte Thomas hinter Kemel. »Wahrscheinlich eine Maus oder so etwas Ähnliches.«

»Das war keine Maus.« Kemel versuchte die Finger in die Lüftungsschlitze zu zwängen, aber sie waren zu eng. »Schnell. Geben Sie mir etwas, um das Gitter herauszuziehen.«

Jack zog sich weiter zurück. Wenn dieses Gitter sich lösen sollte, mußte er sofort die Flucht ergreifen.

»Sie machen wohl einen Witz«, stellte Thomas fest. »Was glauben Sie denn dort zu finden?«

»Vielleicht hat uns jemand belauscht.«

»Von dort drinnen?« Thomas lachte. »Sehen Sie, Kemel, ich weiß zwar nicht, auf welchem Stand sich die Spionagetechnologie in Saudi-Arabien befindet, aber wenn wir hier bei uns jemanden belauschen wollen, dann verstecken wir keinen Liliputaner in einem Heizungsrohr. Wir machen es elektronisch: Wir installieren eine Wanze.«

Er hat recht, Kemel, dachte Jack. Sei nicht so blöde, glaub dem Mann.

»Ich weiß, was ich gehört habe«, sagte Kemel. »Besorgen Sie mir einen Schraubenzieher.«

»Ich dachte, ihr Moslems trinkt keinen Alkohol.«

»Das ist keine Angelegenheit, um faule Witze darüber zu reißen! Ich will dort hineinschauen.«

»Schon gut, keine Panik. Da. Es ist mein Nagelclip. Sie können das Ende als Schraubenzieher benutzen.«

Jack wußte, daß dies sein Signal war, sämtliche Vorsicht fahren zu lassen und zu verduften. Er zog sich in die größere Röhre zurück und machte sich auf den Rückweg.

Hinter ihm wurde Kemels Stimme hektischer und lauter.

»Da! Hören Sie das? Jemand ist da drin, ich sag's Ihnen! Rufen Sie Mr. Haffner. Er soll den Sicherheitsdienst alarmieren. Jemand hat uns belauscht.«

Jack hielt inne, um seine Stirnlampe einzuschalten und die Linse wieder einzusetzen, dann kroch er weiter. Er folgte Milkduds roten Rückwegpfeilen und hielt nicht an, bis er den großen vertikalen Schacht erreichte.

Schwitzend und keuchend klammerte er sich an die Leiter, um zu Atem zu kommen und sich ein wenig abzukühlen. Er öffnete den vorderen Reißverschluß seines Overalls, um Luft hereinzulassen – das verdammte Ding war offenbar wärmeisoliert.

Die Sache stand nicht sehr gut. Je nachdem, wie umfangreich die Sicherheitstruppe des Hauses war, und je nachdem, ob sie die Polizei holten oder nicht, konnte dieses kleine Abenteuer durchaus mit Jacks Verhaftung enden. Die Anschuldigung wäre lächerlich – aus welchem anderen Grund als wegen unbefugten Betretens würden sie ihn verhaften können?

Aber die Anschuldigung wäre völlig unwichtig. Die Verhaftung als solche würde erheblichen Schaden anrichten. Eine Verhaftung bedeutete Fotos und Fingerabdrücke und die Nennung einer Adresse. Plötzlich wäre er Bürger Jack. Man würde von Amts wegen einen Beweis für seine Existenz in Form einer Akte schaffen. Sie würden sämtliche freie Felder auf ihren Vordrucken ausfüllen wollen. Und daher würden sie an seinen Türen herumrütteln und sich an seinen Schutzwänden zu schaffen machen, am Ende alle Schranken einreißen, die zwischen seiner und der Welt der anderen zu errichten er sein ganzes bisheriges Leben zugebracht hatte.

Er mußte raus hier, und zwar sofort.

Jack holte das Mobiltelefon hervor und wählte schnellstens Milkduds Nummer.

»Ja«, meldete sich Duds Stimme nach dem zweiten Rufzeichen.

»Ich bin's«, sagte Jack mit leiser Stimme. »Sie wissen, daß ich hier drin bin. Wie komme ich am schnellsten wieder raus?«

»Am schnellsten? Spring aus dem nächsten Fenster.«

»Das ist im Augenblick keine große Hilfe, Dud.«

»Tut mir leid. Der schnellste Weg ist, wenn du durch die Tür aus dem HVAC-Bereich ins Gebäude zurückkehrst und dann die Treppe hinuntergehst. Aber die Türen sind gesichert, und dadurch wissen sie, wo du bist, und sie haben die Chance, dir den Weg abzuschneiden. Der beste Weg ist wahrscheinlich der, auf dem du reingekommen bist. Steige schleunigst hoch zum HVAC-Bereich, zieh deinen Straßenanzug an und warte an der Tür zum Fahrstuhlschacht. Ich bin schon unterwegs. Wenn ich die linke Fahrstuhlkabine im obersten Stockwerk für mich allein habe, rufe ich dich. Verstanden?«

»Verstanden.«

Jack beendete das Gespräch, ließ das Telefon jedoch eingeschaltet, aber er legte das Rufzeichen still und aktivierte dafür den Vibrationsruf. Wenn Milkdud ihn anrief, würde Jack es spüren, anstatt es zu hören.

Er stieg die Leiter hinauf und verließ das Röhrensystem im HVAC-Bereich. Endlich – hier war es wenigstens kühl. Er streifte die Turnschuhe und den verstaubten Overall ab, verstaute beides in seinem Aktenkoffer, dann schlüpfte er wieder in seinen Anzug und in seine Schuhe.

Wenigstens brauchte er den Schlips nicht neu zu binden.

Als er wieder wie ein Anwalt aussah, befestigte er erneut den Aktenkoffer an seinem Gürtel, schaltete die Raumbeleuchtung aus, baute sich neben der Tür zum Fahrstuhlschacht auf und wartete auf Milkduds Ruf.

Aber zuerst erschienen zwei Wartungstechniker. Jack hörte ihre Stimmen auf der anderen Seite der HVAC-Tür. Es war die gesicherte, die ins Gebäude führte. Er öffnete seine Tür, schwang sich hinaus in den Fahrstuhlschacht und schloß die Tür hinter sich.

»Hier bin ich, Dud«, flüsterte er. »Wo zum Teufel bist du jetzt?«

Er blickte nach unten. Alle drei Fahrstuhlkabinen schienen sich im Moment am unteren Ende des Schachts zu befinden, und der Weg dorthin sah entsetzlich lang aus. Jack preßte ein Ohr gegen die Tür, um sich zu vergewissern, ob er verstehen konnte, was die Wartungstechniker erzählten.

»Hast du schon mal so was Verrücktes gehört?« sagte eine leise Stimme. »Jemand, der durch die Heizungsrohre kriecht. Ich meine, was soll das?«

»Ja. Ich glaube, jemand hat sich da die Nase ein wenig zu stark gepudert, wenn du weißt, was ich meine, und ich denke, das weißt du verdammt genau.«

»Richtig. Das ist ja wieder die Saison, um seinen Spaß zu haben. Aber schauen wir uns mal der Ordnung halber um, damit sie glücklich und zufrieden sind.«

Jack glaubte, auf der anderen Seite Schritte zu hören, die genau auf ihn zukamen, daher kletterte er auf der Leiter ein Stück abwärts und hielt erst ungefähr an dem Punkt inne, wo er das Dach der Fahrstuhlkabine verlassen hatte.

Er blickte nach unten und sah, daß der gute alte Fahrstuhl im sechsundzwanzigsten Stockwerk anhielt. Zu früh, als daß Milkdud in der Kabine sein konnte. Er schaute auf das Dach der Kabine, wo er gekauert und sich festgeklammert hatte.

Über ihm wurde an der Tür gerüttelt. Mein Gott, schauten sie etwa auch im Fahrstuhlschacht nach?

Kontrolliert zuerst die Lüftungsrohre, ihr Idioten!

Sie würden das Licht sehen, das er im Schacht hatte brennen lassen, und würden annehmen, daß er immer noch dort war.

Aber die Tür öffnete sich. Die Fahrstuhlkabine war direkt unter ihm zum Stehen gekommen, und Jack erkannte, daß er keine große Wahl hatte. Er wollte nicht noch eine Fahrt auf diese Weise machen. Er hatte wirklich keine Lust dazu, absolut nicht, aber …

Er verließ die Leiter und stellte sich auf den Halteträger der Kabine.

Als die Tür oben im Schacht aufschwang, knipste Jack gerade noch rechtzeitig die Lampe auf dem Kabinendach aus und ging, so gut er es vermochte, hinter den Fahrstuhlkabeln in Deckung. Er blickte hoch und sah jemanden als Silhouette im Licht aus dem HVAC-Bereich, der mit einer Taschenlampe in den Schacht leuchtete.

Dann setzte sich die Kabine nach unten in Bewegung. Jack schloß die Augen und hielt sich krampfhaft fest. Die Fahrt in der Dunkelheit empfand er als noch schlimmer.

Er stöhnte. »Hoffentlich hast du deine Laufschuhe an den Füßen, Dud, damit du dich beeilen kannst.«

Jack unternahm drei Hin- und Rückfahrten und begann soeben die vierte Rundreise, als das Mobiltelefon an seinem Bein vibrierte. Er riß es aus der Tasche.

»Dud?«

»Ich habe die linke Kabine für mich allein und komme dich jetzt holen, Jack.«

»Ich bin schon da.«

»Was meinst du?«

»Ich meine, ich bin hier. Wie in« – Jack klopfte auf das Kabinendach – *»hier.«*

»Na prima! Wir machen aus dir am Ende noch einen Vollbluthacker.«

»Du kannst mir erzählen, was du willst. Aber hol mich nur hier raus!«

»Okay. Wir machen folgendes. Ich halte im sechsten an, dann lasse ich die Kabine noch ein Stück hochfahren und stoppe schließlich zwischen dem sechsten und siebten Stockwerk. Du brauchst deinen Haken nicht, sondern zieh nur am Sicherheitshebel. Dann öffnen sich die äußeren Türen. Steig raus und warte dort auf mich.«

Jack befolgte die Anweisungen buchstabengetreu, und weniger als eine Minute später trat er, begleitet vom schrillen Geklingel der Alarmglocke, durch die Tür auf den Flur im siebten Stockwerk. Seine Erleichterung erhielt durch die beiden Schreiner, die gerade eine Kaffeepause abhielten, einen argen Dämpfer.

»Hey, Mac«, rief der kräftigere der beiden Männer und starrte ihn an. »Wo zum Teufel sind Sie denn gerade hergekommen?«

»Na, woher wohl – aus dem Fahrstuhl«, antwortete Jack.

»Nein, das sind Sie nicht.« Er kam näher, und sein Blick sprang zwischen Jack und den Fahrstuhltüren hin und her. »Ich habe da drüben gestanden und die Türen im Auge gehabt, und ich sage Ihnen, als Sie dort herauskamen, war kein Fahrstuhl da. Können Sie etwa fliegen oder so etwas?«

Jack wollte erwidern, was ihn das anginge, doch er lächelte und behielt einen freundlichen Ton bei.

»Seien Sie nicht albern. Dieser Fahrstuhl ist ziemlich seltsam. Das Licht ging aus, und die Glocke fing an zu klingeln, deshalb bin ich ausgestiegen.«

Der Fahrstuhl ließ hinter ihm einen Glockenton erklingen, und die Türen öffneten sich. Milkdud stieg aus.

»Da«, sagte Jack. »Sieht er aus, als könnte er fliegen?«

»Nein, er nicht«, gab der Schreiner zu. »Aber ich kann die Fahrstuhlkabine sehen.«

»Dann muß das Licht wieder ausgegangen sein.« Er wandte sich an Milkdud. »Brennt die Beleuchtung wieder?«

Dud zögerte keine Sekunde. »Ja, kurz nachdem Sie ausgestiegen sind. Das Ding spielt offenbar ein wenig verrückt.« Er drückte auf den Abwärtsknopf an der Wandarmatur. »Ich werde wohl lieber mit einem anderen nach unten fahren.«

»Gute Idee.«

Die mittlere Kabine erschien wenig später, und sie betraten sie.

»Sie haben mich aus dem Schacht kommen sehen«, erzählte Jack, nachdem die Türen sich hinter ihnen geschlossen hatten.

»Das ist immer ein Risiko.« Dud reichte ihm ein Papiertaschentuch. »Da, nimm. Wisch dir damit die Hände ab. Sie sind schmutzig.«

»Was erwartet uns unten?« fragte Jack und säuberte seine Hände.

»Sie haben an beiden Türen Sicherheitstypen aufgestellt, die versuchen, möglichst unauffällig auszusehen, aber jeden genau unter die Lupe nehmen. Aber sie halten Ausschau nach einem schmutzigen Knaben, nicht nach einem Mann im grauen Anzug. Wir haben nichts zu befürchten.«

Und so war es. Sie schlenderten an den Wächtern vorbei hinaus auf die Forty-fifth Street.

»Danke, Dud«, sagte Jack, als sie die Sixth Avenue erreichten. »Dafür schulde ich dir einiges, Mann. Falls ich dir mal einen Gefallen tun kann ...«

»Vergiß es«, sagte Dud grinsend. »Eine Hand wäscht die andere, beide Hände waschen das Gesicht. Das gehört alles zum Kodex. Ich möchte nur wissen, ob ich dich zu einem Gläubigen gemacht habe.«

»Ich denke eher nicht.«

»Bist du sicher? Du willst mir nach dem, was du heute geschafft hast, weismachen, du wärest nicht süchtig geworden?«

»Ich kann ehrlich sagen, daß ich es nicht bin.«

»Das glaube ich nicht. Ich sag' dir was, ich hacke in der nächsten Woche ein paar von den oberen Stockwerken im Chrysler Building. Dort wimmelt es von Geheimnissen.«

»Dann sage ich dir was«, entgegnete Jack. »Wenn du da oben ein Riesenei vom Vogel Roc findest, sag mir sofort Bescheid. Dann komme ich rauf.«

Dud grinste und stieß einen Daumen nach oben. »Yeah,

klar, Mann. Wenn ich erwischt werde, behaupte ich einfach, du hättest mich dazu gezwungen.«

»Sei bloß vorsichtig, Dud.«

Sie schüttelten sich die Hände und trennten sich. Milkdud begab sich zu seinem Job im Coconuts, und Jack kehrte nach Hause zurück, um zu duschen. Er hatte es verdammt nötig.

Und dann mußte er Alicia anrufen. Eine Hand wäscht die andere, beide Hände waschen das Gesicht, hatte Dud gesagt. Daran würde er sich jetzt halten. Jetzt wäre er mit dem Waschen an der Reihe. Zusammen mit Alicia. Im Haus ihres Vaters.

4

Kemel beendete das Gespräch mit dem völlig überrumpelten Gordon Haffner, der an seinem Verstand zweifelte. Er hatte noch immer Schwierigkeiten zu begreifen, daß seine Klienten tatsächlich bereit und willens waren, Alicia Clayton zehn Millionen Dollar für das Haus ihres Vaters zu bezahlen.

Aber es stimmte. Kemel hatte die Luft angehalten, als er sich bei Khalid Nazer gemeldet hatte, aber Iswid Nahr hatte den Preis akzeptiert.

Kemel hätte in Hochstimmung sein sollen – so dicht vor dem Erfolg, so nahe davor, endlich nach Riad und zu seinem Sohn zurückkehren zu können –, aber Mißtrauen trübte seine Stimmung.

Jemand hatte sein Gespräch mit Thomas Clayton belauscht.

O ja, sie hatten den Sicherheitsdienst alarmiert und die Polizei gerufen, und Servicemänner waren hochgeschickt worden, um das Belüftungssystem zu inspizieren, aber niemand hatte ihm richtig geglaubt. Selbst nachdem das Lüftungsgitter entfernt worden war und er ihnen die Spuren im Staub gezeigt hatte, kam von ihnen nur ein Achselzucken, und sie äußerten die Vermutung, daß sich wahrscheinlich irgendein Tier in dem Röhrensystem aufgehalten hatte. Niemand glaubte, daß hier in Manhattan, wo eine unüberschaubar vielfältige Palette an raffinierten elektronischen Abhörgeräten der Öffentlichkeit zur Verfügung stand, jemand durch ein System von Belüftungsschächten kriechen würde, um eine Unterhaltung zu belauschen.

Kemel seufzte. Vielleicht hatten sie ja recht. Es klang wirklich ein wenig weit hergeholt.

Aber er konnte das Gefühl nicht abschütteln, daß irgend jemand mitgehört hatte. Als er das Gesicht gegen dieses Gitter gepreßt und versucht hatte, etwas in der Dunkelheit dahinter zu erkennen, hatte er geglaubt, jemanden in den Schatten auf der anderen Seite gesehen zu haben, der seinen Blick erwiderte.

Er zermarterte sich das Hirn bei dem Versuch, sich zu erinnern, was er und Thomas Clayton in dem Zimmer gesagt hatten, und die Unterhaltung Wort für Wort zu rekonstruieren.

Nichts, da war er sich sicher. Jedenfalls fast sicher.

Eines hatte ein möglicher Lauscher ganz eindeutig mitbekommen, nämlich daß das Haus den Käufern mehr als zehn Millionen Dollar wert war. Wenn Alicia plötzlich den geforderten Preis erhöhen sollte, wäre das eine Bestätigung für Kemels Verdacht.

Wenn nicht … wenn der Handel tatsächlich abgeschlossen würde, dann war es ihm egal, ob eine ganze Armee mitgehört hatte oder nicht.

5

Jack fand eine Stelle in der Thirty-eighth, wo er sich hinstellen und das Clayton-Haus unbemerkt beobachten konnte. Er verschaffte sich einen Überblick über die Inspektionsrunden der »Sicherheitstruppe« und stellte fest, daß sie stets zu zweit operierten und den Wagen zweimal in der Stunde verließen, um das Grundstück zu kontrollieren. Sie trugen keine Uniformen, sondern Anoraks und Sporthosen.

Gelegentlich entfernte sich einer der beiden und kam mit einer Einkaufstüte zurück – Kaffee und Doughnuts höchstwahrscheinlich. Und manchmal verschwand auch einer durch die Haustür im Gebäude und kehrte ein paar Minuten später zurück. Sie brauchten keine transportable Toilette, sie hatten zu diesem Zweck das Haus.

Um zehn vor drei tauchte ein anderer Wagen auf. Der erste fädelte sich in den Verkehr ein, überließ dem zweiten den wertvollen Parkplatz, und die nächste Schicht übernahm den Wachdienst.

Nachdem er den Dienstplan der Sicherheitstypen kannte, rief Jack bei Abe an und fragte ihn um Rat.

»Sie sollen also bis zehn auf die Bretter, aber anschließend nicht reif für ein Pflegeheim sein.«

»Genau. Sie sollen nur ein ausgiebiges Schläfchen machen.«

»Dann ist T-72 genau das Richtige für dich«, erklärte Abe. »Farblos, geruchlos, keine schlimmen Nebenwirkungen, und was das Beste ist, es wird in Amerika für die Armee hergestellt.«

»Klingt toll«, sagte Jack. »Davon nehme ich etwas.«

»Und ich würde dir mit Freuden etwas verkaufen, wenn ich es zur Verfügung hätte. Aber das ist nicht der Fall. Es ist nicht gerade eine Ware, die man an jeder Ecke kriegen kann.«

»Ich kann dir gar nicht ausdrücken, wie enttäuscht ich bin, Abe.«

»Nun, soll ich denn alles, was es auf der Welt in dieser Richtung gibt, auf Lager haben für den Fall, daß ich es dir liefern kann, sobald du danach fragst?«

»Ja. Da wäre doch was, und schließlich bist du der Beste.«

»Hm, wie nett. Na gut, ich sehe zu, daß ich dir etwas besorge.«

»Bis heute abend?«

»Hör sich mal einer diesen Traumtänzer an. Ich kann von Glück sagen, wenn ich vielleicht bis morgen nachmittag einen kleinen Kanister mit dem Zeug auftreiben kann.«

»Das reicht auch, glaube ich.«

Jack hätte sich das Haus am liebsten schon am selben Abend angesehen, aber das würde er wohl verschieben müssen.

»Es reicht dir? Daß ich dir dieses Zeug überhaupt besorgen kann, fällt eindeutig unter die Kategorie heroischer Taten.«

»Dann bis morgen, mein Held.«

Nachdem er das Gespräch mit Abe beendet hatte, wählte Jack umgehend Alicias Nummer.

6

»Soll ich noch eine aufmachen?« fragte der Kellner und hielt die leere Merlotflasche hoch.

Will schaute Alicia an und hob fragend die Augenbrauen.

Alicia zuckte die Achseln. »Ich könnte noch etwas vertragen. Der Wein ist köstlich.«

Und köstlich war auch alles andere, was sie an diesem Abend probiert hatte. Zov's war ein lautes, kleines Lokal unweit des Union Square, eher ein Bistro als ein Restaurant. Aber der Lammrücken auf der Platte zwischen ihnen war in etwas Unbeschreiblichem mariniert worden und das bei weitem köstlichste Fleisch, das sie je gegessen hatte.

Und was den Wein betraf, so konnte sie davon noch *viel mehr* vertragen.

Jacks Anruf an diesem Nachmittag hatte sie beunruhigt. Daß Thomas einen arabischen Hintermann hatte, der bereit war, die zehn Millionen Dollar zu zahlen, die sie für das Haus verlangt hatte, war ein Schock für sie gewesen. Daß sie überzeugt waren, daß das Haus ein Geheimnis enthielt, das um ein Vielfaches wertvoller war, hatte sie regelrecht umgehauen. Aber Jacks Plan, sich in das Haus zu schleichen und es zu durchsuchen, erfüllte sie mit Entsetzen.

Und er hatte nicht von irgendeinem vagen Zeitpunkt in der Zukunft geredet. Er wollte schon morgen losziehen. *Morgen!*

Sie hatte nein gesagt. Nein, nein, nein. Sie hätte eigentlich auf einen solchen Schritt vorbereitet sein müssen. Wenn er das Haus morgen durchkämmen wollte, dann würde er es wohl allein tun müssen.

Aber Jack hatte auf ihrer Begleitung bestanden. Er hatte gesagt, sie wäre schließlich eine erwachsene Frau und würde sämtliche möglichen Verstecke kennen. Sie müßte mitkommen, es ginge nicht anders.

Indem sie sich in Erinnerung rief, daß es schließlich nur ein verdammtes Haus war, mehr nicht, hatte sie zugestimmt.

Jack würde sie am nächsten Abend um sieben Uhr abholen. Alicia erschauerte und blickte von ihrem Teller hoch. Will und der Kellner sahen sie an – erwartungsvoll.

»Entschuldigung«, sagte sie. Offenbar war ihr irgend etwas entgangen.

»Wollen Sie den Wein kosten?« fragte Will und deutete auf die neue Flasche Wein in der Hand des Kellners.

»Nein«, erwiderte sie. »Es ist der gleiche Wein wie in der ersten Flasche, deshalb wird er bestimmt in Ordnung sein.« Sie konnte diesem Ritual des Weinverkostens nichts abgewinnen. Ihr Gaumen war sowieso nicht empfindlich genug. Entweder man mochte einen Wein, oder er schmeckte einem nicht.

»So«, sagte Will, nachdem der Kellner ihre Gläser gefüllt hatte, »wie sehen Ihre Pläne für die Woche aus?«

Ich war heute an einem unbefugten Eindringen in ein Haus beteiligt, und morgen habe ich vor, irgendwo einzubrechen.

»Das Übliche, nehme ich an. Sie wissen schon, mich bemühen, die Krankheit in den Griff zu bekommen. Und was ist mit Ihnen?«

»Das Übliche, so wie bei Ihnen. Das Verbrechen suchen und es mit den Wurzeln ausreißen wie ein lästiges Unkraut.«

Sie lachten. Vielleicht lag es nur am Wein, aber sie stellte fest, daß ihr Wills lässiges Benehmen immer besser gefiel, vor allem seine Art, sich selbst nicht allzu ernst zu nehmen. Sie mochte sein verschmitztes Grinsen und die Art und Weise, wie er sein Weinglas hielt, indem er mit seinen Fingern den Rand umschloß und es zwischen seinen Fingerspitzen baumeln ließ, während er redete, und diesen Blick, mit dem er ihr in die Augen schaute, wenn sie etwas sagte. All das waren Dinge, die ihr vorher an ihm noch nicht aufgefallen waren.

Sie leerten auch noch diese zweite Flasche Wein, so daß Alicia, als sie schließlich das Restaurant verließen, sich irgendwie warm und zufrieden fühlte. Sie hörte sich selbst fragen, ob Will noch mit hinaufkommen wollte, als er sie vor ihrem Apartmenthaus absetzte.

Sie verspürte einen gelinden Schrecken – *Warum hatte sie das getan?* –, befahl sich aber dann, ganz ruhig zu bleiben. Es wäre durchaus in Ordnung. Heute abend, an diesem Ort, mit diesem Mann ... es wäre völlig normal. Sie wollte es ... sie *brauchte* es.

»Möchten Sie einen Kaffee?« erkundigte sie sich, während sie seinen Mantel an die Garderobe hängte.

»Nein«, erwiderte er. »Der Kaffee, den wir bei Zov's getrunken haben, wird mich sowieso die halbe Nacht wachhalten. Aber ich möchte gerne etwas anderes.«

Während Alicia sich zu ihm umdrehte, nahm er sie in die Arme – ganz sanft und zärtlich – und zog sie an sich.

Sie verdrängte ein Aufwallen von Angst und Unsicherheit und gab dem leisen Druck nach. Sie spürte seine Unsicherheit, wußte, daß er sich bei jedem Sträuben ihrerseits sofort zurückziehen würde. Sie wollte jedoch gehalten werden, wollte sich beschützt fühlen, wollte sich völlig entspannen und gehenlassen, und einmal, nur dieses einzige Mal, das Gefühl haben, daß sie nicht die ganze Zeit allein sein mußte, daß sie sich nicht ausschließlich auf sich zu konzentrieren brauchte, nicht alles und jedes ganz allein tun mußte. Nur einmal wollte sie das Gefühl haben, daß da jemand war, mit dem sie alles, was ihr wichtig war, teilen konnte. Nur einmal.

Ihre Nervosität wuchs, schlug beinahe in Angst um, als er seinen Kopf herabbeugte, aber sie wich nicht zurück.

Es ist in Ordnung ... es wird alles gut sein ...

Ihre Lippen berührten sich, und seine waren warm und weich, und der Wein entfaltete in ihr seine wohlige Wärme, und, ja, alles wäre völlig in Ordnung ...

Aber dann umschlossen seine Arme sie, und plötzlich konnte sie nicht mehr atmen. Sie kam sich vor wie in einer Falle, und sie mußte weg, mußte sich losreißen, brauchte die Freiheit, brauchte Luft.

Sie zuckte mit dem Kopf zurück, so daß ihre Lippen sich voneinander lösten, schob ihre Hand zwischen ihre Köpfe und stieß ihn weg.

»Lassen Sie mich los!«

Will ließ die Arme sinken und wich mit betroffener Miene zurück. »Alicia – was ist ...?«

»Gehen Sie weg!«

Er hob die Hände und wich einen Schritt zurück. »Ich bin schon weg. Sehen Sie.«

Panik – wild, ungerichtet, bedrückend, erstickend, völlig unbegründet – würgte sie, und sie wollte wegrennen, aber sie konnte es nicht, sie wohnte hier, daher mußte *er* sofort diesen Ort verlassen, hinausgehen. Etwas in ihr schrie: *Nein, laß ihn hierbleiben!* Aber ein größerer, stärkerer, heftiger Teil von ihr führte jetzt das Kommando.

»Es tut mir leid, Will«, sagte sie und befahl ihrer Stimme, ganz ruhig zu bleiben. Dennoch schienen die Worte in ihrem Hals zu rasseln. »Ich kann nicht ... ich kann das jetzt nicht tun. Okay?«

Er musterte sie verwirrt. »Okay. Klar. Ich dachte nur ... liegt es an mir?«

»Nein ... ja ...« *Ich plappere Unsinn.* »Ich kann es jetzt nicht erklären.« Nicht jetzt, niemals. »Macht es Ihnen etwas aus, wenn wir jetzt gleich diesen Abend beenden? Bitte!«

Sie schämte sich so sehr, daß sie am liebsten geweint hätte.

»Ja. Sicher.« Er streckte die Hand aus und wollte ihren Arm berühren, wich aber zurück, ehe es zum Kontakt kam. »Ich rufe Sie an«, versprach er, während er rückwärts in die Diele ging. »Um mich zu vergewissern, daß mit Ihnen alles in Ordnung ist.«

Alicia nickte. »Es tut mir leid. Ganz aufrichtig.«

Und dann schloß sie die Tür. Endlich ließ ihre Panik nach. Sie lehnte sich gegen die Tür und begann zu schluchzen.

Ich habe völlig die Kontrolle über mich verloren, dachte sie.

Sie hatte sie beinahe in Haffners Konferenzraum an diesem Vormittag verloren, und nun war ihr das gleiche mit Will passiert.

Sie war mit Männern eigentlich nie besonders gut zurechtgekommen, aber dies hier war wirklich die absolute Spitze.

Was geht mit mir vor?

Das Haus ... es mußte das Haus sein. Nichts war mehr richtig gewesen, seit dieser Mann und sein Haus sich einen gewaltsamen Zutritt in ihr Leben verschafft hatten. Sie hatte versucht, es in Brand zu stecken, und morgen müßte sie wieder dorthin ... müßte sogar in dieses Haus hineingehen ...

Das war das Problem. Das Zurückgehen zu ...

Das Haus war das ganze Problem. Sie mußte dieses Haus irgendwie bezwingen, denn wenn sie das schaffte, würde sie gleichzeitig auch ihn bezwingen. Und dann wäre sie endlich von beiden befreit.

Oder etwa doch nicht? Würde sie jemals wirklich frei sein?

Dienstag

1

»Es wird alles klargehen«, sagte Jack, während sie in seinem weißen Miet-Chevy auf der Twenty-third nach Osten fuhren. Er schaute zu Alicia, die kerzengerade und schweigend auf dem Beifahrersitz saß. »Keine Sorge. Wir werden nicht erwischt.«

»Wie kommen Sie darauf, daß ich mir Sorgen mache, daß wir erwischt werden?« fragte sie.

»Weil Sie aussehen, als wollten Sie jeden Moment aus dem Fenster springen.«

Seit er sie abgeholt hatte, machte sie den Eindruck einer völlig überspannten Sprungfeder.

Sie hat Angst vor dem Haus, dachte er. Vor diesem leeren Haus.

Als sie den Broadway erreichten, sprang die Verkehrsampel auf Gelb um. Sehr gut. Auf diese Gelegenheit hatte er gewartet. Anstatt zu beschleunigen, fuhr er langsam weiter, bis die Ampel Rot zeigte, dann gab er Gas, riß das Lenkrad nach rechts und fuhr in Richtung City.

»Vielleicht liegt es an Ihrer Fahrweise«, sagte Alicia und versuchte ein mühsames Lächeln, als wollte sie ihm andeuten, daß sie nur einen Scherz gemacht hatte – vielleicht. »Und wenn wir zur Thirty-eighth Street wollen, dann ist das die falsche Richtung.«

»Ich weiß«, erwiderte er, lenkte den Wagen an den Bordstein und studierte seinen Rückspiegel.

»Und warum nehmen wir kein Taxi?«

»Weil ich sichergehen wollte, daß wir nicht verfolgt werden.«

Er beobachtete die Straße hinter ihnen und wartete darauf, ob er jemanden sah, der die rote Ampel überfuhr, um an ihnen dranzubleiben. Seit Alicia in seinen Wagen gestiegen war, hatte er das ungute Gefühl gehabt, beobachtet zu werden, gewöhnlich ein sicheres Zeichen dafür, daß sich jemand an seine Fersen geheftet hatte. Oder vielleicht hatte der Betreffende es auch auf Alicia abgesehen.

Aber niemand bog von der Twentythird ab.

»Und?« fragte Alicia. »Werden wir verfolgt?«

»Nicht, daß ich jemanden sehen kann.« Wenn wir verfolgt werden, dann muß der Verfolger verdammt gut sein. »Ich hatte mir auch gedacht, daß der Wagen eine ganz gute Idee wäre, weil wir nicht wissen, was wir vielleicht in dem Haus finden. Vielleicht ist es etwas, daß wir schlecht rausschleppen und in ein Taxi laden können. Zudem brauchte ich die Möglichkeit, ein paar Requisiten unterzubringen.«

»Requisiten? Wofür?«

»Alles zu seiner Zeit, meine Liebe. Alles zu seiner Zeit.«

Er bog zweimal nach links ab, um auf die Third Avenue zu gelangen, und fuhr dann in der ursprünglichen Richtung weiter. In Murray Hill rollten sie an dem Haus vorbei und sahen den Wagen mit den Sicherheitsleuten davor stehen.

»An denen kommen wir niemals vorbei«, meinte Alicia.

Jack gewann den sicheren Eindruck, daß sie gar nicht an ihnen vorbei *wollte.*

Während sie an dem Wächterfahrzeug vorbeifuhren, achtete er auf den Auspuff und sah, daß kleine Abgaswölkchen herausquollen. Kein Wunder. Die Temperatur war deutlich gefallen, und sie hatten die Heizung eingeschaltet.

Er lächelte. Prima.

»Überlassen Sie das mir«, riet er ihr.

Er lenkte den Wagen um die Ecke und fand einen Parkplatz in der Nähe eines Feuerhydranten in der Thirty-ninth.

»Es wird doch hoffentlich keine wilden Kämpfe mehr geben, oder?« fragte Alicia.

»Das möchte ich auf jeden Fall vermeiden. Und mit der richtigen Hilfe glaube ich, daß mir das auch gelingen wird.«

Er stieg aus dem Wagen und ließ den Blick über das Gemisch aus Büro- und Wohnhäusern wandern. An diesem kalten Abend waren nicht viele Leute unterwegs. Er schlüpfte in einen alten weiten Wintermantel, den er vom Rücksitz nach vorne zog. Dann kamen ein paar abgewetzte Lederhandschuhe. Schließlich zog er sich eine Strickmütze über den Kopf und bedeckte damit seine Ohren und die Augenbrauen. Als letztes nahm er einen Eimer mit Seifenlauge und ein paar andere Gegenstände an sich, die er in den Taschen seines Mantels verstaute.

Alicia beugte sich vor und starrte ihn durch die offene Fahrertür an. »Was um alles in der Welt haben Sie vor?«

»Sie sehen den absoluten Schrecken der Straße vor sich. Allein sein Anblick jagt auch dem abgebrühtesten New Yorker Autofahrer einen eisigen Schauer über den Rücken. Gestatten ... Mr. Scheibenputzer persönlich!«

»Das glaube ich nicht.«

»Warten Sie fünf Minuten, dann steigen Sie aus, gehen um den Block herum und treffen mich vor dem Haus.«

»Aber was ...?«

»Kommen Sie nur, bis gleich.«

Er schloß die Tür und trottete zur Thirty-eighth. Er blieb unterwegs zweimal stehen, um die Passanten genau zu inspizieren und auf der Straße Ausschau nach einem Verfolger zu halten, aber er konnte niemanden entdecken, der ihm verdächtig vorgekommen wäre.

Verdammt. Warum hatte er dann ständig das Gefühl, beobachtet zu werden?

2

Das war knapp, dachte Yoshio, während er in die Thirty-ninth einbog.

Für einen kurzen Moment war er sicher gewesen, daß der *ronin,* der Alicia Clayton half, ihn bemerkt hatte, aber er hatte es geschafft, an ihm vorbeizufahren, ohne Verdacht zu wecken. Der Mann schien einen sechsten Sinn zu haben, fast das genaue Pendant zu Yoshios Talent, das es ihm gestattete, jemanden zu verfolgen, ohne bemerkt zu werden. Yoshio würde bei diesem Mann sehr vorsichtig sein müssen.

Er hatte sich entschieden, Alicia Clayton während des frühen Abends zu verfolgen und sich danach an Kemel zu hängen. Yoshio war froh gewesen, das Eintreffen ihres *ronin* beobachten zu können. Dieser Mann schien überall aufzutauchen. Yoshio war Kemel und Thomas Clayton gestern zum Büro ihres Anwalts gefolgt. Während er draußen wartete und sich wünschte, er hätte eine Wanze im Konferenzzimmer versteckt, hatte Yoshio diesen Mann in Begleitung eines hochgewachsenen Schwarzen, beide in Straßenanzügen, aus dem Gebäude kommen sehen. Das konnte kein Zufall sein.

Daher war Yoshio ihnen an diesem Abend, als sie mit ihrem Mietwagen wegfuhren, gefolgt. Unterwegs hatte der *ronin* Yoshio abgeschüttelt, indem er plötzlich und in der letzten Sekunde von der Twenty-third abgebogen war. Yoshio war zwei Fahrzeuge weiter zurück steckengeblieben. Aber er hatte vermutet, daß sie vielleicht zum Clayton-Haus fuhren, daher hatte er sofort diese Richtung eingeschlagen. Er hatte sich Zeit genommen und während der Fahrt einen Behälter knuspriger Kentucky Fried Chicken verzehrt und war angenehm überrascht gewesen, als ihr Wagen ihn auf der Third Avenue passierte.

Und nun marschierte der *ronin,* schäbig gekleidet und mit einem Eimer in der Hand, auf das Clayton-Haus zu.

Sehr seltsam.

Yoshio fragte sich, was er im Schilde führte. Er beschloß, ihm zu Fuß zu folgen und sich darüber Klarheit zu verschaffen. Er hatte sich angesichts der jüngsten Entwicklung der Ereignisse schrecklich gelangweilt, aber die Dinge wurden schlagartig interessant, seit der Mann am Schauplatz des Geschehens aufgetaucht war. Yoshio hatte das Gefühl, daß an diesem Abend etwas *sehr* Interessantes geschehen würde.

Aber selbst wenn nichts passieren sollte, war diese Art des Einsatzes viel eher nach seinem Geschmack, als nur dazusitzen und Kemels Apartment zu beobachten.

3

Als Jack die Straßenecke erreichte, knotete er die Schnürsenkel seiner Turnschuhe auf und ließ die Zungen heraushängen. Er knöpfte seinen Mantel schief zu, und dann ging er den Bürgersteig gegenüber dem Wagen mit den Wächtern hinauf.

Etwa auf halbem Weg trottete er über die Straße und näherte sich dem Wagen von vorn. Er wollte die beiden nicht erschrecken, indem er plötzlich wie aus dem Nichts bei ihnen auftauchte – jemand könnte vielleicht falsch reagieren und irgend etwas Dummes tun.

Jack blieb etwa drei Meter von der vorderen Stoßstange entfernt stehen und deutete grinsend auf den Wagen. Er holte sein Fensterputzzeug aus dem Eimer und hielt es hoch, während er sich dem Wagen näherte.

Mr. Scheibenputzer hatte einen Kunden entdeckt.

Durch die Windschutzscheibe konnte er die beiden Muskelprotze sehen, die ihm mit Handzeichen zu verstehen gaben, er sollte verschwinden, aber Mr. Scheibenputzer ließ sich niemals von einem unfreundlichen Fahrer verscheuchen. Autofahrer schienen nur sehr selten zu würdigen, um wieviel effizienter und sicherer sie ihre Aufgaben wahrnehmen konnten, nämlich fahren, nachdem ihre Windschutzscheibe mit Seifenwasser eingeweicht und anschließend sauber gewischt worden war.

Das Fenster auf der Fahrerseite wurde nach unten gekurbelt, und ein Kopf lehnte sich heraus. Das, was Jack im trüben Licht an Gesichtszügen erkennen konnte, verriet, daß die Evolution auch schon mal in umgekehrter Richtung wirksam war.

»Zieh Leine, Arschloch«, sagte der Kopf.

Jack lehnte sich über den Kotflügel und seifte rasch die Windschutzscheibe ein.

Die Fahrertür öffnete sich. »Verdammt noch mal!« schimpfte die Stimme. »Hast du nicht verstanden ...?«

»Ich hab' schon verstanden, Mann«, sagte Jack und schlüpfte in seine Rolle, »aber Mr. Scheibenputzer veranstaltet heute eine Sonderaktion unter dem Motto ›Erst ausprobieren, dann bezahlen.‹ Es läuft folgendermaßen: Ich putze dein Fenster, so wie jetzt gerade, und wenn ich fertig bin und du findest nicht, daß es das sauberste Fenster ist, das du je gesehen hast, dann brauchst du nichts zu bezahlen. Dagegen ist doch nichts einzuwenden, oder? Schließlich bin ich hier draußen in der Kälte und mache meine Arbeit, während du gemütlich und warm im Wagen sitzt und keinen Finger zu rühren brauchst. Verrat mir mal, was noch günstiger ist. Na los – sag schon!«

Der Fleischberg zögerte und starrte ihn an, während seine beiden Gehirnzellen offensichtlich Überstunden machten, als er über Mr. Scheibenputzers Angebot nachdachte. Dann sagte der Typ auf dem Beifahrersitz etwas, und der Fahrer zog die Tür zu.

Jack grinste. Er hatte damit gerechnet, daß sie sich zurückhalten und keine Szene veranstalten würden, die vielleicht die Polizei auf den Plan gerufen hätte. Aber falls es ganz schlimm kommen sollte, hatte er immer noch die 9 mm Tokarew Automatik in seinem Schulterhalfter.

»So ist es okay«, sagte er. »Dreh das Fenster hoch, mach's

dir gemütlich und warte ab, wie schön die Welt aussieht, wenn ich mit der Scheibe fertig bin.«

Das Fenster schnurrte nach oben. Jack spritzte noch ein wenig Seifenwasser auf die Windschutzscheibe. Als sie ausreichend undurchsichtig war, fischte er eine kleine Ampulle T-72 aus dem Eimer und kippte ihren Inhalt in die Ansaugöffnung der Wagenheizung unterhalb der Scheibe.

Dann begann er, das Glas abzuwischen und trockenzureiben. Er ließ sich Zeit mit der Windschutzscheibe, tupfte die Winkel trocken, wischte langsam nach und spielte seine Rolle absolut perfekt. Und nebenbei leistete er auch noch hervorragende Arbeit.

Als er fertig war, grinste er triumphierend, ging um den Wagen herum zur Fahrertür und hielt fordernd die Hand auf.

Der Fahrer erwiderte das Grinsen – und zeigte ihm den Finger.

Jack verzog beleidigt das Gesicht und faltete die Hände wie zu einem Bittgebet.

Das Grinsen des Fahrers wurde noch breiter, als er auch die andere Hand hob und dem Fensterputzer einen zweiten Finger zeigte.

»Lach ruhig weiter. Wer zuletzt lacht, lacht am besten«, sagte Jack leise.

Und dann sackte der Kerl auf dem Beifahrersitz gegen den Rücken des Fahrers. Der Fahrer fuhr herum, stieß ihn von sich und schüttelte ihn, aber der Kerl war so schlaff wie eine verkochte Makkaroni. Dann drehte der Fahrer sich wieder zum Fenster um, und Jack konnte erkennen, wie ihm plötzlich ein Licht aufging.

»Du hast völlig recht, mein Freund«, sagte Jack. »Du bist in Schwierigkeiten.«

Der Fahrer tastete nach dem Türgriff und machte Anstalten, die Tür zu öffnen, aber Jack stemmte sich dagegen und hielt sie geschlossen. Der Fahrer wurde hektisch, kämpfte und hätte es vielleicht sogar geschafft, auszusteigen – er war um einiges größer und massiger als Jack –, wenn das T-72 nicht auch bei ihm endlich gewirkt hätte. Er warf sich noch einige Male schwerfällig mit der Schulter gegen die Tür, dann sackte er auf dem Lenkrad zusammen und folgte seinem Freund ins Schlummerland.

Jack wartete einige Sekunden, um sicherzugehen, daß er wirklich weggetreten war, dann öffnete er die Tür und durchsuchte schnell die Taschen des Fahrers. Er fand zwei Schlüsselbunde und nahm beide an sich. Dann drückte er behutsam die Tür ins Schloß und ließ den Motor laufen.

Er schaute sich prüfend um – niemand war zu sehen. Gut.

Nachdem er die T-72-Ampulle in die Tasche gesteckt hatte, stellte er den Eimer und die Fensterputzutensilien am Bordstein ab und wartete auf Alicia.

4

Alicia zwang sich zum Weitergehen, setzte ganz bewußt einen Fuß vor den anderen, während sie um die Ecke bog und über den Bürgersteig auf das Haus zuging.

Sie versuchte an alles mögliche zu denken, nur nicht an das Haus, und stellte sich Hector in der Kinderintensivstation vor. Der kleine Kerl wurde immer schwächer. Es war keine Frage mehr – er hatte sich einen resistenten Stamm *Candida albicans* eingefangen. Seine weißen Blutkörperchen, eine der Hauptabwehrwaffen des Körpers gegen Infektionen, verschwanden nach und nach aus seinem Blutkreislauf. Die Zahl hatte am Morgen nur noch 3200 betragen und war bis zum Nachmittag bis auf 2600 abgesunken. Die Infektion schritt aggressiv voran und überholte das Knochenmark in seiner Fähigkeit, neue weiße Blutkörperchen zu produzieren.

Und es gab eigentlich nichts mehr, was sie noch für ihn tun konnte.

Woraufhin ihre Gedanken Hector verließen und zum Haus zurückkehrten. *Das Haus ...*

Warum betrachte ich es als so eine Qual, fragte sie sich. Es ist doch nur ein Gebäude, eine Ansammlung von Steinen und Holz. Warum also diese heftige Reaktion?

Aber mit kalter Vernunft gelangte sie nicht weiter. Je mehr sie sich dem Haus näherte, desto schneller schlug ihr Herz. Sie wollte es noch nicht einmal ansehen. Sie hielt den Blick starr geradeaus gerichtet und konzentrierte sich auf die Gestalt im weiten Mantel, die am Wagen der Sicherheitsleute lehnte.

Sie versuchte, an etwas anderes zu denken, sich mit den Ereignissen des Tages zu beschäftigen, aber alles, was ihr in den Sinn kam, war eine ganze Reihe von Telefonanrufen von Will, der sich erkundigte, ob mit ihr alles in Ordnung wäre, Anrufe, die zu erwidern sie sich zu sehr schämte.

Die Betroffenheit und Verletztheit in seiner Stimme auf dem Anrufbeantworter hallte immer noch in ihrem Bewußtsein nach und weckte den Wunsch in ihr, sich irgendwo zu verkriechen. Wie konnte sie ihr Verhalten vom Vorabend erklären? Es war alles ihre Schuld. Sie hätte ihn niemals so nahe an sich heranlassen dürfen. Wann würde sie endlich klug? Sie mußte sich mit der unabänderlichen Tatsache abfinden, daß sie niemals eine vollkommen offene und ehrliche Beziehung zu einem Mann unterhalten könnte. Wirklich ... wenn die Wahrheit bekannt wurde, welcher Mann würde dann nicht sofort kehrtmachen und das Weite suchen? Und offen gesagt war sich Alicia nicht so sicher, ob sie etwas mit einem Mann zu tun haben wollte, der nicht so reagieren würde.

Es war bei weitem besser, allein zu bleiben. Allein war es einfacher. Und nicht so schmerzhaft – und zwar für alle Beteiligten.

Sie war mittlerweile näher gekommen und hatte den Blick immer noch auf Jack gerichtet. Sie hörte ihn pfeifen und erkannte die Melodie als den Titelsong aus dem Film *Die Brücke am Kwai.*

»Bereit?« fragte er, als sie vor ihm stehenblieb.

Sie bückte sich und blickte in den Wagen, dann zuckte sie zurück, als sie die beiden zusammengesunkenen massigen Gestalten auf den Vordersitzen gewahrte. Ihr rasender Herzschlag beschleunigte sich noch mehr.

»Sie sind doch nicht ... Sie haben hoffentlich nicht ... sind sie ...?«

»Tot?« Er lächelte. »Nein. Sie schlafen nur.« Er sah sich um. »Okay. Machen wir uns auf den Weg. Ich weiß nicht, wie lange sie noch in diesem Zustand bleiben.«

Da war er – der Moment, vor dem sie sich schon die ganze Zeit gefürchtet hatte. Alicia rührte sich nicht. Sie konnte es nicht.

»Alicia?« fragte Jack. »Sind Sie okay?«

Aber sie mußte etwas tun. Sie durfte nicht zulassen, daß diese Sache sie völlig überwältigte.

Nur ein Haus ... nur ein paar Steine und Holz ...

Und sie würde es bezwingen.

Sie holte tief Luft und drehte sich zu der Fassade um.

Das schmiedeeiserne Tor, der schmale Vorgarten, die schmale Gasse zur Hinterfront – alles war so, wie es immer gewesen war. Aber die übrige Fassade war immerhin so weit verändert worden, daß sie aussah, als wäre es ein völlig anderes Haus, das Haus eines Fremden.

Und mit seinen mit Brettern zugenagelten Fenstern, die wie mit Klappen verhüllte Augen wirkten, sah es aus wie ein blindes Haus. Es konnte sie nicht sehen.

Nicht so schlimm, dachte sie. Damit kann ich fertig werden.

»Mir geht's gut«, antwortete sie. »Gehen wir.«

»Wir wollen unser Glück erst einmal an der Hintertür versuchen«, schlug Jack vor und führte sie zu der Gasse mit dem Spaliergitter. »Ich habe eine ganze Menge Schlüssel und möchte mich nicht zu lange vorn an der Tür herumdrücken und den richtigen suchen. Jemand könnte uns dabei beobachten und uns später wiedererkennen.«

Sie folgte ihm in die Dunkelheit und hielt seine Kugelschreiberlampe, während er mehrere Schlüssel ausprobierte. Der fünfte paßte. Das satte Klicken des massiven Riegels klang in ihren Ohren wie ein Schuß und traf sie wie ein Schlag in die Magengrube.

Alicia begann zu zittern. Sie spürte, wie das Beben in ihrem Magen begann und sich bis in die äußersten Spitzen ihrer Gliedmaßen fortsetzte. Sie wollte kehrtmachen und zur Straße rennen.

Nein, befahl sie sich. Du wirst nicht weglaufen.

Steine und Holz … Steine und Holz …

Jack holte eine größere Taschenlampe hervor und trat durch die Tür. In kalten Schweiß gebadet, biß Alicia die Zähne zusammen und folgte ihm. Sie erlebte einen schlimmen Moment – fühlte sich wie in einer Falle –, als die Tür hinter ihr zuschwang und das Schloß leise klickte, aber sie verdrängte dieses Gefühl.

Dann fand Jacks Taschenlampenstrahl einen Wandschalter, und er betätigte ihn. Licht durchflutete den Raum.

»Nun, ist das denn nicht sehr entgegenkommend?« fragte er. »Sie haben tatsächlich den Strom eingeschaltet gelassen.«

Alicia schaute blinzelnd in die unerwartete Lichtfülle. Das Chaos wurde deutlich, nachdem ihre Augen sich an die Helligkeit angepaßt hatten.

»Oh, mein Gott! Sehen Sie doch, was die getan haben!«

Als sie hier gewohnt hatte, hatte die hintere Tür in einen Mehrzweckraum geführt, in dem sich die Waschmaschine, der Wäschetrockner und eine Speisekammer befanden. Die Waschmaschine und der Wäschetrockner waren noch da, aber nur noch in Stücken – sie waren gründlich auseinandergenommen worden, und ihre Einzelteile lagen in kleinen Haufen auf dem Fußboden verstreut. Die Regale der Speisekammer waren abgeräumt worden, und was auf ihnen gelagert gewesen war, bedeckte nun den Fußboden zwischen den Maschinenteilen.

»Das«, sagte Jack, »nenne ich einen Raum filzen. Und sie brauchten sich nicht zu beeilen. Da noch Strom im Haus war, hatten sie auch genügend Licht. Und wegen der zugenagelten Fenster konnte niemand wissen, daß sie hier waren.«

Er suchte sich einen Weg durch das Chaos und steuerte auf den angrenzenden Raum zu.

»Mal sehen, was dort ist.«

»Das müßte die Küche sein«, sagte Alicia, während Jack das Licht anknipste.

Sie war es ... auf ihre eigene Art und Weise.

Die Küche war genauso gründlich »gefilzt« worden – um Jacks Ausdruck zu benutzen – wie der Mehrzweckraum. Nicht nur waren die Schränke geleert worden, man hatte sie sogar von den Wänden gerissen und zerschlagen. Der Geschirrspülmaschine war das gleiche Schicksal zuteil geworden wie der Waschmaschine und dem Wäschetrockner. Die Spüle war entfernt worden, und die Rohre ragten nackt aus der Wand und erinnerten an kupferne Schlagadern. Sämtliche Einzelteile waren in der Mitte der Küche zu einem Haufen zusammengelegt worden.

Völlig schockiert stolperte Alicia hinter Jack her, der sich nicht aufhalten ließ, dem Schutt auswich und weiterging ins Speisezimmer. Dort sah es genauso aus, nur daß der Teppich zerrissen worden war und man seine Überreste auf den Haufen aus Möbeltrümmern und Geschirr geworfen hatte.

In gewisser Hinsicht war sie froh. All diese Zerstörung machte es ihr leichter, sich in dem Haus aufzuhalten. Durch dieses Chaos wurde das Haus zu einem anderen Ort, der demjenigen nicht mehr ähnlich war, an den sie sich erinnerte. Dennoch war der Grad der Zerstörung erstaunlich.

»Ich wußte zwar, daß Thomas es mir nicht gönnte, dieses Haus zu besitzen«, sagte Alicia leise, »aber mir war eigentlich niemals klar, wie wütend er in Wirklichkeit war.«

»Das ist keine Wut«, widersprach Jack und stieß mit einer Schuhspitze gegen einen Trümmerhaufen. »Das ist das Ergebnis einer methodischen Suche. Sie haben in der Mitte des Raums angefangen und sich nach außen gearbeitet, wobei sie alles nach eingehender Überprüfung in die Mitte geworfen haben. Diese Kerle wußten genau, was sie taten.«

»Aber wie konnten sie ernsthaft erwarten, damit durchzukommen?«

Jack zuckte die Achseln. »Ich denke, sie rechneten sich aus, daß Sie niemals die Chance haben würden, dieses Haus ordnungsgemäß in Besitz zu nehmen. Was machte es daher aus, was sie hier trieben? Und ich vermute, daß sie, sobald sie gefunden haben, was sie suchen, von heute auf morgen verschwinden werden.«

»Aber was – *was* könnten sie so dringend suchen?«

»Etwas aus Metall, vermute ich.«

Jack war in eine Ecke gegangen, wo ein Gerät, das aussah wie ein an einer Bratpfanne befestigter Staubsaugergriff, an der Wand lehnte.

»Woher wissen Sie das?«

Er hob das Gerät hoch. »Das ist ein Metalldetektor.«

»Ein Schlüssel«, sagte Alicia, als sie sich an die Greenpeace-Zeile aus dem Testament erinnerte: »›Dieses Haus enthält den Schlüssel, der Ihnen den Weg zu allem weist, das Sie erreichen wollen.‹ Sie suchen nach einem Schlüssel.«

Jack nickte. »So muß es sein. Der arabische Freund Ihres Halbbruders hat gestern genau dieselbe Zeile zitiert. Offenbar haben sie ihn noch nicht gefunden.« Er schaute sich um. »Hatte Ihr Vater eine Werkstatt?«

Es war kalt hier drinnen – Alicia konnte ihren Atem als weiße Wölkchen in der Luft zerflattern sehen – aber nun überlief es sie noch viel eisiger. »Eine Werkstatt?«

»Ja. Sie wissen schon, wo er herumbastelte oder irgendwelchen Hobbies frönte oder was auch immer trieb.«

Anstelle von Blut schienen Eiskristalle durch ihre Adern zu rieseln. Sie hatte Mühe, die Worte über die Lippen zu bringen. »Im Keller … wenn überhaupt irgendwo.«

»Wie kommt man dorthin?«

»Durch die Küche.«

»Na schön«, sagte er und schob sich an ihr vorbei. »Gehen wir.«

»Nein. Sie gehen. Ich kann nicht.«

»Nun kommen Sie schon, Alicia. Dies ist wohl kaum der Ort und der richtige Zeitpunkt, um ...«

»Nein«, wiederholte sie, und erneut hörte er, wie ihre Stimme an Lautstärke zunahm. »Haben Sie mich nicht verstanden? ICH KANN NICHT!«

Er musterte sie einige Sekunden lang, dann wandte er sich ab. »Okay. Sie können nicht. Ich schaue allein nach. Rühren Sie sich nicht vom Fleck.«

»Es tut mir leid«, sagte sie leise, nachdem er gegangen war. »Aber ich kann einfach nicht dorthin.«

5

Als Jack das Ende der Treppe erreichte, fragte er sich, ob das, was Alicia offenbar an Mißbrauch erlebt hatte, in diesem Keller begangen worden war. Durchaus möglich, wenn man sich ihre heftige Reaktion ansah.

Er suchte den Lichtschalter und schaute sich um.

Vielleicht hatte Ronald Clayton tatsächlich eine Kellerwerkstatt gehabt. So, wie es jetzt dort aussah, ließ sich das schwer feststellen. Das Abbruchunternehmen des Arabers hatte auch hier unten ganze Arbeit geleistet – vielleicht hatten sie hier sogar angefangen. Sie hatten die abgehängte Decke herausgerissen, hatten die Täfelung von den Wänden entfernt, die Möbel zerlegt und die Polster zerschnitten. Er sah etwas, das an eine Matratze und an einen Sprungrahmen erinnerte, daher vermutete er, daß hier unten wahrscheinlich auch ein Bett gestanden hatte.

Jack tastete mit dem Fuß im Schutt herum und fand verschiedene elektronische Bauteile – gedruckte Schaltungen, Speicherchips und ähnliches Zeug –, aber wenn sie hier einen funktionstüchtigen Computer gefunden hatten, dürften sie ihn wohl mitgenommen und irgendwo aufgestellt haben, wo sie ihn bis auf den letzten Byte untersuchen konnten, vermutete er.

Er stieß außerdem auf einige Lampenleisten und betrachtete erstaunt die übergroßen Fassungen. Doc Clayton mußte hier unten großen Wert auf optimale Beleuchtung gelegt haben.

Jack stocherte noch ein wenig länger in den Trümmern herum, dann ging er wieder nach oben. Er fand Alicia im Eßzimmer, wo er sie zurückgelassen hatte. Sie stand immer noch neben dem Schutthaufen, die Hände zu Fäusten geballt an den Seiten und offenbar jederzeit bereit, aus der Haut zu fahren.

»Haben Sie etwas gefunden?« fragte sie.

»Nur einen weiteren Abfallhaufen wie den dort.«

»Es ... es tut mir leid, daß ich nicht mit Ihnen dort hinuntergehen konnte«, sagte sie, ohne ihn anzusehen. »Es ist nur ...«

»Sie brauchen nichts zu erklären.«

»Das hatte ich auch nicht vor. Ich sage Ihnen nur, daß dies mein augenblicklicher Zustand ist, und es gibt nicht viel, was ich dagegen tun kann.«

»Okay.« Dann eben nicht, dachte er. Dies war nicht der geeignete Ort oder Zeitpunkt für lange Erklärungen. »Dann werden wir eben zusehen müssen, daß wir darauf so gut wie möglich Rücksicht nehmen und trotzdem weiterkommen.«

Sie deutete auf die Verwüstung. »Könnte es nicht sein, daß wir nur unsere Zeit vergeuden?«

»Schon möglich«, gab Jack zu. »Aber ich weiß ganz gut über Verstecke Bescheid, vielleicht weiß ich sogar einiges, was die anderen nicht wissen. Eines weiß ich jedenfalls ganz genau, nämlich daß man die besonders wertvollen Dinge möglichst nahe bei sich deponiert, wo man das Versteck gut im Auge behalten kann und schnellstens herankommt, wenn sich die Notwendigkeit ergeben sollte.« Er sah sie an. »Wo war das Schlafzimmer Ihres Vaters?«

»Oben.«

»Ist es für Sie ein Problem, mit mir nach oben zu gehen?«

»Nein. Mein Zimmer war auch dort.«

Jack ging voraus, während Alicia ihm den Weg erklärte. Am Ende der Treppe bogen sie nach links ab und kamen zum Schlafzimmer.

Vielleicht hatte es einmal ausgesprochen maskulin ausgesehen, vielleicht waren auch einige feminine Elemente aus der Zeit erhalten geblieben, als Alicias Mutter noch dort gewohnt hatte. All das waren jedoch nur Vermutungen. Das Zimmer war total auseinandergenommen worden. Was immer ihm einmal Charakter oder Persönlichkeit verliehen hatte, lag jetzt auf dem Haufen in der Mitte des Zimmers.

Er entdeckte einen Vorschlaghammer und zwei Brecheisen, die an der Wand in einer Ecke am anderen Ende des Zimmers lehnten. Er durchquerte das Zimmer, um sich das Loch in der Wand anzusehen, das sich ebenfalls dort befand.

»Sehen Sie sich das mal an«, sagte er, während er mit den Fingern an den gezackten Rändern eines Wandbrettes entlangstrich. »Sie haben hier tatsächlich die Wand aufgestemmt.«

Hinter der schartigen Öffnung befand sich ein Fach – ein versteckter Wandschrank, ausgestattet mit Regalbrettern. Leeren Regalbrettern.

»Das sieht aus wie eine geheime Bibliothek. Wußten Sie davon?«

Alicia, steif und bleich, stand am anderen Ende des Zimmers unweit der Tür. Sie war gerade erst über die Schwelle getreten.

Sie schüttelte den Kopf. »Nein.«

Was hatte Clayton dort aufbewahrt? fragte sich Jack. Wissenschaftliche Magazine und ähnliche Unterlagen? Seine Aufzeichnungen über das, hinter dem die andere Seite her ist?

Er drehte sich um und trat mit einem Fuß den Schutthaufen auseinander. Kein Papier.

»Nun, was immer hier untergebracht war, ist verschwunden – entweder war es schon weg, als unsere Freunde hier waren, oder sie haben es mitgenommen.« Er ging auf Alicia zu. »Schauen wir uns mal Ihr Zimmer an.«

»Mein Zimmer? Warum?«

»Nun, er hat Ihnen das ganze Haus hinterlassen, nicht wahr? Vielleicht auch noch etwas anderes. Wo entlang?«

Alicia deutete den Flur hinunter zu einer dunklen Tür. Jack ging hindurch und stieß auf eine weitere Demonstration methodischer Zerstörung. Er deutete mit einem Kopfnicken auf den Trümmerhaufen in der Zimmermitte.

»Erkennen Sie irgend etwas?«

»Nein.« Alicia war hinter ihm eingetreten und ging nun langsam durch das Zimmer. »Warum sollte ich? Ich ging weg, als ich achtzehn war, und war danach nicht mehr hier.«

»Nicht einmal?«

»Nicht einmal.«

Etwas Rundes und Glänzendes fiel Jack ins Auge, und er bückte sich, um es aufzuheben. Ein winziger Gummireifen.

»Haben Sie Spielzeugautos gesammelt?« fragte er und hielt Alicia den Reifen hin.

Sie nahm ihn in die Hand und betrachtete ihn ratlos.

»Nein. Niemals.«

»Vielleicht Ihr Bruder?«

»Nein ... Thomas war ein typischer Stubenhocker ... Bücher, Filme, Videospiele. Ich glaube, sein Interesse für Autos beschränkte sich darauf, daß sie ihm gestatteten, zu fahren anstatt zu Fuß zu gehen.« Sie hielt den Reifen ans Licht und drehte ihn zwischen den Fingern hin und her. »Wo ist denn der Rest davon?«

»Irgendwo da drin, nehme ich an«, antwortete er und wies auf den Schutthaufen. »Ich denke, ich schaue mir mal die Badezimmer an.«

»Warum?«

»Weil es dort Rohre gibt.« Auf ihren fragenden Blick hin fügte er hinzu: »Ich erkläre es Ihnen auf dem Weg dorthin.«

»Das ist schon okay«, sagte sie. »Ich bleibe hier.«

Er ließ Alicia zurück, die sich mittlerweile hingekniet hatte und den Schutthaufen durchwühlte.

Jack kehrte in Claytons Schlafzimmer zurück, holte sich eins der Brecheisen und begab sich damit in das große Badezimmer. Eines, worauf man sich in diesen alten Gebäuden nahezu hundertprozentig verlassen konnte – es sei denn, jemand hatte eine gründliche Renovierung vorgenommen –, waren Kupferrohre für die Wasserversorgung. Er hatte in der Küche Kupferrohre gesehen, und Metallrohre boten einzigartige Möglichkeiten, wenn man etwas Metallisches verstecken wollte.

Ein Blick ins Bad zeigte, daß das Waschbecken und die Toilette herausgerissen worden waren, aber die Sucher hatten die Fliesen nicht abgeschlagen, um die Rohre freizulegen. Jedenfalls noch nicht.

Jack begab sich als nächstes zu dem Wandfach im Schlafzimmer, das eine gemeinsame Wand mit dem Bad hatte. Als er die Wand abklopfte, fand er eine Stelle, die hohl klang. Das gehörte nicht zum ursprünglichen Haus. Das Bad war vermutlich vergrößert worden. Er kniete sich hin und fuhr mit den Fingern über die obere Kante der breiten Scheuerleiste am unteren Ende der Wand, bis er eine winzige Lücke ertastete. Dort hinein schob er die flache Spitze des Brecheisens. Ein sanfter Zug war alles, was nötig war – ein einfacher Schraubenzieher hätte es ebensogut geschafft –, und die Leiste löste sich und gab den Blick auf einen knapp zehn Zentimeter breiten Spalt zwischen Fußboden und Wand frei.

Genauso wie zu Hause, dachte Jack.

Im Laufe der Jahre hatte er einiges von seinem Geld in Goldmünzen angelegt – eine schlechte Investition, sicher, aber wie sollte er sonst seine Ersparnisse aufbewahren, ohne eine

Bank einzuschalten? Er versteckte sie in seiner Wohnung, indem er sie an die Wasserrohre klebte. Auf diese Art und Weise waren die Münzen sicher vor jedem, der seine Wohnung auf den Kopf stellte, auch wenn der potentielle Eindringling einen Metalldetektor bei sich hätte. Er würde damit rechnen, daß der Detektor sich melden würde, wenn er über die Wasserrohre geführt wurde, und niemand würde den Verdacht schöpfen, daß auch noch etwas anderes die Suchstrahlen reflektierte.

Jack griff mit der Hand hinein und fand die Rohre, die zum Badezimmer gehörten. Seine suchenden Finger brauchten weniger als eine Minute, um das Objekt zu lokalisieren, das an einem der Rohre klebte.

»Hallo!«

Jack entfernte das Klebeband und holte seinen Fund aus der Spalte.

Er konnte in der Dunkelheit nichts erkennen, aber es fühlte sich hart und flach an und befand sich in einer Kunststoffhülle. Er verließ den Wandschrank, um seinen Fund bei besserer Beleuchtung genauer zu betrachten.

Es war ein keilförmiges rotes Kunststoffetui. Er öffnete die Klappe und zog einen Schlüssel heraus, in den eine Nummer – »#137« – eingraviert war.

Jack lächelte. »Bin ich nicht gut?«

Der Araber und sein Abrißtrupp hätten den Schlüssel sicherlich irgendwann gefunden, vor allem wenn sie, wie sie offenbar geplant hatten, das Haus Stein für Stein auseinandergenommen hätten. Aber nun würden sie nichts finden. Das geschah ihnen recht.

Dem Aussehen nach zu urteilen, war es der Schlüssel eines Schließfachs. Oder vielleicht gehörte er auch zu einem größeren Depot. Aber wo befand es sich?

Darüber würde er sich später den Kopf zerbrechen können, wenn sie nicht auf die Zeit achten mußten.

Er machte sich auf die Suche nach Alicia.

6

Die Neugier fraß Yoshio schier auf.

Er hatte gesehen, wie der *ronin* dieser Clayton-Frau die Windschutzscheibe der Wächter putzte und sich dann in den Wagen hineinbeugte. Danach hatte sich niemand eingeschaltet, als er und die Clayton das Haus betraten.

Was hatte er getan?

Yoshio konnte einem kleinen Abstecher zum Wagen nicht widerstehen. Als er daran vorbeiging, sah er zwei regungslose Gestalten auf den Vordersitzen ... so still, daß er glaubte, sie wären tot. Aber dann rührte sich einer von ihnen, hob kurz den Kopf und versank wieder in Bewußtlosigkeit.

Wie hatte der *ronin* das geschafft? Mit einem Gas, oder hatte er ihnen vielleicht etwas in den Kaffee getan?

Sehr schlau, dachte Yoshio. Sehr »sauber«, wie die Amerikaner sagten.

Aber es schien, als würde das, was er benutzt hatte, in seiner Wirkung allmählich nachlassen.

Yoshio ging weiter und warf verstohlene Blicke auf das Gebäude, während er es passierte. Er wünschte der Clayton-Frau und ihrem *ronin* viel Glück bei ihrer Suche. Yoshio wollte, daß das, was vielleicht im Haus versteckt war, gefunden und zutage gefördert wurde.

Denn dann könnte er die Rolle wechseln und vom Beobachter zum Spieler werden. Klar, er hätte es lieber mit jemandem zu tun gehabt, der in seinen Aktionen so vorhersehbar war wie dieser Sam Baker des Arabers, statt mit diesem seltsamen, harten, ideenreichen Fremden, aber Yoshio hatte nicht den geringsten Zweifel daran, daß er mit beiden fertig werden würde. Er hatte in dieser Hinsicht jahrelange Erfahrung. Und er würde absolut alles tun, was nötig war, um den Erfolg zu sichern. Die Kaze-Gruppe erwartete dies, und weniger würde sie niemals akzeptieren.

Aber Sie und Ihr *ronin* sollten sich lieber beeilen, Miss Clayton. Oder ich fürchte, Sie haben bald höchst unwillkommene Gesellschaft in Ihrem Haus.

7

»›Dieses Haus enthält den Schlüssel, der Ihnen den Weg zu allem weist, was Sie erreichen möchten‹«, sagte Jack und reichte Alicia den Schlüssel. »Das könnte dieser Schlüssel sein. Haben Sie ihn schon mal gesehen?«

Sie kniete noch immer auf dem Boden, nicht weit von der Stelle entfernt, wo er sie zurückgelassen hatte. Sie betrachtete den Schlüssel, nahm ihn jedoch nicht an sich.

»Nein. Wo haben Sie ihn gefunden?«

»In einem Versteck im Wandschrank Ihres Vaters. Sie wissen nicht zufällig, bei welcher Bank er Kunde war?«

Sie schüttelte den Kopf. »Ich habe nicht die leiseste Ahnung.« Sie hielt das Fahrgestell eines Spielzeugautos hoch. »Sehen Sie mal, was ich gefunden habe. Ich habe das Rad eingesetzt.«

Kündigte sich etwa bei ihr so etwas wie ein Nervenzusammenbruch an? Was sollte dieser Unsinn mit dem reparierten Spielzeugauto?

»Prima. Sehen Sie, wir müssen unbedingt ...«

»Und es fährt sogar noch«, sagte sie. »Schaun Sie mal.«

Sie betätigte einen kleinen Schalter, und die Räder begannen sich zu drehen. Sie stellte das Spielzeug auf den Fußboden. Es flitzte über die Bretter und prallte gegen die Wand. Dort verharrte es, mit der Kühlerhaube an der Wand und immer noch rotierenden Rädern.

»Wir nehmen es mit«, entschied Jack. Er machte sich Sorgen wegen der beiden Fleischberge, die draußen schnarchend im Wagen saßen. Durchaus möglich, daß sie gerade im Begriff waren aufzuwachen. »Sie können dann die ganze Nacht damit spielen.«

»Sie brauchen gar nicht so herablassend zu sein, Jack. Ich mag vielleicht ein wenig schreckhaft und seltsam sein, aber ich habe nicht den Verstand verloren. Ich kann immer noch ganz gut denken.« Sie kroch über den Fußboden und holte das Auto, dann kehrte sie wieder auf ihren alten Platz zurück. »Dieses Spielzeug gehört nicht hierhin. Dieser Mann hat sich niemals mit Spielzeug beschäftigt, und das hier ist in meinem Zimmer absolut fehl am Platze. Deshalb habe ich nach den restlichen Teilen gesucht. Und ich glaube, ich kann froh sein, daß ich es getan habe. Sehen Sie mal.«

Sie stellte das Auto wieder auf den Fußboden, diesmal aber so, daß es mit dem vorderen Ende nicht der Wand zugewandt war. Sobald die Räder den Fußboden berührten, vollzog es eine Wende um hundertachtzig Grad, rollte auf die Wand zu und prallte ungefähr zehn Zentimeter links von der Stelle dagegen, wo es zuerst stehengeblieben war.

Jack wollte ihr gerade erklären, daß sie keine Zeit für derartige Spielereien hätten, ganz gleich, ob das Spielzeug in ihr Zimmer gehörte oder nicht, aber irgend etwas an dem kleinen Auto, das ständig gegen die Wand fuhr, ließ ihn zögern.

»Das ist das siebte – nein, das *achte* Mal, daß es an der Wand hängenbleibt«, berichtete sie. »Ganz gleich, wo ich es auf den Fußboden gestellt habe, es ist immer auf die Wand zugefahren.«

»Tatsächlich?«

Jack bückte sich, hob das Auto auf und drehte es in seiner Hand hin und her. Es war nichts Auffälliges daran festzustellen: eine Fernsteuerung, die an einem Fahrgestell befestigt war, ein Motor, ein Lenkmechanismus, Batteriegehäuse und eine Antenne.

Die Räder drehten sich noch immer, daher stellte er das Auto auf den Boden mit Fahrtrichtung zu Alicia. Es wirbelte herum und landete erneut an der Wand.

»Das war das neunte Mal«, zählte Alicia mit.

Jacks Interesse war nun geweckt.

»Wo ist der Rest?«

»Da.« Sie reichte ihm die Plastikkarosserie.

»Nein«, sagte er. »Wo ist die Fernsteuerung, der kleine Kasten, mit dem es sich lenken läßt?«

»So etwas habe ich hier nirgendwo gesehen.«

Er untersuchte die Plastikkarosserie. Offenbar hatte jemand sie vom Chassis abgerissen, um nachzuschauen, ob darin irgend etwas versteckt war. Er setzte die beiden Teile wieder zusammen.

»Das sieht eher aus wie ein Jeep, nicht wie ein herkömmliches Auto«, stellte Alicia fest.

Jack entzifferte das winzige Logo auf der Heckklappe.

»Ein Sport- und Freizeitfahrzeug, wie sie gerne genannt werden. Aber das ist schon ein richtiger Jeep, und zwar ein Landrover.«

»Ein *was*?«

Jack schaute hoch. Alicia war aufgesprungen und starrte das Spielzeugauto mit großen Augen an.

»Ein Landrover. Sie werden in England hergestellt und ...«

»Das Testament«, sagte sie. »Darin wird ein Wanderer, ein Rover, erwähnt – zweimal ... und zwar in diesen völlig verrückten Gedichtzeilen.« Sie schnippte mit den Fingern und schaute zur Zimmerdecke. »Wie hieß es noch? ›Clay(ton) liegt still, aber das Blut es wandert – oder es ist ein Rover‹ lautete eine Zeile. Und die andere ... die andere ging, ›Ziehe dahin, mein Wanderer, aber was suchest du?‹«

Jack spürte, wie seine Erregung zunahm, als ihm bewußt wurde, daß sich Stücke des Puzzles allmählich zu einem Bild zusammenfügten. Vielleicht war »der Schlüssel, der den Weg weist« überhaupt kein Schlüssel. Vielleicht war es etwas, das lediglich den Weg *zeigte.*

Er stellte das Spielzeugauto auf den Fußboden und verfolgte, wie es wieder sein Programm abspulte und mit der Motorhaube vor der Wand endete – und zwar an derselben Stelle wie vorher.

Dieser kleine »Rover« wies ganz eindeutig den Weg hin zu etwas.

»Was mag das Ziel deiner Suche sein«, meinte Jack. »Warten Sie hier.«

Er kehrte ins Schlafzimmer zurück, ergriff den Vorschlaghammer und eines der Brecheisen. Für einen kurzen Moment dachte er daran, ein Loch in eins der Bretter zu schlagen, die die Fenster verschlossen, um einen prüfenden Blick auf den Wächterwagen werfen zu können, aber er hielt es für besser, es nicht zu tun. Der Lärm könnte zuviel Aufmerksamkeit erregen.

»Was haben Sie jetzt vor?« fragte Alicia, als er zu ihr zurückkam.

»Irgend etwas in dieser Wand zieht unseren kleinen Freund magisch an. Halten Sie ihn fest, während ich herausfinde, was es ist.«

Er hob den Vorschlaghammer, holte damit aus und wuchtete ihn in einem seitlichen Schwung gegen die Wand.

8

Das Telefon klingelte, als Kemel gerade die Lektüre der Abendzeitungen beendete.

»Jemand ist im Haus«, meldete Bakers Stimme. »Wir nehmen an, es ist der Kerl, den die Braut engagiert hat. Ich fahre jetzt rüber.«

Ein Schreck durchzuckte Kemel wie ein elektrischer Schlag. Wie war das möglich? Erst gestern hatte sie angeboten zu verkaufen, und er hatte ihren Preis akzeptiert. Warum schickte sie heute jemanden in das Haus? Es sei denn …

Es sei denn, sie weiß etwas … es sei denn, sie hat erraten,

weshalb das Haus so wertvoll ist, und hat ihren Mann losgeschickt, es zu suchen.

Kemel schloß die Augen und biß die Zähne zusammen. Der Luftschacht! Es war also doch jemand da drinnen gewesen – Alicia Claytons Mann. Und er mußte etwas gehört haben.

»Wie ist das passiert?«

»Er hat irgendein Betäubungsgas bei meinen Leuten benutzt. Sie sind gerade aufgewacht und haben mich angerufen. Sie glauben, daß er noch im Haus ist.«

»Gut, daß Sie angerufen haben.«

»Ich hab' ja kaum eine andere Wahl.«

Kemel konnte den verletzten Stolz in Bakers Stimme hören, aber das ließ sich nicht ändern. Nach dem Entführungsfiasko in der vergangenen Woche hatte Kemel den Söldner an die kurze Leine genommen. Er hatte den Befehl, Kemel über jede Entwicklung sofort zu informieren und von sich aus nichts zu unternehmen – und zwar absolut gar nichts –, ohne sich vorher mit Kemel abzustimmen. Die Operation stand zu dicht vor einem erfolgreichen Abschluß, um einen Rückschlag durch Bakers eher grobschlächtige Strategien zu riskieren. Tatsächlich hätte Kemel den Söldner schon in der vorangegangenen Woche gefeuert, wenn er nicht eine ständige Bewachung des Hauses für nötig erachtet hätte.

»Aber das kostet unnötige Zeit«, sagte Baker. »Ich fahre jetzt rüber. Wenn es der Kerl aus dem Lieferwagen ist, möchte ich dort sein.«

»Es wird nichts unternommen, ehe ich dort eintreffe.«

»Möglicherweise habe ich keine andere Wahl.«

»Nichts, solange ich nicht da bin. Ist das klar?«

»Klar«, sagte Baker mit gepreßter Stimme. »Aber ich übernehme keine Verantwortung für das, was der Kerl tut, bevor Sie an Ort und Stelle sind.«

»Ich glaube nicht, daß man sich darüber den Kopf zerbrechen muß, weil Sie mich nämlich abholen und wir gemeinsam dort ankommen werden.«

»Sie sitzen oben in den Seventies. Das dauert ziemlich lange.«

»Ich erwarte Sie vor dem Haus«, sagte Kemel und legte auf.

9

Jack setzte den Vorschlaghammer anfangs ganz behutsam ein aus Angst, daß er beschädigen könnte, was immer sich hinter der Wand verbarg. Aber er stellte sehr schnell fest, daß er eine alte, solide Mörtelwand vor sich hatte und daß er doch einige Kraft aufwenden mußte. Es dauerte erheblich länger, als er sich ausgerechnet hatte, aber am Ende hatte er ein hinreichend großes Loch in die Wand geschlagen.

Alicia blickte über seine Schulter. »Haben Sie etwas gefunden?«

»In der Wand ist nichts anderes als ... Wand.« Er drehte sich um und warf einen Blick auf das Spielzeugauto in ihrer Hand. »Aber warum ...«

Und dann ging ihm ein Licht auf.

»Oh, verdammt!«

Jack nahm Alicia den kleinen Rover aus der Hand und stellte ihn im Flur auf der anderen Seite der Wand am Ende des Ganges.

»Was befindet sich auf der anderen Seite dieser Wand?« wollte Jack wissen.

»Thomas' Zimmer.«

Jack trug das Auto in Thomas' Zimmer – es befand sich in keinem besseren Zustand als Alicias Raum – und stellte es dort auf den Fußboden. Es flitzte durchs Zimmer und knallte gegen die nächste Wand.

Jack verfolgte das Spiel mit ungehaltener Miene. »Das verdammte Ding wurde gar nicht von der Wand angezogen. Es will nichts anderes als in die Stadt. Soviel zu geheimnisvollen

Andeutungen in Testamenten.« Und dann kam ihm ein Gedanke. »Oder vielleicht will es ja nur bis in den Vorgarten.«

Na prima. Selbst wenn dem so wäre, konnten sie wohl kaum mit Hacken und Schaufeln anrücken und damit beginnen, den Vorgarten umzugraben.

Sie hatten ohnehin schon viel zuviel Zeit mit diesem kleinen Stück Schrott vergeudet. Aber wenigstens hatten sie den Schlüssel.

»Wir sollten lieber von hier verschwinden.«

Der Wagen lief immer noch, seine Räder drehten sich hektisch, während er mit der Motorhaube an der Wand klebte. Jack widerstand dem Impuls, ihm einen heftigen Tritt zu versetzen, und hob ihn statt dessen auf.

»Wollen Sie ihn mitnehmen?«

Er schaltete den Motor aus und verstaute das Spielzeug in seinem Mantel.

»Ja.«

»Warum?«

»Ich weiß es nicht genau.«

Und er wußte es wirklich nicht. Aber er spürte irgendwie, daß er ihn auf keinen Fall wegwerfen sollte. Zu viele Dinge in dieser verrückten Situation wiesen auf dieses Spielzeugauto hin – »Rover« im Testament und auf der Heckklappe und die Art und Weise, wie es ständig nur in eine Richtung fuhr und zur Stadt »zeigte«. Jack war damit noch nicht fertig.

10

Endlich! dachte Alicia, während sie ins Parterre eilten. Endlich kommen wir hier raus.

Und sie hatten nichts gefunden.

Sie begann, auf dem Weg hinaus das Licht auszuknipsen.

»Vergessen Sie's«, sagte Jack. »Es hat keinen Sinn, die Tatsache zu verschleiern, daß wir hier waren – Thomas und sein arabischer Freund wissen es sowieso, sobald sie die durchbrochene Wand sehen.«

Sie traten aus der Hintertür, und Alicia zuckte zusammen und stieß einen erstickten Schrei aus, als eine Stimme sie von links anbellte.

»Sofort stehenbleiben!«

Sie wandte sich um und sah zwei massige Gestalten, die an der Hausecke standen. Von der Straße drang genügend Licht bis zu dieser Stelle, daß sie die Pistolen in ihren Händen erkennen konnte. Dann fand der Strahl ihrer Taschenlampe Alicias Gesicht und blendete sie beinahe völlig.

»Hände hoch – und zwar alle beide!«

Die Wächter aus dem Wagen?

»Mein Gott, bin ich ein Idiot«, murmelte Jack, während er die Hände über seinem Kopf verschränkte. »Das verdammte Gas hat aufgehört zu wirken.«

»Das ist mein Haus!« erklärte Alicia und schaute blinzelnd ins Licht.

»Zurück ins Haus«, befahl die Stimme, und ihr Besitzer wackelte mit der Taschenlampe, während er sprach. »Und das gilt für beide. Es sind ein paar Leute hierher unterwegs, die liebend gern mit Ihnen reden wollen.«

Was werden sie mit uns machen? fragte sich Alicia, während Angst ihre Eingeweide zusammenkrampfte. Uns foltern? Was werden sie mit uns anstellen, bis sie endlich glauben, daß wir nichts gefunden haben?

»Hören Sie, hier …«

Die Stimme wurde durch einen dumpfen, klatschenden Laut abgeschnitten – genaugenommen waren es zwei Laute. Und dann verließ der Lichtstrahl ihre Augen, und sie sah die beiden Gestalten verkrümmt auf dem Boden liegen. Die Taschenlampe rollte weg, und der Lichtstrahl strich über die hervorquellenden starren Augen und die blutende Nase eines der beiden Gesichter am Boden.

Alicia stieß einen Schrei aus und spürte, wie Jack in die Hocke ging und sie mit sich herabzog. Sie sah die Pistole in seiner Hand, mit der er auf die Hausecke zielte.

»Sind ... sind sie tot?« fragte Alicia flüsternd.

»Es sieht verdammt noch mal danach aus.« Seine Pistole wanderte weiter und überstrich die gesamte Umgebung.

»Haben Sie sie erschossen, einfach so?«

Er hielt mitten in der Bewgung mit der Pistole inne und zeigte sie ihr für einen kurzen Moment. »Sehen Sie einen Schalldämpfer? Die steckte in meinem Halfter, als diese Kerle auf Tauchstation gingen. Jemand anderes hat sie erwischt.«

»Jemand anderes? Aber das sind doch die Wächter, die vorne postiert waren?«

»Genau die.«

»Wer hat dann ...?«

»Das möchte ich verdammt noch mal auch gerne wissen. Gestern meinte der arabische Freund Ihres Bruders, er befürchte, daß das, was er in diesem Haus finden will, möglicherweise in ›falsche Hände‹ fällt. Ich glaube, das heißt, daß wir es wahrscheinlich noch mit einer dritten Partei zu tun haben.«

Ein Trillern ließ sie zusammenzucken.

»Was ist das?« fragte Alicia, während sich ihre Fingerspitzen in Jacks Oberarm gruben, den sie ergriffen hatte.

Das Geräusch wiederholte sich. Es kam von einer der Leichen.

»Es klingt wie ein Mobiltelefon. Jemand ruft einen der beiden an.«

Jack sah aus, als suche er das Telefon, um den Anruf entgegenzunehmen.

»Lassen Sie uns von hier verschwinden«, riet Alicia.

»Auf der anderen Seite gibt es keine solche Gasse, oder?« wollte Jack wissen.

Sie schüttelte den Kopf – das Haus stand auf Tuchfühlung neben dem westlichen Nachbarhaus.

»Dann müssen wir durchs Haus fliehen. Das ist sicherer, als die Gasse zu benutzen.«

Dagegen konnte sie nichts einwenden. Und endlich einmal – soweit sie sich erinnern konnte, das erste Mal –, war es ein gutes Gefühl, durch diese Tür zu treten.

Während sie nach vorn vorausging, hörte sie Jack hinter sich in einem fort schimpfen und fluchen.

»Ich hab' zugelassen, daß sie aufgewacht sind! Wie verdammt dämlich von mir. Ich blöder Idiot. Das hätte uns beide das Leben kosten können.«

Er verstummte, als sie die Haustür erreichten. Er entriegelte sie, dann zog er sie langsam einen schmalen Spalt auf.

Alicia blickte über seine Schulter. Der Wagen der Wächter stand am Bordstein. Der Motor lief noch, aber die Türen waren geschlossen. Jack steckte den Kopf hinaus und überprüfte den Vorgarten.

»Es scheint alles klar zu sein«, stellte er fest. »Dann nichts wie los.«

Er zog die Tür ganz auf und geleitete sie die Eingangstreppe hinunter.

»Gehen Sie los und bleiben Sie in Bewegung. Rennen sie nicht, aber gehen Sie zügig – und zwar richtig zügig – nach rechts. Wir nehmen den langen Weg zum Wagen.«

Alicia begann zu gehen, wie er es befohlen hatte, doch dann packte sie die Angst, das leise dumpfe Geräusch zu hören und genauso zu enden wie die beiden Wächter. Und während sie einen Schrei unterdrückte, begann sie plötzlich zu rennen.

11

»Verdammt!« stieß Sam Baker hervor und drückte mit dem Daumen auf den Knopf für das Gesprächsende. »Warum melden sie sich verdammt noch mal nicht?«

Er ließ das Telefon auf den Sitz zwischen ihm und dem Araber fallen und konzentrierte sich aufs Fahren. Mott und Richards waren zwei seiner besten Männer, aber sie waren von dem Helfer dieser Clayton-Tante ausgetrickst worden. Sie waren noch ziemlich groggy, als sie sich zuerst gemeldet hatten, schienen sich aber ziemlich schnell zu erholen. Als sie auflegten, waren sie fast wieder hundertprozentig fit und wollten sofort ins Haus, um nachzusehen, ob der Kerl noch dort war.

Baker hoffte jetzt, daß sie den Kerl geschnappt hatten und zu sehr damit beschäftigt waren, sein Gesicht und seine Eingeweide zurechtzurücken, um seinen Anruf zu beantworten.

Wenn es der Kerl vom Lieferwagen ist, dachte er, dann laßt für mich auch noch etwas von ihm übrig.

Seine Niere schmerzte noch immer von dem Treffer.

Aber Baker wurde unruhig. Nach drei Versuchen sollte man doch annehmen, daß einer von ihnen an das verdammte Telefon gehen müßte.

Wenn diese Operation den Bach runterging, dann hatten sie ihn am Arsch. Man würde ihm die Schuld am Scheitern geben, und das hieße, er müßte auf den Bonus verzichten, und einen regelmäßigen Einsatz in Saudi-Arabien konnte er wohl auch vergessen. Dabei wäre es gar nicht seine Schuld, verdammt noch mal!

Sein Unbehagen nahm zu, als er in die Thirty-eighth einbog und zügig bis zum Clayton-Haus fuhr. Etwas stimmte nicht. Das konnte er ganz deutlich fühlen.

»Sehen Sie!« sagte Mulhallal und deutete durch die Windschutzscheibe. »Das ist Alicia Clayton!«

Baker betrachtete mit zusammengekniffenen Augen die Gestalt, die die Eingangstreppe des Hauses herunterkam und dann zum Bürgersteig eilte. Sie schien es verdammt noch mal tatsächlich zu sein. Und dann sah er den Burschen, der ihr auf dem Fuße folgte …

»Das ist er!« stieß er hervor. »Das ist dieser Hurensohn von letzter Woche – der Kerl, von dem ich Ihnen erzählt habe.«

Nackte Wut explodierte wie ein Hohlmantelgeschoß in Bakers Gehirn. Er gab Vollgas, und der Wagen machte einen unkontrollierten Satz vorwärts.

»Nein!« rief Mulhallal. Er packte Bakers Arm. »Nein! Halten Sie an! Ich will nicht, daß sie bemerken, daß wir hier sind.«

»Niemals! Dieses Schwein schuldet mir …«

»Halten Sie augenblicklich an, oder Sie sind gefeuert!« zischte Mulhallal.

Aus dem Tonfall des Arabers hörte Baker heraus, daß er es ernst meinte. Scheiße. Er nahm den Fuß vom Gaspedal und schaute zu, wie sich die beiden Gestalten auf dem Bürgersteig entfernten.

»Aber sie waren im Haus«, sagte er und war derart in Rage, daß seine Hände am Lenkrad unkontrolliert zuckten. »Sie haben wahrscheinlich etwas gestohlen! Wollen Sie es nicht zurückhaben?«

Baker interessierte es nicht im geringsten, was sie vielleicht mitgenommen hatten. Alles, was er wollte, war, diesen verdammten, lausigen Kerl in die Finger zu kriegen …

»Wenn sie etwas gestohlen haben«, sagte Mulhallal, »dann ja, natürlich, will ich es zurückhaben. Und ich werde es kriegen. Aber wenn sie irgendwelche Informationen gefunden haben – Informationen, die ich nicht habe –, dann will ich die sogar noch dringender.«

»Das begreife ich nicht.« Er wünschte sich, er wüßte, um was es verdammt noch mal überhaupt ging.

Mulhallal deutete durch die Windschutzscheibe auf die Straße. »Folgen Sie ihnen. Aber sorgen Sie dafür, daß wir nicht bemerkt werden. Wenn er sie nach Hause bringt, dann folgen wir ihm bis zu seiner Wohnung und bringen in Erfahrung, was er weiß. Wenn sie woanders hinfahren, müssen wir wissen, wohin sie wollen. Wir dürfen sie nicht aus den Augen lassen.«

»Keine Sorge«, sagte Baker und setzte den Wagen langsam in Bewegung. »Egal, wohin sie will, wir sind bei ihr.«

»Sind Sie ganz sicher?«

»Ja. Hundert Pro.« Er mußte unwillkürlich grinsen. »Diese kleine Fahrt, die wir in der vergangenen Woche mit ihr unternahmen – Sie wissen schon, diese Idioten-Nummer, über die Sie sich so sehr aufgeregt haben? Sie war nicht ganz wirkungslos. Ich hab's Ihnen damals nicht gesagt, aber ich habe einen Peilsender in ihre Schultertasche geschmuggelt, die sie immer bei sich hat. Es gibt keinen Ort, wo sie sich aufhalten kann, an dem wir sie nicht sofort finden würden.«

Der Araber enthielt sich eines Kommentars.

Was ist los? dachte Baker. Hat das Kamel dir die Zunge geklaut?

Er nahm wieder das Mobiltelefon in die Hand.

»Wen rufen Sie an?« fragte der Araber.

»Die Burschen, die dafür sorgen sollten, daß die beiden das Haus nicht betreten.«

Noch immer meldete sich niemand. Er unterbrach die Verbindung nach dem sechsten Rufzeichen.

Falls Mott und Richards gerade dabei waren, jemanden durch die Mangel zu drehen, dann war es der falsche Kerl – der richtige spazierte nämlich gerade über die Straße.

Das konnte schlecht sein. Sogar sehr schlecht.

Baker wählte Kennys Nummer. Er brauchte bei dieser Sache Unterstützung. Ahab der Araber wäre ihm ganz sicher keine Hilfe.

Aber wen von seiner Mannschaft sollte er sonst anrufen? Zur Hölle, am besten alle. Jeder von ihnen sollte sich in diese Sache reinhängen. Sie sollten die gesamte Elektronik mitbringen und bis an die Zähne bewaffnet sein.

Heute nacht würde es richtig rundgehen.

12

Yoshio wartete, bis Kemel Mulhallal und sein Söldner das Ende des Blocks erreicht hatten, ehe er sein Auto vom Bordstein weglenkte und ihnen folgte. Er hatte sie erwartet, hatte jedoch gehofft, daß die Clayton-Frau und ihr Detektiv längst verschwunden sein würden, wenn Mulhallal eintraf.

Aber der Araber hatte sie gesehen und folgte ihnen jetzt.

Yoshio war gespannt, ob er wieder dazu gezwungen sein würde, einzugreifen.

Er hatte beobachtete, wie die beiden Wächter wieder zu Bewußtsein kamen und schwankend aus ihrem Fahrzeug stiegen – der Fahrer hatte sich auf einen Kotflügel gestützt und sich auf den Asphalt übergeben. Er verfolgte, wie sie offenbar mit ihrem Boß telefonierten, und wußte, daß Alicia Clayton nur noch sehr wenig Zeit hatte, um zu finden, wonach sie suchte. Als die beiden Männer ihre Waffen zogen und zur Rückseite des Hauses schlichen, hatte er überlegt, was er tun sollte: Ihnen gestatten, sie zu schnappen und ihr abzunehmen, was sie vielleicht gefunden hatte? Oder sie irgendwie aufhalten und sie entkommen lassen?

Er entschied sich für letzteres.

Es war beinahe zu einfach gewesen. Die beiden Wächter hatten sich so sehr auf die Frau und ihren *ronin* konzentriert, daß sie überhaupt nicht darauf geachtet hatten, was sich hinter ihnen tat. Ein schneller Kopfschuß für jeden aus Yoshios schallgedämpfter .22er hatte ausgereicht. Dann hatte er sich wieder zu seinem Beobachtungspunkt zurückgezogen und gewartet.

Und die Verluste gezählt. Wenn er Alicia Claytons ersten Detektiv, ihren Anwalt und diesen Brandstifter, den Baker und seine Leute vor seinen, Yoshios' Augen, ausgeschaltet hatten, dazuzählte, dann brachten diese beiden heute nacht die Anzahl der Toten, die mit Ronald Claytons Geheimnis in Verbindung gebracht werden mußten, auf 252 – zumindest von so vielen wußte er. Wie viele sollten noch hinzukommen?

Er fragte sich, ob das Geheimnis soviel wert war. Anderenfalls würde ihn die Kaze-Gruppe für nichts bezahlen.

Er trommelte mit den Fingern auf das Lenkrad, während er im Kopf verschiedene Szenarien durchspielte. Wenn er doch nur sicher sein könnte, daß diese Clayton-Frau irgendeinen Hinweis gefunden hatte, dann wäre sein weiterer Kurs völlig klar: Mulhallal und Baker töten und sich an sie heranmachen. Ganz sauber und simpel ... aber katastrophal, wenn sie nichts hatte. Dann hätte er seine Existenz ohne irgendeinen Nutzen enthüllt.

Natürlich hatte er das vielleicht schon längst getan, indem er diese beiden Männer in der Thirty-eighth Street getötet hatte, aber er ging davon aus, daß für deren Ableben wahrscheinlich der *ronin* der Clayton-Frau verantwortlich gemacht würde. Zumindest hoffte Yoshio, daß es so geschehen würde. Sein Job war bisher durch die Tatsache sehr einfach gewesen, daß niemand etwas von seiner Existenz wußte.

Er beobachtete, wie Baker einen sicheren Abstand hielt, während er einer weißen Limousine folgte. Yoshio seinerseits verfolgte Baker und fragte sich dabei, wann er sich wohl für einen der beiden würde entscheiden müssen.

Der Chevrolet des *ronin* fuhr nach Osten, dann weiter zur Fifty-ninth Street Bridge und schließlich nach Queens.

Er verließ die Stadt. Interessant. Das könnte das Zeichen sein, auf das er gewartet hatte. Aber kurz nachdem er ihnen auf den Long Island Expressway gefolgt war und nach Osten fuhr, wurde Yoshio die Entscheidung, ob er handeln sollte oder nicht, abgenommen. Ein dunkler Lieferwagen setzte sich vor Bakers Wagen. Es war derselbe Lieferwagen, der bei der vereitelten Entführung in der vorangegangenen Woche benutzt worden war. Der Fahrer streckte einen Arm aus dem Fenster und winkte. Baker ließ sein Fernlicht kurz aufblitzen.

Verstärkung? fragte sich Yoshio. Es schien, als hätten sie irgend etwas vor.

Es war nun eine Prozession aus vier Fahrzeugen, wobei Yoshio die Nachhut bildete.

Aber dann taten Baker und seine Männer etwas Seltsames: der Pkw und der Lieferwagen ließen sich allmählich zurückfallen ... viel zu weit für Yoshios Geschmack.

Befürchteten sie denn nicht, sie zu verlieren?

Aber vielleicht wußten sie auch, wohin sie unterwegs war.

Ja, das würde eine höchst interessante Nacht werden – vielleicht eine Nacht der Entscheidung. Yoshio hatte so ein Gefühl, daß das Beste noch kommen würde.

Es war fast eine Schande, dafür Geld anzunehmen, dachte er, während er sich hinter dem Lenkrad eine bequemere Sitzhaltung suchte und sich voll und ganz auf seine Vorderleute konzentrierte.

13

Ich glaube nicht, daß mir das gefällt, dachte Alicia, während Jack seinen Wagen gegenüber einem kleinen Ranchhaus an einer Schotterstraße inmitten eines Ozeans aus Kartoffelfeldern anhielt.

Sie hatten den LIE schon vor einer ganzen Weile verlassen, waren durch einige ländliche Ortschaften gefahren, auf die schließlich freies Farmland folgte, und nun waren sie ... hier.

»Ich möchte zurück, Jack«, sagte sie. Sie hatte das nun schon mindestens ein dutzendmal gesagt. Er dachte wahrscheinlich, daß sie klang wie eine defekte Schallplatte.

Defekte Schallplatte ... eine völlig zusammenhanglose Frage flatterte durch ihren Geist: würde die nächste Generation, die mit CD's heranwuchs, überhaupt wissen, wie so etwas klang?

»Ich sagte Ihnen doch, ich bringe Sie zurück, sobald ich sicher sein kann, daß wir nicht beschattet werden.«

Er stieg aus und blieb vor der offenen Tür stehen und blickte auf die dunkle Landstraße zurück. Alicia drehte sich um und schaute durch das Heckfenster.

»Da ist niemand, Jack.«

»Aber es war jemand da. Jemand hat sich an uns gehängt, kaum daß sich unser Wagen in Bewegung gesetzt hat. Deshalb habe ich diesen kleinen Umweg gemacht.«

»Klein« war nicht gerade das Wort, das Alicia gewählt hätte, um diese Fahrt zu beschreiben. Sie hatte einen langen Tag und eine anstrengende Nacht gehabt. Mein Gott, wann hörte das alles endlich auf?

Zuerst das Eindringen in das Haus ... schlimm genug, aber dann waren diese beiden Männer vor ihren Augen niedergeschossen worden. Die Erinnerung an das blutige Gesicht und die starren Augen, sichtbar nur für eine Sekunde, flackerte immer noch durch ihren Kopf.

Tod – soviel Tod in Verbindung mit dem Haus.

Daher wünschte sie sich jetzt nichts anderes, als daß diese schreckliche Nacht endlich vorbei wäre. Sie wünschte sich, sie wäre wieder in ihrer eigenen kleinen Wohnung mit den Pflanzen und in ihrem eigenen Bett, in dem sie schlafen könnte. Oder wenigstens könnte sie versuchen zu schlafen. Sie wollte ganz eindeutig nicht durch dieses menschenleere Farmland im östlichen Long Island irren.

Erst recht nicht zusammen mit einem bewaffneten Mann, der darauf bestand, daß er verfolgt wurde, während es doch für jeden, der halbwegs gesunde Augen hatte, klar war, daß dies nicht zutraf.

»Okay«, sagte sie. »Vielleicht ist uns jemand für eine Weile gefolgt. Aber jetzt ist niemand mehr hinter uns. Und zwar schon seit einigen Meilen nicht mehr. Können wir denn jetzt endlich wieder nach Hause zurückkehren?«

Er blickte hoch und suchte den Himmel ab. Alicia folgte seinem Blick. Eine klare kalte Winternacht mit einem Halbmond und einer Milliarde Sterne, die für Licht sorgten.

»Es gibt mehr als nur eine Methode, jemanden zu verfolgen. Und verlassen Sie sich darauf, wir wurden die ganze Nacht über beschattet. Ich kann so etwas fühlen.« Er beugte sich in den Wagen und nahm die Schlüssel an sich. »Vielleicht sollten wir lieber reingehen.«

Sie schaute an ihm vorbei auf das kleine Haus. Selbst im sparsamen Mondlicht konnte sie erkennen, daß es heruntergekommen war. Die Sturmtür stand einen Spalt breit offen und hing schief in den Angeln, und ein alter Pick-up stand im kniehohen, winterbraunen Unkraut im Vorgarten und rostete still vor sich hin.

»Dort hinein?«

»Ja. Es gehört mir.« Er grinste. »Diese ›idyllische Zwei-Zimmer-Ranch‹ ist mein Landsitz.«

»Das glaube ich nicht.«

»Nun kommen Sie schon. Nur für ein paar Minuten. Ich habe das Gefühl, daß wir schon bald Gesellschaft haben werden, und ich wäre lieber drinnen, wenn sie eintrifft.«

Alicia ließ den Blick wieder über die Straße wandern. »Jack, da kommt niemand.«

»Nur zehn Minuten. Wenn bis dahin niemand aufgetaucht ist, dann hauen wir sofort von hier ab. Okay?«

»Okay«, gab sie sich geschlagen und sah auf ihre Uhr. »Zehn Minuten und keine Sekunde länger.«

Sie sah, wie er einen Zahnstocher aus der Tasche holte und an irgend etwas in der Autotür unweit des Scharniers herumfingerte. Die Innenbeleuchtung erlosch.

»Was tun Sie?«

»Ich klemme den Lichtknopf fest.«

Er brach das freie Ende des Zahnstochers ab und schloß die Tür, ohne sie zu verriegeln.

»Wofür in Gottes Namen?«

»Sie werden schon sehen. Wenn wir nicht verfolgt wurden, ist es sowieso bedeutungslos. Gehen wir.«

Sie folgte ihm den Weg hinauf, wo er die Haustür aufschloß

und die Lampen anknipste. Alicia blieb auf der Schwelle stehen und nahm eine Flut von Eindrücken in sich auf.

Zuerst einmal – der Geruch: Moder und Mehltau hatten hier ein wahres Fest gefeiert. Dann das Aussehen: Der Wohnzimmerteppich war schmutzig, die Möbel vollkommen verzogen und schief, und im ganzen Zimmer und unterhalb der Decke hatten sich hier und da Tapetenecken von den Wänden gelöst wie sonnenverbrannte Haut, die sich schält, und hatten den schimmeligen Verputz bloßgelegt.

»Ihr Landsitz?« fragte sie. »Wann waren Sie denn das letzte Mal hier?«

»Niemals.« Er schloß die Tür hinter ihr und ging zu den heruntergelassenen Jalousien. »Das ist meine Köder-Bleibe.«

»Zum Jagen?«

»Nein. Für Situationen wie diese – wenn ich verfolgt werde oder glaube, daß ich es werde, und mir nicht ganz sicher sein kann.«

»Sie haben hier draußen ein Haus nur dafür gekauft?«

Er nickte, während er einen Schlitz in den Jalousien verbreiterte und hindurchlugte. »Nun, ich wollte drei Dinge: Abgeschiedenheit, geringe Unterhaltskosten und einen niedrigen Kaufpreis.«

Sie schaute sich prüfend um. »Ich weiß nicht, was Sie dafür bezahlt haben, aber Punkt eins und zwei haben Sie offensichtlich gekriegt.«

»Es war billig genug, um mir zu erlauben, ein paar Verbesserungen vorzunehmen.«

»Verbesserungen? Wo?«

»Sie sind nicht auf den ersten Blick zu erkennen.«

»Das können Sie zweimal sagen. Es sieht aus wie ein Crack-Haus.«

Er lachte, während er weiter durch die Jalousie schaute. »Natürlich. Als wüßten Sie genau darüber Bescheid.«

»Ja, ich *weiß* auch darüber Bescheid«, sagte sie und ärgerte sich über seinen Sarkasmus. »Ich bin des öfteren mitgegangen, wenn wir kranke Kinder von süchtigen Eltern wegholen mußten. Sie können sich auch nicht annähernd vorstellen, was ich alles gesehen habe.«

Jack sah sie an. »Sie haben recht. Ich weiß es nicht. Tut mir leid. Ich denke, es gibt sehr viel, was ich nicht von Ihnen weiß.«

Was meint er damit? fragte sich Alicia, während er sich wieder auf den Spalt in der Jalousie konzentrierte. Sie wollte ihm schon eine entsprechende Frage stellen, unterließ es jedoch.

Beruhige dich, sagte sie sich. Du hast dich heute nacht ein wenig seltsam benommen. Na schön, mehr als nur ein wenig. Er hat sicherlich einige Fragen, die dich betreffen. Die hätte wohl jeder.

Sie schaute auf die Uhr: drei Minuten waren verstrichen. In sieben Minuten würde sie ihn an sein gegebenes Wort erinnern und sich von ihm nach Hause bringen lassen.

»Oh, oh«, sagte er vom Fenster her. »Besuch.«

Er trat zur Seite und hielt den Spalt für sie auf. Sie schaute hindurch.

Vorne, vor dem Haus und hinter dem stillgelegten Pick-up, erschienen ein Pkw und ein Lieferwagen – ihr Herz begann zu rasen, als sie letzteren wiedererkannte – und parkten.

14

»Alle auf der Straßenseite des Trucks aussteigen«, sagte Baker ins Handy, während er hinter dem Lieferwagen ausrollte und stehenblieb. Es wäre nicht besonders sinnvoll, offen zu zeigen, wie viele Männer er mitgebracht hatte.

Er öffnete die Tür und sprang hinaus, um das Kommando zu übernehmen. Er konnte das Blut beinahe in seinen Adern rauschen, durch seine Gliedmaßen kreisen hören. Es kitzelte bis in seine Fingerspitzen. Hier war Sam Baker in seinem Element, und hier fühlte er sich absolut lebendig.

»Vergessen Sie nicht«, sagte der Araber und beugte sich über den Beifahrersitz, »Sie dürfen der Frau keinen Schaden zufügen.«

»Ja«, sagte Baker. »Ich habe es gehört.«

Er hörte es, seit sie auf den LIE aufgefahren waren. Er wußte alles darüber. Mulhallal hatte gleich am ersten Tag diese Bedingung genannt. Sie würden dem Mädchen nichts tun.

Aber der Kerl ... das war eine ganz andere Geschichte.

Vor allem seit Baker die Wahrheit über Mott und Richards erfahren hatte. Als sie auch weiterhin nicht ans Telefon gingen, hatte er Chuck angerufen, damit er hinhumpelte, um nach ihnen zu sehen. Chuck war froh, daß er etwas tun durfte. Er war für nicht viel anderes zu gebrauchen, da sein rechter Arm in einer Schiene steckte und sein Knie in einer Streckhalterung – ein Vermächtnis des Burschen im Haus.

Aber Chuck war ziemlich erschüttert gewesen, als er zurückgerufen hatte. Mott und Richards waren tot. Kopfschüsse. Dem Anschein nach Hohlmantelgeschosse.

Baker kannte den Begriff ›blinde Wut‹, hatte sie aber bis zu diesem Tag noch niemals selbst empfunden. Er war so sauer gewesen, hatte derart herumgetobt, daß er den Wagen beinahe in den Graben gefahren hätte.

Nicht daß Mott und Richards den Tod nicht verdient hätten. Also wirklich – wie dämlich von ihnen, sich erst mit Gas außer Gefecht setzen zu lassen, um wenig später erschossen zu werden. Das geschah ihnen eigentlich ganz recht.

Schlimm genug, daß Typen, die er kannte, ausradiert worden waren, aber es hatte sie erwischt, während sie für ihn arbeiteten. Das war ein schwerer Schlag für Sam Baker und eine persönliche Beleidigung. Er konnte diesen Kerl unmöglich am Leben lassen.

Aber er würde ihn vor seinem Tod zum Winseln bringen wie ein Schwein auf dem Weg zur Schlachtbank.

Seine sechs restlichen Männer, Kenny und die anderen, waren aus dem Lieferwagen ausgestiegen und schlüpften in ihre

Westen und überprüften ihre Waffen, als er zu ihnen kam. Er deutete auf den athletischen Schwarzen, der sich hingekniet hatte und seinen Schuh zuband.

»Briggs. Überprüf den Wagen. Nur um auf Nummer Sicher zu gehen. Dieser Bursche ist ziemlich raffiniert, daher sei vorsichtig, sonst endest du noch wie Mott und Richards.«

Während Briggs seine Tec-9 zog und zum Chevy hinübertrottete, wandte sich Baker an Perkowski und deutete auf den Leitungsmast. »Perk, kletter da rauf und schneide die Telefonleitungen durch.« Dann zeigte er auf Barlowe. »Nimm DeMartini mit und haltet uns den Rücken frei.«

Briggs kam zurück, während sie sich in Richtung Hof auf den Weg machten.

»Der Wagen ist okay«, meldete Briggs.

»Hey, sieh mal.«

Baker wandte sich um und sah Kenny auf das Haus zeigen. Er folgte dem Finger seines Neffen und erkannte zwei Silhouetten durch die offenen Jalousien. Kurz darauf schlossen sich die Jalousien wieder.

»Sie wissen, daß wir hier sind. Wo ist meine Tec?«

Kenny holte eine der Tec-g's aus dem Lieferwagen und warf sie in seine Richtung. Baker fing sie mit einer Hand auf. Er überprüfte das Magazin, dann lud er durch. Er liebte diese kleinen Schmuckstücke. Sie leerten ihre zweiunddreißig Schuß fassenden Magazine in einem Wimpernschlag.

»Gehen wir«, sagte er.

»Wartet«, sagte eine Stimme hinter ihm. »Ich komme mit.«

Oh, Scheiße. Was für ein blöder Zeitpunkt für Ahab den Araber, so etwas wie Mut zu zeigen.

»Ich glaube nicht, daß das eine gute Idee ist. Es könnte zu einer Schießerei kommen.«

»Das ist es, was ich befürchte. Die Frau darf nichts abbekommen.«

»Keine Sorge. Wir werden nicht ...«

»Ich komme mit. Gehen Sie voraus.«

Baker sah ihn an und dachte, wenn du mich nicht bezahlen würdest, du miese Ratte, würde ich dir diesen Lauf in die Nase rammen und dir zu 9 mm-Kopfschmerzen verhelfen.

Er lächelte. »Okay. Wie Sie wollen. Aber machen Sie mir keine Vorwürfe, wenn Sie sich eine Kugel einfangen.«

15

»Warum haben Sie sie geöffnet?« wollte Alicia wissen, während Jack an der Schnur zog, um die Jalousie zu schließen.

»Ich wollte sichergehen, daß sie wissen, daß wir hier sind.« Er zog sich vom Fenster zurück und schüttelte den Kopf. »Sie sind mit Sturmpistolen ausgerüstet. Es scheint, als meinten sie es wirklich ernst.«

Alicias Eingeweide verkrampften sich zu einem schmerzhaften Knoten. Männer mit Waffen ... die nach ihr suchten ... wie hatte sie nur in diese Lage geraten können?

»Sie meinen, die Leute wollen uns töten?« fragte sie.

»Das ist das einzige, wofür die Tec-9 gut ist«, erwiderte Jack. »Totale Vernichtung auf geringste Entfernung.« Er lächelte flüchtig. »Aber nicht Sie. Sie zu töten, dürfte das letzte sein, was sie wollen.«

Alicia bemerkte, daß er das auf der Hand liegende nicht ausgesprochen hatte: Jack zu töten stünde auf ihrer Liste ganz oben.

Will Matthews, wo sind Sie, wenn ich Sie brauche?

»Rufen Sie die Polizei«, sagte sie plötzlich erregt. Sie wollte nicht, daß Jack vom gleichen Schicksal ereilt wurde wie die drei anderen Männer, die sie in diese Affäre hineingezogen hatte. »Vielleicht wenn sie wissen, daß die Polizei kommt ...«

»Der Kerl, der auf den Mast geklettert ist, hat das schon erledigt. Und selbst wenn er es nicht getan hätte, wären die

Cops niemals rechtzeitig hier. Und wenn sie hier sein könnten, würden wir sie trotzdem nicht rufen.«

Er ging durch das Wohnzimmer und verschwand im angrenzenden kleinen Eßzimmer. Alicia folgte ihm.

»Sehen Sie, Jack. Ich weiß, daß Sie etwas gegen die Polizei haben, aber da draußen sind mindestens ein Dutzend bewaffnete Männer ...«

»Acht«, korrigierte er sie, während er vor einem verstaubten Sideboard auf die Knie ging und es von der Wand wegzog. »Und einer von ihnen ist nicht bewaffnet – oder zumindest zeigt er es nicht, wenn er es doch ist.«

An der Wand hinter dem Sideboard befand sich etwas, das aussah wie das Bedienungsfeld eines Sicherheitssystems. Jack begann einen Code einzugeben.

»Na schön, dann eben nur *acht*«, sagte sie, und ihre Angst und Hilflosigkeit steigerten sich. »Egal wie viele, auf jeden Fall lauert da draußen eine kleine Armee, und hier drin sind nur Sie und ich. Und was tun Sie? Sie stellen einen Alarm ein. Wir brauchen keinen Alarm, wir brauchen Hilfe!«

»Nein«, widersprach er. »Wir müssen raus. Und genau dorthin werden wir gleich verschwinden.« Er schob das Sideboard wieder vor die Wand und ging zur Küche. Er bedeutete ihr mit einer Handbewegung, daß sie ihm folgen sollte. »Gehen wir.«

Er führte sie durch die Küche, ohne eine Lampe anzuknipsen. Hinter dem Kühlschrank ging es scharf nach links zu einem offenen dunklen Durchgang.

»Dort geht es in den Keller«, sagte er. »Das Geländer ist auf der rechten Seite. Sobald Sie diese Tür hinter sich schließen, schalte ich das Licht an.«

Der Keller war nur halb fertig – teils getäfelt, teils waren nackte Steine zu sehen. Jack ging über den mit Schutt übersäten Boden zu einem Teil der Täfelung, fuhr mit dem Finger über den oberen Rand und zog. Das Teil schwang an Scharnieren von der Wand weg. Dahinter gähnte eine runde Öffnung, Durchmesser ungefähr anderthalb Meter, im Mauerwerk.

»Was, um alles in der Welt ...«, setzte Alicia an.

»Nicht in der Welt, sondern in der *Erde*«, meinte Jack grinsend.

»Ein Bunker?« Der Gedanke, in einem finsteren Loch eingeschlossen zu sein, dort zu kauern, während Männer mit Maschinenpistolen nach ihr suchten, war zuviel. »Oh, nein. Ich glaube nicht, daß ich dort reingehe.«

»Es ist ein Tunnel.« Sie hörte an seinem Tonfall, daß er allmählich die Geduld verlor. »Wir gelangen auf diesem Weg auf die andere Straßenseite. Kommen Sie schon. Wir haben nicht viel Zeit.«

Er reichte ihr eine Taschenlampe und bedeutete ihr, vorzugehen. Indem sie tief Luft holte, tauchte sie in die Öffnung und kroch ein paar Schritte weit. Sie stellte fest, daß sie sich in einer Röhre aus geriffeltem Stahl befand. Kalt, aber überraschend sauber. Jack folgte ihr und zog das Wandstück hinter sich zu. Sie knipste die Taschenlampe an, als totale Dunkelheit sie einhüllte.

»Leuchten Sie für einen Moment hierher«, bat er sie.

Er betätigte eine Art Verschluß an dem Wandstück, dann schlängelte er sich an ihr vorbei. Er nahm ihr die Taschenlampe ab und kroch weiter in den Tunnel hinein.

»Hier entlang.«

»Habe ich denn eine andere Wahl?« erwiderte sie und fragte sich, wann diese Nacht wohl enden würde.

16

»Wir müssen das hier schnell erledigen«, hörte Baker Mulhallal sagen, während sie sich der Haustür näherten.

Der Araber suchte die Straße in beiden Richtungen ab, als hielte er Ausschau nach irgendwelchen Lebenszeichen. Aber da draußen war nichts als Dunkelheit.

»Befürchten Sie, daß jemand die Polizei ruft?« fragte Baker.

»Ja. Natürlich. Ich bin kein Bürger dieses Landes und besitze auch keine diplomatische Immunität. Eine Verhaftung wäre ein überaus peinlicher Vorfall für ... für meine Organisation.«

Und was ist deine Organisation? fragte sich Baker. Seit diese Mission angefangen hatte, versuchte er ständig, dahinterzukommen.

»Machen Sie sich mal keine Sorgen«, sagte er. »Dieser Einsatz dauert nicht lange.«

»Und vergessen Sie nicht ...«

»Ich weiß, ich weiß. Tun Sie der Frau nichts.«

»Das ist richtig. Machen Sie mit dem Mann, was Sie wollen, aber sie muß auf jeden Fall geschont werden.«

Wenn er mir das noch einmal sagt ..., dachte Baker.

»Sie kommen am besten hierher zu mir«, flüsterte er Mulhallal zu, während er den Männern Zeichen gab, sie sollten sich zu beiden Seiten der Haustür postieren.

Es war immer gut, wenn man denjenigen, der alle Rechnungen bezahlte, aus der Schußlinie hielt.

Er gab Briggs das Zeichen anzufangen. Der massige Kerl stieß die Tür auf und sprang ins Haus, wobei er seine Waffe im Anschlag hielt. Die anderen folgten ihm rasch.

Baker wartete ungefähr eine halbe Minute mit Mulhallal und beobachtete, wie Lichtkegel durch das ganze Haus wanderten, dann winkte er ihm, er könnte ihm ins Haus folgen.

War dies etwa der Ort, wo der Helfer dieser Clayton-Frau lebte? Er sah aus wie ein Müllabladeplatz.

»Vorderes Zimmer leer«, meldete Briggs, während er aus dem Flur auftauchte.

»Hinteres Zimmer ebenfalls leer«, schloß Tom, der hinter ihm auftauchte, sich ihm an.

Sekunden später kam Kenny die Treppe aus dem Keller hochgestürmt und lief durch die Küche. »Der Keller ist verlassen«, sagte er.

»Was zum Teufel hat das zu bedeuten?« fragte Baker und kratzte sich am Kopf. Er ging zum anderen Ende des Eßzimmers und öffnete ein Fenster. Er erlebte einen schlimmen Moment, als er weder Barlowe noch DeMartini sehen konnte – hatten sie etwa das gleiche Schicksal erlitten wie Mott und Richards? –, doch dann sah er sie.

»Ist irgend jemand hinten durch die Hintertür rausgekommen?« fragte er.

»Nein«, antwortete Barlowe.

Baker drehte sich und schaute sich um. »Scheiße. Wir wissen, daß sie hier drin waren. Wir haben sie gesehen.«

Er bemerkte, daß dieser arabische Mistkerl ihn abschätzend beobachtete. Wenn er es jetzt vermasselte und sie unbehelligt davonkommen ließ …

»Hey, schaut mal hier«, sagte Perkowski im Flur. Er deutete mit dem Lauf seiner Waffe auf eine Schnur, die von der Decke herabhing.

»Sieh mal an«, meinte Baker, während er sich an Mulhallal vorbeischob, um den Fund eingehender zu betrachten. »Was haben wir denn da? Es sieht aus wie eine ausziehbare Treppe.«

»Es sieht außerdem so aus, als hätten wir auch einen Wandsafe gefunden«, bemerkte Briggs, während er ein schwarzes Samtbild, das einen Tiger darstellte, von der Wohnzimmerwand abhängte.

»Das sehen wir uns später an«, entschied Baker. »Im Augenblick glaube ich, daß wir eine ganz bestimmte Ratte endgültig in die Enge getrieben haben.«

Er wollte diesen Kerl … wollte ihn um jeden Preis.

Er brachte seine Tec in Anschlag und gab Perkowski das Zeichen, an der Schnur zu ziehen. »Los jetzt.«

Perkowski zog, und die Deckenklappe schwang herab.

Baker stand zusammengekauert da, bereit, beim ersten Laut, beim ersten Anzeichen von Gefahr zu schießen. Aber nichts rührte sich in dem schwarzen Rechteck.

Perkowski klappte die Leiter auseinander. Während sie sich

auf den Fußboden herabsenkte, begann etwas Schwarzes auf einer Schiene herabzurutschen, die an den oberen Sprossen befestigt war.

Baker brauchte nur ein oder zwei Sekunden, um das Ding als kleine Kanone zu identifizieren.

»Zurück!« brüllte er.

... Und kam sich ziemlich dumm vor, als die kleine Kanone das Ende der Schiene erreichte und ruckartig stehenblieb, während eine kleine rote Fahne aus der Mündung herausschoß.

Gelbe Buchstaben bildeten auf dem Stoff das Wort: »PENG!«

Warte, bis ich dich kriege, Mistkerl, dachte Baker und starrte die Leiter hinauf, während Perkowski und Toro lachten. Dann geht es dir an den Kragen ... und zwar gründlich.

»Wir haben es offensichtlich mit einem Komiker zu tun«, stellte Perkowski fest.

»Ein echter Clown«, sagte Toro.

Perkowski schickte sich an, die Leiter hinaufzusteigen, seine Tec im Anschlag. »Ich *hasse* Clowns.«

»Sei vorsichtig, Perk«, warnte Toro. »Denk an Mott und Richards.«

»Keine Sorge«, sagte Perkowski. »Richards war ein Freund von mir. Ich vergesse ihn ganz bestimmt nicht.«

Perkowskis Kopf und seine Tec wurden von der dunklen Öffnung verschluckt, dann stieß er ein rauhes, freudloses, bellendes Lachen aus.

»O ja. Dieser Kerl ist wirklich ein Clown.«

»Was ist los?« fragte Baker und kletterte hinter Perkowski hoch.

Er stand eine Sprosse unter Perkowski, und mußte sich hinter dessen Rücken strecken, damit er über das Dachbodenniveau spähen konnte. Ein kurzer Blick zeigte ihm ein halbes Dutzend Spielzeugkanonen, die mit der auf der Leiter identisch und auf beiden Seiten der Öffnung aufgestellt worden waren. Eine Schnur spannte sich zu einer nackten Glühbirne, die genau über ihnen hing.

Baker duckte sich und sprang von der Leiter.

»Dieser Anblick gefällt mir nicht«, sagte er. »Komm da runter.«

»Ach, das ist doch nur ein weiterer Scherz unseres Clowns«, meinte Perkowski und griff nach der Lichtschnur. »Mal schauen, wie das Ganze im Hellen aussieht.«

»Ich würde lieber nicht …«, setzte Baker zu einer Warnung an, doch seine letzten Worte wurden von dem ohrenbetäubenden Donner verschluckt, als ein halbes Dutzend Schrotpatronen gleichzeitig abgefeuert wurden.

Perkowskis Körper – sein Kopf und seine Arme eine blutende Masse – kippte die Leiter hinunter und landete auf Toro.

Bakers Wut steigerte sich zur Raserei. Schon wieder einer seiner Männer ausgeschaltet! Dieses Schwein!

Er riß seine Tec-9 hoch und begann zu schießen. Er jagte alle zweiunddreißig Kugeln in die Flurdecke und wechselte das Magazin, um weitere zweiunddreißig Schuß abzufeuern, als eine Hand seinen Arm ergriff.

»Die Frau!« Es war Mulhallal, sein Gesichtsausdruck eine Mischung aus Zorn und Angst. »Sie werden noch die Frau töten!«

Baker wollte ihm gerade erklären, er solle ihn verdammt noch mal in Ruhe lassen, als im Wohnzimmer Schmerzensschreie laut wurden. Er bog um die Ecke und sah Briggs, der sich, eine Hand in der Wand, vor Schmerzen krümmte.

»Was zum Teufel hat das zu bedeuten?« stieß Baker hervor.

»Der Wandsafe!« keuchte Briggs. »Er war nicht verschlossen. Ich sah Geld darin liegen, aber als ich hineingriff, stach das verdammte Ding zu!«

Baker sah Blut aus der runden Öffnung sickern und an der Wand hinabrinnen.

»Du Idiot!«

»Du mußt mich aus diesem Ding rausholen, Mann!« jammerte Briggs. »Ich glaube, ich bin völlig durchlöchert. Das bringt mich um!«

Scheiße! dachte Baker. Was konnte sonst noch schiefgehen?

In diesem Moment setzte das Piepen ein.

Jeder der Anwesenden erstarrte. Sogar Briggs vergaß zu jammern.

Das Piepen ... es kam aus dem ramponierten Stereoschrank auf der anderen Seite des Raums. Kenny ging hin und zog die Türen auf.

Auf einem LCD-Display fand in großen roten Ziffern ein Countdown statt, wobei jede neue Zahl von einem Piepton angekündigt wurde.

... 58 ... 57 ... 56 ...

Kenny ging in die Knie, um besser in den Schrank hineinschauen zu können, dann fuhr er zurück.

»Verdammt, Sam, es ist eine Bombe!«

Baker erstarrte für einen kurzen Moment, dann trat er näher. Kenny hatte von Bomben keine Ahnung; das war sein Fachgebiet.

Baker spürte, wie sich seine Kopfhaut zusammenzog, als er einen Ziegel C-4 erblickte. Er kannte das Zeug. Er hatte es benutzt, als er den Wagen des Anwalts präpariert hatte. Eine Menge Drähte liefen in den Ziegel hinein und aus ihm heraus.

... 45 ... 44 ... 43 ...

»He, steh nicht so blöd herum, Sam!« brüllte Kenny. »Entschärf sie!«

»In zwanzig Sekunden? Ich fürchte, das geht nicht.«

... 40 ... 39 ...

Hinter Baker begann Briggs zu heulen und Gott und seine Mutter um Hilfe anzuflehen.

»Ich verschwinde lieber!« sagte Toro und steuerte auf die Tür zu.

»Hey!« rief Briggs. »Wo willst du hin? He, Leute – laßt mich nicht mit einer Bombe zurück! Bitte, Leute! *Bitte!*« Das letzte Wort glich eher einem verzweifelten langen Schrei.

... 36 ... 35 ...

Baker bemerkte, wie sich der Araber in Richtung Tür bewegte, und war in keiner Weise überrascht. Er wollte ihm folgen, wollte zwischen sich und die Bombe soviel Distanz wie möglich legen, aber ...

»Sam?« fragte Kenny mit entsetzter Miene. »Sollten wir nicht lieber ...?«

»Hast du dein Messer bei dir?« fragte Baker und zog seine Special Forces-Klinge aus der Scheide.

... 32 ... 31 ...

»Klar«, antwortete Kenny.

»Dann hol es raus und komm her. Beeil dich!«

»Hey, Baker!« keuchte Briggs mit weit aufgerissenen Augen, als er die beiden mit gezückten Messern auf sich zukommen sah. »Was habt ihr vor?«

»Dafür, daß du deine Hand irgendwohin gesteckt hast, wo sie nichts zu suchen hatte, müßte ich dir den Arm abschneiden«, sagte Baker und blieb rechts neben Briggs stehen. »Und vielleicht muß ich das am Ende auch tatsächlich tun, aber vorher sollten wir etwas anderes versuchen. Lehn dich zurück.« Er klopfte links von Briggs und oberhalb und unterhalb des Safes die Wand ab und befahl Kenny: »Bohr dort ein Loch. Los!«

... 28 ... 27 ...

»Wir kriegen den Safe *niemals* aus der Wand!« sagte Kenny, und seine Stimme klang deutlich höher als sonst.

»Ich weiß«, antwortete Baker.

Er begann an der Wand oberhalb des Safes und schlug mit dem Griff seines Messers ein Loch in den Gipskarton. Sobald er das Loch ein wenig vergrößert hatte, drehte er die Klinge um und benutzte die Sägekante, um an der Safekante entlang zur Seite und im rechten Winkel nach unten zu schneiden.

... 24 ... 23 ...

Er achtete darauf, eine gelassene Haltung an den Tag zu legen, damit Kenny nicht auf die Idee kam, er hätte vielleicht

Angst, dabei klopfte sein Herz wie ein Dampfhammer, und er spürte, wie ihm am ganzen Körper der kalte Schweiß ausbrach.

Sobald Bakers Klinge die obere Kante des Safes erreichte, holte er aus, rammte die Faust gegen den Gipskarton und stieß die ausgeschnittene Fläche in den Hohlraum in der Wand.

Baker blickte zur Seite und sah, wie sein Neffe wild auf seinen Teil der Wand einhackte. Sein Gesicht war fahlweiß, wodurch sein rotes Haar aussah wie Feuer, aber er war im Begriff, sein Werk zu vollenden. »Los, Kenny, beeil dich!«

... 20 ... 19 ...

»Ich möchte nicht sterben, nur weil Briggs so dämlich ist, Sam«, keuchte Kenny, während Baker die Wand rechts vom Safe in Angriff nahm.

»Ich auch nicht, Kleiner. Aber man läßt keinen von seinen Leuten hängen, wenn man es irgendwie vermeiden kann. Auch wenn der Betreffende ein Arschloch ist.«

Das war eine der ehernen Grundregeln in der SOG gewesen. Wenn ein Mann hinter den feindlichen Linien hängenblieb, dann riskierte man fast alles, um ihn rauszuholen.

... 16 ... 15 ...

Er hörte, wie Kenny die Wand durchstieß, und dann hatte auch er seine zweite Öffnung geschaffen. Er stellte sich auf die Zehenspitzen und blickte in das entstandene Loch. Er brauchte mehr Licht.

»Kenny, komm mit der Lampe her.«

»Sam ...«

Ich weiß, wie du dich fühlst, Kleiner, aber du mußt jetzt bei mir bleiben. Laß mich nur nicht im Stich.

»Los! Komm schon!«

... 12 ... 11 ...

Kenny hob die Lampe auf und hielt sie mit zitternden Händen hoch.

Nun konnte Baker etwas erkennen, und er entdeckte sofort die starke Feder, die den Dorn in Briggs' Arm getrieben hatte.

»Da ist ja der Übeltäter«, sagte er betont lässig.

... 08 ... 07 ...

Er langte in die Öffnung hinein und klemmte die Spitze seines Messers unter den unteren Rand der Feder. Seine Hand begann zu zittern, und die Messerspitze rutschte von der Feder ab.

»Nun komm schon! Los doch!«

Er setzte die Klingenspitze erneut an, dann ächzte er, während er seine ganze Kraft einsetzte, um den Dorn aus dem Safe zu hebeln. Er bewegte sich, und er hörte, wie Briggs zischend einatmete, während der Dorn langsam aus seinem Fleisch rutschte.

... 04 ... 03 ...

Mit einem verzweifelten Schrei riß Briggs seinen blutüberströmten Arm aus dem Safe und sprintete auf die Haustür zu.

Kenny befand sich dicht hinter ihm, und Baker folgte als letzter. Er sprang von der Eingangstreppe hinunter und stieß Kenny zu Boden.

»Runter mit dir!« brüllte er.

17

»Wo sind wir?« wollte Alicia wissen, während Jack ihr half, auf der Leiter aus dem Tunnel hinauszuklettern.

»Sehen Sie sich um.«

Alicia ließ den Blick rundum schweifen, um sich zu orientieren. Sie waren inmitten einer Buschgruppe herausgekommen, die den Rand eines Kartoffelfeldes begrenzte. Etwa zwanzig Meter rechts von ihrem Standort sah sie den weißen Mietwagen dort stehen, wo sie ihn vorhin geparkt hatten. Hinter dem Auto erhob sich Jacks Ranchgebäude, dessen sämtliche Fenster erleuchtet waren.

»Wir sind auf der anderen Straßenseite«, stellte sie fest.

»Richtig.«

»Werden wir jetzt ...?«

Alicia zuckte erschrocken zusammen, als ein dumpfer Knall vom Haus herüberschallte, gefolgt von einer Salve aus einer Maschinenpistole.

»Mein Gott, was ist geschehen?«

»Jemand hat sich gerade in Kanonenfutter verwandelt, vermute ich«, antwortete Jack.

»Sie meinen, er ist *tot*?«

Er nickte. »Höchstwahrscheinlich. Ich sagte Ihnen doch, das ist mein Scheinwohnsitz und bis an den Rand vollgestopft mit allen möglichen Fallen.«

Sie starrte Jack an. Sie hatte begonnen, ihn zu mögen, ihm sogar zu vertrauen trotz der kurzen Zeit, die sie ihn kannte – für sie sehr ungewöhnlich, war doch die Liste der Menschen, denen sie ihr Vertrauen schenkte, ausgesprochen kurz –, aber es gab noch so viel, was sie nicht von ihm wußte. Und hier war etwas, das ihr nicht ganz klar gewesen war, vielleicht hatte sie es geahnt, aber nicht wahrhaben wollen. Hinter dieser bescheidenen, locker-lässigen, sympathischen Fasade steckte jemand, der, wenn es nötig war, entschlossen und fähig war, zu töten.

Und dieser Jemand war nur einen halben Meter von ihr entfernt. Sie bekam schlagartig einen trockenen Mund und wich unwillkürlich einen Schritt zurück.

»Sie ... haben einen von ihnen getötet?« Sie versuchte, in der Dunkelheit seinen Gesichtsausdruck zu erkennen.

»Ich sehe es lieber so, daß er sich selbst getötet hat – indem er sich irgendwo aufgehalten hat, wo er nichts zu suchen hatte, und etwas tat, wozu er kein Recht hatte.«

Alicia verspürte eine seltsame innere Schwäche, die sie zittern ließ. Sie wich einen weiteren Schritt zurück. »Das ist – geradezu unheimlich.«

»Haben Sie etwa Mitleid mit diesen Kerlen?« fragte er.

»Ich bin keine Mörderin.«

»Aber die dort sind es«, hielt er leise entgegen, wobei er das Haus betrachtete und nicht sie. »Sie haben Ihren Privatdetektiv getötet, haben danach Benny die Fackel bei lebendigem Leib verbrannt und am Ende Ihren Anwalt in die Luft gesprengt. Wie lautete sein Name noch?«

»Weinstein ... Leo Weinstein.«

Mein Gott, sie hatte den armen Leo beinahe vergessen.

»Okay. Sie haben ihn zerfetzt. Und wofür? Dafür, daß er seinen Job gemacht hat. Meinen Sie, Mrs. Weinstein hätte etwas dagegen einzuwenden, daß die Mörder ihres Mannes das gleiche zu spüren bekommen, was ihr Mann erleiden mußte? Ich glaube nicht.«

»Was Mrs. Weinstein dazu meint, weiß ich nicht ...«

Aber Jack hörte ihr nicht zu. Er redete weiter, wobei seine Stimme leiser und kälter wurde.

»Ich tue dies hier nicht für Mrs. Weinstein oder Ihren Privatdetektiv oder gar für Benny die Fackel, den ich flüchtig kannte. Ich tue dies für mich und, ob es Ihnen gefällt oder nicht, für Sie.«

»Nicht für mich«, widersprach Alicia. »Ich habe niemals gewollt ...«

»Weil sie Mörder sind. Und sobald man auf der anderen Seite als auf der der Mörder steht – und glauben Sie mir, wir stehen auf der absolut anderen Seite –, kann man sich nur noch schützen, indem man sie zur Strecke bringt, ehe sie einen erwischen. Wenn nicht, dann werden Sie es garantiert bereuen. Denn eines Tages finden sie einen – vielleicht durch Zufall, vielleicht aber auch ganz absichtlich –, aber eines Tages können sich Ihre Wege kreuzen, und dann beseitigen sie Sie, ohne zu zögern. Oder sie werden es zumindest versuchen.«

Jacks neutraler Konversationston erzeugte bei ihr eine Gänsehaut.

In was bin ich da hineingeraten?

»Da kommen sie schon«, sagte er.

Alicia fuhr herum und sah zwei Gestalten aus der Haustür

stürmen. Sie wollte sich losmachen, als er ihren Arm packte, doch er hielt sie fest.

»Dort entlang«, sagte Jack. »Und halten Sie gefälligst den Kopf unten.«

Geduckt schob er sie zum Wagen und öffnete behutsam die Tür auf der Fahrerseite. Die Innenbeleuchtung blieb ausgeschaltet – nun verstand sie auch, warum er den Knopf mit einem Zahnstocher fixiert hatte. Er bedeutete ihr mit einer Geste, sie solle vor ihm einsteigen.

Er folgte ihr und zog die Tür zu. Er steckte den Schlüssel ins Zündschloß, drehte ihn aber nicht herum. Statt dessen lehnte er sich zu ihr hinüber und schaute zum Haus.

»Passen Sie auf ... Gleich ist es soweit.«

18

Gegen seine Panik ankämpfend, kauerte Kemel hinter dem platten Hinterreifen des vor sich hin rostenden Trucks im Vorgarten und beobachtete das Haus. Der Söldner, dem er gefolgt war, hockte neben ihm.

Wie hatte es passieren können, daß an diesem Abend so viele Dinge schiefgegangen waren? Wie war das möglich?

Vorher war er aufs äußerste beunruhigt gewesen, nachdem er erfahren hatte, daß zwei der Wächter getötet worden waren. Zwei Leichen könnten die Polizei direkt zu Kemel und damit auch zu Iswid Nahr führen. Er würde vor Khalid gedemütigt werden. Baker hatte zwar versprochen, er würde die Leichen »verschwinden« lassen, aber wieviel von diesem Versprechen war reine Prahlerei?

Wahrscheinlich nichts. Kemel mußte zugeben, daß er von der Art und Weise, wie Baker seine Männer im Griff hatte, zutiefst beeindruckt worden war. Sie schienen bestens ausgebildet zu sein und befolgten seine Befehle mit militärischer

Präzision. Und er war so weitsichtig gewesen, einen Peilsender bei dieser Clayton-Frau zu verstecken.

Baker stieg erheblich in seiner Achtung. Wenn er nur nicht so eigensinnig wäre …

Aber dann hatte sich die Lage rasend schnell verschlimmert. Einer tot, ein anderer im Haus aufgespießt wie ein Tier in einer Falle, und das Haus kurz vor der Explosion, die jeden Moment stattfinden konnte.

Und wo war Baker jetzt? Hielt er sich noch in dem Haus auf? Versuchte er vielleicht, die Bombe zu entschärfen?

Plötzlich stürmte der Söldner, der in die Falle geraten war – es war der, den sie Briggs nannten –, durch die Haustür nach draußen, gefolgt von Baker und einem rothaarigen Söldner.

Briggs rannte auf den Pick-up zu, während Baker und der andere sich ins Gras warfen. Kemel duckte sich und hielt sich die Ohren zu.

Eine Sekunde später hörte er einen leisen Knall – kurz, knapp, wie ein Schuß.

Nachdem er einige Herzschläge lang gewartet und keine Explosion gehört hatte, hob er vorsichtig den Kopf so weit, um über den Rand der Ladefläche hinwegblicken zu können. Briggs stand auf der anderen Seite und hielt sich den blutenden Arm.

»Ihr Schweine!« schrie Briggs. »Ihr verdammten Bastarde! Ihr habt mich da drin zurückgelassen, um in die Luft gesprengt zu werden, und das einzige, das explodiert ist, war ein Feuerwerkskörper!«

»Wie bitte?« fragte der Söldner neben Kemel, während er sich ebenfalls aufrichtete.

»Genau, Toro!« brüllte Briggs, während er auf ihn zustolperte. »Ein verdammter Kanonenschlag. Und seht euch doch an, was für erbärmliche Feiglinge ihr seid, daß ihr euch hinter dem alten Truck verkriecht!«

Einer der Söldner, der die Rückseite des Hauses bewacht hatte, rannte zum Truck.

»Was zum Teufel ist hier im Gange?« wollte er wissen und starrte Briggs' blutigen Arm an. »Was ist denn mit dir passiert?«

»Willst du es genau wissen?« sagte Briggs. »Los, Toro, erzähl DeMartini mal, wie du ...«

»Lauft!«

Kemel blickte zum Haus und sah Baker rückwärts rennen und den rothaarigen Söldner hinter sich her zur Seite des Hauses zerren.

»Weg von dem Truck!«

Die drei anderen Söldner achteten nicht auf ihn, aber Kemel entschied, wenn Baker rannte, dann würde er es auch tun, und zwar so schnell er konnte.

»Ja!« brüllte Briggs hinter ihm, während Kemel herumwirbelte und davonspurtete. »Lauf! Du miese, feige, arabische Ratte! Lauf, ehe ich dich ...«

Die Explosion überrumpelte Kemel total. Gerade rannte er noch, doch schon im nächsten Moment flog er durch die Luft, als ob die Hand eines Riesen ihn auf den Rücken geschlagen und davongewirbelt hätte. Die Nacht war voller Lärm und Licht und umherfliegenden Metalltrümmern.

Kemel landete und rollte ein Stück und blieb liegen, die Arme über dem Kopf verschränkt, und preßte sich so flach wie möglich auf die kalte Erde.

Und dann war es vorüber.

Kemel schüttelte benommen den Kopf, während er sich herumwälzte und auf die Knie kam. Er konnte bei dem schrillen Summen in seinem Kopf kaum etwas hören. Er schaute sich um und sah brennende Trümmer auf dem Hof verstreut herumliegen. Der Söldner, der neben ihm hinter dem Truck Deckung gesucht hatte, war ein dunkler regloser Schatten auf dem Rasen. Er war überzeugt, daß der verwundete Briggs und derjenige, der mit DeMartini angesprochen worden war, sich in einem ähnlichen Zustand auf der anderen Seite des qualmenden Trümmerhaufens befanden.

Aber jemand bewegte sich. Baker ... er tauchte gerade neben dem Haus auf und schüttelte drohend die Faust. Kemel konnte die Wut in seinem Gesicht erkennen und schloß aus seinem weit offenen Mund und den sich deutlich abzeichnenden Muskelsträngen seines Halses, daß er seine Wut in die Nacht hinausschrie.

Aber Kemel konnte ihn nicht hören. Und darüber war er froh.

Er drehte sich um, schaute zur Straße und bemerkte, daß der weiße Wagen, dem sie hierher gefolgt waren, verschwunden war.

Kemel senkte den Kopf und fing an zu beten. Er konnte nichts anderes tun, sonst wäre er in Tränen ausgebrochen.

19

Yoshio ertappte sich dabei, wie er schallend lachte, während er das Geschehen von seinem Auto aus verfolgte.

Heute abend war es besonders schön gewesen. Als im Haus Schüsse gefallen waren, hatte er mit dem Schlimmsten gerechnet: nämlich damit, daß Mulhallal und seine Mietlinge den *ronin* der Clayton-Frau getötet hatten. Aber als Yoshio gesehen hatte, wie Gestalten aus dem Haus stürmten und hinter dem defekten Truck im Vorgarten in Deckung gegangen waren, hatte er damit gerechnet, daß nun eine Schießerei stattfinden würde.

Aber wie hätte es zu einer Schießerei kommen sollen, wenn Alicia Clayton und der *ronin* auf der anderen Seite der Straße in ihren Wagen stiegen?

Die Explosion hatte schließlich für Klarheit gesorgt. Eine kleine Explosion – oder die Tatsache, daß eine größere Explosion drohte – hatte alle aus dem Haus ins Freie getrieben, wo sie sich in Sicherheit wähnten. Und welcher Platz wäre besser gewesen, um sich vor herumfliegenden Trümmern zu schützen, als hinter dem so günstig und einladend aufgestellten Truck, der im Vorgarten vor sich hin rostete?

Aber nicht das Haus war präpariert worden, um in die Luft zu fliegen. Warum sollte man ein schönes Haus zerstören, wenn man Eindringlinge mit einer falschen Bombe hinausscheuchen und sie dazu bringen konnte, sich um die eigentliche Bombe zu versammeln?

Und während die Trümmer von dem nunmehr endgültig zerstörten Truck durch die Luft wirbelten, hatte der weiße Wagen des *ronins* sich in Bewegung gesetzt und war mit gelöschten Scheinwerfern die Straße hinuntergerollt. Und hatte sich im Schutz der Nacht davongeschlichen.

Yoshio klatschte in die Hände. So einfach. So elegant. Bravo, *ronin-san*!

Glücklicherweise hatte Mulhallal überlebt. Yoshio wollte, daß der Araber am Leben blieb. Er war außer dem Clayton-Bruder der einzige, der wußte, weshalb das Clayton-Haus so wertvoll war.

Er beobachtete, wie Baker seine Wut in die Nacht hinausbrüllte, während der übriggebliebene Mann, den er zur Bewachung, hinter das Haus geschickt hatte, im Vorgarten auftauchte. Yoshio drehte sein Fenster nach unten, um hören zu können, was Baker brüllte.

»Wer ist dieser Bursche? Ich will ihn zwischen die Finger kriegen! So schnell wie möglich! Wer bist du, Scheißkerl? Zeig dich! Laß es uns austragen! Du und ich! Ganz allein! Keine Tricks! Nur wir beide!« Bakers Stimme steigerte sich zu einem Kreischen. »Wer zum Teufel bist du?«

Gute Frage, dachte Yoshio. Wer ist dieser *ronin*?

Offensichtlich war er mehr als nur ein ordinärer Miet-Gorilla. Er war jemand, der mit allen möglichen Formen der Gewalt vertraut war, sie aber gezielt und sparsam einsetzte – und vor allem stilvoll. Er war jemand, der in diesem Gewerbe enorme Erfahrung zu haben schien und offenbar noch lange dabeibleiben wollte – wie das sorgfältig präparierte Haus erkennen ließ. Das Haus verriet Yoshio, daß der *ronin* weit im voraus plante und auf nahezu jede Eventualität vorbereitet zu sein schien.

Was wiederum bedeutete, daß Yoshio hinsichtlich seines nächsten Schritts überaus vorsichtig sein mußte.

Denn Yoshio hatte sich entschlossen, sich an den *ronin* heranzumachen, ehe Mulhallal und Baker ihm durch einen blinden Zufall über den Weg liefen und ihn spontan töteten. Yoshio war ganz sicher, daß der *ronin* etwas wußte oder daß er in dem Haus irgend etwas erfahren hatte.

Er widerstand dem Impuls, den Motor seines Automobils anzulassen und ihm zu folgen. Er überdachte seine Risiken und gelangte zu dem Schluß, daß es ganz einfach unklug wäre, in diesem Moment an dem Haus vorbeizufahren. Baker oder einer seiner Ganoven könnte auf die Idee verfallen, ihn mit einer oder zwei Salven aus ihren Sturmgewehren zu beharken. Mit ihrer Treffsicherheit war es zwar nicht weit her, wie Yoshio hatte feststellen können, aber ein glücklicher Zufallstreffer oder ein Querschläger konnte seinen Benzintank oder – was noch schlimmer wäre – ihn selbst erwischen.

Nein, er würde sich in Manhattan wieder an ihre Fersen heften.

Dann würde er endlich erfahren, was die beiden im Clayton-Haus entdeckt hatten.

20

»Wirklich, Jack«, sagte Alicia. »Ich möchte nach Hause.«

Oder wenigstens aus dem Wagen aussteigen. Ihr war übel.

Anstatt in die Stadt zurückzukehren, war Jack nach Osten gefahren, bis zur Spitze von Long Island. Er war durch die Hamptons gekurvt und hatte sich dann in nördlicher Richtung gehalten, bis sie an den verträumten Häusern und verlassenen Bootshäfen von Sag Harbor vorbeigekommen waren. Nun bogen sie in den Parkplatz eines Etablissements namens Surfside Inn ein. Alicia wußte, daß es nirgendwo in Sag Harbor eine Brandung gab, in der man hätte surfen können. Mehr noch, dieses schäbig aussehende Hotel stand nicht einmal in der Nähe eines Gewässers.

»Wir können es nicht riskieren, in die Stadt zurückzufahren«, sagte Jack. »Sie haben ziemlich hohe Verluste einstecken müssen, aber ich weiß nicht, welche Reserven der Araber bereithält. Durchaus möglich, daß er Beobachter an den Highways aufgestellt hat, die sich an unsere Fersen heften sollen, wenn wir an ihnen vorbeikommen. Und deshalb, so denke ich, sollten wir uns mit dem Heimweg Zeit lassen.«

»Na schön, wenn Sie meinen.« Sie wollte nichts anderes, als daß dieser Tag möglichst bald vorüber war. »Aber weshalb halten wir ausgerechnet hier an?«

»Um hier zu übernachten.« Er hob beschwichtigend die Hand, ehe sie etwas sagen konnte. »Haben Sie Vertrauen. Wir fahren morgen früh zurück, niemand wird uns hier finden. Wenn wir es heute noch versuchen würden, könnte es weitere Schwierigkeiten der Art geben, wie wir sie gerade überstanden haben.«

Dieser verdammte Kerl, dachte sie. Er weiß genau, was er sagen muß. Das Letzte, was sie wollte, war noch mehr Gewalt.

»Na schön«, gab sie sich geschlagen. »Aber können wir denn nichts Besseres finden als dies hier?«

»Wir haben im Augenblick nicht gerade Hochsaison«, sagte Jack. »Dieses Haus ist geöffnet, laut Leuchtreklame verfügt es über freie Zimmer, und außerdem bleiben wir nur ein halbes Dutzend Stunden hier. Das Beste an dieser feudalen Herberge ist jedoch, daß man den Parkplatz von der Straße aus nicht sehen kann. Warten Sie hier.«

Ehe sie widersprechen konnte, war er aus dem Auto gestiegen und unterwegs zum Empfang.

Alicia schloß die Augen und versuchte, ihren Geist völlig zu leeren. Das alles war nichts anderes als ein Alptraum. Nichts von alledem war tatsächlich passiert. Schon bald würde sie aufwachen und feststellen, daß alles nur ein schlimmer Traum gewesen war.

Sie zuckte zusammen, als an das Fenster geklopft wurde. Es war Jack – er hielt einen Schlüssel hoch und deutete auf eine Reihe von Türen links vom Wagen. Mit einem unterdrückten Stöhnen stieg sie aus und folgte ihm. Sie bewegte sich nur noch schleppend vorwärts, und es kam ihr so vor, als hätte sich das Mark in ihren Knochen in Blei verwandelt.

Jack blieb vor einer Tür stehen, die mit einer »17« beschriftet war, und hielt sie für Alicia auf. Nachdem sie eingetreten war, folgte er ihr und schloß die Tür hinter sich.

Ein wenig besser ausgestattet als Jacks »Landsitz«, aber genauso muffig und ungemütlich. Die geblümten Vorhänge an den Fenstern paßten zu den Tagesdecken auf den beiden Betten, aber nicht zum Teppich.

»Welches wollen Sie?« fragte Jack.

»Welches was?«

»Welches Bett.«

»Sie scherzen wohl«, antwortete sie. »Wir sollen ein gemeinsames Zimmer teilen? Sehen Sie, wir mögen zwar knapp bei Kasse sein, aber ich kann durchaus …«

»Es hat nichts mit Geld zu tun. So ist es am sichersten.« Er deutete erneut auf die Betten. »Also, welches?«

Alicia entschied sich für das Bett am Badezimmer. Mein Gott, sie brauchte eine Dusche – sehnte sich geradezu danach –, aber sie hatte keine frischen Kleider, also was würde es schon nützen?

»Dieses.«

»In Ordnung«, sagte er, ließ sich auf das andere fallen und testete die Matratze, indem er darauf auf und ab federte. »Dann gehört dieses mir.« Er senkte die Stimme zu einem sonoren Charlton-Heston-Raunen. »Aber seien Sie sich über eins im klaren, junge Dame: Ich weiß, daß Sie geradezu verrückt nach mir sind, aber Sie sollten sich lieber keine falschen Hoffnungen machen.«

Er versucht mich zu beruhigen, dachte sie und mußte lächeln. »Ich denke, ich werde es schon irgendwie schaffen, mich im Zaum zu halten.«

»Gut«, sagte er. »Ich bin nämlich schon vergeben.«

Alicia spürte irgendwie, daß seine letzte Bemerkung nicht scherzhaft gemeint war. Sie betrachtete Jack für einen kurzen Moment und versuchte, sich über ihre Gefühle für diesen Mann klar zu werden. Vieles an ihm machte ihr angst ... er war ein tödlicher, mörderischer Zeitgenosse – wie viele Männer hatte er in dieser Nacht getötet? Dennoch teilte sie sich mit ihm ein Motelzimmer und glaubte ihm nicht nur, daß er »vergeben« war, sondern beneidete beinahe die Frau, die sein Herz gewonnen hatte.

Ich kann mich jetzt nicht damit beschäftigen, dachte sie, während sie zu ihrem Bett ging. Ich brauche Schlaf, eine Pause, eine Auszeit.

Zuviel war an diesem Tag passiert. Da war die Rückkehr in das Haus, ihr altes Zimmer, das Zimmer jenes Mannes, dann die Morde auf dem Hinterhof ... das war schon mehr als genug gewesen. Aber dann war da diese kleine Armee und jagte sie, dann waren da die Schüsse, die Schreie, der explodierende Truck, der die Nacht zum Tage gemacht hatte ...

Alicia kam sich vor, als wäre sie in einen gallertartigen Nebel eingehüllt, als sie sich wie in Zeitlupe diesem Bett näherte, diesem wundervollen, einladenden Bett.

Zuviel ... zuviel ... völlig überfordert ... ich brauche Ruhe ...

Endlich erreichte sie das Bett. Sie schlug die Decke zurück und kroch zwischen die Laken.

»Gute Nacht«, sagte sie und zog sich die Decke über den Kopf.

Stille ... und Dunkelheit ... heißgeliebte Dunkelheit ...

21

»Gute Nacht«, wünschte Jack und beobachtete, wie Alicia sich unter der Decke zusammenrollte.

Sie war schon seltsam. Aber andererseits schien jeder, der den Namen Clayton trug, auf die ein oder andere Art seltsam zu sein.

Was nun, fragte er sich. Er sollte Alicias Beispiel folgen und sich ebenfalls ausruhen, aber er war innerlich viel zu angespannt, um schlafen zu können. Der Schlüssel ... in welches Schloß paßte er? Und dann dieser verdammte kleine Landrover ... etwas an der Beharrlichkeit, mit der er ständig in Richtung Vorgarten des Clayton-Hauses gerollt war, ließ ihm keine Ruhe.

Jack stand auf und ging zur Tür. Er schloß den Chevy auf, nahm den kleinen Spielzeuglastwagen vom Rücksitz und ging damit in die Mitte des Parkplatzes.

»Na schön, Mr. Rover«, sagte er und betätigte den Schalter, »mal sehen, wohin Sie jetzt wollen.«

Er stellte ihn auf den Asphalt und drehte ihn in die Richtung, die er für die östliche hielt, und ließ den Wagen los. Der kleine Truck rollte los und bog fast gleichzeitig nach links ab. Jack erwartete, daß er vollständig kehrtmachen und zu ihm zurückrollen würde. Doch er vollzog die Kehre nur zu drei Vierteln, dann flitzte er über den Parkplatz davon.

Jack rannte hinter ihm her und hob ihn vom Boden hoch, ehe er unter einem dort geparkten Honda Accord verschwinden konnte.

Der kleine Lastwagen hätte eigentlich nach Westen fahren müssen, zurück zum Clayton-Haus – oder, genaugenommen, zu dessen Vorgarten. Hatte er vielleicht die Richtungen durcheinandergebracht?

Jack blickte zu den Sternen. Zum Glück war es eine kalte, klare Winternacht. Er suchte den Großen Wagen, verlängerte eine Linie von der vorderen Kante seines Kastens und fand den Polarstern. Okay. Das war Norden.

Er ging zu seinem ursprünglichen Standort zurück, richtete den Spielzeugwagen nach Osten aus ... und verdammt noch mal, er fuhr sofort wieder auf denselben Accord zu.

Er suchte erneut den Polarstern. In Murray Hill war der Wagen stur stadtauswärts gefahren – also nach Norden ... zum Vorgarten, hatte er angenommen. Aber nun wollte er nach Nordwesten ... und damit weg vom Vorgarten.

Was hatte sich verändert?

Zuerst einmal die Position des Landrovers.

Oder hatte jemand das verändert, was ihn lenkte, wo immer es sich befinden mochte?

Dieser Punkt bedurfte einer weiteren Untersuchung unter besseren Bedingungen als diesen.

Morgen ... er würde den ganzen morgigen Tag darauf verwenden, sich darüber Klarheit zu verschaffen. Und nach dem Behältnis zu suchen, das zu diesem Schlüssel gehörte.

Jack kehrte ins Zimmer zurück und nahm den Truck mit hinein. Er wollte ihn über Nacht nicht im Wagen lassen. Wer weiß? Jemand, der den Parkplatz überquerte, könnte ihn entdecken und stehlen.

Er schlüpfte so leise wie möglich ins Zimmer. Er konnte Alicias Gestalt unter der Decke erkennen, zusammengerollt wie ein Kind im Mutterleib, der ihm Schutz vor allen Gefahren bot.

Wovor versteckst du dich? fragte er sich.

Er empfand eine Mischung aus Bewunderung und Mitleid für sie – und er wußte, daß sie sich gegen das Mitleid vehement wehren würde, aber genau das war es, was er empfand. Irgendwo, irgendwie war ihr furchtbar mitgespielt worden, und er hatte mit jedem Mitleid, der so tief verletzt worden war. Aber sie hatte – und tat es offenbar immer noch – einen Kampf gegen die Auswirkungen dessen geführt, was immer ihr angetan worden war.

Vielleicht war der vergangene Tag zuviel für sie gewesen. Vielleicht hätte er nicht darauf bestehen sollen, daß sie mitkam.

Aber welche anderen Möglichkeiten hatte er gehabt? Sie hatte in diesem Haus gelebt, und er hatte ihre Hilfe gebraucht.

Dennoch bildete sich in seiner Magengrube ein eisiger Knoten, als er die zusammengekrümmte Gestalt betrachtete, die sich durch ihre Haltung so gut wie möglich vor der Welt zu schützen versuchte.

Wie würde sie sich fühlen, wenn sie am Morgen erwachte?

Jack ließ sich auf das andere Bett sinken, starrte zu der fleckigen Decke empor und dachte über diese Frage nach, bis auch ihn der Schlaf übermannte.

22

Kemel Mulhallal saß mit bebenden Händen und am ganzen Leib zitternd da. Er kam sich vor, als säße er in einem Jet, der durch einen nicht enden wollenden Gewittersturm raste.

Er hockte auf der Couch in seiner Wohnung, zu verzweifelt, um zu beten, und zu erschöpft, um sich ins Schlafzimmer zu schleppen.

Zum erstenmal seit der Ankunft in diesem dreimal verfluchten Land kamen ihm Zweifel über den Ausgang seiner Mission. Er hatte natürlich mit einigen Schwierigkeiten bei der Beschaffung dessen gerechnet, was er kurz »Clayton-Technologie« nannte, aber so schlimm hatte er es sich nun doch nicht vorgestellt. Die Clayton-Frau hatte den Teufel persönlich als ihren Helfer engagiert.

Als er bemerkt hatte, daß ihr Wagen verschwunden war, hatte er den Peilsender benutzen wollen, um sie zu verfolgen, aber das konnte er nicht sofort tun. Die Leichen ... sämtliche Leichen mußten schnellstens entfernt werden, ehe die Polizei eintraf. Er, Baker und die beiden überlebenden Mitglieder von Bakers Mannschaft hatten sie zu dem Lieferwagen schleppen müssen. Dann waren sie geflohen und wie Schakale in der Nacht verschwunden.

Eine qualvolle, erniedrigende Erfahrung.

Aber es hätte sich trotzdem gelohnt, wenn er vorher erfahren hätte, ob Alicia Clayton und ihr Teufel irgend etwas in dem Haus entdeckt hatten.

Und außerdem – wie stand es mit dem Verkauf des Hauses? Haffner hatte ihrem Anwalt die Mitteilung zukommen lassen, daß man mit ihrem Preis einverstanden wäre. Bisher war darauf keine Reaktion erfolgt. Würde sie nach dieser Nacht überhaupt noch auf das Angebot eingehen?

Wenn nicht, würde dies das gesamte Vorhaben um mehrere Wochen zurückwerfen. Und was würde das für Ghali bedeuten? Kemel mußte unbedingt nach Hause zurück, um seinem Sohn beizustehen.

Kemel zupfte an seinem Bart. Er wurde zwischen so vielen Interessen hin und her gerissen. Was sollte er jetzt tun?

Falls es ihm nicht gelingen sollte, die Clayton-Technologie in seinen Besitz zu bringen, würde er wenigstens dafür sorgen müssen, daß sie niemand anderem in die Hände fiel.

Sei ganz ruhig, ermahnte er sich mindestens zum zehntausendsten Mal, seit er durch die Tür getreten war.

Aber wie konnte er ruhig sein, wenn er vielleicht schon morgen früh die Zeitung aufschlug und eine Schlagzeile der Welt das Geheimnis der Clayton-Technologie verkündete?

Ihm schauderte vor den Folgen für sein Vaterland, und er dachte mit Entsetzen daran, daß im gesamten Mittleren Osten Zustände wie im Saudi-Arabien seines Vaters ausbrechen würden, der seine eigenen Schuhe hergestellt und mit seinen Beduinenfreunden in Zelten aus Ziegenhaar oder in Lehmhütten gelebt hatte, die jeweils in nächster Nähe einer Oase standen, ohne elektrischen Strom, ohne Medikamente, ohne ärztliche Versorgung. So hatten die Araber sogar noch in den fünfziger Jahren gelebt. Und genauso würde sein Leben – und das seiner Söhne – wieder aussehen, wenn seine Mission scheiterte.

Er wünschte sich, er könnte diese Last auf jemanden abwälzen, der mit der Erledigung solcher Dinge vertrauter war, aber Geheimhaltung war die Voraussetzung für den Erfolg – sie könnten alles verlieren, wenn auch nur ein vages Gerücht über die Art der Technologie durchsickerte –, so daß die Führer von Iswid Nahr strengstens verboten hatten, daß irgend jemand anderer, einschließlich der Angehörigen von Iswid Nahr, von den Vorgängen in Kenntnis gesetzt wurde.

Kemel Mulhallal war zugegen gewesen, als Thomas Clayton Iswid Nahr Beweise für die von seinem Vater entwickelte Technik vorgelegt hatte. Warum hatte er, Kemel, sich an diesem Tag nur wie ein von Allah Auserwählter gefühlt? Das neu erworbene Wissen hatte sich für ihn als Fluch erwiesen. Weil er zu den ganz wenigen gehörte, die das Geheimnis kannten, war ihm die Aufgabe, diese Technologie zu beschaffen, aufgebürdet worden.

Kemel straffte die Schultern. Er durte nicht verzweifeln. Noch war er nicht besiegt. Er mußte auf Allah vertrauen und einfach davon ausgehen, daß Alicia Clayton und ihr teuflischer Begleiter nichts hatten in Erfahrung bringen können.

Und was das Thema Teufel betraf, was sollte er mit seinem eigenen Teufel anfangen ... mit Baker? Kemel hatte jegliches Vertrauen in diesen Mann verloren, aber es war möglich, daß irgendwann der Tag kam, an dem er sich seiner brutalen Vorgehensweise und seiner drastischen Taktik würde bedienen müssen.

Denn Kemel wußte, daß er, wenn es ihm und Iswid Nahr nicht gelang, die Clayton-Technologie in ihren Besitz zu bringen, diese Technologie auf jeden Fall vernichten und jeden eliminieren müßte, der davon Kenntnis hatte.

Mittwoch

1

»Nein«, sagte Alicia. »Das kommt nicht in Frage. Ich muß ins Krankenhaus.«

Sind alle Frauen so eigensinnig, fragte sich Jack, während er durch die beschlagene Fensterscheibe beobachtete, wie der Kai, von dem das Schiff soeben abgelegt hatte, hinter ihnen zurückblieb. Oder trifft es nur auf die Frauen zu, die ich kenne?

Er und Alicia saßen mit ihrem Kaffee im Passagierraum der ersten Morgenfähre vom Orient Point. Der Chevy stand mit den anderen Fahrzeugen unten im Bauch des Schiffs.

»Alicia ...«

»Sehen Sie, ich habe Patienten und – ach, verdammt.«

Sie öffnete ihre Schultertasche und wühlte darin herum, bis sie ein Mobiltelefon herauszog.

»Was ist los?« fragte Jack.

»Ich rufe dort an.«

Er blickte aus dem Fenster, während sie wählte. Der Himmel war strahlendblau und winterklar, aber der Long Island Sund war eine graue und kabbelige Wasserfläche. Jack drehte sich zu ihr um, als sie den Namen »Hector« nannte, und sah, wie ihr Gesichtsausdruck sich verhärtete. Sie beendete das Gespräch und schloß die Augen.

»Schlechte Neuigkeiten?« erkundigte er sich.

Sie kniff weiterhin die Augen zu. »Hector hat gestern abend einen Schock erlitten, dann hatte er wieder einen Anfall. Ich glaube, er stirbt uns unter den Händen weg.«

»O mein Gott.« Er verspürte ein seltsames Ziehen in der

Brust, als er sich an das strahlende Lächeln des kleinen Jungen erinnerte und daran, daß er so stolz auf seine »Igelfrisur« gewesen war. »Er war so lebhaft, so aufgekratzt, und jetzt …«

»Ich hätte dort sein müssen.«

»Ich kann gut nachempfinden, wie Sie sich fühlen«, erklärte Jack.

Sie schlug die Augen auf und musterte ihn, sagte aber nichts.

Er redete weiter. »Na schön. Vielleicht nicht vollständig. Aber wie auch immer, zum jetzigen Zeitpunkt glaube ich, daß Sie dort nicht allzu sicher sind. Ich meine, wenn ich an Ihrer Stelle wäre und diese Leute wüßten, wo ich wohne und wo ich arbeite, dann würde ich jetzt nicht dorthin zurückkehren.«

»Ich muß das Wagnis eingehen. Ich muß nämlich heute Vormittag dort sein, Jack. Es geht nicht anders. Und seien wir doch mal ehrlich, allzu viele von unseren Feinden sind dank Ihrer Gründlichkeit nicht mehr übrig.«

Jack gefiel ganz und gar nicht, was sie vorhatte, aber ihm war klar, daß er sie nicht würde umstimmen können. Und selbst wenn Baker und seine verbliebenen Leute irgendeine Aktion planten, bezweifelte er, daß sie so dreist wären und sie vor den Augen der Belegschaft des Centers durchziehen würden. Aber sobald sie allein herauskäme …

»In Ordnung«, gab er sich geschlagen. »Fahren Sie ruhig zum Krankenhaus, aber lassen Sie sich wenigstens von einem Leibwächter zum Center begleiten. Anschließend bleiben Sie dort. Lassen Sie sich das Mittagessen in Ihr Büro bringen. Setzen Sie keinen Fuß vor das Gebäude, ehe ich dort erscheine und Sie abhole, um Sie in Ihr Hotel zu bringen.«

»Hotel?«

»Ja, Hotel. Sie denken doch nicht etwa ernsthaft daran, in Ihrer Wohnung zu bleiben, oder? Dort werden unsere Freunde nämlich so gut wie sicher auf Sie warten.«

»Wen meinen Sie mit ›unsere Freunde‹?« fragte sie. »Nachdem Sie sie in der vergangenen Nacht durch die Mangel gedreht haben, glaube ich nicht, daß von ihnen noch viele übrig sind.«

Jack schüttelte den Kopf. Er hatte gesehen, daß Kemel und sein führender Söldner die Sache heil überstanden hatten. Wie viele Männer hatte der Araber noch in Reserve? Und selbst wenn im Augenblick keiner bereitstand, konnte er jederzeit weitere Leute anheuern.

»Derjenige, der Sie in den Van geschubst hat, ist immer noch mit von der Partie«, erinnerte Jack sie.

Das schien die gewünschte Wirkung zu haben. Alicia erstarrte und wandte den Blick ab.

»Okay, okay«, sagte sie. »Welches Hotel?«

»Das habe ich noch nicht entschieden. Aber ich hole Sie um fünf ab, und wir benutzen die Rush-hour mit ihren Menschenmassen und ihrem Verkehr als Tarnung und Schutz.«

»Schön«, meinte sie schicksalsergeben und verkroch sich noch tiefer in ihren Mantel.

»Versprechen Sie mir, daß Sie sich an meine Empfehlungen halten?«

»Ja.« Sie blickte ihm nun direkt in die Augen. »Warum liegt Ihnen sosehr am Herzen, was mit mir geschieht?«

Die Frage schien Jack zu irritieren. »Was meinen Sie?«

»Sie haben diesen Schlüssel, den Sie gefunden haben. Sie brauchen mich nicht mehr. Genaugenommen wäre es für Sie sogar von Vorteil, wenn die Gegenseite mich schnappte und aus dem Verkehr zöge.«

Jack starrte sie an und hatte Mühe, seinen Zorn zu zügeln.

»Keine Antwort?« fragte sie.

Er ließ sich mit seiner Erwiderung Zeit. »Nein … ich habe mich nur gefragt, ob ich auf einen solchen Unsinn überhaupt ernsthaft antworten soll.«

»Oh? Habe ich Sie vielleicht beleidigt?«

»Verdammt richtig. Sie … Sie sind ein Kunde. Wir haben eine Abmachung getroffen. Einen Vertrag abgeschlossen.«

»Ich habe nichts unterschrieben …«

»Wir haben unsere Abmachung mit einem Händedruck besiegelt«, erklärte er ihr. »Das ist für mich ein bindender Vertrag.«

Sie errötete und wandte erneut den Blick ab. Ihre Worte kamen beinahe atemlos über ihre Lippen. »Es tut mir leid. Ich habe mich wahrscheinlich vollkommen geirrt, aber ich weiß nicht mehr, was ich denken soll oder wem ich trauen kann. Die letzte Nacht war richtig unheimlich – Sie waren unheimlich –, und ich war noch nie in einer solchen Situation. Ich meine, daß irgendwelche Leute hinter mir her sind und daß der Mann, der mich begleitet, wer weiß wie viele von diesen Leuten tötet. Vielleicht hatten sie es ja verdient, aber ... begreifen Sie überhaupt, was ich sagen will? Sie haben letzte Nacht ein paar Schalter betätigt, und dann gab es einen lauten Knall, und Leute sind gestorben. Sie wollten sie aus dem Weg haben, und sie waren plötzlich weg. Ist es dann so seltsam, wenn ich mich frage, was geschehen könnte, wenn Sie mich nicht mehr brauchen können oder wenn ich Ihnen irgendwie im Weg bin?«

Er wollte spontan erwidern, daß er ausschließlich Kunden aus dem Weg räumte, die zuviel redeten, entschied aber, daß dies wohl kaum der richtige Zeitpunkt war, um faule Witze zu reißen.

Und vielleicht hatte sie sogar nicht einmal völlig unrecht. Gewöhnlich pflegte er mit seinen Kunden nur minimalen Kontakt. Er traf seine Abmachung, dann verschwand er und führte den jeweiligen Auftrag aus – wie zum Beispiel bei Jorge. Die Kunden wurden niemals Zeugen der Ausführung, sondern sie sahen nur das Ergebnis. Die vergangene Nacht war eine Ausnahme gewesen. Er hatte die Rolle des Leibwächters übernommen – etwas, das er noch niemals getan hatte oder jemals wieder freiwillig tun würde –, und Alicia hatte ein paar unschöne Szenen miterlebt.

Das war Pech, aber die Alternative wollte ihm erst recht nicht gefallen.

»Ich tue, was nötig ist«, sagte er. »Aber haben Sie bei all Ihren Überlegungen auch einmal daran gedacht, wo wir jetzt wären, wenn sie uns geschnappt hätten?«

Sie fuhr fort, als hätte er gar nichts gesagt. »Und das schlimmste ist, daß damit überhaupt nichts geklärt wurde. Wir müssen uns noch immer vorsehen und ständig darauf vorbereitet sein, daß uns irgend jemand auflauert oder uns in einen Hinterhalt lockt. Und hinzu kommt, daß ich noch nicht einmal meine eigene Wohnung betreten kann.«

»Das tut mir leid. Aber wir machen Fortschritte. Wir wissen schon viel mehr, als wir vor zwei Tagen wußten, und ich habe das Gefühl, daß wir schon bald sehr viel mehr wissen werden. Und zwar dann, wenn ich das Schloß zu diesem Schlüssel gefunden habe.«

Und wenn ich noch ein wenig länger mit diesem kleinen Auto spielen kann, dachte er. Mit Claytons »Rover« schien es nämlich eine ganz besondere Bewandtnis zu haben.

Er hielt den Schlüssel direkt ins Sonnenlicht und sah ganz schwache Spuren der Worte »Bern Interbank«, die in die rote Plastikhülle eingeprägt waren.

Halleluja, dachte er triumphierend.

2

Yoshio sog scharf die Luft ein, als er den weißen Chevrolet sah, und verschluckte sich beinahe an seinem Egg McMuffin.

Er hatte in der vergangenen Nacht stundenlang Alicia Claytons Wohnung beobachtet. Sie war nicht erschienen. Yoshio war enttäuscht gewesen, aber nicht sonderlich überrascht. Er ging davon aus, daß der *ronin* das getan hatte, was er selbst unter diesen Umständen für angebracht gehalten hätte: er hatte für die Nacht ein Hotelzimmer gemietet.

Und so kam es, daß Yoshio hier auf der Seventh Avenue

herumlungerte, wo er den Eingang des Krankenhauses und des Kinder-Centers beobachten konnte, wo die Clayton-Frau arbeitete. Seine Nachforschungen hatten ergeben, daß sie sich hingebungsvoll um ihre kleinen Schutzbefohlenen kümmerte. Er bezweifelte, daß sie lange wegbleiben würde.

Und nun hatte sich seine Vermutung als richtig erwiesen.

Es war nur ein schwacher Trost, aber man mußte nehmen, was man kriegen konnte.

Er beobachtete, wie der *ronin* die Frau zum Krankenhauseingang begleitete. Yoshio war bereit, als der *ronin* zu seinem Wagen zurückkehrte. Keine Frage, wie sein nächster Schritt aussehen würde: dem *ronin* folgen. Wenn er und die Clayton-Frau in der vergangenen Nacht irgend etwas in Erfahrung gebracht hatten, dann würde er jetzt entsprechend aktiv.

Indem er einen ausreichenden Abstand einhielt, folgte Yoshio dem *ronin* durch die Fourteenth Street nach Westen und dann über die Tenth Avenue stadtauswärts. Dabei fiel ihm niemand anderer auf, der sich für den *ronin* interessierte. Er lächelte. Kemel Mulhallal hatte im Augenblick sicherlich andere, dringendere Sorgen – darunter vermutlich auch das Problem, wie er die stark gelichteten Reihen seiner Hilfstruppen auffüllen sollte.

Er sah, wie der Wagen des *ronin* vor einer schäbig aussehenden Ladenzeile anhielt. Yoshio fuhr daran vorbei und drosselte sein Tempo so weit, daß die Ampel an der nächsten Kreuzung Rot zeigte und er anhalten mußte. Er verstellte seinen Rückspiegel und beobachtete, wie der *ronin* in einem Ladeneingang verschwand, neben dem ein Schild hing, auf dem zu lesen war:

ERNIE'S ID
DOKUMENTE
ALLER ART
REISEPÄSSE
TAXI-LIZENZEN

Yoshio umrundete zügig den Block und stellte zu seiner Erleichterung fest, daß der Chevrolet immer noch auf der Tenth Avenue in der zweiten Reihe parkte, als er erneut auf die Stelle zurollte. Er lenkte seinen Wagen auf der gegenüberliegenden Straßenseite vor einer Bushaltestelle an den Bordstein und hoffte, daß ihm der Rush-hour-Verkehr genügend Deckung bot.

ID … was hatte der *ronin* in einem solchen Laden zu suchen? Wollte er irgendwelche Papiere für sich besorgen, oder hatte er die Absicht, die Identität zu wechseln? Wollte er als Ronald Clayton auftreten?

Yoshio rieb die Handflächen gegeneinander, um ein heftiges Kribbeln der Spannung zu lindern. Er spürte, daß er etwas Wichtiges gefunden hatte.

Und dann tauchte der *ronin* wieder aus dem Laden auf und schaute sich prüfend um, ehe er in seinen Wagen stieg. Als sein Blick sich auf Yoshio richtete, schob sich ein Autobus zwischen sie. Yoshio nutzte den Bus, um sich in seinem Schutz in den Verkehr einzufädeln, und er blieb hinter ihm, während er weiterfuhr. Sein Wagen gehörte nun zu den Tausenden anderer Fahrzeuge, die sich im Schrittempo durch die Straßen quälten.

Er sah, wie der weiße Chevrolet anfuhr und seine Fahrt fortsetzte. Yoshio folgte ihm bis zur West Seventy-sixth Street, wo der *ronin* erneut in der zweiten Reihe parkte und dann ein Gebäude betrat.

Yoshio las die Inschrift über dem Eingang, als er daran vorbeifuhr: BERN INTERBANK.

Und nun wanderte das Kribbeln von seinen Handflächen weiter bis in seinen Nacken. Ja. Das war etwas Wichtiges. Er konnte nicht sagen, woher er es so sicher wußte … er wußte es nur.

Eilig suchte er eine Stelle, wo er parken konnte. Er konnte seinen Wagen natürlich einfach stehenlassen und hoffen, daß die Nummernschilder, die ihm diplomatischen Status verliehen, ihn vor allzu eifrigen Politessen schützen würden, aber er wußte nicht, wieviel Zeit er brauchen würde. Die Stadt reagierte zunehmend unfreundlich auf Diplomaten, die ihre Sonderparkrechte mißbrauchten. Yoshio wollte nicht in die mißliche Lage geraten, daß er aus dem Gebäude herauskam und feststellen mußte, daß man seinen Wagen abgeschleppt hatte.

Er entdeckte ein Schild, das auf einen Kinney Park Supermark mit Parkplatz hinwies, und steuerte eilends darauf zu.

Ihm war klar, daß der Erfolg seiner zwei Monate währenden Bemühungen wahrscheinlich davon abhing, was er in den nächsten Minuten unternahm.

3

Puderreste von Alicias Gummihandschuhen klebten als weiße Flecken auf Hectors letzten Röntgenaufnahmen, die Alicia gegen das Fenster hielt. Sie brauchte keinen speziellen Lichtkasten, um zu erkennen, wie schlimm sein Zustand war. Die Lungen waren fast schwarze Schatten. Nur wenige helle Flecken nicht angegriffenen Lungengewebes waren noch übrig, und diese wurden mit jeder neuen Aufnahme deutlich kleiner. Schon bald würde es nicht einmal mehr der Ventilator schaffen, sein Blut mit Sauerstoff anzureichern.

Sie drehte sich um und betrachtete den komatösen Jungen, der noch weiter eingeschrumpft zu sein schien, seit sie ihn das letzte Mal gesehen hatte. Nackt, mit gespreizten Armen und Beinen auf dem Bett liegend, schien Hector eher aus Plastikröhren und -schläuchen zu bestehen als aus Fleisch und Blut – zwei intravenöse Kanülen, eine in einem Arm und eine in einem Bein, der Beatmungsschlauch in seiner Luftröhre, ein Katheter, der durch seinen Penis in die Blase führte, die CVP-Leitung unter dem Schlüsselbein, die Elektroden des Herzmonitors, die auf seiner schmalen Brust klebten. Seine Haut war fleckig und hatte einen bläulichen Schimmer. Sorenson wischte ihm Eiterkrusten von den Augenlidern.

Indem sie die ständigen Hintergrundgeräusche aus Pieptönen und Zischlauten in ihrem Bewußtsein ausblendete, nahm Alicia Hectors Krankenkarte zur Hand und las voller Sorge die neuesten Zahlen. Seine O_2-Sättigung sank ständig, die Zahl der weißen Blutkörperchen hatte an diesem Morgen die 900 erreicht, und sein Blutdruck war total im Keller.

Er geht langsam unter, dachte sie. Und es gibt verdammt noch mal nichts, was wir tun können …

Eine Veränderung des Pieptons von Hectors Herzmonitor ließ sie zusammenzucken. Sie warf einen Blick auf den Bildschirm und erkannte die gefürchtete unregelmäßige Sinuskurve, die auf Herzkammerflimmern hinwies.

Sorenson schaute hoch, die Augen hinter ihrem chirurgischen Mundschutz weit aufgerissen. »Oh, Scheiße!«

Sie streckte eine in einem Handschuh steckende Hand nach dem Alarmknopf aus.

»Moment«, sagte Alicia.

»Aber er hat Kammerflimmern.«

»Ich weiß. Er hat außerdem einen immunologischen Kollaps. Und er hat keine Reserven mehr. Wir können ihn nicht retten. Die Candida-Kulturen sind bereits bis in sein Gehirn vorgedrungen, stecken in seinem Knochenmark und verstopfen seine Kapillargefäße. Wir können ihm noch ein paar Rippen brechen, indem wir auf seine Brust einhämmern, können ihn auch noch weiteren qualvollen Unannehmlichkeiten unterziehen, aber für was? Nur um zu beweisen, daß wir das Unausweichliche um ein paar Stunden hinausschieben können? Lassen Sie den armen Jungen in Frieden sterben.«

»Sind Sie sicher?«

War sie wirklich sicher? Sie hatte alles versucht, was ihr an Wissen zur Verfügung stand. Alle Fachkollegen, die sie zugezogen hatte, hatten sich mit jeder erdenklichen Waffe an Hectors Infektion versucht. Ohne Erfolg.

Ich scheine mir nicht mehr allzu vieler Dinge in meinem Leben sicher sein zu können, aber in einem Punkt bin ich mir absolut sicher: ganz gleich, was wir tun, Hector wird den Vormittag nicht überleben.

»Ja, Sorenson. Ich bin mir sicher.«

Alicia verdrängte sämtliche Emotionen und bemerkte, wie die Sinuswellen abebbten, sich in einzelne Schläge verwandelten, die den Todeskampf anzeigten, und dann blieb nur noch eine einzige gerade Linie am unteren Bildrand des Monitors übrig.

Sorenson sah sie an. Als Alicia nickte, schaute die Krankenschwester auf die Uhr und trug die Todeszeit von Hector Lopez, 4 Jahre, ein ... Während Sorenson damit begann, die Schläuche aus Hectors leblosem Körper zu entfernen, riß Alicia sich den Mundschutz herunter und drehte sich weg.

Von der Sinnlosigkeit all ihrer Bemühungen fast erdrückt, lehnte sie sich an die Fensterbank und schaute auf die Straße hinunter. Der fröhliche Glanz der Morgensonne kam ihr vor wie eine Beleidigung. Sie spürte, wie ihr die Tränen übers Gesicht rannen. Sie konnte sich nicht daran erinnern, sich jemals in ihrem Leben so niedergeschlagen gefühlt zu haben.

Zu was bin ich nütze, dachte sie. Wem mache ich etwas vor? Ich bin nutzlos. Ich könnte genausogut jetzt schon aufgeben und diese Komödie abbrechen.

Als sie sich dabei ertappte, wie sie auf die Autos hinunterschaute und dabei überlegte, wie es wohl wäre, ihnen entgegenzustürzen, wich sie vom Fenster zurück.

Noch nicht, dachte sie. Ein andermal, vielleicht, aber nicht heute.

4

Jack hatte in Erwägung gezogen, nach Hause zu fahren und sich umzuziehen, doch Ernie hatte veranlaßt, daß er sich einen Rasierapparat auslieh, und dafür gesorgt, daß sein Haar auf dem Photo des nagelneuen Führerscheins des Staates New York, der auf den Namen Ronald Clayton ausgestellt war, ein wenig sorgfältiger gekämmt war, als Jack es üblicherweise zu tragen pflegte.

Er hatte die Überprüfung des Ausweises überstanden, die Bankangestellte hatte mit Jacks Schlüssel und ihrem eigenen die doppelt gesicherte Schließfachtür aufgeschlossen, und nun war er mit Stahlkassette Nr. 137 allein.

Er klappte den Deckel hoch und fand einen Stapel prallvoller Manilaumschläge. Es waren vielleicht ein halbes Dutzend Stück, und jeder war mit Klebeband verschlossen. Sosehr Jack den Wunsch hatte, sie gleich aufzureißen, so war dies doch nicht der geeignete Ort dafür. Es dauerte sicherlich einige Zeit, sie durchzugehen und den Umschlag zu finden, dessen Inhalt all seine Fragen beantwortete. Außerdem hatte er den Wagen draußen schon wieder in der zweiten Reihe geparkt. Es wäre besser, die Umschläge mit nach Hause zu nehmen und sie ohne Zeitdruck zu inspizieren.

Er raffte sie zusammen, vergewisserte sich, daß er nichts vergessen hatte, dann eilte er hinaus auf die Straße. Der Wagen stand dort, wo er ihn zurückgelassen hatte – in der Stadt nicht unbedingt eine Selbstverständlichkeit –, doch eine Politesse hatte ihren Motorroller an der Ecke abgestellt und arbeitete sich allmählich auf den Chevy zu. Jack rannte zu seinem Wagen, schwang sich hinein und legte einen Kavalierstart hin.

Er beglückwünschte sich im stillen, wie glatt an diesem Morgen alles lief, als er hinter sich eine Bewegung verspürte. Ehe er reagieren konnte, wurde etwas Kaltes und Metallisches gegen seinen Hinterkopf gepreßt.

Jack erstarrte schockiert und umkrampfte das Lenkrad. Er hatte nicht etwa einen Autodieb auf frischer Tat ertappt, sondern man hatte ihn gezielt verfolgt, verdammt noch mal! Er raste innerlich vor Wut, daß er sich so sorglos verhalten hatte. Zuerst war er in der vergangenen Nacht im Garten des Clayton-Hauses überrascht worden, und nun hatte er es so eilig gehabt, daß er sich nicht die Mühe gemacht hatte, seine Rückbank zu inspizieren. Er beruhigte sich allmählich, während er in Gedanken seine Möglichkeiten durchging.

Eine klare Stimme verlangte: »Bitte, fahren Sie weiter.« Die Worte hatten einen fremdartigen Akzent.

Bitte?

Jack blickte in den Innenspiegel und gewahrte das schmale Gesicht eines Asiaten, glattrasiert, etwa Ende Dreißig, die Augen hinter den modernen runden Gläsern einer Leichtgewichtsonnenbrille verborgen.

»Und versuchen Sie bitte nicht, einen Unfall zu provozieren, um die Polizei aufmerksam zu machen. In meiner Waffe stecken Hohlmantelgeschosse, die mit Zyankali gefüllt sind. Auch ein winziger Kratzer würde Sie töten.«

Trotz seiner drohenden Worte war das Englisch des Fremden mit der Pistole ziemlich gut. Er sprach sogar die L's und die R's beinahe ausnahmslos richtig aus.

»Hohlmantelgeschosse und Zyankali«, sagte Jack. »Das ist ja der reinste Overkill, meinen Sie nicht? Wenn Sie ein guter Schütze wären, dann bräuchten Sie all das gar nicht.«

»Ich bin sogar ein *sehr* guter Schütze. Aber ich pflege nichts dem Zufall zu überlassen.«

Jack glaubte ihm aufs Wort.

Er zwang sich, ganz ruhig und entspannt zu bleiben. Wenigstens gehörte dieser Bursche nicht zu den Männern des Arabers – zumindest schien es so. Und dann kam ihm plötzlich eine Idee.

»Das ist doch nicht zufällig eine kleinkalibrige Waffe, oder?« fragte Jack. »Wie zum Beispiel eine .22er?«

»Das ist sie.«

»Und haben Sie die möglicherweise gestern in der Thirty-eighth Street benutzt?«

»Das trifft ebenfalls zu.«

»Und kann ich daraus schließen, daß Sie nicht für Kemel arbeiten?«

»Schon wieder richtig ... obgleich ich nicht verstehen kann, daß Sie wie selbstverständlich den Vornamen eines Mannes benutzen, von dessen Existenz Sie eigentlich überhaupt keine Ahnung haben dürften.«

Ich kenne ihn so gut, dachte Jack, daß ich bisher angenommen habe, es wäre sein *Nachname.*

Er lehnte sich zurück, während er auf den Broadway einbog und sich in den stadteinwärts schleichenden Verkehrsstrom einfädelte. Er hatte sich gefragt, wen Kemel mit »falschen Händen« gemeint hatte, und angenommen, er hätte von Israel gesprochen. Aber dieser Kerl war alles andere als ein Israeli. Er sah eher aus wie ein Japaner.

»Ich teile Ihnen all das nur mit«, fuhr der fremde Fahrgast fort, »weil ich nicht in eine Situation geraten will, in der ich Sie töten muß. Situation – das ist doch das richtige Wort, oder etwa nicht?«

Toll, dachte Jack. Er hält mich mit einer Pistole in Schach und möchte, daß ich ihm Nachhilfeunterricht in Englisch gebe. Aber er kann es sich erlauben, schließlich hat er wirklich die Pistole in der Hand.

»›Lage‹ ist vielleicht besser.«

»Lage ... ja, das ist besser. Denn ich bin voller Bewunderung dafür, wie Sie sich gestern Ihrer Angreifer entledigt haben. Sie sind sehr clever.«

Genau, das bin ich ... Mr. Clever.

»Waren Sie das, der mir gestern zum Clayton-Haus folgte?«

»Sie haben mich gesehen?«

Er klang beleidigt. Es wurde Zeit, sich mit einem eigenen Kompliment zu revanchieren.

»Nein. Kein einziges Mal. Ich habe es irgendwie gespürt, Sie aber nicht gesehen. Sie sind sehr gut.«

Wir sollten einen gegenseitigen Bewunderungsverein gründen, dachte er.

»Vielen Dank. Wie heißen Sie?«

»Jack.«

»Jack und weiter?«

Er überlegte kurz. »Jack-san.«

Jack sah, wie sich die Augen des Fremden verengten und dann zu einem Lächeln verzogen. »Ah, ja. Jack-san. Das ist sehr witzig.«

»Ich bin die reinste Stimmungskanone.«

»Und jetzt geben Sie mir bitte die Umschläge, die Sie aus der Bank geholt haben.«

So höflich ... aber obgleich dieser Kerl voller »Bewunderung« war, wie er gesagt hatte, zweifelte Jack nicht daran, daß er genauso enden würde wie die beiden Leichen vor dem Clayton-Haus, wenn er irgend etwas versuchen würde. Wahrscheinlich würde er so oder so sterben.

Während ihm diese höchst angenehmen Gedanken durch den Kopf gingen, reichte Jack den Stapel Umschläge über die Rückenlehne des Beifahrersitzes nach hinten.

Der Pistolenlauf wurde von seinem Nacken zurückgenommen. Jack beobachtete, wie der Fremde sich auf seinen Schoß konzentrierte, während er die Umschläge untersuchte. Das könnte seine Chance sein ... aber er verwarf den Gedanken sofort wieder. Es hätte keinen Sinn, jetzt irgend etwas zu überstürzen. Er wollte sich lieber zurückhalten, sich nicht verrückt machen lassen und abwarten, wie diese Angelegenheit sich weiterentwickelte.

Es raschelte wieder, als der nächste Umschlag geöffnet wurde.

Eigentlich wollte ich das gleiche tun, dachte Jack bedauernd.

Er schaute weiter in den Innenspiegel und versuchte, den

Gesichtsausdruck seines Fahrgastes zu deuten. Seine verengten Augen, seine Grimasse, als hielte ihm jemand einen verfaulten Fisch unter die Nase.

Ein schrilles Hupen lenkte Jacks Aufmerksamkeit schlagartig auf die Straße zurück, und er sah, daß er auf einen Volvo zugerollt war, hinter dessen Lenkrad eine Frau mit vor Angst aufgerissenen Augen saß.

»Ich habe Sie gewarnt«, meinte der Fremde.

»Tut mir leid«, sagte Jack und winkte der Volvofahrerin beschwichtigend zu. »Das geschah nicht mit Absicht. Es ist nur so, daß auch ich es kaum habe erwarten können, diese Umschläge zu inspizieren.«

»Demnach gehören sie gar nicht Ihnen?«

Er suchte nach einer zutreffenden Bezeichnung für den Gesichtsausdruck des Mannes, während dieser weitere Umschläge öffnete. Das einzig angemessene Wort, das Jack dazu einfiel, war – Ekel.

Was hatte das zu bedeuten?

»Nun, für ein paar Minuten waren es meine. Aber jetzt gehören sie Ihnen, nehme ich an.«

»Wie sind sie in Ihren Besitz gelangt?«

Sollte er wahrheitsgemäß darauf antworten oder sich lieber dumm stellen? Er hatte das Gefühl, daß er mit letzterem bei diesem Zeitgenossen nicht allzu weit käme, und was könnte es schaden, wenn er ihm erzählte, was er sich wahrscheinlich selbst schon längst zusammengereimt hatte?

»Die Umschläge stammen aus dem Bankschließfach des alten Clayton. Ich habe gestern abend den Schlüssel in seinem Haus gefunden.«

»Dann hat dies alles Ronald Clayton gehört?«

Warum komme ich mir vor, als stünde ich vor Gericht? »Ja.«

»Und das ist alles, was Sie gefunden haben?«

»Absolut.«

»Und Sie wissen nicht, was in den Umschlägen ist?«

»Ich hatte gehofft, es in Kürze herauszufinden.«

»Wollen Sie sich den Inhalt ansehen?« fragte der Fremde.

Ein seltsamer Unterton lag in seiner Stimme. Es klang wie ... Erschöpfung.

»Hm ... ja, klar.« Was hatte das zu bedeuten?

Die Umschläge wurden nachlässig auf den Beifahrersitz geworfen.

»Dann sollten Sie es auch tun. Suchen Sie einen Platz, wo uns niemand stört, und dann können Sie sich alles ansehen, so lange Sie wollen.«

Normalerweise hätte eine solche Aufforderung sämtliche Alarmglocken in Jacks Kopf ertönen lassen, aber seltsamerweise war dies keineswegs der Fall.

Irgend etwas höchst Seltsames war hier im Gange.

Er verließ den Broadway und lenkte den Wagen in die Thirties und weiter nach Westen. Er fand ein längeres freies Stück Bordstein nach der Post und hielt an, ließ jedoch den Motor weiterlaufen. Er warf einen Blick in den Fond des Wagens und sah, daß der Fremde mit der Pistole aus dem Fenster schaute, aber er schien nichts Spezielles zu betrachten. Seine Pistole war nicht zu sehen. Ein Stück weiter entfernt, an der Straßenecke, stand eine Asiatin auf dem Gehsteig und richtete ihre Videokamera auf die mit Säulen versehene Fassade des Postgebäudes.

Lady, dachte er, bewegliche Bilder sollen eigentlich Dinge zeigen, die sich bewegen. Das war ihr eigentlicher Sinn.

Jack ergriff den obersten Umschlag, griff hinein und holte einen Stapel Negative und postkartengroße Photos heraus. Er ließ die Negative zurückrutschen und schaute sich die Photos an.

Sein Magen revoltierte.

»Oh, mein Gott.«

Kinder ... nackte Kinder ... die miteinander Sex hatten.

Er ließ die Bilder in seinen Schoß fallen, dann nahm er sie wieder hoch, um das Mädchen eingehender betrachten zu können.

»O nein.«

Alicia ... ein Irrtum war unmöglich ... sieben Jahre alt, vielleicht schon acht, das Gesicht rund und pausbäckig, aber sie war es. Und der Junge, mit dem sie zusammen war, sah aus wie zwölf, und es war zweifelsfrei Thomas.

Jack ließ den Kopf nach hinten sinken und schloß die Augen. Er schluckte krampfhaft und hatte Angst, er würde sich von seinem Morgenkaffee trennen müssen.

Wann war es das letzte Mal gewesen, daß er geweint hatte? Er konnte sich nicht daran erinnern. Aber ihm war in genau diesem Moment nach Heulen zumute.

Das unschuldige kleine Gesicht, das ihn ansah, während ihr Bruder ...

Das absolut Gräßliche, das abgrundtief Böse an dieser Sache war, daß eine menschliche Seele so verrucht sein konnte, daß sie zuließ, daß die Unschuld eines Kindes auf diese Art und Weise beschmutzt wurde ... und dazu noch die eigene Tochter ... jemand, der einem vertraut, der zu einem aufschaut, der sich darauf verläßt, daß man ihn führt und vor der Gemeinheit der Welt beschützt ... dieses Vertrauen zu mißbrauchen, diese Verantwortung, und dann ... *dies* ... zu tun ...

Jack war in seinem Leben schon des öfteren dem reinen Abschaum der Welt begegnet, aber Ronald Clayton war von allen wirklich der schlimmste. Wenn er nicht schon längst tot wäre, dann hätte Jack sicherlich ernsthaft in Erwägung gezogen, ihm umgehend zu diesem Zustand zu verhelfen.

Dies bestätigte seinen Verdacht in bezug auf Alicia. Nun verstand er, weshalb sie mit ihrem Vater oder ihrem Bruder oder diesem Haus nichts zu tun haben wollte, weshalb sie am Vorabend den Eindruck erweckt hatte, daß sie am liebsten aus ihrer eigenen Haut geflüchtet wäre.

Wie entsetzlich mußte es sein, so etwas sein ganzes Leben mit sich herumschleppen zu müssen.

»Sind die anderen Bilder genauso?«

»Ja«, sagte der Japaner.

»Arme Alicia.«

»Und das sind alle, die Sie gefunden haben?«

»Das ist alles.« Er würde ihm ganz bestimmt kein Sterbenswörtchen von dem seltsamen kleinen Rover erzählen, auch wenn es mit dem Spielzeug keine besondere Bewandtnis haben sollte.

»Sie würden mich doch nicht anlügen?«

Jack angelte den Schlüssel aus seiner Hemdtasche und warf ihn auf die Rückbank.

»Fahren Sie hin und schauen Sie selbst nach.«

Der Bewaffnete seufzte. »Nein. Das wird nicht nötig sein.«

Er ist genauso frustriert wie ich, dachte Jack. Und er weiß viel mehr, verdammt noch mal.

Was ihn auf eine verrückte Idee brachte.

»Na schön«, sagte er. »Dann verraten Sie mir mal, um was es hier überhaupt geht. Was ist an diesem Haus so verdammt wichtig?«

Zum Teufel noch mal, dachte er. Dafür, daß ich frage, wird er mich schon nicht erschießen. Oder etwa doch?

»Ich weiß es nicht.«

»Ich bitte Sie. Sie müssen einiges mehr wissen als ich. Wie kommt es, daß sich ein Japaner mit diesen Arabern anlegt und nicht irgend jemand vom Mossad? Erzählen Sie mir, was Sie wissen.«

Er beobachtete die Augen des Fremden, während der ihn prüfend musterte.

Mich laust der Affe, dachte Jack. Ich glaube fast, er verrät es mir tatsächlich.

5

Yoshio versuchte, sich über diesen *ronin*, diesen Jack-san, klarzuwerden.

Verraten Sie mir mal, um was es überhaupt geht.

Er hatte diese Bitte sofort als absurd verworfen. Aber je länger er darüber nachdachte, desto deutlicher drängte sich ihm die Frage auf, ob es für ihn nicht von Vorteil sein könnte, wenn er diesem Mann wenigstens ein paar Informationen gab. Nicht alles, natürlich, aber Jack-sans Absichten schienen denen Mulhallals zuwiderzulaufen, und das machte ihn zu einem Verbündeten ... in gewisser Hinsicht. Einige weitere Informationen könnten ihn zu einem noch wirksameren Störfaktor für Kemel Mulhallals Absichten machen, als er es ohnehin schon war.

Hinzu kam, daß es wichtiger als alles andere war, dafür zu sorgen, daß die Claytonsche Technologie nicht in Mulhallals Hände gelangte.

»In Ordnung«, sagte Yoshio. »Ich erzähl's Ihnen. Soweit mir bekannt ist, begann alles vor ein paar Monaten mit einer überaus vielversprechenden Nachricht an meinen Arbeitgeber von einem Handelsdelegierten, der in der Botschaft meines Landes bei den Vereinten Nationen beschäftigt ist.«

»Sie meinen die japanische Regierung, richtig?«

Yoshio zögerte. Die Antwort müßte eigentlich nein lauten ... aber es könnte auch ein Ja sein ... in gewisser Hinsicht.

Was sollte er offenbaren? Auf keinen Fall etwas über seinen Arbeitgeber. Die Kaze-Group war ein Firmenkonsortium mit einem weitgehend anonymen Verwaltungsrat, das zwar nichts unter diesem Namen produzierte, aber in irgendeiner Weise Einfluß auf die Herstellung eines jeden Produktes hatte, das in Japan gefertigt wurde.

Offiziell eine Holding-Gesellschaft, war die Kaze-Group kurz nach dem Krieg gegründet worden und hatte damit begonnen, Aktien der Gesellschaften zu erwerben, die den wirtschaftlichen Wiederaufbau des Landes einleiteten. Wenn neue Firmen entstanden, dann investierte die Gruppe in diese. Sie interessierte sich aber nur für die Besten, die Aussichtsreichsten. Die Kaze-Group wuchs während der wirtschaftlichen Aufschwünge, nutzte aber die Phasen wirtschaftlichen Rückschritts ebenfalls. Sie vergrößerte ihre Holdings entscheidend während der jüngsten Wirtschaftsflaute und nutzte die fallenden Nikkei-Indices, um günstige Käufe zu tätigen. Über ein Netz von Scheinfirmen besaß sie mittlerweile Aktienpakete, die ihr die Kontrolle über die »Big Six« *keiretsus* und die meisten der führenden Konzerne bescherte.

Kaze, dachte Yoshio. Der Wind. Was für ein passender Name. *Keiretsus,* die riesigen vertikal und horizontal gegliederten Konglomerate, die scheinbar Japans Wirtschaft regierten, wurden oft mit Eisbergen verglichen – nur ein kleiner Teil von ihnen war zu sehen, doch die Hauptmasse entzog sich den Blicken und blieb im Verborgenen. Aber was bestimmt den Weg der Eisberge durch die Meere? Die Strömungen. Und was wiederum ist für Richtung und Stärke der Strömungen verantwortlich? Der Wind ... Kaze.

Nein, Kaze war nicht die Regierung, aber wenn die Kaze-Group die Stimme erhob – stets in Form eines diskreten Flüsterns direkt in bestimmte Ohren –, hörte die Regierung aufmerksam zu.

»Ja«, sagte Yoshio, »das ist richtig.« Es wäre besser, wenn Jack-san glaubte, daß er für die Regierung arbeitete. »Und dieser Handelsminister war außerordentlich aufgeregt. Er sagte, er wäre von einem Mann angesprochen worden, der sicherlich ein Bote Gottes persönlich gewesen wäre, einem Mann, dessen Technologie« – er hielt inne ... beinahe hätte er Kaze-Group gesagt – »Japan zur führenden Nation machen würde. Er behauptete, die Einzelheiten wären so verblüffend, so explosiv – ja, genau das Wort benutzte er –, daß er es nicht wagte, sich zu den Einzelheiten zu äußern, noch nicht einmal, wenn sie mit der Diplomatenpost befördert würden. Er sagte, er brächte diesen Mann direkt nach Tokio, wo er seine Ideen im Ministerium persönlich darlegen würde.«

»Im Ministerium?« fragte Jack-san.

»Ja. Im ... Handelsministerium. Aber das Flugzeug mit dem Handelsminister und diesem geheimnisvollen Mann explodierte auf dem Weg nach Japan in der Luft, und alle Insassen kamen ums Leben.«

»JAL 27«, sagte Jack-san.

»Genau.«

Es überraschte Yoshio nicht im mindesten, daß der *ronin* darüber Bescheid wußte. Alicia Clayton mußte ihm vom Tod ihres Vaters erzählt haben.

»Aber was macht Sie so sicher, daß dieser ›Gesandte Gottes‹ Ronald Clayton war?«

»Wir wissen aus den Passagierlisten, daß er während dieses Fluges neben unserem Handelsminister saß.«

Jack-san nickte. »Dann ist es wohl klar.«

»Und wir wissen auch ...« Sollte er ihm dies ebenfalls mitteilen, überlegte Yoshio. Warum nicht? »Wir wissen auch, daß diese Flugkatastrophe kein Unfall war.«

Jack-sans Augen verengten sich. »Eine Bombe? Aber niemand hat etwas Derartiges verlauten lassen ...«

»Wir haben Beweise dafür. Spuren von Sprengstoffrückständen an den wenigen im Wasser treibenden Trümmern, die wir finden konnten. Wir haben entschieden, nicht öffentlich bekanntzugeben, was wir wissen.«

»Zum Teufel, warum nicht?«

»Weil wir nicht wollen, daß die Leute, die die Bombe gelegt haben, erfahren, was wir bereits wissen, oder daß wir in irgendeiner Form in diese Affäre verwickelt sind.«

»Sie meinen ...?« Jack-sans zusammengekniffene Augen weiteten sich jetzt. »Wollen Sie damit etwa behaupten, daß das Flugzeug wegen Ronald Clayton gesprengt wurde?«

»Genau das ist es, was wir annehmen – ja.«

»Aber wer? Und warum?«

»Wir haben Beweise dafür, daß Sam Baker der Bombenleger war. Sie haben ihn bereits kennengelernt.«

»Habe ich das?«

»Ich glaube, Sie haben ihm in der vergangenen Woche das Nasenbein gebrochen.«

»Ach *der.*« Jack-san nickte. »Sam Baker … er hat doch auch den Anwalt in die Luft gesprengt, nicht wahr?«

»Ja. Er steht im Dienst von Iswid Nahr.«

»Wer ist das denn?«

»Es ist keine Einzelperson, sondern eine Organisation mit Sitz in Saudi-Arabien.«

»Aha«, sagte Jack-san und nickte. »Und ich wette, unser Freund Kemel ist einer ihrer führenden Köpfe.«

»Ihrer führenden Köpfe? Nein, er gehört eher zur mittleren Führungsebene.«

»Und was für Leute sind das? Terroristen?«

»Nein, ganz und gar nicht. Iswid Nahr ist eine Ölhandelsgruppe.«

»Wie die OPEC?«

»Ja, aber mit völlig entgegengesetzten Zielen. Die OPEC will die Ölförderung kontrollieren, sie gegebenenfalls drosseln, um für stabile Preise zu sorgen. Iswid Nahr möchte die Ölhähne so weit wie möglich aufdrehen. Übersetzt bedeutet der Name ›Schwarzer Strom‹. Die Vereinigung will, daß Saudi-Arabien soviel Öl wie möglich exportiert. Sie glauben, daß auf diese Art und Weise das Interesse an der Erschließung ausländischer Ölquellen abnimmt und der Westen – ebenso wie mein Land – weiterhin vom Öl aus dem Mittleren Osten abhängig bleibt.«

»Ölleute stecken dahinter?« fragte Jack-san zweifelnd. »Welche Interessen könnten die denn verfolgen?«

»Das ist die Frage, die zu beantworten ich hierher geschickt wurde. Offenbar hat Kemel Mulhallal den Auftrag, die von Clayton entwickelte Technologie um jeden Preis unter seine Kontrolle zu bringen.«

»Offensichtlich. Aber widerspricht das nicht Ihrer Theorie, daß diese Iswid-Nahr-Gruppe Claytons Flugzeug gesprengt hat?«

»Ich versichere Ihnen, daß es weitaus mehr ist als nur eine Theorie.«

»Ja, aber überlegen Sie doch mal: Wenn Kemel diese sogenannte ›Clayton-Technologie‹ haben will, warum sollten er und sein Verein dann ausgerechnet den Knaben umbringen wollen, der sie erfunden und entwickelt hat?«

»Vielleicht weil dieser Knabe, wie Sie ihn nennen, die Absicht hatte, sie an uns und nicht an sie zu verkaufen.«

Jack-san blickte aus dem Fenster. »Ja, aber ein ganzes Flugzeug explodieren zu lassen, nur um einen einzigen Mann aufzuhalten … zweihundertsiebenundvierzig Menschen zu töten …«

»Mittlerweile sind es schon fast zweihundertsechzig«, korrigierte Yoshio. Als Jack-san ihn irritiert ansah, fügte er hinzu: »Sie müssen den Brandstifter, den Anwalt und Miss Claytons ersten Privatdetektiv hinzurechnen. Auch die beiden, die ich am Clayton-Haus ausgeschaltet habe. Dazu alle, die Sie in der vergangenen Nacht getötet haben. Wissen Sie, wie viele es genau waren?«

Jack-san zuckte die Achseln. »Das kann ich Ihnen nicht sagen. Ich bin nicht lange genug dort geblieben, um sie zu zählen. Aber wie auch immer, die Verluste der anderen Seite dürften ziemlich hoch gewesen sein. Und all das ergibt immer weniger einen Sinn.« Er musterte Yoshio prüfend. »Und Sie haben absolut keine Vorstellung, um was es sich bei dieser Clayton-Technologie handelt?«

Yoshio konnte wahrheitsgetreu antworten. »Nein. Keine.«

»Kemels großer Vorteil ist, daß er Bescheid weiß. Zumindest hoffe ich, daß er es tut. Ich könnte den Gedanken nicht ertragen, daß er ein ganzes Flugzeug mitsamt Insassen nur auf einen vagen Hinweis hin vernichtet haben sollte. Also gehen wir mal davon aus, daß er etwas Genaues weiß. Damit hat er einen erheblichen Vorsprung vor uns.«

Uns … war Jack-san etwa im Begriff, sich mit Yoshio zu verbünden – und damit mit der Kaze-Group –, oder war es lediglich ein Wort ohne tiefere Bedeutung? Das müßte man einmal genauer überprüfen.

»Kemel Mulhallal hat keinerlei Anspruch auf die Clayton-Technologie«, stellte Yoshio fest. »Mein ... Land hat ein moralisches Anrecht darauf, weil Mr. Clayton ganz offenkundig die Absicht hatte, seine Entwicklung an uns zu verkaufen, ehe er ermordet wurde. Und sollten wir feststellen, daß diese Technik so wertvoll ist, wie unser Handelsminister andeutete, dann werden wir sie von seiner Erbin kaufen. Was Iswid Nahr offenbar nicht zu tun bereit ist.«

»Ja, da haben Sie, wie ich glaube, völlig recht«, sagte Jack-san langsam. »Sie haben bisher nur die Absicht bekundet, das *Haus* zu erwerben ... und nichts von einer Erfindung oder einer technischen Entwicklung verlauten lassen. Vielleicht nehmen sie an, daß der Preis dafür zu hoch sein würde.«

Yoshio zuckte die Achseln. »Egal, wie hoch der Preis sein mag, rentieren wird es sich am Ende ganz bestimmt, glaube ich.«

»Das finde ich auch«, schloß sich Jack-san seiner Meinung an. Er drehte sich auf dem Fahrersitz nach hinten. »Was bedeutet das für uns? Arbeiten wir in dieser Angelegenheit von jetzt an zusammen?«

»Nein«, antwortete Yoshio schnell. Er arbeitete immer allein. Einen ... *Partner* zu haben – vor allem einen, der nicht zur Kaze-Group gehörte – war völlig undenkbar.

Jack-san reagierte beinahe erleichtert. »Gut. Aber ich nehme an, wir können einen Nichtangriffs-Pakt schließen. Und ich kann davon ausgehen, daß für den Fall, daß Alicia und ich diese Clayton-Technologie zutage fördern, wir dann einen sicheren Käufer dafür haben?«

»Einen potentiellen Käufer«, schränkte Yoshio ein. »Es könnte sein, daß diese Technologie für uns nutzlos ist.«

»Das ist durchaus okay«, sagte Jack-san, »aber wir räumen Ihnen auf jeden Fall das Vorkaufsrecht ein.« Er streckte seine Hand über die Rückenlehne des Beifahrersitzes nach hinten. »Abgemacht?«

Yoshio zögerte. Irgend etwas stimmte hier nicht. Er hatte

die Waffe, aber irgendwie hatte Jack-san die Führung übernommen. Und aus irgendeinem Grunde brachte diese Begegnung ausschließlich dem Amerikaner Vorteile. Er hatte eine ganze Menge erfahren, während Yoshio lediglich die Information erhalten hatte, daß Ronald Clayton ein Pädophiler war, der seine eigenen Kinder mißbraucht hatte.

Aber dennoch, ein Verbündeter wäre keine allzu schlechte Sache … wenn dieser Mann jemand war, bei dem man sich darauf verlassen konnte, daß er sein Wort hielt.

Yoshio hatte für solche Dinge ein gutes Gespür, und dieses Gespür sagte ihm, daß Jack-san genau so ein Mann war.

Sie schüttelten sich die Hände.

»Abgemacht«, sagte er.

Ja … abgemacht. Aber während Jack-san ihn in die Stadt fuhr, entschied Yoshio, daß es ganz gut wäre, wenn er diesen Mann im Auge behielt – so er ihn wieder aufstöbern konnte.

»Was haben Sie jetzt vor?« erkundigte er sich, als er in der Nähe der Garage aus dem Wagen stieg, wo er sein eigenes Auto geparkt hatte.

»Ich fahre jetzt nach Hause, um mich mit meinem neuen Spielzeug zu beschäftigen«, antwortete Jack-san, gab Gas und entfernte sich.

6

Jack verfolgte, wie der kleine Rover über seinen Wohnzimmerteppich flitzte und gegen die Wand knallte. Gegen die stadtauswärts gelegene Wand. Er war bereits weiter stadtauswärts als Murray Hill, aber offensichtlich war das für den Rover noch nicht weit genug. Er wollte weiter. Weiter stadtauswärts, weiter nach Norden.

Nur nicht draußen auf Long Island. Dort war der kleine Flitzer nach Nordwesten gerollt.

Aber wo war die Richtungskontrolle?

Jack hob den Truck hoch, schaltete den Motor aus und öffnete das Gehäuse. Er überprüfte es genau, aber es bestand aus nichts anderem als aus schwarzem Kunststoff.

Das Chassis war komplizierter – Räder, Fahrgestell, Elektromotor, Lenkgestänge, Batteriefach und Antenne. Jack wußte, daß er von ferngesteuerten Spielzeugen mindestens genausoviel Ahnung hatte wie von Quantenmechanik, aber er holte ein Vergrößerungsglas hervor und spielte Sherlock Holmes.

Es war keine Hilfe. Er sah ein ganzes Bündel Drähte.

Da er sich nun schon mal damit beschäftigte, konnte er auch gleich einen Blick in das Batteriefach werfen, um nachzusehen, welche Batterien es aufnahm, für den Fall, daß sie einmal erschöpft sein sollten. Er öffnete den Deckel und sah, daß der Platz für zwei Batterien vom Typ AA ausreichte. Aber die Batteriemulden waren leer. Statt dessen fand er einen silberfarbenen Zylinder, der etwa halb so lang war wie sein kleiner Finger und mit Drähten an die Kontakte des Batteriefachs angeschlossen war.

»Was zum Teufel ist das denn?«

Er ließ das Vergrößerungsglas weiterwandern, aber was er sah, machte das Rätsel noch komplizierter. Der Zylinder trug keinerlei Aufschrift. Das Ganze sah aus wie von Hand zusammengebastelt.

Jack verspürte ein seltsames Prickeln im Nacken. Es war kein Angst … dafür etwas anderes … ein Gefühl, als hätte er etwas ungemein Wichtiges, Bedeutendes vor sich. Aber was?

Er wußte, daß er an einem Punkt angelangt war, an dem er nicht weiterkonnte. Als nächstes würde er das Spielzeug zu jemandem bringen müssen, der praktisch alles, was ihm in die Finger geriet, auseinandernehmen und wieder zusammensetzen konnte.

7

»Es sieht vielleicht nicht so aus wie eine Batterie«, sagte Abe, »aber es ist eine Batterie.«

Der kleine Rover lag teilweise auseinandergenommen auf Abes Ladentheke. Die Karosserie war entfernt worden, und das Batteriefach im Chassis war offen.

Abe pflegte einen ganz besonderen Umgang mit den Waffen, die er verkaufte. Alles, was durch seine Türen hereinkam und hinausging, zerlegte er und baute es wieder zusammen. Eine Glock 9 konnte er beispielsweise innerhalb von Sekunden auseinandernehmen und wieder zusammensetzen. Jack hatte ihn einmal gefragt, warum er es immer wieder machte, und Abes Antwort hatte gelautet: »Was ist denn dagegen einzuwenden, daß ich alles, was ich verkaufe, in- und auswendig kennenlernen möchte?«

»Das Ding gleicht keiner Batterie, die ich je gesehen habe«, stellte Jack fest.

»Tatsächlich? Hast du denn schon jede Batterie gesehen, die je hergestellt wurde? Sieh doch, sie befindet sich dort, wo eine Batterie sein sollte. Sie ist mit den Kontakten verbunden, über die der Motor mit Strom versorgt wird, und der Wagen fährt. Demnach ist es eine Batterie. Das könnte dir sogar Parabellum, mein gefiederter Freund, erklären, wenn er nicht gerade schlafen würde.«

»Okay, okay.« Manchmal war Abes Hilfe überhaupt keine Hilfe. »Der Wagen fährt, aber immer nur in eine Richtung. Kannst du mir das erklären?«

»Das ist einfach«, meinte Abe und tippte gegen die chromblitzende Antenne, die leicht nachfederte. »Von dort erhält das Auto seine Instruktionen. Irgendwo schickt irgendwer oder irgendwas dem Lenkmechanismus – über diese Antenne – den Befehl, in eine bestimmte Richtung zu fahren. Ohne diesen kleinen Stab wäre der Lenkmechanismus taub, und der

Wagen würde in jede Richtung fahren, in die du ihn losläßt. Paß auf, ich zeig's dir.«

»Es ist schon okay«, sagte Jack und streckte die Hand nach dem kleinen Truck aus.

Aber Abe zog ihn außer Reichweite. »Willst du nicht, daß ich es dir beweise?«

Was er nicht wollte, war, daß Abe zuviel mit dem Spielzeug herumexperimentierte.

»Ich möchte nur nicht, daß du irgend etwas beschädigst. Ich habe so eine Ahnung, daß mich dieses gute Stück zu dieser geheimnisvollen ›Clayton-Technologie‹ führen kann. Doch wenn sein Lenkmechanismus etwas abbekommt …«

»Nichts wird etwas abbekommen. Was soll denn daran schon kaputtgehen? Es ist nur eine Antenne – nicht mehr als ein dickes Stück Draht. Ich brauche nur eine Sekunde.«

Jack verfolgte hilflos das Geschehen, während Abe seine Lesebrille zurechtschob und nach einer winzigen Nadelöhrzange griff. Nach einigen Sekunden des Herumprobierens und Hin- und Herdrehens, begleitet von ein paar gemurmelten Flüchen, schaffte er es, die Antenne abzumontieren.

»Da«, sagte er. Er reichte Jack das Chassis. »Das war doch kinderleicht. Na los doch. Jetzt wirst du es erleben. Stell es hin, wie du willst. Die Tage, an denen es ständig stadtauswärts fahren wollte, sind vorbei.«

Jack drehte den Wagen um und betätigte den Schalter.

Nichts geschah.

Er schnippte ihn zwischen EIN und AUS hin und her.

Noch immer geschah nichts. Verdammt noch mal.

»Na prima, Abe. Jetzt fährt er überhaupt nicht mehr. Du hast ihn beschädigt.«

»Wie bitte? Das ist unmöglich.«

»Nein, genau das ist dir passiert.« Jack schnippte den Schalter erneut hin und her. »Sieh doch.«

»Hör auf zu meckern und gib das Ding mal her.«

Jack reichte das Auto erneut hinüber und lehnte sich an die

Werkbank. Er betrachtete ihre zerkratzte Arbeitsfläche und fragte sich, wie er nur hatte zulassen können, daß es so weit gekommen war, und überlegte, was zum Teufel er jetzt tun sollte. Dieses kleine Spielzeugauto war seine einzige Spur.

Und dann vernahm er das leise Summen des kleinen Motors. Er schaute hoch und sah, wie die Räder des kleinen Rovers sich drehten.

»Gott sei Dank. Wie hast du es geschafft?«

Abe starrte das Chassis stirnrunzelnd an. »Ich hab' die Antenne eingesetzt, mehr nicht.«

»Nun, was immer es war ...«

Der Motor blieb stehen, sobald Abe die Antenne wieder abgenommen hatte. Dann startete er, als er sie erneut einsetzte. Aus ... an ... aus ... an ... je nachdem, wo die Antenne war.

»Offenbar unterbrichst du irgendeinen Stromkreis damit«, äußerte Jack eine Vermutung.

Aber Abe reagierte nicht. Sein Stirnrunzeln vertiefte sich, während er ein Vergrößerungsglas aus einer Schublade herausholte und damit den Antennenanschluß untersuchte.

»Sieh mal hier«, sagte er und benutzte einen Bleistift als Zeigestab. »Siehst du diesen dünnen kurzen Draht? Er verläuft von der Antennenbuchse zum Batteriefach. Und du kannst an den Lötstellen erkennen, daß diese Anordnung nicht der ursprünglichen Verdrahtung entspricht. Dieser Draht wurde nachträglich hinzugefügt. Und was ich vorher nicht bemerkt habe, ist, daß dieser neue Draht an die Batterie angeschlossen ist, die nicht wie eine Batterie aussieht.«

Er richtete sich auf und begann wieder mit der Antenne herumzuhantieren, indem er sie einsteckte und herausnahm und damit den Motor in Gang setzte oder anhielt.

Und dann setzte er die Antenne nicht mehr ein, sondern stellte das Chassis des Trucks in die Mitte der Werkbank.

»Ich glaube, ich muß mich jetzt hinsetzen.«

Jack musterte Abe verblüfft. In der Stimme des Mannes war ein seltsamer Unterton. Und sein Gesicht war kreideweiß.

»Hey, ist alles in Ordnung mit dir?«

»Ja«, sagte Abe heiser und starrte das Chassis an. »Ich bin völlig okay.«

»Nun, du siehst aber verdammt noch mal nicht danach aus. Du hast schon mal einen gesünderen Eindruck gemacht.«

Abe starrte weiterhin das Spielzeugauto an. Seine Gesichtsfarbe war immer noch ziemlich ungesund. Jack machte sich schon Sorgen, aber dann sprach Abe die magischen Worte aus.

»Das liegt daran, daß ich mir soeben zusammengereimt habe, mit was wir es hier zu tun haben.«

»Na prima. Und verrätst du es mir vielleicht?«

»Ich ... ich glaube, dieses Spielzeug wird mit drahtlos übertragener Energie betrieben.«

»Ist das etwas Gutes?«

Endlich hob Abe den Blick und fixierte Jack. »Ob das etwas Gutes ist? Du fragst mich, ob das *gut* ist? Was für eine bescheuerte Frage ist das denn?«

Wenigstens bekam sein Gesicht wieder ein wenig Farbe.

»Drahtlose Energie. Davon habe ich noch nie etwas gehört. Entschuldige bitte.«

Abe griff nach dem Truck, und Jack bemerkte, wie seine Hand für einen kurzen Moment innehielt, als hätte er Angst, das Spielzeug zu berühren, oder als wäre es irgendein heiliger Gegenstand. Doch schließlich ergriff er es und hob es hoch.

»Siehst du die Antenne?« fragte er und hielt den dünnen Stab hoch. »Der Motor kann nicht laufen, wenn sie nicht eingesteckt ist. Keine Antenne ... keine Energie. Aber sobald die Antenne eingesetzt ist ...«

Während er sie in die Buchse steckte, begann der Motor zu summen, und die Räder rotierten.

»... haben wir plötzlich Energie. Energie aus der Luft.«

Aus der Luft? Hatte Abe etwa hohes Fieber, so daß er phantasierte?

»Ich weiß nicht, was du meinst«, erklärte Jack.

»Du hattest recht mit dem Ding im Batteriefach, Jack. Es ist keine Batterie. Es ist ein ganz spezieller Empfänger. Er nimmt das Signal auf, das die Antenne empfängt, und wandelt es in elektrische Energie um.«

Jack spürte, wie Erregung in ihm aufflackerte.

»Okay, aber was empfängt die Antenne denn?«

»Energie. Derjenige, der dieses Spielzeug modifiziert hat, muß irgendwo eine Art Sender installiert haben, der einen Strahl, eine Welle, ein Ich-weiß-nicht-was – nennen wir es einfach eine Energie, denn nichts anderes dürfte es sein – abgibt, die durch die Antenne empfangen und in elektrischen Strom umgewandelt werden kann.«

Jack starrte gebannt auf die rotierenden Räder und spürte, wie die Erregung in ihm wuchs und mehr und mehr von ihm Besitz ergriff. Allmählich dämmerte ihm, was er da vor sich hatte.

»Aber wie?«

»Wenn ich wüßte, wie man so etwas hinkriegt, glaubst du, ich stünde dann hier und redete mit dir? Nein, ganz bestimmt nicht. Dann säße ich auf meinem Landsitz auf Martha's Vineyard – meinem Martha's Vineyard, denn dann hätte ich wahrscheinlich die gesamte Insel aufgekauft, Jack. Ich wäre viel zu reich, um dich zu kennen, geschweige denn mit dir zu reden. Ich wäre so reich, daß Bill Gates neben mir aussähe wie ein Wohlfahrtsempfänger.«

»Schon gut. Ich habe verstanden.«

»Tatsächlich?« fragte Abe. »Du kennst doch den Ausspruch, ›Das Ende des Lebens, so wie wir es kennen‹, nicht wahr? Das trifft es in etwa.«

Jack nickte. »Keine Stromleitungen. Keine elektrischen Anschlußkabel. Keine ...«

»Du denkst in viel zu engen Dimensionen, Jack. Sag einfach, daß man den Verbrennungsmotor auf den Müll werfen kann.«

»Hey, du hast recht«, sagte Jack. »Endlich werden wir wieder saubere Luft atmen können, und vielleicht ...«

Er hörte, wie seine Stimme versiegte, als ihm die volle Bedeutung von Abes Worten klar wurde. Nun mußte auch Jack sich hinsetzen.

»Heilige Scheiße.«

Denn plötzlich ging ihm ein Licht auf, und er begriff alles ... oder zumindest den größten Teil.

»Öl«, sagte er nach einem kurzen Moment. Er mußte schlucken. »Öl wird völlig wertlos sein.«

»Nicht ganz«, schränkte Abe ein. »Als Schmiermittel wäre es immer noch zu gebrauchen. Aber als Brennstoff? Keinesfalls!«

»Kein Wunder, daß Kemel praktisch zu allem bereit ist, um an diese Technik heranzukommen.«

»Kemel? Ist das dieser Araber, von dem du mir erzählt hast? Ja, natürlich würde er alles tun. Dieses kleine Spielzeugauto verkörpert sozusagen den totalen wirtschaftlichen Zusammenbruch des Mittleren Ostens. Ganz zu schweigen von Texas und der amerikanischen Golfküste.«

»Mein Gott«, sagte Jack. »Der wirtschaftliche Holocaust, von dem du schon seit Jahren sprichst ... er ist schließlich doch ...«

»Was ich meinte, war die Folge einer galoppierenden Inflation. Aber das ist es nicht. Du brauchst dir keine allzu großen Sorgen zu machen. Es wird ein Heulen und Zähneknirschen anheben, die Finanzwelt und jede Industrie, die große Energiemengen verbraucht, wird bis in die Grundfesten erschüttert, aber nicht vernichtet werden. Es sei denn, man hat sein Vermögen in Ölaktien investiert.«

»Klar. In dem Fall bleibt einem nur noch der Sprung aus dem Fenster.«

»Aber falls man sein Geld in Ländern angelegt hat, die auf ausländisches Öl angewiesen sind ...«

»Wie Japan, zum Beispiel?« fragte Jack, indem er an Yoshio dachte.

»Wie Japan, ja. Japan ist ein sehr gutes Beispiel. Dort ist man total von Ölimporten abhängig. Drahtlose Energie würde die

Bedeutung Japans und des Mittleren Ostens völlig auf den Kopf stellen. Während die Wirtschaft der einen Seite in den Keller rutscht, schwingt die andere sich in schwindelnde Höhen auf.«

Allmählich entstand ein deutliches Bild. Jack konnte fast das leise Klicken hören, während sich ein Mosaiksteinchen zum anderen fügte.

»Das ist es also«, sagte er. »Kein Wunder, daß die japanische Handelsdelegation völlig aus dem Häuschen war: Ronald Clayton war unterwegs nach Japan, um ihnen seine Technik der drahtlosen Energie zu verkaufen. Kemel und seine Iswid-Nahr-Leute bekamen davon Wind und sorgten dafür, daß er erst gar nicht bis nach Japan kam. Deshalb sind sie auch so sehr auf Geheimhaltung erpicht – sie wollen nicht, daß jemand auch nur eine vage Ahnung hat, daß so etwas wie drahtlose Energie überhaupt existiert.«

Sogar die in Claytons Testament enthaltene Nachricht an Greenpeace ergab jetzt einen Sinn: Drahtlose Energie bedeutete für die Zukunft, daß es nie mehr zu einer Ölpest kommen würde … es gäbe in Zukunft saubere Luft, der Ozonschicht drohte keine Gefahr mehr, und der Umweltschutz hätte eine nie dagewesene Chance. Es war eine Technologie, die im wahrsten Sinne des Wortes die Welt verändern würde …

Abe räusperte sich. »Es gibt da eine Sache, die ich nicht verstehe – ich sollte eher sagen, es ist eine Sache von vielen, die ich nicht verstehe –, und zwar, weshalb Ronald Clayton mit seiner Technik nach Japan ging. Er brauchte Japan doch gar nicht. Er brauchte niemanden. Er mußte nichts anderes tun, als sich seine Erfindung patentieren zu lassen und sie dann in aller Ruhe der Weltöffentlichkeit vorzustellen. Er brauchte niemanden aufzusuchen. Statt dessen hätte sich die ganze Welt bei ihm die Türklinke in die Hand gegeben. Er wäre nicht nur so reich geworden, wie König Midas es sich einst erträumt hat, sondern er wäre auch entsprechend geehrt worden. Er wäre nicht nur der von der *Times* gekürte ›Mann des Jahres‹

gewesen, sondern viel eher der Mann des Jahrtausends. Weshalb flog er nach Japan?«

»Ich habe nicht die geringste Idee«, gestand Jack, nahm Abe das Autochassis aus der Hand und schaltete den Motor aus. »Aber ich kenne jemanden, der uns in diesem Punkt vielleicht weiterhelfen kann.«

8

»... Und daher bin ich fast sicher«, sagte Jack, »daß dieser kleine Spielzeuglastwagen die ganze Welt auf den Kopf stellen wird.«

Alicia war erleichtert gewesen, als Jack erschien. Nicht froh, sondern nur erleichtert, daß der Mann, der am Empfang stand und nach ihr fragte, ohne einen Termin zu haben, nicht Will gewesen war, der im Laufe des Vormittags schon zweimal angerufen hatte. Alicia wußte, daß sie ihn nicht empfangen konnte, aber vielleicht brachte sie den Mut auf, wenigstens mit ihm zu reden. Das mindeste, was sie ihm schuldig war, war ein Rückruf.

Doch dann war Jack mit diesem Spielzeuglastwagen aus dem Haus herübergekommen, hatte ihn auf ihrem Schreibtisch zerlegt und in einem fort geredet. Alicia hatte anfangs große Schwierigkeiten gehabt, ihm zu folgen. Sie war immer noch benommen und in Gedanken bei Hector, den sie kurz vorher hatte sterben sehen. Und dann hatte sie es ein wenig mit der Angst zu tun bekommen. Jack machte den Eindruck, als stünde er unter Strom. Für einen schlimmen Moment hatte sie sogar angenommen, daß er irgendeine rauscherzeugende Substanz konsumiert hätte, oder vielleicht durchlebte er auch gerade die manische Phase einer bipolaren psychischen Störung. Und als sie gehört hatte, wovon er redete, entschied sie sich für letztere Möglichkeit.

Doch dann schilderte er ihr nicht nur, sondern *zeigte* ihr auch, daß der Rover keine Batterie hatte und nur dann funktionierte, wenn die Antenne eingesetzt war. Er nannte es drahtlose Energie.

»Drahtlose Energie«, wiederholte sie und fing das Chassis auf, als es über ihren Schreibtisch rollte. »Aber das ist doch reinste Science-fiction.«

»Das hat man auch vom Mondflug behauptet und von einem Computer, den man sich unter den Arm klemmen oder auf den Schoß legen kann – aber das ist schon einige Zeit her. All das ist längst Geschichte. Aber was Sie geradezu überwältigen müßte, ist die Tatsache, daß all das Ihnen gehört.«

Gehörte es ihr, fragte sie sich. Wirklich und wahrhaftig? Und wieviel war es wert? Ein Kribbeln wanderte über ihre Haut, als sie sich klarmachte, daß irgendwann der Tag kommen könnte, an dem jede Lampe, jeder Mikrowellenherd, jeder Fernseher, jedes Auto auf der Welt mit einem dieser kleinen Spezialempfänger ausgerüstet wäre. Wert? Alicia bezweifelte, daß sie oder sonst jemand sich eine solch große Summe überhaupt vorstellen konnte.

»Nicht alles«, sagte sie, als ihr etwas einfiel. »Ein Drittel davon gehört Ihnen.«

Jack legte den Kopf leicht schief und musterte sie verwirrt. »Mir? Aber ...«

»Unsere Abmachung, wissen Sie noch? Wir teilen uns den Gewinn – Sie erhalten einen Anteil von dreiunddreißig Prozent.«

»Du lieber Himmel«, sagte Jack und ließ sich in einen Sessel fallen. »Das hätte ich beinahe vergessen.«

»Sie hätten sich irgendwann ganz bestimmt daran erinnert.« Sie wehrte sich dagegen, von der Erregung übermannt zu werden. »Aber im Augenblick haben Sie ein Drittel von gar nichts. Wir haben bisher nur die eine Hälfte der Gleichung in Händen. Der Empfänger ist ohne den Sender überhaupt nichts wert.«

Jack nickte. »Es ist genauso, als reise man mit einem Fernseher zurück in die Zwanziger Jahre, denke ich. Ohne jemanden, der etwas sendet, wäre er lediglich eine besonders teure Nachtlampe.«

»Richtig. Wo also ist der Sender?«

»Am Stadtrand«, erklärte Jack. »Oder vielleicht auch nördlich von hier.«

»Weil das Spielzeugauto ständig in diese Richtung fährt?«

»So müßte es eigentlich sein«, bestätigte er und nahm ihr das Chassis aus der Hand. »*›Ziehe dahin, mein Wanderer, aber was suchest du?‹* Erinnern Sie sich noch? Wobei man für Wanderer auch das Wort Rover einsetzen kann.«

Jack stellte das Chassis auf den Fußboden und ließ es über den Teppich rollen, bis es mit dem vorderen Ende gegen die stadtauswärts gerichtete Wand prallte.

»Ich glaube – nein, ich bin sicher, daß das, was der Wagen sucht, der Sender ist.«

»Und was werden Sie jetzt tun? Den kleinen Wagen auf die Fifth Avenue setzen und ihm zum Stadtrand folgen?«

»Nein ... ich habe eine bessere Idee.« Er hob das Chassis wieder auf und schaltete den Motor aus. »Gibt es hier so etwas wie einen Hinterausgang?«

»Ja. Fragen Sie Raymond. Er wird ihnen den Weg zeigen.«

»Prima. Dann bis später.« Er blieb an der Tür stehen und drehte sich um. »Hey, ich hätte beinahe etwas vergessen. Wie geht es dem kleinen Jungen – dem mit der Igelfrisur?«

»Hector Lopez?« Alicia wandte den Blick ab, weil sie ihm nicht in die Augen schauen konnte. »Er ist heute morgen gestorben.«

»Oh«, sagte Jack, und es war eher ein Seufzen als ein Wort. »Das tut mir leid.«

»Ja«, murmelte Alicia, wobei ihre Kehle sich zusammenzog. »Er war ein feiner kleiner Kerl.«

Und dann war Jack genauso eilig verschwunden, wie er gekommen war. Die schwarze Plastikkarosserie des Spielzeug-Rovers hatte er auf ihrem Schreibtisch zurückgelassen.

Alicia schluckte, damit ihre Kehle frei wurde, und die Erinnerung an Hector trat in den Hintergrund, als ihr der Schlüssel einfiel, den sie in der vergangenen Nacht zusammen mit dem Spielzeugauto gefunden hatten – gestern nacht? War es tatsächlich erst gestern gewesen? Sie fragte sich, ob es Jack mittlerweile gelungen war, in Erfahrung zu bringen, in welches Schlüsselloch er paßte.

Und dann dachte sie an die drahtlose Energie und die sich daraus ergebenden Möglichkeiten. Wie viele Milliarden mochte eine Erfindung wie diese wohl wert sein? Sie überlegte, was sie mit dem vielen Geld machen könnte. Sie könnte eine Stiftung einrichten, könnte ein Zuhause für Kinder wie die im Center schaffen, oder sie könnte das Geld in die Forschung stecken, die nach Möglichkeiten suchte, um Kindern wie Hector in Zukunft das Leben retten zu können.

Drahtlose Energie … die Energie, die die Welt veränderte … sie gehörte ihr …

Sie gehörte ihr, weil dieser Mann … dieses Monster … sie ihr hinterlassen hatte.

Alicia schloß die Augen. Sie wollte nichts von dem haben, was der Mann jemals angerührt hatte. Absolut nichts. Das mußte er gewußt haben. Warum also hatte er ihr dies hinterlassen? Saß er jetzt vielleicht im dunkelsten, kältesten, häßlichsten Winkel der Hölle und amüsierte sich über sie?

Sie griff nach der Rover-Karosserie und schleuderte sie gegen die Wand.

9

Jack kaufte sich einen genauen Kompaß und begann in seiner eigenen Wohnung. Er markierte den Startpunkt des Trucks am stadteinwärts gelegenen Ende seines Wohnzimmers und spannte eine Schnur zu der Stelle, wo der Wagen gegen die ge-

genüberliegende Wand prallte. Er überprüfte daraufhin die Richtung der Schnur und stellte fest, daß sie um ein paar Grad nach Westen von der reinen Nordrichtung abwich. Er entfaltete seinen nagelneuen Stadtplan des Staates New York und zeichnete eine Linie von der Mitte Manhattans am Hudson entlang durch Albany und Troy, weiter durch eine kleine Stadt namens Elysium in den Adirondacks, dann durch den Lake Placid bis nach Quebec. Theoretisch konnte die Linie bis zum Polarkreis und noch weiter reichen. Jack hoffte jedoch, daß sich ihr Endpunkt innerhalb des Staates New York befand.

Er hatte nicht vor, den weiten Weg bis Sag Harbour zurückzulegen, daher nahm er sich den Stadtplan im kleinen Park auf der Flushing-Seite der Whitestone Bridge erneut vor. Diesmal verlief die Linie weiter westlich und kreuzte die zuerst gezogene im Ulster County.

Das konnte eine gute Neuigkeit sein oder ein reiner Zufall. Die nächste Überprüfung würde Klarheit bringen.

In der linken unteren Ecke von Jacks Stadtplan war ein kleiner Abschnitt von North Jersey zu erkennen. Er nahm den Lincoln Tunnel und erreichte auf diesem Weg die hübsch gepflasterten Wohnviertel des Garden State und folgte der Route 3 bis zu der Stelle, wo sie den Parkway kreuzte. Da sich genau diese Kreuzung noch auf seiner Karte befand, lenkte er seinen Wagen auf den Parkplatz eines kleinen Einkaufszentrums in der Nähe und ließ das Chassis des Spielzeugtrucks eine weitere Probefahrt absolvieren.

Jack lächelte zufrieden, als er die Route mit seinem Kompaß verglich. Diesmal wich sie von der nördlichen Richtung um einige Grade nach *Osten* ab. Wenigstens brauchten sie nicht zum Nordpol zu fahren, um den Sender zu suchen.

Die dritte Linie schnitt die anderen im Ulster County, ein wenig westlich von New Paltz.

Wenn er sich nicht irrte und der Empfänger so konstruiert war, daß er in die Richtung seiner Energiequelle wies, dann müßte sich der Sender in unmittelbarer Nähe des Kreuzungspunktes dieser drei Linien befinden.

Es sah so aus, als würden er und Alicia sich am nächsten Tag auf den Weg in die Catskills machen müssen – falls Sam Baker und seine Leute sie nicht daran hinderten. Jack hatte Sean Bescheid gesagt, er solle Thomas' Anwalt anrufen und die Papiere für den Verkauf des Hauses vorbereiten. Es war zu hoffen, daß Kemel auf diese Weise nachhaltig genug aus dem Konzept gebracht wurde, um Jack und Alicia zu gestatten, unbemerkt aus der Stadt zu verschwinden.

Alicia ... diese Geschichte mit der drahtlosen Energie hatte ihn derart in Anspruch genommen, daß er den Schmutz in den Umschlägen aus dem Stahlschließfach beinahe vergessen hätte. Eine sehr laute Stimme in seinem Bewußtsein verlangte, daß er damit ein Feuer anfachte und sie zu Asche verbrannte, aber eine andere Stimme meinte, es würde Alicias Welt zu einem erheblich freundlicheren Ort machen, wenn sie dabei zusehen könnte, wie sich diese Negative in der Hitze zusammenrollten, sich in den Flammen schwarz färbten und schließlich in Rauch aufgingen.

Aber wenn er ihr die Umschläge aushändigte, dann hieß das, daß er dabeisein würde, wenn sie erfuhr, was in ihnen enthalten war. Er wollte nicht ihr Gesicht sehen müssen, wollte sich nicht einmal vorstellen, was sie in diesem Moment empfinden würde. Denn dazu reichte seine Phantasie bestimmt nicht aus.

Immer noch unschlüssig, kehrte er schließlich nach New York zurück.

10

Yoshio stand in einem Hauseingang, von wo aus er sowohl den Vordereingang des Aids-Centers als auch die gesamte Gasse übersehen konnte, die an der stadtauswärts gelegenen

Seitenfront des Hauses verlief. Schon früh an diesem Nachmittag hatte er seinen Wagen an der üblichen Stelle geparkt und beobachtet, wie Jack-san das Center betrat. Er war offenbar nicht mehr herausgekommen, deshalb nahm Yoshio an, daß er den Nachmittag dort verbringen würde.

Aber erst vor wenigen Sekunden hatte er zu seinem Schrecken gesehen, wie Jack-san – in der Hand eine große Staples-Einkaufstasche – das Center wieder betrat. Yoshio wußte, daß er unmöglich übersehen haben konnte, wie er das Center verlassen hatte. Das konnte nur bedeuten, daß es noch einen anderen Weg nach draußen gab.

Er entdeckte die Seitentür, nachdem er ein oder zwei Minuten hektisch danach gesucht hatte. Wie sorglos von ihm. Aber er vergeudete keine Zeit damit, mit sich selbst zu hadern. Er hatte die frühere Möglichkeit versäumt, Jack-san zu verfolgen, aber so leicht würde sich der *ronin* nicht wieder davonschleichen können. Yoshio rannte zu seinem Wagen zurück, als er Jack-san und Alicia Clayton durch den Vordereingang herauskommen sah. Jack-san trug noch immer die Staples-Einkaufstasche. Yoshio folgte ihnen um die Ecke, als sie nach Westen gingen. Er wartete darauf, daß sie ein Taxi anhalten oder in einen eigenen Wagen steigen würden, doch sie verschwanden im U-Bahneingang auf der Sixth Avenue.

Yoshio zerbiß einen Fluch zwischen den Zähnen und hämmerte mit der Faust wütend auf das Lenkrad. Sicher, er könne den Wagen parken – ganz gleich, ob auf einem ordnungsgemäßen Parkplatz oder im Halteverbot – und sie weiter zu Fuß verfolgen, doch das wäre nicht besonders klug. Selbst wenn er an ihnen dran blieb und sich so gut wie möglich in Deckung hielt, hätte Jack-san keine Mühe, ihn zu entdecken.

Der *ronin* ging kein Risiko ein.

Yoshio seufzte. Schon wieder eine verpaßte Gelegenheit. Er würde Jack-san und Alicia Clayton an diesem Tag wohl nicht wiedersehen, wen also sollte er statt dessen beobachten? Samuel Baker, Kemel Mulhallal oder den anderen Clayton?

Er entschied sich für letzteren. Im Augenblick hielt er es jedoch für sinnvoller, Vorbereitungen zu treffen, falls Jack-san wieder irgendeinen Trick auf Lager hatte. Beim nächsten Mal würde Yoshio auf alles vorbereitet sein.

Das hoffte er zumindest.

11

»Erzählen Sie mir bloß nicht, daß das nur ein weiterer Ihrer Scheinwohnsitze ist«, sagte Alicia, »denn das würde ich Ihnen ganz bestimmt nicht abnehmen.«

Was tue ich hier eigentlich, fragte sie sich, während sie zwischen den Antiquitäten und den Wandbehängen im zweiten Stock umherschlenderte. Sie waren mit der Bahnlinie F zur West Fourth gefahren, dann ging es mit der Linie A zurück zur Twenty Third, und nun stand sie in diesem eleganten viktorianischen Stadthaus in Chelsea.

»Nein, ich fürchte, das ist es nicht«, gestand Jack und beobachtete die Straße aus einem der vorderen Fenster. »Ich habe nur zufälligerweise einen Schlüssel dafür.«

»Sie scheinen sich hier aber sehr gut auszukennen. Wer ist der Besitzer?«

»Er ist tot.«

»Demnach verstecken wir uns also im Haus eines Toten ...« Alicia erschauerte. Ihr gefiel es überhaupt nicht an diesem Ort. »Ich komme mir vor wie auf der Flucht.«

»In gewisser Weise sind Sie das auch.« Jack, der immer noch am Fenster stand, drehte sich zu ihr um.

Irgend etwas Seltsames lag in dem Blick, mit dem er sie jetzt ansah. Sie hatte diesen Ausdruck auch schon während der Fahrt mit der U-Bahn bei ihm gesehen. Irgend etwas schien nicht in Ordnung zu sein.

»Aber wenn wir Glück haben, müssen wir nur für eine

Nacht mit dieser Unterkunft vorliebnehmen«, fuhr er fort. »Wenn wir den Sender morgen finden und damit an die Öffentlichkeit gehen, sollten Sie eigentlich gefahrlos nach Hause zurückkehren können.«

»Warum sollte dies unsere Feinde aufhalten?«

»Na schön, Thomas wird vielleicht nicht aufgehalten – er wird weiterhin meinen, daß ihm ein Anteil zusteht, und jeder Winkeladvokat wird ihm die Tür einrennen und ihm versprechen, daß er ihm einen dicken Batzen von dem Kuchen sichern kann, den diese Geschichte mit der drahtlosen Energie darstellt. Aber was Kemel betrifft ... für den ist das Spiel zu Ende. Seine Mission bestand darin, diese Erfindung verschwinden zu lassen und dafür zu sorgen, daß nicht einmal ein vages Gerücht darüber an die Öffentlichkeit dringt. Aber sobald ihre Existenz publik wird, ist er erledigt. Ich denke, er wird irgendwann an einem saudi-arabischen Ölbohrturm aufgehängt. Und das dürfte wahrscheinlich das einzige sein, wofür diese Öltürme dann noch gut sind.«

Er hob die Staples-Tasche hoch und legte sie zwischen sie auf den niedrigen, mit Schnitzereien verzierten Tisch.

»Wollen Sie mir nicht endlich verraten, was da drin ist?« fragte Alicia.

Er hatte auf dem Weg zum Haus so geheimnisvoll getan und jedesmal, wenn sie ihn gefragt hatte, nur gesagt: »Später ... ich zeige es Ihnen später.«

»Ich habe das Stahlschließfach gefunden, zu dem der Schlüssel paßt«, erklärte er und schaute in die Tasche, als hätte er darin plötzlich etwas höchst Interessantes entdeckt.

»Und?«

»Alles, was darin lag, war dies hier.«

Indem er ihr noch immer nicht in die Augen schaute, griff er in die Plastiktasche und zog Manilaumschläge daraus hervor – ungefähr ein halbes Dutzend – und legte sie auf den Tisch.

»Ist was Besonderes darin?«

Schließlich hob er den Kopf und sah ihr in die Augen. Seine Worte waren nicht mehr als ein leises Flüstern.

»Fotos.«

Sämtliche Farbe, jegliche Textur schien schlagartig aus dem Zimmer zu sickern, und Alicia fand sich in einem Sessel wieder, da ihre Beine sie nicht mehr tragen wollten und sie am Rande einer Ohnmacht war.

»Geht es Ihnen gut?« fragte Jack und kam um den Tisch herum auf sie zu.

Alicia hob eine zitternde Hand – sie sagte weder ja noch nein, nickte nicht und schüttelte auch nicht den Kopf. Sie konnte es nicht. Sie wollte nur, daß er stehenblieb, wo er war, sie wollte nicht, daß er näher kam, daß er bei ihr war, wollte *niemanden* bei sich.

Er blieb stehen und studierte sie.

Und dann atmete sie wieder mit keuchenden Zügen, die ihr halfen, die Galle bei sich zu behalten, die in ihrer Kehle hochstieg, und sie befahl sich, ruhig zu bleiben, sich nicht aufzuregen ...

Aber wie konnte sie ruhig bleiben angesichts dieser ... dieser Bilder im selben Zimmer und mit dem Wissen, daß Jack sie gesehen hatte, gesehen haben mußte – weshalb hatte er sonst einen solch entsetzten Ausdruck in den Augen, eine derart betroffene Miene? Er wußte es, o Gott, er wußte alles!

Und was noch schlimmer war, nun konnte sie sie sehen. Wenn sie wollte ... wenn sie es wagte ...

Sie hatte sie niemals betrachtet, hatte niemals gewagt sich vorzustellen, wie sie aussehen könnten, denn damit hätte sie die Erinnerung an diese Stunden und Tage und Monate auf dem Bett oder der Couch im Keller wiederauferstehen lassen, wo Daddy sie schlimme Dinge mit Thomas hatte tun lassen und Thomas schlimme Dinge mit ihr, Dinge, die ihr manchmal weh taten, nur damit Daddy Fotos machen konnte, so viele Fotos ...

Sie machte einen letzten tiefen Atemzug, hielt die Luft an

und zwang sich dann, seinen Blick zu erwidern, ihm standzuhalten.

»Haben Sie sie betrachtet?«

Er nickte.

Hatte er sie angestarrt? Sie angeglotzt? Mein Gott, wie lange hatte er sie schon in seinem Besitz? Was mußte er von ihr denken?

»Haben Sie *alle* ...«

»Nein. Genug, um zu erkennen, was sie sind ... und wer darauf ist und um sicherzugehen, daß die Umschläge nichts anderes enthalten. Alicia, es tut mir leid. Ich ...«

»Warum?«

»Warum was?«

»Warum haben Sie sie hierhergebracht? Warum tun Sie mir das an? Was haben Sie mit den Fotos vor?«

»Die Frage lautet nicht, was *ich* damit vorhabe.« Er öffnete die Einkaufstasche, und ein großer Karton rutschte heraus. »Sondern was *Sie* damit tun wollen.«

Er hob den Karton hoch, so daß sie die Aufschrift auf dem Etikett lesen konnte, das auf der Vorderseite klebte.

Sie blinzelte die Tränen weg, die in ihren Augen standen. »Ein Aktenvernichter?«

»Richtig.« Er deutete auf die Umschläge. »Das sind nicht nur Fotos. Die Negative sind ebenfalls dabei. Ich hätte sie verbrennen können – und für eine Weile habe ich es sogar ernsthaft in Erwägung gezogen. Aber dann dachte ich mir, daß Sie die Bilder vielleicht selbst in Konfetti verwandeln wollen.«

Er holte den Aktenvernichter aus seiner Verpackung, stellte ihn vor ihr auf den Fußboden und verband ihn mit der nächsten Steckdose.

»Warum tun Sie das für mich?« wollte sie wissen.

»Warum soll ich das nicht tun? Ich hatte schon vermutet, daß Sie irgend etwas Schlimmes mit sich herumschleppen. Ich hatte nicht geahnt, wie schlimm es ist.«

Sie senkte den Blick. »Ich schäme mich so.«

»Für was?«

»Wie können Sie das fragen?« verlangte sie zu wissen und hörte, wie ihre Stimme lauter wurde. Sie wollte nicht die Kontrolle verlieren, nicht hier, nicht jetzt. »Sie haben doch alles gesehen! Mein Gott, was müssen Sie von mir denken.«

»Ich denke nicht, daß man Ihnen die Schuld geben kann, falls Sie das meinen. Nicht mehr, als man ein mißhandeltes Kind für seine Blessuren verantwortlich machen kann. Man nennt das Kinderpornos – was für eine nette, harmlose Bezeichnung. Anstatt es als das zu bezeichnen, was es ist: Bilder von sexuell mißbrauchten Kindern.«

Er nahm einen der Umschläge und hielt ihn ihr einladend hin.

»Nur zu«, sagte er. »Es wird Zeit, daß Sie dieses Kapitel Ihrer Vergangenheit abschließen.«

Sie zwang sich dazu, die Hand auszustrecken. Auf halbem Weg zum Umschlag verharrte sie, als wäre sie gegen eine unsichtbare Wand gestoßen. Sie durchdrang diese Wand und gab ihren Fingern den Befehl, den Umschlag zu ergreifen und von Jack anzunehmen.

Er schaltete den Aktenvernichter ein und trat zurück. Sie hörte, wie die Messer unter dem Eingabeschlitz zu surren begannen.

Sie schaffte es, den Umschlag festzuhalten, doch als sie hineingreifen wollte ...

»Sie schaffen es«, sagte er.

»Auf diese Weise läßt sich gar nichts lösen«, erklärte sie. »Es muß davon Hunderte von Kopien in allen möglichen Sammlungen überall im Land geben. Dieser Mann hat sie gegen Bilder von anderen Kindern getauscht.«

»Aber diese hier sind anschließend schon mal weg. Niemand wird sie mehr betrachten können. Und wenn die Negative vernichtet sind, wird niemand mehr neue Kopien anfertigen können. Vielleicht ist es eher ein symbolischer Akt, aber, Alicia, es ist zumindest ein Anfang.«

Alicia schaute Jack an, und sie spürte, wie ihr die Tränen kamen. Wie hatte sie diesen Mann nur so gründlich falsch einschätzen können?

Ja, dachte sie, es ist wirklich ein Anfang.

Sie erkannte, daß sie zum erstenmal in ihrem Leben die Kontrolle innehatte – die Macht – über eine ganze Serie von diesen Bildern. Und auch über die Negative. Wie könnte sie etwas anderes tun, als sie zu vernichten?

Sie griff in den Umschlag und holte drei oder vier Fotos heraus, postkartengroße bunte Bilder – nein, sie würde sie nicht anschauen – und schob sie in den Reißwolf. Ein Surren und Knirschen ertönte, und dann schwebten dünne Streifen zu Boden und rollten sich zusammen wie frische Spaghetti.

Ja, es funktionierte. Die Bilder waren vernichtet, nichts war mehr zu erkennen. Nur ein völlig Verrückter würde versuchen, sie wieder zusammenzusetzen, und je mehr von den Streifen sie dem Gewirr hinzufügte, desto schwieriger würde es. Man würde hundert, nein, tausend Jahre brauchen, um nur ein einziges Bild wieder vollständig zusammenzufügen.

Während sie spürte, daß dies für sie ein bedeutsamer Wendepunkt war, griff Alicia erneut in den Umschlag und holte weitere Fotos heraus, um sie in den Schlund des Aktenvernichters zu stopfen. Sie spürte, wie ihr die Tränen übers Gesicht rannen, und hörte sich selbst lachen.

Sie fühlte sich gut – so gut!

12

BSSSSSST!

Eine Frau, die weinte, war schon schlimm genug und schaffte es immer, Jack aus dem Konzept zu bringen. Was tut man mit ihr? Was sagt man zu ihr? Aber eine Frau, die lacht *und* weint, während sie einen Reißwolf füttert ...

Geradezu gespenstisch.

Aber die Tränen und das Lachen ließen bald nach, und dann begann sie darüber zu reden, und das war noch schlimmer, denn das weckte in ihm den Wunsch, daß Ronald Clayton noch am Leben wäre ... damit er ihn töten könnte ... und zwar langsam und qualvoll.

»Ich habe es für meinen Daddy getan«, erzählte sie. »So ist es passiert. Ich spürte irgendwie, daß es nicht in Ordnung war, daß es etwas Schlimmes war, vor allem wenn es wehtat, aber mein Daddy wollte, daß ich es tat, und ich hatte kaum eine andere Wahl. Und schließlich war er ja mein Daddy, der Mann, der für mich sorgte. Er würde doch niemals von mir verlangen, daß ich etwas Schlechtes tat. Nicht mein Daddy.«

Ihre Stimme klang leise, ausdruckslos, als hätte sie sämtliche emotionalen Verbindungen zu dem Kind, von dem sie berichtete, unterbrochen.

BSSSSSST ... weitere Fotos verschwanden im Reißwolf.

»Natürlich wußte ich damals nicht, daß es unaussprechliche Dinge waren, aber irgend etwas war daran offenbar nicht in Ordnung, denn ich durfte niemals offen darüber reden. Und einige Zeit, bevor ich zehn wurde, hörte die Fotografiererei auf. Ich glaube, ich war dann zu alt dafür. Die Leute, mit denen er Bilder tauschte, zogen kleine Mädchen unter zehn Jahren vor. Was immer der Grund war, es hörte auf, und – Sie werden es kaum glauben – ich war deshalb traurig. Ist das nicht völlig verrückt? Nicht wegen dem, was ich getan hatte, sondern weil mein Vater sich nicht mehr für mich zu interessieren schien. Er war niemals sehr herzlich oder fürsorglich gewesen – die Begriffe ›zurückhaltend‹, ›desinteressiert‹, ›gleichgültig‹ sind nur eine milde Umschreibung – aber wenigstens hatte ich ... bei den Gelegenheiten ... wenn ich diese Dinge allein oder mit Thomas machte ... seine Aufmerksamkeit. Nun hatte ich doch nicht einmal das. Können Sie sich das vorstellen?«

Nein, Jack konnte noch nicht einmal versuchen, so etwas

wie Verständnis dafür zu entwickeln. Er spürte, wie es in seinem Magen zu rumoren begann, als er sich vorstellte, daß jemand Vicky zwingen könnte, etwas von dem zu tun, was er auf den wenigen Fotos gesehen hatte, die er hatte betrachten können, und er wehrte sich gegen den Impuls, zum Telefon zu greifen und sie anzurufen und sich zu vergewissern, daß sie zu Hause bei Gia und damit in Sicherheit war.

BSSSSSST!

»Aber als ich älter wurde, wurde ich klüger, und ich erkannte, was mit mir geschehen war. Ich versuchte mir einzureden, daß das Ganze niemals passiert war, daß ich mir alles nur eingebildet, daß ich es geträumt hätte. Aber ich wußte gleichzeitig, daß solche Dinge niemals meiner Phantasie entsprungen sein konnten. Wie hätte ich mir solche Perversionen ausdenken sollen? Nein ... ich mußte tatsächlich dabeigewesen sein. Und so ging ich dazu über, alles zu verdrängen und mir einzureden, daß all das niemals geschehen war, und das schaffte ich ganz gut ... bis ich dreizehn oder vierzehn war und mich allmählich entwickelte. Zu diesem Zeitpunkt wachte ich irgendwann morgens auf, und da war Thomas, und er hatte die Hand auf meine Brust gelegt und wollte es ›tun, so wie wir es früher getan haben‹. Ich schaffte es, ihn abzuwehren, aber das war auch gleichzeitig die Bestätigung, und es kam alles zurück. Danach schlief ich immer mit einem Messer unter meinem Kopfkissen.«

Jack wollte eigentlich gar nicht so viel über sie erfahren, aber er sah keine Möglichkeit, sie zu stoppen. Und es war auch nicht so, daß sie mit ihm redete. Sie redete in die Luft. Er hätte ebensogut eine Puppe sein können.

BSSSSSST!

»Damals erkannte ich, daß ich schnellstens von dort weg mußte. Aber wie? Ich war zu jung, um für mich selbst zu sorgen, und ich wollte nichts, aber auch gar nichts von diesem Mann. Und ich weiß, daß Sie wahrscheinlich denken, weshalb hat sie sich nicht an die Behörden gewandt und ...« Sie hielt inne und sah Jack an. Der Anflug eines matten Lächelns spielte für einen kurzen Moment um ihre Lippen. »Okay, jeder außer Ihnen würde diese Frage stellen. Aber wie konnte ich das tun? Ronald Clayton bloßzustellen hätte bedeutet, daß auch ich bloßgestellt worden wäre. Es hätte bedeutet, daß diese Bilder dann einer größeren Öffentlichkeit zugänglich gemacht worden wären. Selbst jetzt noch möchte ich mich bei diesem Gedanken am liebsten in ein Mauseloch verkriechen, aber können Sie sich vorstellen, wie sich ein halbwüchsiges Mädchen im Teenageralter dabei fühlt? Ich meine, ein Pickel im Gesicht kann ein Grund dafür sein, daß man sich versteckt, wenn man Teenager ist. Meine ›Sünden‹ publik zu machen – denn ich wußte, daß jeder annehmen würde, ich hätte freiwillig an allem teilgenommen – war einfach undenkbar.«

BSSSSSST!

»Also arbeitete ich daran, rauszukommen. Und wenn ich arbeiten sage, dann meine ich das auch. Ich war damals ziemlich asexuell. Ich ekelte mich allein schon bei der Vorstellung, daß jemand, ganz gleich ob Junge oder Mädchen, mich berührte, daher wurde ich ein Bücherwurm. Ich wohnte praktisch in der Bibliothek und studierte und lernte und arbeitete. Ich erreichte stets die besten Zensuren. Ich fand eine Broschüre darüber, was man tun mußte, damit man seinem Kind zu einem Stipendium verhalf. Nun, niemand war daran interessiert, mich entsprechend zu unterstützen, also mußte ich alles selbst tun. Und es klappte. Ich erhielt ein Stipendium für die USC. Dadurch konnte ich endlich aus diesem Haus ausziehen. Ich ging im August zu Beginn meines ersten Studienjahres weg und bin nie mehr zurückgekommen. Gestern abend habe ich die Schwelle zum erstenmal seit damals wieder überschritten.«

BSSSSSST!

»Im College hatte ich einen Job, während ich lernte wie verrückt. Ich fand im Sommer Arbeit in den Ferienorten, wo mir zu den jeweiligen Jobs gleichzeitig Kost und Logis angeboten wurde. Ich schrieb mich an der medizinischen Fakultät ein. Ein vollständiges Stipendium für ein Medizinstudium ist so gut wie unmöglich, aber es gibt Leute, die leihen angehenden Ärzten die Studiengebühren. Also lieh ich mir das nötige Geld zusammen, um die Kosten finanzieren zu können, und ich werde wahrscheinlich noch für die nächsten zehn Jahre meine Schulden abbezahlen müssen. Aber ich habe es geschafft. Ich habe es hinter mich gebracht. Und was mich die ganze Zeit aufrecht gehalten hat, war mein fester Wille, nicht zuzulassen, daß ich mich wie ein Opfer fühle. Es heißt, daß ein gutes ausgefülltes Leben in solchen Fällen die beste Revanche ist. Nun, ich lebe vielleicht nicht sehr gut, aber ich schaffe es. Und zwar ganz allein und aus eigener Kraft. Ich bin mein eigener Herr. Das ist meine Rache. Ich weigerte mich ganz einfach, sein Opfer zu sein. Er hatte Macht über mich, aber die wird er nie wieder haben.«

BSSSSSST!

»Aber das sollte nicht meine ganze Rache sein. Im Laufe der Jahre dachte ich über den Tod meiner Mutter nach … und fragte mich, ob es wirklich nur ein Unfall gewesen war. Ich meine, ich weiß nicht, ob er Geld von ihr geerbt oder eine hohe Lebensversicherung auf sie abgeschlossen hatte oder wie es sonst mit seinen Finanzen stand. Ich weiß nur, daß er seinen Perversionen auf keinen Fall hatte frönen können, solange meine Mutter gelebt hat. Aber nachdem sie gestorben war, konnte er mit Thomas und mir ungehindert tun, was er wollte. Also hatte ich die Rachephantasie, daß ich irgendwelche Beweise für Ungesetzlichkeiten fände und ihn ins Gefängnis brächte, wo er selbst keine Macht mehr hätte, sondern wo alle anderen Macht über ihn haben würden. Aber das ist jetzt natürlich unmöglich.«

BSSSSSST!

Jack wollte die Antwort gar nicht wissen, aber er mußte trotzdem fragen.

»Hat er Sie … jemals angerührt?«

Sie schüttelte den Kopf. »Nein, Gott sei Dank – als ob Gott irgend etwas damit zu tun gehabt hätte – nein ... er schaute nur gerne zu, und unsere Bilder waren das Zahlungsmittel, das er einsetzen konnte, um sich weitere Bilder zu beschaffen.«

BSSSSSST!

Sie schaute hoch. »Haben Sie noch mehr?«

Jack schüttelte den Kopf. »Nein.« Er deutete auf den großen Haufen dünner Papierstreifen, der vor ihren Füßen und vor dem Reißwolf entstanden war. »Sie haben alle gekriegt.«

»Nein«, sagte sie. »Nicht alle. Aber auch nicht annähernd alle.«

»Es ist ein Anfang«, sagte Jack.

Sämtliche Energie schien aus ihr herauszufließen. Sie sank vor seinen Augen regelrecht in sich zusammen.

»Thomas besitzt eine Serie«, sagte sie leise. »Er hat das, was er die Meister-Kollektion nennt.«

»Was ist das denn?«

»So nennt er die persönliche Sammlung des Mannes von – wie haben Sie sie genannt?«

»Von Bildern sexuell mißbrauchter Kinder. Weshalb hat er die denn in seinem Besitz?«

»Um mich zu erpressen, glaube ich. Aber ich denke, daß er blufft. Er ist selbst auf so vielen dieser Bilder zu sehen ... wenn er mich bloßstellt, würde er auch sich selbst schaden. Er ist ziemlich tief gesunken, aber so tief nun doch nicht.«

»*Noch* nicht«, sagte Jack. Er hatte eine Idee. »Wissen Sie, wo er wohnt?«

Sie nickte. »Nicht weit von hier. Weshalb?«

»Ich habe ein paar Fragen, die ich Ihrem Halbbruder gerne stellen würde. Wollen Sie mitkommen? Schaffen Sie es, ihm gegenüberzutreten?«

Sie zögerte, dann meinte sie: »Ja. Ich ertrage es. Mehr noch, ich will es sogar. Nehmen wir den Aktenvernichter mit?«

»Nein. Er ist zu sperrig. Aber ich bin sicher, uns fallen andere Wege ein, wie wir zum gleichen Ergebnis gelangen.«

Alicia erhob sich und griff nach ihrem Mantel. Sie schien tatsächlich zu allem entschlossen zu sein.

»Dann sollten wir uns schnellstens auf den Weg machen.«

13

Sie warteten im verdunkelten, stickigen, leicht nach Fäulnis riechenden Vorderzimmer von Thomas' Wohnung.

Alicia hatte staunend verfolgt, wie Jack, indem er einige drahtähnliche Werkzeuge benutzte, eine Tür nach der anderen geöffnet hatte, um in Thomas' Apartmenthaus einzudringen. Sie mußten nur zwanzig Minuten ausharren, ehe sie das Geräusch eines Schlüssels im Schloß der Wohnungstür vernahmen. Jack sprang auf und verschwand und ließ Alicia allein zurück.

Thomas kam herein und knipste das Licht an. Er erstarrte wie ein Reh im Licht eines Autoscheinwerfers, als er sie erblickte.

»Alicia? Was hast du …?«

In diesem Moment tauchte Jack hinter der Tür auf und schlug sie zu. Thomas machte einen schnellen Schritt nach links und starrte Jack an.

Alicia sah, wie die Farbe aus seinem pockennarbigen Gesicht wich.

»Wer …?«

»Ein Freund Ihrer Schwester«, antwortete Jack, packte ihn am Kragen und stieß seinen birnenförmigen Körper quer durch den Raum. »Hinsetzen!«

Alicia erschrak über Jacks grausamen Gesichtsausdruck. Er wirkte richtig … raubtierhaft. Er glich ganz und gar nicht mehr dem Mann, dem sie noch vor einer knappen Stunde ihre intimsten Geheimnisse anvertraut hatte. Welcher war der wahre Jack?

Thomas stolperte, stieß gegen einen Sessel. Unbeholfen und nicht ganz freiwillig setzte er sich.

»Was wollen Sie?«

»Antworten«, erwiderte Jack. »Und vielleicht möchte ich mir auch ein paar Bilder ansehen.«

»Das können Sie nicht tun«, jammerte Thomas. »Ich rufe die Polizei!«

Plötzlich hatte Jack eine kleine Pistole in der Hand und zielte damit auf Thomas' linkes Knie. Dann ließ er sie weiterwandern zum rechten.

»Welches Knie zuerst? Alicia, Sie dürfen es sich aussuchen.«

Ich? dachte sie, und Panik ergriff sie. Ist das sein Ernst? Was hat er vor? Und dann erinnerte sie sich an das, was Jack ihr eingehämmert hatte, als sie in das Apartment eingedrungen waren: *Ich werde wahrscheinlich ein wenig grob mit ihm umspringen müssen, aber egal, was ich tue, spielen Sie auf jeden Fall mit.*

Jack zielte nun mit der Pistole auf Thomas Schoß. »Oder wie wäre es dort?«

Okay, dachte sie. Ich spiele mit.

»Ich überlege«, sagte sie.

»Alicia!« jammerte Thomas. »Halte ihn auf! Sie haben mir von ihm erzählt! Laß nicht zu, daß er auf mich schießt!«

Sie bemerkte den dunklen feuchten Fleck, der sich im Schrittbereich von Thomas' Sporthose langsam vergrößerte. Er mußte richtige Horrorgeschichten über Jack gehört haben.

»Dann bring sofort die ›Meister-Kollektion‹ her, von der du mir erzählt hast!« befahl Alicia.

»Okay! Okay! Ich tu's. Sie ist im Schlafzimmr. Ich hole sie sofort!«

Er stand auf und eilte an Alicia vorbei, während Jack ihm folgte.

»›Ich überlege‹«, flüsterte Jack mit einem Augenzwinkern, als er an ihr vorbeiging. »Wunderbar.«

Und nun, als sie allein war, schaute sie sich um. Dies war das erste Mal, daß sie die Gelegenheit hatte, das Apartment bei Licht zu betrachten. Es herrschte ein schreckliches Durcheinander. Überall lagen getragene Kleidung, schmutziges Geschirr und Essensbehälter herum. Und dieser Geruch … sie vermutete, daß er einem Pizzakarton entströmte, der über einem Heizungskörper auf der Fensterbank lag.

Die beiden Männer kamen nur wenige Sekunden später zurück. Thomas trug zwei Pappkartons, und Jack hatte einen dritten auf den Armen … und eine weitere Pistole.

»Sehen Sie sich mal an, was Thomas noch alles besitzt«, sagte Jack. »Eine niedliche kleine .32er.«

Aber Alicia hatte nur Augen für die Kartons.

Er hat die Kollektion, dachte sie entsetzt. Er hat sie tatsächlich. Im stillen hatte sie immer noch gehofft, daß er geblufft hätte.

»Ist das alles?« wollte Jack wissen.

Thomas nickte heftig. »Ja.« Immer noch stehend wandte er sich an Alicia. »Ja, ich schwöre.«

»Warum, Thomas? Abgesehen davon, daß man damit jemanden erpressen kann, warum hast du diesen Schmutz behalten? Es ist geradezu ein Katalog der Erniedrigung.«

»So schlimm war es doch nicht. Ich meine, warum diese Aufregung? Niemand ist zu Schaden gekommen.«

Jack hob eine Faust, und Alicia glaubte, er würde Thomas schlagen, doch er sah sie fragend an, und sie schüttelte den Kopf. Ihr ganzes Leben lang hatte sie niemals den Wunsch gehabt, über diesen Abschnitt ihrer gemeinsamen Kindheit zu reden – nun konnte sie nicht damit aufhören.

»Niemand ist zu Schaden gekommen? Was ist mit dir? Wie war denn dein Leben bisher? Hast du jemals auch nur eine einzige intime Beziehung mit jemandem gehabt?«

Ich weiß, daß *ich* keine hatte, dachte sie.

»Glaubst du, ich weiß nicht, was für ein armer Teufel ich bin?« sagte er, und seine Augen verengten sich, während er sie fixierte. »Ich weiß es. Glaube mir, ich weiß es verdammt genau. Und es ist Dads Schuld. Deshalb steht mir auch das Haus zu. Ich *brauche* es. Du nicht. Du hast dich ganz gut gemacht. Du bist Ärztin.«

»Du weißt über mich absolut nichts«, sagte Alicia leise.

Dieser abgedroschene Satz, den sie Jack aufgetischt hatte, war genau das – ein abgedroscher Satz. Ein Mantra. Wenn sie den Satz ständig wiederholte, dann glaubte sie am Ende vielleicht selbst an seine Richtigkeit. Vielleicht wurde er sogar wahr. Aber sie hatte noch einen weiten Weg vor sich.

Mag sein, daß ich rein äußerlich einen normalen Eindruck hinterlasse, dachte sie, aber in meinem Innern ... sieht es aus wie in diesem Apartment.

»Ihnen ›steht zu‹«, sagte Jack mit ätzender Stimme. »Sie ›brauchen‹. Sie machen mich krank. Sie wüßten doch gar nicht, was Sie mit dem Geld machen sollen, das Sie aus dieser drahtlosen Energie herausholen können.«

Alicia hielt die Luft an und wünschte sich, Jack wäre das nicht herausgerutscht, aber dann sah sie, wie Thomas' Knie nachgaben. Er fiel in den Sessel, der hinter ihm stand. Wenn sein Gesicht nach dem ersten Blick auf Jack schon weiß gewesen war, so war es jetzt noch bleicher. Und als Thomas vor Aufregung loszuplappern begann, erkannte sie, das Jacks »Herausrutscher« kalkuliert erfolgt war.

»Sie wissen es? Ach du lieber Himmel! Wie haben Sie es herausbekommen? Es war gestern, nicht wahr?« Die Worte überschlugen sich. »Verdammt noch mal. Wir haben das Haus auf den Kopf gestellt und konnten nicht das Geringste finden! Und Sie beide kommen hereingewalzt und – Moment mal –, wissen Sie, wo der Sender ist?«

»Na los«, sagte Jack, packte seinen Arm und zog ihn aus dem Sessel. »Wir machen einen Spaziergang.«

»Was ist?« Thomas' Knie schienen aus Gummi zu sein, als er auf die Füße kam. »Wohin?«

»Nach draußen.«

»W-warum?«

Alicia stellte sich die gleiche Frage.

»Weil Sie hier keinen offenen Kamin haben.« Er hielt Thomas' .32er hoch. »Ich lasse Ihre Pistole hier. Aber bringen Sie diese Kartons mit.«

14

»Überlaßt uns für eine Stunde euer Feuer, Leute, und ich verspreche euch, daß es schön heiß sein wird, wenn ihr zurückkommt.«

Alicia war Jack weiter nach Westen gefolgt, den Abhang zum Hudson River hinunter, über sein Ziel und seine Absichten genauso im ungewissen wie Thomas. Er war an einem Ölfaß in der Gassenmündung stehengeblieben und hatte jedem der drei Männer, die sich an den Flammen wärmten, einen Zwanziger in die Hand gedrückt.

Jetzt lachten sie und grinsten und klopften sich gegenseitig auf die Schultern, während sie sich eilig entfernten.

»Na schön«, meinte Jack und deutete auf Thomas. »Dann machen Sie sich mal an die Arbeit.«

Alicia schaute sich in den dunklen, verlassenen, abweisenden Straßen um. Aber sie hatte keine Angst. Jack schien in seinem Element zu sein und war offenbar vollkommen Herr der Lage.

»Sie hören mir nicht zu«, stellte Thomas fest. Er hatte, seit sie seine Wohnung verlassen hatten, in einem fort geredet.

»Fangen Sie endlich an, das Feuer zu füttern«, befahl Jack. »Und nicht zu schnell. Wir wollen es doch nicht ersticken, oder?«

Thomas verstand schließlich. Er griff in einen der Kartons, die er mitgeschleppt hatte, und holte eine Handvoll Fotos heraus. Alicia schaute zu, wie sie in die Tonne flatterten, sich zusammenrollten und schwarz wurden, als die hungrigen Flammen sie verschlangen und für immer die entsetzlichen Bilder vernichteten, die darauf zu sehen waren. Sie war darauf, mit Thomas, aber auch andere Kinder waren dort abgebildet – gezwungen oder wie sie unter Drogen gesetzt, um einen obszönen Tanz auszuführen ...

Sie schloß für einen Moment die Augen und fühlte sich fast euphorisch. Sie machte sich bewußt, daß es letztlich nur eine symbolische Handlung war, aber dennoch ... nun gäbe es eine Serie Bilder weniger.

Aber Thomas schienen die Fotos gleichgültig zu sein. Er schien sich nur halb bewußt, was er gerade tat. Das einzige, was ihm wichtig war, war der Sender.

»Der Sender ist der Schlüssel«, sagte er und fing seine Litanei von vorne an. »Wenn man seinen Standort kennt, dann kann dieses Wissen uns reicher machen, als wir jetzt noch zu träumen wagen.«

Jack schien völlig desinteressiert zu sein. »Wenn wir den Sender haben, weshalb sollten wir Sie dann noch brauchen?«

»Weil Ihre Eigentümerschaft an dieser Technologie in dem Moment angefochten wird, in dem Sie sie zu verkaufen versuchen.«

»Und Ihre nicht?«

»Jeder, der versuchen sollte, darauf ein Patent anzumelden, dürfte voll vor die Wand rauschen. Und zwar weil ...« Er hielt inne. »Lassen Sie mich von vorne anfangen und es Ihnen erklären. Dann wissen Sie auch, weshalb Sie mich brauchen.«

»Hoffentlich ist Ihre Geschichte gut«, sagte Jack und warf Alicia einen Blick zu.

Alicia zuckte die Achseln. »Hauptsache, das Feuer wird in Gang gehalten.« Drahtlose Energie war etwas Feines. Aber zuerst wollte sie, daß diese Fotos zu Asche wurden.

»Ich erfuhr von Daddys Erfindung, als ich ihn eines Tages besuchte.«

»Du bist mit ihm in Kontakt geblieben?« fragte Alicia. Sie konnte es kaum glauben.

»Nicht richtig.« Er zuckte die Achseln. »Ich war ein wenig knapp bei Kasse, und er reagierte nicht auf meine Telefonanrufe. Daher fuhr ich bei ihm vorbei. Wie dem auch sei, er ließ mich warten, während er telefonierte, daher schlenderte ich ein bißchen herum, und bemerkte, daß er einige Lampen im Haus hatte brennen lassen. Da es Mittag war und ich ein gehorsamer, ökologisch denkender Sohn« – er grinste an dieser Stelle, doch Alicia reagierte nicht darauf, und Jack fixierte ihn nur wortlos –, »ging ich hin und, äh, schaltete sie aus. Doch dabei bemerkte ich diese kleinen Drähte, die von den Lampenfassungen in die Höhe ragten. Ich untersuchte diese Anordnung näher und erkannte, daß diese verdammten Lampen überhaupt nicht ans Stromnetz angeschlossen waren. Was brachte die Lampen zum Brennen? Hatte Dad etwa eine Art batteriegespeiste Lampe entwickelt? Aus Neugier begann ich an einer der Lampen herumzufummeln. Und als er sein Telefongespräch beendet hatte, wußte ich halbwegs Bescheid.«

»Ich wette, er war hocherfreut«, meinte Alicia.

»Wohl kaum. Er war stinksauer. Er machte Anstalten, mich rauszuwerfen, doch dann überlegte er es sich anders. Das kam mir damals ziemlich seltsam vor, doch später begriff ich, weshalb er so reagiert hatte. Dad wollte mir nichts über die technische Seite der ganzen Angelegenheit verraten, aber er erklärte mir, weshalb er nicht wollte, daß zu diesem Zeitpunkt irgend etwas an die Öffentlichkeit drang. Sehen Sie, diese Erfindung gehört ihm nicht vollständig. Er hat dabei einige Entwicklungen und Entdeckungen und Techniken verarbeitet, die aus der Zeit stammen, in der er für verschiedene Universitäten und Konzerne tätig gewesen war. Sie würden den Löwenanteil – wenn nicht sogar alles – an Gewinnen aus dieser Erfindung für sich beanspruchen. Daher suchte er nach einem Weg, wie er weiterhin das Eigentumsrecht behalten könnte, sobald er die Erfindung publik gemacht hätte. Er lieh mir das Geld, das ich brauchte, unter der Bedingung, daß ich den Mund hielt.«

Es hätte mich nicht überrascht, wenn es andersherum gelaufen wäre, dachte Alicia. Wenn du versprochen hättest, den Mund zu halten, wenn er dir Geld gibt.

»Aber ich dachte, daß Dads Überlegungen verkehrt waren. Falls sich patentrechtliche Streitigkeiten als Hindernis erwiesen, sollte er viel lieber nach einer Möglichkeit suchen, diesen Streitigkeiten aus dem Weg zu gehen. Falls eine Veröffentlichung seiner Arbeiten zur Folge hätte, jeglichen Profit abschreiben zu müssen, wäre es doch viel besser, eine Möglichkeit zu finden, den Profit einzustreichen, indem die Erfindung *nicht* auf den Markt gebracht wird. Daher stellte ich mir die Frage: Für wen wären die Verluste am größten, wenn das Prinzip der drahtlosen Energie bekannt würde? Und daraus ergab sich die Antwort praktisch von selbst: Man müßte die Technologie an die OPEC verkaufen.«

Er schaute von einem zum anderen, als wartete er auf Zustimmung. Alicia hatte nicht die Absicht, sich dazu zu äußern, und Jacks Gesicht blieb völlig unbewegt.

»Es ist genauso genial wie offensichtlich, meinen Sie nicht? Ich dachte mir, daß die Araber sicherlich bereit wären, Milliarden dafür zu zahlen, daß die Technologie der drahtlosen Energie nicht bekannt würde. Daher ›borgte‹ ich mir eine der Lampen aus, ohne Dad zu informieren, und buchte einen Flug nach Saudi-Arabien. Aber dort kam ich niemals an. Während der Zwischenlandung in Frankfurt stellte ich fest, daß die Lampe nicht funktionierte. Ich geriet in Panik und kehrte in die USA zurück – wo ich erleben konnte, daß die Lampe wieder leuchtete. Demnach gibt es gewisse Einschränkungen, wie weit die Energie übertragen oder ›gesendet‹ werden kann.«

Unwillkürlich dachte Alicia darüber nach, wie groß die Entfernung war, welche Wellenart benutzt wurde, aber das, was sie aus ihrem Physik-Kurs an der Universität behalten hatte, war viel zu bruchstückhaft.

»Also ging ich mit der Lampe zur OPEC-Vertretung bei den Vereinten Nationen, doch dort weigerte man sich, mich zu empfangen. Ist so etwas zu fassen? Da stand ich und bot ihnen die Möglichkeit, sich vor dem totalen Ruin zu schützen, und sie wollten mich nicht einmal anhören. Glücklicherweise fand ich eine andere Gruppierung, die fast genauso reich war ...«

»Iswid Nahr«, unterbrach ihn Jack.

Thomas zuckte zusammen, als wäre er geschlagen worden.

»Wer sind Sie?« fragte er und starrte Jack an. »Woher wissen Sie das?«

»Reden Sie weiter«, forderte Jack ihn auf und deutete gleichzeitig auf das Ölfaß. »Und lassen Sie das Feuer nicht ausgehen.«

»Ist ja schon gut, ich passe auf. Also, bei Iswid Nahr muß man die Lampe mindestens hundertmal auseinandergenommen und wieder zusammengesetzt haben, aber am Ende waren sie überzeugt. Sie meldeten sich bei Dad und machten ihm ein phantastisches Angebot. Aber anstatt mir dankbar zu sein, regte er sich furchtbar auf und lamentierte, daß er es niemals zulassen würde, daß jemand seine Erfindung in der Versenkung verschwinden ließ. Milliarden Dollar lagen auf dem Tisch, und er hatte einen Wutanfall. Ich konnte es nicht fassen. Ich begreife es immer noch nicht.«

»Ich schon«, meinte Alicia. »Ich habe zwar mit diesem Mann nicht mehr geredet, seit ich ein Teenager war, aber für mich ist es völlig klar.«

»Nun, liebe Schwester«, sagte Thomas giftig, »dann klär mich mal auf.«

»*Halb*-Schwester«, korrigierte Alicia. »Vergiß das besser niemals. Was deinen Vater angeht, er wollte mehr als Geld – er wollte Ruhm. Er wollte als einer der bedeutendsten Männer aller Zeiten in die Geschichte eingehen, als jemand, dessen Genie die Welt veränderte. Und noch mehr wollte er die Kontrolle über seine Erfindung behalten. Das wäre eine unglaubliche Machtstellung gewesen, wenn er die Energie hätte kontrollieren können, die die Welt antreibt.«

»Da könntest du recht haben«, sagte Thomas. War da ein Unterton widerwilliger Zustimmung in seiner Stimme?

»Doch sobald sein Geheimnis offenbart worden war, vor allem gegenüber Leuten, die seine Verbreitung unterdrücken wollten, mußte er sich beeilen. Die einzige Möglichkeit, die er sah, um den Ruhm und die Reichtümer einzuheimsen, bestand darin, die Erfindung einem Land zur Verfügung zu stellen, das keine Ölvorkommen besaß, das sich mit nahezu allem einverstanden erklären würde, um seine Ölimporte einschränken zu können. Ich wette, seine erste Wahl war Israel, bis ihm klar wurde, daß Japan mehr Geld hatte. Und mit einer Technologie in Händen, die nicht nur ihre Abhängigkeit vom Öl vermindern, sondern ihnen auch etwas weitaus wertvolleres als Öl zur Verfügung stellen würde, das sie der Welt verkaufen könnten, würde sich die japanische Regierung mit jeglichem patentrechtlichen Besitzanspruch auseinandersetzen. Ronald Clayton wäre unfaßbar reich, und sein wertvoller Platz in der Geschichte würde ihm garantiert.«

»Nur hat er es leider nicht bis Japan geschafft.«

»Nein«, sagte Jack. »Dafür haben Ihre Freunde von Iswid Nahr gesorgt.«

Alicia glaubte sehen zu können, wie Thomas zusammenzuckte. Wußte er es nicht? Oder hatte er es nur vermutet?

»Das war ein Unfall«, erklärte er Jack.

Jack schüttelte den Kopf. »Die Japaner haben im Wrack Spuren von Sprengstoff gefunden.«

»Woher wissen Sie das?«

»Ich weiß es, wie ich auch über Iswid Nahr Bescheid weiß.«

Alicia vermutete, daß Jack nicht wollte, daß Thomas von dem japanischen Agenten erfuhr. Sie beobachtete, wie Thomas für einen Moment über diese neue Information nachdachte.

Dann zuckte er die Achseln. »Was soll's. Er hat sich sowieso niemals richtig um mich gekümmert.«

»Er hat nur an sich selbst gedacht«, fügte Alicia hinzu.

»Wie kannst *du* so etwas behaupten? Sieh dir an, was er dir hinterlassen hat. Ehe er nach Japan startete, hat er all seine Aufzeichnungen versteckt und mich aus seinem Testament gestrichen. Er hat alles dir vermacht, verdammt noch mal! Warum?«

»Das kann ich dir wirklich nicht sagen«, erwiderte Alicia. »Ich wünschte, er hätte es nicht getan.«

»Dann erzähl mir wenigstens alles, was du weißt«, bat Thomas und beugte sich über die Flammen. Der Schatten seiner langen Nase flackerte auf seiner Stirn hin und her. »Ich beteilige dich auch an dem Geschäft mit den Arabern.«

»Kein Gedanke daran, die Technik freizugeben und die Welt zu einem besseren Ort zu machen?«

Er schaute sie an, als redete sie wirr. »Glaub mir, wenn ich so viel Geld habe, daß ich ein Jahr brauche, um die Zinsen für nur einen Tag auszugeben, dann ist die Welt ganz sicher ein besserer Ort.«

»Ich erinnere mich an ein altes Sprichwort über den Apfel, der nicht weit vom Stamm fällt ...«

»Du wirst reich sein, Alicia. Du hast ihn immer gehaßt, wolltest dich immer an ihm rächen ...«

»Das ist nicht wahr!« Aber natürlich war es wahr. Sie konnte sich an Zeiten erinnern, da dies ihr einziger Gedanke gewesen war.

»Wem willst du etwas vormachen? Der einzige Mensch auf dieser Welt, den du noch mehr haßt als mich, ist er. Jetzt hast du die Chance, die Rechnung zu begleichen. Wir verkaufen die Technik den Arabern ... und sie motten sie ein. Ist das nicht herrlich? Wir kriegen sein Geld, und er wird nicht einmal mehr genannt. Sein einziger Ruhm besteht darin, daß er nur einer von vielen unglücklichen Passagieren des Flugs JAL 27 war. Das muß dir doch gefallen, Alicia.«

Sie mußte zugeben, daß Thomas' Plan nicht eines gewissen Reizes entbehrte, aber die Vorstellung, mit Thomas in irgendeiner Angelegenheit gemeinsame Sache zu machen ...

»Vergiß es.«

Er lehnte sich zurück, offensichtlich verärgert. »Wie du willst. Aber es ist nur eine Frage der Zeit, bis wir den Sender finden, und dann dürfte es zu spät sein. Du wirst dann nichts mehr haben, womit du einen Handel abschließen kannst.«

»Finden Sie diesen ganzen Unsinn nicht genauso langweilig wie ich?« fragte Jack und schaute Alicia prüfend an.

Sie nickte.

»Dann sollten wir das Ganze ein wenig beschleunigen.«

Er raffte eine Handvoll Fotos zusammen und warf sie ins Feuer.

Alicia schaute zu, wie sie aufloderten und zu Asche zerfielen. Und dann war nichts mehr übrig.

»Okay«, sagte Jack. »Das war der letzte Karton. Gibt es noch mehr?«

Thomas schüttelte den Kopf. »Nein.«

»Das will ich auch hoffen«, sagte Jack und hob drohend einen Finger. »Denn falls ich je herausfinden sollte, daß Sie irgend etwas zurückgehalten haben ...«

»Das ist alles. Ich schwöre.«

Alicia zuckte zusammen, als sie spürte, wie Jack ihren Oberarm ergriff, doch sie ließ es zu, daß er sie von dem brennenden Ölfaß wegführte.

»Gut. Dann sind wir mit Ihnen fertig.«

»War das alles?« hörte sie Thomas fragen, während sie den Hang hinaufstiegen und den Fluß hinter sich ließen. »Sie schleifen mich hierher und holen sich alle möglichen Informationen, und das war's dann? Was kriege ich dafür?«

»Sie können sich die Hände wärmen«, antwortete Jack, ohne sich umzudrehen.

»Es ist völlig egal, daß sie verbrannt sind!« rief er. »Sie können so viele Bilder verbrennen, wie Sie wollen, aber das bedeutet gar nichts.« Seine Stimme erhob sich zu einem lauten Kreischen, während sie sich entfernten. »Hast du schon mal was vom Internet gehört, Alicia? Wir sind drin. An allen möglichen geheimen Orten. Und weißt du was? Wir sind Stars, Alicia. Wie gefällt dir das? Wir sind *Stars*!«

Alicia preßte eine Hand auf ihren Mund, um nicht laut aufzuschreien.

Neben sich hörte sie Jack etwas sagen. »Entschuldigen Sie mich für einen Moment. Ich glaube, ich habe etwas vergessen.«

Indem sie sich gegen die Übelkeit wehrte, die sich in ihrer Magengrube sammelte, ging Alicia weiter und machte dabei tiefe, kontrollierte Atemzüge. Sie drehte sich nicht um, denn sie wollte gar nicht sehen, was er vergessen hatte. Sie hoffte nur, daß es nichts Greifbares war ...

15

Yoshio beobachtete, wie Jack-san und die Clayton-Frau die Eighth Avenue entlanggingen und dann in Richtung Innenstadt abbogen. Er hätte wer weiß was dafür gegeben, das Gespräch mit dem Bruder belauschen zu können.

Er folgte ihnen, indem er von Schatten zu Schatten huschte.

Vielleicht bin ich viel zu vorsichtig, dachte er.

So wie er gekleidet war, bezweifelte er, daß Jack-san ihn sogar bei hellichtem Tag erkennen würde. Er hatte überlegt, ob er sich als Santa Claus verkleiden sollte. Das hätte in den belebteren Straßen sicherlich funktioniert, hätte ihn jedoch woanders erst recht zu einer auffälligen Erscheinung gemacht. Widerstrebend hatte er sich dann für diese Alternative entschieden.

Trotzdem wollte er kein Risiko eingehen. Das Haus des Bruders zu beobachten, war eher eine Verzweiflungstat gewesen, doch es hatte sich absolut gelohnt, und er würde sich diese glänzende Gelegenheit ganz bestimmt nicht verderben.

Im Augenblick ging es darum, ihnen auf den Fersen zu bleiben, bis sie die Adresse erreichten, wo entweder einer von ihnen oder sogar beide wohnten. Er war darauf vorbereitet, ihnen überallhin zu folgen, und mit dieser Verkleidung würde er sich noch nicht einmal während einer Fahrt mit der U-Bahn verraten.

Nur das Laufen stellte ein gewisses Problem dar …

Denn diese Stöckelschuhe brachten ihn um.

16

»Jack!« rief Gia erstaunt aus, als er ihre Haustür öffnete. »Was treibt dich denn hierher?«

»Darf ich reinkommen?«

»Natürlich.«

Sie trug einen gesteppten Morgenmantel über einem langen Nachthemd. Sobald sie die Tür hinter ihm geschlossen hatte, schlang Jack die Arme um sie und drückte sie an sich. Gia erwiderte die Umarmung, und sie standen lange eng umschlungen in ihrer Vorhalle.

»Das habe ich heute gebraucht, Gia«, sagte er und genoß ihre Wärme. »Ganz dringend habe ich das gebraucht.«

»Was ist los? Was ist geschehen?«

»Eine ganze Menge«, antwortete er. »Aber bitte mich nicht, davon zu erzählen.«

Nach ihrer hübschen kleinen Unterhaltung mit ihrem Schätzchen von einem Bruder hatte Jack Alicia ins Stadthaus zurückgebracht, dann war er schnurstracks nach Hause gefahren. Aber nach ein paar U-Bahnhaltestellen hatte er es sich anders überlegt. Er machte ein paar unnötige Umwege, um sicherzugehen, daß er nicht verfolgt wurde, dann war er die Fifty-eighth bis zu Gias Wohnung am Sutton Place hinuntergewandert. Sie hatte endlich ihr Apartment aufgegeben und war in das elegante Stadthaus gezogen, das Vicky von ihren Tanten geerbt hatte.

Er hatte diese Aktion mit Alicia auf der anderen Seite der

Stadt als weitaus anstrengender empfunden als so manche heikle Situation in den vorangegangenen Jahren. Jack sah viel von der Kehrseite des Stadtlebens, aber das, wovon Alicia erzählt hatte, kannte er nur vom Hörensagen. Und die ganze Zeit, die er dagesessen und zugeschaut hatte, wie sie diese Bilder und Negative zerkleinerte und dabei in einem fort redete, hatte er damit gerechnet, daß sie am Ende doch durchdrehte und ihre Finger in den Reißwolf steckte. Aber sie hatte sich bis zum Schluß bewundernswert gehalten.

Trotzdem hatte das Ganze Jack ziemlich mitgenommen.

Sich diese Bilder ansehen zu müssen und sich im selben Raum wie Thomas Clayton aufzuhalten – all das hatte dafür gesorgt, daß er sich zum Schluß regelrecht schmutzig fühlte. Dem Bastard am Ende eine Tracht Prügel zu verabreichen hatte immerhin bewirkt, daß er sich nun ein wenig besser fühlte, aber Jack spürte, daß er den Tag nicht beenden konnte, ohne Gia zu sehen.

Er hörte eilige Schritte und eine helle Stimme, die ausrief: »Jack-Jack-Jack!«

Vicky.

»Was machst du denn noch so spät auf den Beinen?« fragte er, löste sich aus Gias Umarmung und fing Vicky auf, als sie sich ihm an den Hals warf.

»Heute haben die Weihnachtsferien angefangen«, verkündete sie. Sie drückte ihren Kopf an seine Wange. »Morgen ist keine Schule! Ist das nicht schön?«

»Nichts könnte schöner sein«, gab er zu und wiegte sie hin und her.

Er konnte nichts dafür, aber in diesem Moment mußte er daran denken, daß Alicia nicht viel älter als Vicky gewesen war, als ihr Vater ... Falls jemals irgendwer auf die Idee kommen sollte ...

»Jack, du drückst mich viel zu fest«, beschwerte sich Vicky.

»Entschuldige.« Er lockerte seine Umarmung und betrachtete das unschuldige Gesicht. Ein Schluchzen zog seine Kehle zusammen. Seine Stimme klang gepreßt, als er mühsam weiterredete. »Ich habe dich vermißt, mehr nicht, und ich kann dir gar nicht beschreiben, wie froh ich bin, daß du noch auf bist.«

»Sie hat sich sicherlich zum x-ten Mal *Weihnachten mit Charlie Brown* angeschaut«, erzählte Gia und betrachtete ihn prüfend.

Immer noch Vicky festhaltend, legte Jack einen Arm um Gia und zog sie an sich. Der Ausdruck in ihren himmelblauen Augen fragte ihn, ob mit ihm alles in Ordnung wäre.

Jack zuckte die Achseln und nickte. Er war okay. Seine Frauen, die beiden wichtigsten Menschen auf der ganzen Welt, waren bei ihm, wo er auf sie aufpassen und sie beschützen konnte.

»Kann ich mir *Weihnachten mit Charlie Brown* mit euch zusammen ansehen?« fragte er.

Vicky klatschte in die Hände. »Au ja!«

»Nicht schon wieder«, stöhnte Gia und verdrehte die Augen.

»Dir muß doch wenigstens die Musik gefallen.«

Sie folgten Vicky, die fröhlich vor ihnen herhüpfte, durch den Flur in die Bibliothek. Gia hatte an der Inneneinrichtung nicht viel verändert, außer daß sie die Schutzdeckchen von den Samtsesseln entfernt hatte. Es dauerte volle zwanzig Minuten, in denen er zwischen Gia und Vicky auf einer kleinen Couch saß, bis Jack sich wieder ausreichend gereinigt fühlte, um einzunicken.

17

»So«, sagte Kemel. »Sie hatten den ganzen Tag Zeit, um in Erfahrung zu bringen, wer dieser Mann ist, und Sie haben noch immer keine Ahnung.«

Sam Baker wirkte nervös, als Kemel ihm zusah, wie er im

Wohnzimmer seines Apartments auf und ab ging. Und das war gut so. Er verdiente es, mehr als nur nervös zu sein. Er sollte viel eher niedergeschlagen aussehen und sich zu Tode schämen. Dieser namenlose Fremde hatte ihn nicht nur zu einer Witzfigur degradiert, sondern auch sein ansehnlicher Bonus war ernsthaft in Gefahr.

»Es ist fast so, als existierte dieser Kerl gar nicht.«

»Oh, er existiert, Mr. Baker. Das können ein paar Überlebende aus Ihrem Team jederzeit bestätigen.«

»Ja, aber jemand mit einer solch ausgefeilten Technik sollte einen Ruf, einen Namen, irgend etwas Typisches haben. Leute wie ich oder Leute, die ich kenne, sollten schon von ihm gehört haben. Er ist offensichtlich ein Söldner, und wenn er ein Söldner ist, dann müßte ich ihn kennen. Burschen wie er tauchen nicht plötzlich aus dem Nichts auf. Sie fallen nicht vom Himmel. Sie haben eine Laufbahn hinter sich, haben sich Stufe um Stufe hochgearbeitet. Aber nicht dieser Kerl. Er ist wie ein Gespenst, das plötzlich erscheint, alles durcheinanderbringt und dann verschwindet.«

»Sein Name interessiert mich nicht im mindesten«, sagte Kemel und hielt mühsam seine Wut im Zaum. Dieser Mann war ein kompletter Idiot. Warum hatte Nazer nicht jemand Fähigeren engagiert? »Ich will lediglich, daß Sie ihn aus dem Weg schaffen.«

»Ich kann ihn wohl kaum aus dem Weg schaffen, wenn ich ihn nirgends finden kann.«

»Vielleicht findet er Sie?«

Er gewahrte einen kurzen Ausdruck der Unsicherheit, ehe Bakers Miene sich verhärtete. »Ich bin auf ihn vorbereitet. Sobald ich ihn zu Gesicht bekomme, ist er ein toter Mann.«

»Wir wollen es hoffen«, sagte Kemel und wandte sich ab.

Er hatte einen unruhigen Vormittag hinter sich, an dem er die Nachrichtensendungen überwacht – in jedem Zimmer lief ein Radio oder ein Fernseher – und darauf gewartet hatte, die Meldung von einer revolutionären Energiequelle zu hören, die

die Welt verändern würde. Aber er hatte nichts dergleichen mitbekommen. Wie lautete das amerikanische Motto? *Keine Neuigkeiten sind gute Neuigkeiten.* Ja, in diesem Fall traf das hundertprozentig zu.

Und je länger die Zeitspanne ohne Neuigkeiten dauerte, desto besser war es.

Kann ich Hoffnung schöpfen, fragte er sich.

Falls Alicia Clayton Beweise für etwas derart Ehrfurchtgebietendes wie die Technologie ihres Vaters hätte, wäre sie sicherlich längst damit an die Öffentlichkeit gegangen. Sie hätte die Nachricht der ganzen Welt verkündet.

Je länger ihr Schweigen anhielt, um so wahrscheinlicher war es, daß sie und ihr Mietling – ihr »Söldner«, wie Baker ihn nannte – im Haus nichts gefunden hatten.

Kemel hatte den ganzen Tag gefastet und darum gebetet, daß es sich so verhielt. Und dann kamen wunderbare Neuigkeiten, ein Anruf von Gordon Haffner, der erzählte, er hätte vom Anwalt dieser Clayton-Frau gehört, und der Verkauf des Hauses machte Fortschritte.

Kemel hatte sein Glück kaum fassen können. Nun könnte er endlich nach Riad zurückkehren und sich darum kümmern, Ghali vor einem Strafprozeß zu bewahren.

Aber dann hatte der Zweifel den Kopf erhoben wie eine Wüstenratte. Was wäre, wenn ihr Bestreben, den Verkauf des Hauses voranzutreiben, nur ein falsches Spiel war, eine List, um ihn dazu zu verleiten, in seiner Wachsamkeit nachzulassen? Kemel hatte sich mit Baker in Verbindung gesetzt, der damit beschäftigt gewesen war, die Leichen seiner Männer wegzuschaffen, und ihm befohlen, sich des Peilsenders in der Handtasche der Clayton-Frau zu bedienen, um ihre Bewegungen zu überwachen. Bis jetzt hatte sie ihren Arbeitsplatz nicht verlassen.

Vielleicht hatte sie tatsächlich die ernsthafte Absicht, das Haus zu verkaufen. Zehn Millionen waren schließlich trotz allem immer noch zehn Mill…

Das Telefon klingelte. Kemel nahm den Hörer ab und erkannte sofort Thomas Claytons Stimme, obgleich sie noch näselnder klang als üblich.

»Sie waren hier!« rief er. »Sie wissen alles!«

Angst krallte sich mit eisigen Klauen in Kemels Herz. »Wer? Wer weiß Bescheid?

»Alicia und ihr Miet-Gorilla. Er hat mir die verdammte Nase gebrochen!«

»Sie sagten, sie wußten Bescheid. Worüber wissen sie Bescheid?«

»Über alles. Sie wissen sogar noch mehr als wir.«

Der Raum begann sich um ihn zu drehen. Alles! O nein. Das konnte nicht sein. Allah, bitte ...

»Der Sender?«

»Nein. Ich glaube nicht, daß sie den haben. Zumindest noch nicht. Aber ich habe das ungute Gefühl, daß sie vielleicht über eine Möglichkeit verfügen, wie man ihn finden kann. Was tun wir jetzt?«

Kemel schloß die Augen und zwang sich, ruhig zu bleiben. »Ich sage es Ihnen in Kürze.«

Er legte auf und setzte Baker in knappen Worten über das Gehörte ins Bild, wobei er sich natürlich nicht über das äußerte, was sie suchten und in ihren Besitz bringen wollten.

»Das ist doch einfach«, erklärte der Söldner. »Wir schnappen uns die Frau und zwingen sie, uns alles zu verraten. Und glauben Sie mir – lassen Sie mich an sie heran, und sie wird reden.«

Kemel schloß wieder die Augen. Dieser Mann war ja ein solcher Idiot.

»Und wenn sie gar nicht weiß, wo das zu finden ist, was wir suchen?« fragte er leise. »Das wird sicherlich ihre Meinung hinsichtlich des Hausverkaufs ändern. Und wenn dieser Mietling ebenfalls dort ist und die wenigen Männer ausschaltet, die Sie noch haben? Was ist, wenn Sie sie in Ihrer unendlichen Tollpatschigkeit töten, ehe Sie von ihr erfahren können, was wir unbedingt wissen müssen?«

»Hey, hören Sie mal ...«

»Nein. Sie werden sie nicht anfassen. Aber Sie werden den Peilsender benutzen, um sie zu verfolgen. Falls sie Anstalten macht, die Stadt zu verlassen, informieren Sie mich umgehend, und wir verfolgen sie. Und zwar gemeinsam. Ist das klar?«

»Ja, aber ...«

»IST ... DAS ... KLAR?« rief Kemel laut.

»Klar«, sagte Baker.

»Gut. Dann machen Sie sich sofort auf die Suche nach ihr. Und halten Sie mich auf dem laufenden.«

Er wandte sich wieder zum Fenster um und starrte in die Nacht, ohne bewußt irgend etwas zu erkennen. Er bat Allah, ihm seine Zweifel zu vergeben, als er für einen kurzen Moment geglaubt hatte, Gott hätte ihn im Stich gelassen. Nun erkannte er Allahs Plan. Alicia Clayton war Sein Instrument und würde Kemel zum Geheimnis ihres Vaters führen.

Ehre sei Allah.

Donnerstag

1

Yoshio wich zurück und schluckte eilig den letzten Rest seines Wurst-und-Ei-Sandwiches hinunter, als er Jack-san in dem blauen Taurus erkannte, der auf der anderen Straßenseite in die Parklücke fuhr.

Nachdem er ihm und Alicia Clayton am Vortag bis zu diesem eleganten Stadthaus gefolgt war, hatte Yoshio angenommen, daß dies die Adresse war, wo Jack-san wohnte. Aber dann hatte er den *ronin* wenig später wieder weggehen sehen. Er hatte versucht, ihm zu folgen, hatte jedoch, behindert durch die Frauenkleider, nicht an ihm dran bleiben können. Im Gewimmel der Fourteenth Street hatte er ihn dann endgültig verloren.

Daher war er schnellstens zu seinem Wagen zurückgekehrt, den er in der Nähe von Thomas Claytons Apartmenthaus geparkt hatte, und hatte ihn gegenüber dem Haus auf der anderen Straßenseite in eine günstige Startposition manövriert. Danach hatte er sich umgezogen und die Nacht im Wagen verbracht.

Und nun brachte Jack-san Alicia Clayton offensichtlich irgendwohin. Yoshio vermutete, daß zwischen ihnen keinerlei zärtliche Bande existierten, sonst wäre Jack-san nämlich über Nacht dageblieben. Daher konnte er davon ausgehen, daß sie sich bestimmt nicht trafen, um einander nahe zu sein. Sie mußten irgendeinen Plan verfolgen, und dieser Plan drehte sich ganz gewiß um die Claytonsche Erfindung.

Außerdem mußte dieser Plan sie aus der Stadt hinausführen. Weshalb sollten sie sonst das Auto benutzen?

Wie konnte Yoshio ihnen in die Vororte oder gar aufs Land folgen, ohne von ihnen bemerkt zu werden? Jack-san kannte ihn und würde gewiß nach ihm Ausschau halten. Und trotzdem mußte er es riskieren. Er spürte, daß seine Mission nach Monaten des Abwartens und Beobachtens kurz vor dem Abschluß stand.

Er wünschte sich in diesem Moment, er hätte vorgesorgt und Unterstützung angefordert, doch er wagte es nicht, weitere Personen in diese Angelegenheit einzuweihen. Die Situation war zu delikat.

Er beobachtete, wie Jack das Haus betrat. Yoshio war verzweifelt. Und verzweifelte Situationen erforderten manchmal verzweifelte Maßnahmen …

2

»Ich denke, wir fahren zur West Side, nehmen die Saw Mill, überqueren den Tappan Zee und versuchen unser Glück mit der Schnellstraße«, sagte Jack, während er den Taurus anließ. Die Uhr im Armaturenbrett zeigte 10:33. Der morgendliche Berufsverkehr müßte sich allmählich aufgelöst haben. »Es sei denn, Sie kennen einen besseren Weg.«

Alicia zuckte die Achseln. »Mir ist es gleich, Hauptsache, wir kommen so schnell wie möglich hin.«

Jack musterte sie von der Seite. Er hatte sie noch nie für einen besonders fröhlichen Menschen gehalten, aber an diesem Morgen kam sie ihm niedergeschlagener und trübsinniger als sonst vor.

»Ist mit Ihnen alles okay?« erkundigte er sich.

»Ja-ja«, erwiderte sie mit einem übertrieben heftigen Kopfnicken. »Mir geht es gut. Es ist nur …« Sie brach mitten im Satz ab.

»Was ist nur?«

Sie seufzte. »Es tut mir leid, daß Sie mir gestern zuhören mußten. Das gehörte eigentlich nicht zu Ihrem Auftrag.«

Wem sagen Sie das, dachte er, erklärte jedoch: »Das macht nichts. Machen Sie sich deswegen nur nicht verrückt.«

»Es ist nur so – es geht mir immer wieder durch den Kopf. Ich habe zu viele Jahre damit verbracht, nicht an diese Bilder zu denken, oder zumindest mühsam zu versuchen, es nicht zu tun. Ich habe das kleine Mädchen und alles, was es erlebt hat, in einer Art innerem Safe eingeschlossen, aber sosehr ich mich auch bemüht habe, ich konnte es nicht vergessen. Zu wissen, daß diese Bilder existierten und daß ich von einem schmierigen Perversen zum anderen wanderte, machte mich regelrecht krank. Ich wollte verdammt sein, wenn mich das in irgendeiner Art abstempeln sollte, aber es hat mich Tag und Nacht verfolgt. Es war sozusagen der schmutzige, kranke Hintergrund meines Alltags. Aber nach all den Jahren war es gestern das erste Mal, daß ich mich darüber äußern konnte. Und ich weiß, daß ich Ihnen damit einiges Unbehagen bereitet habe.«

»Nun … ja …«

Sexueller Mißbrauch eines Kindes … sich so etwas von einem Opfer schildern zu lassen … daß er sich dabei unbehaglich fühlte, war als Beschreibung viel zu schwach für die Qual und die Wut, die er dabei empfand.

»Aber Sie müssen verstehen, Jack, daß ich bis zu diesem Moment einfach nicht fähig gewesen bin, mich zu jemand anderem über diese Dinge zu äußern. Ich hatte niemals enge, intime Freunde oder Freundinnen, denn ich glaubte immer, daß ich ihnen nicht ehrlich gegenübertreten konnte. Um die Wahrheit zu sagen, ich konnte es nicht ertragen, wenn sie von ihren Eltern erzählten, vor allem von ihren Vätern, die offenbar etwas ganz Besonderes für sie darstellten. Jedesmal, wenn ich hörte, wie jemand voller Liebe von seinem ›Daddy‹ sprach, hätte ich laut schreien können. Selbst jetzt, wenn ich mir vorstelle, daß dieses Fleisch zur Hälfte von ihm stammt, möchte ich es mir am liebsten von den Knochen reißen. Ich frage mich immer wieder, warum ich nicht so einen Vater haben konnte, wie sie, einen, der mich umsorgt und bereitwillig sein Leben hingegeben hätte, um mich zu beschützen? Aber Sie haben die Bilder gesehen, Jack ...«

»Einige«, sagte er schnell. »Es waren nur ein paar wenige.«

»Auch nur eins war schon genug. Es bedeutete, daß Sie Bescheid wußten. Und alles, was ich zurückgehalten habe, brach plötzlich hervor. Wie ich schon sagte, es tut mir leid.«

»Und wie ich darauf erwiderte, es ist okay. Ich hoffe, es hat Ihnen geholfen.«

»Das hat es. Für eine Weile. Für ein paar Momente gestern abend, als die Negative durch den Reißwolf gingen, und später, als die Kollektion ins Feuer flog, habe ich mich frei gefühlt. Es war eine ... wunderbare Empfindung. Aber Thomas' Hinweis auf das Internet hat mich in die Wirklichkeit zurückgeholt. Ich erkenne jetzt, daß ich niemals richtig frei sein werde.«

»Niemals ist eine lange Zeit«, sagte Jack und schämte sich sofort wegen dieser abgedroschenen Bemerkung, aber er wußte nicht, was er sonst hätte erwidern sollen. Er war kein Seelenarzt, und er wußte nicht, wie er Alicia davon abhalten konnte, sich dorthin zu bewegen, wohin sie offenbar unterwegs war.

»Nun, solange Exemplare dieser Fotos in den Netzwerken der Pädophilen zirkulieren, entweder per Post oder als Dateien im Internet, und solange ich weiß, daß auch nur ein einziges Bild von mir irgendwo da draußen existiert, wird es niemals vorüber sein. Sicher, es ist leicht zu sagen, ›kommen Sie drüber hinweg‹ oder ›lassen Sie das hinter sich‹ oder ›stören Sie sich nicht daran‹, aber wie kann ich zu alldem in der Lage sein, wenn ich weiß, daß sogar in diesem Moment, während wir uns unterhalten, irgendein vor Geilheit sabbernder Perversling mich dabei anglotzt, wie ich ... diese Dinge tue? Wie kann ich die Ereignisse in der Vergangenheit vergraben, wenn die Fotos in der Gegenwart erhalten bleiben?«

Jack konnte nur nicken. Sie hatte recht. Diese Bilder waren

eine ständige Beleidigung ihrer Person, die sogar andauern würde, wenn sie schon lange tot war.

»Er hat immer noch Macht über mich, verdammt noch mal!« stieß sie hervor, wobei ihre Stimme lauter wurde. »Wie kann ich mich davon befreien? Ich frage Sie – *WIE*?«

Das war ein Problem, zu dem Jack keine Lösung einfiel.

»Da wir gerade von ihm reden«, sagte Jack und hoffte, damit wieder zum eigentlichen Zweck ihrer Fahrt zurückkehren zu können, »was meinen Sie, weshalb er die Technologie ausgerechnet Ihnen hinterlassen hat? Könnte es sein, daß er ...« – wie sollte er sich ausdrücken? – »... damit irgend etwas wiedergutmachen wollte?«

Sie reagierte mit verhaltenem spöttischem Gelächter. »Ganz bestimmt nicht. Das hätte ja so etwas wie Reue vorausgesetzt. Und die Bedeutung dieses Wortes kannte Ronald Clayton nicht. Nein, daß er mir das Haus und den Hinweis auf die Existenz dieser Technik vermacht hat, war genauso berechnend und zu seinem eigenen Vorteil wie alles andere, was er in seinem Leben getan hat. Er wußte, daß Thomas seine Erfindung verkaufen und sie damit in der Versenkung verschwinden würde, und genau das wollte er nicht. Daher legte er sie in meine Hände, da er sich absolut sicher war, daß ich mit Thomas niemals gemeinsame Sache machen würde.« Sie schlug mit der Faust auf das Armaturenbrett. »Sehen Sie? Er tut es noch immer. Er benutzt mich immer noch! Dieses verdammte Monster!«

3

»Was ist los?« wollte Alicia wissen. »Warum halten wir an?«

Sie waren auf der Schnellstraße ohne Probleme nach Norden gefahren und – zumindest soweit sie es beurteilen konnten – ohne ein Anzeichen dafür, daß sie verfolgt wurden. Die meiste Zeit seit dem Verlassen der Stadt hatten sie geschwiegen.

Das ist meine Schuld, dachte sie. Als sie an diesem Morgen aufgewacht war, hatte sie sich müde und ausgelaugt gefühlt, und im Augenblick ging es ihr nicht viel besser. Sie hatte wenig Lust, sich zu unterhalten, und sie war sich ziemlich sicher, daß es Jack ganz recht war.

Sie hatten gerade am Mautschalter der New-Paltz-Ausfahrt ein kleines Vermögen bezahlt, und Jack lenkte den Wagen zu einer der Telefonzellen auf dem großen Platz hinter den Schalterhäuschen.

»Ich will mich nur mal umschauen«, erklärte er, »und mich gleichzeitig vergewissern, daß uns niemand beschattet.«

Alicia blieb im Auto sitzen, während Jack so tat, als ob er ein Telefongespräch führte und etwas auf einem kleinen Spiralblock notierte, während er die Fahrzeuge beobachtete, die an den Mautschaltern vorbeirollten. Um diese Zeit an einem Donnerstag im Dezember herrschte nicht viel Verkehr auf der Schnellstraße.

Schließlich, nach gut fünfzehn Minuten, hängte Jack den Hörer ein und kehrte zum Wagen zurück. Er nickte zufrieden, während er sich bückte und in den Wagen schaute.

»Alles klar. Ich habe niemanden entdeckt, den ich kenne. Und wie ist es mit Ihnen?«

»Niemanden. Was haben Sie aufgeschrieben?«

»Fabrikate, Modelle, Farben, Nummernschilder. Wenn ich einen dieser Wagen wiedersehen sollte, möchte ich mehr darüber herausfinden können. Nun ... noch eine Sache, und dann fahren wir weiter.«

Er griff nach hinten und holte den Landrover aus dem Fußraum vor der Rückbank – diesmal wieder komplett mit seiner schwarzen Plastikkarosserie. Er stellte ihn auf die Straße und schaute gespannt zu, wie er über den Asphalt rollte. Jacks dunkle Augen leuchteten vor freudiger Erregung, als er zum Wagen zurückkehrte.

»Der kleine Flitzer steuert mittlerweile fast genau nach Westen. Ich glaube, wir sind bald am Ziel.«

Tiefhängende graue Wolken trieben über den Himmel und verdeckten die zaghafte Wintersonne, während Jack durch die Berglandschaft von Ulster County fuhr. Aus der Ferne betrachtet, verliehen die entlaubten Bäume den umliegenden Hügeln ein verschwommenes Aussehen, das an hellbraunen Filz erinnerte, der die Hügel bedeckte und nur an wenigen Stellen von dunkelgrünen Flecken unterbrochen wurde, die von vereinzelten Kieferngruppen gebildet wurden.

An jeder größeren Kreuzung oder Gabelung hielt Jack an, beobachtete für eine Weile den Verkehr, holte dann den Spielzeugtruck heraus, stellte fest, welche Richtung er einschlug und wählte dann mit seinem Wagen die entsprechende Abzweigung.

Der Rover führte sie immer tiefer in die Berge. Als die Asphaltdecke von einer festgestampftem Lehm- und Schotterdecke abgelöst wurde, spürte Alicia eine wachsende Erregung. Sie kämpfte für eine Weile dagegen an – sie wollte keiner Sache entgegenfiebern, die mit diesem Mann in irgendeiner Verbindung stand –, aber am Ende kapitulierte sie. Vor ihnen, vielleicht hinter der nächsten Erhebung oder der nächsten Kurve, auf einem der mit laublosen Bäumen bewachsenen Hänge, erwartete sie etwas Bedeutsames.

Doch während ihre Erregung wuchs, bemerkte sie bei Jack eine zunehmende Unruhe.

»Stört Sie etwas?« fragte sie ihn.

Er zuckte die Achseln. »Diese weite freie Fläche.« Er deutete auf die Landschaft aus Hügeln und Tälern, die durch eine Lücke im Baumbestand zu erkennen war. »Das ist gar nicht nach meinem Geschmack. Für asphaltierte Straßen habe ich entschieden mehr übrig – am liebsten wäre es mir sogar, wenn man *unter* ihnen herfahren könnte, und Bäume sollten in gleichmäßigen Abständen auf dem Bürgersteig stehen.«

In diesem Moment gerieten die Räder auf dem steilen Anstieg ins Rutschen und drehten durch.

»Ich hätte lieber einen Jeep mieten sollen«, meinte Jack. Er schien sich über sich selbst zu ärgern. »Daran hätte ich denken müssen.«

Aber die Reifen griffen schließlich wieder und ließen den Wagen einen Punkt erreichen, wo der Anstieg der Schotterstraße sich deutlich verringerte.

»Viel weiter kann es nicht mehr sein«, sagte Alicia. »Wir müßten die Spitze dieses Hügels bald erreicht haben.«

»Das schon, aber wenn der Rover nun auf den *nächsten* Berg zusteuert?«

Daran hatte Alicia nicht gedacht.

Kurz darauf gelangten sie ans Ende der Straße.

»Na prima«, sagte Jack.

Alicia beugte sich vor und schaute die Wand aus Baumstämmen und dichtem Unterholz an. Sie wollte einfach nicht zur Kenntnis nehmen, daß sie vielleicht umkehren und den ganzen Weg zurückfahren mußten. Und dann entdeckte sie etwas, das wie eine Lücke im Dickicht aussah.

»Warten Sie mal. Ist das vielleicht ein Weg?«

Mit dem Rover in der Hand stieg Jack aus. Diesmal folgte ihm Alicia.

»Sie haben gute Augen, Alicia«, lobte er sie und deutete auf einen schmalen Fußweg, der sich ins Dickicht schlängelte. »Gut, daß das Laub schon weg ist. Wenn alles noch grün wäre, hätte man die Lücke niemals bemerkt. Und das ist doch gut.«

»Warum?«

»Es könnte bedeuten, daß jemand nicht möchte, daß einem dieser Weg direkt ins Auge fällt. Gehen wir.«

Alicia schlug ihren Mantelkragen hoch und raffte ihn um den Hals zusammen. Sie waren ziemlich weit nach Norden gefahren und standen auf einer Hügelkuppe. Die Sonne verbarg sich hinter den Wolken, ein Wind kam auf. Sie wünschte sich, sie hätte sich wärmer angezogen.

Der Pfad schlängelte sich für etwa fünfzig Meter zwischen Bäumen und großen Findlingen hindurch, ehe er sich zu einer Lichtung verbreiterte. Alicia verschlug es den Atem, als sie die alte Blockhütte sah, die in der Mitte der Lichtung stand. Die Holzbalken waren das einzige Alte an dem Bauwerk. Der Rest kam aus dem Hightechbereich. Das Hüttendach und ein großer Teil des Hofs um das Haus herum war mit fotoelektrischen Solarzellen bedeckt. Ebenfalls auf dem Dach befand sich eine seltsam aussehende Antenne, die fünfzehn bis zwanzig Meter weit in den Himmel aufragte.

»Ich wäre außerordentlich überrascht, wenn das nicht der Ort ist, den wir suchen«, sagte Jack.

Er stellte den Rover auf den Erdboden und ließ ihn los. Er setzte sich holpernd in Bewegung, schwankte hin und her, als er sich durch Gras und Unkraut wühlte, und hielt dabei unbeirrbar auf die Tür des Blockhauses zu.

»Noch ein Test«, sagte Jack.

Während er den Rover zur nördlichen Seite trug, näherte sich Alicia der Hütte. Sie stellte fest, daß die Fenster verrammelt waren – zugemauert, um genau zu sein. Jemand hatte etwas gegen ungebetenen Besuch.

»Sehen Sie sich das an«, rief Jack rechts von ihr. »Ich bin im rechten Winkel nach Norden gegangen, und jetzt fährt er nach Süden ... genau auf diese Hütte zu. Es kann keinen Zweifel geben, Alicia. Wir haben es gefunden. Dies hier ist der Ort.«

Alicia massierte ihre Arme durch den Mantel. Nun wurde ihr richtig kalt.

Plötzlich tauchte Jack neben ihr auf. »Da«, sagte er und reichte ihr das Spielzeugauto. »Halten Sie das fest, während ich versuche, uns Zugang zu verschaffen.«

»Wollen Sie schon wieder ein Schloß aufbrechen?« fragte sie.

»Unglücklicherweise habe ich vergessen, mein Werkzeug einzupacken.« Er bückte sich und betrachtete prüfend das Schloß. »Schade. Es ist ein Yale-Schloß. Und mit Yale kenne ich mich nicht so gut aus. Nein ... es sieht so aus, als müßte ich es auf die altmodische Art und Weise versuchen.«

Kaum hatte er das letzte Wort ausgesprochen, sprang er auch schon hoch und trat in Höhe des Schlosses mit einem

Fuß gegen die Tür. Das Dröhnen des Aufpralls hallte über die Lichtung.

Aber die Tür gab nicht nach.

»Verdammt noch mal«, stieß Jack hervor und untersuchte die Türangeln. »Diese Tür geht nach draußen auf. Seltsam. Damit wird ein Aufbrechen erheblich schwieriger.«

Er vollführte einen zweiten Fußstoß gegen die Eichenbretter mit ebensowenig Erfolg wie beim erstenmal.

Drei weitere Tritte folgten, begleitet von einem lauten Dröhnen, und die Tür machte keinerlei Anstalten nachzugeben.

Alicia erstarrte, als eine Stimme mit Akzent hinter ihnen sagte: »Vielleicht kann ich Ihnen behilflich sein.«

4

Erschrocken wirbelte Jack herum und griff nach seiner Semmerling, spreizte jedoch sofort die Finger und hielt die Hände weit von sich, als er erkannte, daß der Fremde bereits mit einer Pistole auf ihn zielte.

Yoshio.

Jack wußte, daß er eine ziemlich lächerliche Figur abgab, wie er so dastand und den Japaner anstarrte, aber er konnte sich sein Auftauchen überhaupt nicht zusammenreimen ...

»Wo, zum Teufel, kommen Sie denn her?«

»Aus dem Kofferraum Ihres Wagens.«

»Aus dem Kofferraum?« Jack konnte es nicht fassen. »Wann sind Sie ...?« Dann ging ihm ein Licht auf. »Klar, natürlich, verdammt noch mal. In Chelsea, nicht wahr?«

Er hätte sich am liebsten selbst in den Hintern getreten. Er fuhr den Wagen noch nicht lange genug, um bei einem zusätzlichen Gewicht im Heck stutzig zu werden, aber trotzdem hätte er in dieser Situation wirklich nichts dem Zufall überlassen dürfen.

Yoshio nickte mit einem gequälten Lächeln. »Eine höchst ungemütliche Fahrt.«

»Das kann ich mir vorstellen«, sagte Jack und dachte an die mit Schlaglöchern übersäte Strecke, die sie bis zu dieser Lichtung zurückgelegt hatten. »Mein Gott, Sie müssen aber verdammt scharf darauf gewesen sein, hierherzukommen.«

»Ja, Jack-san. Ausgesprochen scharf. Und was ist mit Ihrem Versprechen, Informationen weiterzugeben? Wie steht es damit?«

»Unsere Abmachung umfaßte auch das Recht auf Verweigerung«, sagte Jack so behutsam er konnte. Es wäre keine gute Idee, den Mann mit der Pistole zu verärgern. »Und wir wissen noch nicht mal, was uns erwartet.« Er wandte sich an Alicia. »Übrigens, das ist Yoshio, der japanische Gentleman, von dem ich Ihnen erzählt habe.«

Alicia sah aus, als hätte sie sich am liebsten sofort unsichtbar gemacht. Sie stand stocksteif da und starrte gebannt die Mündung der auf sie gerichteten Pistole an.

»Sagen Sie ›hallo‹«, flüsterte Jack ihr aus dem Mundwinkel zu.

»Hallo – muß er unbedingt auf uns zielen?«

»Es tut mir außerordentlich leid«, sagte Yoshio. »Wenn Jack-san mir bitte seine Waffe aushändigt, dann werde ich diese Pistole herunternehmen. Sie können versichert sein, daß ich sie nur zu meinem Schutz einsetze.«

Wie verdammt höflich, dachte Jack, während er die Semmerling hervorholte und sie abgab.

Aber wie er versprochen hatte, verstaute Yoshio die kleine .45er in der Tasche und steckte seine eigene 9 mm ins Holster. Jack kam zu der Erkenntnis, daß sie es mit einem Mann zu tun hatten, der sich seiner physischen Fähigkeiten sehr sicher war.

»Nun«, sagte Yoshio, »wollen wir uns mal ansehen, was in der Hütte ist?«

Jack nickte. »In Ordnung. Ich zähle bis drei …«

Die Tür barst beim ersten gemeinsamen Tritt um die Schloßplatte herum. Beim zweiten Tritt gab die Platte nach, und sie konnten die Tür aufziehen.

Das erste, was Jack auffiel, war, daß im Inneren der Hütte zahlreiche Lampen brannten.

Aber wenn man sich vergegenwärtigte, was sich in diesem Haus befinden mußte, war das eigentlich nichts Besonderes.

»Bitte sehr«, sagte Yoshio. »Nach Ihnen.«

Immer die Höflichkeit in Person, dachte Jack. Aber er achtet darauf, daß ich nicht hinter ihm bin.

Der Raum hinter der Tür sah aus wie das Labor eines verrückten Wissenschaftlers in einem Science-fiction-Film. Das Mobiliar bestand aus einem Tisch, einem Stuhl, einer Pritsche, ein paar Decken und zwei Aktenschränken. Der Rest, der gut drei Viertel des Raums einnahm, war ein elektronischer Alptraum aus Kabeln und Drähten und Stahlkästen und blinkenden Lämpchen. Und in der Mitte dieses Gewirrs war eine Glasröhre, die von einem Strahl nahezu weißen Lichts durchdrungen wurde. Der Lichtstrahl sah aus, als bestünde er aus solider Materie.

Nun hielt es Yoshio nicht länger hinter ihnen. Er drängte sich an ihnen vorbei und inspizierte die summenden Geräte und vor allem den Lichtstrahl in der Glasröhre.

»Ich verstehe das alles nicht«, gestand er. »Ist dies die von Ronald Clayton entwickelte Vorrichtung, die sogenannte Clayton-Technologie? Was bewirkt sie?«

Er spielt mir nichts vor, stellte Jack erstaunt fest. Er hat tatsächlich keine Ahnung.

Er warf Alicia einen fragenden Blick zu. »Soll ich es ihm verraten? Er ist ein potentieller Käufer.«

Sie nickte. »Nur zu.«

Jack ging zu der Lampe, die auf dem Tisch stand, und vergewisserte sich, ob sie über eine Anschlußschnur verfügte. Sie tat es ... aber sie war an keine Steckdose angeschlossen. Eine kleine Antenne ragte vom Lampenfuß hoch.

»Da«, sagte er und winkte Yoshio heran. »Das dort erklärt alles.«

Er reichte ihm die Lampe. Yoshio nahm sie entgegen und betrachtete sie.

»Ich habe so eine Lampe schon mal gesehen.«

»Dann sollten Sie Bescheid wissen.«

Der Japaner schaute ihn fragend an. »Worüber sollte ich Bescheid wissen?«

»Sehen Sie es sich an und kriegen Sie's heraus«, meinte Jack und ging hinüber zu den Aktenschränken.

Er war nicht in der Stimmung für Erklärungen. Yoshio sollte es lieber selbst herausfinden. Eine Erleuchtung war allemal besser als eine Vorlesung.

Alicia hatte eine der Schubladen geöffnet und betrachtete etwas, das aussah wie eine Konstruktionszeichnung.

»Schaltkreisdiagramme«, sagte sie. »Können Sie damit irgend etwas anfangen?«

»Ich kann meinen Videorecorder programmieren und meinen Computer einschalten«, verriet Jack ihr. »Darüber hinaus ... totale Fehlanzeige. Was die Technik angeht, bin ich ein absoluter Laie und habe von nichts Ahnung.«

Plötzlich stieß Yoshio einen lauten Jubelruf aus, gefolgt von einer Flut japanischer Wörter.

Jack nickte grinsend. »Offensichtlich ist ihm das sprichwörtliche Licht aufgegangen.«

Er verfolgte, wie Yoshio die Lampe zu dem elektronischen Durcheinander hinübertrug. Dort blieb er stehen, die Augen weit aufgerissen und die Wagen hektisch gerötet, und ließ den Blick zwischen der Lampe und der Clayton-Konstruktion hin und her springen, während er weiterhin auf Japanisch vor sich hin murmelte.

»Ist das keine optische Täuschung?« fragte er und kehrte zum Englischen zurück, während er zu Jack und Alicia herüberkam. »Gibt es das wirklich?«

»Ja, soweit wir es beurteilen können«, bestätigte Jack.

»Kein Wunder, daß Iswid Nahr ein ganzes Flugzeug voller Menschen vernichtet hat«, sagte Yoshio mit einem Ausdruck ehrfürchtiger Scheu in der Stimme. »Sie würden Tausende, *Millionen* töten, um dies hier zu verhindern.« Er sah auf die Lampe in seinen Händen. »Kaum zu fassen, daß ich so dicht an einer solchen Lampe dran war und es nicht geahnt habe. Ich dachte, sie hätten irgend etwas im Licht der Lampe betrachtet ... nicht die Lampe selbst.«

»Ja, so geht's«, sagte Jack. Er hatte nicht die leiseste Ahnung, wovon Yoshio redete. Er deutete auf die Aktenschränke. »Es sieht so aus, als wären sämtliche Pläne dort drin. Meinen Sie, Ihre Leute wären daran interessiert?«

»Interessiert? O ja, ich bin mir ...«

»Hände hoch! Und zwar alle und SOFORT!«

Jack zuckte bei den Kommandos, die im Kasernenhofton hervorgebellt wurden, zusammen, aber seine Hände reagierten ohne sein Zutun, wobei die Linke sich wie verlangt hob, aber seine Rechte sich dorthin bewegte, wo die Semmerling ... Und dann fiel es ihm ein: Yoshio hatte die Pistole.

Und Yoshios Hände hielten die Lampe. Er war keine Hilfe.

Daher hob Jack beide Hände und drehte sich langsam um. Er wußte, wen er vor sich sehen würde.

Ja, er hatte sich gedacht, daß es Kemel und Baker und der Rest seiner Truppe wären. Thomas Clayton – mit seiner geschwollenen Nase und den blau geschlagenen Augen – war eine Überraschung, allerdings keine große.

Jack spürte, wie sich seine Eingeweide verkrampften. Das war schlimm. Schlimmer als schlimm.

Von den fünf Besuchern, die sich durch die Tür drängten, war Kemel der einzige, der mit Jack keine persönliche Rechnung zu begleichen hatte. Aber was Kemel betraf, so war er sich darin auch nicht mehr allzu sicher.

Aber wie zum Teufel waren sie hergekommen? Er wußte verdammt genau, daß sie sich nicht mit Yoshio den Kofferraum geteilt hatten.

Was habe ich getan – etwa eine weithin leuchtende Spur hinterlassen?

5

Es ist hier, dachte Kemel und hatte Mühe, die Freudentränen zurückzuhalten. Allah sei gepriesen, ich habe es geschafft. Ich habe es gefunden.

Er drückte bewußt die Knie durch, während er weiter in die Hütte hineinging. Er fühlte sich geradezu schwach vor Erleichterung, wollte jedoch nicht, daß jemand es bemerkte.

Er betrachtete die drei Anwesenden. Er kannte Alicia Clayton und erkannte ihren Detektiv, aber der andere Mann ... der Asiate, der die Lampe in der Hand hielt ...

»Wer sind Sie?« fragte er und deutete auf ihn.

Der Mann schüttelte den Kopf. In seinen dunklen Augen lag keine Angst.

»Ich kann das für Sie ganz schnell rauskriegen«, sagte Baker und zielte mit der Pistole auf ein Knie des Mannes.

»Nein«, entschied Kemel. »Hier wird nicht geschossen.«

In diesem Punkt mußte er sehr streng sein. Er konnte nicht zulassen, daß die Situation außer Kontrolle geriet. Auf keinen Fall jetzt, wo der Erfolg zum Greifen nahe war.

Es war gleichgültig, ob der Asiate redete oder nicht. Kemel war sicher, einen Japaner vor sich zu haben. Wer sonst sollte jemanden losgeschickt haben? Ronald Clayton war mit seiner Wunder-Technologie zu dieser Nation unterwegs gewesen. Sie mußten hinter dem Flugzeugabsturz üble Maschenschaften vermuten.

»Na schön«, sagte Baker. »Dann gehen wir mit ihnen raus.« Er entblößte die Zähne in einem häßlichen Grinsen, während er auf Alicia Claytons Helfer zuging. »Vor allem mit diesem hier. Er wird *besonders* langsam sterben.«

Der Mann schlug beide Hände über dem Kopf zusammen und fiel auf die Knie. Er ließ den Kopf hängen und schluchzte: »Bitte ... *bitte* tun Sie mir nicht weh!«

Einer von Bakers Männern trat vor und holte mit dem Fuß aus, um dem Mann einen Tritt zu versetzen. »Verdammt, du armselige Memme ...!«

»Barlowe, nicht!« warnte Baker, packte den Mann am Kragen und riß ihn zurück. »Das ist genau das, was er will, du Arschloch! Ehe du weißt, was los ist, hat er dich schon überwältigt und hält uns mit deiner Waffe in Schach!«

Mit einem matten Grinsen hörte Alicia Claytons Helfer schlagartig auf zu jammern und stand wieder auf. Er nickte anerkennend, was Baker sehr zu schmeicheln schien. Baker machte einen Schritt auf den Mann zu.

»Zu Anfang nehmen wir uns dich aus sicherer Entfernung vor, und dann, wenn es richtig lustig werden soll, kommen wir allmählich näher.«

»Noch nicht, Baker«, bremste ihn Kemel. »Vielleicht hat er Informationen, die ich brauchen kann.«

»Wie was, zum Beispiel? Was für ein Haus ist das hier überhaupt?«

Kemel ignorierte die Frage. Je weniger Baker wußte, desto besser. »Entwaffnen Sie die Leute und bewachen Sie sie. Wenn ich mit ihnen fertig bin, können Sie mit Ihnen machen, was Sie wollen.«

Er mußte dies Baker in Aussicht stellen. Während der Fahrt in diese Berge hatten Baker und seine beiden restlichen Männer von kaum etwas anderem gesprochen als davon, was sie mit dem Mann tun würden, der ihre Kameraden beseitigt hatte. Aber Kemel mußte auch sichergehen, daß das, was er vor sich sah, wirklich alles war, daß es keinen weiteren Sender gab. Er würde von der Clayton-Frau und ihrem Mietling erfahren, wie sie den hier gefunden hatten und ob sie noch von anderen Sendern wußten.

Und dann ...

Dann müßten sie sterben.

Kemel gefiel das gar nicht. Tatsächlich scheute er vor diesem Moment zurück. Er hatte von der Bombe von Flug JAL 27 gewußt, aber das war nicht seine Idee gewesen. Es hatte ihn tief erschüttert, daß so viele unschuldige Leben geopfert werden mußten, um einen bestimmten Menschen zu erwischen, aber er hatte eingesehen, daß es absolut notwendig gewesen war, dafür zu sorgen, daß Ronald Clayton nicht nach Japan gelangte. Und was waren schon 247 Menschen verglichen mit dem Schicksal der gesamten arabischen Welt? Verhältnismäßig wenige waren für das Wohl vieler geopfert worden. War das im Laufe der Geschichte nicht immer so gewesen?

Aber wenigstens war es weit weg zu diesen Todesfällen gekommen, und zwar mit Hilfe eines völlig unpersönlich wirkenden Sprengkörpers. Dies hier wäre jedoch etwas anderes. Diesmal hätten die Toten Namen und Gesichter, und ihre Mörder würden ihnen in die Augen schauen und Zeugen ihres Sterbens sein. Auf seinen Befehl.

Aber er hatte seine Anweisungen und beugte sich ihrer Weisheit und erkannte ihre absolute Notwendigkeit an: Niemand außerhalb von Iswid Nahr durfte Kenntnis von dieser Technologie haben.

Er beobachtete, wie Barlowe mit seinem Sturmgewehr auf den Kopf des Asiaten zielte, während Kenny, Bakers anderer Mann, ihm die Lampe und zwei Pistolen abnahm. Die gleiche Prozedur führten sie bei Alicia Claytons Helfer durch, der, überraschenderweise, unbewaffnet war. Baker winkte die beiden Gefangenen und die Clayton-Frau zur Seite, damit Thomas Clayton Zugang zu den Aktenschränken hatte.

Baker hatte sich schließlich doch noch als nützlich erwiesen. Tatsächlich hatte er, trotz aller Rückschläge, doch noch das geschafft, wozu er engagiert worden war. Der kleine Peilsender, den er in der Handtasche der Frau versteckt hatte, hatte es ihnen gestattet, einige Meilen Abstand zu halten, während sie ihnen bis hierher gefolgt waren. Aber er würde nicht mit einem dicken Bonus und einer lukrativen Anstellung belohnt werden, wie er es sich erhoffte.

Baker und seine Männer würden die drei Gefangenen beseitigen und ihre Leichen weit weg von hier verscharren. Und nicht lange nach diesem Tag – wahrscheinlich schon morgen – würde Iswid Nahr, dessen war Kemel sich sicher, Baker in seiner eigenen Währung ausbezahlen.

Thomas Clayton würde wohl den gleichen Weg gehen müssen, vermutete Kemel. Sie durften kein Risiko eingehen.

»Es ist alles da«, sagte Thomas Clayton und blickte von einer offenen Schublade hoch. »Alles, was Sie über drahtlose Energie wissen müssen. Sie verwendet übrigens Sonnenenergie. Sie sind mir verdammt viel schuldig. Ich glaube, ich habe einen viel zu bescheidenen Preis ausgehandelt.«

»Du solltest froh sein, wenn du auch nur einen Penny erhältst«, sagte seine Schwester.

Thomas musterte sie und zog die Augenbrauen hoch. »Ach, nein, was du nicht sagst«, entgegnete er gedehnt.

»In dem Moment, als du durch diese Tür gegangen bist«, sagte sie, »hast du dich von einem Aktivposten in eine Belastung verwandelt. Sie brauchen dich nicht mehr. Du bist genauso entbehrlich geworden wie wir anderen.«

»Nein«, sagte er und wandte sich zu Kemel um. »Wir haben eine Abmachung, nicht wahr, Kemel?«

Kemel hielt seinem Blick stand und bemühte sich, nichts zu verraten. Er empfand Thomas Clayton als abstoßenden Menschen, aber er wollte sich jetzt nicht näher mit ihm beschäftigen. Das sollte gefälligst Iswid Nahr übernehmen.

»Natürlich. Und wir werden unser Wort halten.«

Doch irgendein Hinweis auf das, was die Zukunft bereit hielt, mußte über sein Gesicht geflackert sein, denn Thomas' Miene verhärtete sich.

»Was das betrifft, habe ich ernstliche Bedenken«, sagte er und griff in die Tasche.

Er zückte eine Pistole und richtete sie auf Kemel.

6

Tommylein, dachte Jack, als er die kleine .32er auftauchen sah, du bist zwar ein erstklassiger Mistkerl, aber ich liebe dich.

Alle Blicke – Alicias, Kemels, Bakers und die seiner Männer – ruhten jetzt auf Thomas.

Fast alle ...

Jack schaute zu Yoshio und stellte fest, daß dieser in seine Richtung blickte. Ein kurzes Heben einer Augenbraue verriet Jack, daß er es ebenfalls wußte: das könnte ihre Chance sein, die einzige, die sie hatten.

»Das ist nicht nötig, Thomas«, sagte Kemel.

»Ja«, schloß Baker sich an. »Stecken Sie sie weg, ehe Sie sich noch selbst verletzen ... oder jemand anderer Sie verletzt.«

Aus der Unterhaltung zwischen ihren Gegnern hatte Jack die Erkenntnis gewonnen, daß Bakers beide Männer Kenny und Barlowe waren, der Rothaarige und der dunkelhaarige Kerl mit der großen Nase.

»Nein«, erwiderte Thomas. Seine Stimme zitterte genauso wie die Mündung der .32er, aber die kleine Waffe blieb auf Kemel gerichtet, der kaum zwei Meter von ihr entfernt war. Jack war überzeugt, daß noch nicht einmal Thomas auf diese Entfernung danebenschießen würde. »Ich denke, das ist sogar dringend nötig. Ich hatte schon frühzeitig vermutet, daß ich am Ende in die Röhre schauen würde, wenn wir das hier gefunden hätten. Aber dazu wird es nicht kommen.«

Jack schob seinen linken Fuß ein paar Zentimeter in Richtung Tür. Dann, indem er es aussehen ließ, als verlagerte er lediglich das Gewicht, lehnte er sich nach links und zog den rechten Fuß nach. Ehe er an diesem Morgen losgefahren war, hatte er unter dem Vordersitz des Taurus eine 9 mm Tokarew versteckt. Wenn er es schaffte, lebendig durch die Tür zu kommen, dann hatte er eine Chance, auch den Wagen zu erreichen.

Und dann wären die Karten in diesem Spiel völlig neu verteilt.

»Seien Sie nicht dumm, Thomas«, sagte Kemel und hob die Hände wie ein Bittsteller. »Daran hat niemand jemals gedacht. Sie werden natürlich genau bezahlt, wie es vereinbart wurde.«

Ein weiterer unauffälliger Schritt … und eine erneute Gewichtsverlagerung …

»Verdammt richtig – das werde ich auch. Dies ist mein Eigentum, nicht Ihres. *Meins.* Und ich habe ein Anrecht darauf. Daher diktiere ich die Bedingungen.«

»Wir haben bereits gültige Bedingungen«, meinte Kemel.

»Es wird neu ausgeteilt«, sagte Thomas. »Es ist mein Kartenpack, und ich sage das Spiel an. Aber zuerst …« Er befeuchtete seine Lippen. »Zuerst sollen alle Waffen auf den Boden.«

Ein weiterer Schritt … Jack kam der Tür immer näher … noch ein Stück, und er konnte es riskieren, durchzustarten. Er sah, wie Yoshio ihm kaum merklich zunickte, als wollte er sagen: *Gib mir ein Zeichen, wann du es versuchst, damit ich meine Aktion mit deiner abstimmen kann.*

»Vergessen Sie's«, sagte Baker und verzog das Gesicht, als hätten die Worte einen üblen Nachgeschmack. Er war angespannt und bereit, zu handeln, während seine Pistole weiterhin auf Thomas zielte.

Thomas trat auf Kemel zu. »Wenn Sie nicht gehorchen, erschieße ich Ihre Geldquelle.«

»Und wenn er nicht mehr lebt, was glauben Sie dann, was mit Ihnen passiert?«

Jack gewann plötzlich den Eindruck, als dächte Baker daran, ins Management aufzusteigen. Er wußte vielleicht nicht, um was es überhaupt ging, aber er mußte sich zusammengereimt haben, daß die Einrichtung, die hier den größten Teil des verfügbaren Raums einnahm, für irgend jemanden verdammt wertvoll sein mußte.

»Befehlen Sie es ihnen«, sagte Thomas zu Kemel. »Sie bezahlen sie. Befehlen Sie ihnen, die Waffen auf den Boden fallen zu lassen und sich daneben zu legen.«

Kemel wandte sich an Baker. »Vielleicht sollten Sie ...«

»Einen Scheiß tue ich«, sagte Baker und schoß auf Thomas.

Der laute Knall war wie ein Startzeichen für Jack – er jagte los. Während er zur Tür sprintete, sah er den roten Blutnebel, der aus der Austrittswunde in Thomas' Rücken spritzte, und er hörte Alicia aufschreien. Dann fiel ein weiterer Schuß, dieser nur halb so laut wie der, den Baker abgefeuert hatte, als Thomas abdrückte. Kemel ächzte und faßte sich an den Bauch. Thomas und der Araber stürzten im selben Moment zu Boden.

Jack drückte sich an dem Mann namens Kenny vorbei und ergriff dessen Tec-9, ehe er sie in Anschlag bringen konnte. Die Maschinenpistole jagte eine Serie von Kugeln in die Decke, während Jack versuchte, sie dem Mann aus der Hand zu winden, aber der Sölder hatte sich den Gurt der Waffe um den Unterarm geschlungen, wie es sich für einen guten Soldaten gehört, und die Waffe wollte sich nicht vom Arm lösen. Jack mußte sich damit begnügen, ihn mit einem Ellbogenstoß ins Gesicht vorübergehend aus dem Verkehr zu ziehen.

Und dann war Jack durch die Tür, schlug einen Haken nach links und eilte den Berghang hinunter zu den Bäumen. Der Weg zum Taurus führte nach rechts über die Lichtung, doch auf dem freien Feld wäre er ein leichtes Ziel. Die Bäume standen etwas näher am Abhang. Sie boten ihm Deckung, während er sich auf einem kleinen Umweg seinem Wagen näherte.

Die Wolken am Himmel waren immer dichter geworden und verdunkelten nun den Nachmittagshimmel. Ihm fiel ein, daß dies der kürzeste Tag des Jahres war. Das Tageslicht würde sehr schnell verblassen. Und das konnte für ihn nur hilfreich sein.

Weitere Schüsse erklangen hinter ihm, und Alicia schrie erneut auf. Er riskierte einen Blick über die Schulter und sah

Yoshio durch die Tür nach draußen springen und auf ihn zurennen, wobei seine Arme und Beine mit Höchstgeschwindigkeit arbeiteten. Und seine leeren Hände zeigten, daß er genauso wenig Glück gehabt hatte wie Jack, als er versucht hatte, sich eine Waffe zu besorgen.

Jack erreichte die Bäume und mußte sein Tempo wegen des Unterholzes und der tief hängenden Äste drosseln. Er brachte einen dicken Eichenstamm zwischen sich und die Hütte und blieb stehen. Indem er sich im Unterholz duckte, blickte er zurück. Yoshio hatte den Abhang beinahe überwunden und die Bäume erreicht – der Kerl war wirklich immens schnell –, als der Söldner namens Barlowe aus der Tür herausstürzte und zu feuern begann.

»Komm schon«, flüsterte Jack, während Yoshio im Zickzack zu rennen begann. »Beeil dich!«

Und dann stieß Yoshio einen kurzen, schrillen Schrei aus und stürzte zu Boden. Dabei umklammerte er seinen Oberschenkel. Aber er kroch auf allen vieren weiter in Richtung der Bäume. Baker und Kenny kamen zu Barlowe, als er Yoshio einholte, einen Fuß auf seinen Rücken setzte und ihn regelrecht festnagelte.

Jack hörte, wie Baker einige Befehle gab. Barlowe und Kenny trennten sich, der eine entfernte sich nach links, der andere nach rechts.

Gute Taktik, dachte Jack. Diese Kerle waren erfahren. Kenny würde Jack den Weg zum Wagen abschneiden, während Barlowe einen weiten Bogen beschrieb, um in seinen Rücken zu gelangen.

Jack blieb an Ort und Stelle und beobachtete Baker, der mit Yoshio zurückgeblieben war. Er sah, wie er etwas zu dem vor ihm liegenden Mann sagte. Dann bückte er sich und richtete die Pistole auf Yoshios Kopf. Jack unterdrückte den Impuls, einen Warnschrei auszustoßen oder selbst anzugreifen – er war viel zu weit entfernt, um etwas ausrichten zu können. Er hörte den trockenen Knall einer 9 mm Pistole und sah, wie

Yoshios Körper zuckte, sich kurz verkrampfte und dann still liegenblieb.

Jack schloß die Augen und schluckte, dann machte er einen tiefen Atemzug und schlug sie wieder auf. Yoshios Körper lag bäuchlings an der Stelle, wo er gestürzt war, und Baker schlenderte zur Hütte zurück wie ein Gärtner, der soeben ein lästiges Unkraut herausgerissen und auf der Wiese zurückgelassen hat.

Jack hatte Yoshio auf seine Art gemocht, auch wenn er sich mit ihm nur ein einziges Mal im Auto unterhalten hatte. Es gab zwischen ihnen eine gewisse Seelenverwandtschaft. Er glaubte, sie hatten es beide gespürt. Aber Yoshio war kein unschuldiger Gaffer. Er war, wie er selbst zugegeben hatte, ein Killer. Und er hatte die Risiken gekannt.

Aber dennoch ... Wenn er daran dachte, daß Baker diesen Kopfschuß geradezu genossen hatte ...

Okay, dachte Jack. Jetzt kennen wir die Spielregeln.

Und nach dem zu urteilen, was er aus Bakers Bemerkungen in der Hütte entnommen hatte, dürfte eine Kugel in den Kopf ein Segen sein verglichen mit dem, was die Söldner mit ihm anfangen würden, wenn sie ihn erst in ihrer Gewalt hatten.

Die Aussicht, gefangen zu werden, war wie ein Klumpen nassen Laubs, der zwischen seinen Schulterblättern auf seinen Rücken geklatscht wurde. Es war schon schlimm genug, daß zwei bewaffnete Gorillas hinter ihm her waren, aber hier draußen, im Wald ... das war so weit von seinem vertrauten Terrain entfernt, wie es weiter gar nicht hätte sein können. Was wußte er schon darüber, wie man sich draußen in der freien Natur verhielt? Er war niemals bei den Pfadfindern gewesen.

Eins wußte Jack jedoch genau: Er mußte seinen Standort schleunigst verlassen.

Zu seiner Rechten hörte er Barlowe durch das Unterholz brechen. Jack konnte die Wut und die Verachtung hinter diesem Lärm geradezu körperlich spüren: Ich habe eine Maschinenpistole mit zweiunddreißig Schuß im Magazin, und der Kerl, hinter dem ich her bin, hat nichts dergleichen. Warum also soll mich bemühen, leise zu sein? Ich mache soviel Krach, wie ich kann, und scheuche ihn hoch wie einen Fasan. Dann schieße ich ihn ab und schleife seinen Kadaver nach Hause.

Indem er von Deckung zu Deckung huschte, nutzte Jack den Lärm zu seinem Vorteil aus und suchte sich seinen eigenen Weg durch das Dickicht. Dabei schlug er eine Richtung ein, von der er hoffte, daß dieser Weg sich irgendwann mit Barlowes Weg kreuzen würde. Er wünschte, es wäre Sommer oder wenigstens Frühling – wenn all diese Gewächse in voller Blüte stünden, wäre es ein Kinderspiel, sich so lange zu verstecken, bis das Hereinbrechen der Dunkelheit die Chancen ein wenig günstiger verteilte. Wenigstens war sein Pullover vorwiegend braun, doch das Hellblau seiner Jeans war nicht unbedingt eine Erdfarbe. Da alles völlig kahl war, würden sie ihn früher oder später – höchstwahrscheinlich früher – sehen und schnappen.

Sein Fuß blieb an deiner Dornenranke hängen, und er stürzte und landete auf einem schmalen Pfad durch das Unterholz. Er erkannte in dem festgestampften Lehm so etwas wie Hufspuren. Jack hatte keine Ahnung von der Jagd, aber er vermutete sofort, daß dies so etwas wie ein Wildwechsel für Rehwild war. Er löste seinen Fuß aus der dornigen Umklammerung – das Unterholz war davon durchwuchert – und kam auf die Füße. Der Pfad schien in derselben Richtung zu verlaufen, in der er sich vorwärtsbewegte, daher folgte er ihm.

Der Pfad erlaubte es ihm außerdem, schneller voranzukommen. Gelegentlich blieb er stehen, um Barlowes von lauten Geräuschen begleitete Fortschritte zu überprüfen, und er rechnete sich aus, daß der Söldner schon bald selbst auf diesen Wildwechsel stoßen würde. Ob Barlowe wohl der Versuchung widerstehen würde, diesen fast vollständig hindernisfreien Weg einzuschlagen? Jack bezweifelte es.

Was bedeutete, daß er hier irgendwo eine Falle aufstellen sollte.

7

»Drahtlose Energie, hä?«

Alicia beobachtete von ihrem Standort in der Ecke neben den Aktenschränken aus, wie Baker vor den elektronischen Geräten auf und ab ging.

Er hatte wissen wollen, was diese Anlage bewirkte, was sie erzeugte – »Was hat dieser Scheiß zu bedeuten?« hatte seine nicht gerade präzise Frage gelautet –, und sie hatte es ihm erklärt. Warum auch nicht? Ihr war es gleichgültig, wer alles davon erfuhr. Sie wollte ihn nur von sich ablenken und selbst nicht ständig an die Leichen auf dem blutverschmierten Fußboden denken müssen.

Thomas war nicht mehr. So schnell. Gerade hatte er noch dort gestanden und geredet, und jetzt war er schon tot. Sie versuchte, so etwas wie Trauer zu entwickeln, aber da war nichts. Mitgefühl … wo war ihr Mitgefühl für jemanden, der die Hälfte ihrer Gene hatte, auch wenn es die schlechte Hälfte war?

Weg. Ebenso wie Thomas. Und was bedeuteten Gene überhaupt? Weshalb sollte man am Schicksal von jemandem Anteil nehmen, der nicht mehr ist als die schlechte Karikatur eines menschlichen Wesens, nur weil man das gleiche genetische Material besitzt?

Aber sogar Thomas hatte etwas Besseres verdient, als niedergeschossen zu werden wie ein toller Hund.

»Drahtlose Elektrizität«, sagte Baker und massierte sein Kinn. »Mein Gott, der Wert einer solchen Erfindung muß …«

Ein Stöhnen ließ Alicia erschrocken nach unten blicken. Der Araber, den Thomas kurz vorher Kemel genannt hatte, bewegte sich und krümmte sich, während er die Hände gegen seinen blutenden Bauch preßte.

»Bitte«, stöhnte Kemel mit einer Stimme, die kaum mehr war als ein mattes Flüstern, »ich brauche einen Arzt.«

Baker winkte Alicia mit der Pistole heran und deutete dann

mit der Waffe auf den Araber. »Sie sind Ärztin, nicht wahr? Kümmern Sie sich um ihn.«

»Womit? Er muß ins Krankenhaus.«

»Untersuchen Sie ihn, verdammt noch mal!«

»Schon gut.«

Alicia ging hinüber zu Kemel und kniete sich neben ihn. Aus dieser Position konnte sie Thomas Waffe auf dem Fußboden dicht neben dem Körper des Verwundeten sehen. Für Baker war sie jedoch von seinem Standort aus unsichtbar. Aber sie befand sich weit außerhalb von Alicias Reichweite. Trotzdem war es gut zu wissen, wo sie sich befand.

Sie erstarrte, als sie sah, wie sich eine von Thomas' Händen öffnete und schloß. Sie schaute in sein Gesicht, sah, wie er die Augen aufschlug, für einen kurzen Moment blind ins Leere starrte und sie dann wieder schloß.

Er lebt noch, dachte sie, aber lange hält er nicht mehr durch.

Der Araber ächzte gequält, als Alicia versuchte, ihn auf den Rücken zu drehen, daher war sie dazu gezwungen, ihn von der Seite zu untersuchen. Behutsam – wobei all ihre Erfahrung mit Infektionskrankheiten angesichts der Gefahr, mit Blut in Berührung zu kommen, Alarmsignale in ihr Bewußtsein schickte – zog sie seine Hände von der Wunde weg. Sie sah das feucht glänzende hellrote Loch in seinem Oberhemd, sah gleichzeitig das Blut heraussickern und nahm einen fäkalen Geruch wahr.

Im Geiste ging sie sämtliche Möglichkeiten durch: perforierter Darm, innere Blutungen, aber Haupt- und Nierenschlagader wahrscheinlich unversehrt, sonst wäre er längst gestorben. Und es gab absolut nichts, was sie hätte tun können, um ihm zu helfen.

Kemel stöhnte erneut schmerzerfüllt auf.

»Er ist in Lebensgefahr«, stellte sie fest.

»Das hätte ich Ihnen auch sagen können«, entgegnete Baker. »Ich habe schon eine Menge Bauchschüsse gesehen. Ein häßlicher Tod. Was können Sie für ihn tun?«

»Hier gar nichts«, erwiderte sie und erhob sich. »Er muß dringend operiert werden.«

»Nun ja«, sagte Baker mit einem Haifischgrinsen, während er die Pistole auf sie richtete. »Ich denke, damit sind Sie hier verdammt nutzlos, nicht wahr?«

Alicia kämpfte gegen die aufkeimende Panik an. Wieviel wußte er? Sie schluckte, spürte dabei ein Kratzen in ihrer ausgetrockneten Kehle.

»Nicht, wenn Sie diese Technik der drahtlosen Energie verkaufen wollen«, sagte sie.

»Was soll das heißen?«

»Weil ich die einzige bin, die das ermöglichen kann.«

Sie sah, wie sich Bakers Augen verengten, als er sie eingehend musterte. Innerlich zitterte sie wie Espenlaub. Sie schickte im stillen ein Bittgebet zum Himmel, daß es nicht zu erkennen wäre.

»Ja? Und warum sollte ich Ihnen das glauben?«

Wieviel wußte er? Hatte er das Testament gesehen? Nein ... die Wahrscheinlichkeit sprach dagegen. Aber im Hinblick auf die Greenpeace-Klausel im Testament hatte man ihm wahrscheinlich von Anfang an eingebleut, ihr keinen Schaden zuzufügen. Zumindest hoffte sie, daß es so war. Falls sie sich irrte, würde ihr nach ihren nächsten Worten sicherlich Thomas' Schicksal blühen.

»Sie meinen, Ihnen wurde nicht befohlen, mich mit Glacéhandschuhen anzufassen?«

Sie beobachtete ihn, wie er sich diese Frage durch den Kopf gehen ließ, dann sah sie, wie er die Pistole senkte.

»In Ordnung«, sagte er, »wir werden das klären, sobald wir mit Ihrem Freund fertig sind.«

»Er ist nicht mein Freund.«

»Das glaube ich auch nicht. Sonst hätte er nämlich nicht ohne Sie so schnell das Weite gesucht.«

Darüber hatte Alicia auch schon nachgedacht. Sie hatte zu ihrem Schrecken gesehen, wie er geflüchtet war, anstatt einzugreifen, aber wenn sie seine Chancen bedachte, drei bewaffnete Männer zu überwältigen, konnte sie es ihm eigentlich nicht verübeln. Sie hoffte nur, daß er vorhatte, zurückzukommen, um sie zu holen.

Sie erkannte schlagartig, daß sie nicht zu hoffen brauchte. Sie *wußte,* daß er zurückkommen würde.

Sie mußte endlich anfangen, an *irgendeinen* anderen Menschen zu glauben.

Plötzlich hörte sie aus dem Wald Schüsse.

»Das klingt, als hätten meine Jungs Ihren Typen gefunden«, meinte Baker mit spöttischem Grinsen. »Ich möchte jetzt nicht in seiner Haut stecken. Noch nicht einmal für all das Geld, das diese Sache hier wert ist.«

Weitere Schüsse fielen.

»Hören Sie doch«, sagte Baker und grinste breit. »Das klingt wie Musik in meinen Ohren.«

8

Jack versteckte sich hinter einer mächtigen Eiche. Zumindest nahm er an, daß es sich um eine Eiche handelte. Alles, was er genau wußte, war, daß der Stamm einen Durchmesser von knapp über einem halben Meter hatte – kaum genug, um sich dahinter zu verstecken – und dicht neben dem Wildwechsel stand. In den Händen hielt Jack einen der stärksten Äste eines kleineren Baumes, der zwischen der Eiche und dem Wildpfad stand. Mit seinem Schweizer Armeemesser hatte er die meisten Zweige des Astes entfernt und nur die etwas dickeren Ansatzstücke stehenlassen, so daß sie herausragten wie Nägel.

Und nun wartete er und lauschte auf Barlowes lautstarkes Herannahen auf dem Pfad.

Er hatte sich ein Stück der überall wuchernden Kletterpflanzen um das linke Handgelenk geschlungen und den

Baumast, der vorher in Gesichtshöhe in den Pfad hineingeragt hatte, so weit wie möglich zurückgebogen, ohne ihn vom Stamm abzubrechen.

Seine Fingerknöchel waren blau von der Kälte, aber seine Handflächen waren feucht von Schweiß. Jetzt kam es einzig und allein darauf an, den richtigen Zeitpunkt zu erwischen. Eine Sekunde zu früh, und Jack würde Yoshio ins Jenseits folgen.

Und so wartete er, verfolgte, wie die Geräusche lauter und lauter wurden, näher und näher kamen, wartete, bis er spürte, daß Barlowe jeden Moment in Sicht kommen mußte, dann ließ er los und wich zurück. Und während er sich um den Baumstamm herumschob, lockerte er die Schlingen der Kletterpflanze um sein Handgelenk.

Barlowes lauter Schmerzensschrei und eine Salve unkontrollierter Schüsse waren Jacks Signal, zu handeln. Er sprang hinter dem Baum hervor und landete direkt hinter Barlowe. Der Söldner stolperte rückwärts auf Jack zu. Die linke Hand hatte er vors Gesicht geschlagen, in der rechten befand sich die Tec-9, mit der er blindlings um sich schoß. Jack wartete einen winzigen Moment lang, bis Barlowe die linke Hand ein wenig herabrutschen ließ, dann wickelte er die Schlingpflanze um den Hals des Söldners und riß den erschrockenen Mann nach hinten.

Während er Barlowe mit dem Rücken gegen den kräftigen Baum rammte, bemerkte er, daß Blut aus dem linken Auge des Mannes rann. Eine der spitzen Dornen hatte tatsächlich ihr Ziel gefunden. Jack beeilte sich jetzt, ließ ein Ende der Schlingpflanze fallen, trat hinter den Baumstamm, griff um ihn herum und bekam das lose Ende der Schlingpflanze zu fassen.

Er zerrte die beiden freien Enden der Schlingpflanze nach hinten und zog mit aller Kraft daran. Er konnte Barlowe auf der anderen Seite des Baumstamms nicht sehen, aber er hörte sein ersticktes Würgen, als die Schlingpflanze ihm die Luft abschnürte. Seine Beine traten heftig aus, und er versuchte, seine Tec freizubekommen und nach hinten zu schießen, aber als die Mündung der Waffe in seine Richtung herumschwang, wich Jack lediglich ein kleines Stück nach links aus, ohne die beiden Enden der Schlingpflanze loszulassen. Die beiden Feuerstöße, die Barlowe auslösen konnte, wirbelten nur ein wenig nasses Laub hoch.

Und dann verstummten die Schüsse, allerdings rang der Gefangene weiterhin verzweifelt nach Luft und Freiheit. Das konnte nur eine Bedeutung haben: Barlowe hatte erkannt, daß seine Tec-9 ihm nicht das Leben retten würde. Und Jack konnte sich sehr gut denken, was er als nächstes versuchen würde.

Schnell raffte er die beiden Enden der Pflanze zusammen, so daß er sie mit einer Hand festhalten konnte. Dann streckte er sich nach rechts um den Baumstamm.

Wie er vermutet hatte, zog Barlowe sein Spezialmesser aus der Scheide. Das gefährlich aussehende, mit Sägeschliff versehene Rambo-Messer schimmerte matt im gedämpften Licht des Waldes, als Barlowe es hochriß und versuchte, die Kletterpflanze hinter seinem Kopf zu durchschneiden.

»Nein, das gefällt mir nicht«, sagte Jack und packte das Handgelenk.

Der Kampf dauerte nur kurz. Geschwächt von dem Luftmangel, hatte Barlowe nicht mehr die Kraft, um sich aus Jacks Griff zu befreien.

Schließlich sackte er zusammen.

Aber Jack hatte nicht vor, die Kletterpflanze loszulassen. Barlowe könnte versuchen, sich totzustellen.

In diesem Moment explodierte die Rinde dicht über Jacks Kopf in einem Splitterregen, begleitet vom ohrenbetäubenden Rattern eines Sturmgewehrs.

Jack duckte sich und drehte sich um. Er entdeckte den anderen Söldner, Kenny, in etwa fünfzig Metern Entfernung, wie er auf ihn zustürmte.

Kenny brüllte: »Hey, Barlowe! Worauf schießt du? Ich hab' ihn gefunden! Er ist hier drüben! Hey, Barlowe! Komm her!«

Jack ließ die Schlingpflanze los und begab sich schnellstens auf Barlowes Seite des Baumstamms. Das Gesicht des Söldners war bläulich angelaufen, die Augen waren geschlossen, und er sank auf die Knie.

Dabei konnte Jack deutlich hören, wie sich Kenny im Sturmlauf näherte, wildes Gebrüll ausstieß und im Laufen kurze Feuerstöße abgab.

»Hab' ich dich endlich, Mistkerl! Sprich dein letztes Gebet, denn du hast nur noch ein paar Sekunden zu leben. Hoffentlich machst du dir jetzt in die Hose, Scheißkerl. Hey, Barlowe! Wo bist du, Mann? Du versäumst die große Spaßnummer!«

»Barlowe ist schon hier«, flüsterte Jack. «Und er wartet auf dich.«

Jack packte Barlowes Tec-9, aber deren Riemen war um den Arm des Mannes geschlungen. Erst zerrte er daran, dann versuchte er, ihn zu entwirren und zu lösen, und die ganze Zeit konnte er Kenny näher kommen hören.

»Verdammt!« fluchte er, als er nach dem Schnappverschluß des Riemens suchte.

Und dann schoß ein stechender Schmerz durch Jacks linken Oberschenkel. Für einen kurzen Moment glaubte er, eine Kugel abbekommen zu haben, doch dann schaute er nach unten und sah Barlowes Messer aus einem blutigen Schnitt in seiner Jeans herausrutschen. Dabei starrte Barlowe ihn mit den blutunterlaufensten Augen an, die Jack jemals gesehen hatte.

Und Kenny erreichte soeben die andere Seite des Baumstamms.

Indem er, so gut es ging, den Schmerz in seinem Bein ignorierte, hievte Jack Barlowe auf die Füße – er mußte dem Burschen lassen, daß er ein verdammt zäher Gegner war – und schob ihn in Kennys Richtung. Während er ihn hochhielt, schlängelte er eine Hand unter den rechten Arm des Söldners und suchte nach dem Griff der Tec-9.

Kenny tauchte wild schießend auf, und Jack spürte, wie die Kugeln in Barlowes Körper einschlugen.

»O mein Gott!« brüllte Kenny entsetzt, während die Schüsse aufhörten. »Barlowe, was …?«

Jack konnte Kenny nicht sehen, aber er konnte sich seinen Gesichtsausdruck ausmalen. Jacks suchender Finger fand den Abzug von Barlowes Tec, und er betätigte ihn. Er hatte keine Ahnung, worauf er zielte, sondern er feuerte blindlings los und hoffte, daß das Magazin nicht sofort leer wäre.

Er schaffte es, einen Blick über Barlowes Schulter zu werfen, und sah Kenny rückwärts stolpern, die Arme ausgebreitet und die Augen weit aufgerissen, die Brust eine blutige Masse.

Jack ließ Barlowe und die Tec los, so daß der Söldner nach vorne sank. Beide Söldner prallten gleichzeitig auf den Boden.

Und dann mußte sich Jack gegen den Baum lehnen, wobei er seinen blutenden Oberschenkel umklammerte. Es verursachte ihm Höllenschmerzen, wenn er das Bein bewegte.

Genau das habe ich jetzt gebraucht, dachte er.

Aber er war wenigstens nicht mehr der einzige unbewaffnete Mann auf dem Hügel.

9

Das Schießen hatte aufgehört.

»Nun«, sagte Baker, »das war's dann wohl für Ihren Freund.«

Er lehnte sich gegen den Tisch und hatte immer noch die Pistole in der Hand.

»Das wissen Sie doch gar nicht«, widersprach Alicia.

Sie konnte sich nicht vorstellen, daß Jack tot war. Er erschien viel zu stark, zu erfahren, um tot zu sein. Aber andererseits hatte sie ihn nur dabei erlebt, wie er seine Tricks angewendet hatte. Sie hatte ihn nie in einem richtigen Gefecht gesehen.

Und ganz gleich, wie gut er war, wie sollte er zwei Männer überwältigen, die über automatische Waffen verfügten?

»Ich weiß es aber«, sagte Baker. »Die Schießerei kann nur eine einzige Ursache haben: sie haben ihn in die Enge getrieben und sich ein wenig mit ihm vergnügt. Wahrscheinlich haben sie zuerst auf seine Beine geschossen und sich dann mit seinem restlichen Körper befaßt. Als sie damit fertig waren, hat er sie wahrscheinlich angefleht, sie sollten ihn doch endlich töten.«

Aus Furcht, sie müßte sich übergeben, wandte sich Alicia ab. Jack – nur Jack – war tot. Ein weiteres Todesopfer nur wegen ihr. Sie hatte ihn in diese Angelegenheit hineingezogen. Er hatte sich bereitwillig engagieren lassen, aber dennoch, wenn sie alles auf sich hätte beruhen lassen, wenn sie Thomas das verdammte Haus überlassen hätte, dann wären alle noch am Leben, und sie würde von diesen Brutalos nicht in diesem Wald festgehalten.

Sie hörte einen lauten Freudenruf irgendwo draußen vor der Hütte.

Baker straffte sich und durchquerte grinsend den Raum.

»Das ist Kenny. Der muß immer einen solchen Lärm veranstalten.«

Ein weiterer Siegesschrei.

Baker trat aus der Hütte, stemmte die Hände in die Hüften und blickte erwartungsvoll zum Wald hinüber.

10

Jack richtete Barlowes Tec-9 auf die Hüttentür und stieß einen Jubelruf aus in der Hoffnung, daß er so wie Kenny klang, um Baker herauszulocken.

Er lehnte sich an einen Baumstamm, um sein linkes Bein zu entlasten. Die Bäume waren hier viel kleiner und boten nicht viel Deckung. Hoffentlich brauchte er sie auch nicht.

Rechts von ihm war Yoshitos Körper lediglich ein heller Fleck im Unterholz.

In seinem linken Bein pochte ein brennender Schmerz. Er hatte den Schultergurt der Tec oberhalb der Wunde um sein Bein geschlungen und zugezogen, so daß die Blutung weitgehend gestoppt wurde, aber gegen den Schmerz hatte er nichts Wirksames gefunden.

Er stieß einen zweiten Ruf aus.

Komm schon, Baker. Zeig deine häßliche Visage.

Wenn er eine Pistole gehabt hätte, dann hätte er sich längst zur Hütte schleichen können. Aber nur mit der Tec bewaffnet konnte er es auf keinen Fall riskieren, in die Hütte zu stürmen und um sich zu schießen. Nicht, wenn Alicia noch dort ausharrte. Diese verdammten Maschinenpistolen waren viel zu ungenau. Es ließ sich kaum voraussehen, wen oder was er treffen würde, sobald er den Abzug betätigte.

Und wenn er sich die Zeit genommen hätte, zum Wagen zu humpeln, um die 9 mm zu holen, die er dort versteckt hatte, wäre Baker womöglich noch auf die Idee gekommen, daß irgend etwas nicht stimmte, und hätte ihm eine Falle gestellt.

Also mußte er es auf diese Art und Weise versuchen. Er wünschte sich nur, näher bei der Hütte zu sein. Treffsicherheit war noch nie seine starke Seite gewesen, und mit einer Tec-9 mußte er sich bei dieser Entfernung mehr auf sein Glück als auf sein Können verlassen.

In diesem Moment trat Baker ins Freie und hielt Ausschau nach Kenny. Jack betätigte den Abzug der Tec und leerte das Magazin auf Baker.

Die rechte obere Ecke der Tür dicht neben Bakers Kopf löste sich in einem Splitterregen auf, und Baker verschwand mit einem Hechtsprung in der Hütte.

Wütend schwang Jack die leergeschossene Tec gegen den Baumstamm und schleuderte sie in den Wald hinein.

Was nun? Er hatte das Gefühl, daß es für ihn und Alicia allmählich äußerst brenzlig wurde.

11

Die Salve von der Lichtung hatte Alicia einen heillosen Schreck eingejagt. Während Baker nach seinem Sprung in die Hütte seine Füße sortierte, starrte Alicia die zerstörte Tür an, die von den Treffern immer noch hin und her schwang, und hätte am liebsten einen Freudengesang angestimmt.

Dank irgendeines Wunders war Jack immer noch am Leben. Mehr noch, er war nicht nur am Leben, er war sogar zurückgekommen.

»Kenny!« brüllte Baker. »O Gott, er muß Kenny erledigt haben!«

Sie schaute dorthin, wo Thomas lag. Seine Pistole befand sich auf der anderen Seite. Wenn sie nur irgendwie …

Baker packte ihren Arm und riß sie zu sich heran. Sein Atem roch säuerlich.

»Wer ist das, verdammt noch mal? Wo hast du diesen Kerl aufgetrieben?«

»Sein Name ist Jack«, antwortete sie. Was würde es schaden, wenn Baker dies wußte? »Das ist alles, was ich weiß.«

»Erzähl mir nicht so was. Zwischen euch muß doch irgend etwas anderes sein, sonst wäre er kaum zurückgekommen.«

»Nein. Er bekommt einen Prozentsatz von dem, was dieser ganze Komplex wert ist.«

Das traf ebenfalls zu, aber Alicia hatte das sichere Gefühl, daß Jack auf jeden Fall zurückgekommen wäre, ganz gleich welche Abmachung sie getroffen hatten. Baker würde das niemals verstehen, aber ein Prozentsatz als Bezahlung war etwas, das er verstand.

Er nickte. »Ja, ich glaube, dafür wäre ich auch zurückgekommen.«

Er wirbelte herum, raffte eine Handvoll Haare an ihrem Hinterkopf zusammen und stieß sie zur Tür. Ihre Kopfhaut prickelte und brannte von der rohen Behandlung.

»Sie tun mir weh.«

»Du solltest lieber hoffen, daß dies das Schlimmste bleibt. Denn wir werden mal überprüfen, ob du wirklich so wertvoll bist, wie du von dir behauptest.«

Er stellte sie in der Türöffnung auf, kauerte sich hinter sie und lugte über ihre Schulter. Sie spürte den kalten Stahl der Mündung an ihrer Schläfe. Unten am Ende des Abhangs, fast zwischen den Bäumen, lag ein Körper. Alicia erkannte an seinem weißen Oberhemd, daß es Yoshio sein mußte. Sie schloß die Augen. Noch ein Toter.

Hinter sich, in der Hütte, hörte sie Kemel nach einem Arzt verlangen.

»Hey, Jack!« rief Baker. »Oder wie immer du heißt. Komm raus, wo ich dich sehen kann, oder deiner Freundin geht es schlecht!«

»Ich bin nicht seine ...«

»Klappe!« fauchte er und preßte die Pistolenmündung noch brutaler gegen ihre Schläfe. »Kein Sterbenswörtchen mehr von dir!«

Und dann sah sie Jack, wie er zwischen den Bäumen erschien. Er blieb stehen, schaute zu ihnen herüber, sagte jedoch nichts. Dann, langsam und betont, hob er den Mittelfinger.

»Du verdammter ...!« stieß Baker hervor.

Plötzlich befand sich die Pistolenmündung nicht mehr an ihrer Schläfe, sondern die Pistole erschien vor ihr und feuerte auf Jack. Die Explosionen waren ohrenbetäubend.

Jack tauchte nach links weg und war kurz darauf neben einem anderen Baum zu sehen. Baker feuerte weitere Schüsse auf ihn ab. Aber Jack verschwand sofort, um woanders wieder aufzutauchen. Baker feuerte erneut.

»Dein Freund hält sich wohl für ganz besonders schlau«, flüsterte Baker. »Weißt du, was er tut? Er zählt meine Schüsse. Er weiß, daß ich fünfzehn im Magazin habe. Er weiß, daß ich einen Schuß bei deinem Bruder verbraucht habe, einen bei dem Japaner, und nun habe ich neun Schüsse auf ihn abgefeuert. Deshalb denkt er, noch vier Schüsse und …«

Jack kam hoch, und Baker schoß zweimal.

»Das waren zwei weitere. Jetzt glaubt er, noch zwei Schüsse wären übrig, und er greift mich an, während ich das Magazin wechsle. Er hält mich wohl für einen echten Idioten. Nun, ich habe Neuigkeiten für Mr. Jack. Sam Baker wechselt das Magazin jetzt. Und dann wird Jack ein Wunder erleben, wenn er gleich diesen Abhang heraufstürmt. Ich kann es kaum erwarten, seinen Gesichtsausdruck zu sehen, wenn die Kugel in seine Brust schlägt.«

Baker zog die Pistole hinter ihr weg. Während er ihr Haar losließ, vernahm Alicia ein metallisches Klicken, dann fiel etwas auf den Erdboden. Ihre Gedanken rasten. Hatte Baker recht? Sah so Jacks Plan aus? Sie mußte etwas tun.

Alicia wirbelte herum und sah Baker mit seiner Pistole in der linken Hand, während seine Rechte in eine Hosentasche griff. Das leere Magazin lag zu seinen Füßen.

Während sie »Jack! Jack! Jetzt, Jack!« rief, packte sie die Pistole und versuchte, sie ihm aus der Hand zu winden.

Bakers rechte Hand blieb in seiner Hosentasche hängen, und er brauchte ein oder zwei Sekunden, um sie freizubekommen, aber auch als sie beide Hände zu Hilfe nahm und mit aller Kraft an der Pistole zerrte, konnte ihm Alicia die Waffe nicht abnehmen.

»Verdammtes Biest!« schimpfte er.

Sie setzte ihren gesamten Körper ein, drehte sich, so daß sie ihm den Rücken zuwandte. Und damit blickte sie in Richtung Abhang, wo sie Jack sah …

O nein! Er rannte auf sie zu, aber er *humpelte*! Sie erkannte den roten Fleck im Jeansstoff an seinem linken Bein.

Er würde es niemals schaffen!

In genau diesem Moment mußte Baker seine rechte Hand befreit haben, denn sie spürte, wie eine Faust, so hart wie Stein, gegen ihren Hinterkopf krachte. Aber sie hielt tapfer durch. Und dann knallte seine Handkante auf ihre Schulter. Ihr linker Arm wurde völlig taub, und ihr Griff lockerte sich. die Pistole löste sich aus ihrer Umklammerung, als ein dritter Schlag sie auf die Knie sinken ließ.

Und Jack war alles andere als in ihre Nähe gelangt. Er hatte ein bedrohlich aussehendes Messer in der Faust, aber er würde niemals nahe genug herankommen, um es einsetzen zu können.

Alicia drehte sich erneut um und sah das neue Magazin in Bakers Hand, während er es in die Öffnung im Pistolengriff zu schieben versuchte.

»Nein!« rief sie aus und umklammerte seinen Arm.

Er ließ das Magazin beinahe fallen, konnte es aber im letzten Moment festhalten. Er knurrte wütend, während er der Frau einen Tritt versetzte.

Alicia landete auf dem Rücken. Jack war schon fast bei ihnen, doch wie durch einen Nebel, hervorgerufen durch die Schmerzwoge, die über sie hinwegrollte, sah sie, wie Baker das Magazin einrasten ließ und mit beiden Händen die Pistole in Anschlag brachte. Jack würde es niemals schaffen. Baker würde ihn wie eine Zielscheibe auf dem Schießstand vor sich haben. Sie dachte an Thomas' Pistole, aber sie befand sich in der Hütte, zu weit weg …

Alicia schloß die Augen und schrie, als drei Schüsse in schneller Folge fielen …

… direkt hinter ihr.

Sie schlug die Augen auf und sah Baker zur Seite kippen, während Jack an der Stelle auftauchte, wo er gerade noch gestanden hatte. Alicia fuhr herum und sah jemanden in der Hüttentür, der sich zusammengekauert an den Türpfosten lehnte.

Thomas.

Er sah gräßlich aus. Sein Gesicht sah teigig weiß aus, so daß das Blut, das aus seinen Mundwinkeln sickerte, noch viel roter wirkte. Die Pistole hing lose in seiner schlaffen Hand.

Während sie zu ihm hinüberschaute, schien sämtliche Luft aus ihm herauszuströmen, so daß er innerhalb seiner Kleider regelrecht zusammenschrumpfte und auf den Boden sank.

Zutiefst erschüttert kroch Alicia zu ihm hin.

»Oh, Thomas. Danke, Thomas. Aber ...« Sie mußte fragen. Noch nie hatte sie erlebt, daß er für jemand anderen etwas getan, gar ein Opfer gebracht hatte. »Thomas, warum?«

»Weißt du es nicht?« erwiderte er mit einer Stimme, die im Blut zu ertrinken schien. »Du bist doch angeblich so schlau. Weißt du es nicht?«

»Was soll ich wissen?« Sie fürchtete beinahe, daß sie es wußte.

»Dies waren die schlimmsten Jahre deines Lebens. Aber es waren meine besten.«

Er hustete, spuckte einen roten Klumpen aus, und dann wurde sein Körper starr, während das Licht in seinen Augen erlosch.

Alicia streckte eine Hand nach ihm aus. Sie hätte niemals geglaubt, daß sie ihn berühren könnte, doch nun mußte sie es tun.

Sie strich ihm über das Haar und brach in Tränen aus.

12

Jack stürmte aus der Tür und ging neben Baker in die Knie. Er drückte Barlowes Special Forces-Messer gegen seine Kehle, während er ihm die Pistole aus der schlaffen Hand nahm. Er sah Bakers glasige, starre Augen und suchte an seinem Hals nach einem Pulsschlag. Tot. Drei .32-Kugeln in seine rechte Brusthälfte hatten dafür gesorgt.

Jack kniete zusammengekauert auf der Erde und pumpte Luft in seine glühenden Lungen, dann stand er auf und lehnte sich an die Tür. Sein linker Oberschenkel brannte und pochte schmerzhaft, und es wurde schlimmer, wenn er das Bein anwinkelte.

Er sah Alicia in der Türöffnung neben ihrem Bruder knien und hörte ihr Schluchzen. Er fand die Idee nicht besonders reizvoll, aber vermutlich verdankte er Thomas sein Leben. Und es sah nicht so aus, als würde er diese Schuld zurückzahlen können.

Das war knapp gewesen …

Er hörte ein Stöhnen aus der Hütte. Er schob sich an Alicia vorbei und sah Kemel, der auf dem Fußboden lag und sich krümmte.

»Ein Arzt«, ächzte er. »Bitte … bringen Sie mich in ein Krankenhaus.«

»Das einzige, wo Sie hinkommen, ist nach draußen«, sagte Jack.

Er packte Kemels Kragen und schleifte ihn zur Tür. Der Araber heulte vor Schmerzen auf, als er an Alicia vorbeirutschte.

»Wirklich, Jack«, sagte sie, richtete sich auf und wischte sich die Tränen aus den Augen. »Ist das nötig? Können Sie ihn nicht einfach liegenlassen?«

Das Adrenalin schoß noch immer durch seine Adern, sein Herz raste, und seine Lungen standen in hellen Flammen. Er blickte auf seine freie Hand und sah, daß sie leicht zitterte. Der Kampf war vorüber, aber diese Nachricht war noch nicht bei seinem Körper angekommen. Es hatte ihn beinahe erwischt, und er zitterte immer noch von dem Anblick von Bakers Pistole, die sich noch vor wenigen Sekunden auf seine Brust gerichtet hatte.

Er hatte kaum freundliche Gedanken.

»Die Antworten sind in der Reihenfolge: Ja … und nein. Er verpestet die Luft in der Hütte.«

Jack schleifte ihn hinaus, vorbei an Bakers Leiche, und ließ ihn erst im Unterholz zwischen den Bäumen los.

»Bitte … einen Arzt …«

Jack wollte ihm einen Tritt versetzen, hielt sich aber zurück.

»Bringen Sie mich in ein Krankenhaus.«

Jack ging neben Kemel in die Hocke, beugte sich über ihn und knurrte mit zusammengebissenen Zähnen: »Weißt du was, mein Freund? Ich habe gerade die Passagiere von JAL 27 abstimmen lassen. Ich habe gesagt: ›Jeder, der meint, daß Kemel einen Arzt kriegen sollte, der hebe die Hand.‹ Und weißt du was? Niemand hat sich gerührt. Also gibt es für dich keinen Arzt.«

Während er sich erhob, stellte er fest, daß es zu schneien begann. Er kehrte zur Hütte zurück. Alicia lehnte neben der Tür an der Wand. Sie hatte den Kopf nach hinten gelegt und die Augen geschlossen. Sie sah bleich und schwach aus, als ob die Wand das einzige wäre, das sie aufrecht halten konnte. Schneeflocken wehten ihr ins Gesicht.

»Vielen Dank für die Hilfe«, sagte er.

Sie schlug die Augen auf. »Danke, daß Sie zurückgekommen sind.«

»Ich hatte kaum eine andere Wahl.«

»Sie hätten wegbleiben können.«

»Nein, das konnte ich nicht.«

»Nein, ich glaube, das konnten Sie wirklich nicht.« Sie lächelte ihn müde an. »Und wissen Sie was – irgendwie habe ich das geahnt.« Ihr Blick fiel auf seinen blutenden Oberschenkel. »Lassen Sie mich mal nachschauen ...«

»Im Augenblick bin ich ganz okay. Ich lasse mich in der Stadt wieder zusammenflicken.«

»Sie brauchen aber mehr als nur diesen Gurt. Kommen Sie mit.«

Jack folgte ihr in die Hütte. Vielleicht wollte sie sich nur mit irgend etwas beschäftigen. Sie zog das Laken von der Pritsche und begann, es in lange Streifen zu reißen.

»Setzen Sie sich und ziehen Sie die Jeans runter.«

»Ich habe Ihnen doch neulich schon gesagt, Sie sollten nicht auf falsche Gedanken kommen.«

Sie lächelte. »Tun Sie einfach, was ich sage.«

Jack löste den Gurt, dann zog er die Jeans bis zu den Knien hinunter.

Alicia untersuchte den fünf Zentimeter langen vertikalen Schnitt. »Die Wunde ist sehr tief. Hatten Sie das Gefühl, daß auch der Knochen getroffen wurde?«

»Nein. Der Kerl, der das getan hatte, war nicht mehr der Kräftigste.«

»Glücklicherweise verläuft die Wunde parallel zu den Muskelfasern Ihres Quadrizeps«, sagte sie, während sie den Oberschenkel mit den Streifen des Bettlakens umwickelte. Sie schien voll in ihrer Rolle als Ärztin aufzugehen. »Die Arterie und die Nervenstränge wurden glücklicherweise verschont. Die Wunde dürfte ziemlich schnell verheilen, aber sie muß unbedingt genäht werden. Unfallärzte müssen Stichwunden melden …«

»Ich kenne jemanden, der es nicht tut.«

»Das kann ich mir vorstellen.«

»Wie sieht unser nächster Schritt aus?« fragte er, während sie damit fortfuhr, sein Bein zu verbinden.

»Ich hatte gehofft, daß Sie das wissen.«

»Ich kann mich um die Leichen kümmern. Sie mit dem Fahrzeug wegtransportieren, mit dem sie herkamen – ich tippe auf einen dunklen Van – und den Wagen dann irgendwo stehenlassen.«

»Nicht Thomas«, sagte sie. »Wir sind ihm etwas schuldig.«

Jack betrachtete Thomas' gekrümmte, blutige Leiche. »Ja, ich glaube, das sind wir wirklich. Okay, dann lasse ich die Leichen irgendwo liegen, rufe den örtlichen Sheriff an und beschreibe ihm, wo er sie finden kann. Und dann sollen die Verbrechensspezialisten versuchen, das Was, Wo, Wann und Wie herauszubekommen.«

»Meinen Sie, daß sie diese Sache aufklären können?«

»Nicht, wenn ich die Leichen weit genug wegbringe. Aber die andere Frage lautet, wie werden Sie mit der drahtlosen

Energie und der gesamten Technik verfahren, nun, da Sie die alleinige Eigentümerin sind?«

»Ich glaube, ich sollte sie der Welt offenbaren. Aber wenn das stimmt, was Thomas über die Patente erzählt hat, kann ich mich auf einen langen Kampf gegen die Patentinhaber einrichten. Offen gesagt, will ich vorerst von Anwälten nichts mehr wissen.«

»Da sind noch immer die Japaner. Yoshios Regierung wird sicherlich eine Menge dafür bezahlen.«

»Sie klingen, als gefiele Ihnen diese Vorstellung.«

»Ja, sicher, man sollte das Geld nehmen und sich aus dem Staub machen und alles andere den Anwälten überlassen.«

»Wissen Sie«, sagte sie, »eigentlich ist es mir egal, wieviel die Leute dafür bezahlen wollen. Die Vorstellung, von etwas zu profitieren, was die Handschrift dieses Mannes trägt, verursacht mir Übelkeit.«

»Dann bleibt nur noch übrig, die Technologie jedem zur Verfügung zu stellen, der sie haben will. Die Einzelheiten im Internet zu veröffentlichen ...«

Ihre Augen blitzten, als sie ihn fixierte. »Zusammen mit Bildern von Thomas und mir?«

»Hey, das habe ich nicht gemeint. Ich meinte, daß das Internet jedem, der diese Technologie weiterentwickeln möchte, freien Zugang zu den Plänen ermöglichen sollte.«

»Aber was ist mit Ihnen?« fragte sie. »Ein Drittel von nichts ist nichts. Ich hasse es, mir vorstellen zu müssen, daß Sie mit leeren Händen aus der Sache herauskommen, Jack. Ich meine, Sie wurden tätlich angegriffen und beinahe getötet.«

»Machen Sie sich keine Sorgen. Ich könnte das Geld sowieso nicht annehmen.«

»Warum nicht?«

»Weil ich im großen und ganzen schon alles habe, was ich mir wünsche.«

Alicias graue Augen wurden weich, als sie ihn ansah. »Haben Sie das? Haben Sie das wirklich?«

»Ja, irgendwie schon. Und was ich nicht habe, kann ich mir mit Geld nicht kaufen, daher lassen Sie mich aus der Sache heraus und tun Sie, was Sie tun müssen.«

Und die Wahrheit war, daß Jack keinerlei Möglichkeit sah, wie er den Geldsegen verstecken sollte, den auch nur ein kleiner Anteil an der drahtlosen Energie ihm bescheren würde. Er müßte seine Tarnung aufgeben, um seinen Anspruch darauf anzumelden, und dazu war er noch nicht bereit. Noch nicht einmal für eine Milliarde.

»Jack«, sagte sie, während sie den letzten Stoffstreifen befestigte. Und nun klang sie müde und niedergeschlagen. »Ich weiß nicht, was ich tun muß. Ich muß erst einmal in Ruhe über alles nachdenken.«

»Nun«, sagte er, stand auf und zog seine Jeans hoch, »während Sie nachdenken, fange ich schon einmal damit an, die Gefallenen einzusammeln.«

13

Jack brauchte eine Weile, um alle sechs Leichen in Bakers Lastwagen zu laden. Vor allem die beiden im Wald kosteten ihn Zeit. Eine Schneedecke von knapp zwei Zentimetern hatte sich angesammelt, als er endlich mit dem letzten – Kemel – eintraf.

Er konnte schon bald losfahren. Er würde sich mit seiner Fracht erst auf den Weg machen, wenn es dunkel war. Das letzte, was er brauchen konnte, war, daß jemand durchs Heckfenster schaute und ein halbes Dutzend Leichen sah.

Jack dachte, daß Kemel tot sei, doch er erschreckte Jack, indem er ein Ächzen von sich gab, als er auf Baker gelegt wurde.

»Bitte. Einen Arzt ... die Schmerzen ...«

Das war nicht gut. Falls Kemel tatsächlich durchhielt, bis er gefunden wurde, könnte irgendein Künstler mit Skalpell und Nähfaden ihn tatsächlich retten. Und das ginge nicht, ganz und gar nicht.

»Ich habe es Ihnen doch schon erklärt«, sagte Jack. »Die Leute von JAL 27 haben dafür gestimmt, daß es für Kemel keinen Arzt geben soll.«

Der Araber flüsterte etwas, das Jack nicht verstand. Er beugte sich zu seinem Mund hinab.

»Flugzeug ... nicht ich.«

»Aber Sie wußten darüber Bescheid, nicht wahr, Sie mieses Schwein.«

Er sah die Antwort in Kemels glasigen Augen.

Das Adrenalin hatte sich abgebaut und Jack bohrende Kopfschmerzen beschert. Der Schmerz in seinem Oberschenkel war nach dem Einsammeln der Leichen schlimmer als je zuvor. Mies war auch nicht annähernd eine ausreichende Beschreibung seiner augenblicklichen Stimmung. Und er wußte aus Erfahrung, wie gefährlich das sein konnte. Er neigte dazu, unvernünftig zu reagieren, wenn er sich so fühlte.

Wenn er die Anzeichen rechtzeitig wahrnahm, tauchte er gewöhnlich ab, zog sich zurück und versuchte, die finsteren Gedanken in den Keller seines Bewußtseins zurückzudrängen. Und das hätte er durchaus tun können, wenn Kemel nicht mehr am Leben gewesen wäre. Aber zu wissen, daß dieses stinkende Stück Kameldung immer noch atmete ...

»Ja, Sie wußten Bescheid, aber haben Sie irgend jemanden gewarnt? Nein. Sie haben all diese Menschen sterben lassen, nur um einen einzigen loszuwerden.«

»Nicht ich ...«

»Ja? Wer dann?«

»Bitte ... die Schmerzen ... bitte, lindern Sie die Schmerzen.«

Um was bat er? Um Gnade?

»Erzählen Sie mir, wer die Bombe bestellt hat, und ich sorge dafür, daß Sie keine Schmerzen mehr haben.«

»Nein ... Sie ... bitte.«

»Tut mir leid. Das bin ich Ihnen nicht schuldig. Aber der Name?«

»Nazer ... Khalid Nazer.«

»Und wo finde ich ihn?«

»Iswid Nahr ... Handelsmission ... Vereinte Nationen.«

Khalid Nazer ... Jack prägte sich das ein, während er Bakers 9 mm hervorholte. Er holte das Magazin heraus, ließ eine Patrone in der Kammer und spannte den Hammer. Dann drückte er die Mündung gegen die weiche Stelle unter Kemels Unterkiefer. Er legte die Finger des Arabers um den Griff.

»Sprechen Sie Ihre Gebete und drücken Sie ab.«

Dann ging er davon und ließ Kemel mit seiner Dosis des endgültig wirksamen Schmerzmittels zurück.

14

Alicia erschrak beim Klang des Schusses. Sie schaute auf und sah Jack über die Lichtung auf sie zuhumpeln. Er sah niedergeschlagen aus. Der Jack, der sie hierhergefahren hatte, hatte sich in etwas anderes verwandelt, in etwas, das so kalt und unbarmherzig war wie die Männer, die er getötet hatte. Als sie ihm vorhin das Bein verbunden hatte, hatte sie gespürt, daß der alte Jack zurückkehrte ... wenn auch nur sehr langsam.

»Was ist passiert?« rief sie ihm zu. »Sind Sie okay?«

Er nickte. »Ich habe nur jemanden von seinen Schmerzen befreit.«

Dieser Jemand konnte nur der Araber sein. Lieber Himmel, wie hatte er nur so lange durchhalten können?

»Sind Sie bereit zum Aufbruch?« fragte Jack. »Ich bringe Sie raus.«

Alicia schüttelte den Kopf. »Fahren Sie nur. Ich bleibe noch eine Weile hier.«

»Die Schneedecke wird immer höher. Später schaffen Sie es vielleicht nicht mehr, von hier wegzukommen.«

»Es ist schon okay. In der Hütte ist es warm. Ich muß über vieles nachdenken.

»Sind Sie sicher?«

»Sehr sicher.«

»Okay«, sagte er und zuckte die Achseln. »Ich lasse Ihnen eins der Mobiltelefone hier. Rufen Sie mich an, wenn Sie zurück sind, und ich bringe Ihnen den Wagen.«

»Das tue ich.«

Er wandte sich zum Gehen, dann drehte er sich noch einmal um. »Sind Sie ganz sicher, daß alles in Ordnung ist?«

»Ganz und gar«, sagte sie und lächelte. »Ich möchte im Augenblick nur eine Weile allein sein.«

»Na schön, das sind Sie hier oben ganz bestimmt. Passen Sie auf sich auf, Alicia.« Er winkte ihr zu, während er sich entfernte. »Und hey – frohe Weihnachten.«

»Frohe Weihnachten auch für Sie, Jack.«

Frohe Weihnachten ... das hatte sie völlig vergessen. Nur drei Tage noch ... das Fest der Freude ...

Sie schaute Jack nach, wie er in der Dämmerung verschwand, dann kehrte sie in die Hütte zurück und schloß die Tür.

Sie hatte schon in dem Moment, als es vorbei war, gewußt, daß sie für einige Zeit hierbleiben wollte. Daher hatte sie, während Jack die Leichen einsammelte, den Fußboden so gründlich wie möglich vom Blut gesäubert. Schließlich hatte sie einen Teppich auf die Flecken gelegt.

Sie ging hinüber zu dem summenden Sender und betrachtete den Strahl greifbaren weißen Lichts.

Eine Technologie, die die Welt veränderte – und Ronald Clayton zu einer vielfach verehrten Persönlichkeit machte, zu einer wichtigen historischen Gestalt, zum Mann des Jahrhunderts, zum Mann des Jahrtausends ...

Aber Ronald Clayton war kein großer Mann, er war noch

nicht einmal ein gewöhnlicher Mensch, er war ein Monster, das jedes Leben beschmutzte, mit dem es in Berührung kam.

Und allein der Gedanke, daß irgend jemand ihm vielleicht ein Denkmal errichten könnte …

Sie wollte sich übergeben.

Und dennoch, welches Recht hatte sie, der Welt ein derart wertvolles Gut vorzuenthalten?

Keins. Sie war nur ein Mensch, und da draußen waren Milliarden, die davon profitieren könnten.

Sie spürte, wie sie hin und her gerissen wurde, spürte die Schnüre, die sie lenkten wie eine Marionette. Und sie kannte auch den Namen des Puppenspielers.

Ja, sie hatte über sehr vieles nachzudenken.

Heiligabend

1

Alicia fuhr bergab durch die Dunkelheit auf die Lichter von New Paltz zu. Sie fühlte sich ausgelassen, beinahe euphorisch.

Zwei Tage hatte sie gebraucht, zwei Tage voller Qual, aber am Ende hatte sie einen Entschluß gefaßt.

Und nun fühlte sie sich – sauber. Ja, sauber, das war das einzige Wort dafür. Es war, als hätte sie eine abgewetzte, von Motten zerfressene Haut abgestreift und eine neue erhalten, die sie der Welt jetzt zeigte.

Von jetzt an war sie eine andere Alicia Clayton. Sie hatte eine ganz neue Haltung. Eine ganz neue Einstellung. Gleich heute würde sie damit beginnen. Es würde nicht leicht sein, darüber machte sie sich keine Illusionen. Aber sie hatte das Gefühl, wenn sie es schaffte, so zu tun, als wäre sie die neue Alicia, dann würde sie eines Tages selbst daran glauben.

Das war die einzige Möglichkeit, um weiterzumachen. Denn das Leben, das sie bisher geführt hatte, war kein richtiges Leben gewesen. Sicher, die Arbeit war wichtig, aber es mußte mehr geben als nur das. Alicia war entschlossen, das Leben auszukosten, es zu genießen.

Ein gutes Leben zu führen, ist die beste Revanche ... wie oft hatte sie diesen Satz schon gehört? Nun erkannte sie, daß er voll und ganz auf sie zutraf.

Alicia hatte einen der Nachrichtensender aus der Stadt eingestellt, während sie durch die verschneiten, mit Girlanden geschmückten Straßen von New Paltz fuhr. Sie war zwei Tage weg gewesen, stellte jedoch fest, daß sie nicht viel versäumt hatte.

Die einzige halbwegs interessante Meldung betraf einen

arabischen Handelsattaché namens Nazer oder so ähnlich, der vor seinem Apartment in Manhattan auf eine Art und Weise ermordet worden war, die an eine Hinrichtung erinnerte. Ein Attentat? so fragte der Nachrichtensprecher. Die Polizei untersuchte zur Zeit, ob diese Tat in irgendeiner Verbindung zu dem ermordeten Araber stand, der zusammen mit fünf anderen Leichen in den Catskills aufgefunden worden war.

Diese Frage stellte sich Alicia auch.

Sie schaltete das Radio aus, als sie auf die Schnellstraße gelangte. Sie griff nach dem Mobiltelefon. Ein heftiger Druck legte sich auf ihre Brust, als sie eine Nummer eingab. Der Daumen verharrte für einen kurzen Moment über der SENDEN-Taste, doch dann holte sie tief Luft und drückte sie.

Als sie hörte, wie die vertraute Stimme sich mit einem freundlichen »Hallo« meldete, hätte sie am liebsten die Verbindung gleich wieder unterbrochen, doch dann zwang sie sich dazu, die Worte auszusprechen.

»Will? Hier ist Alicia. Können wir reden?«

2

»Das ist nicht gerade der Heilige Abend, wie ich ihn geplant hatte«, sagte Jack.

Gia und Vicky hatten ihn in das Center for Children With Aids und dort in die Säuglingsabteilung entführt. Gia erzählte ihm, daß die Babys kein Aids hätten – sie wären lediglich HIV-positiv. Als ob das ein Trost wäre.

»Und was hattest du geplant?« fragte Gia aus einem Schaukelstuhl, in dem sie saß und ein in eine Decke eingehülltes drei Monate altes Baby fütterte. Sie trug eine grün-rot karierte Sporthose und einen roten Rollkragenpullover. Die reinsten Weihnachtsfarben.

»Nun ... ich am Feuer mit einem heißen Punsch im Glas,

du in der Küche damit beschäftigt, die Weihnachtsgans zuzubereiten …«

Sie grinste. »Und Tiny Vicks singt ›Stille Nacht, heilige Nacht‹, nehme ich an.«

»Etwas in dieser Richtung.«

»Dann träum ruhig weiter, Scrooge.«

Vicky lachte in einem anderen Schaukelstuhl, wo sie mit einem anderen Baby schmuste. Sie trug ein rotes Samtkleid und eine weiße Strumpfhose. »Er ist nicht Onkel Scrooge. Er ist Jack Crachit!«

Ebenezer Scrooge hatte sich für Vicky in einen disneymäßigen Onkel Scrooge verwandelt, aber Jack korrigierte sie nicht. Onkel Scrooge war schließlich ein alter Freund.

»Wie witzig, ha-ha-ha, Vicks«, sagte Jack. Er hatte seinen eigenen Schaukelstuhl, aber kein Baby, was ihm auch ganz recht war.

Gia stand auf und legte den Kopf des Babys an ihre Schulter.

»Er ist Mr. Scrooge«, sagte sie und klopfte leicht auf den Rücken des Babys. »Sieh ihn dir doch an, wie er dort sitzt und Radio hört, das absolute Sinnbild für perfekte Weihnachtsstimmung.«

Er hatte ein tragbares Radio mitgebracht und es auf die Fensterbank gestellt, wo es leise spielte.

»Es ist immerhin Weihnachtsmusik«, meinte er.

Der winzige Lautsprecher wurde Shawn Colvins sehr schöner Version von »Have Yourself a Merry Little Christmas« zwar in keiner Weise gerecht, aber sie klang trotzdem wunderbar.

»Ja, aber es ist schon wieder mal diese seltsame Station, die du schon seit zwei Tagen hörst. Was ist denn so interessant in den Catskills?«

»Ich verfolge da oben eine Story.«

Gia starrte ihn an. »Meinst du die über …?«

Sie beendete den Satz nicht, aber er wußte, welche Story sie meinte. Die sechs Leichen, die an einer Raststätte an der

Schnellstraße gefunden worden waren – »Schrecklicher Massenmord!« –, waren in sämtlichen Medien erwähnt worden.

Sie wollte die Einzelheiten offensichtlich nicht vor Vicky zur Sprache bringen.

Er nickte. »Genau die meine ich.«

Jack hatte den Truck am Rand des Parkplatzes der Raststätte geparkt und dann Julio angerufen. Er hatte zwei Cheeseburgers verzehrt und den Schneeflocken zugeschaut, bis Julio eintraf, und dann waren sie in die Stadt zurückgefahren. Unterwegs hatte Jack von einer Tankstelle aus bei der Polizei angerufen und auf den verlassenen Lastwagen hingewiesen.

Gia preßte die Lippen aufeinander und wandte sich ab. Das Baby, ein kleines schwarzes Mädchen, schaute Jack über Gias Schulter hinweg an und rülpste.

»Bist ein gutes Kind«, sagte Gia. Sie wandte sich um und kam zu Jack und blieb vor ihm stehen. »Streck die Arme aus«, befahl sie.

»Nein, Gia, wirklich …«

»Tu es, Jack. Vertrau mir, du brauchst das. Wirklich. Aber die Kleine braucht es noch mehr.«

»Ich bitte dich, Gia …«

»Nein, ich meine es ernst.«

Sie drehte das Baby so, daß Jack der Kleinen ins Gesicht schauen konnte. Die dunklen Augen musterten ihn einige Sekunden lang, dann lächelte das Kind.

Toll, dachte Jack.

»Sie heißt Felicity. Eine der Schwestern nannte sie so, weil ihre Mutter verschwand, ohne sich die Mühe zu machen, ihr einen Namen zu geben. Felicity mußte in der ersten Woche ihres Lebens einen Crack-Entzug durchmachen. Sie ist HIV-positiv, und sie ist ausgesetzt worden. Sie hat niemanden, an den sie sich anlehnen kann, Jack. Babys müssen in den Arm genommen werden. Also tu's. Mach ihr die Freude. Es wird dich schon nicht umbringen.«

»Das ist es nicht …«

»Jack.« Sie hielt ihm Felicity hin.

»Ach, okay.«

Vorsichtig, unbeholfen ließ Jack sich das Baby von Gia in den Arm legen.

»Vorsichtig«, sagte er. Warum zwang sie ihn dazu? »Ganz vorsichtig. Nicht daß ich die Kleine fallen lasse.«

Gia lachte leise, und das beruhigte ihn. »Sie ist zart, klar, aber so zart nun auch wieder nicht.«

Schließlich lag der Kopf des Kindes in seiner rechten Armbeuge. Sie schmatzte und bewegte sich, und Jack hielt sie ein wenig fester, legte einen Arm um sie, damit sie sich sicher und beschützt fühlte und damit sie nicht herunterrutschen konnte. Gia steckte ihr einen Schnuller in den Mund, und Felicity begann zu saugen. Das schien zu funktionieren. Sie schloß die Augen und blieb ruhig liegen.

»Wie fühlt sich das an?« fragte Gia.

Jack schaute sie an. »Nun ja, es fühlt sich ... ganz okay an.«

Gia lächelte. »Wenn du das sagst, dann heißt das soviel wie phantastisch, vermute ich mal.«

Jack betrachtete Felicitys unschuldiges kleines Gesicht und dachte daran, was dieses Kind in seinem Leben schon alles durchgemacht hatte. Und das Schlimmste würde noch kommen. Er empfand plötzlich den unwiderstehlichen Drang, das Kind zu beschützen ... vor allem.

»Es ist wundervoll, Gia.«

Und so meinte er es auch. Daß etwas so Simples, wie von einem anderen Menschen im Arm gehalten zu werden, für ein Kind so wichtig war, nun, das war beinahe ... überwältigend.

»Deine Eltern haben dir reizende kleine Geschenke hinterlassen, Felicity: eine Sucht und einen Killervirus. Wie wird es mit dir weitergehen?«

»Wahrscheinlich kommt sie in ein Waisenhaus«, sagte Gia.

Er schaute sie wieder an und entdeckte Tränen in ihren Augen. »Sie brauchen so viel, Jack. Ich wünschte, ich könnte jedes dieser Kinder mitnehmen.«

»Ich weiß«, sagte er leise.

Im Radio wurden mittlerweile Nachrichten gesendet, und die neueste Meldung aus den Catskills betraf ein Feuer auf einem Hügel westlich von New Paltz.

Jack unterdrückte ein Stöhnen. »Gia, kannst du mal den keinen Spielzeuglastwagen aus meiner Jacke holen?«

»Den hast du hierher mitgenommen?«

»Ich hole ihn schon, Mom«, bot Vicky sich an, sprang auf und reichte ihr Baby an Gia weiter.

Sie hatte den ganzen Nachmittag über mit dem Truck gespielt und sich köstlich darüber amüsiert, wie er immer wieder gegen dieselbe Wand fuhr. Sie holte ihn aus Jacks Tasche und schaltete ihn ein.

»Hey, Jack«, sagte sie stirnrunzelnd. »Er funktioniert nicht.« Sie betätigte mehrmals den Schalter. »Wahrscheinlich sind die Batterien leer.«

»Schau mal nach, ob die Antenne fest sitzt«, schlug er vor.

Er beobachtete, wie sie den Sitz der Antenne überprüfte und dann wieder den Ein-und-aus-Schalter betätigte.

»Nicht«, sagte sie. »Tot.«

»Wir haben frische Batterien zu Hause«, sagte Gia. »Welche Größe brauchen wir?«

»Die für diesen Wagen werden nicht mehr hergestellt.«

Während Gia Vicky das Baby zurückgab und sich ein anderes holte, saß Jack mit Felicity da und wiegte das Kind und dachte dabei nach.

Alicia hatte offensichtlich ihre Entscheidung getroffen. Vielleicht war es so am besten. Vielleicht war die Welt noch gar nicht bereit für die drahtlose Energie. Aber er bezweifelte, daß diese Überlegung für Alicia eine Rolle gespielt hatte. Er fragte sich, wo sie sich wohl zur Zeit aufhielt, und hoffte, daß sie nicht allein sein mußte.

Er lehnte sich zurück und ließ zu, daß ein Gefühl des Friedens und der Wärme, ausgelöst durch das Kind in seinen Armen, von ihm Besitz ergriff.

»Ist irgend etwas nicht in Ordnung, Jack?« fragte Gia und wiegte das neue Baby in ihren Armen. »Du machst so ein trauriges Gesicht.«

»Nein, mir geht es gut«, antwortete er. »Genaugenommen bin ich sogar irgendwie froh.«

Weil ihm klargeworden war, daß das, was Ronald Clayton entdeckt hatte, auch andere entdecken konnten. Auf die eine oder andere Art wäre drahtlose Energie ein wichtiges Element in einer nicht allzu fernen Zukunft ... aber öffentliche Parks mit Standbildern von Ronald Clayton wären es nicht.

»Und weißt du«, meinte er, »das ist eigentlich für uns drei keine schlechte Methode, den Heiligen Abend zu verbringen. Mehr noch, ich finde es sogar ganz prima.«

Gias glückliches Lächeln zeigte ihm, daß er mit dieser Meinung nicht allein war.

Danksagungen

Für technischen Rat vielen Dank an Simson Garfinkel, Autor, Kommentator des verdrahteten Lebens und echter Gebäude-Hacker (im Ruhestand). Jack bedient sich einer Variante der Garfinkel-Methode des Fahrstuhlsurfens.

Für meine Frau und erste Leserin, Mary.

Für Joe Bogdan, MD, und Daphne Keshishian, MD, für ihre Informationen über Aids bei Kleinkindern.

Für die WB Kaufhausmanager des District 1. Erinnern Sie sich noch an den 26. September 1996 in Albany? Die Seiten 61–71 sind Ihnen gewidmet.

Und ebenfalls vielen Dank für ihre großzügige und kompetente redaktionelle Unterstützung: Elizabeth Monteleones scharfem Auge für Details, Steven Spruills psychologischen Kenntnissen, Deidre Lonzas sorgfältigem Lektorieren und totalem Durchblick und Al Zuckerman, dem Maestro.